神曲

II
煉獄篇

La Divina Commedia
Purgatorio

Dante Alighieri

但丁・阿利吉耶里
著

圖 古斯塔夫・多雷｜田德望 譯

第一章

我的天才的小船將那樣殘酷的大海拋諸在後，現在要揚帆航向比較平靜的水上。我要歌唱人的靈魂在那裡消罪，讓自己得以升天的第二個王國[1]。

啊，神聖的繆斯，讓死亡的詩在此復活吧，因為我是屬你們的[2]；讓卡利俄珀稍微站起來，用她的聲音為我的歌伴奏吧[3]，當初可憐的喜鵲們感受了她那聲音沉重的打擊，因而失去得到寬恕的希望[4]。

一走出令我傷心慘目的死亡氣氛[5]，目光凝聚在直到第一環[6]皆明淨無雲的天空上那東方藍寶石[7]般的柔和顏色，頓時令我雙眼重新感到愉快。那顆引起愛情的美麗行星讓整個東方都在微笑，遮住了尾隨著它的雙魚星[8]。我向右轉身，注視另一極[9]，看到四顆除了最初的人之外誰都未曾見過的明星[10]。天空似乎因其光芒而顯得喜氣洋洋：啊，北方的陸地，自從失去能看見它們的眼福後，你是多麼空虛[11]！

我才剛停止注視，稍微轉身朝向大熊星已隱沒的另一極[12]，就瞥見一位老人[13]獨自站在我面前，他的容貌那麼值得人對他畢恭畢敬，就連兒子對父親應有的尊敬也都不及。他的鬍鬚很長，花白一如兩綹垂至胸前的頭髮[14]。那四顆神聖明星的光芒照得他面容發亮，我看他，就好似太陽在前面一般[15]。

「你們是什麼人，竟由那條陰暗的河逆流而上，逃出了永恆的牢獄[16]？」他抖著令人肅然起敬的長鬚說，「是誰引導你們？或者，什麼是你們的明燈，照著你們走出那令地獄之谷永遠漆黑的深沉的

那顆引起愛情的美麗行星讓整個東方都在微笑，遮住了尾隨著它的雙魚星。

瞥見一位老人獨自站在我面前，他的容貌那麼值得人對他畢恭畢敬，
就連兒子對父親應有的尊敬也都不及。

夜[17]？難道地獄深淵的律法就這麼被破壞了[18]？還是天上改換了新的法令，令你們被打入地獄者來到我這山崖？」

我的嚮導於是抓住我，以話、以手、以眼示意我低頭，雙腿下跪，以示恭敬，隨後回答他說：「我不是自己要來的：一位聖女[19]從天上降臨，我應允她的請求，擔任此人的旅伴扶助他。既然你要我詳實說明我們的情況，我不可能拒絕你的要求。這個人還未看到他的最後一夕，但由於他的痴迷，彼時他距離那時刻已近，眼看就要到了[20]。正如我所說，我是被派去那兒救他的；除了我所走的這條路，此外再無它途可救他[21]。我已讓他看過所有罪人，現在打算讓他去看那些在你監管下消除自己罪孽的靈魂。我怎麼帶他過來，若要說，這話可就長了；天上降下的力量幫助我引導他前來見你，聽你的指示。現在，但願你准許他的到來。他是來尋求自由的[22]，為自由而捨生的人知道自由何等寶貴；你是知道的，因為你在烏提卡為自由而死，不以為苦，你在那裡丟下你的外衣，它在那個偉大之日將大放光明[23]。我們並未破壞永恆的法律，因為此人是活人，我也不受米諾斯管束[24]；我是在你的瑪爾齊亞貞潔的明眸閃光的那一環裡，她的神情表示她仍在懇求你；啊，神聖的胸懷，承認她是你的妻子吧[25]：為了她的愛，請俯允我們的請求：讓我們走過你的七重王國[26]。你若是允許在下面那個地方提到你，我就將你的恩惠報告給她[27]。」

於是他說：「我在世上時，瑪爾齊亞在我眼裡是那麼可愛，無論她要求什麼，我都照辦。如今她既然住在那條惡河的彼岸，依我從那裡出來時制定的法律，她再也不能令我動心了[28]。但是，如果正如你所說，是一位天上聖女感動了你，指引你前來，那麼就無須恭維之語：以她的名義要求我就足矣。那麼，就去吧。注意要將一束光滑的燈芯草[29]圍在他腰際，並且給他洗臉，將臉上所有污垢洗淨；因為，仍被煙霧遮眼便去到第一位天國的使者[30]面前並不合宜。這小島周圍的海濱，在受波濤衝擊的低處，那柔軟的泥中長有燈芯草[31]。其他能長出枝葉或變得堅硬的植物，由於無法承受海浪打擊，在那裡都無法生長[32]。事畢之後，就莫再回來這裡[33]；此刻正升起的太陽會指引你們從何處登山比較容易[34]。」

他說完便不見了；我默默站起來，緊緊靠攏我的嚮導，目光轉向他。他開口：「兒子啊，你跟隨我的腳步：我們向後轉吧，因為這片平原從這裡一直傾斜到它最低的邊緣[35]。」

黎明正戰勝在它前面逃散的早禱時刻的夜色，讓我遠遠看出大海的顫動[36]。我們在那片荒涼平原上朝前走去，如同正返回迷失路上的人，在回到那裡之前，覺得一直在走徒勞的路[37]。當我們走到露水由於在陰涼處不易蒸發、因而能抵抗日光之處時，我的老師伸出雙手輕輕放在草上：我明白了他的意圖，於是將淚痕斑斑的面頰湊到他跟前；在那裡，他讓我被地獄的煙霧遮住的面色完全顯露。

我們隨後來到荒僻的海岸，這片海岸從未見過任何人能在其海域航行仍能生還[38]。在那裡，他遵照另一位[39]的意旨為我束腰：啊，真是奇蹟！因為他所選的那株謙卑的植物，立刻就從拔起處照樣再生出來[40]。

1　但丁按照古代史詩的慣例，在詩的開頭先點明主題。他將自己比做航海者，駕著天才的小船離開了風濤險惡的海面（指地獄），揚帆駛向風平浪靜的海面（指煉獄），也就是說，他已寫完《地獄篇》，現在動筆要寫《煉獄篇》。「第二個王國」指煉獄。

2　點明主題後，他隨即向司掌文藝的九位繆斯女神求助。「死亡的詩」指《地獄篇》以寫死者世界為主題。「在這裡復活」意即《煉獄篇》描述靈魂透過消罪而獲得永生的過程。但丁請求繆斯賜予靈感，提升詩的風格，以適應這個崇高的主題。他稱繆斯為「神聖的繆斯」，因為他將詩視為神聖的事業。他對詩神說：「我是屬於你們的」，因為他獻身於這種事業。

3　卡利俄珀（Calliope）是九位繆斯當中的長姊（見《變形記》卷五），為司史詩的女神。維吉爾在史詩《埃涅阿斯紀》卷九描寫圖爾努斯和特洛伊人激戰的場面時，曾向她求助。《神曲》也是史詩，因此但丁在這裡也特別向她請求賜予靈感。「稍微站起來，用她的聲音為我的歌伴奏吧」，意即請求她幫助，在《煉獄篇》中將詩的風格提高；「稍微」意即略高於《地獄篇》，而在《天國篇》中則要達最高的程度。

4　「可憐的喜鵲們」指色薩利亞（Thessalia）王皮厄魯斯（Pierus）的九個女兒，她們異常狂妄，膽敢向九位繆斯挑戰比賽唱歌。眾女神推舉卡利俄珀去應戰，由女仙裁判，結果，公認是女神勝利；這九個姊妹於是開始謾罵，惹怒九位女神將她們變成喜鵲。（見《變形記》卷五）「因而失去得到寬恕的希望」意即終於受到懲罰。

5　指地獄的氣氛。「死亡」是地獄的同義詞。

6　「第一環」指地平線。

7　東方藍寶石（oriental zaffiro）：「是一種淡藍色，或說天藍色和蔚藍色的寶石，非常美……藍寶石有兩種，一種名為東方藍寶石，因為產於東方的米底（Media）。這是較佳的一種，不是透明的。另一種則有種種不同名稱，因為產於不同的地方。」（布蒂的注釋）

8　「引起愛情的美麗行星」指金星，地球上能在清晨或黃昏時以肉眼看見；金星清晨出現在東方時叫啟明，黃昏出現在西方時叫長庚，這時的金星是天空中最亮的一顆星。在《筵席》第二篇中，但丁根據占星學指出，世人的靈魂會在金星天的影響下燃起愛的火焰，也就是說，金星天是愛的本源。天文學家也以羅馬神話中愛的女神維納斯作為金星的名稱。因此詩中稱它是「引起愛情的美麗行星」。但丁在清晨時分望見這顆星時，它是天空中最明亮的星，因而詩中用「讓整個東方都在微笑」這個形象化的說法，描寫金星光芒在東方閃耀的情景。「遮住了尾隨著它的雙魚星」意即金星此時位在雙魚宮，光芒遮住了雙魚星座。但丁虛構的地獄、煉獄和天國三界的旅行時間是一三〇〇年春天，那時太陽在白羊宮，白羊宮在黃道十二宮中緊挨著雙魚宮，面向北看，從東往西數，位於雙魚宮之前。因此，這句詩說明了此時是復活節早晨日出前一個多小時，也就是兩位詩人起程後第四天的黎明時分，距離他們從地心朝煉獄山麓地面攀登的時刻已二十多小時。

有的學者吹毛求疵地指出，根據天文學推算，一三〇〇年春天，金星並非作為曉星（啟明）出現在東方，而是作為昏星（長庚）出現在西方，詩中說法是錯誤的。我們認為，這種差錯無關宏旨，因為《神曲》是詩，不是學術論文，何況這句詩的命意是在藉由描寫日出之前的景物，說明詩人來到煉獄山下的具體時間是凌晨時分，而啟明出現在東方又是這個時間常見的景物。我們專心讀著這些詩句時，也不會想到一三〇〇年春天金星究竟是出現在清晨還是黃昏時分的問題。

9 但丁看到啟明星時面向東方，向右轉身後，就面向南方了。「另一極」指南極，因為但丁住在北半球。

10 四顆明星象徵「謹慎」、「正義」、「堅忍」、「節制」四種基本美德（virtù cardinali），通稱智、義、勇、節四樞德。大多數注釋家認為，「最初的人」是指人類始祖亞當和夏娃，他們未犯罪時，曾在煉獄山頂上的地上樂園（伊甸）中見過這四顆明星，犯罪後就被趕到了北半球；而人類作為他們的後代在這裡生息繁衍，誰都看不到這四顆明星。這裡寓意顯然是：唯有純真無邪的最初之人具備這四種美德，爾後世風每況愈下，尤其是到了詩人所處的時代，就很難看到具備這些美德之人了。

11 「北方的陸地」指北半球。詩人的命意明確：他慨嘆世人立身行事已不再遵循「謹慎」、「正義」、「堅忍」、「節制」四種美德。

12 指北極。

13 「老人」指古羅馬政治家加圖。他因為其曾祖父、著名的監察官老加圖同名，因而被稱為小加圖。他是斯多噶派哲學信徒，以德行嚴峻聞名。公元前六十三年擔任護民官，政治上屬元老貴族派。當激進派政治家卡提利那反對元老院被擊敗後，他支持西塞羅處死卡提利那的同謀者，成為了元老派領袖之一。後來，他反對凱撒、龐培、克拉蘇「前三頭」執政。內戰開始後，他站在龐培那一邊，龐培失敗後，他便出逃與龐培的岳父西庇阿聯合抗擊凱撒，結果徹底失敗。他困守孤城烏提卡（Utica），因不願被敵人所俘，尤其不願看到貴族共和國的滅亡，因而自殺。

14 作為異教徒、凱撒的堅決反對者和犯了自殺罪者，加圖死後靈魂理當落入地獄，在第七層第二環受苦，可是但丁卻以他作煉獄的監管者，預言他最終將入天國，這原因何在？多數注釋家認為，首先是因為受到維吉爾史詩的啟發，《埃涅阿斯紀》中沒有將加圖的靈魂放在塔爾塔路斯（Tartarus，地獄最深處），而是放在埃呂西姆（Elysium，樂土）。此外，也因為西塞羅和盧卡努斯都對加圖評價甚高，後者在史詩《法爾薩利亞》中甚至稱他是美德的化身。但丁在自己的著作中也盛讚小加圖的崇高德行和酷愛自由的精神，說他是「真正自由、最嚴峻的戰士」，「為了在世上激起對自由的熱愛，他寧可作為自由人捨棄性命，也不肯作為喪失自由者以苟全性命，以此證明自由多麼寶貴」（見《帝制論》）。這些話非但沒將他的自殺視為罪行，甚至是譽之為以身殉自由的高尚行為；他還說加圖是「認識和相信人生的目的在於追求嚴峻美德的人之一」，「完全體現高貴在人生各時期的特點」，甚至有這樣的溢美之辭：「凡人當中，哪一個堪比加圖更配指上帝？肯定沒有。」（見《筵席》第四篇第二十八章）

14 盧卡努斯在《法爾薩利亞》卷二中說，從內戰開始那天起，加圖就不再剃鬚剪髮。但丁在詩中說「他的鬍鬚很長」，顯然是根據盧卡努斯的話。加圖死時實為四十八或四十九歲。詩中說他鬚髮花白，也合乎情理，更何況加圖在此是一個理想人物的形象，氣派莊嚴，足以引起景仰之情。但丁在這個人物身上確實「將古羅馬英雄的形象與《聖經》中遠古時代族長的形象融合在一起。」（萊蒙迪〔Raimondi〕的評語）

15 這四顆明星象徵四種美德，所以是「神聖的」。「好像太陽在前面一般」意即好像太陽從正面照著他的臉，寓意是：四種美德在加圖身上得到發揚光大，使得他看來幾乎就像是受到上帝啟示。

16 「陰暗的河」指《地獄篇》第三十四章末尾提到的那條從煉獄山流到地球中心的小河；它在地下暗流，因此詩中說它是「陰暗的」（cieco，隱蔽的）。但丁和維吉爾從地獄底層來到了煉獄山下，即是沿著這條「隱密的道路」逆流而上。「永恆的牢獄」即地獄。

17 「地獄」在這裡原文是 la valle inferna（下界之谷），指地獄深淵。義大利語 inferno 本來是形容詞，含義為「下方的，地下的，下界的」，後來變成名詞，指宗教神話中的地獄，是永不見天日的幽冥世界。

18 地獄律法禁止在當中受苦的鬼魂逃走。

19 指貝雅特麗齊。

20 「最後一夕」指死亡。字面意義上是指肉體的死亡，在寓言意義上則指精神的死亡。」（布蒂的注釋）「痴迷」指但丁迷失了正路，在「幽暗的森林」中徬徨徘徊，也就是說，在精神上誤入歧途，眼看就要失去靈魂得救的可能。

21 指地獄、煉獄和天國之行（參看《地獄篇》第一章注27）。

22 這裡所說的自由，是指解脫罪惡的自由，即道德上的自由。這種自由是所有自由（包括政治自由）的基礎。

23 參看注13。烏提卡是古時非洲北部的濱海城市，位於巴格拉達斯（Bagradas）河，即今梅遮爾達（Medjerda）河河口附近，在迦太基和現今突尼斯西北約三十英里處，原本是腓尼基人的殖民地，後來被羅馬占領。內戰時期，這裡是龐培的殘兵敗將抗擊凱撒的最後戰場。加圖就是在這裡自盡，因而被稱為「烏提卡的加圖」（Cato Uticensis）。

「外衣」指靈魂的外衣，即軀殼。「偉大之日」指最後審判日。「大放光明」指加圖的遺體將和眾聖徒一樣光芒耀眼；他的靈魂將升入天國，因為煉獄不復存在，他的職務也隨之終結。

24 米諾斯在第二層地獄入口處審判亡魂，但維吉爾的靈魂在第一層地獄（林勃），不受米諾斯審判。

25 瑪爾齊亞（見《地獄篇》第四章注35）是加圖的繼配，生下第三個孩子後，加圖將她讓給了朋友霍爾騰修斯（Hortensius）。後者死後，她說服加圖與她重新結合（見《法爾薩利亞》卷二）。但丁在《筵席》第四篇第二十八章中提到此事，並且詳細描寫了瑪爾齊亞如何以充滿深情的話語，懇求加圖承認她為自己的妻子。瑪爾齊亞死後靈魂在林勃當中。維吉爾在這裡特意提及她的明眸和臉上懇求加圖認她為妻的神情，以藉此引起加圖對夫妻之間的恩愛回憶。

「啊，神聖的胸懷呀，」一語表達出維吉爾對加圖的崇敬之情，《筵席》第四篇第五章中也有類似的話：「啊，加圖最神聖的胸懷呀，誰敢談論你呢？」

26 「為了她的愛」意即為了她對你的愛。「七重王國」指煉獄山坡上的七層環山平臺，是亡魂通過磨練，以消除驕傲、嫉妒、憤怒、怠惰、貪財、貪食、貪色這七大罪之處。

27 「下面那個地方」指地獄第一層（林勃）。「你的恩惠」指加圖答應維吉爾的請求，准許他和但丁走過那七重王國。「向她報告」意即待他回到林勃見到她時，他要為加圖因對她的情意而對他們施恩，向她表達感謝。

28 「惡河」指阿刻隆河，瑪爾齊亞所在的林勃位在此河彼岸。「法律」指天條，它將得救的靈魂與不得救的靈魂嚴格分開，讓前者對後者無動於衷。「我從那裡出來時」指加圖從林勃中出來時。加圖在公元前四十六年自殺，這是在基督被釘死於十字架之前約八十年，那時「人的靈魂沒有得救的」（《地獄篇》第四章），所有人死後都不能去煉獄，而是統統下地獄；生前曾立德、立功、立言者被選入林勃，有的永遠留下（如維吉爾和瑪爾齊亞），有的則在基督死後降臨地獄時被祂救出，接引天國（如《舊約》中的聖哲和先知）。加圖作為德行崇高的異教徒，也被基督救出，去做煉獄的監管者。上述的「法律」就是從那時開始生效的。

29 燈芯草象徵謙卑（參看注31）。

30 指把守聖彼得之門（煉獄之門）的天使。但丁和維吉爾要登上第一層平臺，必須經過此門，其餘六層平臺入口處也都有天使把守，因此詩中說明他是「第一位」使者。

31 燈芯草是多年生草本植物，生於沼澤濕地，莖細圓而長，中心可用做油燈燈芯。它的草莖柔韌，經得住風浪打擊，因此用它象徵謙卑的美德非常恰當。

32 「能變得堅硬的植物」指生有木質莖的植物，即木本植物。生長枝葉的，或是木本植物，受風浪打擊就容易折斷，因此無法生長在海濱軟泥中。這寓意是：其他美德都無法促使人悔罪自新，唯有謙卑能讓人認識自己的罪，真心懺悔，甘於經受磨練以消罪。

33 有些注釋家認為這句話的寓意是：悔罪自新的人莫再走回頭路。

34 作為上帝象徵的太陽，在煉獄中有決定性的嚮導作用，因為它一沒就無法登山，必須等到次日清晨。

35 辛格爾頓在注釋中指出，但丁和維吉爾到達煉獄山的具體地點顯然是在山麓斜坡上，離海岸有一段路。但丁站在那裡，起初面向東方，也就是背對著山，接著轉身向右，面向南方，望見南極天空那四顆明星，而後又轉身面向北極，發現北斗七星已經隱沒，再接著就瞥見加圖出現在跟前，看到了南極那四顆明星的光芒照映在加圖臉上，這說明了加圖面向南方。維吉爾對但丁說：「我們向後轉吧。」這句話表明他們轉身向南，繞著島大致向南走，去找海邊生長的燈芯草。現在他們是順時針方向環山而行，後來開始登山時，就以逆時針方向前進。「這片平原從這裡一直傾斜到它最低的邊緣」，意即地勢從他們所站之處朝海邊傾斜。

36 「早禱時刻」（ora mattutina）指天主教會規定的僧侶每日凌晨的祈禱時刻，是在黎明之前黑夜的最後一部分。詩句大意是：東方的曙光驅散了最後的夜色，使得但丁能看出海波的蕩漾。

37 據萬戴里的注釋，大意是：他們走在荒野上，如同正走回迷失的正途上的人，懷著焦急的情緒前進著，在還未回到正途之前，彷彿一直在徒勞跋涉，因而極力加快腳步，以免耽誤時間。格拉伯爾在注釋中指出：詩句寫出了在荒野中旅行的艱辛，尋找迷失的道路時的焦急情緒，以及回到正途前一路徒勞跋涉的內心痛苦。但丁作為常年流浪者和孤獨的探求者，對此有深切體會。

38 這裡暗指尤利西斯遠航駛向煉獄山時船沉身死的故事。（見《地獄篇》第二十六章）

39 指加圖，或者指上帝，因為加圖是秉承上帝的意旨行事。

40 《埃涅阿斯紀》卷六敘述，埃涅阿斯遊地府前，神巫曾告訴他，誰若是想下到地府深處，就必須先摘下一條黃金樹枝，獻給冥后普洛塞皮娜，「這金枝摘下後，又會長出第二枝金枝」。但丁對燈芯草的構思顯然是受這個故事啟發，但他另加上寓意，用燈芯草象徵謙卑。尤利西斯因為驕傲，而到不了煉獄山；但丁若是想登上這座山，就必須以謙卑作為自己的「金枝」，才能如願。「照樣再生出來」的寓意是：「從一件謙卑行為，產生另一件謙卑行為」（本維努托的注釋），或者：「美德是不可能毀滅的，它能傳給任何想得到它的人。」（布蒂的注釋）

第二章

太陽已到達子午線最高點在耶路撒冷上空的那條地平線上[1]，和太陽對著運行的黑夜正帶著天秤出現在恆河上，當她一占優勢，天秤就從她手裡落下[2]；所以，我所在的地方，美麗的曙光女神因為上了年歲，白色和紅色的面頰逐漸變為橙黃[3]。

我們還留在海濱，如同考慮自己路途的人，心裡想走，身子停步不進[4]。瞧！好似在晨光映射下，火星從西方海面透過濃霧發出紅光[5]，我看到這麼一個發光體——但願我能再見到它——渡海而來[6]，其速度之快，任何飛鳥都不及。為了問我的嚮導，我的眼睛暫離片刻，當我再見到它時，它已變得更亮、更大。隨後，在它兩側出現一種我不知為何物的白色東西，而且在它下面又漸漸出現另一種白色東西[7]。我的老師仍然沒有說話，直到最初那白色東西顯示為翅膀；當他明確認出這位舵手後便喊道：「快，快跪下。你看，那是上帝的天使，雙手合掌吧，你今後還會見到這樣的使者。你看，他如何鄙視人間的工具，所以他在相隔如此遙遠的兩岸之間[8]航行不要槳也不要帆，而是以自己的雙翼為帆。你看，他將翅膀朝天翹起，用他永恆的羽毛劃破空氣，那羽毛不像塵世間的羽毛會發生變化[9]。」

後來，朝我們越近時，這隻神鳥就益發明亮；我的眼睛在近處無法承受他的光芒，只好垂下目光；他駕著一艘船朝海岸駛來，船那樣輕、那樣快，一點兒也不吃水。船尾就站著這位來自天上的舵手，臉

「快，快跪下。你看，那是上帝的天使，雙手合掌吧，你今後還會見到這樣的使者。」

船尾就站著這位來自天上的舵手，臉上似乎寫著他所享的天國之福。

上似乎寫著他所享的天國之福；船上坐著一百多個靈魂[10]，他們齊聲合唱「*In exitu de Aegypto*」和這一詩篇的所有下文[11]。隨後，他對他們畫出神聖的十字，眾人於是跳上海岸[12]，他就像來時那樣飛快地離開。

那群留在那裡的幽魂似乎對這地方很陌生，像是試圖瞭解新事物似地東張西望。太陽已用精準的箭將摩羯座逐出中天[13]，正將光芒射向四面八方，這時，那群新到來的靈魂抬頭向著我們說：「如果你們知道，就為我們指點上山的路吧。」維吉爾答說：「你們也許以為我們熟悉此地，但我們就和你們一樣，同是外來人。我們剛到，比你們早一點，走的是另一條路，那條路的艱險難行[14]，讓我們覺得攀登不過就如遊戲一樣。」

那些幽魂從我的呼吸看出我還活著，不禁大驚失色。猶如眾人朝手持橄欖枝的信使跑去要聽消息時[15]，無不爭先恐後往前擠，同樣地，那些幸運的幽魂全都凝視著我的臉，像是忘了要前去淨化自己[16]。

我看到其中一個[17]走上前來，懷著深厚的感情擁抱我，令我感動得也如他那麼做。啊，僅有外表的空虛幽魂哪[18]！我三次將雙手繞到他背後要摟抱他，每次都落空回到我自己的胸前。我想我顯露出了驚訝的神色；那幽魂對此微微一笑，便向後倒退，我緊跟著走上前去。他以溫柔的聲音叫我站住；於是我認出了他是誰，便請他停留片刻，和我交談。他答說：「正如我在肉體中時愛你，如今雖已離開肉體，我一樣愛你；但你為何來到這裡？」

我說：「我的卡塞拉啊，我此行是為了日後能再重返我此刻的所在之地[19]。但你為何被剝奪了這麼多時間[20]？」

他對我說：「那位願意何時接走何人，就何時將人接走的舵手若是曾經多次拒絕我過海來到這裡，對此，我也完全不覺委屈。因為他的意志源於公正的意志[21]。然而，三個月來，凡是想上船的，他一律毫無異議地予以運載[22]。所以，當時我向台伯河河水變鹹處的海邊[23]走去，便獲他和藹接受。現在他已將翅膀指向那河口，因為凡是不向阿刻隆河墮落的總在那裡集合[24]。」

我說：「如果新的法律沒有讓你失去對那常平靜我心中所有煩惱的情歌的記憶，或是歌唱的可能性[25]，那麼就請以此稍稍撫慰我的靈魂吧。它帶著肉體來到這裡，是如此地疲憊不堪！」

於是，他唱起《愛神在我心中和我談論[26]》，那歌聲如此甜美，如今依然迴盪我心。我的老師和我，以及那些與卡塞拉同在的幽魂看來皆盡心滿意足，好像都已不將別的放在心上。我們專心聽著他的曲調，聽得入神；瞧！那位可敬的老人喊道：「怠惰的靈魂，這是怎麼回事？為何如此疏忽，這樣停留？跑上山去，蛻掉那層令你們無法得見上帝的皮吧[27]。」

猶如鴿子圍聚啄食小麥或毒麥粒，吃著食物時都很安靜，不會現出慣有的傲氣[28]，但害怕的事物一出現，便立刻丟開食物，因為牠們遭到更大的憂慮[29]所襲擊；我看到那一群新到的靈魂就這麼丟開了歌曲，像是拔步就走、又不知要走到哪裡的人似地朝山坡跑去；我們也同樣飛快地離開。

1 但丁在這裡使用天文名詞表示時間，對理解詩句意義會是障礙。美國但丁學家葛蘭堅的注釋比較簡明。他說：「我們需要知道，地球上任何地方的子午線都是天空中一個直接越過該地上空、貫穿南北兩個天極的大圓圈。某一地方的地平線是一個在和該地的子午線相距九十度處環繞地球的大圓圈。因此子午線和地平線總是交叉成直角；例如，北極的地平線就是天球赤道——它也是南極的地平線，因為南北兩極相距一百八十度。由於耶路撒冷和煉獄各在地球上相反的兩面，彼此相距一百八十度，所以它們就有共同的地平線：當耶路撒冷見日出時，煉獄就見日落，反之亦然。這兩地的時差正好是十二小時，因此耶路撒冷的中午就是煉獄的午夜，耶路撒冷上午六時就是煉獄下午六時，以此類推。」

「太陽已到達子午線最高點在耶路撒冷上空的那條地平線上」意即太陽已經到達和耶路撒冷的子午線交叉成直角的那條地平線上，也就是說，已經到達耶路撒冷的地平線上，從下文可看出，這裡指的是耶路撒冷西方的地平線，說明耶路撒冷已經是日沒時分。

2 但丁根據當時的地理學說，認為人類居住的北半球大陸極東處是印度的恆河口，極西處則是西班牙的埃布羅河（Ebro）源頭，或西班牙的加迪斯城（Cádiz），東西相距經度共一百八十度，時差十二小時，而耶路撒冷是北半球中心，與兩地相距均為九十度，時差六小時。「和太陽對著運行的黑夜」指午夜，但丁在這裡將「夜」擬人化，想像她也是一顆行星，在另一半球和太陽同時繞著地球運轉；「帶著天秤」是形象化的說法，意即她當時正在天秤宮，因為但丁虛構的地獄、煉獄和天國之行是在一三〇〇年春分時節，太陽此時在天秤宮對面的白羊宮；「出現在恆河上」意即這時印度恆河口正是午夜時分，耶路撒冷是日沒時分，西班牙埃布羅河源頭和加迪斯城是中午時分。

3 「當她一占優勢」（原文 quando soverchia 含義是：當她超過時），指秋分之後變得晝短夜長；「天秤就從她手裡落下」是形象化的說法，指秋分之後，太陽進入天秤宮，「夜」進入天蠍宮，天秤宮就不再由她掌握了（但丁遊煉獄時，正是南半球秋分之後）。

大意是：所以，當耶路撒冷夕陽西下，恆河口午夜來臨時，煉獄山下旭日初升的東方天色已由白轉為紅，再由紅逐漸變為橙黃。但丁和維吉爾是在早晨四點到五點之間來到煉獄山下，也就是在日出之前，接著與加圖交談和前往海濱又費了一些時間，現在已是早晨六點多，因為太陽已出現在地平線上。但丁用比喻說明日出前後的天色變化過程，將之比擬成曙光女神紅白的面頰因為年老而變成黃色，由嬌豔的少女變成黃臉婆。

使用天文學名詞來說明時間，在《煉獄篇》中屢見不鮮。不少評論家認為這種說明不過是炫示才學，沒有什麼詩意。薩佩紐說：「這整段使用天文學名詞寫成冗長複雜的迂迴說明，以及與其相關的神話尾巴，是一種純粹中世紀矯揉造作的藝術風格。」

4　這個比喻真切表現出兩位詩人急於登山卻不認識路，因而迷惘的情景；「心裡想走，身子停步不進」原文是 che va col cuore e col corpo dimora，句中連用兩個由顎音 c 構成的雙聲，讀來有障礙重重之感，對於表現他們身心矛盾的狀態也有良好的藝術效果。

5　關於火星，但丁在《筵席》第二篇第十三章中寫道：「火星能令東西乾燥，能燒著東西，因為它的熱就如火的熱；這就是它的顏色為何是火紅的原因；由於伴隨的霧氣厚薄不同，這種顏色因而有時鮮明、有時暗淡。」這種說法是依據當時流行、據說源於亞里斯多德的《氣象學》理論。

6　「發光體」是駕船的天使的面孔，由於距離太遠，但丁只隱約看到它的亮光。「但願我能再見到它」這句話流露出但丁希望死後靈魂能得救進入煉獄之意，因為這個「發光體」就是接引得救的靈魂前往煉獄的天使。

7　在發光體下出現的白東西是天使的白衣。

8　「相隔如此遙遠的兩岸之間」指羅馬附近的台伯河口到煉獄山的海邊。

9　「塵世間的羽毛」原文是 mortal pelo（會死的毛），多數注釋家都認為這泛指動物的羽或毛，格拉伯爾認為專指人的毛髮，因為世上只有人能和天使相比。「發生變化」是指變色、變稀疏和脫落。

10　「一百多」是不定數，意即許多。

11　這是拉丁文《聖經》的《舊約．詩篇》第一百十四篇的第一句，中文本《聖經》譯文是「以色列出了埃及」，本指以色列人逃離埃及，擺脫了埃及人的奴役。但丁對它作出新解釋說，從祕奧的意義看，詩中所指的是「從罪惡中解脫，靈魂在其力量上就變得神聖了、自由了」（見《筵席》第二篇第十三章）。後來但丁又在一封呈獻給堪格蘭德．德拉．斯卡拉的《天國篇》若干章的拉丁文信中，詳細說明了這一詩篇的寓意：「……如果從精神哲學的意義看，它指的就是靈魂從罪孽的苦惱轉到享受上帝保佑的幸福；如果從祕奧的意義看，所指的就是篤信上帝的靈魂從罪惡的束縛中解放，達到永恆光榮的自由。」（譯文見朱光潛《西方美學史》第五章）布蒂將初到煉獄的眾亡魂合唱這個詩篇的原因說得很清楚：「作者假想那些靈魂唱這一詩篇……是為了表明他們感謝上帝讓他們從魔鬼和罪孽的奴役中解放，到達希望之鄉。」

12　天使向他們畫十字，表示對他們祝福；「跳上海岸」表現出他們急於登山的願望。

13　太陽（當時在白羊宮）升起在地平線上時，摩羯座距離白羊座九十度，在子午線上，差不多就在煉獄上空。太陽逐漸升高，摩羯座也相應地移動，離開了子午線。詩中形象地描寫這個現象，將太陽比擬為獵人（太陽神阿波羅善射，常常被描繪成狩獵者），用他的百發百中的箭，將摩羯座從子午線上趕走（「逐出中天」）

14 「走的是另一條路」指經過地獄的路，尤其是「由那條陰暗的河逆流而上」的那條漫長、曲折、崎嶇的地道。

15 在古代，信使會手持橄欖枝作為和平的象徵，在但丁時代，此舉一般則象徵好消息。「人們紛紛跑去集合在信使周圍，尤其是當他手裡持有橄欖枝時，因為這表明他帶來和平或勝利的消息。」（蘭迪諾的注釋）

16 來到煉獄的靈魂是「幸運的」，因為他們有機會進天國。「淨化自己」指通過磨練消除罪孽。

17 此人是但丁的朋友卡塞拉（Casella）。布蒂的注釋說：「……卡塞拉是佛羅倫斯人，是一位優秀的歌唱家和譜曲者，曾將但丁某首十四行詩或頌歌譜成歌曲……此人好行樂，在世直到臨終前都忙於空虛的娛樂，很晚才懺悔。」但丁的兒子彼埃特羅的注釋、本維努托的注釋以及蘭迪諾的注釋也都說他是佛羅倫斯人；從詩中看來，他是在但丁遊煉獄三個月前不久死去的。

18 但丁在《地獄篇》第六章中說，犯貪食罪者的靈魂雖有人形，但是空虛、無實體的；在第三十二章中卻說，自己親手揪住一個犯叛國罪者靈魂的頭髮，逼他說出姓名，從這一事實看來，靈魂顯然是有實體的；然而這裡又說，那一群新來的靈魂是「僅有外表的空虛幽魂」；這些自相矛盾的說法都是因藝術上的需要而產生。在《煉獄篇》第二十五章中，但丁闡述人死後靈魂具有空靈體的學說，但在詩中卻靈活掌握，根據要描寫的具體情景，有時遵循、有時違背這個說法。

19 但丁說明此行是為了使自己死後能重來煉獄，讓靈魂通過磨練，得以升天。

20 但丁問卡塞拉，為什麼他死了好一段時間之後，現在才來到煉獄。

21 「舵手」指接引亡魂前來煉獄的天使。卡塞拉認為，天使多次拒絕渡他，並不是對他不公，因為天使的意志源於上帝的意志，而上帝乃至高無上的正義。卡塞拉的回答並沒有說明天使為什麼遲遲不肯渡他。

22 「然而，三個月來」指自從教皇波尼法斯八世宣布的大赦年（公元一二九九年聖誕節至一三〇〇年聖誕節）開始以來。教皇的訓令中只規定，對這一年前去羅馬朝聖的人赦罪，並未提及對死者赦罪。但是十三世紀的神學家（尤其是托馬斯．阿奎那）認為，教會恩許的赦罪也適用於亡魂，而且一般人都相信這種說法。因此，但丁設想，凡是大赦年間請求到煉獄去的亡魂一律受到天使接引。

23 「當時」（原文 ora 在這裡含義與 allora 相同）究竟指當時，還是指很久之前，難以確定，因為卡塞拉的卒年不詳。「台伯河水變鹹處的海邊」指奧斯提亞（Ostia）海濱，台伯河在該地流入第勒尼安海（Mar Tirreno）。但丁在詩中沒有說明地獄之門在何處，但他明確指出，凡是去煉獄的亡魂都在台伯河口集合，等待天使接引，這個河口是教會中心聖城羅馬的港口。

24 指所有得救、不入地獄的人。

25 「新的法律」指煉獄的法律，這對卡塞拉而言是新的，因為他已離開人世，亡魂進入煉獄這個陌生的新世界。「愛情歌曲」，據薩佩紐的注釋：「技術上大概是指那種與風格高華的普羅旺斯抒情詩或模仿普羅旺斯詩風的早期義大利抒情詩密切結合的獨唱歌曲。」「失去對那……情歌的記憶或歌唱的可能性」意即忘掉了唱那種情歌的技能，或者被禁唱那種情歌。

26 原文是 Amor che ne la mente mi ragiona。這是但丁在《筵席》第三篇詮釋的一首頌歌的首句，這首頌歌原是歌頌愛情的詩（大概是為《新生》中那位在貝雅特麗齊死後對但丁表示憐憫的高貴女性所寫），後來但丁才在《筵席》中對它作出寓言性的解釋，稱之是歌頌哲學的詩。據一些早期注釋家說，卡塞拉把它譜成了歌曲，因此他自然在這裡選唱這首歌，而且當然是純粹作為情歌來唱，並沒有寄託什麼寓意。

27 「皮」原文是 scoglio，這裡含義是 scorza（果皮、蛇皮、魚皮），作為比喻，指生前的罪孽就如同一層皮，仍然包裹著靈魂，讓靈魂無法看見上帝。

28 「慣有的傲氣」指鴿子在行走時經常抬頭挺胸，彷彿在炫耀身上羽毛般的那種神氣。

29 指牠們覺得現在逃命要緊，得飛往安全的地方。

第三章

突如其來的逃遁使得那些亡魂在平原上四散，奔向正義使我們經受磨難的山，我卻靠向我忠實的旅伴：沒有他，我怎麼走？誰來帶我上山？我看他似乎感到內疚[1]：啊，高尚純潔的良心哪，那微小的過失對你是多麼痛苦的悔恨哪！

當他的腳步脫離令所有舉動盡失尊嚴的慌忙狀態[2]後，我的心原本貫注在一點上[3]，如今放開了注意力，像渴望認識新事物，舉目仰望那座從海中聳入雲霄的最高的山。在我們背後射出紅光的太陽，在我的身體前被截斷，因為它的光線在我身上遭遇了障礙[4]。當我見到僅有我面前的地上有影子時，我轉身看向旁邊，生怕被遺棄；我的安慰完全轉過身來[5]對我說：「你為何還懷疑？不相信我和你同在、引導著你嗎？當初我在其中讓我能投下影子的肉體下葬處，此際已是晚禱時刻；那不勒斯保存著那肉體，是從布蘭迪喬移去的[6]。此時我前面若無影子，對此，你莫比對諸天一層擋不住另一層的光更感驚異[7]。神的力量令如我這般的形體猶能感受熱與冷的種種刑罰，但祂不肯揭示如何令它能這樣[8]。誰希望我們的理性能探索三位一體的神所走的無限道路，誰就是痴狂[9]。人呀，滿足於知其「Quia」[10]吧；因為倘若你能知道一切，當初瑪利亞就不必生育了[11]；那樣的人你們曾見過，他們希望知道一切但毫無結果；假若人能盡知一切，他們的願望是會得到滿足的，然而如此願望卻成為永遠施加於他們的懲罰[12]；

我說的是亞里斯多德及柏拉圖，還有諸多旁人。」他說到這裡便垂頭不語，一直面帶煩惱表情[13]。

在此同時，我們來到了山腳下；我們發現那裡的岩石異常陡峭，即使兩腿矯捷，要想攀登也是徒然[14]。和其相比，萊利齊和圖爾比亞之間[15]最荒僻、最崎嶇險阻的山路，就是一道便利而寬闊的階梯。我的老師止步說：「誰知道這山坡哪邊的坡度小，可讓沒有翅膀的也能登上？」

當他眼睛向著地，心裡考慮著路途，而我正仰望著那座絕壁周圍時，我看到左邊有一隊靈魂出現，正移動腳步朝我們走來，他們走得如此之慢，彷彿步伐毫無移動[16]。我說：「老師，你抬頭看：你瞧，那裡有一些人，要是你想不出辦法，他們會給我們出主意的。」於是他望了一眼，神情寬慰地答說：「那我們過去吧，因為他們來得很慢；親愛的兒子，你要堅定你的希望[17]。」

我們走了一千步後，那些人與我們仍有一個優秀的投石者以手擲石所能投出的距離之遙，便已湧到高聳懸崖的堅硬岩石跟前，全擠在一起，定住不動，猶如行人心有疑懼時止步觀望。維吉爾說：「啊，結局美好[18]的人呀，已被選中的眾靈魂，我以我相信正等待汝等眾人的那種平安[19]之名，請求你們告訴我們，這座山何處的坡度小，讓人能夠上去；因為最知時間寶貴之人最嫌浪費時間[20]。」

猶如群羊先是有一頭、繼而有兩頭、隨後有三頭走出羊圈，其餘都畏畏縮縮，站著不動，眼睛和鼻子向著地；那第一頭怎麼做，其它羊也就怎麼做，如果牠站住，牠們也就隨著朝牠擁上去，樣子都很老實安靜，也不知道自己為何這樣做；當時，我看到那群幸福的靈魂之中領頭的幾個就這麼移步朝我們走來，面帶謙卑表情，舉止安詳而穩重[21]。

當走在前面的那些靈魂見到日光在我右邊地上被截斷，將我的影子投映到岩石上時，他們停了下

我看到左邊有一隊靈魂出現，正移動腳步朝我們走來，
他們走得如此之慢，彷彿步伐毫無移動。

來，倒退幾步，那些在後面跟著的全都這樣做，自己也不知道為什麼[22]。我的老師這麼對他們說：「不等你們開口問，我就先明說，你們看到的是一個活人的身體，日光因而在地上被分開了。你們莫驚異，而要相信，他企圖克服攀登這道懸崖絕壁的難關，不是沒有得自天上的力量。」那一群配升天國的靈魂用手背指示方向說：「那麼，你們就掉頭走在我們前面吧[23]。」隨後，其中一個開口說：「不論你是誰，請你邊走邊扭過頭來看[24]，想想你在世上可曾見過我。」我轉身向他定睛細看：他髮色金黃，容貌俊美，儀態高貴，但是有一道眉毛被一刀砍斷。當我謙恭回說我未曾見過他時，他說：「現在你看，」邊將胸膛上方一處傷口指給我看，隨後微微笑著說：「我是康斯坦絲皇后的孫子曼夫烈德[25]；因此我請求你回去之後，到我美麗的女兒那兒，她是西西里和阿拉岡的光榮[26]之母，如果關於我有別的說法，就將實情告訴她[27]。我身受兩處致命傷後，便哭著向願意寬恕的上帝懺悔[28]。我的罪行是可怕的[29]；但無限的善手臂如此之大，凡是投入其懷抱者，他全都接受。倘若當初受克萊孟指派、前來迫害我的科森薩牧人正確認識到上帝的這一面貌，我的屍骨就仍埋在本尼凡托附近的橋頭，在沉重石堆的守護下。如今，它卻在王國境外的維爾德河畔遭受雨淋風吹，是他拿著吹滅的蠟燭將之移去那裡的[30]。只要希望猶有些許青綠，人就不會因他們的詛咒永遠失去永恆之愛，無法復得[31]。但是，至死都拒不服從聖教會之人，即使臨終悔罪，也必須在這道絕壁之外停留三十倍於他傲慢頑抗的時間，除非善人的禱告[32]縮短了此條法律規定的期限。現在，你看能否將你見到我的情況和這條禁令，告訴我善良的康斯坦絲，好讓我欣喜[33]；因為藉著世人禱告之助，這裡的人能大幅前進。」

1 維吉爾「感到內疚」，並不是因為聽到加圖的訓斥，因為加圖的訓斥是針對那一群靈魂，而不是針對兩位詩人，但那也讓維吉爾間接受到了觸動，一時覺得自己未盡到嚮導和導師的責任。

2 「慌忙的腳步……對有尊嚴的人而言是不適宜的。」（本維努托的注釋）

3 意即心裡一直只想著卡塞拉的歌唱和加圖的斥責。

4 維吉爾和但丁正朝山走去，現在他們面向西方，因此清晨的陽光照在他們背上，將但丁的影子投射到地上；維吉爾是來自林勃的幽魂，沒有肉體，也就沒有影子。

5 「我的安慰」指維吉爾，但丁在極度緊張的心理狀態中這麼稱呼他。「將身子完全轉過來」表現維吉爾對但丁的極度關懷之情。

6 「我在其中讓我能投下影子的肉體」：「我」指維吉爾的靈魂；他活著的時候，靈魂在肉體之中與肉體結合，肉體能擋住光線，使自身形象投映在地面或其他物體上，成為人影。維吉爾在西元前十九年病死於義大利半島南部今名為布林迪西（Brindisi）的濱海城市，也就是詩中所稱的布蘭迪喬（Brandizio）。他的遺體依羅馬皇帝屋大維的命令，被運往那不勒斯附近安葬。維吉爾對但丁說這番話，是在煉獄時間上午六點至八點之間，此時煉獄的對蹠點耶路撒冷已是日落後的黃昏時分；根據但丁的說法，義大利在耶路撒冷以西四十五度，那時是下午三點至六點之間，即晚禱時刻。

7 根據中世紀的說法，諸天皆是由一種特殊的第五要素（其餘四要素是土、水、火、氣）所構成，這種要素是透明的，因此它構成的各重天的光線均可以透過另一重。死人的靈魂現出的空靈形體也是由第五要素構成，因而擋不住光，也就沒有影子。

8 「如我這般的形體」指鬼魂的空靈形體。「能感受熱與冷的種種刑罰」指地獄裡的鬼魂能感受到烈火焚燒和寒冰冷凍等種種苦刑的折磨。鬼魂的空靈形象雖然和活人的肉體不同，但同樣能感受種種痛苦，這種說法難以置信，但這對基督教而言則是必要的前提，否則，教會所說的地獄和煉獄就會失去存在的理由。但丁作為中世紀的人和虔誠教徒，對此說法深信不疑，卻無法解釋，於是在詩中只好借維吉爾之口，說這是理性不可能知道的奧祕，因為上帝不對世人揭示祂是如何令鬼魂的空靈形體也能感受苦刑。

9 大意是：對人的理性而言，三位一體的神，其本質與無窮的造化之功，都是無法探索的奧祕。《舊約．以賽亞書》第五十五章中說：「耶和華說，我的意念非同你們的意念，我的道路非同你們的道路。天怎樣高過地，照樣我的道路高過你們的道路，我的意念高過你們的意念。」《新約．羅馬書》第十一章中說：「深哉，上帝豐富的智慧和知識，他的判斷何其難測，他的蹤跡何其難尋！」

10 「quia」是拉丁文。雷吉奧的注釋說：「在經院哲學用語及一般中古拉丁文中，quia 引起肯定句：實際上，在義大利文中，具有 dire（說）、affermare（斷言）含義的動詞後面，都有一個連詞 che，相當於中古拉丁文的 quia。因此它是和 perché（因為）對立的。」詩句大意是要人對神祕的事物滿足於知「其然」，莫妄想要知「其所以然」。

11 本維努托的注釋說：「假若上帝願意讓人知道一切，當初就不會告誡人類始祖不可去吃那棵讓人能分別善惡的樹上的果子；如果他們沒有吃下那果子，人類就不會有罪受懲罰；如果人類不是有罪受懲罰，基督就不必降生和受難以贖救我們。」這種解釋為許多現代的但丁學家接受。但有些學者提出另一種解釋：假若人的理性足以知道一切，啟示就沒有必要了，也就是說，聖母瑪利亞就不必生下耶穌基督來給世人啟示真理了。根據詩句的上下文看，後一種解釋更為確切。

12 大意是：人的理性如果能知道一切，那麼亞里斯多德和柏拉圖等偉大哲人無限的求知欲是會得到滿足的；然而，人的理性能力實則有其限度，他們無限的求知欲憑藉理性不可能得到滿足，結果這就成為他們死後靈魂在林勃中所受的永久懲罰，也就是渴望獲得至高無上的絕對真理（見到上帝），卻又不能如願之苦。

13 維吉爾自己也在上述的偉大哲人之列；由於他已意識到理性的局限，談到這裡，他不禁情緒波動，垂頭不語，一直面帶煩惱表情。

14 意即那裡都是懸崖絕壁，人的腿腳縱然靈活也上不去。這句話和下面維吉爾所說：「可讓沒有翅膀的也能登上？」前後呼應。

15 萊利齊（Lerice）是斯佩齊亞（Spezia）海灣東岸的一座城堡，圖爾比亞（Turbia）則是當今法國尼斯附近的一個鄉鎮。這兩個地方標誌著利古里亞（Liguria）海岸的東西兩端，海岸地帶峰巒壁立，在但丁那時幾乎無路可通。

16 這些都是被逐出教會，遲至臨終前才懺悔者的靈魂。「就寓意上說，但丁設想這些人走得很慢，因為他們都遲遲不肯悔罪。」（布蒂的注釋）

17 大意是：你要堅信登山的希望不會落空，那一隊靈魂一定會給我們指路。

18 意即蒙受神恩而死。

19 指天國永恆的平安。

20 這句詩異常地簡練、含蓄，已經成為格言。原文 perder tempo a chi più sa più spiace，直譯是：損失時間對於最知道的人是最不愉快的。「最知道時間寶貴的人」意義不明確，有的注釋家理解為「智者」。

21 這是《神曲》中最著名的比喻之一。關於這個比喻，法國學者拉莫奈寫道：「曾見過群羊走出羊圈的人，都會在這些詩句中又看到那種情景。這些詩句對但丁的描繪具有的驚人真實性提供了實例，他觀察大自然時，不忽略任何特點，以極端忠實的筆法表現出所見的特點，猶如鏡子反映出種種物體，絕無虛假或不明確之處；絕無無用之處……」透過這個比喻，但丁將那些靈魂逐漸解除疑懼、目光低垂、一個跟著一個地慢步朝他們倆走來的情景表現得栩栩如生。

22 兩位詩人轉身向左去迎那隊靈魂，這時他們的右邊是山，左邊是海和太陽，因此但丁的影子投射在右邊的山岩上。此處細節描寫得精細入微，更加突顯出情景的真實感。靈魂們的動作完全和比喻中那群羊的動作相同：走在前面的看到但丁的影子時突然站住，倒退了幾步，並非出於害怕，而是因為驚奇和困惑；走在後面的沒有看到但丁的影子，不知道前面的同伴為何突然站住又後退，但他們也都像走在前面的羊似地做出同樣動作。

23 他們讓兩位詩人回頭，走在他們前面一同向右走去。

24 那個靈魂請但丁別站住，而是要邊走邊轉過臉來看他，以免浪費寶貴的時間。

25 曼夫烈德是西西里王和神聖羅馬皇帝腓特烈二世（見《地獄篇》第十章注31）的私生子，一二三二年左右生於西西里。一二五〇年腓特烈逝世時，他剛十八歲，以攝政身分統治義大利半島南部和西西里，直到其同父異母的兄弟康拉德四世從德國南下即王位為止。一二五四年康拉德去世，王位的合法繼承人是他三歲的兒子康拉丁，但曼夫烈德受到西西里貴族們的擁戴，重新攝政。在此期間，他藉著卓越的政治才能建立起威信。一二五八年，謠傳康拉丁已死（這謠言大概是他令人散布出去的）；他由貴族們勸進，在巴勒莫登上那不勒斯和西西里王寶座。康拉丁的母親伊麗莎白王后對此提出抗議，曼夫烈德反駁說，由一個婦人和幼兒執政不符合王國的利益。身為康拉丁的監護人的教皇英諾森四世宣布將曼夫烈德開除教籍，因為他擔心那不勒斯和西西里王國在曼夫烈德的統治下會變得強大，危及教皇領地的安全。曼夫烈德作為全義大利吉伯林黨的領袖，繼續實行其父腓特烈二世的政策，與教廷鬥爭。繼任的教皇亞歷山大四世和烏爾班四世都將他開除教籍。烏爾班四世是法國人，還將那不勒斯和西西里王位授予法國國王路易九世的弟弟安茹伯爵查理，他的後繼者克萊孟四世也是法國人，邀請查理率領大軍前來義大利奪取曼夫烈德的王國。一二六五年，查理來到羅馬，被加冕為那不勒斯王（根據雷吉奧的注釋，加冕的日期是一二六五年二月二十八日，根據辛格爾頓的注釋，則是一二六六年一月六日）。之後，查理率法軍入侵王國領土，一二六六年二月二十六日與曼夫烈德的軍隊在本尼凡托交戰。曼夫烈德奮不顧身，英勇殺敵，但因法軍在數量上占優勢，他寡不敵眾，最後死在戰場上。此時查理乘勝長驅直入，占領了那不勒斯和西西里王國全境，建立起安茹王朝的統治。一二六七年，曼夫烈德的侄子、十五歲的康拉丁率軍從德國南下，企圖從查理手中奪回本應由自己統治的王國，結果戰敗，被敵人俘虜殺害（見《地獄篇》第二十八章注8），霍亨斯陶芬家族在義大利南部的統治以此告終。

「我是康斯坦絲皇后的孫子」，康斯坦絲（1154-1198）是西西里和那不勒斯王國諾曼王朝國王羅杰二世的女兒和最後的繼承人。她與神聖羅馬皇帝腓特烈一世的兒子亨利六世結婚，生下了腓特烈二世。透過這種婚姻關係，霍亨斯陶芬王朝獲得義大利南部這塊富庶的領地，腓特烈二世既是西西里國王，又是神聖羅馬帝國皇帝。

曼夫烈德為何不說自己是腓特烈二世皇帝之子，而是說自己是康斯坦絲皇后之孫呢？注釋家對此提出了不同的解釋：有的認為，由於他是腓特烈二世的私生子；有的認為，由於腓特烈二世的靈魂被打入地獄，而康斯坦絲的靈魂則在天國，被稱為「偉大的康斯坦絲」；還有一些人認為，曼夫烈德企圖以此說明自己確實有權繼承西西里和那不勒斯王位。

26 「我美麗的女兒」：曼夫烈德以自己祖母的名字為她取名為康斯坦絲。她與阿拉岡王佩德羅三世（Pedro III de Aragón）結婚，生了三個兒子：阿爾方索（Alfonso）、賈科莫（Giacomo）和斐得利哥（Federico）。佩德羅三世因為由於康斯坦絲結婚，自認有權繼承西西里王位。一二八二年，義大利人民不堪忍受安茹王朝的殘酷壓榨，在首府巴勒莫進行了「西西里晚禱起義」，殲滅了島上的法軍，佩德羅三世進行干涉，因而即位為西西里國王，建立起阿拉岡王朝的統治。一二八五年，佩德羅死後，他的長子阿爾方索為阿拉岡王（1285-1291），次子賈科莫為西西里王（1285-1296）。一二九一年，阿爾方索死後，賈科莫繼任為阿拉岡王（1296-1327），令其弟斐得利哥代替他為西西里王（1296-1337）。「西西里和阿拉岡的光榮」：早期注釋家一致認為，這指的是康斯坦絲所生的次子阿拉岡王賈科莫二世和三子西西里王斐得利哥二世，但丁虛構的遊煉獄的時間，他們還在位。有一些現代的但丁學者反對這種說法，因為但丁在《煉獄篇》第七章和《天國篇》第十九章以及《筵席》第四篇第六章和《論俗語》第一卷第十二章提到他們時都嚴加斥責。但是，詩中這句話並非出自但丁之口，而是由他們的外祖父曼夫烈德說出，他可能是因為他們能抗擊安茹王朝，保持對西西里島的統治，因而這樣稱贊他們。薩佩紐和雷吉奧認為，「光榮」（onor）在這裡並非讚語，而是「王權、王位」的同義詞，引申義為擁有王權、王位的「君主」。

27 「如果關於我有別的說法，就將實情告訴她」：意謂要是世間謠傳我因為被逐出教會，死後靈魂在地獄裡，就請告訴我女兒，說你親眼見到我已來到了煉獄。

28 「兩處致命傷」：指眉毛和胸部兩處重傷。「哭著」表明他真心悔罪。詩中的描述大概是依據當時流行、有關曼夫烈德在臨死前最後一刻的悔罪傳說。

29 關於曼夫烈德的罪行，維拉尼在《編年史》中說：「他和他父親一樣放蕩，或者更甚……他喜歡看到魔術師、宮廷侍臣和妃嬪在他周圍……他的生活全都是享樂主義的，既不將上帝、也不將聖徒放在心上，只顧享受肉體的快樂。他是聖教會、教士和僧侶的敵人。他和他父親一樣占據了教堂……」（見《編年史》卷六第四十六章）。他的敵人還指控他殺害了他父親，他的兄弟康拉德和兩個侄子，還企圖殺害他的侄子康拉丁。但丁的老師布魯內托·拉蒂尼在《寶庫》第一卷中就曾提及這些或真或假的罪狀。

30 「科森薩的牧人」指科森薩（Cosenza）大主教巴爾托羅麥奧·皮尼亞台里（Bartolomeo Pignatelli）。曼夫烈德戰死後，由於他是被逐出教會者，查理不願將他葬在教堂或墓地中，而是葬在本尼凡托附近卡羅勒河的橋頭，命令所有士兵在他墓上投下一塊石頭，結果堆出了一個大石堆。後來，奉教皇克萊孟四世之命，對曼夫烈德進行迫害的科森薩大主教差人從墳中掘出他的屍骨，按照埋葬被逐出教會者的儀式，舉著熄滅的蠟燭將他的屍骨運到那不勒斯王國的國境之外，棄置在維爾德河邊，任其受風吹雨打。

「上帝這一面貌」指上帝的仁慈，因為上帝既有嚴正的一面，又有仁慈的一面，對怙惡不悛者給予應受的懲罰，對真心悔罪者則予以寬恕赦免。科森薩大主教只看到上帝嚴正的一面，不識他仁慈的一面，否則就不至於讓曼夫烈德死後還遭掘墓棄屍之禍。

「維爾德河」（il Verde）即現今義大利中部的嘉利里亞諾河（il Garigliano），此地是當時那不勒斯王國和教皇領地在第勒尼安海一側的交界地區。

31 「只要希望猶有些許青綠」，意即只要希望仍存在，也就是說，只要人還活著，就還有悔罪的可能。「他們的詛咒」指教皇將人逐出教會。「永恆之愛」指上帝的恩典。詩的大意是：被教皇開除教籍的人，只要一息尚存，能真心懺悔，仍能受到上帝的寬恕赦免。實際上，根據天主教會的教義，開除教籍並無法讓人死後靈魂必入地獄，更何況教皇將曼夫烈德逐出教會，純粹是出於個人憤怒和仇恨所進行的政治迫害，這在但丁看來是濫用威權，因而也是無效的。

32 「善人」指蒙受上帝恩典的活人。

33 意即讓我能藉由她的祈禱之助，早日進入煉獄之門。

第四章

當靈魂因某一感官接受愉快或痛苦的印象，因而全神貫注於該感官時，顯而易見，它就不再顧及其他感官：這事實正與認為人心中一個靈魂之上還燃有另一個靈魂者所持的錯誤說法相反[1]。所以，當某種耳聞或眼見的事物強烈吸引著我們的靈魂，我們便覺察不到時光的流逝；因為覺察時光流逝的是一種功能，而吸引整個靈魂的是另一種：後者可說是綁著的，前者可說是放開的[2]。對此，我在凝神傾聽、注視著那幽魂述說時，有了真實體驗[3]；因為，當我們來到一個地方，太陽已上升了五十度，我都沒有覺察；那些靈魂一到了那裡，便齊聲向我們喊道：「這就是你們所問之處[4]。」

在葡萄開始轉黑紫的時節，農人常以一小截荊棘堵住的籬笆缺口，這樣的缺口都還大過那隊靈魂離開時，我的嚮導在前而我在後，兩人獨力登山所走的小路[5]。人們只用腳就能走到聖雷奧，下到諾里，登畢茲曼托哇，並且到達頂峰[6]；但在這裡，人們非得飛不可，我的意思是，跟隨給予我希望、充當我指路明燈的嚮導，憑藉偉大願望的矯捷羽翼飛上去[7]。我們從岩石裂縫處攀登，兩側岩壁緊緊包夾，底下的地面須以手腳同時著地行走。

當我們爬上高堤邊緣，到達開闊的斜坡時[8]，我說：「我的老師，我們該往哪兒走？」他對我說：「你一步都別走偏[9]；跟著我一直朝山前進，直到熟練的嚮導出現在我們面前。」

我們從岩石裂縫處攀登，兩側岩壁緊緊包夾，底下的地面須以手腳同時著地行走。

那山頂之高，絕非目力能及，其坡度之大，遠超過從四分之一圓周的中點畫到圓心的直線[10]。我已疲憊不堪，開始說：「啊，親愛的父親，你回頭看看，你要是不止步，我就要落單在後了。」他說：「努力將身子拖到這兒來吧，」邊對我指著上面一點的一處臺地。那臺地從那邊環繞全山[11]。他的話鞭策了我，使得我竭力跟在他後面匍匐前進，直到踏上那個環山臺地。我們倆在那兒坐下，面向來路所在的東方，因為回顧來路往往令人欣慰。我先將目光投向下方的海岸，而後舉目仰望太陽，令我驚異的是：太陽從左方照著我們[12]。那詩人明確看出我對光之車在我們和北方之間運轉驚詫不已[13]。因此，他對我說：「倘若卡斯托和波路克斯與那面將光向上下傳送的鏡子同在，你會看到那發紅光的黃道帶運轉得更靠近大小熊星座，除非它偏離了它的舊軌道[14]。你若想確知何以如此，就要集中精神在心中想像，錫安山和此山在地球上的方位是這樣的：這二者具有共同的地平線，但各自在不同半球[15]；因此，你的心智若是理解清楚，就能想見，法厄同由於不會駕駛日車而遭遇不幸的那條路經過那座山的一邊，同時也必然經過這座山的另一邊[16]。」我說：「我的老師，的確，對於我的才智似乎不足以理解的事物，我從未如此時對這點領會得這麼清楚：永遠在太陽和冬天之間、在某種科學中稱為赤道、位於最高的運轉天體中央的那個圓圈，因為你所說的原因，從這裡向北看它，就如同當初希伯來人向炎熱的地方看它時一樣遠[17]。但是，如果你願意，我希望知道我們還要走多少路，因為這座山聳入雲霄，我望不到它的峰頂。」他對我說：「這座山是這樣的：從底下開始攀登起，一直很艱苦，但越往上走，就越不覺勞累。因此，待你感覺往上走就有如乘船順流而下一樣容易時，你就到達此路的終點了。你就期待到那裡休息，消除疲勞吧。我不再回答，我知道這即是真情實況[18]。」

他的話才剛說完，近處就傳來人聲：「也許在那之前，你就得先坐下來啦[19]！」一聽到這聲音，我倆都轉過身去，看到左邊有一塊他和我都沒注意到的巨岩。我們拖著腳步朝那兒走去；只見有些人坐在岩石後方的陰涼處，如同人因懶惰而坐下休息似地[20]。其中一個似乎很疲倦，抱膝而坐，將頭低垂在膝間。我說：「啊，我親愛的主人哪，你定睛細看那人的模樣，要比懶惰是他的姊妹還懶得出奇[21]。」那人的臉於是轉向我們注視，只將目光貼著大腿移動了一下，說：「那你就往上走吧，反正你挺勇敢的嘛[22]！」於是我認出了他是誰，那疲累雖還讓我氣喘吁吁，但沒能阻止我朝他走去；當我來到他跟前，他稍微抬了抬頭：「你真懂了太陽怎麼趕著車走在你左邊嗎[23]？」他懶洋洋的動作和簡短的話語讓我不禁微微一笑，隨後就說：「貝拉夸，現在我不再為你難過了；不過，告訴我，你為什麼在這裡坐著？是在等人護送？還是又故態復萌啦[24]？」他說：「啊，兄弟呀，往上走有什麼用呢？因為坐在山門口那上帝的天使不讓我進去受磨練[25]。我生前，這天繞著我轉了多久，現在我就得在山門外滯留多久，因為我將良好的嘆息推遲直到臨終時刻[26]。除非蒙受天恩的活人心中發出的祈禱先來幫助我；那種天上不肯傾聽的其餘活人，他們的祈禱有什麼用呢[27]？」

這時，那位詩人已在我之前登山了。他說：「快來吧，你看，太陽已經觸及子午線，而黑夜用腳蓋住了海岸上的摩洛哥[28]。」

我們拖著腳步朝那兒走去；只見有些人坐在岩石後方的陰涼處，
如同人因懶惰而坐下休息似地。

1 指柏拉圖學派關於人有三個靈魂的說法：柏拉圖認為，植物性（生長性）靈魂在肝臟，感覺性靈魂在心臟，理智性靈魂則在腦，而這三者是相繼形成，有高低之分。詩中用隱喻說明這一點：一個靈魂之上又有另一個靈魂，如同一道火焰之上又燃著另一道火焰。亞里斯多德在《論靈魂》卷三中駁斥此說，認為人只有一個靈魂，同時具有生長、感覺、理智三種功能。感覺包括視覺、聽覺、味覺、嗅覺和觸覺。當某一感官感受到客觀事物的強烈刺激，靈魂便完全貫注於這個感覺上，其他功能全都暫停，這就是所謂「一心不可二用」的道理。亞里斯多德的說法受經院哲學家、如托馬斯．阿奎那所接受。但丁在《筵席》第三篇第二章中也認同此說。

2 覺察時光流逝是理智的功能，吸引住整個靈魂的是感覺的功能，這裡具體指聽覺和視覺。「後者可說是綁著的，前者可說是放開的」這句含義晦澀，注釋家有種種不同的解釋，尚無定論。這裡採用的是萬戴里的注釋，大意是：感覺的功能（這裡指聽覺和視覺）可說是綁在靈魂上的，靈魂因而意識到聽見和看見的事物；理智的功能可說是放開的，也就是說，脫離了靈魂，暫時不發生作用，靈魂因而覺察不出時光的流逝。

3 「那個幽魂」指曼夫烈德。但丁邊走邊細聽他述說自己如何得救，聽得入神，沒有覺察時光的流逝。

4 根據托勒密的天文學說，太陽圍繞地球運轉，每小時走十五度。從清晨出現在地平線上到此時，已上升了五十度，也就是時間已過了三小時二十分。按當時的計時法，日出大約是在清晨六點，所以現在是上午九點二十分左右。「這就是你們所問的地方」意即：這就是山勢坡度稍小、比較適合攀登的地方。在前一章中，維吉爾曾向這隊靈魂問路。

5 這個比喻取材於農村生活，清新樸素。秋天葡萄將熟時，農人常用荊棘堵住籬笆缺口，以防有人鑽進園裡偷摘葡萄。但丁善於使用取材自現實生活的比喻，藉此加強描寫的真實性。

6 但丁舉出當時義大利一些最陡峭、狹窄、艱險的山路，和他們現在所攀登的小路相比，藉此強調後者無比難行：「聖雷奧」（Sanleo）是蒙泰菲爾特羅山區的一個小城，距離聖馬力諾不遠，坐落在小山上，山勢陡峭，在當時僅有一條從岩石上鑿出的小路可通。「諾里」（Noli）：利古里亞沿海地帶西端的小城，三面環山，前臨大海。由陸上要到此城，當時必須沿著在城背後陡峭山坡上開鑿的臺階爬下去。「畢茲曼托哇」（Bismantova）：指畢茲曼托哇石（La pietra di Bismantova），是勒佐．艾米利亞地區亞平寧山脈的一座高山，山坡懸崖壁立，山頂為半圓形的小臺地，只有一條羊腸小徑可通，頂峰在臺地西南部，高一千零四十七公尺。本維努托在注釋中說，這座山的山形就像詩中描寫的煉獄山。

7 「憑藉偉大願望的矯捷羽翼飛上去」意即若想登上這懸崖峭壁，必須仰賴渴望見到貝雅特麗齊的偉大心願的精神力量。注釋家畢亞吉奧里（Biagioli）指出，詩人描寫這條山路的陡峭艱險，意在說明人若想從罪孽解脫，進入懺悔之門，必須經過艱苦歷程，唯有借助對天國之福的嚮往和理性之光的指引，才能克服所有障礙。

8 高堤是指構成煉獄山腳的懸崖絕壁。「高堤邊緣」指懸崖絕壁頂上靠邊處。也就是兩位詩人所走的小路的盡頭，從這裡開始就是寬敞、開闊的山坡。

9 原文是 Nessun tuo passo caggia，直譯是「你一步都別往下走」；但維吉爾要是這麼說，這句就多餘了，因為他們一直在往上爬，分明知道應當繼續攀登。本維努托的解釋很確切：「既然這裡沒有明確標出的道路，你一步都別往右走，也別向左走。」也就是說，要勇往直前，繼續朝高處攀登。

10 四分之一圓周成九十度角，由其中點往圓心畫一條直線，就成四十五度角。詩人以此說明煉獄山的坡度之大，遠遠超過四十五度，幾乎是直上直下。

11 「從那邊」，意即從他們倆當時所在的地方能看到的那一邊。

12 但丁和維吉爾當時坐在煉獄山東側的懸崖峭壁上，面朝東方。他們所在的地方是在赤道以南，因此但丁望見太陽轉到他們的東北邊，將光芒投射到他們的左肩上；由於但丁向東望，北方就是他們的左邊，南方就是右邊。這種情況恰恰和位在北半球的義大利相反：那裡在春分時節上午中段時間向東望，看到太陽會是在東南方；但丁因為在家鄉見慣了這樣的情景，當他看到太陽上午轉到東北方這個異常現象，自然感到驚訝。

13 「光之車」指太陽，這顯然源自日神駕車在天空行駛的古神話。詩句大意是：維吉爾看出，但丁對於當時太陽從他們面向的東方天空朝北運轉十分驚異，因為北半球的人上午向東望時，太陽是從東向南轉。

14 據希臘神話，卡斯托（Castor）和波路克斯（Pollux）是一對孿生兄弟，手足情深，互相依戀，因此宙斯讓他們成為雙子星座。「那面將光向上下傳送的鏡子」是指太陽，因為太陽將它從天使那兒接受的光反射到地球；「向上下傳送」：意即太陽半年把光直射北半球，即直射赤道以北，或說，赤道上方，另一半年則直射南半球，即直射赤道以南，或說，赤道下方。

「發紅光的黃道帶」：地球一年繞太陽轉一周，我們從地球上將它看成是太陽一年在天空中移動一圈，太陽移動的路線稱為黃道，是天球上假設的一個大圓圈，即地球軌道在天球上的投影。黃道和赤道平面相交於春分點和秋分點。黃道兩旁各寬八度的範圍叫做黃道帶，日、月、行星都在帶內運行。古代將黃道帶分為十二等分，叫做黃道十二宮，各宮包括一個星座，名稱從春分點起依次為白羊、金牛、雙子、巨蟹、獅子、室女、天秤、天蠍、人馬、摩羯、寶瓶、雙魚。「發紅光的黃道帶」：指黃道帶中太陽逐漸運行到的地方，這裡引申為太陽本身。

「大熊星座」是距離北極星不遠的星座，其中最亮的北斗七星；「小熊星座」是天空北方的星座，其中的恆星排列成勺狀，以北極星為最明亮；這兩個星座泛指北方。「偏離了它的舊軌道」指太陽偏離了一貫運行的路線，也就是偏離了黃道，這種情況出現在法厄同駕駛日車的神話中（本章注和《地獄篇》第十七章注21）。

大意是：假如雙子座和太陽在一起，你就會看到太陽運轉得還更靠北，除非它偏離了黃道，也就是說，假如現在不是春分（太陽春分時節在白羊宮），而是夏至（太陽從五月二十一日至六月二十一日在雙子宮），太陽就會更靠近北回歸線，也就是比現在還更靠北，因為太陽現在差不多在赤道上。

15 錫安山是聖城耶路撒冷的兩座小山之一，這裡指耶路撒冷。「這座山」指煉獄山。耶路撒冷在北半球，煉獄山在南半球，二者互為對跖地，因此有共同的地平線（參看第二章注1）。

16 「法厄同由於不會駕駛日車而遭遇不幸的那條路」指太陽運行的軌道。據希臘神話，日神的兒子法厄同駕日車遨遊太空，因為他無法駕馭神馬，致使日車離開了他父親指示的路線，闖下大禍，法厄同因此被宙斯的雷霆所殛（詳見《地獄篇》第十七章注21）。「那座山」指錫安山，「這座山」指煉獄山。詩的大意是：由於耶路撒冷和煉獄在地球上是對跖地，前者在北半球，即赤道以北，後者在南半球，即赤道以南，所以從耶路撒冷看，太陽是從左向右轉，經過錫安山的南邊；從煉獄看，就必須是從右向左轉，經過煉獄山的北邊；因此，但丁在上午中段時間向東望，就看到太陽在東北方。

17 「位在最高的運轉天體中央的那個圓圈」指天球赤道；最高的運轉天體即原動天（第九重天），圍繞它的就是永恆靜止的淨火天（第十重天）；原動天二十四小時運轉一圈，推動著另外八重天繞著宇宙中心的地球運轉。「在某一種科學中」，指在天文學中，位在原動天中央的圓圈叫做天球赤道。「永遠在太陽和冬天之間」：「因為，當太陽在南回歸線上時，北半球是冬天，當太陽在北回歸線上時，南半球是冬天；所以赤道永遠在太陽和冬天之間。」（卡西尼—巴爾比的注釋）「因為你所說的原因」：意即由於耶路撒冷和煉獄在地球上是對跖地，我們現在從煉獄向北看赤道，因而就和古時希伯來人從耶路撒冷向南（炎熱地方）看赤道一般遠，也就是說，赤道和煉獄之間的距離與赤道和耶路撒冷之間的距離相等。

18 「我不再回答」：意味維吉爾對於後續情況也所知不多，因為他的知識侷限於煉獄的範圍內。「我知道這是真情實況」：意即我只能告訴你這些，但我說的都是真實情況。

19　此人是但丁的朋友貝拉夸（Belacqua）（詳見注24）。「也許在那之前，你就得先坐下來啦！」：這是一句溫和的嘲諷，不帶絲毫惡意；朋友間互相打趣時常會這麼說話。

20　此時臨近正午，陽光已經相當熱；但丁和維吉爾面向東方，那塊遮蔽陽光的岩石在他們左邊，也就是在他們北邊。

21　詩人用速寫筆法勾畫出貝拉夸的懶惰姿態；還用「要比懶惰是他的姊妹還懶得出奇」這句誇大的話啟發讀者的想像力，讓懶漢的形象更顯突出。

22　詩句強調貝拉夸懶得出奇，注視兩位詩人時，連頭都懶得抬起，「只將目光貼著大腿移動了一下」，看到但丁因登山而累得氣喘吁吁地剛坐下來休息，就用那句溫和的嘲諷話消遣他。

23　「你真懂了太陽怎麼趕著車走在你左邊嗎？」又是一句溫和的嘲諷話。貝拉夸說這句話不是在譏笑但丁理解遲鈍，而是譏笑他對這個問題竟然這麼感興趣；在貝拉夸看來，這種問題毫無意義，因為他自己不僅生活上是個懶人，在思想上也是，對任何科學問題都不可能有什麼求知欲。

24　貝拉夸的生平事跡不詳。早期注釋家說，他是佛羅倫斯人，以製作樂器為業，是但丁的朋友。據德貝奈戴提（Debenedetti）考證，貝拉夸是杜丘・迪・波納維亞（Duccio di Bonavia）的諢名，住在聖普洛柯羅（San Procolo）區，鄰近但丁的家，文獻證明他一二九九年六月二日還在世，一三〇二年三月四日已經去世，大概死於但丁遊地獄、煉獄、天國前不久。佛羅倫斯無名氏的注釋說：「他是前所未有、最懶惰的人。據說他早上一到店裡就坐下，除了去吃飯和睡覺，絕不起身。但丁大概是他的熟人，常常責備他這麼懶惰，因此，有一天，貝拉夸受到責備時便以亞里斯多德的話回說：「sedendo et quiescendo anima efficitur sa piens（坐著休息使靈魂聰明）」；對此，但丁回答說：『當然了，要是坐著會使人聰明，那就沒有人比你更聰明。』」「現在我不再為你難過了」意即看到你在煉獄，我知道你已經得救，便放心了。因為我怕你臨終未曾懺悔，死後靈魂入了地獄，心裡一直為此苦惱。「故態復萌」：意即懶病復發。

25　煉獄本部之門的天使不允許他進去經受磨練消罪，因為他出於怠惰，遲至臨終才懺悔。

26　諸天圍繞地球旋轉，而人在地球上生活，因此也可說是諸天圍繞著人旋轉。「轉了多久」指人在世上活了多少年。「良好的嘆息」指人在懺悔時發出的嘆息，這種嘆息能感動上天，讓人得到寬恕。

27　蒙受天恩的活人為煉獄山門外的靈魂祈禱，能縮短死者在門外等待的時間；而不蒙受天恩的活人（即罪人）的祈禱無效，因為他不為上帝接受。

28 「太陽已經觸及子午線」：意即此時已是正午時刻，但丁和維吉爾離開曼夫烈德和其他被逐出教會者的靈魂已經兩個半小時了。「黑夜用腳蓋住了海岸上的摩洛哥」將黑夜擬人化，說明大西洋岸上的摩洛哥此時已是黃昏，夜幕即將籠罩大地。如同西班牙的加迪斯和直布羅陀，摩洛哥在詩中常泛指北半球大陸的西端，它和耶路撒冷相距九十度，因此，煉獄時間是正午，耶路撒冷時間就是子夜，摩洛哥時間就是黃昏時分。

第五章

我已離開那些幽魂，正隨我嚮導的腳步走去，那時，背後有個靈魂指著我喊道：「瞧，靠下邊的那個人，日光似乎沒照到他左邊，他的舉動好似活人[1]！」一聽到這聲音，我便將目光轉過去，看見他們面帶驚奇只注視著我，只注視我和被遮斷的光[2]。

我的老師說：「你為何分心，因而放慢了腳步？他們在那邊嘀咕，與你何干？跟著我走，就由他們說吧：你要屹立一如尖塔，任憑風如何吹，塔頂永不動搖；因為心中接連生出念頭之人，由於一個念頭的力量削弱了另一個，常使自己的目標越離越遠[3]。」對此，除了說：「我來了」，我還能回答什麼？說出這句話，我臉上同時略略泛出有時能讓人得到寬恕的那顏色[4]。

在此同時，在我們稍微前面一點，一群人正沿著山坡橫著走來，一句一句唱著「*Miserere*」[5]。當他們看出我的身體不透光，那歌聲便轉變成了一聲悠長沙啞的「啊！」[6]。其中有兩個作為使者，跑過來與我們相見，請求說：「讓我們知道你們的情況吧。」我的老師說：「你們可回去向派你們過來的人報告，此人是真實的血肉之軀。倘若如我猜想，他們是因為看到他的影子才停下，那麼這樣回答也就夠了。讓他們對他表示歡迎吧，這對他們會有好處[7]。」

我從未見過燃起的蒸氣在夜色降臨時劃破晴空，或日沒時劃破八月的雲層，有如他們倆回到山坡上

在我們稍微前面一點，一群人正沿著山坡橫著走來，一句一句唱著「Miserere」。

那樣快[8]；他們剛回到那兒，便立刻掉頭和其他人一起朝我們跑來，有如一支縱韁奔馳的部隊。我的詩人說：「這群朝我們蜂擁而來的人為數眾多，都是來求你的，但你還是繼續向前，邊走邊聽吧。」他們走過來喊道：「啊，帶著與生俱來的肢體，為了獲得幸福而來的靈魂哪[9]，腳步稍停一下吧。看一看是否見過我們當中哪一個，那麼你就能將他的消息帶回世上。啊，你為何還走著？啊，你為何不留步？我們都是早先死於暴力、直到最後一刻都是有罪的人[10]；那時，來自天上的光令我們醒悟，我們透過悔罪和寬恕與上帝和解，離開了人世。如今他讓我們受深切盼望去見他的願望折磨著[11]。」我說：「我儘管端詳了你們的面容，卻也沒認出誰；不過，生來有福的靈魂們，若是要我為你們做些我能做到的事，那就說吧。我願以那平安的名義立誓去做，這平安讓我跟隨著這位嚮導的腳步，從一個世界到一個世界去追求[12]。」一個靈魂於是說：「你無須發誓，我們每個人都相信，你必然會做你要做的好事，除非心有餘而力不足。因此我獨自趕在眾人之前，搶先開口懇求。一旦你見到位在羅馬涅和查理的王國之間那地方，勞駕你在法諾請他們為我作良好的祈禱，直到我能洗淨深重的罪孽[13]。我是當地人；但使我流出我所在的血的那些深重創傷，是在安特諾爾後裔的懷裡受的，我本以為在那裡最安全[14]；那是埃斯提家族那個人派人幹的，他對我的憤恨遠遠超過正義要求的限度[15]。但是，當我在歐利亞科被追上，那時要是逃往拉密拉，如今我可還在人世呢[16]。我跑進沼澤，蘆葦和淤泥將我絆住，使我倒下：在那裡，我看見我的血在地上流成了湖[17]。」

接著，另一個說：「啊，願那吸引你登上這座高山的願望得以實現。請藉有效的憐憫，助我實現願望吧！我生前是達·蒙泰菲爾特羅，如今是波恩康特：喬萬娜或其他人都不關心我了，我因而垂頭走在

「上帝的天使將我帶走，來自地獄的那個便說：
『啊，你這來自天上的使者，你為何剝奪我？」

這些人之間[18]。」我對他說：「是什麼暴力或偶然事件，迫使你遠離了堪帕爾迪諾，讓人永遠不知你的葬身之地[19]？」他答說：「卡森提諾腳下有一條河流過，名曰阿爾齊亞諾，發源自隱士修道院上方的亞平寧山。我喉部受傷後徒步奔逃，血染原野，來到那條河不再喚作此名的地方。在那裡，我失去了視覺，我的言語以瑪利亞之名告終；在那裡，我倒下，僅留下我的肉體[20]。我要告訴你實情，你可要在活人之中重述。上帝的天使將我帶走，來自地獄的那個便說：『啊，你這來自天上的使者，你為何剝奪我？只因一小滴眼淚，你就從我手中奪去此人永恆的部分，而且帶走。我要以另一種方式處理那另一部分[21]！』你很清楚，潮濕的蒸氣在空中凝聚，升至冷氣包圍處便立刻又變為水[22]。那個來自地獄的將他專想作惡的邪惡意志與其心智相結合，憑藉本性賦予他的能力掀起了霧和風[23]。接著，他在日暮時以霧遮蔽從普拉托瑪紐至大嶺間的流域，令其上的天空瀰漫濃霧，飽含蒸氣的空氣變成了水。天下起雨，地面容不下的雨水流入溝壑，從溝壑匯入山洪後，便迅速猛烈奔向王河，勢不可擋。凶猛的阿爾齊亞諾河在河口旁發現我冰冷的軀殼，便將之沖入亞諾河，而且鬆開我在痛苦不堪時雙臂交叉胸前形成的十字。那河水沖得我沿著河岸及河底翻滾，而後便以其沖積物蓋起我，裹住我[24]。」

第三個靈魂接著第二個說：「啊，待你回到人間，從長途勞頓中休息過後，請想到我。我就是那個畢婭；錫耶納造的我，瑪雷瑪毀的我：那個先與我結婚、為我戴上他的寶石戒指的人知道此事[25]。」

「…… 請想到我。我就是那個畢婭；錫耶納造的我，瑪雷瑪毀的我……」

1　「靠下邊的那個人」指但丁，他跟在維吉爾後面登山，所以比較靠下些。「日光好像沒照到他左邊」意即他左邊有影子。「他的舉動好似活人！」可能指他攀登時顯得很費力的樣子。美國注釋家辛格爾頓指出，詩中重複使用「好像」（par），強調出那個幽魂認為自己所見的景象難以置信。

2　「只注視著我，只注視著我和被遮斷的光」：這裡連用兩個「只」字，強調那些幽魂一直不斷地注視著，表現出他們既驚異又好奇的神態。

3　大意是：一個人如果一再改變想法或計劃，就更達不到奮鬥的目標。因為一種想法或計劃的力量，勢必會削弱另一種想法或計劃的力量，結果便是好謀寡斷，無所作為。

4　意即由於過失，因而羞愧得臉上泛紅。「有時」：意即在某些情況下，而不是在任何情況下；只有犯的過錯較輕，臉上泛紅是真心悔過的表情時，才能得到寬恕。

5　「在我們稍微前面一點」指在山坡上較高處。「正沿著山坡橫著走來」：指那一群人順著環山的臺地走來，對正在登山的兩位詩人而言，那群人是橫向而行的。在面對山坡的人看來，他們依著煉獄中的規則，逆時針方向環山行走。他們發現但丁的身體有影子時，他們是在但丁左邊，也就是在他南邊；由於但丁登山時面向西方，此時是正午時分，太陽在北方，把他的影子投射到他左邊，也就是他南邊的地上，因此很容易被那一群人看到。

「*Miserere*」是《舊約．詩篇》拉丁文譯本第一句的第一個詞，含義是「憐恤」，全句按含義是「上帝啊，求你按你的慈愛憐恤我」。這一詩篇是天主教禮拜儀式中規定歌唱的七首悔罪詩篇之一，詩中表示自己認罪，祈求上帝大發慈悲，滌除罪孽，因而適合這群靈魂唱。他們用這詩篇中的話，祈求上帝讓他們進入煉獄內去經受磨練，將罪孽消除淨盡，獲得新生。

「一句一句」原文是 a verso a verso。多數注釋家將 a verso a verso 理解為「交替、輪流」，設想這群靈魂分成了兩組，一組合唱第一句，接著，另一組合唱第二句，一直輪流唱下去，將全篇唱完。注釋家齊門茲則認為，a verso a verso 含義是「一句一句」，因為煉獄裡的靈魂一般都是集體行動，所以這群人不會是分組合唱，而是全體齊聲合唱；「一句一句唱著」強調他們在歌唱時，內心也在反省自己的罪孽。

6　「一聲悠長沙啞的『啊！』」表明他們突然看到但丁的影子時，驚詫得不敢置信。

7　指但丁回到世上能勸說活人為他們祈禱，以縮短他們在山門外滯留的時間。

8　《最佳注釋》說：「正如那位哲學家（指亞里斯多德）在他的《氣象學》中所說，從地中冒出的各種蒸氣，各自根據其性質上升」；有的停止在大氣的第二或第三區域，變成雪、雨和風；其他的就往上升，因為接近火界而燃燒起來。「燃起來的蒸氣」就成為流星或雲層。

9　「為了獲得幸福而來」：意即為了獲得天國之福，因而來到煉獄消罪。由於但丁是活人帶著肉體來遊煉獄，那群靈魂因而猜想，他必定是蒙受神恩得救的人。

詩的大意是：夜晚流星劃過天空，夏季黃昏時雷電劃過雲層，速度都不如這兩個使者跑回去那麼快。彌爾頓在《失樂園》卷四中描寫天使尤烈爾乘光線飛行，以流星作為比喻，藉此說明他飛行的速度，顯然是借用了但丁的比喻：「那時尤烈爾乘著一線陽光，從黃昏的天空滑下，好像一顆秋夜的流星，閃過茫茫夜空，……」（見朱維之譯《失樂園》卷四）

10　「死於暴力」泛指陣亡者，以及被仇人或親屬所殺的人。他們臨死還是有罪的，因為生前尚未懺悔。

11　「來自天上的光」：指上帝的恩澤。他們受上帝的恩澤啟迪，醒悟到自己是有罪的人，死後靈魂要入地獄，才懺悔自己的罪，並寬恕殺死他們的人，因而死前能與上帝和解，得到寬恕，不入地獄，而來煉獄。「如今他讓我們受深切盼望去見他的願望折磨著」：意即上帝讓我們渴望進天國見他，但由於我們遲至最後一刻才悔罪，很長時間內都還不能如願以償，一直為此苦惱。

12　「生來有福的靈魂們」：意即這些靈魂生來注定得救，享天國之福，正如詩中稱注定入地獄的靈魂為「不幸生在世上的人的靈魂」一樣。「平安」原文是pace，宗教含義是「與上帝的意志合一的境界」（見《天國篇》庇卡爾達的話）。「從一個世界到一個世界」：意即從地獄到煉獄。但丁追求的「平安」，也是煉獄中所有靈魂皆希望達到的境界，因此他以此發誓，表示他的誠意。

13　「位於羅馬涅和查理的王國之間那地方」指安科納邊境區（Manca Anconitana），這個地區在羅馬涅以南、安茹家族的查理二世所統治的那不勒斯王國以北，大致相當於現今義大利的馬爾凱地區（Marche）。法諾是安科納邊境區的城鎮，位於安科納和佩扎羅之間，當時是在里米尼封建主馬拉台斯塔家族（即弗蘭齊斯嘉她丈夫的家族）的統治下。「良好的祈禱」：指蒙受上帝恩澤之人的祈禱。在煉獄本部經過磨練，才能「洗淨深重的罪孽」，「良好的祈禱」則能讓他提前進入煉獄之門。

14　詩中未提及此人的姓名，注釋家根據詩中的敘述，一致認為他是雅各波．戴爾．卡塞羅（Jacopo del Cassero），一二六〇年生於法諾的貴族家庭，有軍事和政治才能，一二八八年，與當地的貴爾弗黨人一起，參加佛羅倫斯對阿雷佐的吉伯林軍的戰役，在一二九六至九七年擔任波隆那的主要行政官期間，挫敗了斐拉拉侯爵埃斯提家族的阿佐八世對波隆那的野心和陰謀，捍衛了波隆那的獨立。

阿佐八世懷恨在心，蓄意對他進行報復。一二九八年，雅各波應聘出任米蘭的主要行政官，赴任時，為了安全起見，他不經過埃斯提家族的領地，而是從法諾走海路到威尼斯，然後經過帕多瓦地區前往米蘭，但他到了勃倫塔河邊的歐利亞科市鎮時，還是被阿佐八世派出的刺客追及殺死。

「我所在的血」：「我」指雅各波的靈魂，他活著時，他的靈魂在他的血裡。當時普遍相信血是靈魂的所在，這種說法源於《舊約．利未記》第十七章：「一切活物的生命就在血中。」

「在安特諾爾後裔的懷裡」指在帕多瓦境內。安特諾爾本是特洛伊的一名名將，在特洛伊滅亡後定居義大利，建立起帕多瓦城，他的後裔便是指帕多瓦人。根據中世紀傳說，安特諾爾向希臘人出賣了特洛伊，因此，但丁將叛國者的靈魂在科奇土斯冰湖中受苦之處就命名為「安特諾爾環」。雅各波用「安特諾爾的後裔」來指帕多瓦人，言外之意是帕多瓦人和阿佐八世之間在暗殺他的問題上是有默契的。他說這話時的口氣緩和，因為如今他已得救，對生前的仇敵再無怨恨，在這裡不過是如實敘述自己的悲慘結局，以引起但丁同情。「我本以為在那裡最安全」：因為帕多瓦地區不在阿佐八世的勢力範圍內。

15

「埃斯提家族的那個人」：指阿佐八世，他從一二九三至一三〇八年統治著斐拉拉（參看注14）。但丁在《地獄篇》第十二章中指出他犯了弒父罪。

「他對我的憤恨遠遠超過正義要求的限度」：據早期注釋家說，雅各波之所以引起阿佐八世的憤恨，不僅是因為他在政治上反對阿佐，也因為他對他進行了人身攻擊，例如，拉納的注釋說：「他（雅各波）不滿足於做出一些反對這位侯爵的朋友們的事，還不斷以粗鄙言語中傷他本人：說他與他的繼母有染，說他是洗衣婦所生，為人又壞又膽小。他的舌頭罵他永遠也罵不夠。這些言行益發加深了侯爵對他的仇恨，因而以此手段殺了他。」雅各波的話承認自己傷害了侯爵，後者的確有理由報復，因為當時的風俗和法律都容許這麼做，但報復應以和受害程度相當為限；而侯爵派刺客殺死他，這種報復就「遠遠超過正義要求的限度」，背離了人際關係的所有準則。他的話義正詞嚴，但並無怨恨，因為，他作為得救的靈魂，已經寬恕了自己的仇敵。

16

歐利亞科（Oriaco）今名歐利亞格（Oriago），是帕多瓦和威尼斯之間的市鎮。從威尼斯通到帕多瓦的大路會經過歐利亞科市鎮邊，繼續向拉密拉（La Mira）延伸。根據辛格爾頓的注釋，「在歐利亞科被追及」並不是說侯爵派出的刺客在那裡捉住雅各波，而是說在那裡突襲，當他跑向沼澤時，才對他進行追擊。這種解釋符合詩中所寫的情景。

拉密拉是威尼斯至帕多瓦的大路上的市鎮，在歐利亞科和帕多瓦之間，靠近一條引勃倫塔河水開掘出的運河，當時隸屬帕多瓦。雅各波當時認為歐利亞科附近的沼澤是更安全的藏身之地，因而沒有逃往拉密拉，此時回想起來，悔恨自己估計錯誤，才慘遭刺客的毒手。辛格爾頓在注釋中指出，雅各波的話顯然是說，假如當初逃向拉密拉鎮，還可能得到市鎮居民的援救，或是找到可避難的地方，或者再從那裡由大路逃走，就能倖免於難。彼埃特羅波諾在注釋中指出，「如今我還在人世呢」這句話，與其說是表明雅各波對人間的留戀，毋寧說是暗指他依然對自己竟然遭受暴力殺害深感痛心，因為煉獄裡的靈魂無法立刻就去掉人性的種種弱點。

17 「我跑進沼澤」：卡西尼—巴爾比的注釋指出，一二八二年的一件文獻曾提到歐利亞科附近的一大片公有的蘆葦地，可見詩中對事實和地點的細節描述很真實。辛格爾頓說，從「蘆葦和淤泥把我絆住」這句話來看，雅各波是騎馬逃走的，他的馬被蘆葦和淤泥絆住，他才倒在泥裡，被刺客追上殺死。

彼埃特羅波諾說，詩中用速寫的筆觸敘述，但敘述的事實足以重現當時的恐怖場面。雅各波著重提自己被蘆葦和淤泥絆住，倒了下去，「因為那一絆和那一倒正是他死亡的近因。只是在那個時刻他才覺得再也無法逃生。」「他沒說緊接著刺客們就突然來到（讀者會自己想到這種情況），完全不談所受的傷（他已經提到傷得很重、因而是致命的就夠了）；但他描述了自己死前那一瞬間的情景：看向自己的周圍，見到他的血『在地上流成了湖』，這最後一筆或許是最有力的一筆，也源於實際。因為是沼澤地，血和水混合染紅了水，可憐的雅各波於是覺得就好像躺在血湖之中。這是他從人世間帶來、留在記憶中最鮮明的情景，也是我們一想到他，就立刻回憶起來最引人哀憐的情景。」

18 「有效的憐憫」原文是「buona pietate」，意指良好的憐憫，意即勸說蒙受神恩的活人為他作有效的祈禱。這個靈魂是波恩康特．達．蒙泰菲爾特羅（Bonconte da Montefeltro）的靈魂。他是在第八層地獄第八惡囊中受苦的圭多．達．蒙泰菲爾特羅的兒子，和他父親一樣是吉伯林黨首領。他極具軍事才能，一二八七年幫助吉伯林黨將貴爾弗黨逐出了阿雷佐。一二八八年，在皮埃維．阿爾．托波（Pieve al Topo）之戰中，指揮阿雷佐吉伯林軍打敗錫耶納人，一二八九年六月十一日的堪帕爾迪諾之戰，又率領阿雷佐吉伯林軍對佛羅倫斯貴爾弗軍作戰，受重傷陣亡，但戰場上找不到他的屍體。但丁參加過這場戰役，因此對情景記憶猶新。達．蒙泰菲爾特羅表示他是封建貴族。蒙泰菲爾特羅不是他的籍貫，而是其家族世襲的伯爵封號。他將生前和死後的情況區別開來，因為表示社會地位的貴族稱號在死後已消失，僅有個人的名字存在。薩佩紐認為，這麼區別，表現出了他作為煉獄中的靈魂的謙卑，也流露出對於死亡使得他和親人幽明異路，很快就被人遺忘的傷感情緒。

喬萬娜（Giovanna）是他的遺孀，「其他的人」則指其他親屬，尤其是嫁給圭多伯爵家族（i conti Guidi）的女兒瑪南台薩（Manentessa），和一三〇〇年擔任阿雷佐最高行政官的弟弟斐得利哥（Federico）。「垂著頭走」表明他因為很快就被親人遺忘而傷心，走在那群靈魂之間，感覺羞恥得抬不起頭。

19 「暴力」指神或人使用的力量。「堪帕爾迪諾」是卡森提諾地區的小平原，佛羅倫斯和阿雷佐兩軍交戰的戰場。「葬身之地」指波恩康特陣亡後屍體的下落。

20 卡森提諾是托斯卡那的一個地區（參看《地獄篇》第三十章注13），包括亞諾河上游和亞平寧山脈的坡地，「腳下」指這地區較低的地帶。阿爾齊亞諾河（Archiano）是亞諾河的支流，發源於亞平寧山脈，穿過卡森提諾地區流入亞諾河。「隱士修道院」坐落在卡瑪爾多里（Camaldoli），建於十一世紀初年，是一座著名的修道院。「不再叫這個名字的地方」指阿爾齊亞諾河流入亞諾河之處。「我的言語以瑪利亞的名字告終」：意即我生前所說的最後一句話，是呼喊聖母瑪利亞之名，向她禱告。「只留下我的肉體」：意即他倒在地上死去後，靈魂被天使帶走，只留下屍體在那裡。

21 「你可要在活人之中重述」：「為的是讓眾人知道我如何得救，好讓他們為我祈禱，並且知道，即使是像我那樣在臨終時刻乞靈於聖母瑪利亞，由她替罪人求情，也是有效果的。」（斯卡爾塔齊—萬戴里的注釋）「帶走我」指天使帶走波恩康特的靈魂。「那個來自地獄的」指魔鬼。「剝奪我」指天使得走了本應屬於魔鬼的罪人的靈魂。「由於一小滴眼淚」指波恩康特臨死懺悔時滴下的眼淚，這滴表明真誠悔罪的眼淚感動了上天，因而使他的靈魂得救。「一小滴眼淚」出自魔鬼之口，顯然帶有嘲諷意味；他的話大意是：「在最後一刻滴下的一點眼淚，按你們天上的公道，就足以從我手裡奪去一個終生曾屬我的靈魂——魔鬼本想以此暗示他對上帝公道的懷疑，殊不知這句話卻歌頌了上帝的無限慈悲。」（彼埃特羅波諾的注釋）「永恆的部分」：指他的靈魂。「以另一種方式處理那另一部分」：「另一部分」指他的屍體；天使帶走他的靈魂後，無可奈何的魔鬼就以自己的方式折磨他的屍體，藉此洩憤和報復。

魔鬼和天使或聖者爭奪人的靈魂的場面，在中世紀傳說和文學作品中屢見不鮮。《神曲》除了在此所述的以外，《地獄篇》第二十七章還有魔鬼與聖方濟各在爭奪波恩康特他父親靈魂的場面。近代文學中也有這樣的主題，《浮士德》第二部第五幕中魔鬼梅菲斯托與天使們為爭奪浮士德靈魂的開戰，就是顯著的例子。

22 這是中世紀根據亞里斯多德《氣象學》闡明雨水成因的學說。

23 托馬斯．阿奎那斷言，天使和魔鬼都有意志和心智。作為萬惡之源的魔鬼「將他專想作惡的邪惡意志與他的心智結合」，利用自然力折磨波恩康特的屍體。「憑藉本性賦與他的能力」指魔鬼在背叛上帝之前也曾是天使，凡天使都有支配自然力的神通，魔鬼憑藉他曾為天使的本性所賦與的這種神通，呼風喚雨。

24 「從普拉托瑪紐到大嶺之間的流域」指堪帕爾迪諾平原。普拉托瑪紐（Pratomagno）是亞平寧山脈的支脈，在堪帕爾迪諾平原的西邊或右邊，「大嶺」指卡瑪爾多里附近的喬嘉納（Giogana）嶺，這道嶺是亞平寧山脈的主體，在堪帕爾迪諾平原東邊或左邊。「王河」（fiume reale）指亞諾河。當時有不少著作都將流入大海的河稱為王河或皇河（fiume imperiale）。「……阿爾齊亞諾河發現……」這裡將河流擬人化，讓敘述更顯生動有力。「雙臂交叉胸前形成的十字」是「紀念基督受難的虔誠姿態」（本維努托的注釋）。波恩康特臨終悔罪時作出了這種姿態。「沖積物」原文是 pieda（掠奪物，戰利品），這裡作為隱喻：激流的河水沖走泥沙、石子、樹枝、灌木等物，就猶如戰士帶走擄獲的戰利品。

25

這第三個也是遭到暴力殺害，臨死才懺悔的靈魂。詩中對前兩個人物的遭遇敘述較為詳細，讓讀者留有難以磨滅的印象，對這第三個的遭遇卻僅僅用了六行詩概括，但這寥寥數語卻讓她的性格和隱情躍然紙上。她說出自己的名字是畢婭（Pia）。名字前有定冠詞 la，帶有幾分親切意味，這是旁人談論她，而不是旁人與她說話時的用法。她的生平事蹟不詳。多數早期注釋家說，她出身錫耶納的托洛美（Tolomei）家族，嫁給了奈羅・德・潘諾契埃斯齊（Nello dei Pannocchieschi）為妻。她丈夫是瑪雷瑪（Maremma，即托斯卡那的近海沼澤地，參看《地獄篇》第十三章注1）地區彼埃特拉城堡（castello della Pietra）的領主，一二八四年為貴爾弗黨聯盟首領，一三二二年還在世。詩中畢婭對但丁說：「錫耶納造的我，瑪雷瑪毀的我」指她生於錫耶納，在瑪雷瑪遇害，措詞簡練，類似維吉爾墓碑上的銘文：「Mantua me genuit, Calabri rapuere——曼圖阿生我，卡拉布利亞奪去我。」詩中有意識地連用兩個詞幹相同、含義相反的動詞 fare（造）和 disfare（毀），而不用更具體、更露骨的字眼，使敘述含蓄委婉，意在言外。她當初為何遇害，注釋家提出種種說法：有的說她遭丈夫殺害，是因為她不貞，有的說是因為他懷疑她不貞；有的則說，是因為他打算娶一位寡居的女伯爵為妻。而關於她如何遇害，注釋家也有不同意見：有的說，這起凶殺事件實情無從知悉；有的說，是她丈夫差人將她從領地城堡的陽臺扔下去，摔死在山谷裡。迄今尚無定論。彼埃特羅波諾說：「我們可以設想她的過錯是愛情上的過錯，但不宜進行過多考證，考證太多，確定詩人想讓它繼續隱藏在神秘中的事物，此舉會損壞人物的性格……」牟米利亞諾說：「在這段情節和先前弗蘭齊斯嘉的那段情節中，比在詩中其他地方，注釋家們利用歷史資料說明詩中的含蓄之處，反而不可避免地破壞了詩的魅力。」

「那個先與我結婚、為我戴上他的寶石戒指的人」指她的丈夫奈羅，但她沒有說出他的姓名，只強調他和她是正式結婚的。「先」標明了他們的愛情和夫婦關係的開始，言外之意，就是後來他殺了她，使得這關係不幸終結。她不明說是他殺了她，只說他知道這件事，因為她的靈魂已經得救，心中已無仇恨，只不過在提起這個慘劇時流露出了內心的悲傷。

「請想到我」，意即請你在祈禱時想著為我禱告，讓我能早日進入煉獄之門。曼夫烈德、雅各波、波恩康特都請求但丁提醒他們的親屬為他們祈禱，畢婭則懇求但丁這個陌生人為她祈禱，因為她認為世上已經沒有任何親人了。她在懇求但丁之前，先想到他這次旅行長途勞頓，需要休息，因此對他說「從長途勞頓中休息過後」，再想著為她祈禱；這句話充分表現出畢婭身為女性特有的溫情，以及對他人體貼入微的關懷，使得她善良的形象深深銘刻在讀者心中，對她的遭遇充滿哀憐。

第六章

當擲骰子的賭局終了，賭徒們離開時，輸家懷著愁苦的心情留下，悲痛地重擲骰子學習技巧[1]；所有人都跟另一個人一起走；有的走在前面，有的從後面拉他，有的從旁提醒他關注自己[2]；他沒有站住，只是聽聽這個人的話，又聽聽那個人的；他出手給了錢的人就不再擠過來糾纏；他就這樣擺脫了那群人。我在那一群密集的靈魂中的情況也是如此，我向這邊、又向那邊轉過臉去對著他們，透過諾言從他們當中脫了身[3]。

這裡有死於吉恩．迪．塔科凶殘手臂下的那個阿雷佐人[4]，和在追逐中溺死的另一個阿雷佐人[5]。這裡伸著雙手請求的，有小斐得利哥[6]，和那個讓善良的馬爾佐科表現出堅忍精神的比薩人[7]。我看見奧爾索伯爵[8]，和那個自稱遭人怨恨和嫉妒，而非犯了罪而和肉體分離的靈魂；我說的是皮耶．德拉．勃洛斯[9]；且讓布拉邦的貴婦還在人世時就注意這件事，以免因此落至更不幸的人群中[10]。

一擺脫一直請求別人為其祈禱，好讓他們盡速超升的所有靈魂，我便說：「我的光明啊，你的詩中某處似乎明確否定祈禱能改變天命[11]；但這些人正是為此而祈禱，那麼，他們的希望豈非痴心妄想，還是我沒有清楚理解你的話？」

他對我說：「我詩中文字簡明易懂；若用健全的眼光來看，這些人的希望也非虛妄；因為居住在此的人需要滿足的要求，愛的火焰瞬間就能將之實現，這事實並不意味正義的頂峰降低了高度[12]；在我下那斷語之處，罪是不可能透過祈禱補救的，因為那種祈禱是和上帝隔離的[13]。但你莫將心神置於如此高深的疑難問題上，除非她告訴你這麼做，對於你，她將是真理和心智之間的光[14]。不知你是否明白，我說的即是貝雅特麗齊；你將在山上，在這座山的頂上看到她微笑，洋溢天國之福。」

我說：「主人哪，我們快點走吧，因為我已不像先前那麼疲累。你看，這山現在已投下了影子[15]。」他回說：「我們今天白日還能往前走多遠，就走多遠；但事實和你想像的不同[16]。在你到達山頂之前，你將看到太陽覆返，現在它已被山坡遮住，所以你沒截斷它的光線。但是，你看那邊一個靈魂獨自坐著，朝我們凝視：他會為我們指出最近的路[17]。」我們來到他跟前：啊，倫巴底人的靈魂哪，你的態度多麼孤高、目無下塵，你的目光流轉多麼莊嚴、緩慢！他沒對我們說什麼，任憑我們走去，只是像蹲著休息的獅子般注視著[18]。維吉爾獨自朝他走近，請求他指引最佳的登山路；那靈魂沒有回答他的問題，卻問起我們的籍貫和情況。和藹的嚮導開始說：「曼圖阿……」那個完全沉浸在孤寂中的靈魂從他原本所在之處起身，對著他說：「啊，曼圖阿人哪，我是你那城市的人索爾戴羅！」於是，他們互相擁抱。

唉，奴隸般的義大利[19]，苦難的旅舍[20]，暴風雨中無舵手的船[21]，你不再是各省的女主，而是妓院[22]！那個高貴的靈魂只因聽到故鄉甜蜜的名字，就急切在這裡[23]對同鄉表示歡迎；然而如今你境內的活人卻時時刻刻處於戰爭狀態，同一城牆、同一城壕圈子裡的人無不自相殘殺。可憐蟲啊，環顧沿海各省，再看看你的腹地，境內可有區域享受和平。馬鞍若是空著，查士丁尼整修韁繩又有何用？要是沒有韁繩，恥辱倒還小些[24]。唉，人們哪，如果正確理解上帝對你們的指示，你們就該虔誠，讓凱撒坐上馬鞍；你們看，自從你們出手去握韁繩，這牲口由於不被踢馬刺糾正，已變得桀驁不馴[25]。啊，德意志人阿爾伯特呀，你遺棄了這匹變得野性不馴的馬，而你本該跨在牠的鞍子前穹上。但願正義的懲罰從星辰降至你的家族，而且那樣神異昭彰，令你的後繼者對此感到畏懼[26]！因為你和你父親被貪心拖住，滯留在那邊，容忍帝國的花園變為荒漠[27]。你這漠不關心的人哪，來看看蒙泰奇和卡佩萊提，蒙納爾迪和腓力佩斯齊：前者已很悲慘，後者在恐懼不安[28]。殘忍的人哪，你來看看你的貴族們的苦難，治癒他們的創傷吧；你將看到聖菲奧拉如何衰敗[29]！來看看你的羅馬，她孀居孤寂，晝夜哭喊：「我的凱撒，你為何不陪伴我[30]？」來看看你的人民，他們何等相親相愛[31]！如果沒有絲毫對我們的憐憫之心感動你前來，那麼，你就來為你的名聲感到羞恥吧[32]。啊，在世間為了我們而被釘死於十字架上的至高無上朱比特呀，如果我可以問，你正義的目光莫非轉向了別處？或者，在你深奧的天意中，這是你為了某種完全無法為我們的心智洞察的幸福所作的準備？因為義大利的城市全都充滿暴君，每個參加黨派鬥爭的村夫都變成瑪爾凱魯斯[33]。

我的佛羅倫斯呀，你確實可對離題的這段話感到高興，多虧你的市民費盡心機，它沒有牽涉到你[34]。許多人心懷正義，由於未經慎重考慮，不會將箭搭上弓弦，因而發射得遲緩[35]；但你的市民卻將正義掛在嘴上。有許多人拒絕擔任公職；但你的市民無須召喚就急切答道：「我來挑重擔[36]！」現在你就揚揚得意吧，因為你大有理由如此：你富強，你享受和平，你明智嘛！我說的這番話是否屬實，事實可以表明[37]。制定古代法律、政治如此修明的雅典及拉刻代蒙，對良好的公共生活做出的貢獻，比起你來還顯得微不足道。你規定的措施如此精細，以至於你十月間紡出來的，還維持不到十一月中旬[38]。在你記憶猶新的時間內，你曾多少次改變法律、幣制、官職和風俗，更換成員[39]！若是你好好反省，有了自知之明，便能看到，你就如同躺在羽絨褥被上不得安息，而以輾轉反側躲避痛苦的病婦[40]。

1　擲骰子是當時盛行的一種賭博遊戲，由二人對局，在平滑桌面上擲出三顆骰子，每次擲前先喊出一個數目，擲出的點數總和若是和此數目符合，就算贏了一局。

2　「另一個人」：指贏家。「提醒他關注自己」：意即求贏家從贏得的錢當中抽出一點兒給自己。

3　「透過諾言」：意即透過向群聚的靈魂許諾回到人間後，必定會勸他們的親屬為他們祈禱，好讓他們早日進入煉獄之門。

4　指十三世紀著名的法學家，本因卡薩．達．拉特利納（Benincasa da Laterina）。此人是在錫耶納擔任法官時，因判處吉恩．迪．塔科的兩個親屬死刑，後來在羅馬任法官時，「在法庭公案邊」突然被吉恩殺害。吉恩．迪．塔科（Ghin di Tacco）是錫耶納貴族，後來變成惡名遠揚的強盜，盤踞著拉地科凡尼（Radicofani）城堡，糾集黨徒，攔路搶劫，煽動當地民眾背叛羅馬教廷。晚年與教皇波尼法斯八世和解，藉著教皇之力，得到錫耶納政府的寬恕。他在一三〇三年左右在錫耶納鄉間被人暗殺。他是《十日談》第十天故事第二的主人公。

5　「另一個阿雷佐人」：指阿雷佐境內彼埃特拉瑪拉（Pietramala）地方的封建主古丘．德．塔爾拉提（Guccio de' Tarlati）。此人屬吉伯林黨，生活在十三世紀後半葉；有一說是他在追擊流亡在外的貴爾弗黨人波斯托里（Bostoli）家族時，溺死於亞諾河中；另有一說是他在堪帕爾迪諾之戰被敵人追擊時溺死。

6 小斐得利哥（Federigo Novello）是圭多伯爵家族的小圭多（Guido Novello）之子，一二八九年或一二九一年，他在前去援助彼埃特拉瑪拉的塔爾拉提家族時，在比比埃納（Bibbiena）附近被殺，大概死於波斯托里家族的成員之手。

7 「比薩人」指馬爾佐科·德·斯科爾尼利亞尼（Marzucco degli Scornigliani）的兒子，名為嘉諾（Gano）或法利那塔（Farinata），這個兒子大約在一二八七年在比薩的內鬥中遭烏格利諾伯爵（見《地獄篇》第三十三章）下令殺死，而且不許入葬。馬爾佐科是個有名望的人，一二五〇至一二七八年間曾多次擔任要職，一二八六年成為方濟各會修士，在佛羅倫斯聖十字架教堂修道院中度過人生最後十年。但丁在這所修道院裡聽宗教家講授神學時，可能見過他。關於他兒子之死如何令他「表現出堅忍精神」，注釋家有不同的說法。據薄伽丘說，他喬裝成陌生人，臉上毫無悲痛表情，去見烏格利諾伯爵，懇求准許他去埋葬死者。伯爵認出他是誰，驚訝地說：「去吧，因為你的忍耐戰勝了我的執拗。」另一種說法是：他表現出的堅忍精神，在於他參加自己兒子的葬禮時既無落淚，又無怒容，還勸告親屬寬恕敵人，不要報仇。

8 奧爾索（Orso）伯爵是曼勾納（Mangona）的阿貝爾提（Alberti）家族的拿波倫內（Napoleone）伯爵之子，一二八六年被他的伯父亞歷山鐸之子阿貝爾托（Alberto）殺害。他父親拿波倫內和他伯父亞歷山鐸因犯了兄弟自相殘殺罪，而在第九層地獄的該隱環中受苦。（參看《地獄篇》第三十二章注21）這個家族自相殘殺的慘劇一直延續到一三二五年阿貝爾托被一個名叫斯皮奈羅（Spinello）的堂兄弟殺死為止。

9 皮耶·德拉·勃洛斯（Pierre de la Brosse）是法國著名的外科醫生，備受國王路易九世寵信，後來又獲腓力三世的寵信，任命為宮廷大臣。一二七六年，腓力三世的長子路易突然死亡，這個醫生指控是路易的繼母瑪莉派人毒死了路易，好讓她自己的兒子（腓力四世）能夠繼承王位。這個指控引起了王后和其親信對他的仇恨。一二七八年，腓力三世和卡斯提國王阿爾方索十世之間爆發了戰爭，瑪莉王后和朝臣指控皮耶暗中與阿爾方索勾結，犯了叛國罪，國王因此將他處以絞刑。從詩中判斷，但丁顯然認為他是無辜的，被處絞刑完全是因為遭到王后的怨恨和朝臣的嫉妒所致。

10 「布拉邦的貴婦人」：指瑪莉王后，因為她是布拉邦（Brabant）公爵亨利六世之女（布拉邦公爵的領地包括現今荷蘭南部和比利時北部及中部）。

「還在人世時就注意這件事，以免因此落至更不幸的人群中」：意即要在生前懺悔誣告了皮耶的罪行，以免死後墮入第八層地獄的第十惡囊，在犯誣告罪的陰魂之間受苦，比煉獄中和皮耶同在的那群人還不幸。瑪莉王后一三二一年才去世，極有可能得知但丁在詩中對她的警告，因為彼時《煉獄篇》已經傳抄問世。

11 「我的光明」：指維吉爾，因為他象徵理性，為但丁解除疑難，指明道路。「你的詩中某處」：指在《埃涅阿斯紀》卷六第三七六行。埃涅阿斯隨神巫西比爾遊冥土時，遇見了他船隊當中的主舵手帕里努魯斯的靈魂。這名舵手當初是落海溺死的；凡是遺體沒有入土的靈魂，都不得渡過冥河，因此，帕里努魯斯請求埃涅阿斯助他一臂之力，將他帶過河去。但西比爾對他說：「莫妄想乞求一下就能改變神的旨意。」

12 「用健全的眼光來看」：指不帶任何偏見來看。「居住在此」：指在煉獄中的靈魂。「需要滿足的要求」：指經歷贖罪的過程。「愛的火焰」：指蒙受天恩的活人懷著滿腔熱愛，為煉獄中的靈魂所作的祈禱，這種祈禱瞬間就能完成那些靈魂需要極長的時間才能完成的贖罪過程。「正義的頂峰」：指上帝至高無上的正義判決，也就是天命。這三句詩言簡意賅，大意是：蒙受天恩的活人心懷熱愛，為煉獄中的靈魂向上帝祈禱，瞬息間就能完結那些靈魂所需的長期贖罪過程，然而這並不意味上帝的正義判決有所減輕。實際上，上帝的正義判決是不可改變的。

13 「那種祈禱是和上帝隔離的」：意即由於帕里努魯斯是異教徒，祈禱的對象是異教神祇，因此不可能上達三位一體上帝的天聽。

14 對但丁而言，蒙受天恩者的祈禱能縮短煉獄中的靈魂的贖罪過程，但上帝的正義判決卻又是不可改變的。「如此高深的疑難問題」：對這種神學問題，象徵理性的維吉爾只能約略說明，所以他告誡但丁別再對這種問題多費心思，因為這只能由貝雅特麗齊解決。「對於你，她將是真理和心智之間的光」：意即象徵神學和信仰的貝雅特麗齊能夠「讓你的心智得以認識真理，正如光讓眼睛得以見到物體是什麼形象」。（倫巴第的注釋）

15 「一聽到貝雅特麗齊的名字，詩人就覺得受到嚮往之情的激發而振奮起來，靈魂已登上山頂；因為想見到她的願望與認識真理的需要融合在一起了。」（托瑪塞奧的注釋）兩位詩人是在中午離開貝拉夸，之後和那些遭到暴力殺害、最後一刻才懺悔的靈魂交談，耗費了許多時間，此時已是下午三點；他們從這座山的東坡登山，所以此時西下的太陽將山影投射在他們的所在處。

16 「事實和你想像的不同」：意即登山路程遠比你想像的還更遠。實際上，需要三天才能到達山頂上的地上樂園。

17 這個靈魂是義大利最著名的吟遊詩人索爾戴羅（Sordello）。此人十三世紀初生於距離曼圖阿約十五公里的戈伊托（Goito），出身清貧的貴族家庭。據一位早期普羅旺斯的傳記家說，他是個「美男子，優秀的歌唱家，優秀的吟遊詩人，偉大的情人」。他青年時代在維洛納的封建主里卡多·迪·聖波尼法丘（Riccardo di San Bonifacio）伯爵的宮廷生活，愛上了伯爵之妻庫妮莎·達·羅馬諾（Cunizza da Romano）。庫妮莎是殘暴的封建主阿佐利諾（見《地獄篇》第十二章注25）的姊妹。阿佐利諾由於和里卡多在政治上結下仇恨，因此唆使索爾戴羅誘拐庫妮莎逃離她丈夫的宮廷，或是幫助她逃走，以斷絕這份姻親關係。一二二六年左右，索爾戴羅和庫妮莎逃到了隸屬阿佐利諾的特雷維佐邊境區（Marca Trivigiana）。數年後，索爾戴羅由於和奧塔・迪・斯特拉索（Otta di Strasso）祕婚，被迫離開當地，大約在一二二九年投奔普羅旺斯伯爵萊蒙多・貝爾林吉耶里（Raimondo Berlinghieri）四世，在宮中受到優待。他在宮中提升了自己的普羅旺斯語水準，熟練吟遊詩人的創作技巧，以普羅旺斯語寫下多首愛情詩和諷刺詩。萊蒙多死後，他的女婿，安茹家族的查理一世繼承了普羅旺斯伯爵領地，索爾戴羅仍然受到優待。查理一世進軍義大利，同曼夫烈德作戰，索爾戴羅隨同他回到自己的祖國。一二六九年，查理賜給他阿卜魯齊（Abruzzi）地區的帕雷納（Palena）采邑和五座城堡。索爾戴羅大概死於一二七三年之前。他的詩都是以普羅旺斯語寫成，最著名的一首是一二三六年的《哀悼波拉卡茨先生之死 *Compianto in morte di ser Blacatz*》。詩中責備當代君主神聖羅馬皇帝腓特烈二世，以及法國國王、阿拉岡國王等人的軟弱無能，邀請他們分食波拉卡茨的心，以攝取他的勇氣和魄力。這種敢於直言不諱的大無畏精神顯然引起但丁的共鳴，在詩中將他作為愛國心的象徵，用簡練筆觸塑造出他目無下塵的孤高形象。

18 「倫巴底人的靈魂」：倫巴底在中世紀泛指義大利北部的廣大地區，「倫巴底人」是義大利北部居民的通稱。維吉爾的家鄉曼圖阿在義大利北部，索爾戴羅的則在曼圖阿附近，因此說他們都是「倫巴底人」，彼此是同鄉。

19 「但丁在《帝制論》卷一第十二章第七至八行說：『人類統一在皇帝之下是完全自由的。』義大利之所以是奴隸，因為它沒有皇帝的領導，受封建專制和平民政權的支配，被內部鬥爭折磨。」（波斯科—雷吉奧的注釋）

20 這個隱喻說明義大利是各種苦難集中之地，猶如旅舍是各地旅客彙集之所。

21 詩人將處於危難中、沒有皇帝領導的義大利比做暴風雨中沒有舵手的船，以此強調由皇帝領導（掌舵）才能挽救義大利。

22 東羅馬帝國（拜占庭）皇帝下令編纂的《羅馬民法彙編》（參看注24）中說：「義大利不是省，而是各省之主。」這句話一再出現在中世紀文獻中。詩中意思是說，義大利如今已不再像古代羅馬帝國時代那樣是地中海沿岸各民族的主人。

關於「妓院」的寓意，注釋家有不同的解釋：有的認為是指腐化墮落、道德敗壞的地方；有的認為這樣說，是因為「這個國家不是依法律治理，而是誰想要它，就獻給誰」（戴爾・隆格的注釋）；有的則根據上下文，將「妓院」引伸為「妓女」（換喻、轉喻），以和「女主」對稱。

23 「在這裡」：指在煉獄中。煉獄中的靈魂將成為天國的市民，對陽間家鄉的感情已不熱烈；儘管如此，索爾戴羅一聽到維吉爾答說生在曼圖阿，便立刻和他擁抱，顯示出深厚的同鄉情誼。這和當時人世間義大利各小邦、同城市的市民經常內訌、自相殘殺的情況形成鮮明對比。

24 拜占庭皇帝查士丁尼（Jusitinianus, 527-565）下令彙集的羅馬法律文獻，統稱《羅馬民法彙編》，後世稱《查士丁尼法典》。但丁將此書比喻為牽馬的繮繩，將義大利比喻為馬，皇帝比做騎馬之人。「馬鞍若是空著」：指如今沒有皇帝伸張正義，依據法律治理義大利；在這種情況下，查士丁尼編纂的法典又能有什麼作用？

「要是沒有繮繩，恥辱倒還小些」：意即「要是沒有作為繮繩的法律，恥辱倒還小些」。野蠻民族的無政府狀態不像文明民族的無政府狀態那樣可恥，那樣應受譴責；文明民族明知有秩序、正義的生活準則，卻踐踏了這些準則」（薩佩紐的注釋）。

25 「人們哪」指教會中的當權者，即教皇、大主教、主教和教士。「你們就該虔誠」：意即專心致力於宗教事業，讓皇帝掌握世俗權力。

「上帝對你們的指示」：指《新約．馬太福音》第二十二章中耶穌所說的：「凱撒的物當歸凱撒，上帝的物當歸上帝。」（「凱撒」指羅馬皇帝）

「自從你們出手去握繮繩」：意即自從教皇和主教等企圖掌握世俗權力後。「由於不被踢馬刺糾正」：意即由於教皇和主教等不會治國安邦，唯一應該、而且能行使這種權力的皇帝又不來義大利。「已變得桀驁不馴」：意謂義大利的城邦和封建割據的小國已變得無法無天，不承認任何權威。

26 「德意志人阿爾伯特」：指哈布斯堡家族的阿爾伯特一世。他生於一二四八年，先受封為奧地利伯爵（1282-98），後來當選為德意志王和神聖羅馬皇帝（1298-1308），但始終未前來羅馬加冕。教皇波尼法斯八世起初不承認他是皇帝，「因為他相貌醜陋，只有一隻眼睛」，而且娶了「屬腓特烈（二世）毒蛇般血統的」女子為妻，因而公然宣布帝位仍然虛懸，由教皇自己代行皇帝的職權。對此，阿爾伯特不僅沒有抗議，後來甚至派人與教皇協商，準備將托斯卡那地區全部交給教皇。因此但丁對他異常憤恨，在詩中祈求上天嚴懲他的家族。波尼法斯八世因為與法國國王腓力四世進行激烈鬥爭，考慮到若聯合阿爾伯特有其益處，最後在一三〇三年承認他為皇帝。一三〇八年，阿爾伯特遭到侄子士瓦本公爵約翰暗殺身亡。

「遺棄了這匹變得野性不馴的馬」：指阿爾伯特不行使皇帝的職權，整治不服從帝國權威的義大利。「本該跨在牠的鞍子前穹上」：指阿爾伯特作為神聖羅馬皇帝，理應統治義大利。但丁在詩中稱他為「德意志人阿爾伯特」，並無任何民族歧視之意，而是以此譴責他專在德意志王國內部擴充勢力，不盡對義大利的職責。「正義的懲罰從星辰降至你的家族」：許多注釋家認為，是指阿爾伯特的長子魯道夫於一三〇七年夭折，隔年他自己也遭到暗殺。

「你的後繼者」：指盧森堡王朝的亨利七世。這些歷史事實以「事後預言」形式出現在詩中，可作為內證，推斷《煉獄篇》的寫作時間。雷吉奧認為，第六章中這些詩句可能是一三〇八年五月阿爾伯特被暗殺後、同年十一月亨利七世當選，但尚未表明將南下前來義大利加冕時所寫成，也可能是在他當選之前不久寫成。

27　阿爾伯特一世的父親是魯道夫一世（Rudolf von Habsburg, 1218-1291），他在一二七三年當選為德意志王和神聖羅馬皇帝，建立了哈布斯堡王朝。「被貪心拖住，在那邊滯留」：指他們父子二人受貪心驅使，只顧在德意志擴充領土。「容忍帝國的花園變成荒漠」：但丁認為，義大利是帝國最美的部分，因而在詩中稱它為「帝國的花園」，但它被皇帝遺棄，因而內訌和戰亂頻繁，陷於無政府狀態。薩佩紐指出：「那邊」這個詞不指明何處，滿含輕蔑意味，與「帝國的花園義大利形成強烈對比」。

28　從前人們曾認為蒙泰奇（Montecchi）和卡佩萊提（Cappelletti）是維洛納兩個世代為仇的貴族，莎士比亞的《羅密歐與茱麗葉》寫的就是這兩個家族一對青年男女的愛情悲劇。其實，蒙泰奇是維洛納的吉伯林家族，卡佩萊提是科雷摩納（Cremona）的貴爾弗家族，後來這兩個家族姓氏成了在倫巴底地區爭奪霸權的兩個敵對黨派的名稱。十三世紀中葉後，這兩個黨派日益衰微，卡佩萊提黨在政治上已經無足輕重。但丁用蒙泰奇和卡佩萊提這兩個黨派的名字，來概括擁護皇權和反對皇權的黨派的所有政治行動，它們之間的鬥爭導致了倫巴底各城市的衰敗，以及落入野心勃勃的暴君們之手（波斯科—雷吉奧的注釋）。

蒙納爾迪（Monaldi）和腓力佩斯齊（Filipeschi）是奧爾維埃托（Orvieto）的兩個家族，前者是貴爾弗黨首領，後者是吉伯林黨首領，因此常處於敵對狀態。這兩個家族姓氏後來分別變成奧爾維埃托的貴爾弗黨和吉伯林黨的名稱。詩中所說「前者已很悲慘」，是指十三世紀末，蒙泰奇和卡佩萊提兩黨都已衰微，因為它們互相爭奪的城市一一落入了那些利用它們的不和坐收漁翁之利的暴君之手。「後者在恐懼不安」指蒙納爾迪和腓力佩斯齊兩黨預感到自己的滅亡即將到來，因而恐懼不安。

29　「你的貴族們」：指帝國的封建貴族。「聖菲奧拉」（Santafiora）是阿爾多勃蘭戴斯科家族的世襲領地，這個家族從九世紀起就擁有這一領地和索阿納（Soana）領地。一二一六年，阿爾多勃蘭戴斯科家族分成了兩個支系，一個擁有索阿納和皮提利亞諾（Pitigliano）伯爵封號，屬貴爾弗黨，一個擁有聖菲奧拉伯爵封號，屬吉伯林黨。詩中是指後者，它在十三世紀末已經衰微。但丁以它作為義大利一般封建貴族衰微的例證。

30　按照但丁的想法，羅馬是皇帝天命注定的配偶，皇帝不在羅馬，羅馬就等於處在「孀居孤寂」的狀態。但丁設想羅馬在孀居孤寂中晝夜哭喊，哀求皇帝回來的情景，顯然是受《舊約．耶利米哀歌》第一章所啟發：「先前滿有人民的城（指耶路撒冷），現在何竟獨坐，先前在列國中為大的，現在竟如寡婦。先前在諸省中為王后的，現在成為進貢的。她夜間痛哭，淚流滿腮。在一切所親愛的中間，沒有一個安慰她的。」

31　這是詩人出於痛心而說的反話，實則悲嘆義大利人受到派系驅使，經常內訌，自相殘殺。

32 意即你至少要關心你的聲譽。由於你的失職，使得義大利仍處於無政府狀態，你的聲譽已經大大下降，你要是來到這裡，將會親身證實這一點而為之感到羞恥。

33 「暴君」在此指義大利各城市的僭主和所有非法掌權的黨派首領。「瑪爾凱魯斯」可能是指公元前五〇年任羅馬執政官、站在龐培那邊，堅決反對凱撒的克勞迪烏斯・瑪爾凱魯斯（C. Claudius Marcellus）。這句詩的大意是：每個充當貴爾弗黨首領的鄉巴佬，都反對皇帝的權威，一如古時瑪爾凱魯斯反對羅馬帝國的開創者凱撒。

34 「費盡心機」：意即佛羅倫斯市民費盡心機，讓佛羅倫斯處於和平狀態。這麼說顯然是以反話諷刺。「它沒有牽涉到你」也是反話，因為抨擊的鋒芒特別指向佛羅倫斯。

35 「許多人」：指許多其他城市的人，心中雖有正義感，但不急於表示，以免說話有失檢點，猶如射手將箭搭在弦上，暫時引而不發，以免失誤，射不中目標。

36 大意是：許多其他城市的人不願擔任公職，但佛羅倫斯市民不必召喚就搶著擔任公職，因為他們懷有政治野心。「我來挑重擔！」這句話聽似是勉為其難之意，實則暗藏爭權奪利的意圖。

37 「你富強」這話是實情，因為當時佛羅倫斯是全義大利最大的手工業中心，金融業也很發達，是歐洲最富裕的城市。但這話在詩中仍是反話，在於表明這大量財富是藉由高利貸等不正當手段獲得的，非但無益，而且有害，儘管佛羅倫斯人以此自豪。「你享受和平」顯然是反話，因為佛羅倫斯經常內訌和對外作戰。「你明智」也是反話，因為但丁認為佛羅倫斯在政治上很不明智，很不穩健。「事實可以表明」：意即從下列事實可看出。

38 「拉刻代蒙」（Lacedaemon）也就是斯巴達，是拉科尼亞（Laconia）的首都。雅典和斯巴達是古代希臘兩個最重要的城邦。「制定古代法律」：指公元前六世紀梭倫（Solon）為雅典制定的憲法，以及傳說中的立法者呂庫爾格斯（Lycurgus）為斯巴達制定的憲法。「措施」（Provedimenti）指政治和行政措施。「精細」原文是sottili，本義是「細」，引申義是「細緻」。上句說明佛羅倫斯人費盡心機，想出了種種極其細緻的政治和行政措施，下句用隱喻「紡出來」（fili）比擬他們細心想出這些措施，卻實行不了多久，就好像紡出的細線纖弱易斷，無法耐久。詩句的諷刺性完全在「sottili」一字的雙重意義上。「你十月間紡出來的，還維持不到十一月中旬」：泛指佛羅倫斯政府常見的朝令夕改情況，戴爾・隆格認為特別指這個歷史事實：白黨最後一次執政時，在一三〇一年十月十五日選出的行政官，按照慣例任期應為兩月，但由於接著黑黨得勢，因而被迫在十一月七日辭職。但丁特別提到這兩個月，是因為它們標誌著「白黨的垮臺和自己遭流放」。

39　「風俗」指生活方式和風氣。「成員」在此是指市民。「更換」指佛羅倫斯內部黨派鬥爭不斷，有時這個黨派得勢，有時則換那個黨派，隨著黨派勢力消長，常有一部分市民遭到放逐，另一部分則被召回家鄉。

40　這個形象生動的比喻，是從封建關係邁向資本主義關係過渡時期的佛羅倫斯的忠實寫照。

第七章

得體、欣喜的歡迎禮節重複了三、四次後，索爾戴羅往後退了退，說：「你們是誰呀[1]？」「在配升到上帝跟前的靈魂往這座山走來之前，我的骸骨已被屋大維埋葬[2]。我是維吉爾；我失去了天國，不是由於什麼別的罪，只是因為沒有信仰[3]。」我的嚮導當時這麼回答。

猶如突然看到面前有什麼事物令他驚奇，覺得半信半疑，說：「它是……它不是……」，索爾戴羅的神情就是這樣；他隨後垂下眼睛，以謙卑姿態重新向他走去，在卑下者擁抱尊長者的部位擁抱他[4]。

「啊，拉丁人的光榮啊，」他說，「透過你，我們的語言顯示出了它的能力[5]。啊，我出生地永恆的榮耀啊，是什麼功績或恩澤，讓我見到了你？倘若我配聽你的話，就請告訴我，你是否來自地獄，又是從哪一層而來吧[6]。」「我一層層走遍那愁苦的王國，來到這裡。是天上的力量推動我，我藉它之助而來。我不是因為做了什麼，而是沒做什麼，才使得我見不到你所嚮往、而我太晚得知的崇高太陽[7]。地獄裡有一處，其情景之悲慘並非因為苦刑，僅是因為黑暗，那裡的悲哀聲音聽起來不是痛苦的叫喊，而是嘆息[8]。在那裡，我與那些在免除人的罪孽之前就已被死神的牙齒咬住、天真無邪的嬰兒同在[9]；在那裡，我與那些未得三種聖德裝飾、卻完美認識而且實踐所有其他美德的人同在[10]。不過，倘若你知道，而且可以，就為我稍作指點，讓我們能更快走到煉獄真正開始之處吧[11]。」他回道：「沒有指定我

他隨後垂下眼睛，以謙卑姿態重新向他走去，在卑下者擁抱尊長者的部位擁抱他。

們留在固定地點；我可以往上走，也能環山而行；凡是我能去的地方，我都在你身邊做嚮導[12]。可是，你看天色已近黃昏，夜間是不能往上走的；所以最好找個愜意的住宿之處。右邊那兒有一些與眾隔離的靈魂；如果你同意，我就帶你過去，認識他們必定會令你高興。」「為什麼那樣[13]？」維吉爾回說：「是夜間想上山的人會被外力阻止？還是因為沒有力量而上不了山？」善良的索爾戴羅用手指在地上畫出一條線說：「你看，太陽沒後，你連這條線都不能越過。往上走的障礙不是別的，而是夜間的黑暗：黑暗讓人不可能上山，進而阻撓人上山的意志[14]。當地平線關閉著白晝時，在黑暗中的確能往下走回頭路，和圍繞著山腰遊蕩[15]。」聽了這番話，我的主人彷彿感到驚奇。他說：「那麼，就帶我們到據你所說在那兒停留會有樂趣的地方吧。」

離開那裡走了不遠，我便發現這座山有一處向內凹陷，就像陽間的山谷讓山的地形凹陷。那靈魂說：「我們要去那處山坡凹陷、自成懷抱狀的地方，在那裡等待新一天來臨。」一條既非全然陡峭、又非全然平坦的斜徑將我們引導到了高度降低一半多的山谷邊緣末端[16]。黃金和純銀，胭脂紅和鉛白，靛藍，磨得平滑光潔的木材，剛被劈開、色澤鮮明的綠寶石，如果這些放在那山谷裡，都會被那兒的花草顏色蓋過，一如較小的事物被較大的超過。大自然在那裡不但畫出了色彩，還讓千種氣味的芬芳合成一種人所不知、無法辨別的香氣。

我從那地方看到一些靈魂坐在花草上，唱著「*Salve, Regina*[17]」，因為他們在山谷中，所以由外看不見。帶我們來到那裡的曼圖阿人說：「在目前夕陽尚未入巢前[18]，莫要我將你們帶往他們中間。從這處高地，能看出他們每個人的動作和面貌，這要比到底下山谷到他們中間看更為清楚。那個坐在最高處、

我從那地方看到一些靈魂坐在花草上，唱著「Salve, Regina」。

儀態神情表露出他忽略了該做之事，而且不動口與他人齊唱的，就是魯道夫皇帝。他本可治癒義大利的致命傷，結果留待別人去令它起死回生，為時已晚[19]。那看似在安慰他的另一人，他曾統治由摩爾達瓦河流入易北河、由易北河流進海中的水發源處的國土，他的名字是奧托卡爾，他在襁褓中就已遠遠勝過他那生了鬍鬚、沉溺色欲和怠惰的兒子瓦茨拉夫[20]。那個似乎正與那位面貌異常慈祥者密切商談的小鼻子之人，他在逃跑時身死，辱沒了百合花的榮光[21]：你們看，他正在那裡捶胸！你們看，那另一個正托著腮，唉聲嘆氣，他們是法蘭西的禍胎的父親和岳父；他們知道他邪惡污穢的生活，因而產生刺痛內心的悲哀[22]。那個看來身軀如此魁梧、與那個大鼻子配合唱著歌的人，他生前曾束著所有美德的腰帶[23]；坐在他後面那個青年人若是繼承他為國王，美德確實會從這器皿倒進那器皿，關於他的其他嗣子就無法這麼說了；賈科莫和斐得利哥都得到了王國，但誰都沒得到更好的遺產[24]。人的美德很少傳到枝條上；這是恩賜美德者的意旨，為的是讓人向祂祈求[25]。我的話同樣適用於那個大鼻子的人，如同適用於那另一人，那個和他同唱著歌的彼得羅，因此緣故，普利亞和普羅旺斯如今已怨聲載道[26]。這棵植物之劣於生它的那粒種子，就如同康斯坦絲比貝雅翠絲和瑪格麗特更有理由仍為自己的丈夫自豪[27]。你們看，那位生活樸素的英吉利國王亨利獨自坐在那裡：他在他的枝條中有較好的後嗣[28]。他們當中，那個在最低位置席地而坐、抬頭仰望的，是圭利埃爾莫侯爵，因為他的緣故，亞歷山德里亞和它的戰爭使得蒙菲拉托和卡那維塞哭泣[29]。」

1　「歡迎禮節」這裡指擁抱。索爾戴羅在前一章已說出自己的名字，現在自然也想知道他們倆是誰。

2　「我的骸骨已被屋大維埋葬」：公元前十九年，維吉爾病死布蘭迪喬，依屋大維的命令，遺骨被運往那不勒斯安葬（參看第三章注6）。

3　「配升到上帝跟前的靈魂」：指得救的靈魂。「向這座山走來」：指被接引來到煉獄。根據基督教教義，在基督被釘死於十字架上為人類贖罪之前，無人能得救，死後靈魂均入地獄。這兩句詩說明維吉爾是基督教與起之前的人，也說明了他為什麼不在煉獄裡。

4　維吉爾向索爾戴羅表明身分，還說明自己不能升上天國並不是因為犯了什麼罪，只是因為生活在異教時代，「沒有信仰」，也就是沒能信奉基督，而「這種信仰是得救之路的起點」（見《地獄篇》第二章）。

5　這一次的擁抱與先前歡迎禮節的擁抱不同。索爾戴羅這次抱的是維吉爾哪個身體部位，注釋家有不同的解釋：有的認為是膝部，有的認為是兩腳；佛羅倫斯無名氏注釋說，詩中「指的是胸部以下，維吉爾的手臂下面，這是地位較低或年齡較小者通常會擁抱尊長者的部位」，這種說法比較可信。

高傲的索爾戴羅「聽到故鄉城市的甜蜜名字」，知道維吉爾是自己的同鄉，態度於是變得親熱，依地位平等之人互相擁抱的方式抱了維吉爾的肩膀，隨後得知他竟是古羅馬偉大詩人維吉爾，一時間對這千載難逢的奇遇半信半疑，又驚又喜，心中不禁充滿景仰之情，同時又羞愧自己方才以平等態度對待維吉爾，於是「垂下眼睛」，畢恭畢敬地重新走近他，擁抱維吉爾的大腿。

6　「拉丁人」：指古羅馬人和義大利人，但丁認為這二者一脈相傳。「透過你，我們的語言顯示出了它的能力」：「我們的語言」主要指拉丁文和義大利語（後者是從通俗拉丁語演變而來），但也包括法語、普羅旺斯語、西班牙語，因為這些語言都源於通俗的拉丁語。這句話意即透過你的詩，我們的語言充分顯示出它的表達能力。

7　「功績」指索爾戴羅自己的功績；「恩澤」指上帝的恩澤。

8　「崇高的太陽」：指上帝。「我太晚得知」：指維吉爾死後靈魂在林勃中見到基督降臨，那時才知道上帝。「不是因為做什麼，而是沒做什麼」：意即不是因為犯罪，而是因為沒有信仰基督。

9　「有一處」：指林勃，即第一層地獄。「維吉爾和其他偉大的靈魂在林勃中配得的區域，確實並不全然黑暗，也沒有嘆息聲迴盪：但它還是黑暗，因為上帝的恩澤不在那裡閃光，而『不受苦刑折磨的內心悲哀』則是那一層裡所有靈魂的共同點。」（薩佩紐的注釋）

9 「免除人的罪孽」：指領受洗禮，以洗淨人的原罪。凡是未領受洗禮便夭折的嬰兒，靈魂都在林勃當中（見《地獄篇》第四章）。

10 這些人是指雖信奉異教，但因立德、立功、立言而名傳後世的偉大人物的靈魂。他們「未得三種聖德裝飾」：意即他們不具備信、望、愛三德，因為這三種聖德都是上帝所賦予，唯有基督徒才可能具備。「所有其他美德」：指道德面及心智面的所有美德，尤其是謹慎、公正、堅忍、節制四種基本美德（簡稱四樞德）。信奉異教的偉大人物雖不具備信、望、愛三德，但他們知道謹慎、公正、堅忍、節制等美德，而且能付諸實踐，知行一致，靈魂因而被配往林勃。

11 「倘若你知道，而且可以」：意即如果你知道通往煉獄真正開始之處的路，而且獲准為我們指引。「煉獄真正開始之處」：指煉獄本部的入口聖彼得之門。但丁和維吉爾直到此時都還在煉獄的外圍。

12 「沒有指定我們留在固定地點」：「我們」顯然是指索爾戴羅及情況和他相同的靈魂，但詩中沒有明言他究竟屬煉獄中的哪一類靈魂。不過，他肯定是遲至臨終時刻才懺悔，原因不得而知。「我們」可能是指和他在同個峭壁狹小臺地上的其他靈魂，也可能泛指所有遲至臨終前才懺悔的靈魂。

13 指索爾戴羅所說的「夜間是不能往上走的」那句話。

14 這裡的寓意很明顯，太陽象徵上帝的恩澤，引導人走上靈魂得救之路；若無此恩澤，人就無法達到靈魂得救的目的，正如《新約・約翰福音》第十二章耶穌所說：「應當趁著有光行走，免得黑暗臨到你們；那在黑暗裡行走的，不知道往何處去。」入夜後的黑暗是登山者無法克服的障礙，阻撓其意志，迫使人打消登山的念頭。

15 「當地平線關閉著白晝時」：這個形象化的說法，表達出太陽在夜間隱藏於地平線下，就好像地平線將白晝關閉在另一半球。「往下走回頭路」寓意是從已到達的精神境界後退。「圍繞著山腰遊蕩」寓意是停留在已達到的精神境界。

16 意即我們由那條斜徑來到谷口旁的山坡，那裡是山谷較淺處，高度比其他處的山坡低了一半之多，所以往下走三步就到了山谷裡（見第八章注11）。

17 「*Salve, Regina*」（萬福，女王！）是一首歌頌聖母瑪利亞的拉丁文讚美詩的頭兩個詞，這詩原作於十一、十二世紀間，後來成為儀式中的祈禱文，經教皇葛利果九世明令規定，在星期五晚禱時背誦。讚美詩全文如下：

萬福，女王，憐憫的母親；

我們的生命，我們的喜悅，我們的希望，萬福。

我們這些被放逐的夏娃子女向你呼籲。

我們在這淚谷中嗚咽哭泣著向你嘆息。
請你，我們的維護者，把你的憐憫的眼睛轉向我們吧。
在我們這放逐生活結束後，讓我們見到出自你的子宮的聖子耶穌吧。
啊，仁慈的，啊，親愛的，啊，和藹的聖處女瑪利亞。

索爾戴羅引導但丁和維吉爾來到谷口旁的山坡上，已是黃昏時分，正是晚禱時間，因此谷中的靈魂背誦這首詩相當恰當。詩中「我們這些被放逐的夏娃子女」指失去樂園的人類。「淚谷」指人類所在、充滿苦難的世界。他們祈禱聖母助他們得救，能見到耶穌。這谷中的靈魂都是生前過分熱衷於世俗事物，遲至最後才悔罪的君主，他們因此滯留在煉獄外，處境與世人類似，從這一點來說，他們背誦這首詩向聖母祈求也是恰當的。

18 「夕陽……入巢」隱喻日落。

19 魯道夫皇帝是指神聖羅馬皇帝魯道夫一世（見第六章注27）。他坐在最高處，因為他在一眾君主中地位最高。「該做之事」：指南下到義大利伸張正義，消弭內爭，恢復和平，這是他身為皇帝應盡的職責。「不動口與他人齊唱」，因為他追悔自己的失職，正沉湎於往事回憶。

「他本可治癒義大利的致命傷」：「致命傷」是指內部紛爭、四分五裂的狀態。維拉尼在《編年史》卷七第五十五章中說：「魯道夫王是有偉大作為的人。他寬宏大量，武藝高強，作戰異常英勇，深受德意志人和義大利人畏懼。假如當時他有意南下前來義大利，他會所向無敵，成為義大利的主人……佛羅倫斯人也束手無策；要是他南下，當地人肯定會順從。如此強大的君主查理王（指安茹王朝的那不勒斯國王查理一世）也很怕他。」然而他沒有前來義大利受教皇加冕，「因為他一直熱衷於強化自己在本國的力量和統治，為了為兒子擴充領地和勢力，根本無意前來義大利建立功業。」（《編年史》卷七第一四六章）「結果留待別人去令它起死回生，為時已晚」大多數注釋家認為，這是指一三一〇年新當選的皇帝亨利七世南下來到義大利，試圖消除爭端，建立和平，但不幸失敗告終。

20 指波希米亞國王奧托卡爾二世（Ottokar II of Bohemia，1253-1278 在位）。「由摩爾達瓦河流入易北河、由易北河流進海中的水發源處的國土」：指波希米亞。奧托卡爾二世是魯道夫一世的死敵，因為他憤恨魯道夫當選為皇帝，自己卻不幸落選，因此一直拒不承認魯道夫的帝位。魯道夫興兵討伐，奧托卡爾迎戰失敗，被迫求和，於是割讓了奧地利等地。一二七八年，他起兵反抗，在激戰中陣亡，王位由兒子瓦茨拉夫二世繼承。但丁詩中將奧托卡爾與他的仇人魯道夫放在一起，並且說明他在安慰悔恨自己生前失職的皇帝，目的在於強調人與人生前的仇恨在煉獄已消釋淨盡。

「他在襁褓中就已遠遠勝過他那生了鬍鬚、沉溺色欲和怠惰的兒子瓦茨拉夫」，這意味奧托卡爾幼小時就已遠遠勝過成年的、淫蕩又怠惰的瓦茨拉夫。但丁後來在《天國篇》第十九章中提到他時，除了指出他的「淫蕩和奢侈逸樂的生活」之外，還說「他不知何謂勇氣，也不想知道」。瓦茨拉夫（Wenceslaus）生於一二七一年，繼承王位時，年方七歲，由攝政院攝政。當時魯道夫已經占領了絕大部分的波希米亞王國，瓦茨拉夫不得不屈膝求和。魯道夫接受了他的請求，交還所占的波希米亞王國領土，但保留了奧托卡爾割讓的奧地利等地。雙方和解後，魯道夫許可他做波希米亞國王，還將自己的女兒嫁給他。一三〇〇年，瓦茨拉夫受波蘭騎士們擁戴為波蘭國王，一三〇五年去世。薩佩紐認為，但丁給他不好的評價，可能是因為他對教皇波尼法斯八世的態度太過軟弱順從。

21 「小鼻子之人」指法國國王腓力三世（1270-1285 在位），綽號「大膽的腓力」。他是路易九世（聖路易）之子，安茹伯爵查理（奪得西西里王國後，稱查理一世）之侄。他娶了阿拉岡王賈科莫一世之女伊薩伯拉為妻，生下繼承人腓力四世（即詩中所說的「法蘭西的禍胎」）和瓦洛亞伯爵查理（他即支持佛羅倫斯黑黨推翻白黨政府，導致但丁遭受放逐）。一二八二年，「西西里晚禱起義」使得他的叔父查理一世失去西西里後，阿拉岡王佩德羅三世（見第三章注26）由於是前朝西西里王曼夫烈德的女婿，因而登上西西里王位。腓力三世受宮廷重臣勸說，在教皇馬丁四世的支持下發動戰爭，企圖侵占阿拉岡。法軍攻占了阿拉岡東北部的赫羅納城，但因艦隊被阿拉岡海軍擊敗，供應斷絕，被迫退卻，途中發生瘟疫，死亡甚多，腓力自己也被傳染，一二八五年死在庇里牛斯山脈東北的濱海城市佩皮尼揚。「在逃跑時身死」這句詩就是指這件事。

「辱沒了百合花的榮光」，指腓力喪師辱國（法蘭西王國的國徽是藍底襯托著三朵金色百合）。

「面貌異常慈祥者」：指那瓦爾國王亨利一世（綽號「肥人亨利」），他的女兒約安娜是法國國王腓力四世（綽號「美男子腓力」）的妻子。

22 腓力四世（1285-1314 在位）是但丁深惡痛絕的人之一，但《神曲》中從未指名提過他；在《地獄篇》第十九章中，教皇尼古拉三世的鬼魂講到他時，用「當今統治法國的君主」來指他。但丁在這裡稱他為「法蘭西的禍胎」，並且生動勾畫出他的父親腓力三世和岳父亨利一世對他邪惡污穢的生活深感痛心，因而前者用拳頭捶胸，後者用手掌托腮嘆息的情景；詩中其他地方也對他所犯的種種罪行，進行了無情揭發和嚴正批判。

23 「那個看來身軀如此魁梧的」人：指阿拉岡國王佩德羅三世。他於一二八二年登上西西里王位。儘管查理一世獲得教皇馬丁四世的支持（他開除了佩德羅的教籍），試圖捲土重來，奪回西西里，但以失敗告終。在反擊法國的腓力三世入侵阿拉岡的戰爭中，佩德羅也獲得最終勝利。「生前曾束著所有美德的腰帶」：意即佩德羅三世具備所有文武美德，這個隱喻可能取自《舊約·以賽亞書》第十一章：「公義必當他的腰帶，信實必當他脅下的帶子。」但丁對佩德羅三世的評價，在維拉尼《編年史》卷七第一三章中得到證明：「阿拉岡王佩德羅是一位英明的君主，武藝高強，非常勇敢、睿智，比當時在位的所有國王都更受基督徒畏懼，他同樣為撒拉森人（指信奉伊斯蘭教的阿拉伯人）所畏懼或者更甚。」

「那個大鼻子的」人：指查理一世。他生於一二二六年，先被封為安茹伯爵，後來繼承岳父為普羅旺斯伯爵（見第六章注17），一二六六年，在本尼凡托之戰擊敗曼夫烈德後，成為那不勒斯和西西里國王，死於一二八五年。詩中將他和他的敵人佩德羅三世放在一起，共同唱著歌，目的也在表明人與人之間生前的仇恨在煉獄中已渙然冰釋。但丁雖在《天國篇》第八章中嚴正指出查理一世的惡政引發了西西里晚禱起義，在《煉獄篇》第二十章中譴責他殘酷殺害曼夫烈德之侄康拉丁，以及世人傳說的殺害聖托馬斯·阿奎那的罪行，但還是讓他居於靈魂得救者之列。根據薩佩紐的解釋，這是因為但丁深受佛羅倫斯貴爾弗黨傳統對查理一世的高度評價所影響。

24 「坐在他後面那個青年人」：指佩德羅三世的最後一個兒子佩德羅，他尚未成年便早於其父死去。「美德確實會從這器皿倒進那器皿」：這個比喻源於《舊約·耶利米書》第四十八章：「摩押自幼年以來，常享安逸，如酒在渣滓上澄清，沒有從這器皿倒在那器皿裡」。波雷納認為，詩中這句話不能理解為美德從父親傳給兒子，因為確實曾有過這樣的事例，而必須理解成美德從一位君主傳給另一位君主。

「他的其他嗣子」指次子賈科莫二世和三子斐得利哥二世（參看第三章注26），前者從一二八五年至一二九六年為西西里王，一二九一年，其兄阿爾方索三世死後，他登上阿拉岡王位，死於一三二七年；後者從一二九六年起為西西里王，死於一三三七年；所以詩中說他們得到了王國。「誰都沒得到更好的遺產」意即他們都沒有得到父親的美德。

25 「人的美德很少傳到枝條上」：意即父親的美德很少如樹液從樹幹傳到枝條上去那樣地傳給兒子。「恩賜美德者」：指上帝。父親的優良品質遺傳給兒子之所以罕見，是上帝的意志所決定，為的是讓人認識到優良品質是祂所恩賜，需要向他祈求。但丁在《筵席》中已指出，人的高貴性是上帝賦予個人靈魂，而不是得自家族遺傳：「這一神聖的種子不落在家族中，而落在個人身上。」（第四篇第二十章第五節）

26 意即查理一世的嗣子就和佩德羅三世的嗣子一樣不肖：查理一世死後，其子查理二世（綽號「瘸子」）繼他為那不勒斯國王和普羅旺斯伯爵，但因當時被囚在西班牙，一二八八年被釋放，一二八九年才加冕，一三〇九年去世。他的統治引起那不勒斯王國（當時通稱普利亞王國）和普羅旺斯伯爵領地臣民的普遍不滿。但丁在《神曲》中對查理二世的評論一貫嚴厲，對法國王室一般也都採取敵視態度。

27 「這棵植物」：指查理二世，「生它的那粒種子」：指查理一世。康斯坦絲是佩德羅三世的妻子，一三〇〇年還在世；貝雅翠絲是查理一世的元配，死於一二六七年；瑪格麗特是他的後妻。詩的大意是：查理二世在品德上低於其父查理一世的程度，就如同其父在品德上低於阿拉岡王佩德羅三世一樣。

28 指英國金雀花王朝亨利三世（1216-1272 在位），他是無地王約翰（John Lackland, 1199-1216 在位）之子，生於一二〇七年，一二一六年即位。在他統治時期，因奉行勒索捐稅，重用法國寵臣，容許羅馬教廷榨取英國的政策，引起普遍不滿，結果爆發內戰。一二六四年，亨利三世及其子愛德華在戰爭中被大封建主西門．德．孟福爾（Simon de Montfort）指揮下的軍隊俘虜。後來愛德華逃脫，戰勝並且殺死孟福爾，讓他得以復位。他死於一二七二年，在位共五十六年之久。維拉尼在《編年史》卷五第四章中說：「他是個單純的人，很誠實，但沒什麼才能」，在卷七第三十九章中說：「他是個生活樸素的人，致使貴族們認為他等於零。」「他在他的枝條中有較好的後嗣」：顯然指他的兒子愛德華一世（1272-1309 在位）。維拉尼在《編年史》卷八第九十章中說：愛德華一世是「有才能的好國王，是他那時代最英勇的君主，和最明智的基督徒之一，他在海外對撒拉森人、在國內對蘇格蘭人、在加斯科涅（法國西南部）對法蘭西人的戰爭中，都非常勇猛。」

29 指蒙菲拉托（Monferrato）侯爵圭利埃爾莫（Guiglielmo）七世（1254-1292 在位）。「在最低的位置席地而坐」，因為他是侯爵，在那些君主當中地位最低，勢力最小。他是吉伯林黨首領和帝國代表，勇猛好戰，綽號「長劍」，曾對貴爾弗城邦發動多次戰爭，擴張勢力和領土。一二九〇年，阿斯提城邦企圖從他手中收復義大利西北方的亞歷山德里亞（Alessandria，位在目前皮埃蒙特大區），鼓動市民起義；他前去鎮壓，被市民俘虜，關在鐵籠中像野獸般示眾，達十七個月之久，死於一二九二年。其子喬凡尼一世為父報仇，出兵進攻亞歷山德里亞，但亞歷山德里亞人在米蘭的僭主馬竇．維斯康提（Matteo Visconti）援助下，入侵了侯爵領地蒙菲拉托，占領了一些地方。「蒙菲拉托和卡那維塞（Canavese）」兩個地區構成侯爵封地：這場戰爭的災禍使得侯爵封地的臣民痛苦不堪。

第八章

現在已是令航海之人在告別親愛的朋友那天，神馳故土、滿懷柔情的時刻；是令新上征途的行旅聽到遠處傳來似是在哀悼白晝的鐘聲時，被鄉思刺痛的時刻[1]；我這時開始不再使用聽覺，而是看著其中一個靈魂站起身，以手示意，請其他靈魂諦聽[2]。他將兩掌對合，朝天舉起，凝眸望著東方，像是在對上帝說：「我別無所念[3]。」他口中唱出「*Te lucis ante*」[4]，態度如此虔誠，音調那般美妙，讓我聽得出了神；接著，其他靈魂全都舉目望向諸天，跟著他齊以美妙音調唱完整首聖歌。讀者呀，擦亮眼睛注視這裡的真諦吧，因為目前所蒙的面紗實在非常薄，很容易透過它看到內部[5]。

我看到那一隊高貴的靈魂隨後便默不做聲地向上凝望，面色蒼白，態度謙卑[6]，好似期待著什麼；接著，我看到兩位天使從天而降，手持兩把折斷、失去鋒芒、發出火焰的劍。他們的衣裳翠綠如初生嫩葉，拖在身後，被他們的綠色翅膀拍打著，隨風飄動[7]。一位來到比我們稍微靠上的地方站崗，另一位則降落在對面山坡上，如此一來，那些人就處在他們中間。我清楚看到他們金黃的頭髮，然而一注視他們的臉，眼睛就如任何感官受到太過強烈的刺激而失靈，頓時昏花[8]。「這兩位天使是從瑪利亞的懷裡而來，」索爾戴羅說，「為了守衛這山谷。因為那條蛇一會兒就要來了[9]。」一聽這話，由於不知牠會從哪條路來，我環顧四周，嚇得渾身冰冷，緊緊靠向那可靠的肩膀。

索爾戴羅又說：「我們現在下山谷去吧，去到那些偉大的幽魂[10]中間，和他們交談；他們會非常高興見到你們。」我想，我只往下走了三步就到了那裡[11]；我看見一個靈魂直直注視我，似是希望認出我。此時天色已益漸昏暗，但還沒那麼黑，以至於讓人看不清先前因他的眼睛和我的眼睛之間的距離而看不出的事物[12]。那幽魂朝我走來，我也向他走去：高貴的法官尼諾啊，當我看到你不在入地獄的眾人之間，我是多麼欣慰呀[13]！我們彼此用盡所有得體的方式表達歡迎和敬意；隨後他問道：「你渡過那遼遠的海洋，來到這座山腳下多久了[14]？」

「嗳！」我對他說，「我是經過那些悲慘的地方今早來到這裡的。我還在今生，雖然我此行是為了獲得來生[15]。」聽到我的回答，索爾戴羅和他突然都像惶然失措的人般往後退縮。一個轉身向著維吉爾，另一個轉向坐在那兒的一個靈魂喊道：「快起來，庫拉多！你看上帝的恩澤現出了何等奇事[16]。」他隨後轉身對我說：「上帝將祂最初的原因密隱得如此之深，無路可到達那地方[17]，我以你當特別感謝祂賜你的那恩澤之名請求你，待你回到茫茫大海彼岸時，請告訴我的喬萬娜，為我向對天真無罪者有求必應的地方祈禱[18]。我不相信她母親換下了白頭巾後還愛我，可憐的人哪！她一定還要渴望戴著它[19]。從她就可明白，倘若眼睛或觸覺不常將之點燃，愛情之火在女人心中還能保持多久[20]。讓米蘭人紮營的蝰蛇造不出一座如加盧拉的雄雞本可為她造出、那麼美的一座墳[21]。」他這麼說，臉上帶著心中適度燃起的那種正當的熱情跡象[22]。

我如飢似渴的眼睛不住地仰望天空，注視著星辰運轉如車輪最靠軸心處那樣最緩慢的地方[23]。我的嚮導說：「兒子呀，你朝天上望著什麼？」我對他說：「我正望著那三顆將這邊的天極照得通明的火炬呢[24]。」他對我說：「你今早所見的那四顆明星已在那邊落下，這三顆星正在那四顆星原本所在之處升起[25]。」

當他說著時，瞧！索爾戴羅將他拉到了身邊說：「你看，我們的仇敵[26]就在那兒。」還用手指著要他看向那裡。在這小山谷沒有屏障的那一邊有一條蛇，或許就像當初將苦果給了夏娃時的那一條[27]。這惡毒的條狀物從花草叢間竄出，不時回頭舔著自己的背，如同獸類舔舐自己的毛讓它光滑。我沒有看見，所以無法敘述那兩隻天國的蒼鷹是如何出動的[28]；但我清楚看到他們倆都已行動起來。一聽到綠色的翅膀掠過天空，那條蛇就逃了，兩位天使隨後一齊朝上飛回崗位。

在這場襲擊的過程中，那個聽見那法官一叫便去到他身邊的靈魂，目光一直沒有離開過我[29]。「願引導你上行的燈籠在你的自由意志中，發現有那登上絢爛多彩的頂峰所需的蠟[30]，」他說，「你若是知道瑪格拉河谷或附近地區的真實消息，就請告訴我吧。我在那裡曾經顯赫一時。我名叫庫拉多·瑪拉斯庇納；我不是老庫拉多，但是他的後裔[31]；我生前對家族所懷的那種愛，正在這裡經受精煉[32]。」我對他說，「啊！我未曾到過您的領地，但全歐洲有居民的地方，何處不識那些領地呢？為您的家族增光的榮譽讓領主和地區聞名於外，仍未去過的人因而亦有所知。我以能走上頂峰的希望向您發誓，您受人尊敬的家族沒有失去它的錢袋和寶劍的聲譽[33]。習慣和天性賦與它如此特權，儘管邪惡的首領將世人引入了歧途，但它卻能獨行正路，鄙視邪路[34]。」他說：「現在你去吧；因為，如果天意注定的進程不中斷，太陽今後重新躺在『公羊』以所有四隻腳蓋著和跨著的床上不到七次，你懇切表示的這種看法，就會被比別人的話更大的釘子釘在你的頭腦中[35]。」

一聽到綠色的翅膀掠過天空，那條蛇就逃了，兩位天使隨後一齊朝上飛回崗位。

1 指晚禱時刻，即教會規定一天最後的祈禱時刻。這時夕陽西下，暮色蒼茫，最容易引起沉鬱、傷感的情緒：剛告別親友乘船前往異鄉的人，不禁思念家鄉；新去外地的旅者，聽到遠處鐘聲，不由得鄉思纏綿。但丁在這裡用極平常的詞語表達出自己長期飄泊異鄉的深切感受。

2 「開始不再使用聽覺」，因為這時索爾戴羅已不再說話，那隊靈魂也唱完了那首頌歌。「以手示意，請其他靈魂諦聽」，意即「示意要每個靈魂都別出聲，聽他要講的話」（布蒂的注釋）。

3 「凝眸望著東方」：古代和中世紀基督徒祈禱時習慣面朝東方，因為他們相信上帝的恩澤正來自那裡。

4 「*Te lucis ante*」是教會規定晚禱時要唱的一首拉丁文聖詩的首行前三個詞。相傳這首聖詩是聖安布羅喬（S. Ambrogio）所作。全詩譯文如下：

在日沒之前，造物主啊，我們祈禱
祢，大發慈悲，做我們的保護者和看守者。
讓所有夢和黑夜的幻覺遠離我們；
將我們的敵人制伏，令他不能玷污我們的身體。
最慈祥的天父啊，請祢透過你的獨生子
讓我們的所求得以實現吧，祂同祢和聖靈永恆主宰宇宙。

在即將日落時，這些靈魂唱起這首聖詩是及時的，因為太陽是上帝的象徵，日落後，夜幕降臨，魔鬼就會出現，因此他們在詩歌中祈求上帝恩典，護佑他們夜裡平安，不受魔鬼誘惑。

5 但丁在這裡預先提醒讀者，要注意理解後續描寫的情景隱含的寓意（也就是詩中所說的「真諦」），不要只理解字面意義。「面紗」指字面意義，面紗「很薄」，也就是字面意義很清楚，透過它，很容易看出其中寓意——蛇象徵邪惡對靈魂的誘惑，兩位天使則象徵神的恩澤幫助靈魂能不受或戰勝邪惡的誘惑。

6 靈魂們「面色蒼白」，因為他們害怕蛇，「態度謙卑」，因為他們意識到自己的渺小，無力自衛，必須依靠上天幫助。這裡簡明勾畫出了這些靈魂等待上天佑助時的神態。

7　「兩位天使」象徵上天的佑助。根據佛羅倫斯無名氏等早期注釋家的解釋，天使手中的兩把劍，象徵上帝的正義和慈悲，二者相結合，表明正義不能無慈悲，慈悲也不能無正義。兩把劍已經「折斷、失去鋒芒」，表明只能用劍刃砍傷，無法以劍尖刺傷，因為天使的援助是防禦性的，而不是進攻性的，誘惑可以逐漸克服、驅除，但無法一勞永逸消滅。「發出火焰」典出《聖經》：上帝將亞當和夏娃逐出伊甸園後，「又在伊甸園的東邊安設基路伯（九級天使中的第二級天使，司知識）和四面轉動散發火焰的劍，把守生命樹的道路。」（《舊約．創世記》第三章）根據佛羅倫斯無名氏的注釋，兩位天使的衣服和翅膀的「綠色象徵『希望』的永恆性，希望表現為綠色，因為希望在人心應該永遠生氣勃勃，喜洋洋，新鮮活潑。」

8　但丁依照聖像學的傳統，將天使的頭髮描寫成金黃色，大概是因為這種顏色會令人更感莊嚴、聖潔、空靈之故。天使的形象光芒四射，猶如太陽令人一望就覺得眼花。

9　「瑪利亞的懷裡」：早期注釋家認為是指耶穌，因為聖母瑪利亞懷胎生下耶穌。現代注釋家大多認為這是指瑪利亞所在的淨火天，也就是嚴格意義上的天國。《新約．路加福音》第十六章中用「亞伯拉罕的懷裡」指天國，這裡仿照《聖經》的說法，以「瑪利亞的懷裡」指天國。雷吉奧則認為是指瑪利亞自己，她是慈悲之母，在前一章中，這些靈魂唱著「*Salve, Regina*」歌頌她，懇求她的憐憫幫助，因此可以想見這時空中飛來的兩位天使，正是她派來保護他們的。「那條蛇」象徵魔王撒旦。

10　「偉大的幽魂」（grandi ombre）指山谷中帝王和諸侯們的靈魂。「偉大」一詞主要表明他們在封建社會中的地位高、權勢大；此外，根據波斯科的看法，還肯定這些靈魂具有幾分豪邁（magnanimi）氣概，在一定程度上就類似林勃中草坪上的那些「偉大靈魂」（spiriti magni），而 grandi ombre 也正是 spiriti magni 的同義詞。

11　說明索爾戴羅、維吉爾和但丁三人在谷坡上所站之處沒比谷底高多少（參看第七章注16）。但丁會根據藝術上的需要，隨時隨地說明這趟旅途中的地形和時刻，以強化讀者對詩中情景的真實感。

12　大意是：原先我們倆一個在谷坡，一個在谷底，距離較遠，彼此都看不清對方。現在我來到谷底，距離近了，雖然天色已晚，但還不太黑，因此我們能看清楚彼此的面貌，互相認出彼此。

13　這兩句詩文並非但丁當面對認出的朋友尼諾所說的話，而是如實納多尼（Donadoni）所說的，是用「呼語法」（apostrofe）形式表達出心情：「重見朋友的喜悅比知道他在得救者之列的喜悅小：詩人用呼語法形式表達出這種心情，呼語法在《神曲》中的作用，是表明敘述者沿途經歷各種感情激動的狀態，在他心中仍然記憶猶新。」這裡所說的「法官」並非一般的法官或審判官，而是一種類似總督（viceré）的官職。公元一〇二二年，比薩從撒拉森人手中收復薩丁尼亞島後，將它劃分為卡利阿里（Cagliari）、加盧拉（Gallura）、阿爾波雷亞（Arborea）、托雷（Torres）四個區域，名為「guidicato—法官管轄區」，其執政官則名為「giudice—法官」，是該地區的統治者。

尼諾即是《地獄篇》第二十二章注17提到的尼諾．維斯康提。此人出身比薩貴爾弗黨貴族，是薩丁尼亞島加盧拉法官管轄區法官，一二八五年與外祖父烏格利諾共同執掌比薩的政權，後來發生矛盾，被外祖父出賣，流亡他鄉，而吉伯林首領盧吉埃里坐收漁翁之利，奪走政權，烏格利諾被關進塔牢活活餓死。

尼諾在流亡期間是熱那亞、佛羅倫斯、盧卡等貴爾弗黨掌權的城邦反對比薩的聯盟發起人之一。一二八三至一二九三年，他曾多次前往佛羅倫斯，但丁和他的友誼大概就是在此時建立的。一二九六年，他逝於薩丁尼亞島，始終未和吉伯林黨掌權的故鄉比薩和解。根據他的遺囑，人們將他的心臟安葬在貴爾弗黨掌權的盧卡城中的聖方濟各教堂。早期注釋家都稱讚他品德高尚，性格堅強勇敢。

14 由於此時天色已晚，尼諾沒看出但丁是活人，認為他也和其他亡靈一樣，是由天使以船從台伯河口接引來到煉獄。「遼遠的海洋」指台伯河口和煉獄山之間的海洋，強調煉獄和活人所住的陸地相隔極遠。

15 「噯！」：帶有疑問的含義，好像是說：事實與你所想的根本不一樣。「經過那些悲慘的地方」：意即我不是渡過無邊無際的海洋，而是經過層層地獄來到這裡。「今生」原文是prima vita（第一生），「來生」原文是l'altra〔vita〕（另一生）：意即我還在人世，而我這趟旅行正是為了獲得來世永生。但丁說這話的語氣是謙卑的，沒有因上天賜予自己這種特權而自負。

16 索爾戴羅還是不知道但丁是活人，因為起初但丁在山坡上隨維吉爾走近他時，天色已近黃昏，身體沒有投下影子。索爾戴羅問起他們倆是誰時，一得知維吉爾的身分，便俯身去擁抱，以示仰慕，無暇再問他的同伴是誰。因此，現在一聽但丁說自己是活人，而且是經由地獄來到煉獄，他驚訝得向後退縮，轉身面向維吉爾，似乎想請他證實但丁的話。尼諾一聽但丁的話也非常驚訝，後退了幾步，轉身對旁邊坐著的靈魂喊道：「你看上帝的恩澤讓什麼奇事出現了。」

17 「他最初的原因」：根據薩佩紐的注釋，是指上帝行為的最初原因，這裡具體指祂選出或此或彼的不知名之人，賜予更大恩澤的準則或標準。「無路可到達那地方」：意即人無法理解這種最初或說根本的原因，因為那是極為奧祕的；「路」原文是「guado」，指可以涉水或騎馬通過的河流淺處，這裡作為隱喻，說明人的智力無法找到一條能理解如此莫測高深之奧祕的原因的途徑。

18 「茫茫大海彼岸」：指人間。「茫茫大海」和「遼遠的海洋」皆強調這裡和人間相隔極遠，同時也令人感受到煉獄中的靈魂對自己陽間曾經歷過的往事仍難忘懷。

「我的喬萬娜」：一三〇〇年，尼諾在煉獄中對但丁說這話時，他的獨生女喬萬娜才九歲。他的家產在他死後全遭吉伯林黨奪走，喬萬娜於是隨生母先後流亡到斐拉拉和米蘭，年齡很小就嫁給特雷維佐的封建主黎扎爾多·達·卡密諾（Rizzardo da Camino）。一三一二年丈夫去世後，孀居生活困難。一三二三年被迫前往佛羅倫斯，城邦政府因其父親有功於貴爾弗黨，便發給她一筆津貼救濟她。

「為我向對天真無罪者有求必應的地方祈禱」：意即為我向天祈禱；只有蒙受天恩之人和天真兒童的禱告，上帝才會答應。喬萬娜是九歲的小女孩，所以她的祈禱能讓他早日進入煉獄之門。

19 「她母親」：喬萬娜的母親貝雅特麗齊·德·埃斯提（Beatrice d'Este）是斐拉拉封建主侯爵奧比佐二世之女。一二九六年在丈夫死後，她帶著喬萬娜回到娘家。一三〇〇年再婚，嫁給米蘭封建主吉伯林首領瑪竇·維斯康提之子加雷阿佐（Galeazzo）。一三〇二年，由於托里亞尼（Torriani）家族集團得勢，加雷阿佐全家被逐出米蘭，她隨著丈夫過著流亡生活。幾經變遷，加雷阿佐來到托斯卡那，淪為當時統治盧卡和比薩的卡斯特盧喬·卡斯特拉卡尼（Castruccio Castracani）手下的一名普通士兵，家境貧苦，一三二八年死在當地。她再度喪夫後不久，時來運轉，她的兒子阿佐（Azzo）成為米蘭的統治者，她因而得以在米蘭安度餘年，一三三四年去世。尼諾提到她時，「不稱她為『我的妻子』，而稱她為『她（喬萬娜）母親』，這是充滿憐憫之情的責備。」

「換下白頭巾」指她嫁給加雷阿佐；當時的義大利城邦法令規定，凡是已婚婦女都得戴上頭巾，孀居者戴白頭巾，穿黑衣服，因此，「換下白頭巾」意即再嫁。在中世紀封建社會中，婦人再嫁就意味對亡夫不忠，因此為人不齒。尼諾對於自己死後不久，貝雅特麗齊就和加雷阿佐再婚，自然不滿。但他提到此事時，沒有直說她再嫁，而是委婉說她換下了白頭巾，不斷言她已經忘了他，而是以懷疑口吻說他不相信她還愛著他，因此只希望由女兒為他祈禱。這一切都說明他具備騎士的品德。

「可憐的人哪！她一定還要渴望戴著它呢」：意即她日後處於不幸境地時，必然會後悔自己再嫁（煉獄中的靈魂能預知未來事）。「可憐的人哪！」這句感嘆對她注定要遭遇的不幸，表示出無限的憐憫。

20 意即她很快就忘掉了亡夫，再嫁他人。這事實足以說明，所愛之人若是沒有常在身邊，女人的愛情是無法持久的。這種論調自古以來就屢見不鮮，例如《埃涅阿斯紀》卷四中就說：「女人永遠反覆無常，變化多端」（第569-570行），早期基督教著作也有類似看法。到了中世紀，這種偏見看法已成傳統。

21 統治米蘭的維斯康提家族，其紋章是一條蝰蛇吞食一個撒拉森人；「使米蘭人紮營」：維斯康提家族的紋章是米蘭的軍旗，軍旗在何處升起，軍隊就在哪裡紮營。薩丁尼亞島加盧拉州的州徽是一隻雄雞，法官尼諾是一州之主，州徽就等於他的家族紋章。這詩的大意是：將來她死後，用加雷阿佐家的紋章裝飾墳墓，還不如當初沒再嫁，用尼諾家的紋章裝飾墳墓來得光榮。一三三四年，她在去世前留下遺囑，要人將前後兩任丈夫的家族紋章都刻在她的石棺上，大概是因為當時《神曲》抄本已經廣泛流傳，她企圖藉此否定詩中的看法。

22 「正當的熱情」（dritto zelo）意義含蓄，引起種種不同的解釋。早期注釋家都認為，「熱情」在這裡指愛情；「正當的熱情」即「正當的愛情」（布蒂的注釋），「純潔的愛情」（佛羅倫斯無名氏的注釋），「正當、忠實的伉儷之情」（本維努托的注釋）。有一些現代注釋家則將「熱情」理解為「怨恨」之情或「惋惜」之情。薩佩紐反對如此解釋，認為「熱情」在此是指尼諾心中對妻子仍懷有的舊情，由於不忘舊情，他才會以憐憫的態度看待她的錯誤和不幸。「適度燃起」說明尼諾心中情緒激動，但不過火，這正是高貴的騎士品質的特徵。

23 指南極。靠近兩極的星辰轉得最慢，正如車輪靠近軸心處轉得最慢，因為靠近兩極的星辰在二十四小時內轉完的圈子，要比距離兩極甚遠的星辰在同樣時間內轉完的圈子還小些。

24 這三顆明星象徵信、望、愛三種超德。

25 這四顆明星象徵勇、義、智、節四種樞德。

26 「我們的仇敵」：指撒旦，是《聖經》用語。

27 「小山谷沒有屏障的那一邊」：指谷口。「或許就像當初將苦果給了夏娃時的那一條」意即或許就像當初引誘夏娃吃下分別善惡的禁果時，撒旦所變成的那條蛇（見《舊約・創世記》第三章）。「苦果」原文是 il cibo amaro（苦的食物），因為那菓子是死亡和其他諸苦的來源。

巴爾比將這句詩理解成「或許就是當初給夏娃苦果的那條蛇」。波雷納反對此說，他指出，誘惑夏娃的蛇是魔鬼變成的暫時形象，並非一條從那時起就一直活著的真蛇。

28 「我沒看見」：因為但丁一直全神貫注盯著那條蛇。「天國的蒼鷹」：指兩位天使，「稱他們為蒼鷹，因為蒼鷹是蛇的天敵。」

29 「那個聽見那法官一叫便去到他身邊的靈魂」：指前面尼諾喚喊的庫拉多，他在那條蛇潛入山谷，隨後被天使發現並且趕走的過程中，一直看著但丁，對他表現出極大興趣，因為但丁是活人，可帶來陽世的消息。

30 「引導你上行的燈籠」：指上帝的恩澤。「蠟」，在此指個人的意志或毅力；沒有足夠的蠟，燈籠就無法繼續照明，沒有足夠的個人意志或毅力，上帝的恩澤就不會起作用。詩句大意是：願上帝賜予你的恩澤，加上你個人的毅力，讓你能抵達峰頂的地上樂園。庫拉多在向但丁請問故鄉的消息之前，先向他這麼表示祝福。

31 庫拉多．瑪拉斯庇納（Currado Malaspina）是維拉弗朗卡（Villafranca）侯爵斐得利哥一世之子，穆拉多侯爵庫拉多一世之孫。根據薄伽丘在《十日談》第二天故事第六中說，他「是皇帝黨（即吉伯林黨）」，死於一二九四年。

「瑪格拉河谷」：瑪格拉（Magra）河在托斯卡那西北部，發源於亞平寧山脈，流經盧尼地區，在斯帕西亞灣附近入海，因而在詩中泛指盧尼地區（見《地獄篇》第二十四章注26）。這裡是瑪拉斯庇納侯爵家族的世襲領地，斐得利哥一世的維拉弗朗卡城堡就在此河谷中。

「老庫拉多」：指瑪拉斯庇納家族的始祖，庫拉多的祖父庫拉多一世。他娶了西西里王曼夫烈德的姊妹康斯坦絲為妻，聲望甚高，壽命頗長，約死於十三世紀中葉。由於祖孫同名，庫拉多特別向但丁說明他們的血統關係，以免混淆。

32 詩句大意是：在人間，我的愛集中關注自己的家族和權勢，忽視了讓靈魂得救的修養，如今在煉獄中正透過必要的磨練，讓自己的愛成為對上帝的純正之愛。「精煉」（raffina）是隱喻，意即「如同在火中煉金一般」。（本維努托的注釋）薩佩紐指出，庫拉多對自己生前的榮華富貴同樣記憶猶新，對自己家族和鄉土的感情依然存在，但如今已視為遙遠且空虛的陳跡，對但丁談及時，語氣淡漠更甚於尼諾。

33 但丁對庫拉多使用尊稱「您」，表示敬意。據薩佩紐的注釋，瑪拉斯庇納家族因為領主們為人慷慨大方，聲譽因而聞名全歐，十二世紀末和十三世紀初年間的普羅旺斯吟遊詩人，在詩中對這些領主所表示的敬意也能證明這一點。「能走上頂峰的希望」：即靈魂得救的希望，這對但丁而言至關重要，他以此向庫拉多發誓，表示極其鄭重。「錢袋和寶劍的聲譽」：「錢袋」的聲譽指慷慨大方、輕財重義的聲譽，「寶劍」的聲譽則是指作戰英勇的聲譽；慷慨和英勇這兩者都是典型的騎士美德。

34 「習慣」指家族的傳統。「天性」指好善的天性。至於「邪惡的首領」指誰，眾說紛紜，有的認為是指魔鬼，有的則說是皇帝，也有的認為是指教皇；看來最具說服力的是第三種說法，因為詩中一再指出，教皇掌握世俗權力，貪婪腐化，買賣聖職，忘了自己的神聖職責，是世界走入歧途的根本原因。

35 「『公羊』以所有四隻腳蓋著和跨著的床」：指白羊宮；安托奈利（Antonelli）說：「自古以來，在天文圖上都將這動物畫成臥姿，下腹趴在黃道上，也就是太陽在白羊宮的『床』上，用牠蜷著的四隻腳跨著、蓋著黃道的這一段。」詩中的描寫很可能是受天文圖的啟發。太陽躺在白羊宮的床上，意即太陽在白羊宮；重新躺不到七次，意即太陽今後再進入白羊宮不到七次，也就是說，今後不到七年。由於這番話是預言，因此就像詩中其他預言一樣，並不直說，而是採用迂曲隱晦的說法，讓它帶有幾分神祕色彩。

「你懇切表示的這種看法」：指但丁對庫拉多的家族的高度評價。

「別人的話」：指世人對這個家族的稱讚，但丁的評價正是根據這種傳聞作出的。「就會被比別人的話更大的釘子釘在你的頭腦中」：意即你將透過比傳聞更具說服力的親身經驗，證實自己的看法。

「如果天意注定的進程不中斷」：意即如果天意注定你將遭到放逐、漂泊異鄉的命運進程不中斷。不言而喻，這種進程是絕對不可能中斷的。庫拉多向但丁預言：除非你未來的命運有所改變，不然你根據世人的看法而對我的家族所做的評價，今後開始不到七年，你就會透過比傳聞更有力的親身經驗，得到證實。如此預言當然是所謂「事後」（post eventum）的預言。歷史文獻證明，但丁被放逐後，一三〇六年十月曾在庫拉多的堂兄弟弗蘭切斯齊諾（Franceschino）侯爵宮廷中作客，受到優遇和信任，並且被委任為代表，去和盧尼主教安東尼奧．達．卡密拉（Antonio da Camilla）締結和約。這一史實和庫拉多對但丁說這番話的時間（一三〇〇年春天）相距不到七年。但丁在困苦的流浪生活中，自然是對慷慨好客的瑪拉斯庇納家族衷心感激。為了表達這種感情，因而寫出讚美這個家族的詩句。這裡應指出的是：這些讚語並非庸俗虛偽的歌功頌德之詞，因為這個家族雖然只是義大利一個小邦的貴族，但在法國和其他歐洲國家也享有聲譽，其慷慨大方受到不少普羅旺斯吟遊詩人所傳揚，而真正讓他們名垂後世的則是但丁的詩。

第九章

老提托努斯的伴侶已離開甜蜜的情人懷抱，在東方的陽臺上發白；她額上的寶石亮晶晶的，鑲嵌成以尾巴打擊人的冷血動物的圖形[1]；我們所在之處，黑夜上升，已走完其中兩步，第三步已經在將翅膀垂下[2]；那時，因為帶著亞當所給的那東西，我被睡魔戰勝，躺倒在原本我們五個人都坐著的草上[3]。

凌晨，當燕子或許想起牠昔日的災難[4]而唱起哀歌，當我們的心靈離肉體更遠，更少受思慮纏繞，所做的夢幾乎可預示未來[5]時，我似乎夢見一隻羽色金黃的鷹，展翅停在空中不動，準備猛撲下來；我就像是在蓋尼米德遭劫持到最高的會上時，丟下他同伴的地方[6]。我心中想道：「或許這隻鷹習慣專在這裡撲擊，或許牠不屑從別處張爪抓住什麼帶上天去。」接著，我覺得牠好像盤旋片刻之後，就如閃電般可怖地降下將我抓起，直帶往火焰界[7]。在那裡，那鷹和我好像都燃燒起來；夢中大火燒得如此猛烈，我的睡夢因而必然中斷[8]。

如同阿基里斯睡在母親懷抱，被她從凱隆那兒偷走，帶到日後希臘人又使他離開的斯庫羅斯島上時，他睜開惺忪睡眼環顧四周，茫然不知自己身在何處，因而頓時醒過來[9]，當睡夢一從我臉上消散，我就像那樣突然驚醒，臉色變得蒼白，如同嚇得渾身冰冷的人。在我旁邊僅有我的安慰者一人，太陽已升高兩個多小時，我的臉轉向大海[10]。「別害怕，」我的主人說，「放心吧，因為我們已經走得很遠；

老提托努斯的伴侶已離開甜蜜的情人懷抱，在東方的陽臺上發白。

牠好像盤旋片刻之後，就如閃電般可怖地降下將我抓起，直帶往火焰界。

不要抑制，而要使出所有力量[11]。現在你已到達煉獄：你看圍繞它的那道峭壁，看那裡在峭壁看似斷裂之處的那個入口[12]。剛才，就在天亮前的黎明時分，當你的靈魂在肉體內沉睡之際，那妝點著下面那地方的一片花上來了一位聖女，她說：『我是盧齊亞。且讓我將這個睡著的人帶走，好在他的路上助他前行[13]。』索爾戴羅和其他的高貴靈魂都留下；她將你抱起來，天剛亮，她就從那裡向上走，我在後面跟著。她將你放在這裡，但她先以她美麗的眼睛為我指示那開著的入口，而後就和睡夢一同離開[14]。」

如同心中充滿疑懼之人，在聽過他人說明真實情況之後，心情便安定下來，將恐懼化為了勇氣，我心中也起了這樣的變化；一見我已無疑慮，我的嚮導便動身沿山坡朝高處走去，我在後面跟著。

讀者呀，你清楚看到，我正在提升我的主題，因此，我若是用更高的藝術技巧來支撐它，你可別驚訝[15]。

我們漸漸走近那地方，來到先前在我看來似乎不過是牆上裂開一道縫般的那個豁口。我看到那裡有一座門，底下有三級顏色互異的臺階可登上門口，還有一個尚未說話的守門人[16]。當我睜大眼睛、越來越近地注視他時，我看見他端坐在最高一級的臺階，臉上光芒耀眼得令我無法忍受。他手中有一把出鞘寶劍，那寶劍的光芒強烈地向我們射來，使得我幾次試圖舉目皆是枉然[17]。他開口：「你們就站在那裡說：你們為何而來？你們的嚮導在何處？要當心，上來會使你們受害[18]。」我的嚮導答說：「熟悉這些事情的一位天上聖女[19]方才對我們說：『你們就往那兒去吧：門就在那裡。』」「願她促使你們的腳步在向善的路上順利前進，」一殷勤的守門者又說，「那麼，你們就往前，到我們的臺階這兒來吧。」

我們來到那裡；第一級臺階是白色大理石，如此光滑、明淨，石面上都照得見我的影子[20]。第二級

我看見他端坐在最高一級的臺階，臉上光芒耀眼得令我無法忍受。
他手中有一把出鞘寶劍……

臺階顏色深過黑紫，是一種粗石，乾巴巴如被火燒過一般，有一道縱、一道橫的裂縫[21]。上面那質地堅實的第三級臺階，依我看來，似乎是斑岩，色呈火紅，就如同從血管湧出的鮮血[22]。上帝的天使雙腳置於這級臺階，坐在依我看似乎是金剛石的門檻上[23]。我的嚮導拉著我，心甘情願地沿著三級臺階走上去。他說：「你以謙卑的態度懇求他開門吧。」我虔誠跪倒在他聖潔的腳下：求他大發慈悲為我開門，但我先在自己的胸膛上捶了三下[24]。他用劍鋒在我額上刻出七個P字母，說：「到了裡面，你要注意洗掉這些傷痕[25]。」

灰或剛掘出的乾土大概就和他的衣裳是同樣顏色[26]，他從衣裳底下掏出兩把鑰匙。一把為金，另一為銀；他先用那把白的、而後以那把黃的打開門上的鎖，讓我滿意[27]。他對我們說：「當這兩把鑰匙其中一把失效，在鑰匙孔中轉動不靈，這條路就不通[28]。一把更寶貴，但另一把要有極高的技巧和智慧才能開鎖，因為解開結的就是這一把[29]。我從彼得手中接管這兩把鑰匙；他囑咐我，只要人們跪在我腳下，我就寧可犯開了門的錯誤，而不要犯了鎖著門的錯誤[30]。」隨後，他推開那神聖之門的門扇，說：「進來吧；但我警告你們，誰要是往後看，誰就回門外去[31]。」那神聖的大門門扇是金屬的，厚重堅實，錚錚有聲，被推得樞軸轉動時，就連當初塔爾佩亞在墨泰盧斯被人拖走，隨後因而遭到洗劫一空之際，都沒有那樣怒吼，也沒有顯示出那樣的阻力[32]。

一聽見這第一道聲音，我便轉身注意，似乎聽到 *Te Deum laudamus* 的歌詞與這悅耳的聲音混融在一起；我聽到的留給我的印象，就如聽著人們和著管風琴聲唱歌時通常會有的印象，歌詞聽得時而清晰，時而又不清楚[33]。

1 這幾行詩是《神曲》中的難點之一，就如同第二章前幾行，用神話典故、天文現象和隱喻說明時間，內容比較複雜。注釋家對當中一些細節爭論不休，問題迄今尚未圓滿解決。

「老提托努斯的伴侶」：指黎明女神（Aurora）。根據古代神話，特洛伊王拉俄墨東（Laomedon）的兒子提托努斯（Tithonus）因為容貌俊美，黎明女神愛上了他，將他帶往衣索比亞，與他結婚，並且為他求得宙斯的恩惠，讓他永遠不死。但她忘了同時懇求宙斯讓愛人永保青春，結果提托努斯雖然不死，但就像所有凡人，隨著時光流逝不斷衰老。黎明女神通常是指拂曉的曙色。但「伴侶」原文 concubina，含義為姬妾。早期注釋家認為，詩中不稱黎明女神為提托努斯的妻子，而將她說成是提托努斯的姬妾，是因為詩人不是用她來指凌晨日出之前的曙色（aurora solare），而是指黃昏月出之前的微光（aurora lunare）。

「東方的陽臺上」：指煉獄東方的地平線上。「她額上的寶石亮晶晶的」：指黃昏時分，天蠍座中明亮的群星在煉獄東方天空閃耀；「用尾巴打擊人的冷血動物」：指用毒鈎螫人的蠍子，天蠍座即是以蠍子命名。月出之前的微光出現在煉獄東方的地平線上，天蠍座的明星在東方天空閃耀，這些都說明此時時間是下午八點半過後不久。這種解釋為英國但丁學家穆爾（Moore）、美國但丁學家諾爾頓和辛格爾頓等人所接受。

不過，現代義大利的但丁學家大都反對此說。薩佩紐指出，如果認為詩中用黎明女神指月出以前的微光，就意味強迫但丁編造了一個神話細節，因為過去沒有任何詩人這樣說過。格拉伯爾認為，不該將詩中 concubina 一詞理解成「姬妾」，而是應依照其詞源拉丁文 concumbo（我同臥）的意義，理解為與提托努斯同床共寢的伴侶，這裡「主要指他們二人牢不可破的結合」，既不含貶義，也不涉及婚姻和妻妾問題。詩中用「情人」（原文是 amico：男朋友）指提托努斯，也可以證明這一點。

「發白」（s'imbiancava）意味著黎明女神擦粉讓自己顯得更美。總之，黎明女神指的確定是凌晨日出之前的曙色。但是學者都斷言，這裡所說的不是煉獄的時間，而是但丁家鄉義大利的時間。這種說法較前一種說法更令人信服，但也有難以自圓其說之處：義大利春分時節的凌晨，天蠍座在西方天空，東方天空可見到的卻是雙魚座，而這星座並不切合詩中的比喻，因為它的光比較暗淡，不能說它是「亮晶晶的」；它被命名為雙魚座，魚固然是冷血動物，但它無法「以尾巴打擊人」。

2 「我們所在的地方」指煉獄。詩人現在說明煉獄的時間，對照前述的義大利時間。如同在第二章開頭，但丁將黑夜擬人化，想像它像星辰一樣運行，上升到中天，而後下降到地平線上。在但丁遊煉獄的春分時節，南北半球晝夜等長，黑夜長十二小時，也就是運行全程為十二小時，前半程從黃昏（下午六點）起到午夜（十二點）步步上升，後半程從午夜（零點）起至黎明（次日上午六點）步步下降，步數與時數對應。「黑夜上升，已走完其中兩步，第三步已經在將翅膀垂下，」這兩句詩以隱喻說明時間，意即黑夜已走完上升的六步中的前兩步，第三步即將走完，也就是說，夜間第三小時已經過去大半，煉獄時間是晚八點半到九點之間。這個隱喻令人聯想到維吉爾的詩句：「黑夜降臨了，用它灰暗的雙翼擁抱著大地。」（《埃涅阿斯紀》卷八第三八九行）維吉爾在這個隱喻中，將黑夜想像成一隻用雙翼擁抱大地、碩大無朋的鳥，相當貼切；但丁詩中的隱喻「第三步已經在將翅膀垂下」，則實在費解。托拉卡認為，大意是第三步即將邁出時的姿態，猶如鳥要落下時收攏雙翼。

3 「亞當所給的那東西」：指肉體。詩中明說但丁不是神遊煉獄，而是帶著肉體而來，因此感到勞累困倦，不知不覺進入了睡眠。「我們五個人」：指但丁、維吉爾、索爾戴羅、尼諾和庫拉多。但丁入睡時，煉獄時間是晚上八點半之後不久，那時義大利天剛黎明，大約早上六點鐘。

4 「它昔日的災難」典故源自希臘神話：雅典王潘狄翁（Pandion）將女兒普洛克涅（Procne）嫁給色雷斯國王忒柔斯（Tereus）為妻。後來，普洛克涅因為想念妹妹菲羅墨拉（Philomela），懇求丈夫到雅典將她接來小住。忒柔斯是個好色之徒，眼見菲羅墨拉美貌絕倫，頓起淫念，回國時一上岸就將她拖進樹林深處的小屋，強姦了她。受辱的菲羅墨拉拚命呼救，忒柔斯怕罪行為人發現，便拔劍割下她的舌頭。回到宮中後，他向妻子謊稱說她妹妹已死。普洛克涅悲痛欲絕。菲羅墨拉實則一直在小屋裡被人嚴密看守著。由於無法說話訴說冤仇，情急生智下，她在織布時將自己所受的污辱和殘害，在布上織成文字，讓自己的老女僕悄悄送給王后普洛克涅。王后看了之後悲憤交集，決心為妹妹報仇；她利用慶祝酒神節的時機，在夜裡穿著節日的裝束，帶著侍從來到小屋，將菲羅墨拉扮成慶祝酒神的女祭司帶回宮中。接著，她砍死自己和忒柔斯所生的兒子，與妹妹聯手支解了他的屍體，一部分扔進鍋裡煮，一部分放在火上烤，隨後請丈夫單獨赴宴，偽稱這是按她家鄉習慣舉行的宴會。忒柔斯不知是詐，大嚼兒子的肉。普洛克涅席間當場說出實情，菲羅墨拉接著就將他兒子的頭扔到他面前。忒柔斯既悲痛又急於報仇，於是拔劍要殺她們，她們忽然長出翅膀飛走，普洛克涅變成了燕子，而菲羅墨拉則變成了夜鶯，忒柔斯隨後也變成田鳧（見《變形記》卷六）。

5 凌晨，經過長時間的睡眠，人的心靈從肉體的負擔和思慮的纏繞中解脫，處於寧靜、自由的狀態，這時所做的夢能預示未來，日後必然應驗。這樣的說法源自新柏拉圖學派和阿拉伯醫學家阿維森納，在中世紀普遍流行。

6 指特洛伊的伊達山（Ida）。蓋尼米德（Ganymede）是特洛伊王特洛斯（Tros）之子，容貌俊美，他和同伴在伊達山行獵時，被宙斯化成的神鷹抓到天上去做侍童，為眾神捧杯斟酒。「最高的會上」：指諸神會上。但丁凌晨夢見自己就像蓋尼米德一樣被神鷹抓走。

7 「火焰界」：根據當時的宇宙觀，火焰界是在大氣層之上，月天之下。

8 早期注釋家已指出，但丁夢見神鷹將他抓往火焰界，是下文所述的盧齊亞在他睡著時將他抱到煉獄之門在夢中的反映。神鷹和盧齊亞皆象徵上帝啟迪人心的恩澤：「這種恩澤在他心中點燃，他在對神聖事物的熱愛中燃燒得如此猛烈，以至於這種烈火令他從睡夢中醒來，也就是說，使他從惰性中完全覺醒。」（蘭迪諾的注釋）

現代注釋家牟米利亞諾、薩佩紐和雷吉奧根據下文所說：但丁一覺醒來，發現自己已不在山谷中，而在山坡上，「太陽已經升高了兩個多小時」的這一事實，斷定但丁「夢幻中的大火」實際上就是高高升起的太陽，它溫暖、強烈的光芒照著但丁的眼睛和身體，使得他的睡夢必然中斷。因為，根據人們的共同經驗，某些外在情況在人睡眠中作用於身體時，會促使產生夢中情境，現實中的感覺會在夢中得到反映。

9 希臘英雄阿基里斯幼時被托付給半人半馬的凱隆撫養（參看《地獄篇》第十二章注17），他母親海神忒堤斯聽到預言家說他將死於特洛伊之戰，於是趁他睡著時，從凱隆那兒將他抱走，帶到斯庫洛斯島，將兒子打扮成女孩藏在國王宮中。後來，希臘將領尤利西斯和狄俄墨得斯識破了這偽裝，說服了阿基里斯前去參戰（參看《地獄篇》第二十六章注18）。斯塔提烏斯在《阿基里斯紀》第一卷中，用下列詩句描寫阿基里斯驚醒時的情景：「這男孩的睡夢驚醒時，他睜眼意識到映入眼簾的天光。呈現在他面前的晨光令他驚奇，他問，他在什麼地方，這些波浪是什麼，佩利昂山（Pelion，凱隆所住的地方）又在哪裡？所見一切盡與往常不同，他感覺十分陌生，甚至遲遲不敢認自己的母親。」但丁的詩句大概就是受到這段描寫的啟發。

10 卡西尼─巴爾比的注釋指出，但丁睡醒後，有三種情況令他驚異，再由驚異引起恐懼：一是他發現只有維吉爾一人在他身旁，在山谷中睡著之前，本來還有三個靈魂的；二是這時太陽竟然已經那麼高了，他入睡時刻是夜幕降臨後不久；三是他從高處看到了茫茫大海，這是他在山谷中看不見的，因為他一進山谷就轉身背著大海了。這些情況讓他頓時明白，就在他睡著時，一定發生了什麼，但他不知道究竟是什麼事。

11 上文用「我的安慰者」來指維吉爾，因為在荒涼寂靜的山坡上，但丁身邊只有維吉爾一人；這裡則用「我的主人」來指維吉爾，因為他鞭策和教導但丁。

「已經走得很遠」：意即在前進的路上走了很遠，已經來到煉獄門前。維吉爾見到但丁驚異和恐懼的表情，親切地勸勉他別畏縮不前，而該奮勇向上。

12 「煉獄」：指煉獄本部。但丁想像煉獄周圍有一道峭壁，作為煉獄與外圍的界線。這道峭壁只有一個豁口，聖彼得之門就在這裡，是煉獄本部的唯一入口。

13 聖盧齊亞（參看《地獄篇》第二章注18），「象徵上帝啟迪人心的恩澤，這種恩澤讓人認識為拯救自己的靈魂所必要的事，促使他懇求上帝賜予他聖靈之愛，這種愛將靈魂攝去，帶到天上，使它燃起對神的熱愛。」（布蒂的注釋）

14 盧齊亞這句話是對維吉爾、索爾戴羅、尼諾和庫拉多說的。在煉獄中入夜後不能登山，所以天一破曉，她就抱起還在睡夢中的但丁往上走，維吉爾跟在她後面，而索爾戴羅等三人都留在山谷中。辛格爾頓指出，詩中特別提到「她美麗的眼睛」是非常適當的，因為相傳聖盧齊亞由於一位求婚者讚美了她的雙眼，她便剜掉自己的眼睛送給他，隨後，上天就讓她的眼睛復原，而且比以前更美，她因而殉道成為眼病患者的保護神。

「就和睡夢一同離開」：意即盧齊亞的離開和但丁從睡夢中驚醒是在同一時刻。從詩中看來，盧齊亞抱著熟睡的但丁從山谷上行來到煉獄之門，大概費了兩個多小時，說明了那段路很遠。等我們讀到第二十一章時，會對此有更明確的認識，因為詩人在那裡會指出，煉獄本部高出大氣層變化的範圍，沒有雨、露、霜、雪和冰雹。

15 但丁正告讀者，現在他要描寫煉獄本部了，這是更崇高的題材，因而得提高藝術風格，讓它與題材相適。

16 這是煉獄之門（聖彼得門），它是狹窄、關著的，由一位天使看守；地獄之門則是寬闊、敞開的，而且無人把守。這二者形成鮮明的對照，說明人要造孽犯罪容易，但透過懺悔去惡從善則很困難。煉獄之門象徵懺悔。守門天使在寓意上是指傾聽懺悔的教士。「尚未說話」：因為教士不得給未請求赦罪之人赦罪，不過，一旦被人請求赦罪，教士就得立刻準備赦罪。

17 「出鞘寶劍」象徵傾聽懺悔的教士對懺悔者的秉公處理，尤其是用話語激勵、規勸和開導懺悔者，最後為他赦罪或判罪。

18 守門天使察覺到但丁和維吉爾不是來自煉獄外圍的亡魂，於是命令他們止步，問是誰為他們帶路，又是什麼權威准許他們前來。

19 指聖盧齊亞。

20 羅馬天主教會有洗禮、聖餐、堅信、懺悔、臨終塗油、聖職、結婚七大聖典，而當中的懺悔包括：內心悔悟（*contritio cordis*），口頭懺悔（*confession voris*），和實行補贖（*satisfactio operis*）。第一級臺階象徵「內心悔悟」。悔悟要求人自我反省，徹底檢視自己的靈魂深處。詩中用光滑而明淨的大理石比喻人經過內心悔悟後，靈魂變得純潔、清白。

21 第二級臺階象徵「口頭懺悔」。內心悔悟後，就要向教士坦白自己的罪孽。「臺階顏色深過黑紫」：意即臺階是黑色的，這種顏色象徵口頭懺悔將內心陰暗處暴露無遺。臺階「是一種粗石」：「粗石」原文是petrina，「指岩石質地粗糙，而且滿布裂縫，毋寧說是一種由碎石膠結而成的礫岩。」（托拉卡的注釋）這種石料做的臺階，象徵口頭懺悔「透過徹底暴露所有罪孽的廣度和嚴重性，

證明內心頑梗不化已被克服。」（萬戴里的注釋）

22　第三級臺階象徵「實行補贖」，所謂「補贖」就是贖罪。只做到內心悔悟和口頭懺悔還不夠，還必須以行動補贖自己的罪。這級臺階呈火紅色，象徵推動人在進行補贖時的那種熱烈的愛。臺階質地堅實，象徵絕不再犯罪的堅強意志。

23　天使雙腳踏在第三級、也就是最上面的那一級臺階，「表明許可罪人贖罪屬於教士的職權範圍。」（佛羅倫斯無名氏的注釋）天使坐在金剛石門檻上，「表明教士在周密考慮許可誰的贖罪的問題時，必須堅定不移，絕不因愛、暴力或任何報酬而離開公正裁判。」（佛羅倫斯無名氏的注釋）金剛石作為堅定性的象徵，已出現在《聖經》當中，像是《舊約．以西結書》第三章中上帝對以西結所說的：「……以色列全家是額堅心硬的人。看哪，我使你的臉硬過他們的臉，使你的額硬過他們的額。我使你的額像金剛鑽，比火石更硬。」

24　捶胸三下表示悔恨自己的罪：「第一下是為思想所犯的罪，第二下是為言語造成的罪，第三下是為行為構成的罪。」（《最佳注釋》）按照宗教儀式，懺悔者在捶胸三下的同時，還必須依次喊：「*mea culpa, mea culpa, mea maxima culpa.*」（我的罪過，我的罪過，我極大的罪過。）

但丁走出煉獄外圍之後，就無法再以旁觀者身分繼續遊歷煉獄本部，而是得和當中的眾靈魂一樣，參加懺悔聖典，經受贖罪的磨練。因為這次旅行正是他將來死後靈魂在煉獄中的歷程的象徵和前奏，而且，從寓意的角度來看，但丁在詩中還代表悔罪自新、渴望靈魂得救的世人；對他而言，在遊煉獄的歷程中經受磨練也是理所當然。

25　「七個P字母」：P是拉丁文peccatum（罪）的首字母，七個P字母就代表教會認定的七宗大罪：驕傲、嫉妒、憤怒、怠惰、貪財、貪食、貪色。靈魂進入煉獄之門以後，都要依序登上七層石台，在石台上通過痛苦的磨練，分別消除這七種罪。但丁為了自己的靈魂能得救，同時又作為悔罪世人的代表，在或大或小的程度上，也要經受煉獄裡眾靈魂必須經受的磨練，以洗淨個人七大罪的痕跡，因為「懺悔和赦罪之後，犯罪習慣留下的痕跡依然存在」（齊門茲的注釋）。「傷痕」：指天使用劍刻出的七個字母P。

26　據多數注釋家的解釋，天使多著灰色或土色衣服，表明傾聽懺悔的教士須以謙卑的態度行使自己的職權，因為灰和土都象徵謙卑。

27　這兩把鑰匙是基督交給聖彼得的。所有注釋家都認為，金鑰匙象徵神授予教士的赦罪的權威；銀鑰匙則象徵教士對罪進行審查和裁判時所須具備的學問和智慧。天使先用銀鑰匙、再以金鑰匙開門，「因為先要有學問和智慧認識各種罪……並且向懺悔者說明他所犯的罪會帶來什麼後果，而後才給他赦罪。」（蘭迪諾的注釋）

28　寓意是：如果傾聽懺悔的教士沒有神所授予的權威，或是未以學問和智慧作出正確判斷，那麼赦罪就是無效的。

29　金鑰匙更寶貴，因為它象徵上帝所授予的赦罪權威；銀鑰匙象徵教士應有的學問和智慧，因為教士必須運用學問和智慧，才能解開犯罪者內心的結，瞭解他是否真心懺悔。

30　基督將鑰匙交給聖彼得，聖彼得又將它交給這位天使掌管，作為自己的代表，並且囑咐他，只要人們真心懺悔自己的罪過，在赦罪問題上就寧可失之過寬，也不要失之過嚴。

31　寓意是：懺悔後若不堅持悔改，故態復萌，就是前功盡棄，赦罪也就完全無效。

32　塔爾佩亞（Tarpea）是羅馬卡匹托山著名的懸崖，懸崖上有農神薩圖努斯的神廟，廟中藏有羅馬的公共財寶。公元前四十九年，內戰爆發，凱撒占領了羅馬之後，企圖將這批財寶據為己有。負責看守財寶的護民官墨泰盧斯（Metellus）極力抗拒，但失敗。盧卡努斯的史詩《法爾薩利亞》中對這件事有簡練而生動的描述：「墨泰盧斯被人拖到一旁，神廟立刻被打開。塔爾佩亞懸崖隨即發出迴聲，刺耳巨響證明廟門開了；接著，羅馬人民的財產就被運了出去，這批財產原本保存在神廟地下室當中，多年來無人動過……神廟被洗劫一空，令人傷心；於是，羅馬第一次變得比凱撒窮了。」

33　注釋家都認為，這就是但丁詩中典故的出處；他利用這個典故，說明煉獄之門被推開時，樞軸轉動的聲音多麼大，阻力多麼強。「怒吼」是指門因為不常開，樞軸轉動不靈活而發出刺耳的響聲。「顯示出那樣的阻力」指門的樞軸轉動時，磨擦阻力極大。

注釋家對這些詩句的理解分歧，一直爭論不休。巴爾比認為「第一個聲音」是指門打開時，樞軸轉動的聲音。但丁本來面對著天使，一聽到這聲響，注意力便轉移到那聲音上。下句中「悅耳的聲音」也和這「第一個聲音」一樣，是指門樞軸轉動的聲音。許多注釋家接受這個解釋，但薩佩紐反對此說，認為詩中用「怒吼」來指開門聲，這種聲音稱不上悅耳，因此二者不可能是同一聲音。他認為，「第一個聲音」是指來自煉獄內的第一個聲音。但丁聽到門開的聲音後，便轉移注意力，準備聽裡面有什麼響聲，也就是說，注意裡面有什麼動靜；「悅耳的聲音」指頌唱聖歌的歌聲，或許還有器樂伴奏聲。波斯科也認為，「第一種聲音」是指門開時樞軸轉動的聲音，下句中的「悅耳的聲音」也指同一聲音，因為樞軸轉動的聲音固然強大、刺耳，但對但丁而言，那意味進入了靈魂得救的境界，因此聽來美妙悅耳。從上下文看來，詩的大意是：但丁一聽到門打開的聲音，便更加注意，望著前方，他忽然聽到《*Te Deum laudamus*》這首聖歌的歌聲，混著大門樞軸緩慢轉動的聲音傳到耳邊；他覺得，當時他所聽到的聲音讓他留下的印象，就像通常聽到人們在教堂中和著管風琴聲，唱著聖歌時所得到印象一樣，歌詞時而聽得清楚，時而又被琴聲淹沒。

《*Te Deum laudamus*》（上帝呀，我們讚美你）是一首有節律的拉丁文散文聖歌，大概作於五世紀初年。布蒂在注釋中說：「當人離俗出家、進了修士會時，通常都由神職人員唱出這首聖歌。」詩中沒有說明但丁聽到的這首是誰唱的，但能想見唱者是煉獄中正在經受磨練的靈魂，他們聽見開門聲，知道有新的得救靈魂來到，於是唱起這首聖歌讚美上帝，並藉此表示對新來者的歡迎。

第十章

我們來到那座門的門檻內，這座門因為靈魂不正當的愛而不通行，因為不正當的愛而使彎路看似直路[1]；隨後，我聽見那門一響，復又關上；我若是轉過目光去看，那有什麼正當理由可為我的過錯辯解[2]？

我們由一道岩石裂縫攀登，這道裂縫不斷向這邊、又向那邊彎曲，猶如忽而退去、忽又湧來的波浪[3]。我的嚮導說：「在這裡，我們得運用一點技巧，隨時靠向忽此忽彼後縮的一側[4]。」這使我們的腳步邁得少到直至下弦月已返回它的床上安息，我們才走出那針眼[5]；但是當我們擺脫那隘口，登上山勢後退、豁然開朗之處時，我已累了，我們倆又都不認識路，便在那片比荒野中的路還更冷清的平地上停下。從這片平地鄰接虛空的一邊，到直直向上聳立的高堤腳下，這段距離估計有人體長度的三倍；我縱目左右眺望，眼力所及，這一層平臺似乎都是這麼寬[6]。還沒在這平臺上邁出一步，我就已發現，這環形的堤坡度較小的那部分是由潔白的大理石構成，岩上飾有雕刻，其刀法之神妙不僅會令波呂克勒托斯羞愧，就連自然本身在那裡亦然[7]。

帶著實現人類多年來哭求的和平，讓長期禁入的天國得以開放的旨意來到塵世的那位天使，就在那兒出現在我們眼前，栩栩如生，他溫柔的神態十分逼真，不像是不會說話的雕像。人們會發誓他肯定正在說：「*Ave!*」[8]因為那裡刻有轉動鑰匙開啟了崇高之愛的那位童女的形象；她的神態中印著「*Ecce ancilla Dei*」這句話，清晰恰如章璽壓印在蠟上的印記[9]。

「別只注意一處。」和藹的老師對我說。當時我站在他身旁，就在心臟所在的那一側[10]。於是我轉移目光，朝我嚮導所在的那邊看去。只見岩石上瑪利亞的形象後面另刻有一個故事；因此，我走過維吉爾面前，走向近處，讓那故事歷歷展現在我眼前。那裡，在同一片大理石上，刻有載運神聖約櫃的車和拉車公牛；由於這個故事，世人無不畏懼擔負未經委派給自己的職務[11]。那車前有一群人，共分成七個合唱隊，他們都令我兩種感官中的其一說：「不，他們沒在唱歌，」另一則說：「是，他們正在唱歌。」對於那裡雕出的薰煙，我的眼與鼻同樣也起了是與否的爭論[12]。在那裡，謙卑的詩篇作者束起衣服，跳著快步舞，走在聖器之前，他在那場合既高於又低於國王[13]。在他對面刻的是米甲正從王宮的巨大窗戶驚奇地看著，那神態活像滿懷輕蔑和惱怒之情的婦人[14]。

我從所站之處朝前走近，細看在米甲那邊對我閃著白光的另一段故事[15]。那裡所刻的歷史故事是那位羅馬君主崇高且光榮的事蹟，這位君主的美德感動了葛利果去取得他偉大的勝利；我說的是皇帝圖拉真[16]；一個窮苦的寡婦在他的韁繩旁，神態悲痛流淚。一群騎兵在他周圍蜂擁、踩踏，金底的鷹旗似乎在他們頭上臨風飄揚[17]。那可憐的婦人在這群人之間好似在說：「皇上啊，請為我替我那被殺的兒子報仇吧，我為他的遇害悲痛欲絕。」；他似是在答說：「等到我回來再說吧。」她像是悲痛得迫不及待，好似說：「我的皇上啊，要是你回不來呢？」他好像說：「繼承我職位的人會為你做這件事。」她像是在說：「如果你忘了做你當做的好事，別人做的好事於你又有何益？」對此，他好像說：「你現在放心

那可憐的婦人在這群人之間好似在說：
「皇上啊，為我替我那被殺的兒子報仇吧，我為他的被害悲痛欲絕。」

吧，因為我必會在出發前恪盡我的職責；正義要這樣，惻隱之心令我留下[18]。」那從未見過任何新事物者創造出了這種看得見的言語，對我們而言，這是新奇的，因為它不存在於塵世[19]。

我正高興看著這些表現如此偉大謙卑之德、因其創作者而使人愛看的浮雕時[20]，那位詩人低聲說：「你看，許多人正往這兒過來，但他們邁的步伐很少；這些人會指引我們登上高層平臺[21]。」我高興觀賞浮雕的眼睛毫不遲緩地轉向他，好看見渴望見得的新鮮事物。

但是，讀者呀，我不願你因為聽了我說上帝要求人如何償債，便放棄良好的意圖[22]。你莫注意受苦的形式：要想想它的結果，想一想，在最壞的情況下，它也不會持續到最後審判之後[23]。

我說：「老師，我看到那些朝這裡來的似乎不是人，但不知是什麼，我怎麼看也看不清。」他對我說：「他們所受的嚴重懲罰令身體彎曲在地，我的眼睛起初也因而為此自相爭辯。不過，你定睛朝那裡細看，以目光分辨那些石頭底下的人，就能看出每個人都在捶胸[24]。」

啊，驕傲的基督徒，悲慘可憐的眾人，你們的心失明，對後退的腳步滿懷信心[25]，你們沒有意識到我們是幼蟲，生來是要成為天使般的蝴蝶，毫無防護地飛去受審判的嗎[26]？既然你們有如發育未完成的幼蟲，可說是形態不完全的昆蟲，為何心還是如此傲氣沖天[27]？正如有時看到雙膝蜷曲與胸膛相連的人像充作托架，支撐著樓板或屋頂，令見者對那非真實的痛苦產生了真實的痛苦之感[28]，我在注意觀察時，就看到這些人的身軀像那樣蜷曲著。不過，他們的蜷曲程度實則要看身上背負的石頭大小[29]；其中，表情看似最有耐性的人似乎哭著在說：「我再也背不動了[30]。」

1　但丁認為，愛是人類所有行為的根源。正當的愛為善行之本，使人品德高尚，乃至超凡入聖。而不正當的愛，例如情欲、物欲、名利心等，則使人迷惑，將邪路（「彎路」）看成正路（「直路」），因而陷入罪惡，無法解脫，死後靈魂不得進入煉獄。由於靈魂得救者少，煉獄之門因此也就不常開。

2　為了加強語氣，這句詩用疑問方式表達與字面意義相反的意義：我要是回頭看了，就沒有任何理由可讓我的過錯獲得原諒，因為天使早已明確告誡過我不要回頭看。

3　但丁和維吉爾由一條岩石鑿出的羊腸小徑向上攀登，這條小道不斷向左或向右彎曲，猶如潮水不斷湧來又退去。這條羊腸小徑是前往煉獄本部的必經之路。它讓人想起《聖經》中耶穌所說：「引到永生，那門是窄的，路是小的，找著的人也少。」（見《新約・馬太福音》第七章）

4　這條小路彎曲之處，一側岩石突出，另一側則內縮，維吉爾提醒但丁要隨時注意靠攏岩石內縮的一側，以免撞上。

5　在《地獄篇》末尾，維吉爾曾對但丁說：「昨天夜裡月亮已經圓了。」這裡所說的「昨天夜裡」是指但丁在幽暗森林中度過的那一夜。現在又過了四天，月亮每天運行速度比太陽慢五十分鐘（在望日，即月圓的那一天，太陽和月亮相沖，太陽從東邊升起時，月亮就從西邊落下），結果，現在月亮在日出後大約四小時才落下，也就是說，此時大約是上午十點。「床」：指地平線。「針眼兒」（cruna）：指羊腸小道，這個比喻源於《聖經》中耶穌所說：「駱駝穿過針的眼，比財主進上帝的國還容易。」（見《新約・馬太福音》第十九章）

6　「豁然開朗之處」和「那片……平地」皆是指環繞山腰的第一層平臺，其內側是懸崖峭壁，構成一道環形「高堤」，上連第二層平臺，其外側則「鄰接虛空」。這兩側之間的距離估計是常人體長的三倍，也就是平臺寬度約有五到六公尺。但丁和維吉爾由羊腸小道登上平臺，費時大約兩個小時。不過感覺勞累的只有但丁，因為他是活人，有肉體重量的負擔。

7　「環形的堤坡度較小的那部分」：大意是懸崖峭壁的基底部分坡度較小，與平臺地面成鈍角，這傾斜的部分是由白大理石構成，上面有淺浮雕，供經受磨練的靈魂瞻仰。這些靈魂都是犯驕傲罪者，他們背著石頭，低頭彎腰前行。如果像某些注釋家根據異文所理解的那樣，詩中所說的懸崖峭壁從上到下坡度都等大，與地面形成直角，那麼，刻在懸崖基底大理石上的淺浮雕，也就難以得到靈魂們瞻仰，因為他們無法抬頭從正面看，只能斜著眼看。這些小地方也足以說明《神曲》細節描寫之精確。

波呂克勒托斯（Polycleitus）是古希臘著名的雕刻家，古代作家常提到他，因而在中世紀廣為人知，被譽為「完美的藝術家」。他最著名的作品是女神赫拉的巨像，和持標槍的青年像（Doryphoros），後者完美表現出人體各部位的理想比例，被稱為是雕塑的「規範」（Canone）。但丁認為藝術模仿自然，而自然則模仿神的理念。由於藝術是對自然的模仿，與自然相比，必然遜色；對於神的理念而言，自然也只是不確切的模仿：這些淺浮雕是上帝創造的，其神妙完美不僅遠遠超過最卓越的藝術家之作，甚至讓自然本身也相形見絀。

8 「那位天使」：指大天使加百列（Gabriele），他奉命來到人間，向童女瑪利亞報信，說上帝已決定要她懷孕生下耶穌基督（詳見《新約．路加福音》第一章）。「人類多年來哭求的和平」：指人類和上帝之間的和平。由於亞當和夏娃犯了罪，破壞了這種和平，人類的靈魂一直無法進入天國。因此，人類長期渴望且祈求與上帝和解。等到基督降生為人類贖罪而受難後，這和解才終於實現，天國之門也才重新對人類敞開。

「Ave!」（福哉）是拉丁文本《聖經》中天使對瑪利亞的問候，意為「我向你問安」。雕刻是空間的藝術，無法表現出聲音，但這一神妙的浮雕將天使的溫柔神態刻劃得栩栩如生，而且在他前面又刻有童女瑪利亞的形象，讓人看了覺得他像是真的在向她說：「我向你問安」。

9 「轉動鑰匙開啟了崇高之愛」：「崇高之愛」在此指上帝對人類的愛，大意是：「童女瑪利亞的謙卑和聖潔如此偉大，使得上帝之愛為之感動，派遣聖子降世為人，以贖救人類。」（布蒂的注釋）對於「轉動鑰匙開啟了」上帝之愛這個比喻，參照托拉卡和辛格爾頓的注釋，可這麼解釋：自從亞當和夏娃犯罪後，上帝的愛就一直對人類封閉；瑪利亞領受了天使向她傳達，要她懷孕生下救世主的使命，天國就對人類敞開了；因此可說瑪利亞轉動鑰匙，開啟了上帝之愛，讓這種愛降臨人類中間。

「*Ecce ancilla Dei*」是瑪利亞回答天使的話，意即「我是上帝的使女」；原話在《聖經》拉丁文本《新約．路加福音》第一章中是「Ecce ancilla Domini」，意義是「我是主的使女」，由於格律上的原因，詩中換用了一個同義詞。「她的神態中印著」這句話，意即浮雕將她領受聖告時的情景刻得十分逼真，使得她神態明確地表現出她好像在說這句話。由於句中使用動詞「印著」作為隱喻，下句就以「章璽壓印在蠟上的印記」作明喻。義大利圖章上刻有字樣、數字或紋章等物，蓋在蠟或火漆上，以證明文件真實性或保證不會遭人隨便拆開；「印記」這裡指圖章印在蠟上的字樣、數字或紋章的痕跡。

瑪利亞說了「我是上帝的使女」之後，就接著說：「情願照你的話成就在我身上」，這兩句都表現出她情願順從神意的謙卑態度。

第一層平臺是犯驕傲罪者受磨練的地方，因此第一幅浮雕刻著瑪利亞的形象，作為謙卑之德的典範，供靈魂們瞻仰效法。其餘各層平臺也都先以瑪利亞的美德為楷模，啟迪或教育受磨練的靈魂。

10 意即但丁在觀看以瑪利亞的謙卑為主題的浮雕時，就站在維吉爾左邊。

11 這幅浮雕上刻著表現聖經中以色列猶太國王大衛的謙卑之德的故事。「約櫃」是藏有十誡石版的聖器。大衛任以色列猶太國王後，想將約櫃從亞比那達家裡運到耶路撒冷。約櫃放在新車上，亞比那達的兩個兒子烏撒和亞希約趕著這輛車，「到了拿艮的禾場，因為牛失前蹄，烏撒就伸手扶住上帝的約櫃。上帝耶和華向烏撒發怒，因這錯誤擊殺他，他就死在上帝的約櫃旁。」（《舊約．撒母耳記下》第六章）這件事使人不敢擅自擔任上帝沒有委派的職務，因為只有祭司獲允觸摸這神聖的車。烏撒扶車是越權和瀆神行為，因而遭到雷殛。

12 「兩種官能」：指但丁的視覺和聽覺。浮雕中的情景極其生動，使得但丁的視覺和聽覺發生爭論，視覺以為他們真的在唱歌，聽覺則加以否定，因為耳朵沒有聽到歌聲。同樣，他的視覺和嗅覺對於浮雕中香爐裡的薰煙也有了爭論，因為眼睛雖然看到，鼻子卻聞不到香味。

13 「謙卑的詩篇作者」指大衛，相傳《舊約．詩篇》中有些詩歌是他作的。「聖器」：指上帝的約櫃。「在那裡」：指浮雕中。《聖經》中這麼描寫約櫃抬進耶路撒冷城裡的情景：「抬耶和華約櫃的人走了六步，大衛就獻牛與肥羊為祭。大衛穿著細麻布的以弗得，在耶和華面前極力跳舞。這樣，大衛和以色列的全家歡呼吹角，將耶和華的約櫃抬上來。」（《舊約．撒母耳記下》第六章）詩中添加「束起衣服，跳著快步舞」這一細節，使得情景更加生動。

「既高於國王又低於國王」：早期注釋家理解為，他高於國王，因為他穿著祭司衣服，行使祭司的職權；他低於國王，因為他這時的舉動確實不符合他的身分和尊嚴，這種解釋為許多現代注釋家接受。但牟米利亞諾認為，詩中的含義是：大衛高於國王，在於他以他的舉動表明他鄙視王位之尊；他低於國王，是因為他的舉動在一般人心目中似乎是可鄙的。辛格爾頓的解釋是：在上帝面前，大衛高於國王，因為他是如此謙卑，因而在約櫃前跳舞；但在世人心目中，他這麼做是低於國王身分的。薩佩紐也認為，這詩句的意思是說，大衛在上帝面前以他的舉動表明他鄙視自己的權威，他之所以高於國王，就在於這種舉動，他表現得謙卑，使他顯得更加高貴。這些解釋大同小異，都比早期注釋家的解釋更有說服力。

14 這裡描寫的情景，是以《舊約．撒母耳記下》第六章中的話為依據：「耶和華的約櫃進了大衛城的時候，掃羅的女兒米甲從窗戶裡觀看，見大衛王在耶和華面前踴躍跳舞，心裡就輕視他。」米甲是大衛的妻子，大衛回到家後，米甲便責備他說：「以色列王今日在臣僕的婢女眼前露體，如同一個輕賤人無恥露體一樣，有好大的榮耀啊。」由於這些話，米甲受到上帝的懲罰，「直到死日，沒有生養兒女。」

15 這幅浮雕「在米甲那一邊」：意即在第二幅左邊。「閃著白光」：因為刻在純白的大理石上。

16 「圖拉真」（Traianus）是羅馬帝國安敦王朝第二個皇帝（98-117在位）。安敦王朝是羅馬全盛時期，被稱為「黃金時代」。圖拉真即位後恢復對外擴張政策，先後征服了達西亞（相當於現今羅馬尼亞），建立阿拉伯行省，在對帕提亞（安息國）的戰爭中，侵占了亞美尼亞和美索不達米亞，讓羅馬帝國版圖達到其最大限度。他曾迫害基督教徒，但與他之前的皇帝相比，被譽為公正寬厚的君主。浮雕所表現的「崇高、光榮的事跡」，指圖拉真出征時，一名窮寡婦因為其子被殺而告御狀，圖拉真答應為她執法懲凶的故事。這則故事體現了圖拉真對待平民百姓的謙卑態度，在中世紀輾轉流傳，自公元八、九世紀以來，曾出現在許多著作當中。葛利果指教皇葛利果一世（590-604在位），他出身羅馬貴族家庭，死後被封為聖者，歷史上稱為大葛利果（Gregorio Magno）。相傳，他經過古羅馬圖拉真廣場遺址時，深為這位皇帝的美德感動。由於圖拉真是異教徒，死後靈魂必然在地獄，葛利果於是為他虔誠祈禱，超度他升入天國，後來他夢見天使告訴他上帝已答應他的祈求。「取得他的偉大勝利」：指葛利果取得對死和地獄的勝利，讓圖拉真的靈魂得以超升天國，獲得永生。但丁之後遊天國時，會看到圖拉真在木星天的公正者的靈魂之間（見《天國篇》第二十章）。

17 「金底的鷹」：指作為羅馬軍旗的金底黑鷹旗。在但丁的想像中，古羅馬軍隊也和他那時代的軍隊一樣有軍旗，他認為羅馬的軍旗是金底黑鷹旗。其實，象徵古羅馬軍隊和帝國的鷹並沒有綉在旗幟上，而是製成金鷹或青銅鍍金的鷹，連接在旗桿頂端。

18 意即正義迫使他盡皇帝的職責，惻隱之心驅使他從人道出發，先執法懲凶，解除那位母親的痛苦，而後才出征。

19 「從未見過任何新事物者」：指上帝。所有對常人堪稱新鮮、神奇、異常的事物，對上帝來說皆非如此，因為祂是宇宙間所有事物的創造者，從永恆的高度同時看到了過去、現在和未來的一切。「這種看得見的言語」：指神妙的大理石浮雕所表現出的皇帝與窮寡婦的對話。雕刻作為空間藝術，本來並不適宜表現有聲的言語，但這幅浮雕是全能上帝的作品，突破了雕刻藝術的侷限性，讓兩個人物的對話成為「看得見的言語」，也就是說，讓觀者明白他們正在說什麼，儘管聽不見說話的聲音。

牟米利亞諾指出，雕刻和繪畫表現的是一時一刻的動作，而非一系列連貫動作。但丁則想像，由於神跡，連續出現的一連串動作被刻於同一幅浮雕的群像當中。因此這第三幅浮雕比前兩幅更為神奇。詩中所說「看得見的言語」、「不存在於塵世」：意即人類不可能創作出一件如此神妙而完美的雕刻或繪畫，能同時表現出一連串的姿態和言語。

20 意即這些浮雕表現的都是體現謙卑之德的偉大典範，之所以令人賞心悅目，也是因為那是上帝的作品。

21 「許多人正往這兒過來」：意即有許多人從維吉爾那邊，也就是從兩位詩人左邊正往右邊走來。這些都是犯驕傲罪者的靈魂。「他們邁的步伐很少」：意即走得很慢，因為他們被罰背負著巨石環山行走。「高層的平臺」：「平臺」原文是 gradi（臺階），在此用來指一層層的平臺。根據格拉伯爾的注釋，是由於這些平臺就像臺階一般，拾級而上就到達頂峰。

22 「還債」：指罪人向上帝償還所欠的債，也就是贖罪。「如何償債」：意即經受多麼重的懲罰來贖罪。「良好的意圖」：指罪人悔罪自新的意圖。但丁勸告讀者，不要因為看到詩中贖罪者受苦的情形，就沮喪氣餒，放棄悔罪自新的意圖。

23 「受苦的形式」：指所受懲罰的嚴厲性。但丁勸人別顧慮懲罰有多嚴厲，而要想想贖罪後獲得的天國之福；要想想經受的懲罰不會是永久的，就算在最壞的情況下，也不可能持續到最後的審判之後，因為那是世界末日，煉獄將不復存在，世人的靈魂不進天國享永恆之福，就入地獄受永恆之苦。

24 「自相爭辯」：意即爭辯那些朝我們這裡走來的究竟是不是人。「捶胸」原文是 si picchia（敲，打自己），許多注釋家理解為捶胸，表示悔罪。但薩佩紐認為，這些靈魂背著巨石、彎著身子行走時，必須用手扶住石頭，保持平衡，這種姿態讓他們很難還能騰出手來捶胸。早期注釋家拉納將 si picchia 解釋成 è picchiato（被敲、打），意即為神的正義所懲罰。帕羅狄和薩佩紐都贊同這種解釋。譯文根據前一種解釋，因為煉獄中的靈魂受神的正義懲罰，已是不言而喻，詩中沒有必要特別強調。

25 這些詩句是但丁以驕傲者的靈魂在煉獄中受懲的情景為鑒戒，對自高自大的陽間之人發出的警告。「悲慘可憐」：指人因驕傲而陷入罪惡，但丁對他們表示同情，希望他們能悔罪自新。「心失明」原文是 de la vista della mente infermi（心的視力微弱），意即頭腦被驕傲情緒沖昏，不明是非善惡。「對於後退的腳步滿懷信心」：意即熱衷追求名利、金錢和權力，相信自己一直在前進，但實而不斷在倒退。

26 牟米利亞諾根據本維努托的注釋，對這三句詩作出如下解釋：「蠶結完繭後死亡，從繭中生出另一種長著翅膀的蟲；同樣，人走完塵世路程後死亡：但靈魂從其中出來，毫無防護地飛去接受上帝審判。」「我們是幼蟲，生下來是要成為天使般的蝴蝶」大概源自聖奧古斯丁的話：「一切由肉體而生的人，除了是蟲還是什麼?〔上帝將他〕由蟲造成天使。」詩句大意是：我們是幼蟲，注定要形成天使般的蝴蝶，也就是讓靈魂為來世永生預作準備，人死後靈魂便脫離軀體，飛升到上帝面前接受審判。「毫無防護」，因為人在世上享有的所有榮譽、權力和財富，皆完全無助於讓人得救。詩中用「天使般的蝴蝶」比擬人的靈魂，是因為人的靈魂不死，具有天使的性質，若不受物欲驅使去追求名利、權力和富貴，而是一心向善，死後靈魂就會和天使一樣，得享天國之福。

27 意即幼蟲發育完成後才成為昆蟲，既然你們現在仍是幼蟲，還沒成為天使般的蝴蝶，那有什麼理由自以為了不起？「傲氣沖天」原文是 in alto galla（飄，浮起）形容驕傲自滿、得意揚揚的樣子。

28 意即正如「圓柱柱頭或屋梁托架上有時刻著雙膝蜷曲到胸膛的人像，這些人像好像支撐著全部重負，使得見者有痛苦之感」（布蒂的注釋）。這裡所說的人像，是建築學中所謂的「人像柱」，這種柱子源於古希臘，在中世紀的羅馬式和哥德式建築中是重要的組成，雕刻風格具有強烈的寫實色彩。「對那非真實的痛苦產生出真實的痛苦之感」：意即那些人像的痛苦表情雖然不是真人的痛苦，但因為雕刻得十分逼真，讓人見了不由得生出真實的痛苦感。詩中用這種人像柱，比擬驕傲者的靈魂背負巨石行走的姿態和表情，以及但丁在自己心中引起的痛苦感。

29 每個人依生前的驕傲程度，背負重量不同的巨石，身體的蜷曲程度因此也各不相同。

30 大意是：「那石頭如此之重，任何最心平氣和擔起重負的人也都像是哭著在說：我再也無力背這重負了，雖然我在願望上並不疲憊。」（《最佳注釋》）也就是說，連其中最能忍耐、最能撐的人，也都已達到極限。牟米利亞諾指出，這兩行樸素的詩句表現出了受磨練的靈魂令人憐憫、順從天命的心情，洋溢但丁對他們的同情，為這一章作了教人傷感的結束。

第十一章

「我們在天上的父，你不限定在天上，你在那裡，是因為對那高處最初的造物懷有更大的愛[1]。願你的名字和力量為所有造物所讚頌，正如對你甜蜜的氣息應該表示感謝[2]。願你王國的和平降臨我們，因為它若不降臨，我們自己竭盡全力也無法到達[3]。如同你的天使唱著「和撒那」，以自己的意志為犧牲獻予你，願世人也皆以其意志這麼做[4]。願你今日賜給我們日用的嗎哪，沒有它，走過這艱險的曠野，最努力前進者也要後退[5]。願你慈悲寬恕我們，如同我們寬恕每個傷害我們的人，而不計及我們的功德[6]。莫將我們易被擊敗的道德力量置於我們古老的仇敵面前來考驗，而要使我們脫離那極力鼓動人為惡者的誘惑[7]。親愛的主啊，這最後的禱告並非為我們而作，因為沒有必要，而是為留在我們後面的人而作[8]。」

那些靈魂就這麼邊為自己和為我們祈禱旅途平安[9]，邊被重物壓著往前走，如同在夢中受到的重壓那般[10]，他們受著不同程度的苦，疲憊不堪地在第一層平臺上環行，以消除從塵世帶來的煙霧[11]。如果他們在那裡一直為我們祈禱，那麼，在這裡，既有意願又有善根之人，又有何不該透過言語和功德為他們而做呢[12]？我們實在應當幫助他們洗去從這裡帶去的污點，讓他們得以潔淨又輕快地離開那裡，升上諸天[13]。

「啊，但願正義和憐憫不久後便解除你們的負擔，讓你們能如願展翅高飛。請指示我們往哪邊走，能最快走到往上的磴道；假若磴道不只一條，請告訴我們哪條坡度較小[14]；這個和我同來的人，由於帶著亞當的肉體重量，與自己的意願相違，攀登得極慢[15]。」對於我跟隨之人所說的這番話，他們的回答不知來自何人之口[16]；只聽見：「你們隨我們沿這道堤岸[17]朝右走去，即可找到活人能夠向上攀登的通道。要是沒受這壓著我高傲的頸項[18]，令我不得不低頭的巨石阻礙，我必要看看這個仍然活著、沒說出姓名的人，看我是否認識他，讓他可憐我承受這沉重負擔[19]。我是義大利人，是一個偉大的托斯卡那人之子：圭利埃爾莫．阿爾多勃蘭戴斯科即是我父親；不知你們可曾聽聞他的名姓[20]。我祖上的古老血統[21]和高貴功績使我異常狂妄，未去想想我們共同的母親[22]，對眾人極為輕蔑。結果，如同錫耶納人所知，我因此而死，連康帕尼阿提科的稚子皆知[23]。我是翁伯爾托；驕傲不只使我為此受害，因為它將我家族統統拖進災難之中[24]。由於驕傲，我必須在此地，在死者之間背負這重物，直至上帝滿意，因為我在活人之間沒有這麼做[25]。」

我聽著，垂下頭[26]；他們當中一人，不是說話的這個，在阻礙動作的重負之下轉過臉來看到我，認得我，喊著我，費力盯著我，當時我正深深彎著腰與他們同行[27]。我對他說：「啊，你豈不是歐德利希，阿戈畢奧之光，與那在巴黎稱為微小彩飾繪的藝術的光榮[28]？」他說：「兄弟呀，波隆那的弗朗科所繪的畫面色彩還更鮮明；如今榮光全歸於他，部分才屬於我[29]。我生前絕對不會如此謙虛，因為我一心只想超群出眾[30]。因為那種傲氣，我才在此承受應有的懲罰。若不是我在還能犯罪時皈依了上帝，我還不會在這裡呢[31]。啊，才力博得的虛榮啊！你的綠留駐枝頭的時間如此短促，除非隨後便是衰微時代[32]！契馬部埃自以為擅長繪畫[33]，如今喬托成名，令前者的盛名黯然失色[34]。同樣的，一個圭多也奪去另一個圭多在語言方面的榮耀；要將他們倆從巢中趕出去的人或許已出世[35]。塵世名聲不過是一陣微風，時而從這邊吹來，時而從那邊吹來，因方向改變而名稱有異[36]。如果你老年脫離了肉體，千年之後，你會比在拋開『pappo』和『dindi』之前就死去名聲更大嗎？而千年與永恆相比，要比瞬間與天上運轉最慢的那圓圈運行的周期相比，時間更短[37]。在我前面走得那麼慢的那人曾經譽滿全托斯卡那，如今在錫耶納幾乎已無人低聲提及；當佛羅倫斯的凶焰熄滅時，他是錫耶納的主宰者；佛羅倫斯彼時極為驕傲，正如它如今已成娼妓[38]。你們的名聲就如草色，來得匆匆，去也匆匆；令草褪色的，也正是讓它從地中長出嫩芽者[39]。」我對他說：「你的至理名言讓我心中滿盈向善的謙卑之情，消去了我心中巨大的腫脹[40]；不過，你方才所說的那人是誰？」他答道：「是普洛溫贊．薩爾瓦尼；他之所以在這裡，是因為野心太大，妄想讓全錫耶納落進自己手裡[41]。他自從死後就一直這麼走著，而且還要繼續，毫無停歇；在世上過於狂妄的人都得付這樣的錢還債[42]。」我說：「若說直至壽盡才悔罪的靈魂無法上升到此處，必得在下面留待他所活年歲的等長時間，除非受善人祈禱之助，否則他怎能獲允來到這裡[43]？」他說：「他在生平最光榮之際，完全不顧羞恥，自動直直站在錫耶納廣場；在那裡，為解救在查理的牢中受苦的朋友，他讓自己陷入條條血管都顫動起來的狀態[44]。我不再多說，我知道我說得含糊，但不多久後，你的鄰人就會那麼做，讓你得以解釋我的話[45]。他的這一舉動為自己解除了那些限制[46]。」

1　犯驕傲罪的靈魂背負巨石環山而行，一面口誦主禱文禱告（主禱文是耶穌訓誡人的禱詞，見《新約．馬太福音》第六章和《新約．路加福音》第十一章，兩處字句稍有不同）。但丁為了闡釋主禱文的意義，結合驕傲者的思想，在當中增添了一些字句。有些學者指責他將神學和哲理塞進主禱文當中，損害了其樸素的內涵和風格。這種指責引起另一些學者的反駁。波斯科說：「每個背誦禱詞的人，如果不是機械性地背誦，即使背誦的是流傳的經文，背誦時都會將自己心中默想的事物『填塞』進去，也就是將自己的問題放進禱詞當中，讓禱詞適應自己的需要。所以，本章中的主禱文就是一種特定的罪人，即犯驕傲罪者，在詩中一種特定的情況下向上帝所致的禱詞；是但丁自己因為犯有驕傲罪，而且深刻意識到自己的這種罪，因而向上帝所致的禱詞。」

牟米利亞諾指出，福音書中的主禱文本身並非驕傲者的靈魂懺悔的表現，只是經過但丁改寫才變成這樣。主禱文第一句是：「我們在天上的父」。但丁加上「你不限定在天上，你在那裡，是因為對那高處最初的造物懷有更大的愛」這兩句話，目的在於從嚴格的神學觀點闡釋這句經文。「那高處最初的造物」指諸天和眾天使。這兩句大意是：「我們在天上的父」並不意味上帝只在天上而沒在別處，因為祂無所不在，不受空間限制；祂之所以在天上，是因為他對諸天和天使懷有更大的愛。

2　主禱文第二句是：「願人都尊你的名為聖」。針對犯驕傲罪者的思想，但丁將這句改變為「願你的名字和你的力量為一切造物所讚頌」。這樣的改動顯然是受聖方濟各《造物的讚美歌》影響。句中特別提到上帝的力量，表明生前目空一切的驕傲者，如今已認知到自己在全能的上帝面前極其渺小，微不足道。但丁在後面加上「正如對你甜蜜的氣息應表示感謝」這句話，說明所有造物不僅要讚頌上帝，還應感謝上帝。

許多注釋家認為「你甜蜜的氣息（vapore）」是指上帝的智慧，因為拉丁文《聖經》中的《智慧篇》（中文《聖經》無此篇）第七章第二十五節中說：「智慧是神的力量的氣息」。不過，感謝上帝的智慧這句話雖然說得通，終究略顯牽強。據卡西尼—巴爾比的注釋，「你甜蜜的氣息」是指上帝的愛（carità）或仁慈，這種解釋比較恰當。

3　主禱文第三句是：「願你的國降臨」，但丁改為「願你王國的和平降臨我們」，「你王國的和平」指天國之福。但丁隨後加上「因為它若不降臨，我們自己竭盡全力也無法到達」這句話，以強調驕傲者承認人的能力微不足道，唯有祈求上帝的恩澤，才能獲得天國之福。

4 主禱文第四句是：「願你的旨意行在地上，如同行在天上」，但丁改寫為「如同你的天使們唱著『和撒那』，以自己的意志為犧牲獻予你，願世人也皆以自己的意志這樣做」，這麼改寫切合主禱文原意。「和撒那」源自希伯來文 hoshaʿna，原有求救的意思，在這裡指讚美歌。天使們犧牲自己的意志，順從上帝的意志，這意味上帝的旨意行在天上；世人也犧牲自己的意志，順從上帝的意志，意味著上帝的旨意行在地上。犯驕傲罪者生前不可一世，如今知道人都必須順從上帝的意志，才能讓靈魂升上天國。但丁對主禱文第四句的改寫也是為了表達出犯驕傲罪者的思想情況。

5 主禱文第五句是：「我們日用的飲食，今日賜給我們」（《新約．馬太福音》）或「我們日用的飲食，天天賜給我們」（《新約．路加福音》）；但丁將這句改變為「願你今天賜給我們日用的嗎哪」。「嗎哪」是摩西領以色列人出埃及時，上帝在他們行經曠野時所賜的食物：「這食物以色列家叫嗎哪，樣子像芫荽子，顏色是白的，滋味如同攙蜜的薄餅」（《舊約．出埃及記》第十六章）；緊接著又加上「沒有它，走過這艱險的曠野，最努力前進者也要後退」這句話。在這裡，「嗎哪」是精神食糧，指上帝的恩澤，「這艱險的曠野」指煉獄。

托拉卡指出，靈魂在煉獄中經受磨難，等待進入天國，就如同以色列人在曠野中歷經艱難險阻四十年之久才到達迦南地。沒有上帝賜給的嗎哪，以色列人在曠野中非但無法前進，而且都會餓死；同樣的，若無上帝的恩澤，煉獄中的靈魂無論再怎樣努力前進，也都要後退。這裡再次強調人的能力有限，必須祈求上帝的恩澤。

6 主禱文第六句是：「免我們的債，如同我們免了人的債」（《新約．馬太福音》）或「赦免我們的罪，因為我們也赦免凡虧欠我們的人」（《新約．路加福音》）。但丁改寫為：「願你慈悲寬恕我們，如同我們寬恕每個傷害我們的人，而不計及我們的功德」，這樣改寫，旨在表明祈禱者生前自高自大，如今幡然悔悟，態度謙卑，懇求上帝本著祂的無限慈悲饒恕他們，不要看他們的功德如何，因為他們的功德是微不足道的。

7 主禱文第七句是：「不叫我們遇見試探，救我們脫離凶惡」，但丁改為「莫將我們易被擊敗的道德力量置於我們古老的仇敵面前來考驗，而要使我們脫離那極力鼓動人為惡者的誘惑」，用「我們易被擊敗的道德力量」這一詞組來強調世人意志薄弱，禁不起誘惑。「我們古老的仇敵」是指魔鬼，他引誘人類的始祖犯罪，「極力鼓動人為惡」，所以說他是人類的「古老的仇敵」。

8 「留在我們後面的人」指活在世上的眾人。煉獄中的靈魂已確定得救，不會再受魔鬼誘惑而犯罪；但仍活在世上的人常有受到魔鬼誘惑的危險。因此，煉獄中的靈魂為他們祈禱，請上帝保佑他們不受魔鬼誘惑。此舉說明了煉獄中的靈魂仍然關心活人，所以活人也應為他們祈禱，助他們早升天國。

9 「旅途平安」原文為 buona ramogna。ramogna 一詞非常罕見，對其來源和意義，有種種不同的解釋。多數注釋家認為詞義是「旅行、旅途」。譯文根據這種解釋。「為他們自己祈禱旅途平安」：意即祈求上帝讓他們順利完成贖罪的過程；「為我們祈禱旅途平安」：意即祈求上帝保佑世上活人在人生旅途上平安。

10 「在夢中受到的重壓」，指夢魘。

11 「他們受著不同程度的苦」：指他們各自依個人罪孽的輕重，背著重量不同的巨石環山行走。

「從塵世帶來的煙霧」：指他們罪孽的痕跡。罪孽像煙霧般蒙住他們的靈魂，雖然他們經過懺悔，受到上帝寬恕，但罪孽痕跡仍在，必須徹底消除後才能進天國。

12 「在那裡」：指在煉獄裡；「在這裡」：指在世上；「那些既有意願又有善根的人」：指那些既願意為煉獄中的親人祈禱，自己又蒙受神恩的人（只有蒙受神恩者的禱告才能上達於天）；「透過言語和功德」：指透過祈禱和行善。大意是：既然煉獄中的靈魂會為世上活人祈禱，世上活人凡是願望良善又蒙受神恩者，也當竭盡心力藉著禱告和功德，幫助他們早日升入天國。

13 「從這裡帶去的污點」：指罪孽的痕跡，如同上述「從塵世帶來的煙霧」。「上升到諸天」：「諸天」原文指各行星天和恆星天，煉獄中的靈魂在贖罪後會經過這九重天，升到淨火天，也就是嚴格意義上的天國。

14 維吉爾按照一貫作風，問路時先對遇到的靈魂表現出善願：願上帝的正義和憐憫很快就免除壓在你們身上的重負，讓你們能展翅飛升到嚮往的天國。神學家認為，正義與憐憫都是上帝的屬性，而且往往同時表現出來，無論獎勵還是懲罰時都是這樣。「往上的磴道」：指從第一層平臺前往第二層平臺的磴道。

15 「帶著亞當的肉體重量」，因為但丁是活人。「違反他自己的意願」，但丁急於登上第二層平臺，但力不從心。

16 因為他們背著巨石，身體蜷曲，彼此又挨得很近，看不見他們的臉，所以但丁不知道他們當中是誰回答了維吉爾的話。

17 指聳立在第一層平臺內側、頂端構成第二層平臺外沿的那道峭壁。

18 「高傲的頸項」：此人在世時昂首闊步，目空一切，如今被巨石壓得抬不起頭來。《聖經》中用「硬著頸項」來指執拗的傲氣：「耶和華對摩西說，我看這百姓真是硬著頸項的百姓。」（《舊約．出埃及記》第三十二章）

19 「沒有說出姓名的人」：維吉爾沒有說出但丁的姓名；但丁蒙受神恩特許遊歷煉獄，但因為謙卑，沒有說出自己的姓名。「讓他可憐我承受這沉重負擔」：意即讓他可憐我受到這種懲罰，回到人間後，為我祈禱，並促使別人也為我祈禱。

20 這個說話的人名叫翁伯爾托．阿爾多勃蘭戴斯科（Omberto Aldobrandesco），是圭利埃爾莫．阿爾多勃蘭戴斯科（Guiglielmo

Aldobrandesco）的次子。後者是第一代索阿納和皮提利亞諾伯爵（參看第六章注29），政治上屬貴爾弗黨，曾被視為帝國的敵人而遭皇帝腓特烈二世的圍困。他和錫耶納有極深的仇恨，對貴爾弗城邦佛羅倫斯非常友好。一二二七年，他在對錫耶納的戰爭中被俘，獲釋後在羅馬教廷的暗中支持下繼續對錫耶納作戰，直到一二三七年為止。他於一二五四年之後不久死去，將封建權力留給兩個兒子伊爾德勃蘭迪諾（Ildebrandino）和翁伯爾托。

21　「古老血統」：阿爾多勃蘭戴斯科家族世系悠久，可追溯到八世紀末和九世紀初。這個古老的封建貴族統治著托斯卡那的瑪雷瑪地區（近海沼澤地帶）的大片領地，在十三世紀初勢力最強大。

22　「共同的母親」：有的注釋家認為是指夏娃，有的認為指大地。這兩種解釋都說明所有人同出一源，一律平等，誰都沒有理由自高自大，藐視他人。

23　「我因此而死」：翁伯爾托這句話的意思可能是說，他對錫耶納人的輕蔑，激怒了錫耶納人向他進攻；也可能是說，他在戰鬥中對錫耶納人極為輕蔑，不顧後果，因而喪命。翁伯爾托繼續執行他父親與錫耶納為敵的政策，並在佛羅倫斯支援下和錫耶納鬥爭，從他的駐地康帕尼阿提科（Compagnatico）城堡劫掠過路的錫耶納人，或是將人綁架以索取贖金。他死於一二五九年；一種說法是，他在錫耶納人進攻時為了保衛自己的城堡而戰死；另一說法是他被錫耶納的刺客所殺。

24　意即驕傲是整個阿爾多勃蘭戴斯科家族的通病，使得索阿納和聖菲奧拉兩個支系統統受害。「使我受害」：指他在煉獄中受懲罰。「統統拖進災難之中」：指當時索阿納和聖菲奧拉兩個支系都處在極為不幸的境地，前者在一三〇〇年瀕於滅絕，後者因不斷遭受錫耶納進攻，領地縮小，勢力削弱。

25　依托馬斯．阿奎那在《神學大全》第三卷補遺中所說，靈魂在煉獄中所受的懲罰是補還在世時未還清的債。從翁伯爾托的話看來，詩中顯然將他作為以家世高貴而自負的典型。

26　但丁低下頭，面朝著地，不僅是為了便於聽清楚那些靈魂的話，也為了表示與他們一同贖罪，因為詩人承認自己也犯有驕傲罪（見第十三章末尾）。

27　因為但丁低著頭，這第二個背著石頭彎身行走的靈魂才得以扭過臉來看他，但翁伯爾托無法這樣做。但也可能是因為這個靈魂背負的石頭比翁伯爾托的輕一些。「深深彎著腰與他們同行」：表明但丁似乎也像那些靈魂一樣背著石頭，一同贖罪。

28　歐德利希（Oderisi）是義大利著名的微小彩飾畫家，生於阿戈畢奧（Agobbio，現名Gubbio）。有文獻證明，他在一二六八至七一年間曾在波隆那工作，但丁或許與他是在當地結識。據美術史家和畫家瓦薩里（Vasari）說，歐德利希於一二九五年前往羅馬工作，大約一二九九年死在那裡。但丁在詩中將他作為以藝術才能和成就自負的典型。

29 微小彩飾畫家波隆那人弗朗科（Franco Bolognese）生前的事跡不詳。他和歐德利希都是微小彩飾繪畫波隆那畫派的主要代表。他們的畫作真跡沒有流傳下來，但依但丁詩中所說可想見，歐德利希代表著仍受拜占廷微小彩飾風格束縛的保守派，弗朗科則代表受到法國微小彩飾畫影響，或許甚至是喬托的繪畫影響，因而具有哥德畫風傾向的革新派。

「色彩還更鮮明」：因為微小彩飾畫主要用在羊皮紙手抄本中作為插畫，因此色彩越鮮明越好。

「如今榮光全歸於他，部分才屬我」：意即如今弗朗科完全占有的那種光榮，只剩一部分歸我所有。總之，歐德利希雖未徹底失去原有光榮，但已退居次要。

30 「如此謙虛」：指他肯承認別人在他之上。

31 「在還能犯罪時」：指猶活在人世、離死還遠的時候。「皈依上帝」：指懺悔。大意是：要不是我生前沒拖到生命盡頭就已先懺悔自己的驕傲，否則如今我不會在這第一層平臺，必然還得在煉獄外圍停留。

32 「才力博得的虛榮」：指人因才華創作出的文學和藝術作品所博得的榮耀是空虛的。這種榮耀就像樹上綠葉一樣，不久就會枯黃凋謝，除非隨後便是衰微時代，只有在這般條件下，過去的優秀文學家和藝術家的盛名才得以不滅，因為此後無人能及。

33 契馬部埃（Cimabue, 1240-1302）是佛羅倫斯最早的畫家之一，真名是喬萬尼（Giovanni）或秦尼（Cenni），契馬部埃是其綽號，此人異常高傲，開創出一種新畫風，作品雖然沒有完全擺脫拜占庭繪畫風格，但已帶有世俗味道，對義大利文藝復興時期繪畫具有前奏意義。但丁在一三〇〇年之前可能曾在故鄉見過他的作品。

34 喬托（Giotto,1266-1337）是文藝復興初期名畫家、雕塑家和建築師，他是契馬部埃的弟子，但不久就超越了老師。喬托是當時以新方法作畫的第一人，突破了拜占庭美術定型化的束縛，創作出許多具有生活氣息的宗教畫。他和但丁結下友誼，佛羅倫斯警察官公署小教堂內壁畫中的但丁像，就是他對青年時代的但丁的忠實描繪。

35 「一個圭多」：指但丁的朋友，詩人圭多．卡瓦爾堪提（見《地獄篇》第十章注14）。「另一個圭多」：指「溫柔的新體」詩派的開創者，圭多．圭尼采里。「在語言方面的榮譽」：指用義大利語寫詩的榮譽。「從巢中趕出去」：意即從詩壇第一把交椅的位子上趕下來。托拉卡指出：「巢（nido）讓人聯想到自己安靜、可愛的住所，要放棄它時必然會痛苦。」歐德利希含糊其辭地說，高出他們二人之上的詩人或許已經出世，但未明說是誰。

大多數的早期注釋家認為，歐德利希這預言是指但丁。有的注釋家反對此說，認為但丁不可能在這懲罰驕傲罪的地方還藉歐德利希之口抬高自己。其實，這裡根本沒有什麼自我拉抬的意思，至多不過是表現但丁意識到自己的價值和歷史地位而已。薩佩紐指出，歐德利希的話只是說，「如今喬托和但丁各自在自己的領域超越了前輩；不過，不言而喻，這名聲不會持久，有朝一日將會被別的畫家和詩人超越，再者，所有名聲都不過是一陣微風。」

36 意即世人稱譽的畫家、詩人，今天叫契馬部埃、卡瓦爾堪提，明天叫喬托、但丁，這不過就像風因吹來的方向不同而有東風、西風、南風、北風等不同名稱。

37 「脫離肉體」：指人死時，靈魂與肉體分離。「pappo」意為麵包，「dindi」則是錢，兩字都是幼兒咿呀學語時的話。「天上運轉最慢的那個圓圈運行的周期」：指恆星天運行的周期。恆星天由西向東運轉，每一百年才轉一度，慢得幾乎難以覺察（見《筵席》第二篇第十四章）；照此說法，它轉一周就需要三百六十個世紀。

詩的大意是：你老死或早殤，千年後都一樣，反正那時已無人知道你，對永恆來說，一千年根本微不足道。

38 指下面指出的普洛溫贊·薩爾瓦尼（Provenzan Salvani）。他在十三世紀中葉成為錫耶納吉伯林黨首領，一二六〇年九月四日蒙塔培爾蒂之戰，托斯卡那吉伯林聯軍打敗佛羅倫斯貴爾弗軍，他支持將佛羅倫斯夷為平地的主張，遭到法利那塔堅決反對（見《地獄篇》第十章）。「他在蒙塔培爾蒂得勝後，是錫耶納的偉大人物，領導著整個城邦，全托斯卡那的吉伯林黨人都視他為領袖；而他為人驕傲專橫。」（維拉尼《編年史》卷七第三十一章）一二六六年本尼凡托之戰後，他一如各地的吉伯林黨，勢力日益衰落。一二六九年，佛羅倫斯在科雷·迪·瓦爾戴爾薩（Colle di Valdelsa）之戰中擊敗錫耶納，他被俘虜，「斬首後，人們用長矛挑起砍下的頭，在戰場上示眾。」（同上）流亡的貴爾弗黨人在錫耶納掌權之後，毀了他的家宅和所有與他有關的紀念物。

「佛羅倫斯的凶焰熄滅時」：指佛羅倫斯在蒙塔培爾蒂之戰大敗後。

「他是錫耶納的主宰者」：普洛溫贊·薩爾瓦尼不是錫耶納的君主，因為錫耶納是共和國，但他是當中最具權勢的公民。「佛羅倫斯彼時極為驕傲，正如它如今已成娼妓」：指當初佛羅倫斯很狂妄，企圖凌駕所有鄰邦；如今是娼妓，「因為佛羅倫斯人就像為臭錢賣身的妓女，為了錢什麼事都做。」（布蒂的注釋）

39 大意是：世人的名聲不能持久，就如同草色無法常青；草借助日光照射的熱量嬌嫩地從地裡長出，而日光不久後又會將草曬得枯乾，世人的名聲也是如此，由時間產生，也被時間消滅。詩中所用的比喻顯然源於《聖經》，例如，「早晨他們如生長的草，早晨發芽生長，晚上割下枯乾」（《舊約·詩篇》卷四第九十篇）；「……他必要過去，如同草上的花，太陽出來，熱風刮起，草就枯乾，

花也凋謝，美容就消沒了。」（《新約．雅各書》第一章）

40 「巨大的腫脹」（gran tumor）指但丁以天才和博學自負的情緒。

41 普洛溫贊．薩爾瓦尼掌握大權後，野心勃勃，企圖成為整個錫耶納城邦之主。他在詩中是以權勢自負的典型。

42 意即凡是生前過於狂妄的人，都得在此受這樣的苦，以償還對上帝欠下的債。

43 「無法上升到此處」：意即不能上升到煉獄本部；「必得在下面留待」：意即必須在煉獄外圍停留。普洛溫贊．薩爾瓦尼顯然是遲至臨終時刻才懺悔，怎麼會獲允來到煉獄本部？但丁向歐德利希提出了這個疑問。

44 「生平最光榮之際」：指他的權勢和聲譽最顯赫時。「為解救在查理的牢獄中受苦的朋友」：此人姓名是巴爾托羅美奧．塞拉齊尼（Bartolomeo Seracini），他是曼夫烈德的侄子康拉丁的部下，對安茹王朝的查理作戰時在塔利亞科佐（Tagliacozzo）被俘，查理向他索取一萬金弗洛林的巨額贖金，並要求短期內交付，否則就要取他性命。他於是向普洛溫贊求援。普洛溫贊自己也沒有如此巨額的金錢，但為了火速拯救朋友，他不顧自己顯貴的地位，自願在錫耶納廣場上向市民乞討，終於湊足贖金救出朋友。「他讓自己陷入條條血管都顫動起來的狀態」，因為他強忍著向市民乞討的恥辱，「由於這個緣故，他作為顯貴高傲的人，羞慚得每條血管都為之顫動……當中的血都跑到臉上去了。」（布蒂的注釋）

45 「我說得含糊」：歐德利希認為自己所說「他讓自己陷入條條血管都顫動起來的狀態」這句話會讓但丁費解。「你的鄰人」：指佛羅倫斯人。「就會那麼做，讓你得以解釋我的話」：歐德利希預言，但丁不久後將遭到放逐，會在長期流浪中體驗到高傲之人迫於生活、不得不求助於人的恥辱，並透過這種痛苦經歷，明確理解這句話的意義。

46 「這一舉動」：指透過乞討湊足贖金營救朋友。「為自己解除了那些限制」：意即讓他免於在煉獄外圍停留，得以直接進入煉獄。歐德利希的這番話表明，「在上帝方面，正義和仁慈是一致的。正如片刻的真誠懺悔足以令人得救，同樣的，僅僅一起善舉就能抵過一長串罪愆的分量。」（薩佩紐的注釋）

第十二章

我和那背負重荷的靈魂[1]，如同牛架著牛軛並排而行[2]，在和藹的教師容許下，一直這麼走著；但是當他說：「離開他，前進吧；因為此處每個人都應用帆和槳，竭力推動自己的小船[3]，」於是我如平常走路要求的那般，重新直起身子，儘管思想上仍然低著頭，縮著身體[4]。

我已動身，樂意隨我老師的腳步前進，現在我們倆都顯得腳步輕快[5]，這時他對我說：「將眼睛轉下，觀看你腳下的地面，以減輕路途的艱苦，這對你會有好處[6]。」正如為保留對死者的回憶，教堂地下埋葬他們的墓石上都刻有其生前形象[7]，我們屢屢觸及對他們的回憶，因而復又哭泣，如此回憶只能激發具有同情心之人的哀思[8]；同樣，我看到那由山的突出部分構成的路上布滿了雕像，但就藝術工法而言，更為美觀[9]。

在一邊，我看見那被造得較其他造物都更高貴的天使，如閃電般從天上墜下[10]。

另一邊，我看見布里阿留斯被天上的箭射穿，冰冷的死屍沉沉躺在地上[11]。

我看見提姆勃拉由斯，看見帕拉斯及瑪爾斯依然全副武裝，站在他們的父親周圍，注視巨人們支離破碎的肢體[12]。

我看見寧錄站在他巨大的工程腳下，貌似茫然失措，注視著與他同在示拿地的一眾驕傲之人[13]。

我和那背負重荷的靈魂，如同牛架著牛軛並排而行，
在和藹的教師容許下，一直這麼走著。

啊，狂妄的阿剌克涅，我看見妳一半已變成蜘蛛，
悲慘地趴在妳那件讓自己遭遇不幸的織物的破布條上。

啊，尼俄柏，我看見路上雕著妳在妳被殺害的七兒七女之間，眼裡流露的神情多麼悲痛[14]。

啊，掃羅，此處雕著你如何在基利波山伏在自己的劍上而死，那地方自此未再感受過雨露滋潤[15]。

啊，狂妄的阿剌克涅，我看見妳一半已變成蜘蛛，悲慘地趴在那件讓妳自己遭遇不幸的織物的破布條上[16]。

啊，羅波安，你在這裡的雕像已不是嚇人的形貌，而是神態驚恐，一輛車將你載走，並無人追趕[17]。

那堅實的路上還展現了阿爾克邁翁如何讓自己的母親知道那件不祥的首飾代價昂貴[18]。

它展現西拿基立的兩個兒子如何在神廟中朝他撲去，殺死他之後又如何將他棄置在那裡[19]。

它展現托密利斯在對居魯士說：「你嗜血，那我就讓你喝個飽」時她所造成的破壞和殘酷屠殺[20]。

它展現奧洛費爾內死去之後，亞述人的潰敗和被殺者的遺骸[21]。

我看見特洛伊化為灰燼和洞穴：啊，伊利昂，那裡的雕刻表現出你何等卑微可憐[22]！

有哪位運用畫筆或鉛筆的大師，畫得出這些會令精通藝術的天才皆感驚奇的形象和輪廓[23]？死的就像死的，活的就如活的。對於我彎身走著踏過的所有雕刻，就連目睹事實者所見，都不比我所見的更加真切[24]。那麼，夏娃的眾子孫，你們儘管驕傲吧，就仰著目空一切的臉走去，別低頭去看自己所走的邪路吧[25]！

我一直心有所思，未意識到我們已走了更多的路，而太陽已走過它行程的大半[26]。這時，走時總向前看的嚮導開口：「抬起頭吧；你再無時間這樣埋頭走路了。你看那邊有一位天使正要朝我們走來；你看第六個使女已完成她一天的任務返回[27]。你的面容和舉止應當顯現崇敬，讓他樂意接引我們上去。想想這一天永遠不會再次破曉[28]！」

我已習慣聽他告誡我切莫蹉跎，因此對他所言並未感到隱晦費解。

那美麗的造物朝我們走來，身著白衣，面如晨星閃爍。他張開雙臂，而後展開翅膀說：「來吧：這裡附近就是臺階，現在上去很容易了[29]。」應此邀請而來的人非常少。人類呀，你們本是為飛升而生，為何遭遇一點點風，就這麼落下[30]？

他帶我們來到岩石斷開處[31]；在這裡將翅膀在我額頭上橫著撲打一下[32]，而後向我們保證此途平安。

一如為登上從盧巴康提橋上俯瞰、治理得極好的那座城的教堂所在的山，其右有在案卷和板桶猶然完好可靠的時代所築的石階，減輕了陡峭的山勢；同樣的，從另一層平臺直上直下通向此地的那道高堤，也因為有這樣的石階，因而降低了攀登坡度，只不過高大的岩石由此或彼磨擦著攀登者[33]。我們轉身走向那裡時，聽到唱誦著「*Beati pauperes spiritu!*」的聲音[34]，唱得如此美妙，難以言傳。啊，此處的各個入口和地獄裡的那些多麼不同啊！因為這裡進去伴隨的是歌聲，而那底下則是激烈的哭聲。

我們已踏著神聖的石階向上走去，我覺得較之前走在平地還更輕快許多。因此，我說：「老師，告訴我，我身上什麼重物已除去，才讓我走著幾乎不覺疲累？」他答說：「當那些仍留在你額上、幾乎已消失的P字[35]都如這個那樣被擦去，你的雙腳將完全被良好的願望支配[36]，不僅不覺勞累，甚至會感覺被催促向上走是件樂事。」於是，如同那些走路時頭上有某種東西，自己卻不知道的人，只因別人示意才讓他們起疑，他們的手因而努力查明事實，一摸就摸出來，盡到視覺未能盡的那職責[37]，我就和他們一樣，張開右手的指頭去摸，發現那位持鑰天使在我額上刻下的字母只剩六個：看著我這麼做，我的嚮導微微一笑。

---

1 指歐德利希。

2 這個比喻說明但丁此時和歐德利希一樣，彎身慢慢走著。牛是最順從、最能忍耐的牲口，用來作比喻，也表示出那個贖罪的靈魂和但丁的謙卑心情。

3 意即在煉獄中，每個人都應盡力用所有最有效的方法贖罪。

4 聽了維吉爾這番話，但丁就像平常起步時那樣直起身體，但思緒上仍然低著頭、蜷縮身子，因為歐德利希的話言猶在耳，此時的他傲氣全消，心中滿是謙卑，彷彿仍繼續和那些靈魂一起贖罪。

5 「現在我們倆都顯得腳步輕快」：維吉爾是靈魂，不受肉體拖累，腳步自然輕快；但丁因為此時已除去驕傲罪的沉重負擔，而且直著身子走路，所以腳步同樣輕快。

6 「觀看你腳下的地面」：正如懸崖下部刻有表現謙卑美德的事例，以供贖罪的靈魂效法，平臺的路面上也刻有交替取材自《聖經》、古代神話及歷史，表現驕傲受到懲罰的事例，讓贖罪的靈魂踩著這些雕刻走時能從中汲取教訓。
「以減輕路途的艱苦」原文是 Per tranquillar la via（為了使路途平靜），意義寬泛。這裡根據丹尼埃羅（Daniello）的解釋意譯。詩的大意是：但丁觀看路面上的雕刻，能從中獲益，並且減輕走路的勞累。

7 「教堂地下埋葬他們的墓石上」：中世紀的義大利人常將死者葬於教堂地下，以長方形石板覆蓋，石板齊平地面，成為地面一部分；

為了紀念死者，石板上刻有死者生前作為法官、醫生或騎士的形象、紋章或銘文。詩中以這種墳上雕刻比擬第一層平臺路面上的雕刻，相當恰當。

8 詩的大意是：親友在教堂內見到死者生前的形象，常會觸及對已逝者的回憶而傷心落淚，這樣的回憶只能讓富有同情心的人心生哀思，鐵石心腸的人對此是無動於衷的。

9 「由山的突出部分構成的路」：指從懸崖腳下向外延伸構成的第一層平臺，作為贖罪的靈魂環山行走的道路。路面上的雕刻因為出自上帝之手，比教堂中墳墓石蓋上的雕刻還更美觀。

10 第一個因驕傲受到懲罰的事例源於《聖經》。盧奇菲羅原是最高貴的天使，《舊約．以賽亞書》第十四章稱他為「明亮之星，早晨之子」；由於他「心裡曾說：我要高舉我的寶座在上帝眾星以上……我要與至上者同等」，這種狂妄的野心促使他發動叛亂，結果受到懲罰，墮入地獄。薩佩紐指出，但丁以閃電作為比喻形容盧奇菲羅墜落之速，顯然是借用《新約．路加福音》第十章中：「耶穌對他們說，我曾看見撒旦從天上墜落，像閃電一樣。」

11 第二個事例源自古代神話，刻在路的另一邊，和前一個源於《聖經》的事例對稱。布里阿留斯是百臂巨人（見《地獄篇》第三十一章注17），在聯手其他巨人進攻奧林帕斯山時，被朱比特的雷霆擊斃。「天上的箭」：指雷霆。

12 第三個事例是巨人族狂妄與天神作戰的下場。提姆勃拉由斯（Thymbraeus）即太陽神阿波羅，特洛伊的提姆勃拉城中有一座著名的太陽神廟，他因而獲得這個稱號。帕拉斯（Pallas）即是希臘神話中的女神雅典娜，相當於羅馬神話中的女神密涅瓦。瑪爾斯是羅馬神話中的戰神。「他們的父親」：指朱比特。

13 第四個事例源於《聖經》。巨人寧錄（見《地獄篇》第三十一章注13）「為世上英雄之首」（見《舊約．創世記》第十章），他為了傳播名聲，率領手下人類在平原上建造一座高可通天的塔，由於上帝變亂了他們的口音，使得眾人言語彼此不通，造塔工程因此被迫停工（事見《舊約．創世記》第十一章）。

14 第五個事例源於古代神話。尼俄柏（Niobe）是底比斯王安菲翁的妻子，她生下七男七女，以此自負，口出狂言，貶低女神拉托娜，說她才生了太陽神阿波羅和月神黛安娜兩個孩子，和無兒無女者差不多。拉托娜非常氣憤，要求阿波羅和黛安娜為她懲罰尼俄柏。兄妹二人立刻來到底比斯，將尼俄柏的七子七女全數射死。尼俄柏目睹子女們的屍體，悲痛得變成石頭（事見《變形記》卷六）。

15 第六個事例源於《聖經》，表現以色列王掃羅（Saul）在基利波山被非利士人（Philistines）打敗，身負重傷，命令部下將他刺死，以免落入敵人之手，但部下不肯，最後掃羅自己伏刀而死的情景（事見《舊約．撒母耳記上》第三十一章）。掃羅死後，大衛作哀

歌悼念，歌中說：「基利波山哪，願你那裡沒有雨露。」（《舊約．撒母耳記下》第一章）

16 第七個事例來源於古代神話中擅長紡織，但死後因為驕傲而被紡織女神密涅瓦懲罰變為蜘蛛的阿剌克涅（見《地獄篇》第十七章注5）。路面上的雕刻表現出阿剌克涅正在變形的過程，她一半已變成蜘蛛，一半還具有人形，因而能看出她悲慘的狀況（事見《變形記》卷六）。

17 第八個事例源於《聖經》。羅波安（Rehoboam）是以色列王所羅門的兒子，在所羅門死後繼承了王位。他是個暴君。以色列百姓來見他，對他說：「你父親使我們負重軛，作苦工，現在求你使我們作的苦工輕鬆些，我們就事奉你。」他嚴厲回說：「我父親使你們負重軛，我必使你們負更重的軛，我父親用鞭子責打你們，我要用蠍子鞭責打你們。」以色列人見王不依從，就背叛他。「羅波安王差遣掌管服苦之人的亞多蘭往以色列人那裡去，以色列人就用石頭打死他。羅波安王急忙上車，逃回耶路撒冷。」（事見《舊約．列王紀上》第十二章）

18 第九個事例來源於古代神話。厄里費勒（Eriphyle）是預言家安菲阿剌俄斯（見《地獄篇》第二十章注9）的妻子。當七位英雄決定從阿爾戈斯出征底比斯時，安菲阿剌俄斯預知自己要是參加，一定無法生還，於是躲了起來。除了妻子之外，無人知道他藏身何處。英雄波呂尼刻斯用家傳的寶石項鍊賄賂厄里費勒，她便帶他來到丈夫藏身之處，安菲阿剌俄斯無奈只好參加出征，後來果然喪命。他在出征前曾囑咐兒子阿爾克邁翁（Alcmaeon）要懲罰厄里費勒的叛賣罪。阿爾克邁翁得知父親的死訊後，便殺了母親（事見《底比斯戰紀》第二卷）。「不祥的首飾」：指寶石項鍊，因為它對歷來佩戴過的婦女都帶來殺身之禍。「代價昂貴」：指他殺死厄里費勒。薩佩紐認為，與其說厄里費勒的驕傲在於熱衷自我裝飾的女性虛榮，毋寧說在於她貪圖占有神物的狂妄野心，因為那寶石項鍊是鍛冶之神所造，曾作為愛神維納斯贈予她女兒哈耳摩尼亞的結婚禮物。

19 第十個事例源自《聖經》，表現亞述王西拿基立（Sennacherib）因驕致禍的故事。西拿基立進攻猶太國，口出狂言，嘲笑猶太王希西家（Hezekiah）怎會相信耶和華能拯救他的國家。希西家遂向耶和華祈禱，懇求他讓猶太和耶路撒冷的人脫離亞述王之手。「當夜耶和華的使者出去，在亞述營中殺了十八萬五千人，清早有人起來，一看，都是死屍。亞述王西拿基立就拔營回去，住在尼尼微。一日在他的神尼斯洛廟裡叩拜，他兒子亞得米勒和沙利色用刀殺了他，就逃到亞拉臘地。」（《舊約．列王紀下》第十九章和《舊約．以賽亞書》第三十七章）

20 第十一個事例源於歷史。波斯王居魯士（Cyrus）俘虜了裏海以東的遊牧部族馬薩革泰人（Massagetai）的女王托密利斯（Tomyris）之子，並且傲慢地不顧她的抗議，將他殺死。女王興師問罪，居魯士在激戰後被伏兵所殺。她令人割下他的頭顱，放進裝滿人血的革囊當中，接著就對他說了文中那兩句尖刻的嘲笑話（見奧洛席烏斯的七卷《反異教徒史》卷二第七章第六節）。「她所造成的破壞和殘酷屠殺」：指托密利斯殺戮波斯軍隊，毀損居魯士的屍體。

21 第十二個事例源於天主教《聖經》及次經中的《猶滴書》。奧洛費爾內（Holofernes）是新巴比倫王尼布甲尼撒二世的將軍，奉命圍攻貝圖利亞城的以色列人。他非常驕傲，蔑視以色列人信奉的上帝，宣稱除了尼布甲尼撒以外，世上別無他神。貝圖利亞遭圍困後，水源斷絕，勢必投降。為了拯救自己的同胞，年輕的寡婦猶滴（Judith）隻身進入敵營，以她的美貌迷住奧洛費爾內，夜裡乘他酒醉時將他殺死，割下他的頭帶回城去，掛在城牆上。敵軍眼見主帥已死，驚慌逃竄，大部分被以色列人殺死（事見《猶滴書》第八至十五章）。

22 第十三個事例源自古代傳說。特洛伊人因為驕傲，被希臘人以木馬計攻破都城，縱火燒成平地（事見《埃涅阿斯紀》卷三）。嚴格說來，特洛伊是都城的名稱，伊利昂是城中堡壘的名稱，但這裡均指特洛伊城。「洞穴」指都城焚毀後，廢墟形成的洞穴。「卑微可憐」：與昔日富強高傲的伊利昂對比。

23 「形象和輪廓」原文是Ombre e tratti：托拉卡認為，這兩個詞分別指淺浮雕的平面和突起部分；格拉伯爾則認為，ombre指明暗對照，tratti指柔和的輪廓，這兩個名詞更準確地界定了雕刻和繪畫的區別，而這種區別恰恰在此處的浮雕上神奇地消除了。

24 詩句表明路面上的浮雕刀法異常神妙，將事例中的人物故事雕刻得惟妙惟肖，栩栩如生。

25 但丁在這裡用反語警告自高自大的世人。「夏娃的子孫」：指世人，因為她是人類共同的母親。《最佳注釋》指出，但丁在這裡之所以不用亞當的子孫，而用「夏娃的眾子孫」來指世人，是因為夏娃是第一個因為驕傲，妄圖與上帝相似而違背上帝告誡，偷食智慧之果的人。

26 「我一直心有所思」：但丁走路時一直看著路上的雕刻，沒意識到已經走了多遠，又過了多久。

27 向他們走來的天使是謙卑的天使。「第六個使女」：指第六個時辰女神。據古代神話，眾時辰女神是太陽神的使女。「第六個使女已完成她一天的任務回來」，意即從日出到此刻已過了六個小時，意味此時是但丁和維吉爾來到煉獄的第二天中午已過。

28 意即時光一流逝便永不復返。

29 意即從第一層平臺拾級上到第二層平臺很容易，因為贖罪者已除去驕傲罪的重負，輕裝前進。

30 「應此邀請而來的人非常少」這句話讓人想起《新約．馬太福音》第二十二章中耶穌所說：「因為被召的人多，選上的人少。」「你們本是為飛升而生」：意即上帝創造人，是為了讓人進天國的。「遭遇一點點風，就這麼落下」：指世人因為驕傲、愛慕虛榮，放棄了追求天國之福。早期注釋家都認為這幾句話是但丁所說，現代注釋家則大都認為，整個這段話都是天使說的。兩種說法都有其論據，尚無定論。

31 指峭壁斷開處形成的天然石階跟前。

32 這個動作，是為了去除先前守門天使刻在但丁額頭上，代表驕傲罪的第一個P字。

33 為了說明從第一層平臺通向第二層平臺的石階的具體情況，但丁用了一個取材自故鄉佛羅倫斯的比喻：正如，從佛羅倫斯城內去城外小山上的聖米尼阿托（San Miniato）教堂，右手邊路上築有石階，便於登上陡峭的山坡；同樣，在這裡，從第一層平臺高聳到第二層平臺的峭壁，其斷裂處形成了天然石階，可供攀登到達第二層平臺，只是這裡的石階構成的磴道非常狹窄，而那座小山坡上的石階磴道則是相當寬闊。「盧巴康提橋」是亞諾河上最古老的橋，一二三七年由當時的最高行政長官盧巴康提．迪．曼戴拉（Rubaconte di Mandella）奠基建成，故得此名。這座後來改稱恩寵橋（Ponte alle Grazie），一九四四年被德軍炸毀，戰後重建成現代形式。

「治理得極好的城市」是反語，但丁用來指佛羅倫斯，諷刺它在政治上一團糟。

「教堂所在的山」：指位在佛羅倫斯東南的十字山（Monte alle Croci）。此山高度僅一百三十八公尺，但山勢陡峭。山上有初建於十一世紀的聖米尼阿托教堂。

「其右有……石級」：從城內去聖米尼阿托教堂，出城門後由一條路登山，走出不遠，路就分成兩條，在登山者右手邊的岔路上築有石階，便於攀登陡峭的山坡。

「在案卷和板桶猶然完好可靠的時代」：意即無人對案卷和度量衡做出違法亂紀之事的時代，也就是先前政治清明的時代。但丁之所以特別提出「案卷」和「桶板」，是因為當時佛羅倫斯發生了兩起有關案卷和桶板的舞弊事件：

（1）一二九九年五月，最高行政官蒙菲奧裡托．迪．科戴爾達（Monforito di Coderda）卸任後，因徇私枉法受到拷問，供出他曾接受假證，宣告尼古拉．阿洽伊奧里（Niccola Acciaioli）無罪。阿洽伊奧里得知這供詞寫進案卷後，心生畏懼，於是夥同律師巴爾多．迪．阿古裡奧內（Baldo d'Aguglione）設法借出案卷，撕毀相關的一頁滅跡。事發後，他們都受到罪有應得的懲罰。

（2）一二八三年，鹽務官多納托．德．洽拉蒙台西（Donato dei Chiaramontesi）濫用職務營私舞弊。當時通常都用一種像是木桶的斗來量鹽。多納托從政府接受鹽時，都用標準斗量，出售給市民時就改用較標準斗還短少一板桶的斗量，通過大斗進、小斗出的不良手法賺進橫財。被查出後，受到嚴厲的懲罰。

34 「*Beati pauperes spiritu!*」是《新約．馬太福音》第五章中耶穌登山訓眾時所說的第一句祝福詞的前半句，中文《聖經》譯文為「虛心的人有福了」。每當但丁和維吉爾離開一層平臺，就有一位天使唱誦耶穌登山訓眾所說的一句祝福詞。現在他們離開了消除驕傲罪的第一層平臺，因此天使唱出這句為謙卑者祝福的詞是非常適當的，不言而喻，他還唱了後半句「因為天國是他們的」。

35 「幾乎已消失的P字母」：天使用翅膀拍掉了代表驕傲罪的第一個P字，驕傲是所有罪孽的根源，去掉驕傲，其他罪就成了無本之木，無源之水，所以其餘六個P字也就模糊了。

36 「完全被良好的願望支配」：意即你往上走的強烈願望，將完全克服你身體重量對腳產生的阻力。

37 「別人的示意」：指別人看到他們頭上有什麼他們自己都不知道的東西時，所做的種種表示，如使眼色，微笑，打手勢等。

「張開右手的指頭」是為了便於數清還有幾個P字母。

「盡到視覺未能盡的那職責」：意即眼睛看不到自己頭上的東西，但手摸了出來，觸覺代替了視覺的功能。這個比喻可能源於奧維德《變形記》卷十五當中有關奇普斯的故事的詩句：奇普斯在河邊照見自己頭上生出兩角，他看見後，「以為是影像在捉弄他，連連在頭上摸了幾遍，果然摸著他所見的東西。」即使如此，但丁的比喻也顯然青出於藍。

第十三章

我們到了石階頂端，在那裡，這座讓攀登者消罪的山再次被切削，構成一個平臺，這平臺在那裡環繞山腰，就如同第一個平臺；只是它的弧線彎得更急些[1]。那裡既不見淺浮雕，也不見雕像，堤岸和路面皆顯得光溜溜，呈現岩石的青灰色[2]。

詩人說：「我們若是在此等待有人來，向他們問路，我怕我們選定道路也許會耽擱太久。」於是，他轉過目光凝望太陽，將右身作為樞軸，轉動左身[3]。他說：「啊，甜蜜的光，我因為信賴你而走上這條新路，你就以進入此地所需的指導引導我們吧。你溫暖世界，在其上空放光，若無別的理由迫使我們另循他途，你的光應該永為我們的嚮導。」

由於心懷熱切願望，我們在那裡霎時就走了世上算是一哩的路[4]；那時，我們聽到、但看不見一些靈魂朝我們飛來，殷勤地邀赴愛的筵席[5]。第一個飛來的聲音高聲說：「*Vinum non habent*」[6]，飛到我們身後又重覆說著。在這聲音遠離、完全聽不見之前，另一個聲音又飛過來喊道：「我是俄瑞斯忒斯。」[7]也沒有停下。我說：「父親哪，這些是什麼聲音？」正當我這麼問時，第三個聲音突然說：「愛那些令你們受害的人。」[8]於是善良的老師說：「這一層平臺鞭打嫉妒罪，因此馬鞭的皮條取材於愛。馬銜必須是與此相反的聲音；依我推斷，我想你在到達赦罪的關口之前就會聽見[9]。但你定睛透過空氣細看，便會看到我們前面有一群人坐在那裡，各個都倚著崖壁。」於是，我將眼睛睜得比先前更大；朝前看去，只見一群靈魂穿著顏色與石頭無異的袍子。當我們稍微向前走近，我聽見「瑪利亞，且為我們祈禱！」接著又聽見喊著「米凱勒」、「彼得」和「所有聖徒」[10]。

我不相信當今世上會有如此冷酷之人，在面對我隨後見到的情景，不會受到觸發，心生憐憫之情。因為當我走近至與他們相距無幾之處，那情況清晰映入我眼簾時，沉重的悲痛迫使我眼淚奪眶而出。我看到他們身穿粗毛布袍，彼此肩靠著肩、互相支撐著，大家都背靠著堤岸[11]。猶如無以為生的一眾盲人，在赦罪的節日待在乞討生活所需之物的地方，每個人都將頭垂到另一人的肩上，為了不僅藉著說話聲音，還透過同顯哀求的神態，能讓他人立即心生憐憫[12]。正如太陽無益於盲人，同樣的，天光也不肯將自己施予在我此刻所說之處的靈魂，因為他們的眼皮都被鐵絲穿透，縫在一起，就像對不肯安靜的野鷹所做的那樣[13]。

我走過他們面前，我看得見他們，但他們全看不見我，我覺得此舉是對他們失禮，因此我轉身面向我睿智的顧問[14]。我沉默。他很清楚我想說什麼，因此不待我問便說：「你就說吧，話要簡明扼要。」

維吉爾在我右邊，走在平臺沒有圍欄、行走者會摔落的那一側；我的另一邊是那些虔誠的靈魂，他們皆從可怕的縫隙中擠出淚水，滴濕了雙頰[15]。我轉身向著他們說：「啊，你們這些已肯定能見到自己一心嚮往、至高無上之光[16]的人哪，願神的恩澤迅速消除你們良心上的浮渣，讓記憶之河能流經你們的良心，清澄地流下去[17]。請告訴我，你們之間可有義大利人的靈魂？對我而言，這信息既親切又寶貴，我知道後，或許對他會有好處[18]。」「啊，我的兄弟，吾人皆是那唯一真城的市民；你的意思是指作為

我看到他們身穿粗毛布袍，彼此肩靠著肩、互相支撐著，大家都背靠著堤岸。

她說：「我生前是錫耶納人，現在與他們同在此處洗滌生平罪孽，
哭著祈求上帝允許我們見到祂。」

旅者客居義大利之人[19]。」我聽到這答話似乎來自稍遠的前方，於是朝前走去，好讓那邊更能聽見我的聲音。我看見那些靈魂當中有一人表現出期待的模樣；若是有人問：「是怎麼表現出來？」因為她就像盲人那般抬著下巴[20]。我說：「為了升天而忍受磨練的靈魂哪，你若是那回答我的人，就請說出你的籍貫或名姓，讓我認識你吧。」她說：「我生前是錫耶納人，現在與他們同在此處洗滌生平罪孽，哭著祈求上帝允許我們見到祂。雖然我名叫薩庇婭，但我並不聰明，我對他人的災禍遠比對自己的好運還高興[21]。為了讓你不至於認為我有所欺瞞，且聽我敘說，看我在年齡已越過人生拱頂下降時，是否如我對你所說的那樣狂妄[22]。彼時，與我同城的人已在科勒附近和敵人交戰，我向上帝祈求祂已注定的事[23]。他們果然在那裡遭到擊潰，邁出敗陣而逃的慘痛腳步。看到他們被追擊的情景，我無比喜悅，就如同烏鶇見到短期的好天氣，我揚起我狂妄的臉向上帝喊道：『現在我再也不怕你了[24]！』當我到了生命終點，我與上帝和解了；若非售梳者彼埃爾出於仁愛哀憐我，在他神聖的祈禱中念及我，我所負的債至今仍不會被懺悔減輕[25]。但你是誰？你來探問我們的情況，我相信你的雙眼並無障礙，而且你說話的同時還在呼吸[26]。」我說：「有朝一日，我的雙眼也將在此地失明，但為時很短，因為我以嫉妒眼光看待他人而犯的罪甚微。我更畏懼的是受下面那一層的刑罰，那讓我提心吊膽，簡直覺得下面那種重負已經壓在我身上[27]。」她對我說：「如果你認為你還要回到那下面，那麼，是誰將你領到我們這上面來的[28]？」我說：「是這位與我同在的人，他一直沒說話。我是活人；因此，被選上的靈魂哪，若是也希望我在人間為你效勞奔走，就向我提出要求吧[29]。」她回說：「啊，這聽起來非常新奇，是上帝愛你的偉大表徵；那麼，請你有時也以祈禱讓我受益吧。我還以你最大的願望的名義請求你，你若是踏上托斯卡那的土地，可要恢復我在親屬之間的名譽[30]。你會在那些浮華之人當中看見他們，這些人將希望寄於塔拉莫奈，他們在那裡將會比尋找黛安娜更為失望；不過，在那裡，最失望的還是那些海軍將官[31]。」

---

1 意即拐的彎更小或更急，因為煉獄山呈圓錐形，環山的七層平臺均為同心圓，越往上，平臺的圓周和半徑就越小，曲率也就越大。

2 「淺浮雕」原文是 ombra，指峭壁上的浮雕；「雕像」原文是 segno，這裡指地面上的雕像；為了明確起見，根據注釋意譯。第一層平臺內側峭壁下部和平臺路面都是白大理石所構成，前者飾有淺浮雕，後者飾有雕像；這第二層平臺的內側峭壁和路面則是青灰色的岩石構成，光溜溜的，既無淺浮雕，也無雕像；二者形成鮮明對比。第二層平臺是犯嫉妒罪者受懲罰的地方，岩石色呈青灰，因為這種顏色象徵嫉妒。六世紀初的羅馬哲學家波依修斯曾說，嫉妒是冷的，因為和愛相反，冷令人臉色發青。

3 這個細緻描寫的動作說明維吉爾轉身向右。他站在石階盡頭，面對第二層平臺內側的峭壁時，是面向西方或西南方，這時天剛過中午，太陽在北方天空，也就是在兩位詩人的右邊。煉獄的路對維吉爾而言，也是「一條新路」，不知道該朝什麼方向走，又無人可詢問，於是他轉身向右，對太陽說了這番話。

4 維吉爾說完這番話後，就以太陽為嚮導，與但丁一起往右走去。「熱切的願望」指急於登上頂峰的願望。「一哩」原文是 migliaio（千步）。兩位詩人因為急著趕路，不一會兒就在第二層平臺上走了相當於世上一哩那麼遠。

5 「愛的筵席」：指後述三個體現愛（caria）之美德的範例。愛是一種與嫉妒罪相反的美德；從空中飛過的靈魂向犯嫉妒罪者以口語宣揚這些範例，教育他們，因為他們的眼皮被縫合，看不見任何形象。

6 「*Vinum non habent*」（他們沒有酒了），這是拉丁文《聖經》《新約．約翰福音》第二章中聖母瑪利亞的話：「在加利利的迦拿有娶親的筵席，耶穌的母親在那裡。耶穌和他的門徒也被請去赴席。酒用盡了，耶穌的母親對他說：『他們沒有酒了』。」於是，耶穌就行了頭一件神跡，讓水變成酒。聖母的這句話表明她對新郎與新娘的關懷，詩中以此作為體現愛的第一個範例。

7 第二個體現愛的範例源於古代神話。「我是俄瑞斯忒斯」是古羅馬戲劇家帕庫維烏斯（Pacuvius）的一部悲劇中的臺詞。這部悲劇表現遠征特洛伊勝利歸來的希臘聯軍統帥阿伽門農（Agamemnon）被妻子和她的情夫埃癸斯托斯（Aegisthus）謀害後，他的兒子俄瑞斯忒斯（Orestes）為父報仇的故事。俄瑞斯忒斯與好友庇拉底斯（Pylades）聯手殺了埃癸斯托斯，事發後，俄瑞斯忒斯被捕，被判死刑。庇拉底斯當時未被認出，為了拯救朋友的性命，他高呼：「我是俄瑞斯忒斯。」但俄瑞斯忒斯不肯讓朋友替自己死，堅持說：「我是俄瑞斯忒斯。」雙方相持不下，顯示出無比真摯的義氣。該劇劇本已佚，但丁是從西塞羅《論友誼》一書中得知故事情節。

8 第三個範例與其他範例不同，因為它並非具體事實，而是一條源於《聖經》的行為準則。這條準則是《新約．馬太福音》第五章中和《新約．路加福音》第六章中耶穌對門徒所說的那些論愛仇敵的話。詩中用「愛那些使你們受害的人」概括耶穌的訓詞。

9 「鞭打嫉妒罪」：意即懲罰嫉妒罪。「馬鞭的皮條」：指鞭策人去追求那三個體現愛的範例。「馬銜」的作用與馬鞭相反，是阻止馬前進的工具，在此比擬警戒人勿犯嫉妒罪的事例。「必須是與此相反的聲音」：意即必須是嫉妒罪受懲罰的事例（見第十四章末尾）。「赦罪的關口」：指從第二層登上第三層平臺的石階，那裡會有一位天使為但丁去掉額上象徵嫉妒罪的P字。

10 這些犯嫉妒罪者的靈魂正在齊聲頌唱《祈禱眾聖的連禱文》：首先向聖母瑪利亞、然後向大天使米凱勒和眾天使、接著向聖彼得和其他使徒、最後向所有聖者祈禱。

11 「堤岸」：即第二層平臺內側的峭壁。

12 中世紀時，每逢教會赦罪的節日，無以為生的盲人會聚集在教堂門前乞討，每個都將頭垂到另一人肩上，彼此互相支撐。但丁運用這實際生活中常見的場面為比喻，讓犯嫉妒罪者的靈魂彼此肩靠肩、互相支撐，一個個背靠著峭壁席地而坐的情景躍然紙上。

13 犯嫉妒罪者生前常以幸災樂禍的眼光看人，死後因而在煉獄裡受眼皮被鐵絲刺穿、縫在一起，如同盲人看不見東西的懲罰。「野鷹」：指捕獲已經長成的鷹，這樣的鷹野性難馴，必須將其眼皮縫上，否則牠總不肯安靜，一見人就想掙脫逃掉。

14 但丁走過眼皮被鐵絲縫上的靈魂跟前，他看得到他們的面容和舉動，他們卻看不見他，不知道他在觀察他們；但丁覺得自己在這件事上占了便宜，是失禮的行為，因此他想請維吉爾允許他與他們說話，好讓眾靈魂知道他就在他們跟前。但他沒有說出口。

15 維吉爾走在但丁右邊的平臺外側，讓但丁靠裡邊走，以免發生危險，足見他對但丁關懷備至。「可怕的縫隙中」：指眼皮被鐵絲縫上的接合處。由於眼皮縫在一起，他們不得不用力將淚水從縫隙中擠出。

16 「至高無上之光」：指上帝，祂是這些靈魂嚮往的唯一對象。維吉爾以「光」指上帝，因為他設想這些靈魂就像盲人一樣渴望重見光明。

17 「良心上的浮渣」：指生前罪行在良心上留下的污垢。「記憶之河」指對一生經歷的回憶。「清澄地流下去」：意即不被罪行的浮渣污染，暗指他們將在山頂的地上樂園被浸入勒特河中，忘掉生前所犯的罪。

18 「因為我將把他記在我的書裡，讓別人想起他，或許能為他祈禱上帝。」（布蒂的注釋）

19 「吾人皆是那唯一真城的市民」：意即得救的靈魂都是上帝之城的市民，再無國籍之分。「你的意思是指作為旅者客居義大利之人」：基督教認為，人的靈魂在世上就如同遊子旅居外地，天國才是真正的故鄉。答話的靈魂以此糾正但丁提問「你們之間可有義大利人的靈魂」這句話。

20 「表現出期待的模樣」：意即表現出期待但丁繼續說的樣子。「是怎麼表現出來？」那就是：這個靈魂像一般盲人那樣，抬著下巴對著說話者。但丁利用這個生活中常見、但不為人注意的現象為比喻，讓讀者覺得這個靈魂的形象鮮明，有如雕塑般具有立體感。

21 薩庇婭（Sapia）大約一二一〇年生於錫耶納顯赫的貴族家庭，是普洛溫贊．薩爾瓦尼（見第十一章注38）的姑母，嫁給卡斯提里翁切羅（Castiglioncello）城堡的封建主吉尼巴爾多．迪．薩拉奇諾（Ghinibaldo di Saracino）為妻。她的生平事跡不詳，據考證，一二七四年還在世，可以肯定死於一二八九年以前。薩庇婭在詩中是個性格複雜的人物，注釋家對她有不少較為深刻的論斷。
「雖然我名叫薩庇婭，但我並不聰明」：薩庇婭（Sapia）和聰明（savio）詞根相同，均來源於sapere（知）；但她不是在以自己的名字玩文字遊戲，而是在慘痛地回憶自己的行為，無情地進行自我剖析，斷定自己的愚妄。「我對他人的災禍遠比對自己的好運還高興」：意即對他人幸災樂禍的竊喜，甚至高過對自己走運的喜悅。

22 但丁將人生比喻為拱門，拱門的頂點，就自然的人壽一般為七十歲而言，是三十五歲（見《筵席》第四篇第二十三章）。「年齡已越過人生拱頂下降時」：意即年齡已逾三十五歲，進入人生後半段。「薩庇婭不是只想附帶略提自己犯罪時的年齡，而是反思自己在那年齡理當明智，實則卻不然。」（托拉卡的注釋）

23 「科勒」（Colle）位在錫耶納西北約二十一公里處，坐落在聖吉米尼亞諾附近的小山上。一二六九年六月八日，佛羅倫斯貴爾弗軍在安茹王朝查理的法國部隊支援下，在當地擊潰普洛溫贊．薩爾瓦尼和小圭多伯爵統帥的錫耶納吉伯林軍及其同盟，薩爾瓦尼也在這場戰役中陣亡。「我向上帝祈求祂已注定的事」：意即她祈求上帝讓錫耶納軍戰敗。其實錫耶納軍戰敗是天意，並非因為的她祈禱所致。至於她怨恨同城市民，尤其是她的侄子普洛溫贊，原因雖經多方考證，但仍不明確。

24　「如同烏鶇見到短期的好天氣」：布蒂的注釋說：「這種鳥很怕冷和壞天氣，一遇到壞天氣，牠就會藏起來，天氣一晴和就冒出來……在以烏鶇為題材的寓言中，牠說：『老天爺，我不怕你了，因為冬天已經過去！』」薩庇婭看到敗陣的錫耶納人遭敵軍追擊時，喜極如狂，仰面朝天對上帝喊道：「現在我再也不怕你了！」意即「上帝呀，現在我已如願以償，任憑你對我降下什麼災禍，我都不怕！」

25　波斯科認為，嫉妒和狂妄是互相關聯的，天使盧奇菲羅之所以墮落成為魔鬼，既是因為嫉妒，也是因為狂妄。假如這兩種罪之間沒有密切關聯，就難以說明在詩中薩庇婭為何既懺悔自己的嫉妒，又懺悔自己的狂妄。這種見解相當精闢。

26　薩庇婭的話大意是：我臨死前懺悔了自己的罪，得到上帝寬恕，但懺悔仍無法減輕我對上帝所負的罪孽；要不是售梳者彼埃爾在他的祈禱中為我禱告，我還得和其他臨終才悔罪者一起在煉獄外圍停留，不能來到這第二層平臺贖罪。這個售梳者彼埃爾（Pier Pettinaio）在錫耶納以販售梳子為業，為人誠實不欺，從來不賣有問題的商品。他後來入聖方濟各教會為修士，當時以虔誠和神跡聞名，一二八九年逝世。

27　薩庇婭直覺意識到但丁不是這一層平臺的贖罪靈魂，因為她一答話，但丁就朝她走來，而那些靈魂都是背靠峭壁坐著不動的。此外，她還聽到但丁說話時也在呼吸，這在那裡也是超乎尋常的。

28　但丁的話大意是：我死後也將在這裡受懲罰，眼皮被鐵絲縫上，但為時很短，因為我犯的嫉妒罪很輕。我更怕的是將在第一層受到犯驕傲罪者所受的懲罰，那種懲罰令我提心吊膽，好像現在就已經有巨石壓在背上。早期注釋家和傳記作者都提到但丁的高傲；詩人自己也意識到他「崇高的才華」（見《地獄篇》第二章），並且以出身高貴自豪（見《天國篇》第十六章）；在這裡，但丁坦率承認高傲正是他最大的罪過。

29　根據煉獄的法規，眾靈魂都必須先在層次較低的平臺上消除較重的罪，而後依次在層次較高的平臺上消除較輕的罪。一旦登上層次較高的平臺，就不能再回層次較低的平臺。但丁的意思是，他死後靈魂將要在第一層平臺消除生前的驕傲罪，而非他現在就要回去那裡。薩庇婭因為前述的種種原因，懷疑但丁不是贖罪者的靈魂，但她看不見但丁，因此還不知道他真是活人，故而誤解了他的話。

30　「是這位與我同在的人」：在地獄和煉獄中，但丁只對極少數配認識維吉爾的人說出這位偉大詩人的名字。

31　「你最大的願望」：指拯救靈魂。「恢復我在親屬之間的名譽」：薩庇婭擔心她的親人認為她死後靈魂已墮入地獄，因此請求但丁告訴他們她已得救，現在正煉獄裡，好促使親人為她祈禱，讓她早日升天。

「那些浮華的人」：指錫耶納人。「浮華」在這裡的含義寬泛，包括愛慕虛榮、好大喜功（參看《地獄篇》第二十九章注23）。「塔拉莫奈」（Talamone）是托斯卡那近海沼澤地西南端的一處小港灣，原屬於聖救世主修道院所有，一三〇三年，錫耶納政府以八千金弗洛林的重金購得後動工修建，企圖讓該地成為自己的貿易口岸，但因為港口容易淤塞，必須經常疏浚，又因為位在瘧疾多發的地帶，不適合人居，結果計畫徹底失敗，成為敵邦佛羅倫斯人的笑柄。

「黛安娜」（Diana）是相傳流經錫耶納地底下的一條河。錫耶納坐落在小山上，飲水供給困難。由於山腳下有一些泉眼，當地人認為地底下必定有一條河流過，由於城內市場上有一尊黛安娜女神像，於是便將這條河命名為黛安娜河。錫耶納政府曾經耗費巨資掘地尋找這條傳說中的地下河，以解決供水問題，結果大失所望，遭到佛羅倫斯人恥笑。在詩中，薩庇婭用既嘲諷又同情的口氣向但丁預言，好大喜功的錫耶納人妄想將塔拉莫奈港改建為商港，結果將比尋找地底的狄安娜河更失望。

「最失望的還是那些海軍將官」：據傳當時佛羅倫斯人曾散播流言，硬說錫耶納人修築塔拉莫奈港是為了創建自己的海軍，企圖與比薩、熱那亞、威尼斯爭奪海上霸權。在這種流言影響下，薩庇婭斷言，修築塔拉莫奈港的計劃一旦失敗，最失望的莫過於那些想當海軍將官的人，因為他們的野心將隨之化為泡影。

第十四章

「這個人是誰？在死讓他能飛升之前，就環繞我們這座山行走，還能隨意睜閉雙眼？」「我不知道他是誰，但我知道他不是獨自一人；你離他更近，就問他吧。要親切接待他，讓他願意說話。」兩個靈魂相互偎依，在我右邊交頭接耳地這麼談論我；隨後，他們仰起臉，要跟我說話[1]；一個說：「啊，還禁閉在肉體當中，就走向天國的靈魂哪，謹以愛之名義請求你安慰我們，告訴我們你從何而來，你又是誰吧！因為你令我們對你蒙受的恩澤萬分驚奇，正如一件前所未有的事必然引起的那樣[2]。」我說：「一條發源自法爾特羅納的小河流過托斯卡那中部，全程百哩，仍令他不滿足[3]。我從這條河上帶來這身肉體：告訴你我是誰也是白說，因為我的名字還不大為人所知[4]。」於是，先開口的那人回答我說：「我若是正確領會了你的意思，你說的就是亞諾河[5]。」另一個對他說：「這人為何避諱那條小河之名，一如世人避諱駭人聽聞的事物[6]那般？」被問的那靈魂答說：「我不知道；但這樣的河谷之名活該消滅；因為從它的發源地，也就是從那道與佩洛魯斯突然分開的巍峨山脈異常龐大的地方，它在別處很少超過這個程度，直到它將天空從海裡蒸發出來供給河流的水作為補償，歸還給海之處[7]，這之間所有的人或因地方的不幸，或受惡習所驅使[8]，都視美德為仇敵，躲避它就像是躲避蛇那般；因此，這悲慘的流域的居民已改變了本性，好似喀耳刻曾經豢養過他們[9]。這條河水量貧乏的上游先是朝那些不配吃人食，只配吃橡實的髒豬之間[10]流去，而後往低處流來，它發現一群不自量力、狺狺狂吠的惡犬，便輕蔑地掉轉嘴巴離開[11]。它繼續往下流去；隨著水量逐漸增大，這條受詛的不幸壕溝發現狗逐漸變成了狼[12]。而後，它穿過諸多深邃的峽谷往下流去，發現那些狐狸極其詭計多端，根本無懼圈套捕捉[13]。我不會因為別人聽見就不再多說；如果此人爾後還記得真理之靈向我揭示的事，這會對他有益[14]。我看見你的孫子變成獵人，捕獵這條凶猛河岸上的那些狼，令牠們無不驚慌失措[15]。牠們還活著，他就預先出賣牠們的肉；後來，他就像古代神話中的野獸那般殺死牠們[16]；他奪走許多生命，令自己名譽掃地。他一身血跡走出那座悽慘的森林，拋下它此後千年都無法再次回復青綠原貌的殘破狀態[17]。」

正如一聽到災禍即將發生的預告，聞者臉上無不顯露恐懼神色，不論危險會從何方落臨頭上，我看到正細聽著他的另一個靈魂在意識到他的話之後，開始變得憂慮和痛心。

這個靈魂的話和那個靈魂的神情，讓我渴望得知他們的名姓，於是我懇切向他們提出如此要求。先和我說話的那靈魂開口：「你要我同意為你做那你不肯為我做的事[18]。不過，既然上帝願意在你身上如此鮮明地顯露其恩澤，對你，我自是不會小氣[19]。那麼，我讓你知道，我是圭多．戴爾．杜卡。我的血曾被妒火灼灼燃燒，要是看到他人高興，你就會見到我臉色發青[20]。我播下的種子令我收割這樣的麥稈[21]。啊，人類呀，你為何熱衷那些必然排除分享者的事物[22]？

「這個人是黎尼埃爾；他是卡爾波里家族的光榮和榮譽，那裡後來無人成為他道德品質的繼承者[23]。在波河和那道高山，海岸和雷諾河之間，喪失了現實和娛樂必需之美德的[24]不只他的家族；因為這些邊界內長滿有毒荊棘，如今即便精耕細作，也遲遲無法將之滅絕[25]。善良的黎齊奧[26]和阿利格．麥納爾迪[27]何在？彼埃爾．特拉維爾薩羅[28]和圭多．卡爾庇涅[29]何在？啊，變成了雜種的[30]羅馬涅人哪！像法勃羅那樣的人何時在波隆那重新扎根[31]哪？像伯爾納爾丁．迪．浮斯科那樣、從矮小的狗牙根長成了高貴枝子[32]，何時重現法恩扎？我想起圭多．達．普拉塔[33]，以及住在我們那裡的烏格林．迪．阿佐[34]，斐得利哥．提紐索和他那夥人[35]，特拉維爾薩里家族和阿納斯塔吉家族，這兩家族都無後代[36]，我回想起那裡的仕女和騎士，以及愛情和義勇精神促使我們樂意去追求的種種艱苦和安樂，如今，那裡的人心已變得如此邪惡[37]。回想起這些，我若是哭了，托斯卡那人啊，你可別驚訝[38]。啊，伯萊提諾羅，既然你的家族和許多人為了不變質，因而都已滅亡，你為何還不消失[39]？巴涅卡瓦羅作得好，不生兒子了[40]；卡斯特羅卡羅作得壞，科尼奧更壞，生下一群這樣的伯爵[41]。帕格尼家族等他們的『魔鬼』走後，將作得好；但他們不會因而留下清白名聲[42]。啊，烏格林．德．范托林，你的名聲保住了，因為再也不會有人蛻化變質，抹黑它了[43]。但是，你現在走吧，托斯卡那人；因為我不想多說，只想哭，我們的談話已令我痛心至極[44]。」

　　我們知道那兩個親切的靈魂聽見我們走了；他們沉默著，這讓我們確信走對了路[45]。前行到只有我們倆的地方後，一道如閃電劃破天際的聲音從對面傳至我們耳邊，說：「凡遇見我的必殺我[46]」，隨即就像雲層乍裂時的雷聲般消失。那聲音才剛在我們耳邊不再震動，瞧！另一道聲音立刻就如又響出的轟隆巨雷般說：「我是變成石頭的阿格勞洛斯[47]」；那時，為了靠向詩人，我沒有朝前，而是往右邁步[48]。四周空氣已一片沉寂；他對我說：「那是堅硬的馬銜，要將人限制在它的範圍內[49]。你們卻吞餌上鉤，被古老的仇敵拉到他那邊去；所以，馬銜或呼喚的效用極微[50]。天召喚你們，環繞你們運轉，向你們顯示其永恆之美，而你們卻只看著地。洞察所有者因而鞭打你們。」

1 本章開端是兩個犯嫉妒罪者的靈魂交談的場面。先開口的是圭多．戴爾．杜卡（Guido del Duca），屬拉溫納顯赫的奧奈斯提（Onesti）家族，生活在十三世紀前半，有文獻證明他一二四九年還在世。答話的是黎尼埃里．達．卡爾波里（Rinieri da Calboli），屬福爾里（Forli）高貴的帕奧盧齊（Paolucci）家族，生活在十三世紀後半，死於一二九六年。前者是吉伯林黨，後者則是貴爾弗黨，如今相互依偎，一如同層其他犯嫉妒罪者的靈魂，因為在煉獄中，團結友愛之情勝過人間的派別和嫉妒。

圭多眼皮被鐵絲縫上，看不見但丁，他從薩庇婭和但丁的交談中得知他是活人，而且眼皮沒被縫閉。他尋思，人死後靈魂才能離開肉身來到煉獄，這個人怎麼還活著就來了？這是前所未有的事，令他異常驚奇，不由得向身邊的黎尼埃里問起這個人是誰。後者回說他也不知道，但他從薩庇婭和此人的交談聲判斷出圭多離這個人更近，便要圭多自己去問，而且態度要親切，讓他樂意回答。

「仰起臉來要跟我說話」：如同盲人要跟人說話時通常會先抬起頭。這個細節描寫增強了情景的真實感。

2 「謹以愛之名義」原文是 per carità：圭多生前善嫉，根本不知道人與人之間的愛，如今已經悔悟，已認識這種美德的感人力量，因此現在以其名義，請求這個陌生人道出自己的姓名和故鄉。

3 「法爾特羅納」（Falterona）是亞平寧山脈一座一千六百五十公尺的高山，位在托斯卡那和羅馬涅兩個地區之間。「小河」：指亞諾河，發源自法爾特羅納山南坡，流經托斯卡那中部，注入利古里亞海；「全程百哩」：實際上這條河全長近一百五十哩；「仍令他不滿足」：但丁在此將亞諾河擬人化，說他流經托斯卡那中部的廣大地區，全程百哩，似乎還不滿足，希望流得更長更廣。有的注釋家認為，但丁藉此在影射佛羅倫斯的霸權欲和擴張主義。

4 「我從這條河上帶來這身肉體」：意即我來自這條河上的某個城市。「我的名字還不大為人所知」：一三〇〇年幻遊煉獄時，但丁還只是一位抒情詩人，未享有盛名。有的學者認為，這句話是但丁在第一層平臺上清除了驕傲罪之後的謙卑表現。其實，詩人在作品中不提自己的名字向來是中世紀詩學的一條準則。但丁的名字在《神曲》當中僅僅出現一次，而且還是出自貝雅特麗齊之口（《煉獄篇》第三十章），而非由詩人自己說出。

5 因為但丁說到亞諾河時採用迂迴說法，未提河名，因此圭多依自己的理解，斷定他所說的就是亞諾河。

6 「那另一個」指黎尼埃里。「駭人聽聞的事物」原文是「orribili cose」，這裡指淫穢不堪入耳的事物。

7 「河谷」：原文是 Valle，多數注釋家都認為是指亞諾河。「那道與佩洛魯斯突然分開的巍峨山脈」：指縱貫義大利半島南北的亞平寧山脈，它延伸至西西里島北部，名為西西里亞平寧山脈，其東北端是佩洛魯斯岬（Pelorus）。公元前一世紀的羅馬地理學家就已經知道，義大利半島南端的亞平寧山脈與西西里島北端的亞平寧山脈原是相連接的，由於億萬年前的地殼變動才一分為二。對此，維吉爾在史詩中也寫道：赫勒努斯對埃涅阿斯作了如此預言：「當你乘風離開這裡，駛向西西里海岸之際，當狹窄的佩洛魯斯海峽出現時，你必須靠近左面的陸地航行，沿著左面的海道前進，儘管那是一條迂迴的遠路；你務必避開右邊的海岸。人們說，這一帶的陸地過去本是連成一片，因為強力的巨震而裂開；千百年持續不斷的發展確實會引起如此巨大變化；海水猛力沖入，浪潮將義大利和西西里隔開，兩邊的田野和城市被一股狹窄的海流截斷。」（《埃涅阿斯紀》卷三）但丁這句詩文顯然是根據維吉爾的這段描述。

「它將天空從海裡蒸發出來供給河流的水作為補償，歸還給海之處」：指亞諾河的出海口。「天空」指太陽的熱令海水蒸發變為雨或雪，降至地上，為河流增加水量，注入大海，把河流取之於海的水歸還給大海。全句意思是：從這條河的發源地到出海口。

8 「或因地方的不幸」：指地方受星辰不吉利的影響；「或受惡習所驅使」：指居民受自己長期形成的惡習驅使。亞諾河流域的居民都執意為惡，視美德為仇敵，這究竟是客觀還是主觀原因所致，圭多未能確定。這個問題將在後續第十六章馬可·倫巴第的論斷中得到解決。

9 「好似喀耳刻曾經豢養過他們」：意即他們全都變成了畜生，好像女巫喀耳刻曾對他們施了妖術，讓他們吃下某種藥草，化為牲畜（參看《地獄篇》第二十六章注24）。但丁在此藉圭多之口，咒罵亞諾河流域的居民失去人性。

10 「水量貧乏的上游」：指卡森提諾（Casentino）地區；「髒豬」指這地區的居民，尤其指聲勢顯赫的圭多伯爵家族。這個家族一個支系是法爾特羅納山的波爾洽諾（Porciano）城堡的領主，因而被稱為波爾洽諾伯爵家族，Porciano 一詞容易讓人聯想到 porco（豬），這可能是詩中用「髒豬」指當地人的原因。「只配吃橡實」：卡森提諾是森林茂密的地帶，居民通常會拿橡實當作豬飼料。

11 「往低處流來」：亞諾河從卡森提諾山區往南流向海拔較低的阿雷佐。

「不自量力、狺狺狂吠的惡犬」：指阿雷佐人。「惡犬」原文是 botoli，據《最佳注釋》，這種狗體型和力量都小，但又好吠叫。據布蒂的注釋，詩中用 botoli 指阿雷佐人，「因為 botoli 是只會叫、又別無用處的狗；據說阿雷佐人就是這樣，自傲自大卻毫無實力；」據佛羅倫斯無名氏的注釋，「此外，還因為他們的城徽上刻有格言：『a cane magno saepe tenetur aper』（野豬常常被不大的狗拖住）。」阿雷佐是個小城邦，自以為了不起，用這句格言吹噓自己的力量。詩中可能就是針對這句格言，而用了 botoli 一詞諷刺阿雷佐人。

「便輕蔑地掉轉嘴巴離開」：「嘴巴」原文是 muso，指動物的口鼻部；詩中說亞諾河流域各地的居民都變成了動物，在這裡也將亞諾河本身想像為動物。詩句大意是：這條河在還沒流到阿雷佐之前，就不再向南流，而是轉了個大彎往西北流去。「輕蔑地」表明亞諾河不屑流往阿雷佐。

12 「這條受詛的不幸壕溝」：指亞諾河，詩中不再稱之為「河」，而是「壕溝」，與「髒豬」、「惡狗」和「狼」的形象搭襯。「受詛」和「不幸」兩個形容詞表現出說者對它既憤怒又憐憫。「水量逐漸增大」：因為亞諾河從阿雷佐到佛羅倫斯這一段，左右兩邊都有支流與之匯合。

「狗逐漸變成狼」：「狼」指佛羅倫斯人，「他們像餓狼般貪得無厭。千方百計牟取一切，透過暴力和掠奪征服鄰邦。」（布蒂的注釋）

13 「狐狸」：指比薩人，「他們狡猾如狐狸；因為比薩人詭計多端，與其說他們對付鄰邦是使用武力，毋寧說是施用計謀。」（布蒂的注釋）由於詭計多端，不管別人布下什麼圈套，都會被比薩人識破。

14 「別人」：據佛羅倫斯無名氏的注釋，是指向圭多發問的黎尼埃里，因為圭多現在要預言黎尼埃里的孫子弗爾齊埃里（Fulcieri da Calboli）將會犯下的罪行，黎尼埃里聽了肯定痛心。但圭多不會因此就不再說下去。

「這個人」指但丁。「真理之靈」（il vero spirito）即「先知之靈」（Lo spirito profetico），和《新約．約翰福音》第十六章所說的「真理的聖靈」一樣指上帝。「對我揭示的」：指弗爾齊埃里罪行的預言，而任何預言都源自上帝的啟示。「揭示」原文是 disnoda，含義是「解開結子」，在這裡意即從黑漆一團的未來中揭露而出。

「這會對他有益」：圭多預言弗爾齊埃里在一三〇三年任佛羅倫斯最高行政官時，將會殘酷迫害白黨。如果但丁記住他的預言，對將至的災禍預先有心理準備，日後預言應驗時就不至於過度驚駭悲痛。

15 「我看見」：並非圭多以肉眼看見，他只是使用《新約．啟示錄》中的說法（其中許多章第一句都是「我看見」，強調他的預言具有先知性質，內容是他在對上帝的觀照中見到的）。

「你的孫子變成獵人」：指弗爾齊埃里成為當權的黑黨殘酷迫害白黨的政治工具。「凶猛河岸」：亞諾河流到佛羅倫斯，好像受到當地居民影響，也變得凶猛了。「那些狼」：指屬白黨的佛羅倫斯人。

16 「牠們還活著，他就預先出賣牠們的肉」：指弗爾齊埃里一三〇三年任佛羅倫斯最高行政官時，成為掌權的黑黨手中的馴服工具，下令逮捕、審訊和重判屬於白黨的市民，因此獲得政治報酬，在任期（六個月）滿後，得以連任六個月。

「他就像古代神話中的野獸那般殺死牠們」：指弗爾齊埃里殘酷屠殺他們。「像古代神話中的野獸」：原文是 come antica belva，注釋家對此有不同的解釋：

（1）據《最佳注釋》，指弗爾齊埃里「像嗜人血的老猛獸似的」，也就是說，像習慣吃人的猛獸似地屠殺白黨。這種說法最為現代注釋家接受。

（2）早期注釋家本維努托、佛羅倫斯無名氏和蘭迪諾，現代注釋家戴爾·隆格和波雷納則認為指白黨，弗爾齊埃里在他們還活著時，就出賣他們的肉，也就是預先與黑黨政治交易，議定肉價；後來他就像宰殺送往屠宰場的老牲口似地殺死他們。這種解釋將上下兩句的內容聯繫起來，顯得文氣更為連貫。但就內容而言，這裡強調的是弗爾齊埃里的暴行，而用宰殺老牲口作為比喻，不足以說明他的凶殘；就用詞而言，belva（野獸）是典雅的名詞，說成「牲口」顯得牽強，而且形容詞 antico（古代的）也並非 vecchio（老）的同義詞；

（3）帕利阿羅提出新的解釋，他說，這句詩將「弗爾齊埃里的血腥殘殺比擬成猶如殘殺人畜的『古代神話中的野獸』般野蠻」。

這一創見符合詩句的命意；譯文根據這種解釋。

17 「那座悽慘的森林」：指佛羅倫斯。「悽慘的」原文是 trista，這個詞既有「邪惡的」含義，也有「可憐的」含義；雷吉奧認為，使用這個模棱兩可的修飾語，反映出但丁對佛羅倫斯的情況極為痛心。

「回復青綠原貌」：意即恢復原先的繁榮景象。「回復青綠」原文是「rinselva」，含義是重新變成枝繁葉茂的森林，這裡意譯作為隱喻。「此後千年」當然是誇張的說法。

這些詩句以預言形式追述一三〇三年弗爾齊埃里在佛羅倫斯的暴行，正如牟米利亞諾所說，「是弗爾齊埃里窮凶極惡的寫照，同時又是遭摧殘的佛羅倫斯那些猶如《新約·啟示錄》般恐怖景象的再現，這是流放者絕望之情對但丁啟示的一幅最黑暗的圖畫。但丁似乎仍然活在那些年間：使他淬煉出這九句詩的，正是那樣的黑暗和暴力場面。」

18 「先和我說話的那靈魂」：指圭多。「你要我同意為你做那你不肯為我做的事」：意即你不肯告訴我你是誰，但現在你要我告訴你我是誰。

19 「上帝願意在你身上如此鮮明地顯露其恩澤」：指上帝特許你還活著就來遊煉獄。「不會小氣」：「小氣」原文是scarso（缺少，缺乏），在此意義非常含蓄，注釋家大都解釋為avaro（吝嗇；少）；意即對你不會少禮（不肯回答，告訴你我是誰）。波雷納的注釋說：「圭多在世時，授予別人一種特權會引起他的嫉妒；現在對他而言這是表示慷慨大方的原因。」

20 圭多·戴爾·杜卡曾在羅馬涅地區多個城市擔任法官。據本維努托的注釋，「他為人高尚謹慎」。關於他的嫉妒心，早期注釋家除了但丁詩中所說的，別無所知。

21 意即我當初撒下的是嫉妒的種子，收的不是麥，而是麥稈，即煉獄中的懲罰。這句詩受到《聖經》啟發：「人種的是什麼，收到的也是什麼。順著情欲撒種的，必從情欲收敗壞」（《新約·加拉太書》第六章）；「撒罪孽的，必受災禍」（《舊約·箴言》第二十二章）。

22 「排除分享者」（di consorte divieto）：據戴爾·隆格的注釋，這是法律用語；按法律規定，某些公職的占有和行使會排除在職者的親屬參與，這就是所謂排除分享者。「必然排除分享者的事物」：指所有的物質財富和職權等等。這種事物本身的性質就決定了其所有權必然只可能屬一人，不可能同時又屬其他人，換言之，如果它是我的，就不能同時又是你的或他的。既然如此，占有這種事物者往往就會引起無這種事物者的嫉妒，甚至引發紛爭。

雷吉奧指出，「圭多對人類所說的這句警語，再次證實了但丁詩中的政治主題從來不與道德主題分離，教育功能是《神曲》全詩的基礎。」

薩佩紐指出，這兩句詩「將這一章的政治主題與更廣泛的道德主題，和第二層的特殊悔罪場面聯繫起來。嫉妒是獨占物質財富的貪心的一種表現，是政治秩序和風俗之所以敗壞的一項原因。」

23 黎尼埃爾（Rinier）即是注1所說的黎尼埃里·達·卡爾波里。蒙托內河谷中的小市鎮卡爾波里的封建主是福爾里的帕奧盧齊家族的一個支派，黎尼埃里是這一支派的成員，所以他和孫子弗爾齊埃里的名字後面都加上「達·卡爾波里」。一二四七年到一二九二年間，他歷任法恩扎、巴馬、拉溫納的最高行政官，為羅馬涅地區貴爾弗黨首領之一。在一二七六年該地區的戰爭中，他得到佛羅倫斯和波隆那貴爾弗黨的支援，反抗福爾里政府，被吉伯林黨首領圭多·達·蒙泰菲爾特羅（見《地獄篇》第二十七章注14）擊敗。羅馬涅地區併入教皇領地後，他力圖恢復自己在貴爾弗黨中和教皇面前的威信，重新與教廷和解。一二九二年，他突然襲擊占領了福爾里，驅逐了教廷委派的長官。一二九四年，他被逐出福爾里。一二九六年，當福爾里的吉伯林民兵包圍卡爾波里城堡時，他得以再度潛入福爾里，但遭到回師的民兵襲擊而被殺。「無人成為他的道德品質的繼承者」：因為在他死後，其家族腐化墮落，喪失所有傳統的騎士美德。他的孫子弗爾齊埃里就是明顯的例證。

24 「那道高山」：指亞平寧山脈；「海岸」指亞得里亞海西岸；「雷諾」（Reno）河發源於亞平寧山脈，流入亞得里亞海，長二百一十一公里。

「波河和那道高山，海岸和雷諾河之間」：指羅馬涅地區，這個地區北至波河，南至亞平寧山脈，東至亞得里亞海，西至雷諾河上游。

「現實和娛樂必需之美德」原文是 ilben richiesto al vero e al trastullo，詞義含蓄，牟米利亞諾認為，這裡所謂美德，是指「實際生活和娛樂所必需的種種美德」。「娛樂」是指騎士生活的高尚娛樂。這種解釋最為簡明。

25 「這些邊界內」：指在羅馬涅境內。「有毒荊棘」：比喻惡劣的社會風氣。「精耕細作」：比喻鏟除這種風氣。詩句的大意是：「人們心中充滿派性、仇恨和嫉妒的毒素，因而使得誰想將他們重新引向正直和道德生活，都會勞而無功。」（拉納的注釋）

26 黎齊奧·達·瓦爾波納（Lizio da Valbona）是位於羅馬涅和托斯卡那交界處山中的瓦爾波納城堡的封建主，生於十三世紀前半葉，一二六〇年曾為佛羅倫斯最高行政官小圭多（Guido Novello）服務，政治上屬貴爾弗黨，後來曾助黎尼埃里·達·卡爾波里反對福爾里的吉伯林黨人，一二七九年還在世。早期注釋都說他為人慷慨豁達，才智超群。薄伽丘《十日談》第五天故事第四當中就將他作為主要人物，說他是「很有修養的高貴紳士」。

27 阿利格·麥納爾迪（Arrigo Mainardi）出身伯爾提諾羅（Bertinoro）的封建主家族，一一七〇年曾與彼埃爾·特拉維爾薩羅（見注28）一起成為法恩扎人的俘虜，一二二八年還在世。他是圭多·戴爾·杜卡的好朋友，相傳圭多死後，他差人將他們倆常同坐的板凳鋸斷，斷言此後再無他人會像圭多那樣慷慨和光榮。早期注釋家都稱讚他的聰明才智和慷慨大方。

28 彼埃爾·特拉維爾薩羅（Pier Traversaro）出身拉溫納的特拉維爾薩里（Traversari）家族，這個家族世系悠久，源自拜占廷帝國的封疆大吏，享有公爵封號，聲勢顯赫，政治上屬吉伯林黨。彼埃爾生於一一四五年前後，一二一八年至二五年是拉溫納的統治者。作為堅定的吉伯林封建主，受到神聖羅馬皇帝腓特烈二世的信任，一二二五年去世。早期注釋家稱讚他為人氣量寬宏，慷慨大方。

29 圭多·迪·卡爾庇涅（Guido di Carpigna）出身蒙泰菲爾特羅的伯爵家族，政治上屬貴爾弗黨，曾幫助教皇特使反對神聖羅馬皇帝腓特烈二世。一二五一年任拉溫納最高行政官。一二八三年前後去世。「他大部分時間住在伯爾提諾羅，以其慷慨大方勝過他人，……」（《最佳注釋》）

30 「變成了雜種的」：意即與前輩的高貴品德相比，他們已經蛻化變質。

31 法勃羅．德．蘭勃爾塔齊（Fabbro dei Lambertazzi）是波隆那和羅馬涅地區的吉伯林黨首領，是個精明強幹的政治家，在波隆那對莫德納和拉溫納的戰爭中，是英勇善戰的將領。他於一二五九年去世，他死後，吉伯林黨的勢力在波隆那開始衰落，波隆那在艾米利亞地區的霸權也開始衰落。

32 伯爾納爾丁．迪．孚斯科（Bernardin di Fosco）出身微賤，因品德高貴而成為法恩扎的主要市民之一。一二四〇年，他英勇保衛法恩扎，反抗神聖羅馬皇帝腓特烈二世。一二四八年，任比薩最高行政官。一二四九年任錫耶納最高行政官。他以慷慨大方聞名。「從矮小的狗牙根長成的高貴的枝子」：比喻他出身微賤，但因品德高貴而成為傑出人物。

33 圭多．達．普拉塔（Guido da Prata）是法恩扎附近的普拉塔鎮人，出身高貴，生活在十二世紀末葉和十三世紀初年，一一八四年的一個文獻提到他，一二二八年的一個文獻說他在拉溫納。

34 烏格林．迪．阿佐（Ugolin d'Azzo）出身托斯卡那著名的貴族烏巴爾迪尼（見《地獄篇》第十章注32），但一生大部分住在家族位在羅馬涅境內的一些城堡中，一二九三年去世。圭多．戴爾．杜卡列舉的羅馬涅地區品德高貴的人物都是本地人，只有他是托斯卡那人，在羅馬涅以德行著稱，因此特別指出他「住在我們那裡」。

35 斐得利哥．提紐索（Federigo Tignoso）大概是黎米尼人。「提紐索」是他的綽號，原文 tignoso 含義是有發癬的。據本維努托說，這個綽號是使用詞義反用法，因為斐得利哥實為一頭金髮，非常漂亮，還說他為人慷慨大方。「他那一夥人」：指常在他家中聚會的朋友。

36 特拉維爾薩里家族（見注29）和阿納斯塔吉（Anastagi）家族都是拉溫納的封建貴族。前者自稱其世系可追溯到公元五世紀，大約在十世紀中葉開始在拉溫納占有重要地位。後者興起於十二世紀，這兩個家族同屬吉伯林黨，都在十三世紀達到全盛時期，一三〇〇年均已絕嗣。

37 「那裡的仕女和騎士」：指圭多自己那時代羅馬涅地區的仕女和騎士。「愛情」：指騎士對仕女的愛情。「義勇精神」：指騎士的義勇精神。「我們」：指包括圭多在內的羅馬涅騎士。「艱苦」：指戰爭中的艱苦。「安樂」：指和平時期宮廷中高尚優雅的娛樂。這兩行詩概括了騎士生活的內容和理想，後來義大利詩人阿里奧斯托（Ludovico Ariosto, 1474-1533）稍加改動，用來作為其作《瘋狂的羅蘭 *Orlando Furioso*》的開端。

「如今那裡人心已變得如此邪惡」：圭多悲嘆羅馬涅地區世風敗壞，人心不古，與他的時代形成強烈對比。

38 「托斯卡那人」：指但丁。詩句說明今昔對比讓圭多極度痛心。

39 伯萊提諾羅（Bretinoro）即伯爾提諾羅，是福爾里和切塞納之間的小城，這裡的貴族以慷慨大方聞名。圭多・戴爾・杜卡一生中有很長時間是與阿利格・麥納爾迪及圭多・迪・卡爾庇涅一起在這裡度過的。「你的家族」：或許指早在一一七七年就斷嗣的伯爾提諾羅伯爵家族，或許指麥納爾迪家族。「許多人」：指許多別的貴族。「為了不變質，因而都已滅亡」：這些貴族世系斷絕，「好像是天命注定，以阻止蛻化變質似的。」（戴爾・隆格的注釋）

「你為何還不消失？」：是悲憤的話，意即當地品德高貴的家族已經滅亡，伯爾提諾羅這個小城為什麼還不從地上消失？

40 巴涅卡瓦羅（Bagnacavallo）是盧格（Lugo）和拉溫納之間的小城，一三〇〇年，那裡的封建主馬爾維齊尼（Malvicini）伯爵家族男系已絕，只有三名婦女在世，其中名喀台利娜（Caterina）者嫁給拉溫納的封建主小圭多・達・波倫塔。

41 卡斯特羅卡羅（Castrocaro）是蒙托內河谷中的城堡。科尼奧（Conio）是伊牟拉附近的城堡。這兩個城堡的封建主都是有伯爵封號的貴族，生下了許多不肖子孫。

42 帕格尼（Pagani）家族是法恩扎的封建主。「他們的魔鬼」：指這個家族當時的首領馬吉納爾多・帕格尼・達・蘇希亞那（見《地獄篇》第二十七章注9）。據本維努托說，他綽號「魔鬼」，因為他是最狡猾、最機智的人。「等他們的魔鬼走後」：意即等馬吉納爾多一三〇二年死後。「將作得好」：指將斷絕後嗣。「不會因而留下清白名聲」：意即不會因為他死後已無後代，家族就會留下好名聲，因為這個家族的名聲已被他的惡行玷污。

43 烏格林・德・范托林（Ugolin de'Fantolin）是法恩扎地方幾座城堡的封建主，據拉納說，他為人英勇，品德高尚，政治上屬貴爾弗黨，參加過羅馬涅地區多次的鬥爭，與卡波里、蒙泰菲爾特羅等地的封建主有親戚關係。他死於一二七八年，有二兒二女。一個兒子死於一二八二年，兒媳再嫁，成為簡喬托・馬拉台斯塔（見《地獄篇》第五章注23）的後妻。另一個兒子大約死於一二九一年。兄弟二人均無子嗣，也就不會再有人辱沒家族的聲譽。

圭多關於上述各個家族的話，概括起來就是：讓高貴的家族不蛻化變質的唯一辦法，就是不再生育，斷子絕孫。這個駭人的結論是他基於對羅馬涅地區黑暗現實的悲憤之情作出的。

44 圭多這樣將但丁「打發走，乍看似乎毫不客氣，但緊接著就說出的理由使得告別語氣中的粗魯完全消除。他再也禁不起回憶故鄉衰落的情景，想獨自為之流淚。這個性好嫉妒的人生前常惱怒於他人的幸福，如今則對故鄉的不幸痛哭流涕，使得我們不願和他離別。」（彼埃特羅波諾的注釋）

45 那兩個「親切的靈魂」：「親切的」原文是 care，據齊門茲的注釋，「這個定語極可能先反映出但丁聽了圭多·戴爾·杜卡慷慨沉痛的話之後，對兩個靈魂心生好感，因為那些話非常符合他個人的情感；但也不排除它含有『對我們（指但丁和維吉爾）充滿了愛』之意。」

詩句大意是：那兩個靈魂聽見我們倆走了之後，一直沉默著，這讓我確信我們走對了路，否則他們一定會喚我們回去，指點我們，因為他們對我們那麼親切。雷吉奧指出，「詩人虛構出這個嚴格說來並非必要的細節，或許是為了先創造出寂靜的氣氛，接著在這一片寂靜當中突然出現了雷聲。」

46 「凡遇見我的必殺我」：這是該隱出於嫉妒，殺死兄弟亞伯，受到上帝詛咒後，對上帝說的話（見《舊約·創世記》第四章）。因嫉妒罪受懲罰的第一個例子照例取自《聖經》，如同前一章中體現愛的美德的範例，是由空中的靈魂大聲疾呼，來教育正在消罪的靈魂。

47 「我是變成石頭的阿格勞洛斯」：據古代神話，雅典王刻克洛普斯（Cecrops）的女兒阿格勞洛斯（Aglauros）出於嫉妒，阻止天神使者墨丘利（Mercurius）愛她妹妹赫爾塞（Herse），被墨丘利變成了石頭（見《變形記》卷二）。這第二個因嫉妒罪受懲罰的例子照例取自古代神話，也由空中的靈魂高聲喊出，教育正在消罪的靈魂。

48 但丁突然聽到空中發出兩個巨雷般的聲音，大吃一驚，不由得轉移腳步，靠向在自己右邊走著的維吉爾。

49 意即你聽到的例子是一種嚴格的約束，是要人不逾越上帝限定的範圍，也就是要人莫嫉妒他人。「馬銜」作為比喻見《舊約·詩篇》第三十二篇：「你不可像那無知的騾馬，必須用嚼環轡頭勒住他，不然，就不能馴服。」

50 「你們卻吞餌上鉤，被古老的仇敵拉到他那邊去」：古老的仇敵指魔鬼。意即魔鬼以各種物質享受作為誘餌迷惑世人，令人犯罪，世人則因貪圖這類享受而受誘惑。「馬銜或呼喚」：「馬銜」，指因犯罪而受懲罰的例子，上帝以此例作為世人的鑒戒，讓人切莫為惡；「呼喚」，指因具備美德而受表彰的例子，上帝用這種例子作為典範教育世人，好讓人一心向善。

51 「洞察一切者」指上帝；「鞭打」意即懲罰。

第十五章

總像孩子般玩耍的那星球，在第三時終了和白晝開始之間所走的路程有多少，那時太陽走向黃昏的路程也就剩下多少；那裡是晚禱時，這裡是半夜[1]。太陽的光線正刺著我們的臉，因為我們已環山走了如此之遠，現在已朝日沒的方向走去[2]；那時，我覺得眼睛被光芒照得遠比起初還難睜開，這原因不明的情況令我驚奇[3]；因此，我雙手舉至眉毛上緣，為雙眼搭起涼棚，減弱過強的光[4]。

猶如光線由水面或鏡面跳躍至相反方向時，其升降方式相同，距離石頭墜落的軌道也相等，如同實驗和科學證明的那樣；我似乎就這麼被來自面前那邊的反射光線刺中[5]，眼睛因此迅速避開。我說：「親愛的父親，那是什麼光？面對它，我未能有效地防護雙眼，它似乎正朝我們移動[6]？」他答說：「天上使者若是仍令你為之目眩，你也莫驚奇；這是前來迎接人上升的使者。你不久後就會覺得，見到這些使者不是苦，而是你的本性能讓你感受到的至極之樂[7]。」

當我們走到這位受祝福的天使面前，他指著一道遠不如另外那兩道陡峭的臺階，聲音喜悅地說：「從這裡進去吧！」

到了那裡，正拾階而上時，我們聽見身後唱道：「*Beati misericordes!*」和「戰勝者，你歡喜吧[8]！」我的老師和我，只有我們兩人繼續往上走；我想邊走邊從他的話裡得到些許收穫，於是轉身向他這麼問：「那個羅馬涅人的靈魂談到的『排除』和『分享者』是什麼意思[9]？」他說：「他知道自己的極罪之害。因此，他若是譴責這種罪，進而讓人少因此受苦，也就不足為奇[10]。由於你們的欲望指向那些因眾人分享而減少的東西之所在，嫉妒便為嘆息拉動了風箱[11]。但是，對至高無上的天體之愛若是將你們的欲望轉向上方，你們便不會再有如此恐懼[12]；因為，在那裡說『我們的』人越多，每個人所享的福也就越多，而那修道院裡燃燒的愛之火焰也就越旺[13]。」我說：「現在我比原先沒提問時更不滿足，心中積聚出更大的疑問。一份財富分給眾人，怎麼會較僅有少數人占有更能令占有者富足呢[14]？」他說：「因為你內心往往只想著塵世事物，從真理之光中也就只能得出一團黑暗。天上那無可言喻的無限之善奔向愛祂的人，一如光朝著明亮物體射去[15]。祂發現愛有多熱烈，祂便將自己等量賜出；所以，愛越是擴大，永恆的善傾注其上的也就越是增加[16]。在天上，愛的人數越多，神聖的愛也就越多，而那裡每個人的愛也就越多，一如鏡子相互反光[17]。我的論證若是解除不了你的飢餓，你將見到貝雅特麗齊，她會為你徹底消除此一和其餘的所有渴望[18]。你就努力讓需歷經痛苦才能癒合的那五道傷口迅速消失，如同已消失的那兩個[19]。」

我正要說：「你使我滿足了」，卻赫然發現自己已來到另一層平臺，急於看看新事物的雙眼讓我沒有開口。在那裡，我好像突然出神，恍惚進入夢境，看見許多人在一座聖殿內，一名婦人站在門口，以母親的溫和態度說：「我兒，為什麼向我們這樣行呢？你父親和我傷心來找你[20]。」語畢，才剛沉默，起初顯現的情景就消失了。

接著，我眼前出現另一名婦人。出於對他人的極度憤恨，她因而心生悲痛，使得湧出的淚水沿雙頰流下，似乎在說：「啊，庇西特拉圖，你若是這座神與神之間曾為其名稱而有過劇烈爭執，所有學術皆自當地散發光芒的城市之主，就對膽敢展臂擁抱我們女兒的那人復仇吧！」那君主神情似乎心平氣和，和藹溫厚地對她說：「如果愛我們的人受到我們的處罰，那麼，對於恨我們的人，我們又該怎麼辦[21]？」

隨後，我看見怒火正盛的一群人打死一名青年。他們不斷大喊：「打死，打死！」我看見那青年已被死死壓得俯倒在地，卻仍將眼睛作為對天開著的門，在如此苦難中面帶引動憐恤的表情，向崇高的主祈禱，請求祂寬恕迫害他的眾人[22]。

當我的心回到在心外真實存在的外界事物時，我才意識到，方才所見那些真實不虛的情景皆是夢幻[23]。我的嚮導看出我的動作就像剛從睡夢中乍醒，說：「你怎麼了？身子站不住，像是喝醉或昏昏欲睡的人那般，搖搖晃晃走了半哩多的路[24]。」我說：「啊，親愛的父親，你要是願意聽，我就告訴你，在我雙腿不由自主之際，眼前出現什麼情景。」他說：「你臉上若是戴有百張面具，無論思緒何等細微，也都瞞不了我。那些情景之所以對你展現，是為了令你不拒絕將自己的心對流自永恆泉源的平和之水敞開[25]。我問『你怎麼了？』不是如見到有人暈倒、因為不知原因所以才問，而是為了促使你腳步有力[26]：對於睡醒後還遲遲不利用清醒時刻的懶漢，正需要如此鞭策[27]。」

整個晚禱時間[28]，我們一直持續前行，面對夕陽的明亮光輝縱目朝前遠望。瞧！一股闃黑如夜的煙正漸漸逼近，我們無處可躲，這股煙令我們失去了視力和潔淨的空氣[29]。

我看見怒火正盛的一群人打死一名青年。他們不斷大喊：「打死，打死！」

1 「星球」原文是 spera（球體），多數注釋家認為是指太陽，因為它看似圓盤（日輪）。但詩中說它「總像孩子般玩耍」，實在費解。注釋家提出的種種解釋，都無法自圓其說。波斯科認為，在這裡「詩人將太陽比作一個玩捉迷藏的男孩，從一邊消失，又從對面出來，尤其是常藏在雲彩後面，隨即又露出頭來」。這種說法較令人信服。

「第三時」（ora terza）：指教會規定的日課經第三時，這一時刻終了是指上午九點，「白晝開始」：指上午六點，這段期間，太陽在天空運行共三小時。但丁和維吉爾在四月十一日中午十二點到下午一點之間來到煉獄第二層平臺，在那裡大致和在第一層一樣，停留兩個多小時，所以此時已是下午三點。詩人用太陽在天際的運行路程，說明具體時間：從現在到黃昏，太陽還要走它從白晝開始（上午六點）到第三時終了（上午九時）所走的那一段路，也就是說，還有三小時的路程。他遊煉獄是在春分時節，黃昏大約是下午六點，所以現在具體時間是下午三點。

「那裡是晚禱時」：「那裡」指煉獄。「晚禱時」（vespero）是指下午三點至六點，因為它從下午三點開始，所以詩中所說的「晚禱時」具體指下午三點。

「這裡是半夜」：「這裡」指但丁的家鄉義大利。煉獄時間是下午三點，煉獄的對蹠地耶路撒冷時間就是上午三點，位於耶路撒冷以西四十五度的義大利半島就是半夜。但丁在說明自己在煉獄某處的具體時間時，為了讓讀者的概念能更明確，還常指出那時義大利是什麼時間。

2 但丁和維吉爾是從東邊開始登山，他們先是在煉獄外圍，接著又在第一和第二層平臺上向右環著山走了很長一段路，現在就「已朝日沒的方向走去」。其實下午三點的太陽仍高懸天空，離地平線還遠，因此，對兩位詩人來說是在西北邊，所以詩中所謂「朝著日沒的方向」是粗略的估計。這時太陽雖然還高，但已傾斜，因而日光就「正刺著」他們的臉。

3 起初陽光正照著但丁的臉，雖然刺眼，但他還能勉強忍受，後來忽然被更強烈的光照得睜不開眼，他不知道這是怎麼回事，心裡十分驚訝。

4 「給我的眼睛搭涼棚」原文是 fecemi'l solecchio，solecchio 含義是陽傘、小傘，短語 far solecchio 含義是用手遮太陽光。「過強的光」原文是 soverchio visibile，是亞里斯多德和經院哲學的物理學名詞，表示所見物體的光太過強烈，超過視覺器官的接受能力。

5 「跳」：意即反射。「升與降的方式相同」：意即都根據同一規律，也就是說其反射角與入射角相等。

「距離石頭墜落的軌道也相等」：「石頭墜落的軌道」指垂線（中世紀的人以為那是垂直線，但後來伽利略才發現那是曲線）。假設光從一千米的高處下降、又上升到一千米高處，它這一端和那一端距離垂線也相等。

「如同實驗和科學證明的那樣」：「科學」原文是 arte，這裡指 scienza（科學），具體是指歐幾里德光學關於光的反射部分。

但丁剛覺得被一種更強烈的光照得眼花時，就伸手遮光，但眼睛還是睜不開，只好趕快避開強光。他覺得這是從前面射過來的光，就像水面或鏡面反射的光一樣，強烈得無法忍受。詩中這個比喻精確說明了光的反射現象，會令人設想這時照得他睜不開眼的，的確是一種反射的光。正如隨後維吉爾所說明，這光是從天使的臉部射來；但那不可能是太陽光從天使的臉反射到但丁這邊來，因為當時天使背對太陽，也不可能是天使的光從地面反射過來，因為地面是青灰色岩石所構成。所以勿將比喻中所說的和但丁當時經歷的事實混為一談。況且，他在詩中說：「我似乎就這麼被……反射光線刺中」而並非說：「我就這樣被……刺中了。」托拉卡認為，但丁並不是說這種從天使面部直射而來、耀眼的光也是反射的光，而僅僅說它像鏡面或水面反射的光一樣耀眼。這麼說來，但丁在比喻中精確說明光反射的物理現象，豈不就完全多餘？並非如此，因為這當中還有一種更崇高、更深奧的意義。布蒂和蘭迪諾的注釋就闡明了這種意義：詩人「並非無緣無故說『反射的光』，他想讓人相信永恆之光，即上帝，照射在天使臉上，從那裡反射到但丁的臉上。」這一說法獲許多現代注釋家接受。

6 「我未能有效地防護雙眼」：指但丁出手遮光無效，眼睛不得不避開。「它似乎正朝我們移動」：由於光太強，晃得眼睛無法正視，因此只感覺它似乎在朝他們移動，不能肯定。

7 維吉爾告訴但丁，那是天使的光，是來迎接靈魂去登第三層平臺的。你被他的光照得睜不開眼睛並不奇怪，因為你的罪仍未消除殆盡。等你消淨所有的罪，見到天使就不會再覺得光芒耀眼到難受，反而會覺得那是你的本性（人性）令你能感受到的至極快樂。

8 「*Beati misericordes!*」：是拉丁文《聖經》中耶穌登山訓眾論福的話，在《新約．馬太福音》第五章，中文《聖經》譯文為「憐恤人的人有福了」，後句是「因為他們必蒙憐恤」。天使針對犯嫉妒罪者唱出這句話，因為憐恤和嫉妒恰恰相反：「嫉妒者為他人之福而悲哀，憐恤者則為他人之禍而悲哀。」（見托馬斯．阿奎那的《神學大全》第一卷第二章）

「戰勝者，你歡喜吧！」原文是 Godi tu che vinci! 這句話出處雖然不明確，但在這裡意思相當清楚：「戰勝者」指戰勝有罪、尤其是嫉妒之罪的靈魂。

天使在兩位詩人身後唱出這兩句時，他們正在拾階而上。詩中沒有說天使去掉了但丁額頭上的P字，等到本章後半才附帶提到。出於藝術上的原因，但丁時常變換這個從一個平臺到達另一平臺過關時的赦罪儀式寫法。

9　「那個羅馬涅人的靈魂」：指圭多．戴爾．杜卡的靈魂。關於他談到的「排除」和「分享者」，參看第十四章注22。

10　大意是：圭多因為犯了嫉妒罪而在煉獄中受磨練，他從自身經驗懂得了這種罪的害處，因此他若是譴責世人，好讓他們得以避免犯下這種罪，進而減少煉獄中因此受苦的靈魂，也就不足為奇。

11　「那些因眾人分享而減少的東西」：指世上的各種物質財富，其特點是分享者越多，每個人得到的就越少。「嫉妒就為嘆息拉動了風箱」：詩人將嫉妒擬人化，以風箱比擬人的胸膛和肺臟。由於世人貪圖物質財富，而物質財富的分享者越多，每個人享有的也就越少，世人因而開始相互嫉妒，都想得到他人享有的部分，因此眾人心胸中就發出貪得無厭的嘆息。

12　「至高無上的天體」：指上帝所在的淨火天。詩句大意是：倘若對上帝的愛使得你的欲望轉向天國之福，那麼你們心裡就不會害怕自己所享的天福會因為有更多人分享而減少。換句話說，倘若世人追求的是天國之福，而不是世上的物質財富，就不會害怕自己得到的會因為別人的分享而減少。

13　「我們的」表示大家共同享有。「那個修道院」：指上帝和得救的靈魂所在的淨火天。詩句大意是：因為在天國享天福的靈魂越多，每個靈魂享有的福就越多，天國裡的愛也就隨之更加熱烈。

14　聽了維吉爾的解答，但丁非但沒有滿足，反而產生更大的疑惑：一份財富由多數人分享，每人所得怎麼會比由少數人分享還多呢？

15　「天上那無可言喻的無限之善」：指上帝。「奔向愛祂的人」：意即立刻將自己賜予愛他的人。詩人用光比擬速度：如同光朝明亮的物體射來一般。實際上，光射向所有物體，不過依據但丁時代的物理學，常人認為光只會射向明亮的物體（這種物體之所以明亮，其實是因為它不吸收光）。

16　大意是：上帝發現靈魂對祂的愛有多熱烈，他就將自己等量賜予靈魂；所以靈魂對上帝的愛越大，永恆的善傾注於靈魂的也就越多。

17　「愛的人數越多」：指愛上帝的人越多。詩句大意是：天上愛上帝的靈魂越多，那裡神聖之愛的可能性也就越大，每個靈魂的愛就益發增加，如同許多鏡子互相反射從太陽射來的光。這個比喻說明，天上每個得救的靈魂的愛，都會反射到其他得救的靈魂，愛的互相反射導致愛不斷增生，猶如眾多鏡子互相反射日光，使得亮度增強。

18　「解除不了你的飢餓」：意謂無法消除疑團，滿足你的求知欲。「為你徹底消除此一和其餘的所有渴望」：意謂清楚解答這個問題，以及此後你提出的所有疑問，滿足你的願望。維吉爾作為理性的象徵有其侷限，理性無法解釋的疑問，就必須留給象徵神學和上帝啟示的貝雅特麗齊來闡明。

19　「傷口」：指天使用劍尖刻在但丁額頭上象徵七種罪的七個P字。「歷經痛苦才能癒合」：意謂經過懺悔贖罪才能消失。「如同已

20
消失的那兩個」：這句話說明了但丁在登上這處臺階之前，天使已去掉了他額頭上象徵嫉妒罪的P字。但丁和維吉爾登上了供犯憤怒罪者的靈魂贖罪的第三層平臺。與憤怒罪相對立的是溫順的美德（mansuetudine）。但丁在這裡用了一種新手法表現三個體現如此美德的範例：即作為但丁當時在出神狀態中所見的夢幻景象（visione estatica）。關於這種幻象，他會在第二十七章中說明，哲學家、神學家和神祕主義者的著作中往往也有關於這種現象的描述。

第一個範例來自《聖經》：耶穌十二歲時，隨父母前往耶路撒冷守逾越節，守滿節期後，他的父母就回去了，但他留在耶路撒冷，他們並不知道。因為在親族和熟識的人之間找不著他，他們於是回耶路撒冷去找，過了三天才見到他在聖殿裡，坐在教師中間，邊聽講道邊提問。凡聽見他的，都驚訝於他的聰明和應對。他的父母見了也很驚訝。他母親對他說：「我兒，為什麼向我們這樣行呢？看哪，你父親和我傷心來找你。」（事見《新約．路加福音》第二章）

《聖經》中敘述此事是以耶穌為中心人物，詩中則突顯瑪利亞的形象，讓她成為體現溫順美德的典範，因此，除了將《聖經》中她所說的話從拉丁文譯成韻文外，還添加上「以母親的溫和態度」這個細節讓讀者的注意力集中在她身上，而略去《聖經》中耶穌在聖殿裡聽教師講道的情景，只用「看見許多人在一座聖殿裡」一語點出故事背景。

21
第二個範例來自異教時代。公元一世紀初的羅馬歷史家瓦雷里烏斯．馬克西木斯（Valerius Maximus）在《值得記憶的言行錄 *Factorum et Dictorum Memorabilium*》第五卷第一章中，記述古代雅典的僭主庇西特拉圖（Peisistratus, 560 BC-527 BC）的一件軼事：「當一個愛上他女兒的青年當眾吻了她，他的妻子鼓動他以死刑懲罰那青年時，他回說：『如果我們殺死愛我們的人，那麼對於恨我們的人，我們該怎麼辦？』」庇西特拉圖的回答表現出他身為統治者的溫和寬厚，因此但丁在詩中將原話從拉丁文譯成韻文保留下來，但添加了一些細節，強調庇西特拉圖的妻子的憤恨之情，以及她如何突出他和他統治的雅典之偉大，好刺激身為一城之主的他感覺榮譽受損，進而決定將那個膽大妄為的青年處以死刑。然而聽了妻子刻意刺激他雪恥的話，庇西特拉圖反而心平氣和地回答，更顯得他的異常溫厚。

「神與神之間曾為其名稱而有過劇烈爭執」：根據古代神話，女神雅典娜和海神波塞頓當初曾為雅典城的命名有過激烈爭吵，各自堅持要以自己的名字作為城名。雙方相持不下，最後只能由其他天神裁決。他們宣布，誰能送給人類最有用的禮物，就以誰的名字為城名。波塞頓以三叉戟朝岩石一戳，冒出了海水；雅典娜用尖矛戳地，就長出一棵橄欖樹。諸神一致認為橄欖對人類更有用，於是以女神的名字為這座城命名，從此這座城就叫雅典（《變形記》卷六中提到這個故事）。

「所有學術皆自當地發射光芒的城市」：指古希臘燦爛的文化之光，從雅典輻射到世界各地。西塞羅在《演說家》中稱雅典為「所

22 有學術的開創者」。奧古斯丁在《論上帝之城》中，稱雅典為「各種學術和如此眾多的偉大哲學家之母及保姆」。
第三個範例來自《聖經》。早期殉教的使徒司提反被猶太人捉拿到公會後，當眾揭發並譴責祭司和猶太教徒的罪，「眾人聽見這話，就極其惱怒，向司提反咬牙切齒。但司提反被聖靈充滿，定睛望天，看見上帝的榮耀，又看見耶穌站在上帝右邊，就說，『天開了，人子站在上帝的右邊。』眾人大聲喊叫，捂著耳朵，齊心擁上前去，把他推到城外，用石頭打他。……他們正用石頭打的時候，司提反呼籲主說：『求主耶穌接收我的靈魂。』又跪下大聲喊著說：『主啊，不要將這罪歸於他們。』說了這話就睡了。」（《新約．使徒行傳》第七章）

23 「卻仍將眼睛作為對天開著的門」：這是形象化地表現「定睛望天」姿態的比喻，說明他的眼睛好像開著的門，接收著天國的景象。

大意是：當我的心從出神狀態中醒來，回到心外獨立存在的客觀世界時，我才意識到方才所見情景全是夢幻，雖然那作為主觀經驗是真實不虛的，因為我確實看到、聽到了那一切。

24 「半哩」原文為 mezza lega；lega 是長度名，相當於英語的 league；其長度在各地區差別很大，所以無法確定但丁用這個詞所指的這段路究竟有多長。

25 「平和的水」這個隱喻與前述聖司提反受難的故事中所用的「怒火」隱喻直接對立。「如果憤怒是火，使怒火熄滅的愛就是水，這種水源於上帝。」（蘭迪諾的注釋）「永恆的泉源」：指上帝。詩的大意是：你在出神時所見的情景之所以向你展示，是為了令你敞開你的心，接受源於上帝的溫厚寬恕之情。

26 大意是：看到你搖搖晃晃走著時，我問「你怎麼了？」那並不是問你為何那樣走路，因為我很清楚原因，當然我也不是明知故問。我那麼問，只是為了激勵你振奮精神，健步前進。

27 維吉爾的話實則不是單獨針對但丁，而是借題發揮，告誡世人切莫懶散，虛度光陰。

28 「晚禱時間」：這段時間從但丁和維吉爾來到第二層平臺的守衛天使跟前時開始，現在即將終了，大約是下午六點多，臨近黃昏時分。

29 「一股闃黑如夜的煙」：我們在下章會知道，這股濃重的黑煙籠罩著犯憤怒罪者的靈魂，象徵怒氣使人理智不清，無法明辨善惡。「失去了視力和潔淨的空氣」：意即黑煙使得兩位詩人睜不開眼睛看東西，被迫呼吸受污染的嗆人空氣；這同時也是犯憤怒罪者的靈魂所受的懲罰。

第十六章

地獄的闃黑，貧乏的天穹下，被濃雲遮得要多昏暗就有多昏暗、毫無行星之夜的黑暗，在我眼前構成的面紗都不如包圍我們的煙所構成的面紗那般厚，質地也沒那麼粗糙刺激感官，令眼睛無法睜開[1]；我睿智可靠的嚮導因而靠近我，讓我扶著他的肩膀。猶如盲人為了不迷路，也不撞上會令他受傷、甚至喪命的東西，因而跟在引路人背後走著，我就這麼穿過嗆人的污濁空氣往前走，聽著嚮導不斷說：「注意，別離開我。」

我聽見許多聲音，似乎都在向除罪的上帝的羔羊祈求和平及憐恤[2]。那些聲音開頭總是「*Agnus Dei*」，唱的都是同一禱詞和調式，因而聽來十分和諧[3]。我說：「老師，我聽到的可都是靈魂？」他說：「你猜對了。他們正在解開憤怒的結[4]。」「請問你是誰，你衝破這團煙，還如同仍將時間劃分成月份的人一樣談論我們[5]？」一個聲音這麼說。於是，我的老師對我說：「你回答吧。再問這裡是否能走上去。」我說：「啊，為了讓自己變美，以回歸你的創造者，因而正在為自己淨罪的靈魂，你若是伴隨我走，就會聽到一件奇事[6]。」那靈魂答說：「我要在允許我行走的範圍內跟隨你，煙若是讓我們彼此看不見，聽覺將代替視覺讓我們保有聯繫[7]。」我開始說：「我帶著將由死解除的軀殼向上走去，歷經地獄之苦來到這裡。既然上帝將我受納於其恩澤當中，要我以近代完全例外的方式去看他的宮廷，你

「請問你是誰，你衝破這團煙，還如同仍將時間劃分成月份的人一樣談論我們？」

「我要在允許我行走的範圍內跟隨你，煙若是讓我們彼此看不見，
聽覺將代替視覺讓我們保有聯繫。」

就莫對我隱瞞，告訴我你生前是誰吧。還有，要前往那條通道，我這麼走對不對。你的話要充作我們的嚮導[8]。」「我是倫巴底人，名為馬可；我洞察世事，熱愛如今眾人皆已不向它張弓的美德[9]。你要上去，這麼走就對了。」他這麼回答，還補充道：「我請求你，待你到了天上，請為我祈禱。」我對他說：我保證會做你要求我做的事；但我有個疑問，要是不擺脫它，我的心可就要爆裂[10]。我的疑問起初是單一的，現在因你的話而加倍。你的話在這裡、另一人的話在他處，皆證實了我的疑問所指的情況[11]。世界確實如你所說，所有美德蕩然無存，裡外充滿邪惡；但請向我指點原因，讓我能看到，並對其他人曉示；因為，有人認為那原因在天上，有的認為在下界[12]。

他先是發出一聲悲痛鬱結而成的深沉嘆息，而後說：「兄弟呀，世界是盲目的，你確實來自那裡[13]。你們生者總將所有事情的肇因單單歸之於天，彷彿諸天運轉必然帶動一切。假如真是如此，你們心中的自由意志也就毀了，而因善得福、因惡受罰也就無所謂公正了[14]；諸天引發了你們內心最初的衝動；我並非意指所有的衝動，但是，假定我這麼說，你們還是賦有能夠辨別善惡的光和自由意志；如果自由意志在對諸天的最初戰鬥中遭逢困難，若是具備良好修養，最終亦能戰勝一切[15]。你們是自由的，但同時又受一種更強大的力量和更良善的本性支配；這種力量和本性創造了你們的心靈，而心靈是諸天無法影響的[16]；因此，如果當今世界脫離了正途，原因就在於你們，你們要在自己身上尋找；現在我要為你講明這道理[17]。天真幼稚的靈魂來自它未存在之前就對它愛撫和觀賞者的手中，如同一個時而哭、時而笑的撒嬌小女孩，什麼都不懂[18]，只知道它來自喜悅的造物主，那麼自然就喜愛令它快樂的事物[19]。它先嘗到微小的幸福滋味；在那裡就受騙，如果沒有嚮導或馬銜扭轉其愛好，它就會去追求那種幸福[20]。因此，必須制定法律充作馬銜，必須有一位至少能辨明真理之城塔樓的君主[21]。法律是有的，但由誰執行？沒有人，因為走在前頭的牧人雖能反芻，卻並無分蹄[22]；因此，眼見自己的嚮導只知追求他所貪圖的那種幸福，世人遂沉湎於那種幸福，再無更進一步的追求[23]。你能明確看出，世風邪惡的肇因在於領導不善，而非你們的天性已經敗壞。造福世界的羅馬向來有兩個太陽，分別照亮兩條道路，其一是塵世之路，另一是上帝之道[24]。如今一個太陽已消滅了另一個；寶劍和牧杖已相連接，這二者強行結合，必然領導不好，因為這兩者相結合，彼此便不會畏懼對方[25]。你若是不信我所言，那就觀察一下長出的穗吧，因為但凡是草，看種子就可認出[26]。阿迪杰河和波河灌溉的地區，在腓特烈遭到反對之前常可見勇武和廉恥，如今任何因羞慚而躲避與好人交談或靠近的人，都可大膽地放心經過那裡了[27]。此時確實還有三位代表舊時代譴責新時代的老者，他們都覺得上帝遲遲未將他們召回更美好的生活[28]：庫拉多．帕拉佐、善良的蓋拉爾多和圭多．達．卡斯泰爾，此人更以法國人為他取的「老實的倫巴底人」外號為人熟知[29]。如今你可斷言，羅馬教會將兩種權力合於一身，因此跌落了泥潭，玷污了自身和擔負的重荷[30]。」

我說：「我的馬可啊，你的論斷很好；如今我已明白利未的子孫為何不可握有產業[31]。但你口中那碩果僅存、作為過去一代之典範，譴責這個野蠻時代的蓋拉爾多是何人？」他答說：「你的話若非我沒聽明白，不然就是要誘我多談一些。因為你說話是托斯卡那口音，卻對賢良的蓋拉爾多似乎毫無所知[32]。我不知有何別名可指他，除非我從他女兒蓋婭那兒為他另起一個[33]。願上帝與你們同在，因為我不能繼續同行了。你看，穿過黑煙的光已經發白，天使就在那裡，我得在他看見之前離開[34]。」於是他轉身就走，不再聽我多說。

---

1 為了讓讀者能想像那股煙裡有多麼黑暗，但丁斷言，他所見的地獄和人間夜晚的黑暗程度都沒有那麼深，也沒有那麼難以忍受。關於地獄的黑暗，詩中已有許多描寫，這裡無須贅述。至於人間夜晚的黑暗，但丁在這裡拿來相比的，並非一般夜晚的黑暗，而是在下列條件下的黑暗程度：（1）天空無任何行星。在但丁的時代，大眾認為太陽和月亮也是行星，這裡講的是夜晚，「行星」只能指月亮和星辰。（2）濃雲密布，（3）「貧乏的天穹下」：原文為 sotto povero cielo，直譯是「在貧乏的天空下面」；根據本維努托的注釋，夜裡月亮和群星就像珠寶一般裝飾著天空，天空便顯得富麗，反之，無月無星之夜，天空就顯得貧乏。

「質地也沒那麼粗糙刺激感官」：指上句所說的面紗；但丁之所以覺得黑煙像粗絨面紗般刺人，因為煙裡的細微粒子刺激著眼睛和臉，產生類似的感覺。

2 「除罪的上帝的羔羊」：指耶穌基督，因為《新約．約翰福音》第一章中說：「次日，（施洗）約翰看見耶穌來到他那裡，就說：『看哪，上帝的羔羊，除去世人罪孽的』。」耶穌之所以被稱為上帝的羔羊，是因為他為人類贖罪，犧牲了自己，無辜被釘死在十字架上。

「祈求和平及憐恤」：詩中所說的那許多聲音，是犯憤怒罪者的靈魂發出的，他們向基督禱告，因為他作為上帝的羔羊，為拯救有罪的世人而溫順無辜地犧牲自己。他們向他祈求和平和憐恤，因為「二者與憤怒相反，憤怒總是企圖進行戰爭和報復」（蘭迪諾的注釋）。

3 「*Agnus Dei*」：拉丁文「上帝的羔羊」之意。彌撒時唱的三句禱詞均以「*Agnus Dei*」開始，禱詞全文譯文是：「除去世人罪孽的上帝的羔羊，憐恤我們吧！除去世人罪孽的上帝的羔羊，憐恤我們吧！除去世人罪孽的上帝的羔羊，賜予我們和平吧！」這三句禱詞前半相同，首句和次句後半也相同，都是祈求基督憐恤，只有第三句不同，是祈求基督賜予和平。但丁將這三句拉丁文禱詞意譯，壓縮成兩句詩。

「十分和諧」：表明正在贖罪的靈魂如今的態度和生前的罪孽性質形成鮮明對比；他們在世時，經常因為憤怒而與人結怨成仇，如今卻和大家齊聲合唱同一禱詞，彼此親密無間。

4 「解開憤怒的結」：詩人用這個隱喻，比擬靈魂猶如盲人般走過黑煙以解除憤怒罪；罪孽就如同繩子捆著他們，犯憤怒罪的人必須經過這種磨練，才能解開繩上的結，重獲自由。

5 「如同仍將時間劃分成月份的人」：意即如同活人那樣。「死人是不劃分時間的，因為對他們而言，時間並不流逝。」（本維努托的注釋）

這個說話的靈魂在濃厚的黑煙中看不見兩位詩人，但他從但丁對維吉爾的提問中聽出但丁不是靈魂，還覺察但丁在行動時將煙衝破了；由於靈魂不占空間，當然不會這樣，因此猜想但丁大概是活人。

6 「讓自己變美，以回歸你的創造者」：意即讓自己復又變得如同被神造出時那樣美，以如此形象回到神的懷抱。「一件奇事」：指自己身為活人來到了煉獄。

7 「在允許我行走的範圍內」：這說明了那些靈魂只許在煙裡走動，不得走到煙外。

8 「由死解除的軀殼」：比喻肉體就像包裹物一樣裹著靈魂，而人一死，靈魂才會脫離肉體束縛。

「以近代完全例外的方式去看他的宮廷」：指但丁身為活人去遊天國。《新約．哥林多後書》第十二章中說，聖保羅活著時去過天國，但在他之後從未有人享受過如此特權。

9 倫巴底人馬可（Marco Lombardi）姓氏不可考，生平事跡不詳。他在詩中自稱是倫巴底人，注釋家認為，倫巴底人泛指義大利北部的居民（參看《地獄篇》第一章注19）。他大概生活在十三世紀後半葉。早期注釋家以及歷史家和小說家都說，他曾任職宮中，才智極高，經驗豐富，傲視權貴，敢於譴責其罪行，而且為人輕財重義，慷慨大方，這些都與但丁相似，因此但丁在詩中選定他作為自己的道德及政治觀點的闡揚者，借他的口譴責當代人心不古，道德敗壞。

「如今眾人皆已不向它張弓的美德」：詩人以對準目標、張弓射箭作為比喻，說明當時世人都不以追求美德為人生目的。他在《地獄篇》第二十六章中曾藉尤利西斯之口指出，人生來是為了「追求美德知識」的，所以他對世人背道而馳，「都將美德視為仇敵，躲避它就像躲避蛇一般」感到悲憤，在詩中痛下針砭。

10 詩人將疑問比做一條繩子，緊緊勒著自己的心，若是不解開，心就要爆裂，以此來形象地說明解答這個疑問如何迫切。

11 這三句詩含義晦澀。大意是：我的疑問起初只有一個根據，因為它是一個人的話（指圭多．戴爾．杜卡關於世風敗壞的話）引起的，現在你（馬可）也表示了同樣的看法，這就使得我的疑問有了雙重根據；你在這裡（指第三層平臺）所說的，和另一個人在別處（指圭多．戴爾．杜卡在第二層平臺）所說的，都證實了我的疑問所指的情況（即世風敗壞）。

12 「原因在天上」：指星辰的影響。中世紀歐洲人相信星辰會影響人事。「在下界」：意即原因在人。

13 意即世人蒙昧，不識真理，你有這種疑問，表明了你也像其他人一樣蒙昧。

14 大意是：世人錯以為人世間所有事情的起因都在於天，彷彿諸天運轉必然帶動一切；如果真是這樣，就等於人的所有行為完全取決於天，那麼也就不存在自由意志了，也就是說，人就不可能在善與惡之間自主抉擇，因此也就不必對個人行為負起道德責任。這麼一來，上帝獎善懲惡，讓為善者享天國之福，作惡者受地獄之苦，也就稱不上是公正。馬可．倫巴多批駁宿命論，捍衛自由意志的這些論點都是有所本的：奧古斯丁在《論自由意志》中，波依修斯在《論哲學的安慰》中，托馬斯．阿奎那在《神學大全》中都提出了同樣的論據。

15 大意是：人類所在的世界處於諸天的影響之下，所以人內心一些最原初的活動（像是欲望、感情等）是受諸天影響所產生。但我不是說人的所有內心活動全都是諸天的影響所致；即使假定我這麼說，人也絕非必得順從內心去作不可，因為他還有天賦的理性之光能明辨善惡，還有天賦的自由意志可以擇善而行，壓下邪惡的欲望。人的自由意志在與諸天的影響和內心的不良傾向爭鬥時，起初難免會遭遇困難，但一個人要是具備良好的道德修養，最終必能戰勝一切。

16 大意是：人在具有自由意志的同時，還是受到一種比諸天更強大的力量和更良善的本性所支配，這種力量和本性就是上帝，祂創造人的心靈，也就是所謂心智的靈魂（l'anima intellettiva），這是由心智（intelletto）和意志（volontà）所構成的、人的「靈魂最終及最高貴的部分」（見《筵席》第三篇第二章），而且不受諸天影響。

17 馬可已經說明了世間道德敗壞的原因在於人，而不在星辰的影響，現在更進一步說明世人如何因為自身原因誤入歧途，腐化墮落；他從人的靈魂的由來講起。

18 「天真幼稚」（semplicetta）：指靈魂原本處於無知無識的空白狀態。「來自它未存在之前就對它愛撫和觀賞者的手中」：這句詩說明人的靈魂是上帝親手造出的，上帝在造出它之前，就已在理念中愛撫、觀賞著它。為了生動表達出靈魂最初的天真幼稚、無知無識的狀態，詩人將它比擬為一個所有舉動都是出於本能，還沒有理性指導的小女孩（靈魂在義大利語中是陰性名詞，所以比喻為「小女孩」）。

19 意即靈魂只知道自己源自於上帝，而上帝的本質是至善和極樂，因此靈魂本能地喜愛令它快樂的所有事物。

20 「微小的幸福」：指物質財富所提供的幸福。人的靈魂一嘗到這種滋味，就誤認為那是真正的幸福，而努力去追求，除非有皇帝作為嚮導，為它指明何為真正的現世幸福，有法律作為馬銜，制止它放縱物欲。

21 「君主」：這裡專門指但丁在《帝制論》中所說的理想的皇帝。「真理之城」：即上帝之城。塔樓是中世紀城堡結構中最高的部分，從遠處即可望見。據多數注釋家的解釋，「真理之城的塔樓」象徵正義。皇帝的職責是在世上實現正義，因為正義的實現是現世幸福和永恆幸福的基礎。

22 「法律是有的」：指東羅馬皇帝查士丁尼時代留下的《羅馬民法彙編》。「沒有人」去執行：因為當時皇帝尚未加冕，而他是唯一合法的執法最高權威。

「走在前頭的牧人」：指教皇，教皇的職責是引導人類走上享受天國之福的道路，如同牧人引導羊群前往水草豐美之地。

「反芻」和「分蹄」這兩個典故都出自《聖經》。摩西法律規定，猶太人只能吃反芻、分蹄的走獸（見《舊約．利未記》第十一章和《舊約．申命記》第十四章）。托馬斯．阿奎那認為，「反芻」的寓意是對《聖經》進行深刻思考，並正確解釋的能力，而「分蹄」的寓意是辨別善惡的能力。但丁接受這種解釋，而且靈活運用於詩中。

「走在前面的牧人雖能反芻」：注釋家一致認為這是指教皇精通《聖經》，能正確解釋其中義理。「沒有分蹄」指教皇無法辨別世俗事物和宗教事物，將二者分開。本維努托的解釋更一針見血：「作者的意思是說，現代的牧人（指教皇）很能反芻，因為他經常講述上帝的法則……當時在位的教皇波尼法斯精通法律和《聖經》……但他非但沒將世俗權力和教權分開，反而將兩種職權合併。」馬可．倫巴多認為，波尼法斯藉口帝位虛懸，無人行使世俗權力，強行將政權和教權集中於自身，正是世風變壞的根本原因。

23 意即世人眼見理當帶路的教皇們只追求他們貪圖的塵世物質幸福，自己也就完全沉湎於那種幸福，不再追求來世永恆的幸福了。

24 「造福世界的羅馬」：指古羅馬統一地中海沿岸各地，建立起世界帝國，讓西方出現空前的和平局面。由於時機成熟，耶穌基督於是在奧古斯都時代降生，傳布福音，為人類贖罪，他死後，在「羅馬和平」的條件下，基督教得以傳遍西方世界各地。

「兩個太陽」：象徵皇帝和教皇。但丁在《帝制論》卷三中指出，萬物當中，唯有人既具有可毀滅的部分（肉體），又具有不滅的部分（靈魂），因此人生有兩種目的：一是享受現世生活的幸福，二是來世享受天國永恆的幸福。上天規定由兩個權威分別引導人類達到這兩種不同的目的：皇帝根據哲學的道理，引導人類走上現世幸福的道路，而教皇則根據啟示的真理，引導人類走上來世享受天國之福的道路，而這兩個權威都是直接受命於天，彼此獨立存在的。宗教法規學者和神學家分別用太陽及月亮象徵教皇和皇帝的權威，說明後者從屬於前者。但丁在《帝制論》卷三第四章中雖然接受太陽和月亮的比喻，但指出，月亮有其獨特的性質和功能，認為它的光並非來自太陽。他在這裡又藉馬可·倫巴多之口，進一步以兩個太陽的比喻，強調皇帝的權威對教皇權威的獨立性。

25 「如今一個太陽已消滅了另一個」：指教皇的權威在羅馬已消滅了皇帝的權威。從腓特烈二世死後到亨利七世當選為止，帝國一直處於大空位時期，沒有任何皇帝曾來羅馬加冕。教皇波尼法斯八世以帝位虛懸為藉口，自稱帝國代理人，行使皇帝的權力，實現政教合一，企圖建立神權統治。「寶劍」與「牧杖」分別象徵皇帝與教皇的權力。「已相連接」：指這兩種權力都掌握在教皇一人手中。據《最佳注釋》，波尼法斯當時居然「加冕佩劍，自立為皇帝」。

26 意即：如果你不相信我所說的世風敗壞原因，那就看看政權和教權集中於一人的結果吧。「因為但凡是草，看種子就可認出」（「草」在此泛指植物）：這句話源於《新約·路加福音》第六章：「因為沒有好樹結壞果子，也沒有壞樹結好果子。凡樹木看果子就可以認出它來。」

27 「阿迪杰河和波河灌溉的地區」：指廣義上的倫巴底地區。「在腓特烈遭到反對之前」：指皇帝腓特烈二世的權威受到教皇和這個地區各貴爾弗城邦的反對之前（即一二三二年至一二四八年以前），那時，「封建主慷慨大方，侍臣品德高尚，行吟詩人的詩歌風行一時，是倫巴底地區宮廷生活的盛世。」（牟米利亞諾的注釋）

「勇武和廉恥」：但丁用這兩種德性概括騎士應具備的所有文武美德。馬可痛心地說，他家鄉所在的地區，在皇帝腓特烈二世的權威遭教皇和貴爾弗城邦的反對之前，還經常可見品德高尚之人，但如今已不然，「任何因羞慚而躲避與好人交談或靠近的」卑鄙邪惡之徒，都可大膽地經過那個地區，不會因為遇見品德高尚之人而無地自容。換句話說，就是那裡的好人已經寥寥無幾。

28 「代表舊時代譴責新時代」：意即這三位碩果僅存的老人體現了舊時代勇武和廉恥的美德，他們的崇高形象如今聳立人海之中，更突顯出新時代的世風不良。「都覺得上帝遲遲未將他們召回更美好的生活」：意即他們渴望上帝讓他們早日離開人間，進入天國，因為活在今不如昔的世界中，比一般老人更感孤寂。

29 庫拉多·達·帕拉佐（Currado da Palazzo）：指布里西亞的帕拉佐伯爵家族中的庫拉多三世。一二七六年，他任西西里王查理一世駐佛羅倫斯的代表及最高行政官，一二七七年為貴爾弗黨首領。在一二七九年布里西亞對特蘭托的戰爭中，擔任布里西亞軍政首領。早期注釋家一致稱讚他為人慷慨大方，具備騎士的美德。

蓋拉爾多：指蓋拉爾多·達·卡米諾（Gherardo da Camino）。他是帕多瓦市民，生於一二四〇年，曾任貝盧諾和菲爾特雷軍政首領。

從一二八三年起任特雷維佐軍政總首領，直到一三〇六年逝世為止。但丁在《筵席》第四篇第四章中推崇他，將他作為真正高貴之人的典型。
圭多・達・卡斯泰爾（Guido da Castel）：屬勒佐・艾米利的羅貝爾蒂（Roberti）家族在卡斯泰羅（Castello）的支派。生於一二三三至一二三八年間，一三一五年還在世。關於他的生平事蹟資料很少。但丁對他很敬重，在《筵席》第四篇第十六章中曾提到他。

30 「自身」：指自己的宗教職責；「擔負的重荷」：指它越俎代庖擔負的政治職責

31 「利未的子孫」：利未是族長雅各的兒子，他的子孫後代構成的宗族被稱為利未人（Leviti），世世代代辦「會幕的事」，屬低級祭司之列。他們不可有產業，因為上帝將以色列中出產的十分之一賜給了他們為業（見《舊約・民數記》第十八章）。上帝這樣規定，是為了防止擔任祭司職務者若是有了產業，會因為俗事而荒廢了自己的職責。

32 馬可聽但丁說話是托斯卡那口音，很詫異他對蓋拉爾多竟然一無所知，因為蓋拉爾多與佛羅倫斯黑黨首領寇爾索・竇那蒂的關係是眾所周知的。

33 意即稱他為「蓋婭的父親」。蓋婭（Gaia）是托爾貝爾托・達・卡米諾（Tolberto da Camino）的妻子，死於一三一一年。注釋家有的說她是貞節的典範，有的說她是道德敗壞的活標本。由於馬可的話命意是在強調新舊時代風氣的差異，後一種說法更令人信服。

34 「穿過黑煙的光已經發白」：這道光並非天使的光，而是太陽光。馬可看到煙漸漸淡薄，陽光透了進來，知道天使已在前方不遠處。他作為犯憤怒罪者不得走出煙外，於是就此告別，轉身回去。

第十七章

讀者呀，如果在高山中霧曾突然籠罩，你在霧裡的能見度，就和鼴鼠透過眼上薄膜所見並無二致。回想一下，當潮濕濃厚的霧氣開始消散，日輪透過霧照進來的情景，你的想像力就會輕易地想見，我復又見到的太陽是什麼模樣，那時它已將近落山了[1]。就在這樣的時刻，我將腳步邁得與我老師可靠的腳步等齊，走出此處的如此煙霧，來到已消失在低處海岸上的夕照中[2]。

啊，想像力呀，你有時令我們神馳物外，即便周圍有千支喇叭吹奏，我們也察覺不到。如果感官不為你提供素材，那麼，是誰推動了你？推動你的，是在天上形成的光自身，或是將這種光引導到下界的意志[3]。變成最愛歌唱的鳥禽的那女人，她殘忍的形象出現在我想像裡[4]：我的心完全集中於它，外界事物那時一概未被接受[5]。隨後，一個被釘上十字架之人的形象降落到我崇高的想像當中，他面帶輕蔑和凶惡神氣，臨死亦然[6]。其周圍是偉大的亞哈隨魯和其妻子以斯帖，還有正直的末底改，他的言行都是那樣完美無瑕[7]。當這幻象剛如水下氣泡缺水那般自行破滅[8]，我的想像中就升起一名少女的形象，她痛哭說著：「啊，王后啊，妳為何一怒之下就想毀滅自己？妳自盡本是為了不失去拉維妮亞；現在妳失去我了！在為他人之死痛哭之前，先為妳的死而哭的人就是我呀[9]。」

正如一種新的光射在閉上的眼，睡夢於是驚破，驚破後，那夢在消失殆盡之前仍猶然閃動；同樣的，一種比我們見慣的那種還強烈得多的光才剛射在我臉上，我的想像頓時就已失落[10]。當我轉身去看自己身在何處時，一個聲音說：「從這裡上去」，吸引我離開了所有其他的意圖[11]；那聲音讓我想看清說者是誰的願望變得如此急切，若不當面看到，便永不平息。但是，正如面對太陽就眼花，強光遮住了它的形象，我的視力在此也喪失了作用。「這是一位神聖的使者，他不待我們請求，便指引我們向上的路；他用他的光芒遮住自己。他待我們如同世人待自己；因為看出他人的需要卻等待請求者，就已懷著拒絕他人的惡意[12]。現在，我們就以腳步表示順從如此邀請吧；我們盡力在天黑前上去，因為之後不到天亮就不能往上走。」我的嚮導這麼說，我就一同將腳步轉向一道石梯；剛登上第一階，我便覺得旁邊似乎有翅膀搧動了一下，將風搧到了我臉上，還聽見：「*Beati pacifici*，因為他們是無惡憤的[13]！」

夜色降臨前的餘輝已經只照著這座山的最高處，使得顆顆星子從天空各方顯露。「啊，我的氣力呀，你為何消失得這麼快？」我暗自說著，因為我感覺自己腿力已經不濟[14]。我們上到石梯最高的一階，恰如靠了岸的船一樣停住不動[15]。我聽了片刻，看在這新的一層能否聽到什麼；隨後，我轉身向著老師說：「我和藹的父親，告訴我，我們所在的這一層要消除的是什麼罪？我們的腳步若是要停住，你的話可別停。」他說：「愛善缺乏應有的熱情，就在這裡彌補；就在這裡重划當初不幸划得太慢的槳[16]。為了讓你更加理解，你就專心聽我說吧，你會從我們的停留當中摘得一些良好的果實[17]。」

他說：「我的兒子啊，造物主和創造物從來不乏愛，或自然的愛，或心靈的愛，這一點你是知道的[18]。自然的愛永無錯誤，但另一種愛則會因對象邪惡，或因力量過強或過弱而犯錯誤[19]。當它奔向首善時，以及在次善上能自我節制時，它不可能會是有罪之享樂的原因[20]。但是，當它轉向邪惡，或是以太過或不及的熱情追求善時，被造物就悖逆造物主而行[21]。你由此能理解，愛必然是你們所有美德和一切應受懲罰之舉的種子[22]。

「可是，由於愛絕不會讓眼光離開其主體的幸福，萬物因而不會憎恨自己[23]；由於不可能設想任何存在物是離開最初的存在物而獨立的，因此所有被造物都不可能憎恨祂[24]。如果我這麼區分正確無誤，那麼，人就只可能愛他的鄰人之不幸了[25]；這種愛以三種型式萌生於你們的泥土當中[26]。有人希望透過貶低鄰人好讓自己出人頭地，僅只為此目的，便渴望他人從崇高的地位上被打落[27]；有人惟恐他人的高升讓自己因此失去權力、恩寵、光榮和聲譽，因而憂心忡忡到希望出現相反情況[28]；還有人因為受到侮辱便怒火中燒，渴望報復，這種人必然準備加害他人[29]。這三種形式的愛就在這下面三層引人悔泣[30]。

「現在我要你瞭解另一種愛，這種愛以不適度的熱情在追求善[31]。人人都模糊認識到一種心靈滿足於當中的善，因而嚮往，無不努力去企及那善[32]。如果遲緩的愛吸引了你們認識或達到那善，你們在適當懺悔之後就會在這一層為這種愛經受磨練[33]。另有一種無法使人幸福的善；它不是福，不是所有善之果和根的善之本質[34]。沉溺於其中的愛在我們上方那三層受懲罰，但我不說明它如何分成三類，好讓你自行思索[35]。」

1 為了讓讀者能想像他走出逐漸消散的煙霧時乍見的落日是什麼模樣，但丁藉此比喻，說明他這時看到的太陽就和從逐漸消散的山霧中所見的太陽一樣。這個在高山遇上大霧的比喻，描寫得異常真切，顯然源於但丁親身經歷，因為他在遭放逐時期，曾多次行經托斯卡那和羅馬涅兩地之間的亞平寧山脈。

「和鼹鼠透過眼上薄膜所見並無二致」：中世紀的人認為，鼹鼠因為眼睛上覆有薄膜，根本看不見東西，現在義大利民間還相信這種說法。其實鼹鼠眼睛上的薄膜中間有一小孔可以見物，只是看不清楚而已。

「日輪」原文是 *La spera del sol*，用詞十分確切，因為這時煙已變得稀薄，而且天色已晚，太陽將沒，從煙裡看去，太陽顯得輪廓分明。

2 「我將腳步邁得與我老師可靠的腳步等齊」：由於此時煙已稀薄，能看得清路，但丁於是不再像盲人一樣扶著維吉爾的肩，跟在他後面，而是開始與維吉爾並肩齊步前進，走出煙霧。

「來到已消失在低處海岸上的夕照中」：「低處海岸」指煉獄山腳下的海岸。但丁和維吉爾走出煙外之後，在殘照中從第三層平臺上俯視，只見海岸上暮色蒼茫，已無陽光。這時已是四月十一日的下午六點多。

3 剛從煙裡走出來，但丁的想像力就令他神馳物外。在這樣的出神狀態中，有三種體現憤怒罪受懲罰的幻象相繼浮現在他眼前。他以向自己的想像力發問的方式，說明這三種幻象如何產生。

經院哲學家認為，想像力是靈魂的一項內在官能，這種官能接受各種外在官能提供的知覺素材，將之儲存，加工造成新的形象。托馬斯·阿奎那就將想像力比作是這種素材的儲藏室。但是，但丁在出神狀態中忘卻了客觀世界，各種外在官能均已入眠，不再為想像力提供素材。因此，這三種幻象不可能是想像力加工了知覺素材所造成，只能是從天上落進想像裡。這究竟是怎麼落下的？但丁以自問自答的方式說：「如果感官不為你提供素材，那麼，是誰推動了你？」也就是說，如果感官不給你（想像力）提供知覺素材，那麼是誰推動你，讓你產生作用？詩中的回答是：「推動你的，是在天上形成的光自身，或是將這種光引導到下界的意志」：意即推動想像的是一種在天上形成的光自身，也就是諸天的自然影響，或是引導這種光、讓它對人產生作用的上帝的意志。

辛格爾頓認為，這些幻象就和第一層平臺上的淺浮雕一樣，是上帝創造的，性質和但丁在登上第三層平臺時經驗過、體現溫順之德的那些夢幻景象相同。因而回答中提出的兩種可能性裡，在此適用的是第二種：即上帝的意志將這些幻象引向下界，是直接從上帝那裡降入但丁心中，而自然界諸天形成的光直接降入但丁心中，這種可能則被排除，儘管但丁承認那是獲得這種超越感覺的經驗的另一方式。

4 「變成最愛歌唱的鳥禽的那女人」：指雅典王潘狄翁的長女、特剌刻王忒柔斯的妻子普洛克涅。「她的殘忍形象」原文是l'empiezza di lei：指她殺死親生子，將孩子的肉煮給丈夫吃的泯滅人性罪行，她因而受懲，變成燕子（詳見第九章注4）。普洛克涅的罪行起於憤怒，詩中因此以她作為因憤怒罪受懲罰的例子。

5 意即我的心完全被這個幻象吸引，對外界事物一概沒有感受，因為各種感官的功能全都暫停了；這是詩中所說的出神狀態的特點。

6 「一個被釘上十字架者」：指古代波斯王亞哈隨魯（Ahasuerus）的宰相哈曼。他受國王寵信，氣焰萬丈，臣僕都得跪拜他，「惟獨末底改不跪不拜」。末底改是猶太人，他撫養自己叔叔的女兒哈大沙（後改名以斯帖），收她為自己的女兒。貌美的以斯帖被選入宮，深受國王寵愛，被冊立為王后。「哈曼見末底改不跪不拜，他就怒氣填胸」，「他以為下手害末底改一人是小事，就要滅絕亞哈隨魯王通國所有的猶太人」，以解心中憤恨。他向國王進言，稱猶太人「散居在王國各省的民中，他們的律例與萬民的律例不同，也不守王的律例，所以留他們於王無益，王若以為美，請下旨意滅絕他們」。國王准奏，下詔書滅絕全國的猶太人，並命令哈曼傳下這一旨意。末底改聽到這個可怕的消息之後，急忙求以斯帖向國王乞恩。以斯帖請國王率哈曼赴宴，當面揭發哈曼的罪惡。國王大怒，因為他獲悉哈曼為末底改「作了五丈高的木架，現今立在哈曼家裡」，就下令「把哈曼掛在其上」。於是人將哈曼掛在他為末底改預備的木架上」。接著，亞哈隨魯王答應了以斯帖的請求，廢除哈曼所傳的滅絕猶太人的旨意（詳見《舊約．以斯帖記》第二至八章）。詩中用「一個被釘上十字架者」來指哈曼，因為《舊約．以斯帖記》中希伯來文原文「木架」一詞在拉丁文《聖經》中被譯為crux（十字架）。

「降落到我崇高的想像中」：「降落」原文是piovve（下雨），隱喻形容幻象被上帝的意志引導，從天上落下。這種用法也見於《天國篇》第三、第七、第二十七章中。「崇高的想像」：「想像」（fantasia）是接受來自感官的形象，來自諸天的影響，以及神啟示的幻象，並將之提供給心靈的能力。但丁用「崇高」（alta）一詞形容接受來自天上的幻象時的想像，因為他的想像此時「已超越感覺和理性，彷彿飛向上帝，從祂接受崇高、超自然的事物」。（卡西尼—巴爾比的注釋）

「他面帶輕蔑和凶惡神氣」：這個細節是但丁添加的，在《舊約．以斯帖記》中，哈曼的態度恰恰與此相反：他在受刑之前，「就甚驚惶」，「求王后以斯帖救命」。格拉伯爾認為，詩中添加的這個細節改變了《聖經》中的哈曼形象，讓人覺得他和《地獄篇》第二十三章的該亞法有點相似，也讓人遙遙聯想到第十四章中的卡帕紐斯和第十章中的法利那塔。不僅如此，但丁對於哈曼受刑一事還添加了亞哈隨魯、以斯帖和末底改三人在刑場旁觀的細節，像是要加劇哈曼在十字架上的痛苦。

7 「偉大的亞哈隨魯」：《舊約．以斯帖記》中的波斯王亞哈隨魯，就是歷史上的波斯王薛西斯（Xerxes）一世（485 BC-464 BC在位）。《舊約．以斯帖記》中並沒有說他「偉大」，只是說他「從印度直到古實（衣索比亞）統管一百二十七省」；「在位第三年，為他所有首領臣僕設擺筵席，……將他榮耀之國的豐富，和他美好威嚴的尊貴，給他們看了許多日……」但丁不大可能知道亞哈隨魯就是公元前四八〇年率領海陸大軍入侵希臘的薛西斯一世。詩中說亞哈隨魯「偉大」，大概別有所本。

8 意即水下形成的氣泡上升至水面時，那曾由水構成、包著空氣的薄膜一旦消失，氣泡便破滅。這是生活中常見的現象，詩人藉此比喻，說明在想像中閃現的幻象倏忽消失，顯得異常貼切。

9 「一名少女」：指拉丁姆王拉提努斯和王后阿瑪塔的女兒拉維妮亞。她本已許配給魯圖利亞王圖爾努斯，但神意注定她將嫁給特洛伊英雄埃涅阿斯。埃涅阿斯來到拉丁姆之後，國王拉提努斯答應將拉維妮亞嫁給他，但王后反對。圖爾努斯得知埃涅阿斯要奪娶他的未婚妻，不禁怒火中燒，雙方為此以兵戎相見。交戰多次，互有勝負。後來，特洛伊人占了上風，王后阿瑪塔在敵人兵臨城下之際，不見圖爾努斯上陣迎戰，誤以為他已經陣亡，便「精神錯亂，大聲哀號，說是自己害了他，是她的罪過，她是他致死的原因」，說完這些傷心話之後就懸梁自盡（事見《埃涅阿斯紀》卷十二）。維吉爾的詩中描寫拉維妮亞得知母后慘死之後，扯亂頭髮，抓破面頰，大聲哀號；但丁詩中則敘述她說出悲愴動人的話。

「妳為何一怒之下就想毀滅自己？」：指王后阿瑪塔誤以為圖爾努斯已被埃涅阿斯殺死，悲憤交集，因而絕望自殺。

「你自殺是為了不失去拉維妮亞」：意謂王后自殺是因為害怕圖爾努斯死後，女兒拉維妮亞勢必要嫁給異鄉人埃涅阿斯，她就要失去愛女了。

「現在你失去我了！」：意即你這一死就真的失去我了！

「在為他人之死痛哭之前，先為妳的死而痛哭的人就是我呀」：「他人」指拉維尼亞的未婚夫圖爾努斯。王后阿瑪塔自縊時，他還活著。「就是我呀」這句話和前面的話有某些聯繫，托拉卡的注釋說：拉維妮亞這句話「像是一聲尖銳的叫喊，責備自己是母后自盡的原因，儘管她並無過錯。」

10 「一種比我們見慣的那種還強烈得多的光」：指下面所說的天使的光，這種光比太陽光還強烈，一射在但丁臉上，他的出神狀態就失落了，但仍在心中蕩漾，正如睡夢一樣，當一種新的光突然照射在閉著的眼睛上，夢就被驚破，驚破後並未立即消失，而是仍在惺忪睡眼上閃動。

11 「一個聲音」：指第三層平臺的天使的聲音。「從這兒上去」：是這位天使為他們指引前往第四層平臺的石梯時說的話，這句話「吸引我離開了所有其他的意圖」，也就是說，使我全神貫注，再也無心「去看我在何處」。

12 「他待我們如同世人待自己」：意謂這位天使對待我們，如同世上的人對待自己一樣。這句話令人聯想到《新約．路加福音》第六章中耶穌所說：「你們願意人怎樣待你們，你們也要怎樣待人」，以及《新約．馬太福音》第二十二章中、《新約．馬可福音》第十二章中所說的第二條誡命「要愛人如己」。

「因為看出他人的需要卻等待請求者，就已懷著拒絕他人的惡意」：這句話意在強調，見到別人需要幫助時，應當立即主動提供協助，而不是等對方開口求助。但丁在《筵席》第一篇第八章中說：「第三件可從中看出熱誠的慷慨之德的事，是不求就給；將乞求的東西給人，對一方而言，那並非美德，而是買賣，因為這對施與者固然不是賣出，但對接受者則是買入。因此塞內加說，沒有比用乞求買來的東西更貴的。」

13 「*Beati pacifici*」：是拉丁文《聖經》《新約．馬太福音》第五章耶穌登山訓眾的話，中文《聖經》譯文是「使人和睦的人有福了」。下句原是「因為他們必稱為上帝的兒子」；但丁結合詩中的具體情況，改用「因為他們是無惡憤的」。托馬斯．阿奎那將「惡憤」（ira mala）和「義憤」區別開來：惡憤是違背理性的憤怒，是有罪的；義憤則是嫉惡如仇的情緒所引起，是值得讚許的。在第三層平臺上要消除的憤怒罪是指「惡憤」。

這裡出現的天使是和平天使，詩中雖然沒有明說但丁額上的第三個P字已被去掉，讀者也會知道。值得注意的是這位天使的動作並未如第一層平臺的天使那樣，將翅膀在但丁額上橫著「撲打」一下（見第十二章），而是讓但丁覺得旁邊似乎有翅膀搧動，將風搧到了他的臉上。這個輕柔的動作與這位天使的和平精神更相襯。

14 「氣力」和「腿力」這裡均指登山能力。根據煉獄的法則，這種能力一到天黑就會消失。

15 「恰如靠了岸的船一樣停住不動」：對於這個比喻，有兩種不同的解釋。溫圖里認為，這裡比擬和被比擬的事物的共同之處，在於二者都必須立刻停住：正如船一靠岸就得停泊，同樣的，根據煉獄法則，天一黑，兩位詩人就得止步不前。辛格爾頓認為，兩位詩人到了石梯最末階，就面向第四層平臺站住不動，如同船靠了岸，也就是到達了目的地。兩家解釋各有道理。

16 「愛善缺乏應有的熱情就在這裡彌補」：說明在這層平臺，靈魂要贖的是怠惰罪（accidia），這裡所謂的怠惰，專指愛善缺乏應有的熱情（參看本書《譯本序》）。「彌補」：指透過飛速奔跑的贖罪方式（見第十八章）彌補生前的怠惰。

「就在這裡重划當初不幸划得太慢的槳」：這句以隱喻說明，靈魂在這層平臺上透過加倍的勤奮行動，以彌補生前的怠惰，就猶如水手當初划船不起勁，耽擱了時間，之後就得用更大的力氣加速划槳彌補。

17 維吉爾曾利用站在阿納斯塔修斯墓的蓋子後面躲避臭氣的時間，為但丁說明深層地獄的結構和罪惡的類別（見《地獄篇》第十一章）。現在，他又利用因為天黑被迫停留原地的時間，向但丁說明煉獄中那些有待消除的罪惡的來源、類別，以及理性及自由意志的作用等問題。這些哲理性的說明構成了本章後半和下章前半的內容。

18 地獄是為懲罰至死仍未悔罪者的靈魂而設，因此當中的靈魂是以其生前所犯的罪行為根據分類。但煉獄中的靈魂不同，其生前犯下的罪行經過懺悔已獲赦免，但他們犯罪的劣根性還存在，必須經過痛苦的磨練消除淨盡後，才能升入天國，因而這些靈魂的分類，是以其犯罪的劣根性為依據。

煉獄中的靈魂都是基督徒，他們要消除的是教會認定的七宗大罪：驕傲、嫉妒、憤怒、怠惰、貪財、貪食、貪色。托馬斯·阿奎那將這七種罪都歸結為是在「愛」的問題上的失誤。因此，維吉爾在說明煉獄中靈魂的類別時，先從愛說起。這裡所謂的愛，是廣義的愛，經院哲學家認為宇宙間萬物無一無愛，物體受地心引力作用向下墜落也是愛的表現。

「造物主」即上帝。《新約．約翰福音》第四章中說：「上帝就是愛」。

「創造物」：指上帝所創造的一切有生命和無生命之物。

「自然的愛」（amore naturale）：萬物固有、本能的愛。

「心靈的愛」（amore d’animo）：指經院哲學家所謂的「有選擇性的愛」（amore d’elezione），它是由心智選擇對象，由意志自由決定的；心智和意志是心靈特有的，因此詩中稱之為「心靈的愛」，也就是有理性的愛。

「這點你是知道的」：因為但丁精通經院哲學，托馬斯·阿奎那的《神學大全》中就區分了這兩種愛，但丁自己在《筵席》中也談到了自然的愛的問題（見該書第三卷第三章）。

19 「自然的愛永無錯誤」：但丁在《筵席》中論自然的愛時指出，所有具有生命和無生命之物都具備這種愛，例如重物向地心墜落，火焰向上升起（因為月天之下有火焰界）；獸類愛其特定的棲息地，植物喜生長於特定地帶，移植他處則容易枯死。托馬斯·阿奎那認為，天使和人的自然的愛就是愛至善，也就是愛上帝。「自然的愛」永遠沒有錯誤，因為它是由上帝賦予所有創造物的。「心靈的愛」會犯錯誤，因為它是能選擇的，負有道德責任。在所有創造物中，唯獨賦有自由意志者才能選擇，因此只有天使和人類才具有這種愛。但天使的選擇是永遠堅定地愛上帝，所以所謂「心靈的愛」犯錯誤，實則僅限於人類。而人在「愛」的問題上犯錯有三種方式：

（1）「愛」的對象錯誤，也就是說，愛他人之不利，也就是驕傲、嫉妒、憤怒。

（2）「愛」至善（上帝）不足，也就是怠惰。
（3）「愛」塵世物質，對享受太過執著，也就是貪財、貪食、貪色。

20 「首善」原文是 il primo ben，指上帝；「次善」原文是 i secondi（beni）指現世供人享受的福，主要指物質享受。這二者用同一詞 bene，就原文而言詞義並無矛盾，哲理上也說得通，因為亞里斯多德《倫理學》以至善為人生最高目的，至善就是福，福乃「思辨的活動」，也就是探求真理的活動；中世紀神學家認為上帝乃是最高真理，見到上帝，人的心智便完全得到滿足，達到至善的目的。由此可見，在 bene 這一詞上，「善」與「福」是統一的。但譯為中文就有了矛盾，因為在中文裡，「善」是「惡」的反義詞，與「福」的含義並無相通之處。如果把 i secondi（beni）譯成「次福」，就表達不出與「首善」劃分等次的意義，如果譯成「次善」，就是把現世的福（物質享受）說成善，又未免牽強；但是，如果把 il primo ben 改譯成「首福」，就不僅失去上帝作為至善的意義，在處理後面的詩句：「只有一種不能使人幸福的善；這種善不是福，不是作為一切善之果和根的那種善的本體」時，也會遇到難以解決的矛盾（因為將詩句中的「善」全換成「福」，就講不通）。

21 「當它奔向首善時」：意即當「心靈的愛」以上帝為對象時；當它「在次善上能自我節制時」：意即當心靈的愛以現世的物質享受為對象、但不沉溺其中時，這種愛都不可能造成貪財、貪食、貪色等有罪的享樂。
「以太過或不及的熱情追求善時」：這句話意在解釋前面所說的「力量過強或過弱」，但文字過於簡略。大意是：以過多的熱情追求「次善」或是以過少的熱情追求「首善」，也就是愛上帝不足，愛塵世物質享受太過。
「被造物就悖逆造物主而行」：「被造物」在此特指人類，意謂如果人這樣愛，那就是犯罪。前一種情況是犯怠惰罪，後一種是犯貪財、貪食或貪色罪。

22 「應受懲罰之舉」：即罪行。全句大意是，你從我的這番話中就能明白，愛必然是人的所有美德和一切罪行的種子。

23 維吉爾現在談論人可能恨誰的問題，也就是說，可能愛誰的不幸的問題。「愛絕不會讓眼光離開其主體的幸福」：「主體」原文是 subietto，相當於拉丁文 subiectum，是經院哲學名詞，這裡指所有作為愛的主體的事物。「絕不會讓眼光離開其主體的幸福」是形象化的說法，意即被造物（主要指人）都愛自身的幸福，所以誰都不可能憎恨自己。

24 「最初的存在物」（il primo Essere）：指上帝。一切被造物都不可能離開上帝獨立存在，所以任何被造物都不可能憎恨上帝。雷吉奧指出，這個論證很有爭議，因為《地獄篇》中的人物，如卡帕奈奧、盧奇菲羅，都憎恨上帝，而且托馬斯．阿奎那在《神學大全》中也承認，憎恨上帝在極個別的情況下是有可能的，他認為這是最重的罪。

25 意謂：我這麼區分所有可能的情況所作出的論斷要是沒有錯，那麼，人就只有可能憎恨自己的鄰人（愛他人之不幸）。

26 「這種愛萌生於你們的泥土中」：據本維努托的注釋，「那就是說，萌生於人類，因為第一個人是用地上的泥造出的。」典故出自《舊約．創世記》第二章：「耶和華上帝用地上的塵土造人」。

27 指驕傲罪。

28 指嫉妒罪。「願意相反的情況出現」：意即希望別人職位聲勢下降。

29 指憤怒罪。

30 意即：驕傲、嫉妒、憤怒這三種愛他人之不利的罪，分別在兩位詩人當時停留的地方下面倒數第一、二、三層平臺受懲罰。

31 這裡所說的「善」是泛指前面提到的「首善」和「次善」。「以不適度的熱情」：意即太過或不及的熱情。

32 「心靈滿足於當中的善」：指至善，即上帝。大意是，每個人對於上帝都有一種模糊概念（上帝是無限的，人類對祂只能有模糊概念），唯有上帝能讓人的心靈完全滿足，因而人就對他嚮往，努力企及。

33 「遲緩的愛」：意即微弱無力、不熱烈的愛。「適當的懺悔」：意即及時的懺悔。大意是，人如果對上帝的愛淡薄，不努力去認識和達到祂，就是犯了怠惰罪。生前及時懺悔，死後靈魂就會在這第四層平臺經受磨練，消除犯這種罪的劣根性。

34 「另有一種無法使人幸福的善」：指上述的「次善」，也就是塵世間的種種物質享受，這些都不足以令人真正幸福。「它不是福，不是一切善之果和根的善之本質」：意謂次善對人來說不是真正的福，因為它不是「善的本質」。只有上帝是善的本質，作為善之本質的「造物主上帝是一切善的緣由和來源（根），同時又是一切善的報酬（果），因為面見上帝是獎賞給善人的永恆之福。」（斯卡爾塔齊—萬戴里的注釋）

35 「沉溺於其中的愛」：指愛塵世的種種物質享受太過，而犯了貪財、貪食或貪色罪。「在我們上方那三層受懲罰」：指這三種罪分別在第五、第六、第七層平臺受懲罰。但維吉爾刻意不說明是哪三種罪，要讓但丁自己去思索。

第十八章

我學識高深的教師已結束他的論述，正看進我的眼睛，看我是否露出滿足的神情；而我，受到一種新的焦渴求知欲刺激，外表看似沉默，內心卻暗想：「或許我發問太多會讓他厭煩。」但是，那位真實的父親[1]看出了我因膽怯而未敢表達的願望，他先說了話，讓我鼓起了開口的勇氣。因此，我說：「老師，在你光芒的照耀下[2]，我心智的視力因而增強，讓我得以清楚理解你在論述中區分或剖析的一切。因此，親愛且和藹的父親啊，請求你為我闡明你歸結為一切善行及其反面的種子的那種愛[3]。」

他說：「將你心智銳利的眼睛對著我，便會明白那些自詡為嚮導的盲人的錯誤[4]。天生具有愛之傾向的心靈，一受到任何可愛事物推動，將傾向化為行動，便會嚮往那一事物[5]。你們的感知從實際存在的事物攝取形象，將之展現心中，進而使得心靈轉向了它[6]；倘若轉向後便傾向於它，那麼此種傾向即是愛；那是自然的愛，它透過可愛的事物開始在你們心中生根[7]。而後，火由於其形式具有向它在其自身的物質中持續更久之處上升的傾向而向上升起，被俘虜的心靈也就嚮往起來；這是一種精神運動，它永不平息，除非被愛的事物令它喜悅[8]。現在你能清楚看出，對於那些堅持任何愛本身皆可稱讚的事為真理的人而言，真理隱伏得多麼深了；他們堅持如此說法，或許是因為愛的材料看來總是好的；然而，蠟縱然是好的，印記卻未必皆如此[9]。」

我回他說：「你的話語和讓我領略你所言的智力，讓我明白了愛的性質。但這又令我更加滿腹疑團了；因為，倘若愛是由外界提供，而且靈魂也不用別的腳走路，那麼它走對或走錯，就不是它的功罪了[10]。」他對我說：「我能為你說明的，僅限於理性對這個問題所見；在這限度之外的，就待貝雅特麗齊說明吧，因為那是信仰的事[11]。所有與物質區分、又與之結合的實體形式，本身都蘊含一種獨特能力，如此能力在未產生作用時是感覺不到的，而且它只能透過效果顯現，一如植物的生命透過綠葉顯現[12]。因此，人不知道自己對最初的原理和最初的可企求對象的愛從何而來，這二者存在於你們心中，正如同蜜蜂具有釀蜜本能；這最初的欲望本身是無可讚揚或責難的[13]。可是，為了讓所有其他欲望都符合這種欲望，你們心中便具有那種天賦的忠告能力，它應看守允諾的門檻[14]。根據它，去接受、篩選良善及邪惡的愛，以決定你們應受讚揚或責備，道理就在於此[15]。那些推理徹底的人認識了這種天賦的自由，進而為世人留下了倫理學說[16]。由此可見，假定你們心中燃起的愛皆是必然發生的，那麼，抑制它的權力依然在於你們[17]。貝雅特麗齊稱這個高貴的能力為「自由意志」。因此，若是她對你談及，你可要記得這一點[18]。」

這時天色已晚，幾近半夜，月亮的形狀像個依然閃閃發光的大桶那般，讓星辰顯得稀疏[19]；它逆著諸天運轉的方向在那條軌道上運行，已走到羅馬居民看見太陽在薩丁尼亞人和科西嘉人之間沒時所照之處[20]。那位讓庇埃托拉名聲高過曼圖阿地區任何地方的高貴靈魂，已卸下我加在他身上的重負[21]；因此，接受了他對我提問明確而淺顯的論述後，我就一直像是在昏昏欲睡中想入非非的人。然而這昏沉狀態突遭一群在背後朝我們奔來的人打破[22]。正如古代每逢底比斯人有求於巴克斯時，伊斯美努斯河和阿索浦

然而這昏沉狀態突遭一群在背後朝我們奔來的人打破。

斯河入夜就會見到沿岸人群瘋狂擁擠而至，就我所見到的，那些被良好的意志和正當的愛驅策的人，正繞著那層平臺快步騰躍而來，就像那個樣子[23]。他們霎時就來到我們跟前，因為那一大群人統統朝前跑著；前面的兩個哭喊道：「瑪利亞急忙跑進山地」和「凱撒為征服伊萊爾達，打擊了馬賽，隨後跑到西班牙[24]。」其他人緊跟著喊道：「趕快，趕快，以免因缺乏愛而失去時間，以便透過熱心為善，讓神恩重新降臨[25]。」「啊，眾靈魂哪，你們此時心中強烈的熱情或許正在彌補你們因熱情不足而在行善上的疏忽和延誤[26]，此人是活人，我當然沒對你們說謊[27]，只要太陽再現，照射我們，他就要往上走。因此，告訴我們，要到豁口該往哪邊走才近。」這些是我的嚮導所言；那群靈魂當中有一人說：「你跟著我們，就能找到那豁口。我們一意持續前進，這使得我們無法停下。因此，你若是將我們受懲的行動視為粗野無禮，還請原諒。我生前是維洛納聖澤諾修道院的院長，在英勇的紅鬍子統治下，米蘭人如今談到他，依然痛心[28]。一個此時一腳已在墓穴裡的人，不久後就要因那修道院而受苦，就要為自己有權而悲傷；因為他將他那身殘心更壞、又是私生的兒子放在那裡替代合法的牧師[29]。」我不知道他是否又說了什麼，抑或已沉默，因為他已經跑得離我們那麼遠；但我聽到了這些話，願意記在心中[30]。

每當我有需要時皆援助我的那人[31]說：「你轉向這裡[32]；看當中兩個譴責怠惰的人[33]來了。」他們倆正在眾人後面說：「海水為他們分開的那些人，在約旦河尚未見到它的繼承者之前就死了[34]；」和「那些未與安奇塞斯之子忍受艱苦至終的人，沉溺於毫無光榮的生活[35]。」

之後，當那些靈魂和我們已相距甚遠，再也望不見他們時，新的念頭浮現我心中，從中又生出眾多不同的念頭；我就這樣悠悠蕩蕩、從一個念頭轉至另一個，因浮想聯翩而闔上了眼睛，讓遐想變成了夢。

1　「那位真實的父親」：「真實的」原文是verace，這裡為什麼用這個詞來形容維吉爾？彼埃特羅波諾的注釋說：「為人師者若是不對學生懷有為人父者般的感情，是配不上這個名義和職位的。維吉爾對但丁之所以是教導功效最高的老師，是因為他的感情比父親還深厚。」

2　「在你光芒的照耀下」：指維吉爾學識的光芒。

3　「一切善行及其反面的種子」：意即所有善行及惡行的種子。維吉爾已斷言，愛是「所有美德和一切應受懲罰之舉的種子」（見第十七章）；但丁現在希望維吉爾能說有關這種論斷的道理，以證實這種說法。

4　大意是：將你銳利的悟性指向我要說的道理，你就會明白，以他人導師自居的那些思想上的盲人（指那些「肯定任何一種愛本身都是可稱讚的事」的人）的錯誤。

牟米利亞諾的注釋說：「注意『盲人』和『嚮導』間尖銳的對照。詩句簡明地反映《新約．馬太福音》中的話：『若是瞎子領瞎子，兩個人都要掉在坑裡』（第十五章第十四節）。」

5　「天生具有愛之傾向的心靈」：指人的理性靈魂（見《地獄篇》第二十七章注16）。根據經院哲學的學說，這種靈魂是由上帝創造，並灌入發育完全的胎兒體中。上帝充滿愛，所以人的理性靈魂天生就具有愛的傾向。詩句大意是：人的心靈天生就具有愛的傾向或潛能，一受到可愛事物（包括人）的吸引，傾向或潛能便會化為行動，因而對那事物或人產生嚮往。這三句詩概括地說明愛發生和發展的過程，後面的詩句分別說明這一過程的各個階段。

6　「感知」原文是apprensiva，包括感官（senso）和心智（intelletto）。「形象」原文是intenzione，源於經院哲學用語intentio。詩句大意是：人透過感官和心智，得到某一客觀存在之事物的形象，並透過想像將之展現於心靈當中，使得心靈貫注在那上面。這是愛的第一階段。

7　詩句大意是：如果心靈貫注在那上面，對它作出判斷，認為它美好，因而受其吸引，傾向它，那麼這種傾向就是愛。這是愛的第二階段。這愛是「自然的愛」，因為它是一種自然傾向或潛能的結果，而這種傾向或潛能因為可愛事物之美而變成現實，在心靈中生根。

8　詩句大意是：然後，被愛俘虜的心靈便開始對那可愛的事物產生嚮往，就如同火會因為其本質促使它返回火焰界，因而向上升起。心靈對所愛對象的嚮往是一種精神運動，和火朝火焰界上升的純粹物質運動同樣自然，而這種精神運動絕不會平息，除非心靈能享受到所愛的事物，也就是與之結合，將之占有，正如《筵席》第三篇第二章中所說，「愛就是靈魂與被愛事物的精神結合。」這是愛的第三階段，也是最後階段。

「火由於其形式具有向它在其自身的物質中持續更久之處上升的傾向而向上升起」：「形式」（forma）是經院哲學名詞，指「事物的本質」。某一事物之所以是某一事物，而非別的事物，是由其形式（本質）決定的。因此火的形式就是指火的本質。古人相信在地球和月天之間有火焰界（sfera del fuoco），它就在大氣層之上、月天之下，距離月球很近；而火焰之所以向上升，正是因為火的本質促使它與火焰界重新結合。《筵席》第三篇第三章中說：「每一事物都有其特殊的愛。正如簡單的物體本身具有天生對自己地區的愛，火具有對上方那沿著月天的圓圈（指火焰界）的愛，因此它總升向那裡。」詩中所說的「它在其自身的物質中持續最久之處」即火焰界。「物質」（matera）這裡是指「要素」（elemento）。火是古希臘哲學家所說的四要素之一，它在火焰界是「在其自身的物質中」，可謂適得其所，因而比在地球上持久，不易熄滅。

9 「那些堅持任何愛本身皆可稱讚的事為真理的人」：即前面所說的「那些自詡為嚮導的盲人」。薩佩紐認為是指伊比鳩魯學派信徒；波斯科認為，是指包括但丁自己在內的「溫柔的新體詩派」抒情詩人。「愛的材料」，材料（matera）是亞里斯多德哲學用語，指愛的自然傾向，也就是愛的潛在能力。

詩句大意是：那些人因為愛是人心靈的自然傾向，就認為它永遠是好的，殊不知它的潛能雖是好的，但一從潛能變成現實，成為某種特殊的愛，就會嚮往虛偽的美，於是成為應受譴責的事；正如同蓋印章用的蠟雖然質量好，但蓋上的印記未必各個都清晰真切（歐洲古時會將刻有文字、數字或紋章的石質或金屬印章蓋在溶蠟或火漆上，以證實文件有效或作為封印）。牟米利亞諾指出：「這個形象化的比喻講得很清楚：「蠟」就是愛的自然傾向（它本身總是好的），「印記」是愛或此或彼的特殊行為，是對這個或那個對象的嚮往或追求（對象可能是好的，也可能是壞的）。」在這些詩句中，但丁藉著維吉爾之口，既批判了溫柔新體詩派其他詩人對於愛的觀點，也糾正自己年輕時的錯誤。

10 「倘若愛是由外界提供」：意即如果愛是由外界的可愛事物在我們心靈引起的。「而且靈魂也不用別的腳走路」：意即如果心靈只能依照愛的自然衝動去做。以腳走路為比喻比擬心靈的動向，見於《舊約．詩篇》第七十三篇亞薩的詩中：「上帝實在恩待以色列那些清心的人。至於我，我的腳幾乎失閃，我的腳險些滑跌。」詩句大意是：如果我們心靈中的愛是因為受外界可愛的事物吸引而產生，如果心靈在這種吸引力的制約下必然愛那一事物，那麼，我們對這種愛的是非、善惡可就不負道德責任了。

11 在《神曲》中，維吉爾象徵「理性」和「哲學」，貝雅特麗齊則象徵「信仰」和「神學」。維吉爾對於但丁提出的疑難問題，只能就理性能力所及，以哲學推演方式解答。而超越理性所能認知的限度就是信仰的事，屬於神學領域，因此必須由貝雅特麗齊闡明。

12 「實體形式」（forma sostanzial）是經院哲學名詞。所謂「實體」，就是作為個體實際存在的事物。「實體形式」：指決定某一實體為某一實體的那個因素，這在人就是他的理性靈魂（在其他動物就是其感性靈魂）。「與物質區分、又與之結合」：指人的靈魂與肉體有所區別，但又與肉體結合成新的統一體（這一點讓人與天使不同，天使是純粹精神而無物質肉體的）。

「獨特的能力」：指某一種類的存在物特有的能力。人類具有的獨特能力，是其心靈中存有潛在的認識能力和潛在的愛。這種能力只有在它發生作用、也就是從潛能變為現實時，才會被心靈感知，只有透過它產生的效果才得以顯現；就像植物的「生命」人眼看不見，只有透過它生出的綠葉才顯示出來。

13 「最初的原理」：指作為所有推理、論證的基礎和出發點的公理（assiomi）、範疇（categorie）、邏輯形式（forme logiche）等。

「最初的可企求對象」：指真、善、美、福等。因為人類具備的這種獨特能力，只有在作用時才會被感知，只有透過其效果才得以顯現，所以我們不知道自己對最初原理的認識，以及對最初可企求的對象的愛來自何處。這種潛在的認識能力和潛在的愛存在於人心當中，就如同蜜蜂天生就有釀蜜的本能。

「這最初的欲望本身是無可讚揚或責難的」：「這最初的欲望」，指「對最初可企求的對象的愛」；它「本身是無可讚揚或責備的」，由於它是天生的，就如同本能，「本身既無功，也無過；因為那位哲學家（指亞里斯多德）說，其最初的運動不在我們的支配下。」（布蒂的注釋）

14 「為了讓所有其他欲望都符合這種欲望」：意即和這種欲望合拍，協調一致，指向「最初的可企求的對象」，如真、善、美。

「天賦的忠告能力」：指理性。「看守允諾的門檻」：詩人將「理性」擬人化，比作一名警惕心很高的門衛，只允許正當的欲望進來，將邪惡欲望拒於門外。這個隱喻「是形象化的，有些離奇，但相當傳神」。（斯卡爾塔齊—萬戴里的注釋）詩句大意是：為了讓人的所有其他欲望全都和他對最初的可企求的對象的愛一樣，指向真、善、美，上帝將理性賦予人，讓人藉以辨別善惡，明確哪些欲望是正當的，哪些則不然。

15 意謂人之所以該對自己的行為負道德責任，就是因為生來具有理性，能明辨是非，抉擇善惡。

16 「那些推理徹底的人」：泛指古代哲學家，尤其是指亞里斯多德。他們運用理性，深入探究了人的心靈、尤其是道德責任問題。「認識了這種天賦的自由」：結果，認識到人有天賦的自由意志。「進而為世人留下倫理學說」：以自由意志為基礎和出發點，創立了倫理學說，流傳後世，以其中的道德準則指導世人的行為。因為人若沒有自由意志，便是欲望的奴隸，對個人的行為不負道德責任，任何倫理學說也就無從創立了。

17 意即由此可見，即使人心中燃起的愛都是必然發生的，人還是有能力依據理性的忠告去接受或拒絕。波斯科指出，但丁在這裡藉著維吉爾之口，徹底否定圭多．卡瓦爾堪提等詩人對「愛的必然性」的相關說法，這種說法影響頗為深遠。弗蘭齊斯嘉在地獄中對但丁敘說她和保羅相愛的經過時，就強調了愛的必然性。她說：「在高貴的心中迅速燃起的愛，使他熱戀上我被奪去的美麗身軀；被奪的方式至今仍然使我受害。不容許被愛者不還報的愛，令我強烈迷戀他的美貌……」他們倆正是因為無法以理性克制情欲，才犯了邪淫罪，結果一同被殺，靈魂墮入地獄。

18 貝雅特麗齊將在月天中對但丁談到自由意志，稱自由意志是上帝對天使和人類「最大的恩賜」（見《天國篇》第五章）。

19 「月亮的形狀像個依然閃閃發光的大桶」：「大桶」（secchione）在這裡是指一種深底圓銅鍋（paiolo）。望月後第五天夜晚的月亮是下弦月，詩人將它比做閃閃發光的深底圓銅鍋，非常貼切。

20 「逆著諸天運轉的方向」：指月亮周月運轉（corso mensile）的方向（即繞地球公轉的方向）與諸天運轉的方向相反；前者是由西向東，後者是由東向西（月亮周日運轉〔corso diurno〕即自轉的方向，則與諸天運轉的方向相同）。

「在那條軌道上運行」：指在黃道帶內運行。

「已走到羅馬居民看見太陽在薩丁尼亞人和科西嘉人之間沒時所照之處」：「薩丁尼亞人和科西嘉人」，指薩丁島和科西嘉島，兩島之間是博尼法喬海峽，距離羅馬將近三百公里，羅馬人實際上是望不見兩島和海峽的，這裡是就羅馬的緯度來說，海峽在西南方或西南偏西方，太陽在這個方位沒時，是將近十一月底，這個時節太陽在人馬宮（即其「所照之處」）。但丁是一三〇〇年四月八日望月夜晚開始地獄之行，那時月亮在天秤宮（因為太陽在白羊宮，月亮和它遙遙相對）。月亮每天走十三度，五天後，就在黃道帶上更東六十五度處，也就是在人馬宮了。詩句的大意是：那天夜裡月亮位於太陽十一月間所在的地方。

21 「庇埃托勒」：見《地獄篇》第一章注20，在曼圖阿附近，古名安德斯，維吉爾即生於此地。「高貴的靈魂」：指維吉爾，由於庇埃托拉是他的出生地，因而比曼圖阿地區其他地方名聲都高。

22 「一群在背後朝我們奔來的人」：我們從第十七章中知道，但丁和維吉爾已經登上通向第四層平臺的石梯最高一階，他們知道天未亮之前是不能前進的，因此我們能想像他們就坐在平臺邊上，背對懸崖峭壁，俯瞰山坡和大海，或是仰觀天上星辰。詩中說一群靈魂「在背後朝我們奔來」就意味但丁和維吉爾背對著那群靈魂在上面跑步的平臺。這群蜂擁而來的是犯怠惰罪者的靈魂，他們懷著極大的熱情，在這層平臺上不分晝夜環山奔跑，以消除自己的生前罪孽。這群靈魂引起了但丁的好奇，讓他從昏昏欲睡的狀態中清醒過來。

23 「巴克斯」（Bacchus）是羅馬神話中的酒神，相當於希臘神話中的狄奧尼索斯（Dionysus）。相傳他生於底比斯，因此底比斯人奉他為守護神，每逢酒神節都舉行狂熱的祭禮，向他祈求保佑和幫助。

「伊斯美努斯河（Ismenus）和阿索浦斯河」是希臘中部波伊歐提亞（Boeotia）地區的兩條小河，前者從底比斯城中流過，後者則從城外近郊流過。古時底比斯人在酒神節舉行祭禮之夜，會沿著河岸蜂擁狂奔。但丁用這個情景比擬那天夜裡那群犯怠惰罪者的靈魂蜂擁奔向他們的場面。值得注意的是：他將伊斯美努斯河和阿索浦斯河擬人化，設想這兩條河看到了如此情景，使得人群蜂擁狂奔的畫面躍然紙上。但丁使用這個比喻，顯然是受斯塔提烏斯的啟發，後者在《底比斯戰紀》第九卷中讓伊斯美努斯河說話，稱阿索浦斯河為 frater Asopus（阿索浦斯兄弟）。

「良好的意志和正當的愛」：這兩種美德是怠惰罪的反面，正因為如此，這群靈魂必須受這兩種美德驅策，在平臺上晝夜環山飛跑贖罪。薩佩紐指出，他們所受的懲罰讓人想起地獄外圍那些生前無所作為者的靈魂所受的懲罰，顯然是根據「一報還一報」的原則。

「就我所見到的」：意謂由於夜間看不清楚，所以就我能看出來的……

「快步騰躍」：原文是 suo passo falca。動詞 falcare 含義是「使……成鐮刀狀」。現代注釋家理解為：那一群靈魂跑動的姿勢，好像馬奔馳時呈現的鐮刀形躍姿，即先用力彎曲後腿，然後抬起前腿，全身向前衝的姿勢。

24 「瑪利亞急忙跑進山地」：這是體現勤快美德的第一個範例，源於《聖經》中聖母瑪利亞的事蹟。天使告訴瑪利亞，她要懷孕生耶穌，她的親戚年老的以利沙伯也懷了男胎。為了在以利沙伯分娩時幫助她，「瑪利亞起身，急忙往山地裡去，來到猶大的一座城，進了撒迦利亞的家，問以利沙伯安。」（見《新約．路加福音》第一章）

「凱撒為征服伊萊爾達，打擊了馬賽，隨後跑到西班牙」：這是體現勤快美德的第二個範例。這個範例源於古羅馬史中的凱撒事蹟。凱撒在揮軍攻打西班牙的伊萊爾達（即今 Lerida）城的路上，先是包圍馬賽，分兵給布魯圖斯圍困此城，然後親自揮師西進，迅速擊潰龐培委任的代理長官的部隊，占領了伊萊爾達。注釋家認為，但丁選擇這個範例是受到盧卡努斯的啟發；後者在敘述此事時，強調了凱撒進軍迅速，猶如閃電（見《法爾薩利亞》卷三）。

波雷納指出，這兩個範例體現的勤快熱心之美德，似乎是物質性質、而非精神性質的。其實，瑪利亞甘願遵從天使傳達的神意，和她急忙去探望以利沙伯，都是基督降生贖救世人的階段；在但丁看來，凱撒在其進行的戰爭中是神的意志的工具，這場戰爭奠定了羅馬帝國建立的基礎。所以這兩個範例也體現了對造福人類最崇高的精神事業的勤快美德。

25 跟在後面的大隊靈魂緊接著就一同吶喊，互相鼓勵，要求大家趕快跑，不要怠惰，耽誤時間，要努力經受磨練，爭取重獲上帝的恩澤。

「缺乏愛」：指愛善不足，犯怠惰罪。「熱心為善」：這裡指勤奮履行贖罪的義務。

26 維吉爾這句話暗示這些靈魂正在彌補的是怠惰罪，「或許」（forse）一詞讓語氣比較委婉，不至於令人覺得武斷生硬。

27 維吉爾用「我當然沒對你們說謊」這句話強調說明但丁是活人，但那群靈魂只顧向前奔跑，沒有像其他層的靈魂那樣表示驚異。

28 「你跟著我們，就能找到那豁口」：維吉爾向這些靈魂問路時說：「請你們告訴我們，……」；這個靈魂在答話中則一律用「你」，表明他只對維吉爾說，根本沒有理會但丁在場。

「我生前是維洛納聖澤諾修道院院長，在英勇的紅鬍子統治下」：聖澤諾（San Zeno）是公元四世紀時維洛納主教。著名的聖澤諾教堂和修道院就位在維洛納舊城外不遠處。至於綽號紅鬍子（Barbarossa）的神聖羅馬皇帝腓特烈一世在位時（1152-1190），這間聖澤諾修道院的院長究竟是何人，早期注釋家一無所知。現代注釋家考證出當時這個修道院的院長是蓋拉爾多（Gherardo）二世，死於一一八七年，生平事蹟不詳，英國沃農勛爵（Lord Vernon）編輯出版的注釋說：他是「生活聖潔的人；但他有這種懶惰的毛病，正如修士們由於肥胖，大都有這種毛病一樣。」但這裡所說的懶惰純粹是物質性的，與愛善不足的怠惰罪有本質上的區別。雷吉奧認為，或許在維洛納人傳說有一位犯了怠惰罪的著名修道院院長，但丁居留那裡居留時聽到這個傳說，將之收集下來作為資料。

「米蘭人如今談到他，依然痛心」：腓特烈一世憤恨米蘭拒不服從皇帝的權力，以重兵圍攻此城，一一六二年城破之後，下令徹底摧毀米蘭，米蘭人至今對此暴行仍然記憶猶新。

29 「一個此時一腳已在墓穴裡的人」：指維洛納封建主阿爾伯爾托・德拉・斯卡拉（Alberto della Scala）。他逝於一三〇一年九月十日，因此詩中說他「此時一腳已在墓穴裡」。他死後，三個兒子：巴爾托羅美奧（Bartolomeo）、阿爾伯伊諾（Alboino）、堪格蘭德（Cangrande）相繼掌權。但丁在流放中曾先後到巴爾托羅美奧和堪格蘭德的宮廷中作客，受到優厚禮遇。

「不久後就要因那修道院而受苦，就要為自己有權而悲傷」：意謂他死後就要因為對聖澤諾修道院造成損害而在地獄或煉獄受苦，就要悔恨生前濫用權力，將自己的私生子約瑟佩塞給這個修道院當院長。約瑟佩從一二九二至一三一三年擔任此職。但丁初次去維洛納，在巴爾托羅美奧・德拉・斯卡拉的宮廷作客時（據佩特洛齊考證，在一三〇三年五、六月至一三〇四年三月底之間），大概得知此人的事。

「身殘心更壞、又是私生的兒子」：指約瑟佩。拉納在注釋中說：「他不配擔任這麼高階的教士職位。首先，他體格上是跛子；其次，他的靈魂和肉體一樣有毛病；第三，他是私生子。」本維努托在注釋中說：「此人卑鄙，如一隻貪婪的狼，一個凶暴的人，夜間帶著武裝的夥伴在城外郊區遊蕩，造成破壞，另此地充滿娼妓。」

「替代合法的牧師」：根據教會規定，私生子不得擔任教士職位。約瑟佩是私生子，而且身有殘疾，道德敗壞。阿爾伯爾托濫用權力，強行任命他任著名的聖澤諾修道院院長，將合法的適當人選排斥在外。但丁雖然在遭流放過程中受到他兩個兒子的禮遇，卻還是藉著這個犯怠惰罪的修道院院長之口，揭發阿爾伯爾托的罪行，足見但丁對待歷史和當代人物的善惡是非問題相當鐵面無私。

30 犯怠惰罪者的靈魂們沒有站定說話，而是邊跑邊說：因此但丁不知道那個修道院院長是沉默了，還是又說了什麼，因為已經相距很遠，聽不見了。他願意將已聽得的記在心中，因為這些話「重新向他證實了倫巴底人馬可對他闡明的真理：政教兩種權力混淆是各種災難的來源。」（彼埃特羅波諾的注釋）他在這裡用這些話告誡世俗政權切勿干涉教會事務。

31 指維吉爾。

32 「你轉向這裡」：就是說你轉向我（維吉爾）。如果維吉爾和但丁一直背山面海、坐在石梯最後一階或平臺地面上，他們看著那群靈魂跑過去，聽著那個修道院院長說那些話時，必然已經轉過身來面山背海了。當初他們背山面海坐著時，維吉爾顯然是在但丁右邊，因為他現在要但丁看的兩個跑在最後面的靈魂是從他那邊來的（所有靈魂都是逆時針方向、從右向左環山奔跑）。現在，他們既然已經轉過身來面向著山，維吉爾當然就在但丁右邊。他要但丁注視那兩個跑在最後面的靈魂時，但丁正目送那個修道院院長繼續朝前跑，所以但丁若要遵命去看，就必須轉向維吉爾。

33 「看當中兩個譴責怠惰的人來了」：指跑在那群靈魂最後面的兩個人，他們高聲喊出兩個因怠惰罪受懲罰的事例，正如跑在最前面的兩個人高聲喊出兩個體現勤快美德的範例，都是為了讓大家時時警惕自己，進行反省。

34 「海水為他們分開的那些人」：指以色列人。以色列人在逃出埃及時，法老率領大軍追襲，上帝讓紅海的水分開，讓以色列人平安渡過，逃脫危難（見《舊約．出埃及記》第十五章）。

「在約旦河尚未見到它的繼承者之前就死了」：「約旦河」這裡泛指巴勒斯坦地區，這是《聖經》中上帝賜給以色列人定居的地方，因此詩中用「它的繼承者」指以色列人。

詩句大意是：以色列人過了紅海之後，害怕路途艱苦，多有怨言，不肯再跟隨摩西前進，因而受到上帝懲罰，在未達到巴勒斯坦之前，除了迦勒和約書亞二人以外，全數死於曠野（事見《舊約．民數記》第十四章、《舊約．申命記》第一章）。這第一個因怠惰罪受懲罰的例子源於《聖經》。如同上述伊斯美努斯河和阿索浦斯河，約旦河在這裡也被擬人化了。

35 指特洛伊人跟隨埃涅阿斯到了西西里之後，當中有些人貪圖安逸，寧可定居城市，不願再和埃涅阿斯一起忍受海上的艱險，前往神意指定的國土義大利，「這些都是沒有成就大事業思想的人」，「沉溺於毫無光榮的生活。」這第二個因怠惰罪受懲的例子源於史詩《埃涅阿斯紀》卷五。

第十九章

在白晝的熱被地球、有時被土星的冷氣戰勝，再無法溫暖月亮寒光的時辰[1]——當土占者見其「大吉」之象於黎明前由對它而言暫時還昏暗的道路升自東方之際[2]——一個口吃、斜眼、瘸腿、手殘缺、臉蒼白的女人出現在我夢中[3]。我凝視她；如同太陽令夜間凍僵的肢體活動起來，我的目光使得她的舌頭變得靈敏，隨後，她突然全身挺直，而且如同愛所要求的那樣，那蒼白的臉也有了血色[4]。在說話的障礙這麼消除後，她唱起歌來，唱得我即使不想再去注意也難[5]。她唱道，「我是甜蜜的塞壬，令水手在汪洋中著迷；我的聲音如此悅耳！我用我的歌迷住尤利西斯，讓他不再漂泊遠航；習慣與我同在的人，罕會離開；我令他那般心滿意足[6]！」

她的嘴還沒閉上，一位殷勤的聖女就出現在我身旁，令她狼狽不堪[7]。「維吉爾呀，維吉爾，這是誰[8]？」她語氣嚴厲；於是維吉爾走了過來，一直注視著這位聖女。他抓住那女人，撕破她的衣物，露出前身，讓我看她的肚腹[9]；它放出的臭氣驚醒了我。我四顧張望，和善的老師說：「我喚你至少三聲了！起身吧，來，我們去找你能進去的豎口。」

我站起身，只見這座聖山各層平臺都已布滿高高升起的太陽光輝，我們背對著初升的太陽前行[10]。我在後面跟著他，垂首如同陷入沉思之人，身子彎得猶如拱橋的半個拱券[11]，忽然聽到：「你們來吧；

「你怎麼了，眼睛總是看著地面？」

這裡就是罊口。」那語調如此溫柔和藹，塵世間是聽不到的。對我們這麼說話者張開天鵝般的羽翼，指點我們從硬岩構成的兩道牆間往上攀登，接著擺動翎毛搧我們，斷言：「*Qui lugent*」有福了，因為他們的靈魂將得安慰[12]。

「你怎麼了，眼睛總是看著地面[13]？」我們倆登上較那天使所在稍高之處時，我的嚮導這麼對我說。我說：「新的幻夢讓我心懷如此疑懼走著，它吸住我，讓我無法不去想[14]。」他說：「你看見那個古老的女巫了。正因為她，如今世人才在上邊那些平臺哭泣；你也看見如何擺脫她了。對你而言這就夠了。你就加快腳步吧[15]；將眼睛轉向永恆的國王透過讓諸天旋轉所展示的誘餌吧[16]。」如同獵鷹先看看自己的腳，隨後應獵人呼喚掉轉目光，因為想得到食物，而將身子伸向獵物吸引牠的方向，當時，我就變得如同獵鷹那樣[17]；我心懷急切，走完裂岩讓人能夠攀登的那段路，直至開始環行的地方。當我走出來到達第五層平臺時，只見那上面哭泣的人全都趴伏在地[18]。「*Adhaesit pavimento anima mea*[19]，」我聽到他們這麼說，同時發出至為深沉的嘆息，深沉到幾乎聽不出那些話。「上帝的選民哪，正義和希望皆減輕了你們的痛苦[20]，指點我們攀向高處的路吧。」那位詩人如此請求。「如果你們來到這裡不必趴伏在地，而是要儘快找到路，那麼就讓你們的右手一直向著外邊吧[21]。」我們前面不遠處就有聲音這麼回答；我因而從這說話聲中發現了隱藏的那另一部分，於是轉眼對著我主人的眼睛。一見我這麼做，他遞出喜悅的眼色，表示同意我流露渴望的目光所請求的事[22]。

當我能依我的意願自由去做時，我走近那說話聲已引起我注意的靈魂。「靈魂哪，你的哭泣使那果實成熟，沒有這果實，就無法返回上帝那裡。請為我暫停一下你更關切的事吧[23]。告訴我，你是誰，你們為什麼將背部朝上，你是否需要我在人間為你求得什麼。我是活著從那裡來的。」他說：「為何上天令我們臀部對著它，你這就會知道；*scias quod ego fui successor Petri*[24]。希埃斯特里和契亞維里之間有一條美麗的河奔流而下，我家族的封號正以此河之名為頂峰[25]。我在一個多月內就體驗到那件大法衣對讓它不受泥污者而言有多麼沉重，其他重負相形之下全都輕如鴻毛[26]。唉！我思想轉變得晚了；但是當我被選為羅馬的牧人時，我發現了人生的虛妄；我看到心在那裡是不能平靜的，而且在彼生無法再高升，我心中因而燃起對於此生的愛。截至那時，我一直是個不幸的靈魂，遠離上帝，完全受貪婪支配[27]。現在，如你所見，我因而在此地受懲罰。貪婪的後果就顯示在悔悟的靈魂贖罪的方式當中；這座山再無更苦的刑罰[28]。正如我們生前兩眼只關注塵世事物，從不抬望高處，同樣的，正義就令雙眼下沉到地[29]。正如貪婪熄滅了我們對於一切善的愛，使得我們無所作為，同樣的，正義就令我們遭受拘捕，手腳被捆縛，身軀趴伏緊貼在地；公正的主要讓我們絲毫不動、直挺挺在此地趴伏多久，我們就要趴伏多久。」

我已經跪下，想要開口；然而，當我一動作，他只憑聽覺就覺察到我對他表示恭敬的舉動，他說：「是什麼原因讓你這樣彎身？」我對他說：「因為您的尊嚴，我的良心責備我站著[30]。」「直起腿，站起來吧，兄弟，」他回說，「別弄錯了：我和你，以及其他人皆是一個權威的僕人[31]。你若是理解那神聖的福音之聲所說的 *Neque nubent*，就會明白為何我會這麼說[32]。你走吧，我不願你繼續停留，因為你的逗留妨礙我哭泣；透過哭泣，我讓你所說的那果實成熟。我在塵世有個侄女名叫阿拉嘉，她本性善良，只要我們家族不以自身榜樣使得她變壞。她是我留在塵世的唯一親人[33]。」

他說：「是什麼原因讓你這樣彎身？」
我對他說：「因為您的尊嚴，我的良心責備我站著。」

1 意思是在地球積累的熱量被其自身、有時則被土星放射出的寒氣抵消，因而無法再溫暖月亮寒光的時辰，也就是在黎明之前。中世紀認為土星是寒星，會放射冷氣；「有時」：指每逢它夜裡出現在地平線上時。

2 2土占（geomanzia）是一種迷信活動，土占師（geomante）在沙上隨意畫出一些點，再用線條將之連接成圖形，然後研究圖形與特定星座的形象的關係，藉此占卜吉凶禍福。詩中所說的「大吉」之象（La Fortuna Maior）是這樣的圖形：

★ ★ ★
★ ★
★ ★ ★

這圖形很像前由六顆星構成不規則四邊形，後由兩顆星構成尾巴的雙魚座。實際上，在但丁虛構的遊煉獄的春分時節，雙魚座黎明前是在東方地平線上。因此這句詩是迂迴地在指黎明前的時刻。

「暫時還昏暗的道路」：指天際，地平線的一部分。「對它而言暫時還昏暗」：即對大吉之象、也就是對和它形狀相似的雙魚星座而言，天際此刻仍昏暗。因為這時尚未日出，但不久後就會天亮。

3 但丁在遊煉獄的歷程中做過三次夢：第一次是在從外圍進入煉獄本部時，也就是在悔罪開始時；第二次是在現在進入煉獄最後一部分時，這裡要消除的是人最容易犯的貪戀虛妄的塵世之福的罪，包括貪財、貪食、貪色；第三次是在淨罪過程終結、要進入山頂上的地上樂園時。這三次做夢的時間點都在黎明之前，因為中世紀的人相信，凌晨的夢最為靈驗，能預示未來。

這個在注視者眼中變得妖嬌迷人的奇醜女人，象徵的是塵世間種種虛妄之福，這些福引人過度迷戀，讓人無心去愛至善，因而陷入種種如貪財、貪食、貪色的無節制罪。

4 意即但丁凝視的目光使得她原本蒼白的臉開始白裡透紅。女性必須有這樣的臉色，才能引起愛情。

5 但丁的凝視使得她非但不再口吃，甚至還唱出迷人的歌，而但丁越聽越入神，欲罷不能，象徵人一旦熱中塵世虛妄的福，便會沉溺其中，無法自拔。

6 「塞壬」（sirena）：據古代神話，塞壬是一種海仙，上身是美女，下身則是鳥，見荷馬史詩《奧德修紀》卷十二。在中世紀，她的形象則被描寫成腰上為美女，下身為海怪。關於這種怪物的數目和棲地，古代神話中說法不一，後來確定總共有三、四個，都在義大利半島和西西里島之間的墨西拿海峽附近。塞壬的特點是會以甜蜜悅耳的歌聲迷惑海上水手，讓水手遭到毀滅。

據《奧德賽》卷十二中的敘述，尤利西斯遵照女神喀爾克的囑咐，預先用蜜蠟丸塞住船上夥伴的耳朵，不讓他們聽到塞壬的歌聲；他自己雖然沒有塞上，但已預先叫夥伴將他綁在船桅杆支柱上，直到通過塞壬所在處，不會再聽到歌聲時才將他鬆綁，免得他被那美妙的歌聲迷惑。但丁詩中則說，塞壬用她的歌「迷住尤利西斯，讓他不再漂泊遠航」，這與荷馬史詩中的敘述恰恰相反。

「習慣與我同在的人，罕會離開」：這寓意顯然是說世人一旦沉溺於塵世虛妄的福，便難以自拔。

7　詩中沒有說明這位聖女是誰。有的認為她象徵真理，有的認為象徵理性，有的認為她象徵哲學，有的認為她象徵仁愛，有的認為她象徵節制，有的認為她象徵上帝的恩澤，這些都無定論。

8　這顯然不是真正的問話，而是在責備維吉爾的疏忽，竟然讓但丁受到塞壬迷惑。

9　寓意是：維吉爾作為理性的象徵，對但丁徹底揭露塵世虛妄之福的本質，令他醒悟。

10　但丁和維吉爾在煉獄山的北側，現在正向西走，因此背對著初升的太陽。

11　「如果我們記得中世紀拱橋的橋洞一般都是尖拱，這個比喻就會更顯貼切。」（斯卡爾塔齊—萬戴里的注釋）

12　對兩位詩人說話者是殷勤天使，他指點他們沿岩石構成的夾道間石階拾級而上，前往第五層平臺，隨即搧動翅膀，除去但丁額頭上的第四個P字，同時唱道，「*Qui lugent*」有福了，因為他們的靈魂將獲得安慰。他唱的是《新約．馬太福音》第五章耶穌登山訓眾論福的話。這段《聖經》的譯文是：「哀慟的人有福了，因為他們必得安慰。」這句話對犯怠惰罪者具有教育意義，因為這些人生前「由於意志薄弱，缺乏迎戰痛苦和為靈魂之福而忍受和哭泣的力量」（托拉卡的注釋）。

13　維吉爾知道但丁內心的思想，當然知道他走路時為何總是看著地面；他之所以明知故問，是為了勉勵但丁自己說出原因。

14　但丁對剛才的夢有疑懼，因為不知那是什麼預兆；他心裡一直在想這個夢，因此走路時才那樣彎身低著頭，「如同陷入沉思之人」。

15　維吉爾向但丁解釋這個夢的意義：指出他夢見這個古老的女巫，象徵在上面三層平臺要消除的對塵世虛妄之福的貪心（貪財、貪食、貪色）。之所以稱「古老的女巫」，因為她象徵的貪心，自有人類以來就存在，亞當就是在貪心的驅使下墮落的。

「你也看見如何擺脫她了」：指在上天力量的促使下，由理性徹底揭露掩蓋在她迷人外表下的醜惡本質。

16　「永恆的國王」：指上帝。「透過讓諸天旋轉所展示的誘餌」：「誘餌」原文logoro是一種鷹獵用具，鷹獵者用來招回獵鷹（見《地獄篇》第十七章注23）。詩句意謂上帝轉動諸天，展現穹蒼和日月星辰之美，藉此召喚我們追求天國之福，就如同鷹獵者揮動誘餌招回盤旋空中的獵鷹那般。值得注意的是，上帝是從天上召喚我們向上仰望諸天（第十四章末尾有類似的召喚），鷹獵者則是從地上召喚獵鷹從空中飛下來，這二者方向相反。

17 這個比喻說明但丁在維吉爾的催促下，被自己對天國的嚮往之情驅使，加快腳步攀登上去的情況，猶如獵鷹回應鷹獵者催促牠去捕捉空中的獵物的呼喚，展翅迅速飛向天空一樣。

「先看看自己的腳」：這個細節異常真實。鷹獵者胳膊上架著獵鷹時，鷹腿會以皮帶或絲帶綁在獵人手腕上的。獵鷹在被放出去捕捉獵物前，總會先看看自己的腳是否被綁著。但丁在實際生活中觀察到獵鷹的這種習慣，一寫入詩中，就使得獵鷹臨飛前的動態躍然紙上。獵鷹在飛去捕捉獵物前，先低頭看自己的腳，這一姿態顯然是在比擬但丁當時低著頭、彎著身子、眼睛看著地面的姿態。

「隨後應獵人呼喚掉轉目光，因為想得到食物，而將身子伸向獵物吸引牠的方向」：這是獵鷹聽到獵人催促牠去捕捉獵物的呼聲，在從獵人手腕上朝空中的獵物飛去之前，先向上看，而後展翅將身子伸向獵物所在方向時的情景。如此情景和但丁聽到維吉爾催促他加快腳步向上攀登很像。

「因為想得到食物」：「食物」在此是指鷹獵者會將獵鷹捕獲的獵物分給獵鷹吃的那部分。

18 「走出來」原文是fui dischiuso，因為原先由石梯拾階而上時，就好像被兩側的岩石封閉著，現在走出了狹窄的通道，豁然開朗。在第五層平臺受苦的都是生前貪財或揮霍浪費者的靈魂。他們趴在地上，手腳被捆綁著，不能動彈，一直不住地痛哭流涕，懺悔自己的罪孽。

19 「*Adhaesit pavimento anima mea*」：這是拉丁文《聖經》《舊約·詩篇》第一百十八篇第二十五節（英文《聖經》《舊約·詩篇》第一百十九篇第25節）中的話。英文《聖經》譯文是My soul cleaveth unto the dust，中文譯文應是「我的靈魂依戀塵土」（中文《聖經》譯為「我的性命幾乎歸於塵土」，和英文《聖經》的譯文不相符合）。犯貪財罪者的靈魂深深嘆息著背誦這句詩進行懺悔，因為他們的罪孽就是對塵世的財富貪得無厭。

20 「上帝的選民」：維吉爾稱這些悔罪的靈魂為上帝的選民，因為他們消除自己的罪孽後，將升入天國，享受永生之福。「正義和希望皆減輕了你們的痛苦」：意謂你們意識到自己受懲罰是罪有應得，又心懷淨罪後必能享永生之福的希望，這二者都會讓你們覺得受苦程度有所減輕。

21 「如果你們來到這裡不必趴伏在地」：說這話的靈魂臉朝下趴在地上，看不見但丁和維吉爾，只能聽到維吉爾問路的聲音，他猜想他們必定是新來到這層平臺的靈魂，否則不會不知道石梯在哪裡，並且猜想他們應該不必留在這裡趴在地上受苦，可以繼續前進，否則就不會問向上攀登的路。

我們在這裡初次得知，進入煉獄的靈魂來到某一層平臺時，如果生前未犯必須在該層消除的罪，就可以自由地通過該層，繼續前進。

之後，我們將看到羅馬詩人斯塔提烏斯的靈魂和但丁及維吉爾結伴同行，經過最後兩層平臺，不受那裡的靈魂所受的懲罰。不過，這種自由越過某層而不受懲罰的例子大概非常罕見，才足以讓那個說話的靈魂好奇，想知道這兩個新來的靈魂是誰。當時他還不知道但丁是活人，後來才知道。

「就讓你們的右手一直向著外邊吧」：也就是說，你們走路時，右手要一直向著平臺的外沿，而不是向平臺內側的峭壁。換句話說，就是要一直逆時針方向，向右走。

22 「我因而從這說話聲中發現了隱藏的那另一部分」：注釋家對這句詩文提出了不同的解釋。早期注釋家本維努托和塞拉瓦雷（Serravalle）認為，那大意是：因為那答話就來自我們前面不遠處，我從那說話聲就知道是從那些趴著的靈魂當中何者的口中說出的（「隱藏的那另一部分」指嘴，因為他們趴在地上，臉朝下，看不見他們的嘴），也就是說，我從那說話聲辨別出說者是哪個靈魂。巴爾比也同意這種解釋。但是布蒂、蘭迪諾、托瑪塞奧認為大意是：我從那些話裡覺察到當中還有某些沒有表達出來、不明確的部分。現代注釋家托拉卡、波雷納、牟米利亞諾都同意這種解釋。至於沒有表達出來、不明確的部分具體是指什麼，各家意見又有分歧。有人認為是指這個靈魂疑心但丁還活著，有人認為指他想知道問路者的名字，有的認為指他想知道這兩個新來的人為何不必趴倒在地，有的人認為，從詩中「如果你們來到這裡不必趴在地上」這句話，就能想見「隱藏的那另一部分」指的是那個靈魂話裡含而未露的懷疑和困惑。

「轉眼對著我主人的眼睛」：但丁這個動作是為了讓維吉爾能從他眼中看出他內心想和那個靈魂交談的意願。

23 「你的哭泣使那果實成熟，沒有這果實，就無法回到上帝那裡」：大意是，你痛哭流涕進行懺悔，讓贖罪之果得以成熟，有這種成果，靈魂才能進入天國。「為我稍停一下你更關切的事」：意謂暫停悔罪的行動，和我交談。

24 「*scias quod ego fui successor Petri*」：這句拉丁文的意思是「你要知道，我曾是彼得的繼承者」，也就是說，我生前曾是一位教皇。這個靈魂以教會的官方語言向但丁說明自己的身分。他是阿德利亞諾五世（Adriano V），生於一二一〇年到一二一五年間，世俗姓名是奧托波諾·德·菲埃斯齊（Ottobono dei Fieschi），屬熱那亞的拉瓦涅（Lavagna）伯爵家族，是教皇英諾森四世的侄子。他升任樞機主教後，曾數次擔負重大的外交使命，為英諾森四世以及後續幾位教皇的政策服務。一二六五至六八年間，他擔任教廷駐英國使節，曾對英國在封建主內戰後的恢復和平作出貢獻。他曾鼓吹組織第八次十字軍東征（公元一二七二）。一二七六年七月十一日當選為教皇，尚未加冕，就於八月十八日在維泰爾博（Viterbo）去世，在位僅僅三十八天。

關於阿德利亞諾五世的貪婪，和他短暫在位期間的思想改變都沒有歷史文獻證明。有些但丁學家認為，他的貪婪並不是貪財，而是貪求權力。據波斯科考證，詩中將阿德利亞諾五世寫成是一位貪得無厭、最後才幡然悔悟的教皇，是因為但丁將他和教皇阿德利亞諾四世（一一五四至一一五九年在位）搞混了（詳見注27）。

25　希埃斯特里（Siestre）和契亞維里（Chiaveri）是利古里亞海岸東段的兩個城市。流經這兩座城市之間，注入熱那亞灣的小河名為拉瓦涅（Lavagna）。

「我家族的封號以此河之名為其頂峰」：因為這個家族原本的封號是菲埃斯科伯爵，最後升為拉瓦涅伯爵。有些注釋家將「為其頂峰」的原文 fa sua cima 理解為「來源於此河之名」。雷吉奧駁斥此說，認為伯爵封號不可能源於河名，而是源於采邑名稱才對，文獻證明這個采邑和位於河口附近的城堡均名為拉瓦涅。

26　「大法衣」：象徵教皇的職位和權威的教皇法衣。「讓它不受泥污」：意謂穿著這件教皇法衣而不弄髒，也就是廉正無私地行使教皇所有職責。

27　「我思想轉變得晚了」：「思想轉變」原文是 conversione，即皈依上帝之意。阿德利亞諾雖然在教會中歷任要職，但一直熱衷於世俗權力，遲至人生最後時刻才真心皈依上帝。

「羅馬牧人」：即羅馬教皇。「發現了人生的虛妄」：意謂認識到塵世生活無法讓人得到真正幸福。

「在彼生無法再高升」：意謂在塵世生活中再無更高的職位可升，因為教皇已是教會的最高領袖。

「燃起了對此生的愛」：意謂產生對天國永生的愛。

「截至那時」：指一直到思想轉變，皈依上帝那時為止。「完全受貪婪支配」：根據當時神學家的學說，貪婪（avarizia）是對所有塵世之福的過分貪求。注釋家大多認為，教皇阿德利亞諾五世的罪是對權力貪得無厭。波斯科指出，詩中這些阿德利亞諾五世所說的話，很類似十二世紀英國人塞理斯伯利的約翰（John of Salisbury）在《波利克拉提庫斯》一書中輯錄的教皇阿德利亞諾四世的話：「他說，彼得的椅子（指教皇的寶座）是很不舒服的；那件長袍（指教皇的法衣）完全布滿尖釘，分量如此沉重，甚至壓在最強壯的肩膀上也會將之壓壞壓垮。……他常對我說，他從隱居於修道院裡的修士逐步高升，歷任各種職位，最後當上教皇，這些升遷從未對他生前的幸福或寧靜增加絲毫。」因此，他斷定但丁在詩中將阿德利亞諾四世和五世混淆了。這個論斷已獲多數注釋家接受。

28　意謂從我們這些已悔悟的靈魂在這裡進行贖罪的方式，就能明顯看出貪婪的後果；煉獄山上贖罪的刑罰以此為最苦，因為它令人感到羞辱。

29　意謂我們生前不嚮往天國，只貪求塵世的種種權力、財富，於是神的正義就讓我們在煉獄裡將眼睛一直對著地，受一報還一報的懲罰。

30 意謂由於您生前的崇高職位，我作為基督教徒站在您旁邊感到內疚。值得注意的是：但丁對教皇阿德利亞諾五世說話時，用了尊稱「您」，但在地獄中對教皇尼古拉三世說話時，則是用「你」，因對象善惡不同而有區別對待。

31 「兄弟」：指我們都是天父的兒子，都是兄弟。「別弄錯了：我和你，以及其他人皆是一個權威的僕人」：意即在這裡別像在世上那樣對我表示敬意。那麼做可就錯了，在這裡，我和你已及所有人皆是上帝的僕人。阿德利亞諾五世對但丁說的這番話，讓人想起《新約．啟示錄》第十九章中聖約翰俯伏在天使腳前要拜他時，天使對他所說的話：「千萬不可，我和你並你那些為耶穌作見證的弟兄同是作僕人的。你要敬拜上帝。」

32 「神聖的福音之聲」：指《新約．馬太福音》第二十二章中耶穌回答撒都該人的話。撒都該人向耶穌辯駁人死後有肉體復活的事。他們說：「從前我們這裡有弟兄七人。第一個娶了妻，死了，沒有孩子，撇下妻子給兄弟。第二第三直到第七個都是如此。末後，婦人也死了。這樣，當復活的時候，她是七個人中哪一個的妻子呢？因為他們都娶過她。」耶穌回答說：「你們錯了，因為不明《聖經》，也不曉得上帝的大能。當復活的時候，人也不娶也不嫁，乃像天上的使者一樣。」「Neque nubent」是拉丁文《聖經》的譯文，意指「人們也不娶」。

阿德利亞諾引用福音書中這段話，意在說明舉凡人間所有的等級在來世都不復存在，現在他不再是教皇，也就無權受但丁崇敬：在超現實的世界中，所有人在上帝面前一律平等。

「就會明白為何我會這麼說」：意謂如果你想想教皇乃是教會的「新郎」（見《地獄篇》第十九章）這個比喻的意義，便會明白我為什麼引用福音書中「人也不娶也不嫁」這句話。

33 「你所說的那果實」：指贖罪之果（見注23）。

「阿拉嘉」（Alagia）是皇帝代表尼科洛．德．菲埃斯齊（Niccolò de' Fieschi）的女兒，嫁給喬瓦嘉羅（Giovagallo）伯爵摩羅埃羅．瑪拉斯庇納（Moroello Malaspina）為妻。佛羅倫薩無名氏的注釋說：「她……以卓越的品德和善行聞名；但丁曾在盧尼地區（Lunigiana）與這位摩羅埃羅．瑪拉斯庇納共同度過一些時間，認識這位夫人，看到她繼續不斷地慷慨施捨，讓人為她這位伯父〔指教皇阿德利亞諾五世〕作彌撒和祈禱。因此，作者作為耳聞、目睹、熟知她美好聲譽的人，為她作出這種證明。」

「只要我們家族不以自身榜樣使得她變壞」：本維努托認為，這句詩暗示「菲埃斯齊家族的婦女們是貴族妓女」。不僅如此，該家族的成員、生前任拉溫那大主教的波尼法斯的靈魂因貪食罪而在上一層平臺上受苦（見第二十四章）；另一位出身這個家族的教皇阿德利亞諾四世（見注27）則以權謀私，重用親屬。

「她是我留在塵世的唯一親人」：意謂只有她還想著我，只有蒙受神恩的她，我可以指望為我祈禱，助我縮短在煉獄裡停留的時間。這句詩流露出無限傷感。

第二十章

願望不能抗拒更好的願望[1]；為了讓他高興，我違背自己的意願，將未浸透的海綿從水中撈出[2]。我動身前行；我的嚮導也動身緊貼著岩石揀空處前進，一如人們在城牆上緊挨著雉堞行走[3]；因為，在另一邊，那些將支配全世界的那種罪惡從眼裡一滴滴融化的人太靠近外沿了[4]。

願你遭受詛咒，古老的母狼，由於你的飢餓深如無底洞，你捕食的獵物比所有其他野獸所捕食的還多[5]！啊，天哪，世人似乎相信下界人事變化的原因在於你的運轉，那麼，請問迫使這隻母狼離開的人何時會到來[6]？

我們邁著緩慢、短小的步伐走去，我注意著那些哭泣和哀嘆得令人憐憫的靈魂[7]；我偶然聽見前面有人就像分娩中的婦人那般，在哭泣中喊叫「溫柔的瑪利亞！[8]」接著又喊道：「從你在那馬廄生下你所懷的聖胎，就能看出你多麼貧寒。」隨後又聽見：「英勇的法布里裘斯，你寧願貧寒而具美德，也不願占有鉅產而有罪[9]。」這些話對我而言非常入耳，因而朝前走近那似是說出這些話的靈魂，好去認識他。他還繼續講述尼古拉向三名少女慷慨贈金，以將她們的青春引向貞潔之路[10]。我說：「啊，講述如此偉大善行的靈魂，告訴我你生前是誰，又為何僅有你獨自重溫這些值得讚美之舉。如果我返回人世走完那飛快就到達終點的短促旅程，那麼，你對我說話必有報酬。」他說：「我會告訴你，但並非期望從

我們邁著緩慢、短小的步伐走去，我注意著那些哭泣和哀嘆得令人憐憫的靈魂。

人世獲得安慰，而是因為如此恩澤在你未死之前就照臨了你[11]。我是那棵惡樹的根，這惡樹的蔭影遮罩了整個基督教國土，使得那兒罕能摘得好果實[12]。然而，一旦杜埃、里爾、根特和布魯日有了能力，便會立即向它報復[13]；我向審判一切者請求此事[14]。我在世上名叫于格·卡佩；近代統治法國的一眾腓力和路易從我而生[15]。我是巴黎屠戶之子[16]：當古王朝諸王除了一個穿灰色僧衣做修士者外，別無後嗣[17]，那時，我看到駕馭王國的繮繩就緊握在我手裡；我還從新得取的領地享有至大權力，周圍又朋友眾多，因而得以讓我兒子高升，將無人戴的王冠戴在頭上，那一代代神聖的骸骨就從他開始[18]。

「在普羅旺斯的龐大嫁妝奪去它的廉恥之前，我的家族雖然沒有什麼了不起，至少沒有作惡[19]。但就從那裡開始，它以武力和詐術掠奪[20]。而後，為了抵償，它奪取了龐迪耶、諾曼第及加斯科尼[21]。為了抵償，查理來到義大利，讓康拉丁成了犧牲品[22]；而後，為了抵償，他又將托馬斯推回天國[23]。我看到此後不久，另一個查理就要走出法國，好讓自己和其家族更為人看清[24]。他從那裡來，但不帶武器，只帶著猶大比武用的長矛，他將長矛對準佛羅倫斯一捅，就捅破了她的肚子[25]。他因此獲得的不是土地，而是罪孽和恥辱；他將這種損害看得越輕微，後果對他就越嚴重[26]。我看到，先前曾被俘、從船裡走出的另一個查理，在跟人討價賣掉自己的女兒，如同海盜將別人的女兒當成女奴販賣[27]。啊，貪婪哪，既然你已徹底迷住我的家族，讓它連自己的骨肉都不顧，你還能如何更危害我們[28]？為了讓已作和未作的惡顯得微小，我看到，百合花徽進入阿南尼，基督在他的代理人身上遭到逮捕[29]。我看到，他再次被戲弄；我看到，他又嘗到醋和苦膽，在活的強盜中間被殺[30]。我看到，新彼拉多如此殘酷，以至於這還未能令他滿足，而無教皇諭旨，就揚貪婪之帆衝進聖殿[31]。啊，我的主呀，我何時能高興地看到那隱祕不可知、平息你內心憤怒的懲罰[32]？

「剛才我所說，關於聖靈的唯一新娘、使得你要我解釋的話，就是整個白天伴隨我們所有祈禱應答輪唱的頌歌[33]；但天一黑，我們便開始以相反的聲音取代那些頌歌[34]。那時，我們就重述皮格馬利翁在對黃金的貪欲驅使下成了背叛、盜賊和殺害近親之人[35]，以及財迷心竅的彌達斯因為貪得無厭，結果陷入永遭恥笑的悲慘境地事例[36]。而後，眾人回想愚妄的亞幹如何盜取戰利品，使得約書亞的怒氣似乎仍在這裡刺痛他[37]。然後，我們譴責撒非喇和她丈夫[38]；讚美赫利奧多洛斯挨了馬踢[39]；全山周圍迴盪著殺害波呂多洛斯的波呂墨斯托爾的罵名[40]。最後我們在這裡喊：『克拉蘇，告訴我們，因為你知道黃金是什麼滋味[41]？』我們講述這些事例，有的人聲音高，有的人聲音低，那是因為激情驅使，講述的力量時而較大、時而較小所致。因此，剛才並非只有我獨自在講述此地白天所說的善行事例；只是這近處沒有別人提高聲音在說罷了[42]。」

我們離開他，努力以一己能力所及，克服路徑的困難，快速前進[43]。忽然，我覺得山在震動，好似就要倒塌，因而膽戰心寒，一如要去領受死刑之人常會有的感受。提洛斯在拉托娜尚未在那裡安身生下天的雙眼之前，肯定也不曾震動得那麼劇烈[44]。隨後開始出現一片呼喊聲，使得我的老師靠近我說：「不必害怕，有我帶路。」

「*Gloria in excelsis Deo*」，依我從近處聽得的呼聲中瞭解，大家都在說這句話[45]。我們站著不動，心中惶惑，如同初次聽到那首歌的牧羊人，直至震動停止和那首歌終結[46]。我們隨後動身繼續神聖的行程，看著躺倒在地的眾靈魂，這些靈魂又開始照常哭泣。如果記憶在此事上沒有錯，我對任何事物的無知，從未如當時在思索之際[47]那般強烈刺激著我，令我急於求知；由於匆忙趕路，我沒敢發問，單靠自己又不解其中道理，我因而心懷畏怯，沉浸在苦思冥想中繼續前行。

1 「願望」：指但丁還想繼續和阿德利亞諾交談。「更好的願望」：指阿德利亞諾想繼續懺悔贖罪，以求早日升入天國；後者之所以是更好的願望，因為它目的崇高，以及因此激發出的熱情。

2 意謂但丁為了滿足阿德利亞諾的願望，因而沒繼續和他交談，但他的求知欲仍未獲滿足，在詩中將這種情況比作「把未浸透的海綿從水中撈出」。布蒂的注釋更明確：「他在這裡打了比方，說他的願望就如同一塊海綿，他想從那靈魂口中探得其他事情的願望仍未滿足，就好比海綿還未完全浸透，就被人從水中撈出。」

3 「我的嚮導也動身緊貼岩石揀空處前進」：「岩石」，指立於這層平臺內側、構成上一層平臺基礎的懸崖。「空處」，指地上沒有趴伏的靈魂會妨礙走路處。「一如人們在城牆上緊挨著雉堞行走」：拉納的注釋說：詩中「用城牆和城堡的牆為例，說明其雉堞腳下都有一條狹窄的走道，供哨兵環行巡邏」。美國但丁學家葛蘭堅說：「兩位詩人順著平臺內側、貼著懸崖小心翼翼走去，就好像兵士在城堡壁壘上貼著雉堞行進。這種雉堞牆現今依然圍繞著法國的卡爾卡松（Carcassonne）和艾格莫爾特（Aigues-Mortes），也可見於亞維農和佛羅倫斯。」

4 「在另一邊」：指平臺外側。「支配全世界的那種罪惡」：指貪婪。聖保羅說，「貪財是萬惡之根」（見《新約．提摩太前書》第六章）。意謂「貪心支配著全人類，因為它是所有罪惡的根源」（卡西尼—巴爾比的注釋）。「將支配全世界的那種罪惡從眼裡一滴滴融化的人」：指透過哭泣消除貪婪罪的靈魂；「從眼裡一滴滴融化」是個貼切而有力的比喻，意謂「將他的罪如融化堅冰般，化成淚水」（托拉卡的注釋）。「太靠近外沿」：意即這些趴在地上悔罪的靈魂占據了地面，直到平臺外沿，兩位詩人因此無法順著外沿走。

5 「古老的母狼」：象徵貪婪（見《地獄篇》第一章注15）。「古老」：因為自從有人類以來，貪婪就存在。當初魔鬼嫉妒亞當和夏娃在樂園裡的幸福，於是從地獄放出象徵貪婪的母狼，讓他們受貪欲誘惑，吃下了辨別善惡之樹的果實，遭上帝逐出樂園。

「你捕食的獵物比所有其他野獸捕食的還多！」：意謂貪婪的危害甚過所有罪惡。

6 「天」原文雖是單數，但不是指某一特定的天，而是指諸天。「世人似乎相信下界人事變化的原因在於你的運轉」：意謂一般人相信世上所有變化都取決於諸天的運轉。「世人似乎相信」：這句話的語氣讓人想起第十六章中倫巴底人馬可所說，關於世人輕信諸事的成因都在於天，諸天運轉必然帶動一切的那番話。

「迫使這隻母狼離開的人」：這和《地獄篇》第一章中所說的「獵犬」一樣，大概都是指但丁理想中的皇帝。

7 「邁著緩慢、短小的腳步走去」：因為地方狹窄，無法大步邁開步伐，也無法加緊腳步」（布蒂注釋）。「我注意著那些哭泣和哀嘆得令人憐憫的靈魂」：意即但丁在行走時，也注意著趴伏地上悔罪的靈魂，以免踩到。

8 「我偶然聽見前面有人……在哭泣中喊叫『溫柔的瑪利亞！』」：這是懺悔貪婪罪的靈魂在哭喊體現與此罪相反的貧寒美德的範例。這第一個範例照常源自《聖經》中有關聖母瑪利亞的事蹟。

「就像分娩中的婦人」：溫圖里指出，這是個「美妙而貼切的比喻，因為那些靈魂心中巨大的痛苦被自己對消罪後升入天國的幸福所感到的內心喜悅補償了，一如婦人分娩之痛被即將成為人母的純潔思想所補償。」

9 這第二個體現貧寒美德的範例來自古羅馬史。法布里裘斯（Gaius Fabricius）是一名羅馬大將和英雄，他在公元前二八二年擔任執政官期間促成羅馬與薩莫奈人（Samnites）媾和，薩莫奈人向他贈送厚禮，但他嚴詞拒絕。兩年後，他和入侵義大利的厄皮魯斯王皮魯斯談判交換俘虜時，皮魯斯企圖以珍奇禮品和其他利益拉攏他，都遭到他拒絕。公元前二七五年，法布里裘斯在擔任監察官期間嚴厲制止羅馬人的奢侈浪費風氣。元老院成員魯菲努斯（P.Cornelius Rufinus）因為買了十鎊的銀餐具而被他逐出元老院。法布里裘斯死時極其貧苦，只好由國家負擔喪葬費。維吉爾在《埃涅阿斯紀》卷六將他列於安奇塞斯在冥界指給埃涅阿斯看、等待投生的羅馬名人之列，稱他是「執掌大權而兩袖清風的法布里裘斯」。

10 第三個範例是聖尼古拉慷慨贈金給三位少女作為嫁妝，好讓她們免於被迫為娼。聖尼古拉是小亞細亞西南部呂西亞（Lycia）地區的主教，生活在公元四世紀君士坦丁大帝時代。希臘東正教會和羅馬天主教會都尊他為聖徒，他也是聖誕老人的原型。他的遺骸在公元十一世紀被運到義大利南部的巴里（Bari），成為該城的守護神。公元十三世紀末，熱那亞大主教瓦拉吉內（Jacobus de Varagine）在《黃金傳奇 *Legenda aurea*》卷三第一章中，講述了尼古拉為了阻止同城一名窮困的市民迫使三名女兒為娼，因而連續三晚悄悄將裝滿金幣的錢包扔進她們的窗內，為她們各自提供一份嫁妝。

11 意謂我會告訴你我是誰，但這麼做不是為了世上有人為我祈禱，讓我早升天國，而是因為上帝給予你如此特別的恩澤，讓你以活人身分來遊煉獄之故。言外之意是：他並不期待後代子孫能為他祈禱，因為當中沒有人是善者，而且也根本無意祈禱，就算祈禱了也不可能上達於天。

12 「那棵惡樹」：指法國的卡佩王朝。「根」指始祖。在但丁的時代，家系圖一般都會畫成根在地下、往上生長的樹形，因此詩中將法國王朝比作一棵大樹，而王朝始祖于格．卡佩（見注15）是樹根，其子孫後代則是樹枝。「這惡樹的蔭影遮罩了整個基督教國土，使得那兒罕能摘得好果實」：本被倫巴底人馬可認為是由幾位壞教皇引起的世風敗壞，于格．卡佩把它也歸罪於法國王室。這是符合但丁思想的，他將法國王室反對皇帝的政策及和墮落的教皇們同謀，視為是他那時代根本的災禍之一，尤其是自從教廷遷至亞維農，教皇們受法國國王奴役，所以法國國王也就藉此施加了他的壞影響。但丁在《帝制論》中稱法國的君主們為「羅馬人民的篡奪者和壓迫者」，也證明了這一點。「罕能摘得好果實」：意謂由於受到法國卡佩王朝的壞影響，整個基督教世界因此很少出現具備美德的君主。

13 杜埃、里爾（Douai, Lille，現屬法國）、根特和布魯日（Ghent, Bruges，現屬比利時）是佛蘭德斯（Flanders）的四個主要城市，在這裡表示整個佛蘭德斯地區。詩中所說的事件，發生在一二九七至一三〇四年間，這四城在這起事件中作用重大：一二九七年，法王腓力四世開始征服佛蘭德斯地區，將佛蘭德斯公爵圍困在根特的堡壘中，公爵在得到允諾可重獲自由的條件下投降，然而腓力違背承諾，將公爵和他的兒子帶往巴黎囚禁。事後不久，布魯日以及其他佛蘭德斯城市相繼起義，起義軍成員大都是農民和手工業工人，一三〇二年七月十一日在科特賴克（Kortrijk）附近擊敗法軍。腓力四世侵占佛蘭德斯之後隨即意外慘敗，就像是上帝對他的貪婪和背信棄義的懲罰。

14 「審判一切者」：指上帝。于格．卡佩的靈魂對但丁說這番話的時間點，是但丁遊煉獄的公元一三〇〇年，兩年後，腓力的侵略軍果然在科特賴克慘敗。詩中以事後預言的方式暗示此事正是上帝對腓力四世的懲罰。

15 「于格．卡佩」（Hugues Capet, 939-996）：西法蘭克王國大封建主法蘭西公爵（le duc Hugues le Grand，史稱「大公」）之子。九八七年，原本統治王國的加洛林朝絕嗣，在教俗諸侯支持下，于格．卡佩被選為國王，建立起卡佩王朝（987-1328），王國隨之改名「法蘭西王國」。

「一眾腓力和路易」：卡佩王朝除了于格．卡佩及其子羅伯特、其孫亨利以外，爾後各代國王均名為腓力或路易。從亨利去世到但丁幻遊煉獄那年，期間共有四位名號腓力、四位名號路易的國王。

16 這是中世紀的傳說。維拉尼《編年史》卷四第四章也提到，相傳于格．卡佩的真實生父是巴黎一名屠戶或牲口販子出身，既有錢又有勢力的平民。但丁採用這種傳說，表明卡佩家族的實際來源低賤。

17 「古王朝諸王」：「古王朝」指法蘭克王國第二王朝，其第一代國王是查理大帝（Charles le Grand）的父親矮子丕平（Pépin le Bref, 714-768），但王朝得名於武功卓著、將王國擴大為帝國的查理大帝。查理的拉丁文為Carolus，歷史家遂稱王朝為加洛林王朝。八四三年，查理大帝之孫洛泰爾一世（Lothaire）、日耳曼人路易（Louis II de Germanie）和禿頭查理（Charles II le Chauve）將帝國三分，劃歸禿頭查理的部分稱西法蘭克王國，詩中所說的「古王朝諸王」就是指這個王國的各代國王。

「除了一個穿灰色僧衣做修士者外，別無後嗣」：這也是當時流行的傳說。布蒂的注釋對此有以下的記述：「于格．卡佩是巴黎一名屠夫之子，由於非常英勇，因而成為巴黎伯爵、法國國王手下最大的宮相和親近的顧問，幾乎整個王國都是透過他的手統治。他在如此地位上娶了王室女子為妻；因此，法國國王一死，由於沒有兒子，除了一個已做修士、穿上僧衣不要王冠者外，無人能繼承王國統治權，于格．卡佩一個名叫羅伯特的兒子就被加冕為國王……，于格．卡佩是那麼善於利用他的金錢、權力和友誼進行活動。」但丁大概採用這個傳說。

但真正的史實是：西法蘭克王國加洛林王朝的末代國王路易五世死後沒有後嗣，于格．卡佩在教俗諸侯支持下被選為王。他即位後不久，便預先為其子羅伯特加冕，以保證王位世襲。加洛林王朝只剩下查理五世的叔父查理一人有王位繼承權，但他作為加洛林公爵，是德國薩克森王朝皇帝的陪臣，不受法國人擁護，在試圖以武力奪回王國的鬥爭中被于格．卡佩俘獲，九九二年死於獄中。

關於詩中所謂「穿灰色僧衣做修士者」，有些注釋家認為，這是但丁混淆了墨洛溫王朝（法蘭克王國第一王朝）和加洛林王朝兩者結局的說法，因為當初矮子丕平廢黜墨洛溫王朝末代國王希爾德里克三世（Childeric III）之後，確實將他關進修道院強迫他當修士，後來死在修道院內。但是，雷吉奧指出，原文「穿灰色僧衣做修士」這句話原文並沒有以暴力強迫的含義，況且詩中于格．卡佩緊接著又說自己已掌握統治全國的大權，滿朝又全是自己的親信，由此可見他讓兒子羅伯特登上王位不是藉由暴力，而是憑藉諸多有利條件。

詩中這些不符史實之處都無關宏旨，因為但丁是詩人，而非歷史學家，他寫的是一部史詩，不是法國史。許多但丁學家指出，詩中的于格·卡佩與其說是個獨立自主的人物，毋寧說是但丁的代言人。詩人讓這個著名的歷史人物出現在第二十章中，用意是在藉他之口，憤怒揭發他的後裔腓力四世等人的滔天罪行，因此于格·卡佩對於自己犯的是什麼貪婪罪，又如何悔悟都未提及。

18 「駕馭王國的繮繩」：指王國的統治權。于格·卡佩作為無冕之王已經大權在握。

「周圍又朋友眾多」：意謂周圍又有那麼多人擁護于格·卡佩。

「無人戴的王冠」：指加洛林王朝在路易五世死後，王位虛懸。「因而得以讓我兒子高升，將無人戴的王冠戴在頭上」：這句話也不符歷史事實，因為路易五世死後，于格·卡佩自己在教俗諸侯擁護下被選為王，稍後他才為羅伯特加冕，以確保王位世襲。

「那一代代神聖的骸骨就從他開始」：意謂法國卡佩王朝的王統就從羅伯特開始。法國各代國王均在漢斯大教堂（Cathédrale Notre-Dame de Reims）由大主教舉行加冕儀式，成為合法君主。「神聖的」：指經過大主教加冕。

19 「普羅旺斯的龐大嫁妝」：八四三年，查理大帝的三個孫子洛泰爾、日爾曼人路易和禿頭查理簽訂《凡爾登條約 Le traité de Verdu》，將帝國三分時，普羅旺斯被劃為洛泰爾的領土，洛泰爾承襲了皇帝的尊號，八八五年，他將兒子查理封為普羅旺斯王。後來，普羅旺斯作為封建采邑，成為阿爾（Arles）王國的一部分。一〇三三年，皇帝康拉德二世（Konrad II, 990-1039）將普羅旺斯併入神聖羅馬帝國，但這些幾乎一直都只是名義上的合併，各代普羅旺斯伯爵都自稱獨立。一二四五年，法國國王路易九世的弟弟安茹伯爵查理（Charles d'Anjou, 1227-1285），與普羅旺斯伯爵萊蒙·貝倫傑（Raimond-Bérenger V de Provence, 1198-1245）的嗣女貝雅翠絲（Béatrice de Provence, 1229-1267）成婚，普羅旺斯於是作為「龐大嫁妝」，變成了法國王室的領地，一直為安茹家族占有，一四八六年被查理八世正式併入法國。

20 「奪去它的廉恥」：意即令它恬不知恥，肆意作惡。「沒有什麼了不起」：意謂卡佩家族沒有什麼美德善行。

意謂卡佩家族用武力和詐術進行掠奪，是從「普羅旺斯的巨大嫁妝」開始。貝雅翠絲在父親普羅旺斯伯爵死後繼承了他的領地，安茹伯爵查理與其兄路易九世便合謀併吞了這塊領地。當時，貝雅翠絲的監護人首相羅密歐·迪·維拉諾瓦（Romeo di Villanova，見《天國篇》第六章）在法軍壓境之際，被迫解除了她原本與土魯斯伯爵的婚約，將她改嫁給查理為妻，因此，「普羅旺斯的巨大嫁妝」實際上是用武力和詐術得來的。

21 「為了抵償」：原文 per ammenda，意即「為了賠償掠奪而進行更大的掠奪」（布蒂注釋），這顯然是辛辣的諷刺。

「它奪取了龐迪耶、諾曼第及加斯科尼」：公元一〇六六年，法國諾曼第公爵「征服者威廉」（William the Conqueror, 1028-1087）侵入英國，建立了諾曼第王朝，傳至亨利一世，因死後無嗣，王位繼承問題引起紛爭，一一五四年，其外孫法國安茹伯爵繼位為英國國王，建立了金雀花王朝。這一王朝的君主作為法國國王的封臣，在法國擁有許多領地，包括龐迪耶（Ponthieu）伯爵領地、諾曼第（Normandie）公爵領地和加斯科尼（Gascogne）公爵領地，這些領地先後都被卡佩王朝奪走。

諾曼第公爵領地在法國北部，腓力二世利用英國國王「無地約翰」（John Lackland, 1166-1216）和他的法蘭西附庸之間的衝突，以領主身分宣召約翰來巴黎受審，被約翰拒絕，於是腓力二世在一二〇二年宣布剝奪約翰在法國所有的封土，並向諾曼第進攻，一二〇四年占領了諾曼第。

龐迪耶伯爵領地在法國北部，一二七九年，腓力三世之女瑪格麗特和愛德華一世結婚時，作為嫁妝割給了英國，腓力四世力圖占領這塊領地。

加斯科尼公爵領地在法國西南部，屬金雀花王朝，腓力四世為了從愛德華一世手中奪取這塊領地，發動了戰爭。一二〇四年，雙方達成協議，愛德華一世同意腓力四世占領加斯科尼和龐迪耶六個星期，期滿須交還英國。但腓力違反協議，過期拒不交還。可見這兩塊領地是透過武力和詐術奪去的。

許多注釋家指出，諾曼第被腓力二世奪去是在一二〇四年，時間比併吞普羅旺斯早了四十一年，與詩中「從那裡開始，它以武力和詐術掠奪」的說法矛盾。但詩中這段歷史概要「是一首激昂慷慨的抒情詩，列舉的事是根據一般概念，或許是歷史哲學概念歸類的，因此不能、也不應要求它做到年代準確。」（帕羅狄的評語）

22 指法國安茹伯爵查理一世殺死德國霍亨斯陶芬王朝皇帝康拉德四世之子、西西里王曼夫列德之侄康拉丁。一二六五年，查理一世應教皇克萊孟四世邀請，率軍來到義大利，從曼夫列德手中奪取西西里王國。次年，曼夫烈德在本尼凡托之戰陣亡，查理登上西西里王位，建立安茹王朝。王國臣民不滿法國貴族統治，義大利各地的吉伯林黨人不甘失敗，要求康拉丁從查理手中奪回本應由他繼承的王位。一二六七年，康拉丁率軍從德國南下來到義大利，一二六八年八月二十三日在塔利亞科佐之戰被俘。十月二十九日，查理悍然下令將他斬首。康拉丁死時年方十六歲，他的死引起普遍同情，就連查理的追隨者也都不禁憐憫和憤怒（參看《地獄篇》第二十八章注7和注8）

23 這裡所說的「托馬斯」，是指中世紀最偉大的經院哲學家和神學家托馬斯·阿奎那。一二七四年一月，他奉教皇葛利果十世（Gregorio X）之命去參加里昂會議，從那不勒斯啟程，三月七日，途中得病，死於那不勒斯和羅馬之間的海濱城鎮泰拉契納（Terracina）附近的孚薩諾瓦（Fossanova）修道院中。一三二三年，托馬斯·阿奎那被教皇封為聖徒。相傳他是被查理差人毒死的。維拉尼在《編年史》卷九第二百十八章提到此事時說：「他在前往教廷準備參加里昂會議的途中，據說被上述國王（指查理一世）的醫生在藥物中下毒害死；該醫生認為這會讓國王查理高興，因為托馬斯屬於反抗他的阿奎諾（Aquino）封建主家族，國王怕他會因其見識和美德而被任命為樞機主教。」這種傳說缺乏歷史根據，但丁則信以為真，借此進一步突顯查理的罪孽。詩中用「推回了天國」作比喻，說明「殺害」似乎是查理對托馬斯的一種恩惠，更顯得詩人的諷刺倍加尖銳。

讀者不禁要問，既然查理生前犯下這些嚴重罪行，但丁為何還將他的靈魂放在煉獄外圍的「君主之谷」中，而沒打入地獄？彼埃特羅波諾認為，這是因為，正如維拉尼所說，「他以至誠的懺悔」請求上帝饒恕自己的罪。

24 「我看到」：于格·卡佩的靈魂說完了他的家族在一三〇〇年之前所犯的罪，現在開始要預言一三〇〇年之後將會犯下的罪行。在敘說這些罪行時，他反覆用「我看到」，強化預言的語氣和力量。

「另一個查理」：指法國國王腓力四世的弟弟瓦洛亞伯爵查理（Carlo di Valois）。

「走出法國」：一三〇一年九月，查理應教皇波尼法斯八世之邀，從法國來到義大利，協助那不勒斯國王查理二世（Charles le Boiteux, 1254-1309。安茹王朝查理一世之子）奪回一二八二年「西西里晚禱」起義後落入阿拉岡王國之手的西西里島。在覲見教皇之後，教皇派查理先前往佛羅倫斯調解黑白兩黨的爭端。他在教皇授意下，幫助黑黨戰勝白黨，並乘機對佛羅倫斯市民搜刮錢財，以飽私囊。奪得政權後的黑黨開始大肆報復，迫害敵對者，但丁因此遭到放逐。一三〇二年四月，查理離開佛羅倫斯，幫助查理二世收復西西里，結果失敗。「好讓自己和其家族更為人看清」：意謂他在義大利的所作所為，將讓世人更清楚地認識他和他家族的醜惡本性。

25 「不帶武器」：實際上查理來到義大利時，「有眾多伯爵、男爵和大約五百名騎兵隨行」（維拉尼《編年史》卷八第五十章）。他帶來的人馬不多，因為進軍西西里可動用查理二世的軍隊。他前往佛羅倫斯時沒帶武裝隨從，因為他主要是藉權謀實行他的計劃。

「猶大比武用的長矛」：指猶大陷害基督時所使用的欺詐和叛賣手段。查理對佛羅倫斯也是用這種手段，他來時承諾會保持佛羅倫斯的繁榮，結果卻令她遭受損害。

「捅破了她的肚子」：詩人用這句粗俗的話作為比喻，指查理利用詐術協助黑黨奪得政權後，在佛羅倫斯出現的流放、殺戮、沒收、掠奪等對敵對者的報復行動。「那時，佛羅倫斯已經發胖，滿腹都是市民，不禁傲氣沖天。這個查理捅破了她的肚腹，使得她的內臟、也就是她的主要市民迸了出來〔指放逐〕，其中就有這位名詩人〔指但丁〕。」（本維努托注釋）

26 「他由此獲得的不是土地」：「由此」，指他南下進入義大利和佛羅倫斯。「不是土地」，暗指當時人們替他取的外號「無地查理」。法國人說，他是「一位國王的兒子，一位國王的弟弟，三位國王的叔父，一位國王的父親，但始終不是國王」。查理極具野心，前前後後多次希望能獲得阿拉岡、西西里、君士坦丁堡（因為其妻是君士坦丁堡皇帝腓力之女）、神聖羅馬帝國四個王位和皇位，結果全部落空。

「而是罪孽和恥辱」：維拉尼在《編年史》卷八第五十章中寫道：「當時有句俏皮話說，『查理老爺來到托斯卡那當和事佬，卻讓此地處於戰爭中而去；他去西西里為了作戰，卻獲得可恥的和平』」，還添加道：「他在人馬損失殆盡後，很不光彩地回到法國。」詩中所說的「罪孽和恥辱」指他使用欺詐、叛賣手段對佛羅倫斯造成的災禍。

27 「先前曾被俘、從船裡走出的另一個查理」：指那不勒斯國王查理二世（見注24）。一二八二年，西西里落入阿拉岡王國之手後，他父親查理力圖奪回此島，將艦隊交給他統帥，一二八四年六月，他在那不勒斯灣與阿拉岡海軍上將盧吉埃羅．迪．勞利亞（Ruggero di Lauria）交戰但戰敗，在船裡遭俘後被送往西西里囚禁，一二八八年查理一世死後，他才被釋放，繼承了王位。

「跟人討價賣掉自己的女兒」：指一三〇五年，查理二世將他的幼女嫁給年紀比她大得多的斐拉拉侯爵埃斯提家族的阿佐八世（見第五章注14）為妻。迪諾．康帕尼在《當代大事記》卷三第十六章中說，阿佐八世為了獲得和公主結婚的光榮，為了促使查理「肯屈尊將她下嫁給他，他超出通常的習俗買了她」，他滿足於接受安德里亞（在義大利南部的巴里附近）這一小塊伯爵領地作為妻子的嫁妝，卻送給岳父一大筆錢，據說，他還將摩德納和勒佐兩地送給新娘。所以詩中說查理二世「跟人討價賣掉自己的女兒」。

28 于格．卡佩預言他的後裔查理二世將會像海盜賣女奴一樣賣掉自己的親生女兒後，不禁悲憤交集，對貪婪發出厲聲詛咒。「你還能如何更危害我們？」：據戴爾．隆格的注釋，「我們」在這裡指全人類，于格．卡佩說這話時，似乎把自己看成是重返人世的活人。

29 「為了使已作和未作的惡顯得微小」：于格．卡佩這句話意謂他現在要預言的這件罪行，比過去和未來的任何罪行都嚴重得多。

「我看到，百合花徽進入阿南尼，基督在他的代理人身上遭到逮捕」：指一三〇三年九月八日，教皇波尼法斯八世被法王腓力四世派去的人逮捕。「百合花徽」是法國王室的紋章。「阿南尼」（Anagni）是波尼法斯八世的故鄉，這個城鎮坐落在羅馬東南方約六十公里處的一座小山上。「基督在他的代理人身上遭到逮捕」：西方教會認為，羅馬教皇是聖彼得的繼承者，是耶穌基督在世上的代理人；就這個意義來說，教皇遭逮不啻基督遭到逮捕。因此，儘管但丁對波尼法斯八世深惡痛絕，在詩中多次揭發且批判他的罪行，稱他是「新法利賽人之王」，甚至在波尼法斯八世仍在世時就宣布此人必入地獄，但對於他作為基督在世上的代理人而遭逮，仍是痛心疾首，義憤填膺，因此藉著休．卡佩之口，義正詞嚴地聲討罪魁禍首腓力四世。

十三世紀末，羅馬教廷和法國王室，包括它在義大利南部建立的安茹王朝，由於利害關係，一直互相勾結，成為政治上的同盟軍。然而封建統治集團之間的聯合不會持久不變。腓力四世即位後好大喜功，野心勃勃，由於推行戰爭政策，經常財政困難，便開始向教會領地徵稅。此舉於是引起與羅馬教廷的衝突，最後雙方關係決裂。一三〇三年四月十三日，波尼法斯八世發布訓令，開除腓力四世的教籍，腓力則於六月十日召開主教全體會議，廢黜教皇，接著派遣親信大臣諾加雷（Nogaret）到羅馬宣布廢黜教皇的決議，並聯合教皇的仇敵科隆納家族共同反對教皇。一三〇三年九月七日，薩拉·科隆納（Sciarra Colonna）帶領了一批人馬和諾加雷進入阿南尼，逮捕了波尼法斯八世。

維拉尼《編年史》對此事的敘述，反映出當時的人對這起事件的深刻印象，值得參考：「薩拉·科隆納帶領騎兵和步兵，舉著法國國王的王徽和旗幟，在一天清早進入阿南尼；他們來到教皇行宮，發現並無守衛，於是上前占領了行宮。由於這次突襲對教皇和其親信而言都出乎意料，他們沒有提防。教皇波尼法斯聽到喧嘩，看到所有的樞機主教……及大部分親信都已叛離，自認必死無疑，但作為豪邁勇敢之人，便說：『既然我因為被人出賣，要像耶穌基督一樣遭到逮捕，而且必定一死，那麼，我至少要作為教皇而死。』說罷，便令人為他穿上彼得的法衣，頭戴君士坦丁的皇冠，手持那兩把鑰匙和十字架，擺好姿勢，坐上教皇聖座。薩拉和其他敵人來到他面前，用粗野的話戲弄他，將他和留下來與他同在的親信逮捕；戲弄他的人當中有……諾加雷，他還威脅要將他捆綁後帶往羅納河畔的里昂，在主教全體會上廢黜他，並給他定罪。」（引自卷八第六十三章）

30 「我看到，他再次被戲弄」：《新約·馬太福音》第二十七章中這麼敘述耶穌基督當初被戲弄的詳情：「巡撫的兵就把耶穌帶進衙門，叫全營的兵都聚集在他那裡。他們給他脫了衣服，穿上一件朱紅色袍子，用荊棘編作冠冕，戴在他頭上，拿一根葦子放在他右手裡，跪在他面前，戲弄他說，恭喜猶太人的王啊。又吐唾沫在他臉上，拿葦子打他的頭。戲弄完了，就給他脫了袍子，仍穿上他自己的衣服，帶他出去，要釘十字架。」

「他又嘗到醋和苦膽」：《新約·馬太福音》同一章中說：「兵丁拿苦膽調和的酒，給耶穌喝。他嘗了就不肯喝，他們就將他釘在十字架上。」當他快要斷氣時，「內中有一個人趕緊跑去，拿海綿蘸滿了醋，綁在葦子上，送給他喝。」

「在活的強盜中間被殺」：《新約·馬太福音》同一章中說：「當時，有兩個強盜，和他同釘十字架，一個在右邊，一個在左邊。」詩中所說的「活的強盜」，是指諾加雷和薩拉·科隆納」；那兩個和基督同釘十字架的強盜因罪而被處決，而諾加雷和科隆納犯下凌辱基督代理人的罪行後，則逍遙法外，若無其事。波尼法斯八世遭到逮捕，但並未「被殺」，在被囚禁三天之後，阿南尼的市民群眾就將他救出送往羅馬。由於遭受這出乎意料的奇恥大辱，這位原本氣焰萬丈、不可一世的教皇因而羞憤成疾，在十月十二日去世。

31 「新彼拉多如此殘酷，以至於這還未能令他滿足」：彼拉多是羅馬帝國派駐猶太地區的巡撫。猶太的眾祭司長和民間的長老要治死耶穌，將他捆綁押去彼拉多跟前受審。彼拉多查不出耶穌有什麼罪。那時正是逾越節。「巡撫有一個常例，每逢這節期，隨眾人所要的，釋放一個囚犯給他們。當時，有一個出名的囚犯叫巴拉巴。……巡撫原知道，他們是因為嫉妒才把他（耶穌）解了來。……祭司長和長老，挑唆眾人，求釋放巴拉巴，除滅耶穌。巡撫對眾人說，這兩人，你們要我釋放哪一個給你們呢？他們說，巴拉巴。彼拉多說，這樣，那稱為基督的耶穌，我怎麼辦他呢？他們都說，把他釘十字架。巡撫說，為什麼呢？他作了什麼惡事呢？他們便極力地喊著說，把他釘十字架。彼拉多見說也無濟於事，反要生亂，就拿水在眾人面前洗手，說，流這義人的血，罪不在我，你們承當吧。眾人都說，他的血歸到我們，和我們的子孫身上。於是彼拉多釋放巴拉巴給他們，把耶穌鞭打了，交給人釘十字架。」（引自《新約．馬太福音》第二十七章）

詩中所說的這個「新彼拉多」指腓力四世，因為他將波尼法斯交給了其死敵科隆納家族，就像彼拉多將基督交給要治死他的群眾；也因為繼任的教皇葛利果十一世在一三〇四年於佩魯賈（Perugia）發表演說譴責這次暴行後，腓力推卸罪責，硬說是諾加雷的行為超出了他的指示，如同彼拉多「拿水在眾人面前洗手，說，流這義人的血，罪不在我，你們承擔吧」。葛利果十一世在演說中稱腓力為「新彼拉多」，但丁可能對此有所知。

「而無教皇諭旨，就揚貪婪之帆衝進聖殿」：指腓力四世因為貪得無厭，企圖將聖殿騎士團的巨大財產占為己有，因而迫害騎士團成員的暴行。聖殿騎士團是第一次十字軍東征結束後，教會為了保衛在侵占得來的土地上建立的耶路撒冷王國，所派往東方的僧侶騎士團。這個騎士團成立於十二世紀初，主要由法國騎士組成，創始人為勃艮第騎士于格．德．帕揚（Hugues de Payens）。由於駐紮在位於莫利亞（Moriah）山上被認為是所羅門聖殿的耶路撒冷國王的宮廷中，故名聖殿騎士團。它是宗教軍事組織，直屬於教皇，在東方擁有許多地產。十字軍東方領地喪失後，它回到歐洲繼續活動，占有土地，經營商業，放高利貸，因而擁有無數資產。

腓力四世為了奪得聖殿騎士團的財產，在一三〇五年指控該團犯有異端罪，教皇克萊孟五世下令調查。一三〇七年，腓力不等調查清楚，就直接逮捕了騎士團團長雅克．德．莫萊（Jacques de Molay）和在巴黎的騎士團團員，將他們交給宗教裁判所酷刑拷問逼供，最後在沒有教皇明令定罪的情況下，將眾人處以火刑，並沒收其財產。一三一二年，教皇在腓力的施壓下，宣布聖殿騎士團犯異端罪，下令解散該團，並將其財產轉移給醫護騎士團。腓力事先銷毀了所有載有他積欠聖殿騎士團債款的帳簿，還稱說自己是騎士團的債權人，要求醫護騎士團給付二十萬里拉，償清所有債務。他不顧教皇的規定，藉口說是該補償他負擔的聖殿騎士團團員長期坐牢和受審訊期間的生活費，因而繼續享有該團的不動產租金。

「無教皇諭旨」：意謂腓力四世為了奪取聖殿騎士團的財產，不待教皇發布命令就擅自逮捕、迫害騎士團首領及成員。這是無法無天的行徑，因為聖殿騎士團直屬於教皇，只有教皇才有權對團員進行審判和處罰。

「揚貪婪之帆衝進了聖殿」：詩中用這個貼切且有力的比喻，表現腓力四世悍然掠奪聖殿騎士團財產的舉動，就像是海盜船衝進港口肆意擄掠。

32 于格·卡佩（作為但丁的代言人）說完他預見的種種罪行後，不禁對上帝發出呼籲，急切希望他早日施加懲罰。

「高興地看到」：「高興」指正直的人看到惡有惡報，因而喜悅。《舊約·詩篇》第五十八篇中說：「義人見仇敵遭報，就歡喜，要在惡人的血中洗腳。」

「那隱祕不可知」：指上帝預定的懲罰隱藏在祂的意志中，世人無從知悉。

「平息你內心憤怒的懲罰」：萬戴里的注釋說：「上帝不像世人會在激情的衝動下立即發怒，而是待最適當的時機，對有罪者給以應有的懲罰，同時在注定這種懲罰上平息祂的憤怒。」辛格爾頓的注釋則引用了托馬斯·阿奎那的話：「上帝雖不為各種懲罰本身而高興，卻為這些懲罰是由祂的正義注定的而高興。」

33 「聖靈唯一的新娘」：指聖母瑪利亞，她從聖靈懷孕生了耶穌。「應答輪唱的頌歌」：因為犯貪婪罪的靈魂「交替進行念祈禱文和重述美德範例……這些範例有應答輪唱頌歌的作用，地位就類似禮拜儀式中應答輪唱的頌歌」。（佩特洛齊注釋）詩句大意是：整個白天，我們都在重述體現貧寒和慷慨之德的範例。

34 意即天一黑，我們便開始重述因貪婪而受懲罰的事例。

35 皮格馬利翁（Pigmalion）是腓尼基城市國家推羅（Tyre）的國王。他妹妹狄多與腓尼基最富有的地主希凱斯結了婚。皮格馬利翁因為覬覦妹婿希凱斯的財富，偷偷殺了他，並且隱瞞此事。後來希凱斯的魂魄向狄多托夢揭穿她哥哥的罪行，勸她趕緊離開推羅，並將埋藏祖傳財寶的地方告訴她。狄多召集了一批助手，將金銀財寶裝上船後運出海，在非洲登陸，在現今突尼斯地區建立了迦太基城。皮格馬利翁貪財的欲望完全落空，只留下犯背信棄義、盜竊、殺害近親罪者的惡名（事見《埃涅阿斯紀》卷一）。

36 彌達斯（Midas）是弗里吉亞（Phrygia）國王。酒神巴克斯的義父羊人西勒諾斯喝醉酒後被農民捉住，送往國王宮中。彌達斯認得他，於是設宴歡迎，然後將他交還給巴克斯。為了答謝彌達斯，酒神便請彌達斯自己挑選一樣東西作為禮物。於是他對酒神說：「請答應我，凡是我身體觸及的所有東西，都能變成黃金。」酒神答應了他的要求。他回去一試，獲得的點金之術果然靈驗，他高興極了，只是這喜悅隨即變成惶恐，因為任何食品和飲料經他一碰便立刻化為金塊和金水，害得他飢渴難忍，不禁喊道：「酒神啊，饒恕我。我錯了。請可憐我，救救我。這東西雖然看著美好，實則是災禍。」酒神見他悔過，便收回早先應他請求而賜予的本領，讓他跳進帕克托魯斯（Pactolus）河源的水中洗清他的罪孽。彌達斯遵照酒神的指示，點金的能力便從他身上轉移到水中，這條河流的泥沙於是從此含有大量黃金（事見奧維德的《變形記》卷十一）。彌達斯提出貪得無厭的要求，因而陷入幾乎餓死渴死的悲慘境地，必然永遠傳為笑柄。

37 亞幹（Achan）是猶太支派的人迦米的兒子。摩西死後，他的幫手約書亞奉上帝之命率領以色列人繼續朝賜予他們的地方前進。他們渡過約旦河，來到耶利哥城附近，看見城門緊閉。上帝曉諭約書亞，命以色列人繞耶利哥城七次，城牆就會塌陷，落入他們之手。約書亞吩咐以色列人遵照上帝指示去做，但城破之後，所有戰利品都要放入耶和華的庫中，誰都不許拿走，否則就會連累以色列全營。眾人全都聽從了約書亞的話，唯獨亞幹受到個人貪欲驅使，從所奪的財物中拿走一件他喜愛的衣服和一些金銀，藏在自己的帳篷裡。由於愚妄的亞幹拿走這些戰利品，上帝遂向以色列人發怒，讓他們被艾城人擊敗。他吩咐約書亞追查拿走財物的人。亞幹在約書亞面前認罪。約書亞說，「你為什麼連累我們？今日耶和華必叫你受連累。」於是，眾以色列人用石頭打死他，將石頭扔在其上，又用火焚燒他所有的（事見《舊約．約書亞記》第六章、第七章）。

「約書亞的怒氣似乎仍在這裡刺痛他」：「這裡」指第五層平臺。意謂在這層平臺上懺悔贖罪的靈魂回憶起亞幹的罪行時，對他責備之嚴厲，就像當初約書亞在人間怒斥亞幹時的情景。

38 最初的基督教信徒有一種風尚：賣掉自己的田產，將錢存進公共錢櫃內。這種做法是自覺自願的，並無強制性。撒非喇（Sapphira）和丈夫亞拿尼亞（Ananias）皈依基督教後也賣了田產，但將所得私自留下幾分，其餘幾分則拿來放在使徒腳前。聖彼得當面揭穿了亞拿尼亞的虛偽，說他這麼做不是欺哄人，而是欺哄了上帝。亞拿尼亞聽見這番話便撲倒斷了氣。過了三小時，他的妻子撒非喇進來，還不知此事。聖彼得問她，他們賣田地的所得是否就是這些。她說就是這些。聖彼得說，她和她丈夫同心欺哄聖靈。撒非喇立刻就撲倒在聖彼得腳前，斷了氣（事見《新約．使徒行傳》第五章）。

39 赫利奧多洛斯（Heliodorus）是敘利亞塞琉古王朝的國王塞琉古四世（Seleucus IV）的財政大臣。國王派他去掠取耶路撒冷聖殿中的財寶。他一進聖殿，就有一位身穿金甲的勇士騎著烈馬出現在他面前，這匹烈馬朝他猛衝過去，用前蹄踢他，勇士身邊的兩位青年則不停用鞭子抽他。他突然昏倒在地，隨從的人就將他抬走了（事見《逸經》《瑪喀比傳》下卷第三章）。

40 波呂墨斯托爾（Polymestor）是特剌刻國王，特洛伊老王普利阿姆斯的女婿。當特洛伊人和希臘人交戰時，普利阿姆斯將兒子波呂多洛斯送到波呂墨斯托爾的宮中寄養，讓他遠離戰爭，同時還送去大批金銀財寶。貪婪的波呂墨斯托爾見財起了歹念。一得知特洛伊被希臘人攻占，他便喪盡天良殺死了特洛伊老王托付給他的波呂多洛斯，並將屍體從懸崖上推落海中滅跡（事見奧維德的《變形記》卷十三）。

41 克拉蘇（Marcus Licinius Crassus, 112 BC-54 BC）是古羅馬大奴隸主，以及最富裕也最貪財的人。公元前七一年出任掌軍權的執政官時，鎮壓了斯巴達起義。公元前六十年和龐培、凱撒結成反對元老院貴族的祕密同盟，形成所謂「前三頭」。前五五年再次和龐培出任執政官。任滿後，前五四年去敘利亞任總督，企圖在當地擴增自己的財富。公元前五四年率軍同帕提亞（Parthia）人交戰，這是羅馬和安息帝國第一次大戰，結果羅馬潰敗，幾乎全軍覆沒。克拉蘇本人被殺後，帕提亞人將他的首級送交國王奧羅戴斯（Orodes）。奧羅戴斯知道他貪財，便差人將金水灌進他口中，嘲笑道：「你渴望得到黃金，那你就喝金水吧！」詩句中靈魂們所喊的那句諷刺話顯然脫胎於此。

42 這裡，于格．卡佩回答了但丁方才向他提出的第二個問題：「為何僅有你獨自重溫這些值得讚美之舉」，說明這層平臺上的靈魂白天都在講述善行的範例，但因為講述時熱情程度不同，有的人聲音高，有的聲音低。由於方才近處沒有別人在高聲講述，但丁只聽到他的聲音，誤以為只有卡佩在講述，因而產生上述疑問。

43 「克服路徑的困難」：指道路狹窄，路旁又有許多靈魂趴在地上，在如此條件下盡可能快速前進。

44 提洛斯島（Delos）是愛琴海南部基克拉澤斯群島中的一座小島。根據古代神話，這座小島是羅馬神話中的海神涅普圖努斯（Neptunus）用神力讓它從海浪中湧出的，原先一直在海中漂蕩。女神拉托娜和眾神之王朱比特相愛懷了孕，為了躲避天后朱諾的嫉妒，逃到此島，在島上生下日神阿波羅和月神狄安娜一對孿生子女。詩中所謂「天的兩眼」即指太陽與月亮。阿波羅為了感謝此島，便用神力將它固定下來（《埃涅阿斯紀》卷三、《變形記》卷六均提到此事）。

辛格爾頓指出，用提洛島的動盪比擬煉獄山的震動特別貼切，因為後者也是海島。雷吉奧則認為，漂蕩的海島即使是在大風暴中搖動，也無法與地震的震撼相比；因此，看來但丁相信提洛斯島曾被一次真正的地震撼動過。早期注釋家的話足以證實這一點。他們說，相傳在《聖經》所說的大洪水之前，提洛斯島常受到地震撼動。

45 「*Gloria in excelsis Deo*」：意即「在至高之處榮耀歸與上帝」。這是耶穌降生時天使讚美上帝的頌歌第一句，《新約．路加福音》第二章中全文是：「在至高之處榮耀歸與上帝，在地上平安歸與祂所喜悅的人。」《煉獄篇》第二十一章告訴我們，地震表示一個靈魂從煉獄之苦中解脫。為此，所有的靈魂同感喜悅，大家齊聲合唱這首讚美上帝的歌。

46 「心中惶惑」：因為但丁不清楚這地震和唱歌是怎麼回事。

「如同初次聽到那首歌的牧羊人」：《新約．路加福音》第二章中說，耶穌降生時，「在伯利恆野地裡有牧羊的人，夜間按著更次看守羊群。有主的使者站在他們旁邊，主的榮光四面照著他們。牧羊的人就甚懼怕」，但經文中沒說牧羊人聽到天使唱那首歌時，心裡惶惑，這個細節是但丁加上的。雷吉奧認為，這是對《聖經》經文極富詩意的額外詮釋。

47 「在思索之際」：指在思索地震和唱歌的原因之際。

第二十一章

除非喝撒瑪利亞的小婦人請求恩賜的水，否則永遠解不了的那種自然的渴折磨著我[1]，急於向上的心情鞭策我跟在我的嚮導後面，由那條受阻的路前進，公正的懲罰一直令我痛心[2]。你瞧！正如路加為我寫下、復活走出墓穴的基督突然顯現在兩個行路人跟前那樣，一個靈魂顯現在我們跟前，他從我們後面而來，當時我們正注意腳邊趴著的那群靈魂，直到他先說了話，我們才覺察到他。他說：「啊，我的兄弟，願上帝賜予你們平安[3]。」我們迅速轉過身去，維吉爾以和其相當的示意動作對他還禮，然後說：「願那使我處於永久流放、正確無誤的法庭讓你平安進入享受天國之福者的大會[4]。」「怎麼，」他說——在此同時，我們急速前行——「如果你們是上帝認為不配升天的靈魂，那麼，是誰導引你們由祂的階梯往上走了這麼遠？」我的老師說：「你若仔細看那人額頭上天使刻下的記號，就會明白他注定要和眾善人同在天國。但因為那位日日夜夜紡線的女神仍未為他卸下克羅托為每個人放在紡錘上緊繞的那一定分量的羊毛[5]，他的靈魂是你和我的姊妹，上來時不能獨行，因為它不按我們的方式看事物[6]。因此，我從地獄寬闊的喉嚨被調出來引導他，我還要引導他繼續前行，我的教導能引導他走多遠，就引導他走多遠[7]。但是，如果你知道，就請告訴我，剛才這座山為何那樣震動，為何整座山直到濕潤的山腳似乎都用一個聲音呼喊[8]。」他這麼一問，就為我將線精確地穿過我意願的針眼，讓我的渴僅僅透過希望就已不再難耐[9]。

那個幽魂說：「這座山的神聖法則不容許任何無序或超乎常規的事物。這裡並無地上的一切變化[10]：這裡，任何變化的起因只能是天自身產生、接受到自身當中的力量，而不是其他[11]。因此雨、雹、雪、露、霜都不降到那三磴短小臺階以上的地方[12]。濃雲或薄雲、閃電和方位常變換的陶瑪斯之女也都不會出現[13]；乾燥的地氣也不在我所說的那三磴臺階頂端、彼得的代理人擱腳處以上的地方升起[14]。在那以下的地方也許有或小或大的地震；但在這上方從未因地中潛藏的風而有過地震，我不知是什麼緣故[15]。每逢某一個幽魂覺得自己已然純潔，能站起或可動身上升時，這裡的地就震動，隨後發出那種呼喊[16]。幽魂已然純潔的唯一證明，就是能完全自由變換處所的意志，這種意志突然降臨於它，對它有益[17]。幽魂在此之前固然也想上升，然而欲望不許可，神的正義讓欲望與意志背道而馳，傾向於受苦，一如過去傾向於犯罪[18]。我趴在這層平臺受苦已有五百多年，現在才覺得有了朝更幸福的門檻邁進的自由意志[19]：因此你感覺到地震，聽到山上虔誠的眾幽魂讚美主，我祝願祂早日讓他們上升。」

他對我們這麼說。由於人越渴，喝到水時的喜樂也就越大，我簡直說不出他的話讓我獲得多少教益。那位睿智的嚮導說：「現在我明白了將你們纏在此地的網是什麼，你們如何從網中解脫，這裡為何地震，你們又為何同聲歡呼。現在請讓我知道你是誰，並且從你的話裡明白你為何趴在這裡這麼多世紀。」那靈魂答說：「當英勇的狄托靠至高無上的帝王之助，為流出遭猶大出賣之血的傷口復仇時，我以流傳最久和最光榮的名稱在世上頗負盛名，但未有信仰[20]。我詩歌的音調如此悅耳，使得羅馬將我這個土魯斯人吸引過去。在那裡，我獲得頭戴愛神木葉冠的榮譽[21]。世人如今還以斯塔提烏斯這個名字稱道我，我歌詠底比斯，然後歌詠偉大的阿基里斯；但我在擔負這第二個重擔的途中倒下了[22]。引起我寫詩熱情的火種是迸發自那神聖的火焰，令我情緒激奮的火花，一千多位詩人的創作熱情皆是被這神聖火焰燃起[23]；我說的就是《埃涅阿斯紀》；在作詩上，它對我既是媽媽又是乳母：沒有它，我連分量僅有一德拉瑪的東西都寫不出[24]。要是我能在維吉爾在世時活在人間，為此，我情願比規定的期限多留一年才結束我的流放[25]。」

這些話使得維吉爾轉向我，默不做聲以臉上表情示意：「別說話」；然而意志的力量並非萬能；因為微笑和哭都緊隨其所由來的激情發出來，在最真誠的人身上最不服從意志約束[26]。我只微微笑了笑，好似使眼色的人[27]；那幽魂因此沉默，細細看著我的眼，表情在那裡最為集中[28]。他說：「願你能順利結束如此艱苦的旅程；請問，方才你臉上為何對我閃現一絲微笑？」此時我左右為難：一邊要我保持沉默，另一邊祈求我說話；我的老師因而理解我的苦衷，對我說：「別害怕開口，只管說吧，將他這麼關心而來探問的事告訴他吧。」於是，我說：「古時的幽魂哪，也許你訝異於我露出微笑，但我要你知道一件更令你驚奇的事。指引我的眼睛向上的這位，正是你由其身獲得歌詠人及諸神之靈感的維吉爾[29]。如果你原本相信我微笑是因為其他緣故，就請放棄那不真實的想法，改而相信那是因為方才你那番關於他的話吧。」他已俯身去抱我老師的腳[30]，但他對他說：「兄弟，不可如此，因為你是幽魂，你見到的也是幽魂[31]。」他站起來說：「現在你能明白，我心中對你燃起的愛是何等強烈，竟忘了我們的形體已是虛空，竟將幽魂當做固體之物看待。」

1 「撒瑪利亞的婦人請求恩賜的水」：典故出自《新約．約翰福音》第四章：耶穌「到了撒瑪利亞的一座城，名叫敘加，靠近雅各給他兒子約瑟的那塊地。在那裡有雅各井。耶穌因走路困乏，就坐在井旁。那時約有午正。有一個撒瑪利亞的婦人來打水。耶穌對她說，請你給我水喝。那時門徒們進城買食物去了。撒瑪利亞的婦人對他說，你既是猶太人，怎麼向我一個撒瑪利亞婦人要水喝呢？原來猶太人和撒瑪利亞人沒有來往。耶穌回答說，你若知道上帝的恩賜，和對你說給我水喝的是誰，你必早求他，他也必早給了你活水。婦人說，先生，沒有打水的器具，井又深，你從哪裡得活水？我們的祖宗雅各將這井留給我們。他自己和兒子並牲畜也都喝這井裡的水，難道你比他還大嗎？耶穌回答說，凡喝這水的，還要再渴。人若喝我所賜的水就永遠不渴。我所賜的水要在他裡頭成為泉源，直到永生。婦人說，先生，請把這水賜給我，叫我不渴，也不用這麼遠打水。」

「撒瑪利亞的小婦人」：詩中用小詞 La femminetta（小婦人）表示她低微和心地單純。她「請求恩賜的水」象徵耶穌啟示的真理，即《筵席》第四篇第十二章中所說的「基督最真實的教義，它是道、真理和光」。

「永遠解不了的那種自然的渴」：指人的求知欲。但丁在《筵席》第一篇開端引用了亞里斯多德《形而上學》開宗明義的話說：「凡人皆自然具有求知欲」。作為篤信基督教的中世紀詩人，但丁認為人的求知欲唯有接受基督啟示的真理，才能終獲滿足。詩中此處所說的求知欲，具體是指他想知道煉獄山地震的原因。

2 「公正的懲罰」：指犯貪婪罪者的靈魂受到手腳遭捆綁，趴伏在地，眼睛不能仰視的懲罰。這種懲罰之所以公正，因為它是上帝規定的，對那些靈魂則是罪有應得。但丁之所以痛心，一則是因為目睹他們受苦的悲慘景象，二是因為哀憐他們不幸成為貪欲的奴隸。

3 當但丁心懷強烈的求知欲和對受苦幽魂的哀憐之情，跟著維吉爾匆忙前進時，一個幽魂突然出現在他們倆跟前。詩中用《新約．路加福音》第二十四章所述，基督復活後突然出現在兩名行路的門徒跟前的場景比擬上述情景：「正當那日，門徒中有兩個人往一個村子去，這村子名叫以馬忤斯，離耶路撒冷約有二十五里。他們彼此談論所遇見的這一切事。正談論相問的時候，耶穌親自就近他們，和他們同行。只是他們的眼睛迷糊了，不認識他。」

「願上帝賜予你們平安」是《新約．路加福音》同一章中，復活後的耶穌對眾使徒所說的問候語：「正說這話（指關於耶穌已經復活）的時候，耶穌親自站在他們當中，說：願你們平安。」《新約．馬太福音》第十章說，耶穌囑咐使徒都使用這句問候話。

4 「永久流放」：指維吉爾永遠留在地獄，不得進天國。「正確無誤的法庭」：指上帝的公正無誤的判決。

5 「平安」：在這裡指「永恆平安」（la pace eterna），也就是天國之福。「享受天國之福者的大會」：指天國。

6 希臘神話中的三位命運女神是三姊妹，她們主宰了人的生死壽夭。「日日夜夜紡線的女神」是拉刻西斯，她晝夜不停地為每個人紡出生命之線。克羅托是命運女神中年齡最小的；她「為每個人放在紡錘上繞緊的那一定分量的羊毛」：每個人出生時，她會將一定分量的毛紗放在拉刻西斯的紡錘上，需要紡多久，人的壽命就有多長。「繞緊」原文是compila，意即將一定分量的毛紗放在紡錘上後，用手轉動紡錘，將羊毛妥善地緊繞在紡錘上。「還沒有為他卸下……那一定分量的羊毛」：意即她還沒紡完但丁的生命之線，也就是說但丁陽壽未盡，還是活人。

6 「他的靈魂是你和我的姊妹」：因為所有靈魂都是上帝創造的。「它不按我們的方式看事物」：維吉爾和與他交談的人都是已脫離肉體的幽魂；但丁則是活人，靈魂與肉體結合在一起，因而受到肉體的阻礙，不能像他們那樣運用心智清晰看到真理，所以無法獨自前來煉獄，必須有嚮導帶路。

7 「地獄寬闊的喉嚨」：指維吉爾所在的「林勃」，它是第一層地獄，最靠外也最寬闊，詩中把它比作通往地獄內部的喉嚨。「我的教導能引導他走多遠，就引導他走多遠」：指維吉爾象徵理性和哲學，只能引導但丁走到象徵現世幸福的地上樂園。

8 「濕潤的山腳」：指煉獄山瀕海的山麓。「用一個聲音呼喊」：指幽魂們高聲齊唱耶穌降生時天使所唱那首讚美上帝的歌（見第二十章注45）。

9 「為我將線精確地穿過我意願的針眼」：比擬維吉爾透過他向那幽魂提出的問題，完全猜中但丁內心渴望知道的事。

10 因為煉獄本部處在氣、水、土、火四大要素區域之外。

11 「天自身產生、接受到自身當中的力量」：指天的一部分對另一部分產生作用的力量，由於天永恆不變，這種力量也無法產生真正的變化。所以，煉獄本部出現的一些現象（例如地震），雖然看似和四大要素區域內的現象相同，實際上卻是另一回事，其起因與前者完全不同。

12 「那三磴短小臺階以上的地方」：指聖彼得之門以內的煉獄本部區域。

13 「方位常變換的陶瑪斯之女」：據希臘神話，陶瑪斯（Thaumas）是彭圖斯（Pontus，大海）和蓋亞（Ge，大地）之子。他和海洋仙女埃勒克特拉（Electra）生下象徵彩虹的女神伊里斯（Iris）。伊里斯是眾神的使者，上天下地傳達信息時都架彩虹。她在這裡指虹，虹出現在和太陽相對的方向，太陽在東方，虹就出現在西方，反之亦然，所以詩中說：「方位常變換」。

14 「乾燥的地氣」：根據亞里斯多德的物理學，地上出現的種種自然現象都源於地中的氣體：潮濕的地氣升起，就造成雨、雪、雹、露、霜等降水現象；乾燥的地氣如果稀薄，升起就成為風，如果濃重，潛藏在地中是風，一衝出地面就造成地震。「那三磴臺階頂端」：聖彼得之門就在此處。「彼得的代理人」：指守門天使，因為他手持聖彼得的兩把鑰匙。「放腳處」：天使坐在門檻上，兩腳放在第三磴臺階上。詩句大意是：乾燥的地氣不在煉獄本部升起，所以既無風、也無地震。

15 「那以下的地方」：指煉獄外圍區域。「也許有或小或大的地震」：因為煉獄外圍仍在大氣擾動的範圍內；「也許」表明那幽魂不敢肯定說那裡會有地震。但他以肯定語氣說「在這上方（煉獄本部）從未因地中潛藏的風而有過地震」。「不知什麼緣故」：薩佩紐的注釋說，「當一座山的底部受地震撼動時，山的高處怎麼還能保持不動，這的確是不可思議的神祕之事。」

16 詩句大意是：每逢煉獄中有一個幽魂覺得自己的罪已滌除乾淨時，如果他原本是坐著（犯嫉妒罪者）或地上趴著（犯貪婪罪者），他就會「站起來」，動身上升天國。如果他原本是被限定在某一平臺上走動（犯其他罪者），他就直接動身上升天國，在此同時也就發生地震，隨後全山就傳出高聲齊唱讚美上帝的歌聲。

17 詩句大意是：幽魂的罪孽已滌淨的唯一證明，是意志能完全自由變換居留處所，也就是說，從煉獄上升天國，這種已完全自由的意志對幽魂有益，因為自由的意志力能促使幽魂站起來和動身上升。

18 托馬斯．阿奎那在《神學大全》第三卷中，將人的意志區分為「絕對意志」和「相對意志」或「條件意志」。絕對意志總是向善，相對意志或條件意志、也就是詩中所說的「欲望」（talento），則將不好的事物錯當成好的事物，因而傾向它。阿奎那透過這種區分論證了煉獄中的幽魂受苦的自願性。這些詩句也突顯了這一點，大意是：幽魂在自覺已將罪孽滌除淨盡以前，就絕對意志來說，當然也想升天，但條件意志（也就是「欲望」）並不許可；正如在世上時，人的條件意志或「欲望」與絕對意志相反，傾向於犯罪，如今在煉獄中，其幽魂在神的正義支配下，感覺到贖罪的必要，因而傾向於受苦和受磨練；這與想讓它升天的絕對意志背道而馳。唯有當淨罪過程圓滿結束，條件意志完全消失於絕對意志當中時，幽魂才會不再感到任何阻礙，能自由升上天國。

19 「我趴在這層平臺受苦已有五百多年」：我們從下文會得知，這個幽魂是古羅馬詩人斯塔提烏斯（Publius Papinius Statius）。我們在注釋中已多次提到他的史詩《底比斯戰紀》。斯塔提烏斯大約死於公元九六年，從這年算起到一三〇〇年維吉爾和但丁在煉獄中見到他時，他在煉獄已停留了一千二百多年：在這層平臺（滌除浪費罪）受苦五百多年，在第四層平臺上（滌除怠惰罪）受苦四百多年（見第二十二章），可想而知，其餘時間是在煉獄外圍和第一、二、三層平臺上度過。

「朝更幸福的門檻邁進的自由意志」：「更幸福的門檻」是指天國的門檻。「自由意志」，指不再受欲望阻礙的意志。

20 「英勇的狄托」：指羅馬帝國弗拉維王朝（公元69-96）建立者維斯帕西亞努斯（Vespasianus）的長子狄托（Titus）。公元六十六年，猶太人由於羅馬總督劫掠耶路撒冷聖殿及其寶庫舉行起義，維斯帕西亞努斯奉命前去鎮壓，狄托隨父出征。七〇年，維斯帕西亞努斯被擁戴為羅馬皇帝，返回義大利登基，狄托留在巴勒斯坦，繼續圍攻耶路撒冷，並在當年九月占領此城。七一年，狄托回到羅馬與其父共同舉行凱旋儀式，慶祝征討猶太人的勝利。七九年，維斯帕西亞努斯死後，狄托繼承帝位，八一年去世。

「靠至高無上的帝王之助」：意即靠著上帝的幫助。

「為流出遭猶大出賣之血的傷口報仇」：意即為耶穌基督被出賣釘死於十字架上，而對猶太人進行報復。據史書記載，羅馬軍隊重新占領耶路撒冷後，將被俘的起義者全都釘死於十字架上，以至於「沒有地方再立十字架，沒有十字架再釘人」。除了死難者外，耶路撒冷居民被賣為奴隸的多達七萬人。奧洛席烏斯在七卷《反異教徒史》卷七中，將之說成是猶太人因為陷害耶穌基督，使其被釘死在十字架上而遭受的報復：「在占領和摧毀耶路撒冷，……使猶太國家完全滅亡後，被上帝的命令指定替主耶穌基督的血報仇的狄托就和他父親維斯帕西亞努斯共同以凱旋儀式慶祝他的勝利，關閉了雅努斯（Janus）神廟（雅努斯是古羅馬的門神，戰時，羅馬廣場上的雅努斯神廟廟門會大開，表示神保護戰士出征；戰爭結束後，廟門會關閉，以示和平），……為紀念替主的受難報仇所舉行，與紀念其降生所舉行的同等光榮的慶典，的確是正確的。」但丁接受了他的看法。

「流傳最久和最光榮的名稱」：指詩人。盧卡努斯在史詩《法爾薩利亞》卷九中說：「啊，詩人的工作多麼偉大、多麼神聖啊！他讓一切事物免於毀滅，賦於人以不朽。」作為人文主義的先驅，但丁將詩人的地位看得很高，認為這是「流傳最久和最光榮的名稱」，因為詩不僅是美，而且是對人生的教導（見第二十二章）。

「尚未有信仰」：意即尚未皈依基督教。這幾句詩的大意是：在羅馬皇帝維斯帕西亞努斯在位期間（70-79），當其子英勇的狄托靠上天之助，摧毀了耶路撒冷，為耶穌基督被釘死於十字架上而向猶太人報復時，彼時我在世上是享有盛名的詩人，但還不是基督徒。

21 「我的詩歌音調如此悅耳」：古羅馬諷刺詩人尤維納利斯（約60-140）的第七首諷刺詩中提到斯塔提烏斯的詩歌音調悅耳：「當斯塔提烏斯答應朗誦一天，使這個城市（羅馬）歡樂時，人們成群結隊去聽他悅耳的聲音和他受人喜愛的《底比斯戰紀》；他們的心靈被他美妙悅耳的詩歌迷住，聽他朗誦聽得如此入神！」

「我這個土魯斯人」：土魯斯在現今法國西南部。其實，斯塔提烏斯並非土魯斯人，他大約於公元四五年生於那不勒斯，九六年死在當地。詩中之所以誤認他為土魯斯人，是因為但丁就和其他中世紀學者一樣，將他和同名的修辭學家斯塔提烏斯（Lucius Statius）搞混了。後者在羅馬皇帝尼祿執政初年（約公元58）生於土魯斯。

「愛神木葉冠」：為何不授予他桂冠，而是愛神木（mirro）葉冠，注釋家們對此困惑不解。波雷納猜想，給他戴上愛神木葉冠，表示承認他作為愛情詩人的成就，但波雷納舉不出使用這種冠的事實證明他的想法。雷吉奧認為，給他戴上愛神木葉冠，或許就只是意味給他加冠為詩人而已。斯塔提烏斯在羅馬確實曾被加冠為詩人，此事可見於他的《詩草集 *Silvae*》第三卷第五首。此書的手抄本直到十五世紀才被人發現，因此但丁不可能從此書獲悉這個事實，而是另有所本。

22

「世人如今還以斯塔提烏斯這個名字稱道我」：斯塔提烏斯在中世紀確實享有盛名。他的兩部史詩在學校裡被廣泛誦讀、學習，許多學者都對之進行深入研究，但丁自己就是最顯著的例子。

「我歌詠底比斯」：指他根據希臘七將攻底比斯城的傳說，以《埃涅阿斯紀》為楷模，創作出史詩《底比斯戰紀》十二卷，近萬行，歷時十二年完成。「然後歌詠偉大的阿基里斯」：指他創作史詩《阿基里斯紀》，描述荷馬史詩中的英雄阿基里斯的生平和事蹟，現僅存有關其童年時代的第一卷和第二卷的一半。有人認為，作者生前未能寫完全書，也有人認為其餘部分已經散失。但丁詩中肯定前一種說法。「但我在擔負這第二個重擔的途中倒下了」：「這第二個重擔」，指《阿基里斯紀》。這個比喻表明斯塔提烏斯生前還沒寫完此書就去世了。

格拉伯爾指出，斯塔提烏斯向維吉爾和但丁說明他的史詩題材和創作史詩的艱苦勞動，這種艱苦勞動使得他在寫作這第二部作品時累得中途倒下。「倒下了」（caddi）一詞分量極重。斷送性命的死和他作為藝術家承受巨大磨難這兩種意象就交融在「倒下」（cadere）一詞中。

23

「那神聖的火焰」：指《埃涅阿斯紀》。斯塔提烏斯在《底比斯戰紀》的結尾就用了「神聖」一詞說明《埃涅阿斯紀》是千古絕唱。他對自己這部史詩說：「你長存吧！我祈禱，但是不要與神聖的《埃涅阿斯紀》競爭，要遠遠跟在它後面，永遠尊敬它的足跡。」

（《底比斯戰紀》第十二卷）

「一千多位詩人」：「一千多位」是不定數，表示數量之多。

詩句大意是：我的詩作靈感源於《埃涅阿斯紀》，歷來無數詩人都從這個光輝的典範中受到教益和啟發。

24

「它對我既是媽媽又是乳母」：說它是「媽媽」，因為它是我詩作的靈感來源；說它是「乳母」，因為它教會了我作詩的藝術。斯塔提烏斯的話實際上也表達出但丁對維吉爾的熱愛和崇敬。托瑪塞奧說：「『媽媽』這個日常用語表示情誼和尊敬，說明但丁覺得維吉爾不僅是養育者，而且還是新的美的生育者。」

「我連分量僅有一德拉瑪的東西都寫不出」：「德拉瑪」（dramma）是一盎司的八分之一，約四克。這裡表示分量極小。意即要是沒有《埃涅阿斯紀》這個光輝的典範，我根本寫不出任何稍微有點價值的作品。

25 「我的流放」：指他滯留在煉獄中。斯塔提烏斯大約出生於公元四十五年，維吉爾死於公元前十九年。斯塔提烏斯在詩中說，要是他能生在維吉爾在世那時，得以認識這位大詩人，那麼他情願為此而在煉獄比規定的期限再多留一年才上升天國。這話表達出剛解除了煉獄的磨難，就要升入天國享受永恆之福的斯塔提烏斯對維吉爾的無比熱愛和景仰。

26 「微笑和哭都緊隨其所由來的激情發出來，在最真誠的人身上最不服從意志約束」：「其所由來的激情」即引起微笑和哭泣的感情：指喜悅和悲痛。

「緊隨……發出來」：意即人一喜悅就不由得微笑，一悲痛就不由得哭泣。「在最真誠的人身上最不服從意志約束」：意即越是真誠的人，就越會自發地表露出內心的喜怒哀樂之情，非意志力能抑制；反之，虛偽、陰險之徒則能喜怒不形於色。

27 「我只微微笑了笑」：但丁這個會心的微笑向維吉爾暗示自己已領會到維吉爾無聲的命令。

28 斯塔提烏斯看到但丁微微一笑，覺得奇怪，也就沉默地仔細瞅著他的眼睛，想從眼神猜出微笑的原因。「在那裡表情最為集中」原文是 ove'l sembiante più si ficca，意謂眼睛比臉上其他部分更能明顯流露出內心情感。

29 「歌詠人和諸神」：這是古代史詩的共同題材。

30 由於對維吉爾的無比熱愛和崇敬，斯塔提烏斯沒等但丁說完，就情不自禁地俯身去擁抱維吉爾的腳。

31 第二章中，但丁和卡塞拉相見時曾互相擁抱，結果不成，他發現卡塞拉已是幽魂而無肉體；第六章中間和第七章開頭，維吉爾和索爾戴羅相見時，曾互相擁抱了三、四次，並未意識到他們已是幽魂，這就和第二章中的場面以及此處所寫的場面互相矛盾了。雷吉奧認為，這種矛盾應作為一種美學上的需要去理解。薩佩纽指出，這裡的場面和第十九章末尾但丁跪在教皇阿德利亞諾五世身邊的場面相類似，兩處都襲用了《新約．啟示錄》中天使對聖約翰所說的那句話。但維吉爾阻止斯塔提烏斯跪下抱腳表達敬意時，只是藉著向他指出他們倆都是幽魂，不再具有肉體，而不像阿德利亞諾那樣明白說出謙卑的話語，至多也不過是用「兄弟」一詞暗示謙卑之意，也可說這個詞中已經含蓄著那種意思。

第二十二章

那位擦去我額上一道傷痕，指點我們前去第六層的天使已留在我們身後；他曾對我們說，渴慕正義的人有福了，他的話以「*sitiunt*」結束，此外再無其他[1]。我繼續向前走，腳步比走別的通道時輕快，因而跟隨兩位捷足的幽魂攀登也毫不吃力[2]。這時，維吉爾說：「美德燃起的愛，只要它的火焰外現，向來都要燃起他人的愛[3]；所以，自從尤維納利斯降臨至地獄的林勃，與我們同在，讓我得知你對我的情誼，我便對你懷有深摯友愛，將此心與一個未曾謀面之人相連，因此，此時這些石階走來，似乎太過短暫[4]。但是，請告訴我——倘若過分坦率讓我說話放縱不羈，就請作為朋友原諒我，現在也請作為朋友與我談話吧——在你心中，在因你勤奮而智慧滿盈的那地方，貪婪怎能覓得一席之地[5]？」這些話先是引起斯塔提烏斯微微一笑，隨後他便答說：「你的一言一語之於我，都是親切之愛的表示。確實常可見由於真正的原因不明，因而使人謬誤生疑。你的提問讓我確信，你必是認為我在世上曾經貪財，或許是因為我曾在那一層待過之故[6]，但現在你要知道，貪財這種毛病已離我甚遠，這種失之過分的罪讓我受了幾千個月的懲罰[7]。若非我注意到你在詩中一處惱於人性地喊道：『啊，可詛咒的黃金欲，你引導世人的欲望有什麼邪道不走？』因而改正了我的毛病，如今我必然在滾著重物，承受悲慘的比武之苦[8]。那時我領悟到花錢時手會張得太開[9]，於是我懺悔此罪和其他罪。不知有多少人因為無知，生時與臨終都未能懺悔此罪，將來必要頭髮剃盡、復又爬起呀[10]！你還要知道，但凡與任何一種罪恰恰相反的罪，都將與該罪同在此地枯乾其青枝綠葉[11]。因此，若說我曾在那些贖貪財罪之人當中滌除我的罪，我的遭遇就是由與貪財恰恰相反的罪所致[12]。」那位牧歌詩人說：「當你歌詠伊俄卡斯忒的雙重悲哀之間的殘酷戰爭時，從克利俄在那裡與你講述的來看，那信仰似乎仍未讓你成為它的信徒；沒有這種信仰，單靠善行也是不夠的[13]。若是如此，那麼，是什麼太陽或蠟燭驅散了黑暗，讓你之後揚帆跟隨那名漁夫[14]？」斯塔提烏斯對他說：「是你先引導了我走向帕耳納索斯山，去飲它洞中的水，是你先啟發我走向上帝[15]。你的詩中寫道：『時代更新了；正義和人類的原始時代重新到來，一個新的後裔從天上降臨。』你這麼說，就像一個夜間行路之人在背後提著燈，雖然對自己無用，卻讓後面的人看清道路[16]。因為你，我成了詩人，因為你，我成了基督教徒；但是，為了讓你更能看清楚我所繪的草圖，我要著手為它上色[17]。全世界都已充滿永恆王國的信使傳播的真正信仰[18]，上面引用的你那些話，又與新的信仰宣講者合拍[19]；我因而養成與其往來的習慣，爾後漸漸覺得他們是如此聖潔，因而在圖密善迫害他們時[20]，他們的哭泣不乏我的淚。我在世時一直幫助他們，他們的正直懿行令我鄙視所有其他教派[21]。在我尚未以詩敘述希臘人抵達底比斯河畔之前，我就已領受洗禮；但我出於畏懼，因而是祕密的基督教徒，長期佯裝信奉異教；這種怠惰使我在第四層繞轉了四個多世紀[22]。你揭開了掩蓋我所說的那種善的面紗[23]，那麼，趁我們往上攀登的時間仍有餘裕，如果你知道，就請告訴我，我們古老的泰倫提烏斯[24]、凱基利烏斯[25]、普勞圖斯[26]和瓦里烏斯[27]人在何處；還請告訴我，他們是否入了地獄，又在哪一處。」我的嚮導答說：「他們與佩爾西烏斯[28]、我，以及諸多人，都與那位受繆斯的哺育較所有人來得多的希臘人[29]同在，就在幽冥地獄的第一層[30]；我們常談論我們的乳母們永居的那座山[31]。歐里庇得斯[32]與我們同在那裡，還有安提豐[33]、西摩尼得斯[34]、阿伽同[35]，以及許多曾經頭戴桂冠的希臘人。那裡可見到你的人物[36]安提戈涅[37]、得伊皮勒[38]、阿耳癸亞[39]以及悲哀仍一如從前的伊斯墨涅[40]。那裡可見到指出蘭癸亞泉的那名婦人[41]。那裡還有泰瑞西阿斯的女兒[42]和忒提斯[43]，以及戴伊達密婭[44]和她的姊妹。」

此時兩位詩人都已沉默，他們走完石階後，視線不再受石壁遮蔽，此刻才注意看向周遭[45]。白晝的四名使女已留在後面，第五個正在日車的車轅旁，繼續讓燃燒的車轅尖端向著上方[46]。這時，我的嚮導說：「我們該將右肩轉向平臺外沿，如往常那樣繞山而行[47]。」這樣，習慣在那裡即是我們的嚮導[48]。因為那高貴的靈魂贊同，我們便懷著更少的疑慮啟程[49]。

他們走在前，而我獨自跟在後面，聽著他們的談論，讓我在詩藝方面得到教益。但這愉快的談論卻因途道正中的一棵樹[50]而遭打斷，那樹上有許多芳香好聞的果子。正如同樅樹越往上樹枝就越小，那棵樹越往下樹枝也就越小，我心想，這是為了不讓人上去[51]。在路被屏蔽的那一側，一泓清水從高岩上落下，沾灑樹葉。兩位詩人走近那棵樹，一個聲音從樹葉間喊道：「你們將吃不到這種食物[52]。」接著又說：「瑪利亞只想著如何讓娶親筵席周全體面，沒去想她自己的口[53]，而這口現在替你們求情[54]。古羅馬的婦女滿足於以水為飲[55]；但以理鄙薄御膳，而得智慧[56]。第一個時代美如黃金，彼時人餓了便覺得橡子可口，渴了便覺得條條溪水皆是瓊漿玉液[57]。蜂蜜和蝗蟲是那位施洗者在曠野中充飢之物；因此，他就如同福音書對你們所啟示的那樣光榮、偉大[58]。」

1 薩佩紐指出，三位詩人邊談話，邊急速前行，來到了登上第六層平臺的通道前，當天使擦去但丁額頭上的第五個P字，朗誦耶穌登山訓眾論福時所講的福中之一後，他們就拾級而上。詩中其他地方對這個過程的敘述都比較詳細，在這裡卻僅用寥寥數語概括，為的是不打斷維吉爾和斯塔提烏斯談話的線索。

這位天使對他們說的是耶穌所講的第四福：「渴慕義的人有福了，因為他們必得飽足。」（見《新約．馬太福音》第五章）這福恰恰「與貪婪相反，因為貪婪之人企圖將屬於他人的據為己有，正義之人則欲使人人均享有其所應有。」（《最佳注釋》）但他沒有機械地誦唸經文，而是根據具體情況，靈活變動；「他的話以『sitiunt』結束，此外再無其他」：sitiunt 是拉丁文《聖經》經文「飢渴慕義的人有福了」這句話當中的「渴」字。天使在誦唸這句經文時省去了「飢」字，將它留給了接下來第六層平臺的天使說，因為第六層是消除貪食罪的地方。有的注釋家認為，這句詩意謂天使誦唸經文時還省去了下句「因為他們必得飽足」。

2 但丁拾級而上時的腳步比先前輕快，因為他已解除了又一種罪的重負。

3 意謂有道德的愛，只要以某種方式表現，總會引起他人的愛，使被愛者以愛還愛。這種說法是對弗蘭齊斯嘉．達．里米尼的所謂「不容許被愛者不還報的愛」（見《地獄篇》第五章）的修正和限制。弗蘭齊斯嘉所指的愛是情色，而這裡所指的愛則是有道德的愛。「肉體的愛並不能燃起所有的他人之愛，因為它只能燃起淫蕩之人的愛；但有道德的愛卻總能燃起有道德之人的愛。」（布蒂的注釋）

4 尤維納利斯（Decimus Junius Juvenalis）是古羅馬諷刺詩人，約公元六〇年生，中年之後開始寫詩，留下諷刺詩六卷十六首，後來因詩獲罪朝廷，年近八旬被遣往埃及（一說不列顛），約在公元一四〇年死於異地。他和斯塔提烏斯是同時代的人，欣賞後者的史詩《底比斯戰紀》。但丁在《筵席》第四篇第十二章和《帝制論》卷二第三章中曾提到他。

詩句說明自從尤維納利斯死後靈魂進入林勃，告訴了維吉爾斯塔提烏斯對他的仰慕之情後，維吉爾就對這位知其名但不相識的斯塔提烏斯懷有深摯好感。對聞名而不相識的人發生感情是中世紀宮廷文學中常見的主題，普羅旺斯抒情詩中稱這種感情為「遙遠的愛」。佩脫拉克（Francesco Petrarca）的詩作和薄伽丘的《十日談》都曾談到這種愛。

5 「放縱不羈」原文是 m'allarga il freno（放鬆韁繩），比喻說話言語失控，沒有分寸。本詩句大意是：在你充滿智慧的心中，怎麼容得下貪婪這種卑污的罪呢？也就是說，你這樣深富智慧的人，怎麼會犯貪婪罪呢？

6 「那一層」：指犯貪婪罪者所在的第五層平臺。

7　「貪財」原文是avarizia，這個詞具有「貪財」和「吝嗇」兩種含義，這裡指後者。斯塔提烏斯說「貪財」離他太遠，意即他和「吝嗇」相距太遠，走了另一極端，犯了浪費罪，揮霍無度，也就是「dismisura 失之過分」。薩佩紐指出，根據亞里斯多德的倫理學，各種美德都是兩種極端罪過中間的中庸之道；有節制地使用錢財就是浪費和吝嗇兩種過分之罪中間的美德；盲目的占有和狂熱的揮霍來自同一根源，也就是對世上財富無節制的貪求。

「讓我受了幾千個月的懲罰」：指他被罰在第五層平臺上趴伏了五百多年，約計六千多個月。

8　「在詩中一處」：指在維吉爾的《埃涅阿斯紀》卷三中，埃涅阿斯敘述波呂多洛斯的亡魂訴說波呂墨斯托爾背信棄義殺害了他，將他帶去的大量黃金據為己有一事（詳見第二十章注40）的場景。維吉爾就此事藉著埃涅阿斯之口憤慨地說：「可詛咒的黃金欲，在你的驅使下，人心有什麼事幹不出來的？」維吉爾的詩句譴責的是世人對金錢的貪欲，吝嗇者和浪費者同樣受到這種貪欲支配：前者是為了守財，後者是為了揮霍。斯塔提烏斯受到這句詩的啟發，意識到自己犯浪費罪的根源，及時懺悔了這種罪，避免死後靈魂入第四層地獄受苦。

9　原文是「troppo aprir l'ali potean le mani a spendere」（直譯：「花錢手會把翅膀張開太大」），比喻人揮霍無度，與中文說「花錢大手大腳」相類似。

10　「因為無知」：意即由於不知道浪費是罪。「將來必要頭髮剃盡、復又爬起！」：指受最後審判時，浪費者將剃光頭髮從墳墓中爬起，表示他們已經傾家蕩產，一貧如洗（見《地獄篇》第七章注13）。

11　「枯乾其青枝綠葉」：原文是suo verde secca（使其綠色乾枯），詩中使用這個大膽的比喻，說明煉獄中的靈魂經受痛苦的磨練讓罪孽消失，就如同草木枯死那樣。詩句大意是：煉獄中的靈魂凡是犯有與七大罪中任何一種恰恰相反的罪者，都會與犯了那一種大罪者的靈魂在同一層平臺上遭受同樣的懲罰，以消除自己的罪孽。從斯塔提烏斯的話看來，這是煉獄中具有普遍性的法則，實際上，詩中唯一具體事例，是犯浪費罪者和犯貪財罪者的靈魂同在第五層平臺上受苦。

12　意即由浪費罪所致。

13　「牧歌詩人」：指維吉爾，他最早的重要作品是牧歌十章。「當你歌詠伊俄卡斯忒的雙重悲哀之間的殘酷戰爭時」：意即當你創作史詩《底比斯戰紀》時。

「伊俄卡斯忒的雙重悲哀」：伊俄卡斯忒（Jocasta）是底比斯王拉伊俄斯（Laius）的妻子。她預知自己的兒子注定將來會殺父娶母，便要一個牧人將這孩子拋棄。這個棄嬰被科林斯王收為養子，取名伊底帕斯。他長大後，受到命運支配，在毫不知情的狀況下果真殺死了自己的生父拉伊俄斯，做了底比斯王，而且娶了生母王后伊俄卡斯忒，還和她生下兩個兒子：厄忒俄克勒斯和波呂尼刻斯，以及兩個女兒：安提戈涅（Antigone）和伊斯墨涅（Ismene）。這兩個兒子長大後強迫父親伊底帕斯退位，離開底比斯。伊底帕斯對諸神祈禱，要求讓這兩個孿生兄弟永遠互相仇視。原本厄忒俄克勒斯和波呂尼刻斯約好逐年輪流執政，但厄忒俄克勒斯任期滿後拒不讓位，波呂尼刻斯於是請求阿爾戈斯國王援助他奪回王位，因而發生了七將攻打底比斯的戰爭。後來，這兩個結下不共戴天之仇的兄弟在對打時自相殘殺而死（參看《地獄篇》第二十六章注14）。對伊俄卡斯忒來說，這兩個孩子之所以是「雙重悲哀」，一來是因為他們是亂倫生下的，二來是因為他們最後自相殘殺而死。「從克利俄在那裡與你講述的來看」：克利俄（Clio）是九位繆斯中主管史詩與歷史的女神。斯塔提烏斯在《底比斯戰紀》敘事過程中多次祈求她的幫助。「在那裡」：指在這一史詩中。

「那信仰似乎仍未使你成為它的信徒」：意謂似乎那時你還不信仰基督教。

14　「太陽」：指神的啟示。「蠟燭」：指人的教誨。「黑暗」：指對真理蒙昧無知的狀態。「揚帆跟隨那名漁夫」：「揚帆」，比喻走上某種生活道路。「那名漁夫」，指使徒聖彼得；《新約．馬太福音》第五章中說：「耶穌在加利利海邊行走，看見弟兄二人，就是那稱呼彼得的西門，和他兄弟安得烈，在海裡撒網。他們本是打魚的。耶穌對他們說，來跟從我，我要叫你們得人如得魚一樣。他們就立刻捨了網，跟從了他。」詩句的意思是皈依了基督教。

15　「帕耳納索斯山」（Parnassus）：也就是坐落在希臘半島科林斯灣北面、在雅典西北約一百四十四公里處的利雅庫臘山（Liakoura）。根據希臘神話，此山是阿波羅和九位繆斯所住的地方。山有兩峰，因而古典作家常稱之為雙峰山，還用此山代表詩歌本身。山的南麓德爾菲（Delphi）阿波羅神廟的正上方是卡斯塔利亞（Castalia）泉，泉中湧出的水就象徵詩的靈感。詩句中所說「它洞中的水」指的正是此泉的水。「走向帕耳納索斯山去飲它洞中的水」：意即成為詩人。詩句大意是：首先引導我成為詩人的是你，首先啟發我信仰上帝的也是你。

16　這是但丁對維吉爾的第四首《牧歌》五至七行的意譯，拉丁文原文是：

magnus ab integro saeclorum nascitur ordo.
iam redit et Virgo, redeunt Saturnia regna；
iam nova progenies caelo demittitur alto.

世紀的大循環重新開始了。
現在那位處女回來了，薩圖努斯的統治復返了；

現在一個新的後裔從高天降臨了。

這是那不勒斯以北庫邁（Cumae）地方的阿波羅神廟女祭司的著名預言。這裡所說的「處女」是指正義女神阿斯特拉埃婭（Astraea），因此但丁在譯文中用了「giustizia 正義」一字。「Saturnia regna 薩圖努斯的統治」：朱比特的父親薩圖努斯（Saturnus）被朱比特逐出奧林帕斯後，來到了義大利，他統治義大利的時期是傳說中的「黃金時代」，相當於《聖經》中亞當和夏娃未犯罪前在伊甸園中天真無邪的狀態，所以譯文用「人類的原始時代」來表達。

維吉爾的詩句本是歌頌在奧古斯都統治下「黃金時代」重新到來。這些詩句大概作於執政官波利奧（Gaius Asinius Pollio, 76 BC- 05 AD）的兒子誕生之際，第三句中「一個新的後裔」指的就是這個新生兒。但早在基督教興起的最初，這句詩被牽強附會地說成是預言了基督的降生。如此說法為中世紀關於維吉爾是預言家的傳說奠定了基礎（參看《地獄篇》第一章注17）。

斯塔提烏斯引用維吉爾這些詩句，並不是說他是預言基督教興起的先知，而是說維吉爾的話啟發了他皈依基督教，他本人卻依然滯留於異教的黑暗中。但丁運用了美妙的比喻說明這種情況。注釋家們指出，十三世紀一位波隆那詩人在一首十四行詩中已經用過這樣的比喻。托瑪塞奧還引證聖奧古斯丁的《論象徵》中類似的話：「啊，猶太人哪，你們手裡拿著律法的火炬，為別人照明道路，自己卻被黑暗籠罩。」可能是但丁詩中這個比喻的來源。

17 這個比喻源於繪畫技法，尤其是壁畫技法：先畫草圖，然後為草圖著色。詩句意謂，為了讓你更清楚瞭解我剛才向你提到的這一點（草圖），我要詳加說明（著色）。

18 「永恆王國的信使」：即天國的信使，也就是傳播基督教的眾使徒。「全世界」：「自然是指當時歐洲所知的世界，大致等於羅馬帝國的疆域。實際上，在斯塔提烏斯時代，基督教到處在一些小的中心傳播，無論哪裡都有一點：無論如何，在聖保羅進行傳教活動後，『福音』就不再侷限於東方了。」（雷吉奧的注釋）

19 意即剛才我引用的你那些話的意義，與新的布道者宣講的教義一致。

20 圖密善（Titus Flavius Domitianus, 51-96）是羅馬帝國弗拉維王朝（69-96）的建立者維斯帕西亞努斯的次子，生於五一年，八一年其兄狄托死後，即位為羅馬皇帝。圖密善實行個人專制，蔑視元老院，以「主上和神」自居。九六年在政變中被殺。早期基督教歷史家都講到他迫害基督徒的罪行。但丁詩中根據的，無疑是奧洛席烏斯的七卷《反異教徒史》卷七第十章中有關圖密善的話：「在十五年間，這位統治者的邪惡不斷升級，經歷一切程度。最後，他膽敢發布幾道普遍進行、最殘酷的迫害的敕旨，意欲根除如今在全世界十分牢固建立起來的基督教會。」不過，現代歷史家已否定圖密善殘酷迫害基督教徒的說法。

21 「所有其他的教派」：「教派」原文是sette（這裡不含貶義），包括學派在內。公元一世紀時，有許多宗教和哲學派別在羅馬互相競爭。

22 「這種怠惰使我在第四層繞轉了四個多世紀之久」：「怠惰」在於愛善不足。上帝是至善；斯塔提烏斯因為害怕遭受迫害，遲遲不公開自己的基督徒身分，這說明他愛上帝不足，犯了怠惰罪。為了消除這種罪，他在第四層平臺上繞山跑了四百多年。

23 「我所說的那種善」：指基督教信仰。全句大意是：你的詩句揭開了面紗，讓我認識了基督教信仰。

24 「我們古老的泰倫提烏斯」：泰倫提烏斯（Publius Terentius Afer），常稱為泰倫斯（Terence），是古羅馬喜劇作家，他的六部喜劇都是依據希臘新喜劇改編的，全部流傳了下來，在文藝復興時期和古典主義時期被譯為其他歐洲語文，成為公認的典範，莎士比亞和莫里哀的喜劇也都受其影響。在中世紀時，泰倫提烏斯的喜劇由於其道德主義精神而為人所知，不過但丁似乎沒有讀過。他所引用的《閹奴》一劇中的話，是從西塞羅的著作中得來的（見《地獄篇》第十八章注22）。格拉伯爾指出，泰倫提烏斯（約195 BC-159 BC）的時代早於維吉爾和斯塔提烏斯，因此後者稱他為「古老的」泰倫提烏斯。但「antico—古老的」還含有一位古典作家令人肅然起敬的意味；「nostro—我們的」則令人感到，泰倫提烏斯對這兩位詩人的靈魂來說是多麼親切。

25 凱基利烏斯（Caecilius Statius, 約220 BC-166 BC）是古羅馬喜劇作家。據說他寫了四十部劇本，但完全沒有流傳下來。但丁大概是從賀拉斯的《書札》第二卷中，以及聖奧古斯丁的《論上帝之城》第二卷中得知他的名字。

26 普勞圖斯（Titus Maccius Plautus, 約254 BC- 184 BC）是古羅馬喜劇作家，有二十一部喜劇流傳至今。他的喜劇主要是依據希臘新喜劇改編而來，以希臘形式表現羅馬的現實生活，當時的社會問題，如貧富不均、婦女地位卑賤、世風敗壞等，都在其中得到反映。中世紀由於教會敵視世俗文學，普勞圖斯的喜劇被埋沒，十五世紀才又被發現，重新受到重視。但丁肯定沒有讀過他的劇本，大概也是從上述賀拉斯的和聖奧古斯丁的書中見到其名。

27 瓦里烏斯（Lucius Varius Rufus, 約74 BC-14 BC）是奧古斯都時期的古羅馬詩人，與維吉爾、賀拉斯在同一個文人團體，彼此友誼深厚。維吉爾在遺囑中要求瓦里烏斯和作家圖卡（Tucca）將《埃涅阿斯紀》手稿焚毀，但他們沒有執行，因為屋大維命令他們編輯整理這部史詩，公諸於世。賀拉斯在《諷刺詩》和《書札》中，維吉爾在《牧歌》中都曾提到他。但丁自然還可能從某一部維吉爾的傳記中得到關於他的資料素材。

28 佩爾西烏斯（Aulus Persius Flaccus, 34-62）是古羅馬諷刺詩人，生在暴君尼祿統治時期。傳世作品有諷刺詩一卷六首，詩中敢於揭露社會罪惡。他的詩作在中世紀很流行，勃魯內托．拉蒂尼在《寶庫》第二卷中兩次引用他的詩句，但用的都是間接得來的素材。但丁對佩爾西烏斯的作品不熟悉。

29 指荷馬。在《地獄篇》第四章中他被稱為「詩人之王」。這裡以「受繆斯的哺育較所有人來得多」來說明他高於所有其他詩人。

30 指「林勃」。

31 「我們的乳母們」：指九位繆斯。「那座山」即帕耳納索斯山，這裡指詩。詩句大意是：在林勃中的詩人經常談詩。

32 歐里比底斯（Euripides, 約 485 BC- 406 BC）是古希臘三大悲劇詩人之一。歐里庇得斯對古羅馬及後世歐洲戲劇的影響，要比他的兩位前輩悲劇詩人埃斯庫羅斯和索福克勒斯大得多。但丁在《神曲》中只提到他，而未提及他的兩位前輩悲劇詩人，大概是因為但丁連他們的名字都不知道。對於他，但丁也只是藉由亞里斯多德、西塞羅等人的著作而略有所知。

33 安提豐（Antiphon, 公元前四世紀）是古希臘悲劇詩人。亞里斯多德在《修辭學》第二卷中提到他。普盧塔克把他譽為最偉大的悲劇詩人之一。他的作品只有三部悲劇的片斷保存下來。

34 西摩尼德斯（Simonides, 約 556 BC-468 BC）是古希臘抒情詩人，他的詩歌創作具有泛希臘的意義。他歌頌馬拉松戰役和溫泉關戰役中希臘將士殊死抵抗波斯侵略的詩非常著名，這些詩作激發人們的愛國熱情和民族自豪感。除了少數著名短詩外，作品只有殘篇傳世。但丁是從亞里斯多德和西塞羅的著作中間接知道他。

35 阿伽同（Agathon, 約 448 BC- 402 BC）是古希臘悲劇詩人。他的劇本無一流傳。但丁在《帝制論》卷三第六章中提到亞里斯多德在《尼可馬克倫理學》卷六第二章中引用的阿伽同的警句。

36 「你的人物」：指斯塔提烏斯兩部史詩中的人物，這裡所說前六個出現在《底比斯戰紀》中，後兩個出現在《阿基里斯紀》中。但丁顯然將他們全都當成了真正的歷史人物。

37 安提戈涅是伊底帕斯和伊俄卡斯忒的女兒，伊斯墨涅的姐姐（參看注13），因違犯禁令埋葬她哥哥波呂尼刻斯的屍體，被底比斯的新國王克瑞翁（Creon）處死。

38 得伊皮勒（Deipyle）是阿爾戈斯王阿德剌斯托斯（Adrastus）的女兒，攻打底比斯的七將之一提德烏斯（Tydeus）的妻子。

39 阿耳癸亞（Argia）是得伊皮勒的姐姐，波呂尼刻斯的妻子。

40 伊斯墨涅是安提戈涅的妹妹，和她同被克瑞翁處死。「仍然和從前一樣悲哀」：意謂由於生前看到自己的親人一一死亡，如今在林勃中臉上仍然帶著悲哀表情。

41 指楞諾斯島女人國的女王許普西皮勒。她和伊阿宋相愛，但被他遺棄（見《地獄篇》第十八章注17）。後來，她被強盜搶走，賣給涅墨亞王呂枯耳戈斯做女奴，奉命看顧小王子俄斐爾忒斯（Opheltes）。有一天，她抱著小王子坐在森林中，前往攻打底比斯的七將率領大隊人馬路過，焦渴難忍卻又找不到水。她把他們帶到林中，讓他們喝到清涼的蘭癸亞（Langia）泉水，但她暫時離開時，小王子卻不幸被蛇咬死。

42 「泰瑞西阿斯的女兒」：指曼圖。但丁在《地獄篇》中將她放在第八層地獄的第四惡囊，並且把她說成是「殘酷的處女」（見《地獄篇》第二十章注15）。在這裡，卻說她在林勃中，與「那些偉大的靈魂」在一起。許多注釋家力圖說明詩人前後自相矛盾的原因，但說服力都不足。我們只能認為這種矛盾是詩人寫作長篇史詩過程中偶然出現的疏失。

43 忒提斯（Thetis）是海中女神，阿爾戈英雄之一珀琉斯的妻子，希臘英雄阿基里斯的母親。

44 戴伊達密婭是斯庫洛斯島的國王呂科墨得斯的女兒。阿基里斯的母親忒提斯將兒子裝扮成女孩，送到呂科墨得斯的宮廷，以避免他長大後去參加特洛伊戰爭。他同戴伊達密婭公主生活在一起，和她相愛，讓她生了一個兒子。後來，尤利西斯和狄俄墨得斯奉命去斯庫洛斯國王的宮廷邀阿基里斯參戰。他們識破他的偽裝，在一番勸說下，阿基里斯同意參戰。他離開斯庫洛斯島後，戴伊達密婭便悲痛而死（參看《地獄篇》第二十六章注18）。

45 斯塔提烏斯方才對維吉爾說：「趁我們往上攀登的時間仍有餘裕」，這話似乎表明倆人這麼交談，待一登上第六層平臺就會結束。現在他們走完石磴，登上了平臺，視線不再被兩側的岩石遮蔽，才得以聚精會神地四下張望。

46 「使女」：指作為日神使女的時辰女神們（見第十二章注27）。「白晝的四個使女已經留在後面」：意即日出後最初的四個時辰已經過去。「第五個在日車的車轅旁，繼續讓燃燒的車轅尖端向著上方」：意即她在車轅旁邊駕馭著馬，一直朝上方行駛。這是以形象化的方式，說明太陽在上午第五個時辰仍繼續順著拋物線的路線上升，往中天運行，而這個時辰尚未過半，也就是說此時是上午十點和十一點之間。「燃燒的車轅尖端」：因為這時已近中午，太陽的光芒已經很強烈了。

47 意即他們應向右轉，以逆時針方向繞山而行，這是煉獄中的規則。

48 「習慣在那裡即是我們的嚮導」：維吉爾和但丁在前五層平臺都是向右繞山而行，現在在六層平臺上照例也是這麼走，這就是以習慣為嚮導之意。「嚮導」原文是insegna（旗、麾），這裡採意譯。「如同旗給軍隊指明應走的路，習慣，也就是我們在其他各層所遵循的慣例，也在這第六層為我們指路。」（布蒂注釋）

49 「那高貴的靈魂」：指斯塔提烏斯。他已消除罪孽，即將升上天國。既然他贊成向右走，我們也就毫不遲疑，因為他的話受到上天啟示，是不會錯的。

50 這棵樹是用來懲罰貪食罪的，但丁在這裡並未說明這棵樹的由來。在距離第六層的出口不遠處，他將會看到另一棵功用與此相同的樹（見第二十四章），並聽到聲音說，這棵樹源於伊甸園中夏娃從上面摘取果子吃的那棵樹，也就是分辨善惡的樹。由於這兩棵樹的功用相同，多數注釋家認為這裡的這棵樹同樣也源於伊甸園（即煉獄山頂上的地上樂園）的分辨善惡之樹。

51 這棵樹長得非常奇怪，越往下樹枝就越短小，彷彿一棵樹梢朝下倒栽的樅樹。但丁尋思，這棵樹長成這樣，絕對是為了不讓人爬上去摘取果子。實際上的確具有這種象徵意義。

52 意謂你們就算想吃也吃不到樹上的果子，想喝也喝不到岩石上流下的清水。這是那個神秘的聲音對走近那棵樹的人發出的警告。

53 發出這句警告後，接著那聲音就針對貪食罪列舉出一些節制飲食的範例。第一個範例仍是聖母瑪利亞的事跡：在迦拿的娶親筵席上，她操心的是讓筵席體面周全，賓客高興，而沒去考慮滿足自己的食欲（見《新約．約翰福音》第二章）。她在這個場合所說的「*Vinum non habent*—他們沒有酒了」這句話，已被引用作為體現愛的範例（見第十三章注6）。

54 意即「這口現在為你們向上帝祈禱」（本維努托的注釋）。雷吉奧指出，「這個細節與作為範例的場面無關，但為瑪利亞的慈母形象再添一筆，寫出她神聖的關懷之情：當初在迦拿的娶親筵席上，她沒想滿足自己的口腹之欲，如今她正用自己的口為那些贖罪的靈魂向上帝祈禱。」

55 第二個節制飲食的範例是古時的羅馬婦女。公元一世紀初的羅馬歷史家瓦雷利烏斯．馬克西姆斯（Valerius Maximus）說：「從前羅馬婦女們不知飲酒，因為她們不陷入什麼不正當的行動中。」托馬斯．阿奎那在《神學大全》第二卷中引用了他的話，說：「在古代羅馬人中，婦女是不飲酒的。」

56 第三個節制飲食的範例是先知但以理。巴比倫王尼布甲尼撒征服耶路撒冷後，命人挑選了但以理等四名以色列貴族中的美少年，教養他們充當他的侍從。他派定將自己每日所用的膳食和飲酒賜給他們一份。但以理卻立志不以王的膳食和酒玷污自己，而是只吃素菜、喝白水，另外那三個少年也和他一起這麼做。為了獎勵他們，「上帝在各樣文字學問上賜給他們聰明知識。但以理又明白各樣的異象和夢兆。」（事見《舊約．但以理書》第一章）

57 第四個節制飲食的範例是神話傳說中「黃金時代」的人。關於這個時代，奧維德在《變形記》卷一中寫道：「人們不必強求就能得到食物，感覺滿足；他們採集楊梅樹上的果實，山邊的草莓，山茱萸，刺荊上層層密密懸掛的漿果和朱比特的大樹上落下的橡實。……土地無需耕種就生出豐饒的五穀，田畝也不必輪息就長出一片白茫茫、沉甸甸的麥穗。溪中流的是乳汁和甘美仙露，蔥翠的橡樹上淌出黃蠟般的蜂蜜。」但丁的詩句對此作出了理性主義的解釋，讓詩人所說的其中流的是乳汁和仙露的河流，以及淌出蜂蜜的樹木符合《聖經》中對伊甸園的敘述。

58 第五個節制飲食的範例是施洗者約翰。他在猶太的曠野傳道，「吃的是蝗蟲野蜜」（見《新約．馬太福音》第三章）。耶穌對眾人講論約翰說，「我實在告訴你們，凡婦人所生的，沒有一個興起來大過施洗約翰的。」（見《新約．馬太福音》第十一章）

第二十三章

我正像浪費一生時光獵鳥的人慣於做的那樣，目不轉睛盯著那片翠綠樹葉時[1]，那位比父親還親切的人對我說：「孩子啊，現在往前走吧，因為指定給我們的時間[2]必須分配得當，用於更有益的事情。」我立即望向兩位哲人[3]，還同樣迅速地將腳步跟上，他們正在談論，談得如此動聽，令我走路完全不覺疲累。這時，突然聽見哭聲唱道：「*Labia mea, Domine*」，那聲音聽得人心生喜悅和悲痛[4]。我說：「啊，和藹的父親，我聽見的是什麼？」他說：「或許是去解他們罪債之結的幽魂的聲音[5]。」

如同沉思的朝聖者在途中趕上不相識的人時就轉身看一眼，但不停步，同樣地，一群沉默而虔誠的幽魂由我們後面走來，走得比我們快，超過我們時，都驚訝地看著我們[6]。每個幽魂的眼睛盡是黑糊、凹陷，面容慘白，瘦得膚皮都透出骨骼形狀。我不相信厄律西克同對飢餓感到莫大恐懼那時[7]，也曾餓成這樣，瘦得只剩一層皮。我暗暗對自己說：「瞧，這就是馬利亞啄食她的孩子時，那些失掉耶路撒冷的人的模樣啊[8]！」他們的眼窩就像寶石脫落的戒指[9]：凡是在人臉上讀出「OMO」的人，必會在那裡清楚認出M[10]。那些不知這是怎麼回事的人，有誰會相信，一種果子的氣味和一種水的氣味引起的欲望，會造成這般狀態？

由於還不知他們削瘦、皮膚慘白、乾巴、有鱗屑的原因，我正驚奇地琢磨著是什麼讓他們餓成這

「啊，別注意讓我皮膚慘白的那些乾巴鱗屑，也別注意我身軀缺少體肉。」

樣。突然間，一個幽魂將雙眼從頭顱深處[11]向我轉來，凝視我，隨後喊道：「這對我是什麼恩澤呀[12]？」從他的相貌我絕對認不出他，但那聲音為我顯現了他的臉本身毀掉的東西[13]。這丁點星火復燃起我對這張已生變的容顏的所有記憶[14]，我認出了孚雷塞的面容[15]。

他祈求說：「啊，別注意讓我皮膚慘白的那些乾巴鱗屑，也別注意我身軀缺少體肉。告訴我你的實情[16]，告訴我，那邊為你嚮導的兩個幽魂是誰；可別不肯對我說。」我回道：「當初我曾對著你的遺容流淚，如今見你變了樣，引起我內心的悲切欲泣不亞於當時。因此，看在上帝份上，告訴我，是什麼使得你這麼削瘦吧；在我正驚奇時，莫督促我開口，因為心中充滿別的願望的人是說不好的[17]。」他對我說：「一種力量從永恆意志降入我們身後那泓清水和那棵果樹中，我正因那力量而消瘦[18]。這些哭著歌唱的，全是因為生前貪食，而在此處透過飢渴之苦讓自己復又聖潔的人[19]。發自那棵果樹和散布其綠葉上的水珠香氣，在我們心中燃起飲食的欲望。在此地環山行走，我們的苦不只重複一次[20]：我說苦，其實應說樂[21]，因為引導我們走向那些樹的，是基督以其血拯救我們時，引導他欣然說出「Eli」的那種意志[22]。」我對他說：「孚雷塞呀，從你改換世界，去更美好的生活那天，至今五年時光尚未流轉過去[23]。如果在那讓人得以與上帝復合，至福的沉痛時刻來救助你之前，你再犯罪的可能性就已消失，那麼，你怎麼已經來到這上邊[24]？我原以為會在底下以時間補償時間的那地方遇見你[25]。」於是，他對我說：「引導我這麼快就來飲下這苦刑的甜艾酒的，是我的奈拉！她以她的痛苦、虔誠祈禱和嘆息，將我從須在那兒等待的山坡拉了上來，還讓我免於在其他各層停留[26]。我生前熱愛、我可憐的遺孀在善行上越是獨一無二，她對上帝就越顯可喜可愛；因為薩丁尼亞島的巴巴嘉女人，遠比我將她撇下在那裡的巴巴嘉女人貞潔得多啊[27]。親愛的兄弟，你要我說什麼呢[28]？一個未來時刻已在我眼前，對那時刻而言，此時並不古遠；在那時刻，佈道臺上將要下令禁止厚顏無恥的佛羅倫斯女人袒胸露乳[29]。曾有什麼蠻族女人、什麼撒拉森女人需要教會的禁令或其他禁令，要她們遮蔽身體呢[30]？然而，要是知道上天為她們在不久後準備了什麼，那些無恥的女人早就開始張嘴號叫了[31]；因此，我們在此地的預見若是不欺騙我，在此時猶以催眠曲安慰的嬰兒兩頰生出絨毛之前，她們就要傷心[32]。啊，兄弟呀，別再對我隱瞞自己了！你看，不只我，這些人全都注視著你將太陽遮住的地方呢[33]。」我因而對他說：「若是你回想起當初你與我如何、我與你又如何，這種記憶如今依然會是沉痛[34]。走在我前面的這位，幾天前讓我脫離了那種生活，」我指著太陽，「彼時，它的妹妹以圓形向你們呈現；這位引導我帶著這身真實肉體，隨他穿過真實的死者的深夜[35]。他以勸導將我從那裡拉了上來，攀登、環遊這座矯正被塵世引入斜路之人的山。他說，他會伴我直至貝雅特麗齊到來之處[36]；在那裡，我就得沒有他做伴了。說出這番話的人就是維吉爾，」我指著他，「另外這位，就是方才你們的王國震撼了各個山坡，好讓他離開此山的那個幽魂。」

1 但丁受好奇心驅使，目不轉睛盯著那棵樹的綠葉深處，想知道剛聽到的那些話是誰從樹間說出的。詩中用獵鳥者在林中四處搜尋禽鳥的好奇心，比擬但丁凝望著綠葉，想知道說話者是誰的好奇心，並且表明這兩種好奇心都是浪費時間、徒勞無益的。中世紀貴族常以獵鳥為樂，但丁認為那是浪費時間的娛樂。

2 指上天限他們旅行的期限。

3 指維吉爾和斯塔提烏斯兩位詩人。中世紀稱詩人為哲人，因為詩人不僅是修辭大師，還是智慧卓越之人。

4 「*Labia mea, Domine*」是拉丁文《聖經》《舊約．詩篇》第五十一篇中的話。全文是「*Domine, labia mea aperies*：*et os meum annuntiabit laudem tuam*——主啊，求你使我的嘴唇張開，我的口便傳揚讚美你的話。」犯貪食罪者的靈魂在贖罪時會唱這句詩，因為它適切表達出他們的懺悔和決心淨罪的心情：「他們好像在說，我先前過度將唇嘴用於吃喝，現在，上帝呀，求祢使我的嘴唇張開，以同等的熱情讚美歌頌祢的名字吧。」「產生喜悅和悲痛」：歌聲產生喜悅，哭聲產生悲痛之情。

5 「去解他們罪債之結」：意謂去還清他們因犯了罪而對上帝欠下的債。

6 波雷納指出，那些靈魂和朝聖者的相似點不只限於表面：「那些靈魂因為時而唱歌、時而停頓，而且，一如朝聖者在停頓時的肅靜中沉思默想，都讓人聯想到朝聖者。」

7 厄律西克同（Erysichthon）是忒薩利（Thessaly）王子。他鄙視天神。有回，他用斧頭砍倒了五穀女神刻瑞斯（Ceres）樹林中的一棵大橡樹。刻瑞斯於是派出一名女仙去請飢餓女神懲罰他。飢餓女神趁他酣睡時，朝他的喉嚨、胸口和嘴裡吹氣，將自己的精氣吹進他體內，把饞欲送進他的血脈。厄律西克同醒來後餓得要命，吃光幾桌酒席還不飽足。吃進肚內的東西只會引起他的食欲；他吃得越多，肚裡就越是空虛。他吃光家財，只剩下一個女兒，只好連女兒都賣了。最後落得用牙咬自己的肉吃，用自己的身體餵養自己（詳見奧維德《變形記》卷八）。「感到莫大恐懼那時」：指厄律西克同害怕沒東西可吃會把自己餓死時，因為這種恐懼，他竟啃食自己的肉以續命。

8 據公元一世紀歷史家弗拉維奧．約瑟夫斯（Flavius Jesephus）的《猶太戰爭》卷六第三章記載，公元七〇年，在羅馬皇帝維斯帕西亞努斯之子狄托圍困耶路撒冷期間，城中絕糧，居民大飢，有一個名叫馬利亞的猶太婦女竟然餓得殺死自己的幼兒，吃孩子的肉充飢。「啄食」表達出她的獸性，為了活命竟然像猛禽啄食其他鳥類和小動物一樣，吃了自己兒子的肉。

9 犯貪食罪者瘦得眼窩深陷，幾乎不見眼球，所以頭顱上的眼窩就好似戒指上鑲嵌的寶石脫落後留下的坑。

10 中世紀有一種流行的說法，稱人臉上可認出OMO（古義大利語，意思是「人」）一詞。M字母（這裡指哥特體的大寫M）是由顴骨和眉弓構成側面的曲線，由鼻子構成中間的直線；兩個O字母由兩眼構成。要注意的是，在銘文上，兩個O字母向來都放在M字母的內部。這種寫法在我們看來或許奇怪，但在當時卻是規範。犯貪食罪者瘦得顴骨和眉弓輪廓顯得特別突出，M字母也就變得特別明顯。

11 指眼窩深處。

12 意謂上天讓我在這裡見到你，對我而言是多大的恩澤呀！雖然此話後面是問號，但實際上並非疑問句，而是驚嘆句。說話者是但丁的朋友孚雷塞（Forese），他在煉獄見到但丁，驚與喜交集。許多注釋家指出，孚雷塞和但丁相見的情形，與《地獄篇》第十五章中勃魯內托·拉蒂尼與但丁相見的情形有相似之處。

13 「毀掉」：原文是conquiso（征服），由這一詞義引申為「毀掉」。「他的臉本身毀掉的東西」：指孚雷塞生前的相貌。這相貌因為他瘦得臉都變了樣，如今已無法辨認，但嗓音並無改變，但丁因此認出他是老朋友孚雷塞（下句具體說明這點）。

14 但丁「用星火比擬孚雷塞的聲音，因為正如前者能燃起一場大火，後者同樣也足以讓孚雷塞完整的形象重現但丁腦海中」。（彼埃特羅波諾的注釋）

15 孚雷塞屬於佛羅倫斯的竇那蒂家族，是黑黨首領寇爾索·竇那蒂的兄弟，也是但丁的好友及遠親（但丁的妻子正來自這個家族的支派），生年不詳，死於一二九六年七月二十八日。他和但丁的友誼曾因雙方互以十四行詩相互指責而受損。這些所謂的「爭鬥詩」（tenzone）共有六首，每人各三首，詩中用嘲諷諧謔的筆調揭發對方，甚至牽涉到各自家屬。但丁在兩首詩中指責孚雷塞好貪食，在另一首中指責他因為不正當的生活習慣而使妻子陷入悲慘境地。孚雷塞在詩中則將矛頭指向但丁的父親，說他是懦夫。他們使用粗鄙放肆的言詞互相攻擊，主要是受當時托斯卡那的所謂「平民詩人」（rimatori borghesi）詩風影響。這些爭鬥詩都寫於一二九〇年之後，屬於但丁在道德和思想上誤入歧途的時期。這場青年時期的爭鬥構成了這場兩位舊友親切相見場面的歷史背景。

16 尤其是要但丁說明還是活人的他怎能來到煉獄，因為那些幽魂發現他在日光下身體有影子投在地上。

17 意即在我訝異於你們如此消瘦，很想知道原因時，別催促我回答你那些提問，因為對一個內心對某件事物有疑問、又急於得到解答的人，要他回答問題是回答不好的。

18 「永恆意志」：指上帝的意志。詩句大意是：一種源於上帝意志的超自然力量，已降入那棵我們離開的果樹和它葉面上的水珠裡。

這力量讓樹上果實和葉片上的水珠產生一種香味，我們聞到這香味就會想吃那樹上的果子，喝那葉上的水，卻又搆不著，因而餓得渴得我們日漸消瘦。

19 生前放縱口腹之欲之人的靈魂，在煉獄中透過受飢渴之苦以消自己的罪，這種刑罰是典型的報復刑。「復又聖潔」：意謂重新變得無罪，如同上帝所造的那樣。

20 因為下句說「走向那些樹」，第二十四章後半又說明但丁在這層平臺看到兩棵這樣的果樹。波雷納指出，但丁只行經這層平臺的一小部分，如果作為懲罰幽魂的工具的果樹就只有但丁見到的那兩棵，那麼平臺上有很長一段路就完全沒有果樹，也就沒有為消罪所需的懲罰了。注釋家們認為，就邏輯推斷，平臺上應該有好幾棵這樣的果樹，使得這些淨罪的幽魂每繞山一周，都要感受好幾次的飢渴之苦。

21 意即我稱這種刑罰為「苦」，其實應該稱為「樂」才是：也就是說，這些淨罪的幽魂不僅願意忍受，而且還心懷喜悅忍受著上帝正義判處的刑罰，因為受完這些刑罰之後就可獲得天國之福。

22 「基督以其血拯救我們時」：指基督為世人贖罪而被釘上十字架時。詩句大意是：引導我們走向造成我們苦難的那些果樹的，是當初讓基督欣然被釘上十字架受刑的那種意志。祂在受難過程中最痛苦的時刻，感覺自己被上帝離棄，因而「大聲喊說：*Eli*，*Eli*，*Lamma sabachtani*？」就是說，我的上帝，我的上帝，為什麼離棄我？」（見《新約．馬太福音》第二十八章）

23 「從你改換世界，去更美好的生活那天」：意即從你死去那天。「改換世界」指離開人世，前去煉獄；「更美好的生活」：因為最後將從煉獄升入天國。

「至今五年時光尚未流轉過去」：意即至今還不滿五年。孚雷塞逝於一二九六年七月二十八日，距離一三〇〇年四月但丁的煉獄之行還不到四年。這時間上的差錯無關緊要，因為，正如托拉卡所說，那個場合不是計算年數的場合。

24 「讓人得以與上帝復合」：意謂讓我們與上帝和解。「至福的沉痛時刻」：指懺悔的時刻。「來救助」：因為懺悔讓犯罪者的靈魂得以與上帝和解。「再犯罪的可能性就已消失」：意謂你就到了生命最後一刻，那時你已不可能再犯什麼罪。

詩句大意是：如果當初你遲至臨終時才懺悔，現在怎麼就已經來到這第六層平臺了？據早期的注釋本《最佳注釋》，「但丁熟知這些事，因為他曾和孚雷塞不斷談話；出於對他的愛和親密情誼，但丁敦促他懺悔；於是他在死前向上帝懺悔。」這種說法想必有事實根據。

25 意謂我原以為會在煉獄外圍的山坡上遇到你，凡是遲至臨終才懺悔的幽魂都必須在那裡待滿和他們有罪的年數相等的時間，才能進入煉獄本部，開始淨罪。

26 「來飲這苦刑的甜艾酒」：意即來服這既苦又甜的刑罰。艾酒味苦，在這裡隱喻煉獄中的刑罰，說明那裡的刑罰雖然痛苦，但對靈魂有益，因為它能滌除罪孽，讓幽魂升上天國，他們因而樂於接受。

27 「我可憐的遺孀」：原文是 la vedovella mia，vedovella 是 vedova（寡婦）的縮小詞，這裡作為暱稱，並在後面加上「我的」，以強調孚雷塞在提到奈拉時的語氣充滿無限深情。

「在善行上」原文是 in bene operare，指在品行端正上。「獨一無二」原文是 soletta，因為除了她，其他佛羅倫斯婦女甚至還遠不如薩丁尼亞島上的巴巴嘉婦女貞潔。但丁在前面提到的爭鬥詩第一首十四行詩裡，描寫奈拉對丈夫的行為相當悲憤，說他對她再無感情，忘了己身為人夫的責任。這些含沙射影的話雖然是針對孚雷塞的攻擊，卻也反向傷害了奈拉，因此但丁在此藉著孚雷塞之口，稱讚她貞潔無比，進而徹底推翻舊作的內容。

「薩丁尼亞島的巴巴嘉女人」：巴巴嘉（Barbagia）是薩丁尼亞島中部的山區，當地居民遲至公元六世紀才皈依基督教，在但丁時代仍保有野蠻風俗。據早期注釋家說，巴巴嘉人的生活放蕩、品行不端在中世紀成為諺語。本維努托特別提到巴巴嘉女人偏好袒胸露乳：「由於氣候炎熱，風俗淫僻，她們外出都穿著亞麻白布外衣，衣領低得露出乳房。」在但丁的時代，巴巴嘉人自成一個半野蠻的獨立部落，拒不承認比薩政府的統治。本維努托說，他們是當初比薩從撒拉森人手中奪回薩丁尼亞島後，島上殘留的撒拉森人。從下句提到了「撒拉森女人」這個事實來看，但丁似乎也認為巴巴嘉人正源自那些撒拉森人。

「我將她撇下在那裡的巴巴嘉」：指佛羅倫斯。但丁將佛羅倫斯說成「新巴巴嘉」，可能是因為「Barbagia」這個地名在他心中引起了有關「barbarie／野蠻」這一概念的聯想，因為他之後又將佛羅倫斯女人與其他蠻族女人相比，而「野蠻」這概念自然也就引出了「裸體」的概念。

28 「這句詩既熱情又悲愴，以親密的語氣問：『你要我說什麼（更壞的事）呢？』以此事引起下句的預言。」（雷吉奧的注釋）

29 「對那時刻而言，此時並不古遠」：意謂他預言的未來距離現在不遠，也就是指最近的將來。然而事實上並無文獻或史書證明，在一三〇〇年之後不久的年代中，曾有主教下令禁止佛羅倫斯婦女外出袒胸露乳。

30 「這句話是在罵詩中所說的女人；他說，婦女首要的行動和最普通的貞操觀念，就是將情理要求隱蔽的那些部位遮蔽起來；而合乎情理的事是到各處皆相同的。因此他說：和我們的風俗相距那麼遠的蠻族女人，深深沉溺於淫欲的撒拉森女人……都遮起乳房和胸部了；你們這些佛羅倫斯婦女生活應該是遵守羅馬法的，難道需要被開除教籍，在廣場公諸於眾嗎？他還說，不僅主教管區的禁令

是必要的，城邦政府也必須頒布禁令。」（《最佳注釋》）

31 意謂她們要是知道上帝不久後就要對她們降下什麼可怕的災難，早就嚇得張口號叫了。「號叫」原文是 urlare，關於這個詞，波斯科指出：「但丁不說『piangere／哭』，也不說『喊叫』，他這句詩中的『號叫』聽不見，但看得見；這號叫是她們面部肌肉攣縮，洋洋自得的心情徹底化為烏有，唯有恐怖。……她們是在等候可怕的懲罰降臨時準備號叫：她們忘掉自己美，也忘掉願意美了；她們在將要號叫時，咧著嘴。但丁在這裡可能是想起某些畫中畫著被罰入地獄者的形象永恆地張著嘴、無聲地號叫著。」孚雷塞的預言似乎在指一三〇〇年但丁遊煉獄之後不久，佛羅倫斯即將遭受上天可怕的懲罰。

32 詩句大意是：在現在的小孩到青春期之前，這種可怕的懲罰就要降臨，讓無恥的佛羅倫斯女人陷入悲慘境地。孚雷塞的預言是在一三〇〇年對但丁說的；青春期一般是在十五歲前後開始，因此這個預言應在一三一五年前後實現。至於具體是指哪一年的哪一歷史事件，注釋家有種種不同說法。許多學者都指出，這詩句的語氣及措詞與但丁用拉丁文寫的《致窮凶極惡的佛羅倫斯人的信》有相似之處。這封信是在一三一一年亨利七世南下義大利，而佛羅倫斯準備武裝反抗他時所寫。但丁在信中警告佛羅倫斯人，預言種種災禍即將降臨他們頭上：房屋被破壞或燒毀，庶民起而造反，教堂遭劫，無辜的兒童被迫抵償父親的罪，大部分市民將被殺害或遭俘，少數殘餘者將被驅逐流放。信中還有與此處詩句「我們在此地的預見若是不欺騙我」相似的話：「如果我預言的智能沒有弄錯。」因此，他們認為詩中的預言就是指亨利七世南下。然而但丁信中列舉的災禍並未成真。薩佩紐認為，也許但丁其實沒有暗指什麼具體的歷史事件，在此不過表示他堅信上帝必會懲罰佛羅倫斯。

33 意謂現在我已經回答了你的問題，那麼你可得告訴我，你還活著怎麼就到了這裡，還有陪伴你的那兩個幽魂又是誰。你看，大家都驚訝地看著你身體的影子呢。

34 「這是但丁對自己在道德上誤入歧途所說的最傷感、最沉痛的話。」（雷吉奧的注釋）

「當初你與我如何、我與你又如何」：意思是當初你我一起過的是什麼生活。這裡是指他們倆當初在道德上誤入歧途時期的不正當人生，但丁在《地獄篇》第一章中用幽暗森林象徵這個時期的人生。

35 「幾天前」：確切來說是五天前。這裡指象徵理性的維吉爾讓但丁脫離了那種不正當的生活，「走另一條路」（見《地獄篇》第一章注27）。

「我指著太陽說，『當時它妹妹以圓形向你們呈現』」：在古代神話中，太陽神阿波羅的妹妹是月神狄安娜，這裡用她來指月亮，意謂那天（一三〇〇年四月八日）是望日，月亮已經圓了；《地獄篇》第二十章末尾曾提到「昨天夜裡月亮已經圓了」，指的是同一天。

「真實的死者的深夜」：「真實的死者」指死後被罰入地獄受苦的人，因為這種人精神上已死（薩佩紐、雷吉奧等的解釋），永遠不會有真正的生命。「深夜」指地獄的黑暗。詩中用整個詞組指地獄。

36 指煉獄山頂的地上樂園。雷吉奧指出，這是全詩中但丁唯一一次對一個幽魂說出自己所愛的女性的名字，但是對他一位認識她的友人說出的。

第二十四章

我們說話不耽誤走路，走路也不耽誤說話，而是邊說邊如好風推動的船般快步前進[1]。那些如死而又死之物[2]的幽魂覺察到我是活人，都從眼窩深處凝視著我，顯露出對我的驚奇。我繼續說：「或許他是為了別人的緣故，往上走得慢些，否則不會這樣[3]。但是，如果你知道，告訴我碧卡爾達目前人在何處[4]；告訴我，在這些注視我的人當中，我能否看到值得注意之人。」

「我妹妹，我不知道該說她美或善何者更盛，她已欣幸戴上她的寶冠，凱旋於崇高的奧林帕斯山[5]。」他先是這麼說，而後又說：「這裡不禁止指明每個人的名字，因為我們的相貌因禁食而如此消瘦[6]。這個人，」他指著說，「是波拿君塔，盧卡的波拿君塔[7]；那邊那個面容比他人更消瘦露骨的人，他曾將神聖的教會抱在懷中：他來自圖爾，正在禁食以滌淨生前貪食博爾塞納湖鰻魚和維爾納洽酒的罪孽[8]。」他向我逐一說出眾多其它人名；對於自己的名姓被說出，他們似乎都滿意，所以我沒見到有人為此面露不悅[9]。我看到烏巴爾迪諾．達．皮拉[10]，以及曾用主教權杖放牧眾多人群的波尼法齊奧[11]餓得以牙空嚼[12]。我看到馬爾凱塞老爺，他先前在福爾里有充分時間開懷暢飲，不像現在這麼口渴[13]，但此人如此嗜酒如命，所以永遠不知滿足。

但是，如同一個人先是看了一眼、隨後反而對另一個更為重視，我對那個來自盧卡的人就是如此。

那些如死而又死之物的幽魂覺察到我是活人，
都從眼窩深處凝視著我，顯露出對我的驚奇。

他似乎最知道我的情況[14]。當時他正喃喃自語；我從他感受那令其如此消瘦的正義懲罰之苦的地方，聽見他說什麼「簡圖卡」，不知是指什麼[15]。我說：「啊，渴望與我說話的靈魂，大聲清楚說吧，讓我明白你的話，並且透過你的話，滿足你我的願望[16]。」他開始說道：「一名女子已出生，但猶未戴上婦女頭巾，她將使你喜歡我們的城市，不論大眾如何指責那城[17]。你要帶著這則預言前去：如果你從我喃喃自語裡生出什麼疑問，將來，事實會為你解釋得更為明晰[18]。但是，告訴我，我在這裡是否見到了那位以《懂得愛情的女士們》一詩開始創作出新體詩的人[19]。」我對他說：「我是這樣的，當愛神給予我靈感，我就將之記下，並且依他口授予我心中的方式寫出來[20]。」他說：「啊，兄弟呀，此刻我明白了讓那位公證人、圭托內和我無法企及我所耳聞的溫柔新體那種高度的癥結所在[21]！我明白了你們的筆緊緊追隨著口授者，而我們的筆的確沒這麼做[22]；誰若是進一步細探，也不會見到這詩體和那詩體之間猶有其他差別。」於是他彷彿心滿意足，沉默了。

如同在尼羅河沿岸過冬的鳥有時在空中聚集成群，而後排成一行快速飛去，同樣地，所有幽魂統統轉過眼去，加緊腳步，由於體瘦，也因為淨罪心切，走得輕快[23]。正如跑累的人任同伴前進，自己慢步走去，直到胸中喘息已定，同樣地，孚雷塞任那群神聖的幽魂跑過去，與我一起在後面走著。他說：「我何時會再見到你[24]？」我答說：「我不知道我會活多久；但回到這裡肯定不如我渴望到達這海岸那麼快；因為在我注定生活的那地方，善日益減少，看來勢必趨於悲慘的毀滅[25]。」「你現在走吧，」他說，「因為我看到對此最有罪責的那人被拴在一頭牲口的尾巴上，拖往罪孽永不得赦免的谷裡[26]。那牲口走得一步快過一步，速度直直增加，直至最終給他致命一擊，扔下那毀損得不成形的軀體而去[27]。那些輪子不用多轉，」他望著天，「你就會明白我不能說得更清楚的事[28]。現在，你就留在後面吧；因為在這王國裡時間寶貴，所以我這樣和你同步而行，損失太大。」

如同有時一名騎兵從襲擊敵軍的馬隊中飛馳而出，為爭取率先交鋒的榮耀，同樣地，孚雷塞邁著更大的步伐離我們而去；我與那兩位在世時如此偉大的統帥者待在路上[29]。正當他已在我們前面走得那麼遠，使得我目送著他、一如我思索著他的話那樣時，另一棵樹欣欣向榮、果實累累的枝柯出現在我面前，距離不遠，因為那時我才轉向那邊，我看見眾人在樹下高舉雙手，不知在向樹葉喊著什麼，像是想要什麼，卻又搆不著的孩子般懇求著；然而被懇求者並不回答，卻高舉著他們想要的東西，不將之藏起，只為讓他們的欲望更強烈[30]。後來，他們似乎已然醒悟，於是離開。我們立刻來到那棵拒絕了眾多懇求和眼淚的大樹跟前。「你們走過去，別靠近：夏娃吃過果子的那棵在更高處，這棵樹即是從它而生[31]。」我不知道是誰在樹枝叢中這麼說；因此，維吉爾、斯塔提烏斯和我便緊緊互相靠攏，沿著岩石壁立的一側往前走去。那聲音說：「你們記住，那些雲中生成、被詛咒的東西，他們吃飽喝足時，就挺起雙重胸膛開始與忒修斯格鬥[32]；記住那些希伯來人，他們喝水時顯得那樣軟弱，使得基甸下山去米甸時，不要他們伴隨[33]。」

我們就這麼緊挨著平臺一側走過，不斷聽到犯貪食罪必遭悲慘報應的例子。後來，我們彼此散開，沿著冷清清的路走[34]，足足向前走了一千多步，每個人都沉浸在冥想中，默默無言。「孤伶伶的三個人，你們為何這樣邊走邊想？」一陣聲音突如其來，我嚇了一跳，如同受驚的懶散牲口那樣[35]。我抬起頭想看是什麼人；我未曾見過熔爐中的玻璃或金屬有如我所見的這一位那般明亮、那樣通紅[36]。他說：

我看見眾人在樹下高舉雙手，不知在向樹葉喊著什麼，
像是想要什麼，卻又搆不著的孩子般懇求著。

「你們若願意上去，就必須在此處拐彎；想求和平的就從這裡去[37]。」他的容光奪去我的視覺，我因此轉身跟在我的老師背後，如同依循耳聞的聲音行走的人[38]。

猶如預告破曉的五月微風吹起，風中滲露草味和花香，散發馨芳，我感覺到這樣一絲微風打在我額頭正中，還感覺到翅膀搧動，使得這風聞來饒有天香[39]。我聽見：「這樣的人有福了，他們蒙受如此洪恩啟迪，使得對美味的愛好在心中不激起太大的食欲，他們感到飢餓的總是正義[40]！」

1　這裡用「好風」（buon vento）比擬良好的願望：但丁渴望迅速到達旅程終點，孚雷塞渴望早日消除自己的罪，這種善願驅使他們快步前進，就如同好風推動帆船飛速航行。

2　「死而又死」一詞源於《聖經》：他們「是秋天沒有果子的樹，死而又死，連根被拔出來。」（《新約．猶大書》第十二節）。詩中用「死而又死」來加強語意，說明犯貪食罪的幽魂餓得瘦成骨架的模樣。

3　這句話接續前一章末後一句。「他」指斯塔提烏斯，「別人」指維吉爾。斯塔提烏斯已消除了所有的罪，本來可以迅速離開煉獄，升上天國，但他為了陪同維吉爾上山，因而「走得慢些」，因為維吉爾要為活人但丁帶路，不能走得太快。詩句間接表達出斯塔提烏斯對維吉爾的情誼。

4　碧卡爾達（Piccarda）是孚雷塞的妹妹，但丁之後會在第一重天見到她。

5　「孚雷塞回答問題說，碧卡爾達的身體很美，靈魂很完善，不知是善超過美，還是美超過善，她反抗塵世已勝利凱旋，因而在天國。」

（《最佳注釋》）「寶冠／corona」：在基督教用語中，指獲得天國之福，也意味為此必須經歷的艱苦奮鬥。「凱旋／triunfa」：在基督教用語中，也指享天國之福。「崇高的奧林帕斯」：據希臘神話，此山是眾神居處。但丁這裡借指基督教所說的天國，正如他在第六章中借用了「至高無上的朱比特」來指耶穌基督。

6 「不禁止」：是間接肯定語，意即「必須」。詩句大意是：在第六層平臺消罪的幽魂，由於瘦得無法辨認容貌，因而必須指出他們的姓名。

7 盧卡的波拿君塔（Bonagiunta da Lucca）：托拉卡說，波拿君塔在佛羅倫斯是個常見的名字，所以必須指出這個幽魂是「盧卡人」波拿君塔。

波拿君塔的家族姓氏是奧爾比恰尼·德·奧維拉爾迪（Orbicciani degli Overardi）。他是十三世紀後半的詩人，生年不詳，一二九六年時還在世。他的詩模仿了西西里詩派的風格。康提尼（Contini）在《十三世紀詩人》中說，他是真正將西西里詩派的詩風引進托斯卡那的詩人。他曾和「溫柔的新體詩派」創立者圭多。格拉伯爾認為，但丁正確地選擇了波拿君塔作為代表人物，以突出「溫柔的新體」與舊體相較下的優點。

8 孚雷塞並未提此人的名字，大概認為但丁聽他的敘說，就知道是指教皇馬丁四世。這位教皇是法國人西蒙·德·布里（Simon de Brie），約一二一〇年生於布里附近的蒙班塞（Monpincé）。詩中說他來自圖爾（Tours），是因為他曾是該城中聖馬丁大教堂管理財產的司鐸。一二六一年，升為樞機主教。一二六四年，作為教皇使節受權談判迎立安茹伯爵查理為那不勒斯和西西里國王。查理在奪得西西里王位，建立安茹王朝後，一二八〇年施加影響力，讓他當選為教皇，稱馬丁四世。

馬丁四世死於一二八五年，據說是因為貪食鰻魚過量所致。關於這位教皇的貪食罪，早期注釋家拉納說他「除了經常食用其他的美味佳餚外，還令人捕撈博爾塞納湖中的鰻魚，將魚在維爾納洽酒中泡死之後烤熟給他吃。」馬丁四世貪食鰻魚的癖性成為當時許多軼事、小說和諷刺作品的題材。

「曾將神聖的教會抱在懷裡」，意即他生前是教皇。中世紀神祕主義者和神學家常將教皇比擬為教會的新郎（見《地獄篇》第十九章注14）。

「博爾塞納湖鰻魚」：博爾塞納（Bolsena）是義大利中部的大湖，位在拉齊奧（Lazio）地區，以盛產鰻魚聞名。「維爾納洽酒」（la vernaccia）：據托拉卡的注釋，「維爾納洽酒是一種白葡萄酒，因產在維爾納喬（Vernaccio）而被稱為維爾納洽酒，此地今名維爾納扎（Vernazza）……出產大量的維爾納洽酒，那地方的酒是最好的。」

9 因為但丁返回人間後，能讓世人知道他們在煉獄裡，促使他們的親屬祈禱，讓他們早日升上天國。

10 烏巴爾迪諾·達·皮拉：此人出身有權勢的烏巴爾迪尼家支派，這一支派因其城堡名為皮拉堡（La Pila）而被稱為「皮拉的烏巴爾迪尼家族」。烏巴爾迪諾是樞機主教奧塔維亞諾·德·烏巴爾迪尼（見《地獄篇》第十章注32）和烏格林·迪·阿佐（見《煉獄篇》第十四章注34）的兄弟、比薩大主教盧吉埃里（見《地獄篇》第三十三章注1）的父親。他大約死於一二九一年三月。早期注釋家講到他貪食時，各不相同。拉納說，他放縱食欲，吃得「過量」；《最佳注釋》說，他對食材太過講究，刻意「挑選最喜愛的食物」；本維努托說，「他異常精於供應自己的口腹之欲。每天都要與管家商量午餐或晚餐的安排；得知菜單上有這樣和那樣的菜時，他總是說，『也要這種、那種菜。』他的管家從來沒能計劃出一頓讓主人不會再另添某些特殊菜餚的正餐。」

11 波尼法齊奧·德·斐埃斯齊（Bonifazio dei Fieschi）出身熱那亞貴族世家，是教皇英諾森四世的侄子，一二七四至一二九五年任拉溫納大主教，一二八五年，被派往法國協助英王愛德華一世調停，促使阿拉岡王阿爾方斯三世與法王腓力四世和解，並為釋放那不勒斯王查理二世（參看第二十章注27）進行談判。他死於一二九五年，就其生活作風而言，與其說他是教會中人，毋寧說是政治人物。「曾用主教權杖放牧眾多人群」：意即波尼法齊奧生前是拉溫納大主教，這個教區很大，包括羅馬涅地區全部和艾米利亞地區的一部分，受其宗教權威支配的教徒人數當然很多。

「主教權杖」象徵宗教權威，原文是 rocco，這個詞又具有棋局中的「車」之含義；據拉納的注釋說：「拉溫納大主教的權杖上端不像其他大主教的權杖那樣彎曲，而是做成棋的車形」也就是說，上端呈塔形。

12 「餓得用牙齒空嚼」：奧維德曾用類似的表現手法，描寫厄律西克同（見第二十三章注7）受飢餓女神懲罰時的慘狀：「他在睡夢中夢見自己在吃酒席，嘴不斷一張一闔，但是嚼不著東西，牙齒都嚼痛了。」

13 「馬爾凱塞老爺」：指馬爾凱塞·德·阿爾戈琉西（Marchese degli Argogliosi）。他屬福爾里的顯貴家族，一二九六年任法恩扎最高行政官，是個出了名的酒徒。據本維努托的注釋：有一天，他派人叫來為他看守酒窖的人，問城裡的人都怎麼說他。看守酒窖的人答說：「老爺，大家都說您什麼都不做，老是喝酒。」一聽這話，他微笑著說：「他們怎麼不說我老是口渴？」「不像現在這麼口渴」：意謂馬爾凱塞生前有充分時間開懷暢飲當地所產的好酒，不像如今在煉獄第六層這麼焦渴。孚雷塞這番話帶有點嘲諷意味。

14 「那個來自盧卡的人」：指波拿君塔。

15 「從他感受那令其如此消瘦的正義懲罰之苦的地方」：意謂從波拿君塔的嘴裡。「消瘦」：原文是 pilucca，這個動詞本義是「將一串葡萄一粒粒摘下；所以這裡的意思就是說，讓他們瘦得就像沒有葡萄粒的果柄，成了一副副的骨頭架子」（齊門茲的注釋）。

「我聽見他說什麼『簡圖卡』，不知是指什麼」：因為波拿君塔低聲喃喃自語，吐字不清楚，但丁只聽到他彷彿說著什麼「簡圖卡」，但不知是什麼意思。「簡圖卡」：原文是Gentucca，早期注釋家幾乎都誤解為貶義詞gentuccia（小人，卑不足道之徒）。布蒂最先指出，這是一位女性的名字，就是波拿君塔在預言中所說的那名女性：「但丁佯言不知道是指什麼，因為根據他虛構的情節，預言中所說的這些事尚未發生：他將從佛羅倫斯被放逐到盧卡，將愛上一位名為簡圖卡的貴婦人。實際上，但丁在寫這一部分時，這件事已經發生了：但丁因為被逐出佛羅倫斯而移居盧卡，他在當地愛上了羅西姆佩羅（Rossimpelo）家族中一位被稱為簡圖卡夫人（madonna Gentucca）的貴婦，因為她具有偉大美德和貞操，而非因為什麼別的愛。」

16 「讓我明白你的話」：因為但丁雖然聽見他嘴裡說什麼「簡圖卡」，但不明白是什麼意思。「透過你的話，滿足你我的願望」：但丁看出波拿君塔渴望和自己說話，他一開口，當然就滿足了他的願望；但丁渴望知道「簡圖卡」是什麼意思，波拿君塔加以解釋，也就滿足了但丁的願望。

17 「一名女子已經出生，但猶未戴上婦女頭巾」：這位女性即是前述的簡圖卡。一三〇〇年但丁虛構的煉獄之行的時間，她已經出生，但還是個妙齡少女，仍未結婚。「婦女頭巾／benda」是一種可蓋住頭髮、兩鬢和下巴的頭巾，有繫帶可在下巴處繫起來。當時的城邦法令規定，已婚婦女要戴黑色頭巾，寡婦戴白色頭巾（參看第八章注19），未婚的少女則不戴婦女頭巾。

「她將使你喜歡我們的城市」：波拿君塔預言，但丁在遭流放來到盧卡時，將會受到她殷勤招待，進而對盧卡產生好感。「不管大眾如何指責那城」：當時托斯卡那各城市的居民囿於狹隘的地方主義思想，喜歡說其它城市的壞話。但丁在《地獄篇》第二十一章中也借一個黑鬼之口說：「那裡（指盧卡）每個人都是貪污犯；為了錢，那裡會把『否』說成『是』」，現在似乎是藉波拿君塔之口，附帶否定自己在前詩中的說法。

18 「你要帶著這則預言去」：意即你要記著我這個預言，前去盧卡。至於遭流放的但丁何時去過盧卡，遇見這位高貴的女性，可惜沒有文獻記載。據注釋家推測，大概是一三〇六年他在盧尼地區瑪拉斯庇納侯爵宮廷作客期間。

19 這句話並非提出疑問，而是為了證實而提出、不必回答的反問（domanda retorica）。因為波拿君塔一見到但丁立刻就認出他是誰，並且對他說出上述的預言。這個反問句意思就是說：「那麼，你就是那位以《懂得愛情的女士們》這首雅歌開創出新體詩的詩人但丁嗎？」波雷納的注釋指出，波拿君塔這句問話所表達的，是他見到詩人就在自己面前、內心產生的愉悅驚奇之情。薩佩紐認為，波拿君塔用這句恭敬的讚揚話，將話題引到了他最關心的問題。

「懂得愛情的女士們」：原文是Donne ch'avete intelletto d'amore。這是但丁第一首讚揚貝雅特麗齊的雅歌的第一行。這首雅歌就在《新生》第十九章中，內容大致是詩人向懂得愛情的女士們歌頌他所愛的貝雅特麗齊，以傾訴自己的激動心情：天使懇求上帝，讓貝雅特麗齊前來和眾天使同在，但神的慈悲要她仍然留在塵世。詩人敘述她的美德：無論她在何處，都會使得所有邪惡思想熄滅，使得與她說話者獲得上帝恩澤。愛神不知她怎麼會是凡人，認為她是神力所造，因為她的身體呈現出美妙的珍珠色，她的眼睛刺中看者的心，她的面容展現出愛的微笑。最後，詩人發出這首雅歌，好讓它尋得前去貝雅特麗齊身邊的路，囑咐它停下來，向高貴的仕女和有教養的男仕打聽她，讓他們將它送往它能向愛神推薦他的地方。詩中所說的「愛神」原文是Amor，這並非特指神話中的愛神，而是將愛情擬人化，原文藉由首字母大寫表示。

但丁在詩壇享有極高的聲譽正是從這首雅歌開始。據但丁自己說，這首詩發表後不久，便「在眾人之間傳誦甚廣」，以致大家對他懷有「過高的希望」（見《新生》第二十章）。

20 但丁用這兩句真誠的謙卑話，答覆波拿君塔表示讚揚的反問。早期注釋家拉納和佛羅倫斯無名氏對這兩句詩作出字面上同樣忠於原作的解釋：「愛神是口授者，我是他的文書。」薩佩紐指出，這兩位注釋家準確領會到但丁話中流露的謙卑意味，他認為，這詩句的含義是：「我和其他一些詩人一樣，當愛神對我說什麼，我就記下他的話，然後努力絕對忠實地表達出他對我內心口授的內容。」透過這句話，但丁否認開創新體詩是他個人的功績，否定他的創作經驗具有獨特性，因為那不只是他個人的經驗，還是溫柔的新體詩派其他詩人的經驗；他堅持詩人靈感的超驗性，認為獲得靈感的詩人的職責，不過是一種勤奮、如實作記錄的次要工作。

21 「那位公證人」：指雅各波・達・倫蒂尼（Jacopo da Lentini）。他是西西里王及神聖羅馬皇帝腓特烈二世宮廷的公證人和詩人，大約逝於一二五〇年。腓特烈二世宮廷內的詩人使用提煉過的西西里方言，模仿普羅旺斯詩人寫愛情詩，形成了所謂的「西西里詩派」。他們的作品是義大利最早的文人詩歌，雖然大多缺乏真實感情，對義大利文學用語的形成卻也產生一定的作用。雅各波・達・倫蒂尼正是這個詩派的領袖。但丁在《論俗語》第一卷第十二章中就引用了他的一首雅歌，作為措詞精煉的例子。

「圭托內」：指圭托內・達・阿雷佐（Guittone d'Arezzo），大約在一二三五年生於阿雷佐，一二九四年逝於佛羅倫斯。一二六八年法國安茹伯爵查理奪得西西里王國後，義大利的文學重心就北移到了托斯卡那地區，出現了模仿普羅旺斯詩歌的「托斯卡那詩派」，圭托內正是這個詩派的領袖。他的愛情詩缺乏真實的感情，說理過多，語言不純，而且往往晦澀難解。但丁在《論俗語》第一卷第十三章和第二卷第六章，以及《煉獄篇》第二十六章中，都對他和這個詩派作出很低的評價。

22 「你們的筆緊緊追隨著口授者」：意謂但丁和其他溫柔新體詩派詩人的愛情詩，忠實地寫出了真實的愛情。「我們的筆的確沒這麼做」：意謂以雅各波·達·倫蒂尼和波拿君塔自己為代表的西西里詩派的愛情詩，和以圭托內·達·阿雷佐為代表的托斯卡那詩派的愛情詩，都不忠實抒寫真實的愛情，而只是在模仿普羅旺斯詩人愛情詩的風格。

23 「在尼羅河沿岸過冬的鳥」：指灰鶴。「灰鶴飛行通常成單行。那麼，這個比喻就符合此處幽魂的情況：當他們停下腳步驚奇地看著活人但丁時，他們改變了沿平臺前進的序列，聚成了一群，現在又像灰鶴似地成單行匆忙前進。」（辛格爾頓的注釋）

24 雷吉奧指出，這兩個朋友離別時，這句非常自然說出的問話，讓整個片段充滿兄弟情誼的氣氛躍然紙上。顯然，但丁唯有日後去世後，他們才能再相見。

25 「這海岸」：指煉獄海岸。有的注釋家認為，是指台伯河口附近、亡魂們集合等待天使駕輕舟接引前往煉獄的海岸，這也說得通。詩句意謂我回到煉獄肯定不如我希望的那麼快。

「我注定生活的那地方」：指佛羅倫斯。「注定」原文是 dioposto，指上天安排但丁生於斯、長於斯。詩句意謂，我故鄉佛羅倫斯為善的人越來越少，道德風氣也每況愈下，看來勢必將要滅亡。

波雷納指出，這些詩句表明了作家但丁在這裡代替了詩中的人物但丁，因為一三〇〇年春天（幻遊煉獄時），但丁還積極參與佛羅倫斯的政治活動，這時竟有如此沮喪悲觀，想早日離開人世的心情，這簡直是不可能的。

26 孚雷塞向但丁預言，那個對佛羅倫斯的災難「最負有罪責的人」將會極不光彩地死去，以此安慰但丁。這個人就是孚雷塞的胞兄寇爾索·竇那蒂，但因為預言通常不會將話講得清楚明白，也因為指的正是自己的手足，孚雷塞因此沒有明說是誰。

寇爾索大約生於一二五〇年，為人粗暴專橫，竟然將妹妹碧卡爾達從修道院中劫走，將她嫁給佛羅倫斯最有勢力的羅塞利諾·德拉·托薩（Rossellino della Tosa）。寇爾索歷任波隆那、帕多瓦、皮斯托亞、巴馬等城市的最高行政官。一二八九年堪帕爾迪諾之戰中，他率領皮斯托亞軍對阿雷佐軍作戰。一三〇〇年五月一日佛羅倫斯春節，竇那蒂家族和切爾契家族兩大敵對集團發生流血衝突，但丁當選為行政官就職後，建議政府將兩黨首領流放邊境，以穩定社會秩序。寇爾索指望獲得教皇波尼法斯八世的同情，逃往羅馬。一三〇一年六月，黑黨在三位一體教堂集合，陰謀策劃反對政府，執政的白黨政府指控寇爾索是這次顛覆活動的唆使者，把他缺席判處死刑。

寇爾索懇求教皇出面干涉。教皇於是派出法國瓦洛亞伯爵查理前去佛羅倫斯，以調解兩黨爭端為名，實則暗助黑黨戰勝白黨。一三〇一年十一月一日，查理抵達佛羅倫斯，寇爾索不久後就和一幫被流放的黑黨分子衝進城內，打開監獄，帶領暴民攻占白黨成員的房舍，搶奪燒殺了五天五夜。他們在查理的支持下推翻了白黨政府，並對反對黨大肆報復迫害，但丁因而被迫永久流亡，至死都未能返回故鄉。

在黑黨奪得政權後的最初幾年，寇爾索是佛羅倫斯的實際主宰者，但他不斷地施展陰謀，時而與低層民眾聯合，時而又和吉伯林黨分子勾結（他是佛羅倫斯的敵人吉伯林首領烏古喬內·德拉·法吉奧拉的女婿），引起許多同黨對手懷疑。眾人因而聯合在一三〇八年十月六日指控他犯有叛國罪，以共和國政府名義判處他死刑。他在逃跑途中被捕獲殺死。

「因為我看到對此最有罪責的那人被拴在一頭牲口的尾巴上，拖往罪孽永不得赦免的谷裡」：意即我預見到他將被拖往地獄，那裡和煉獄不同，罪孽是永遠無法消除的。

27 根據維拉尼《編年史》卷八第九十六章中的記載，寇爾索逃走後，被政府的傭兵軍卡塔蘭騎兵捕獲，押送回佛羅倫斯。途中他許諾會以重金酬報，懇求他們放他走，但遭到拒絕。他害怕落入仇敵手裡，當時手腳又嚴重痛風，頓時從馬上摔落，遭到一名騎兵以長矛刺穿咽喉而死。這是歷史事實。本維努托和其他早期注釋家從流行的傳說中取材，稱說寇爾索在落馬時一隻腳別在馬鐙上，被馬拖行了好長一段路。當時有一些城邦的法律規定，犯叛國罪者要被拴在馬尾上拖往刑場，或是直到拖死為止。此外，許多中世紀傳說也都敘述罪人騎上馬後就被直接拖進地獄。從這詩中可看出，這些全都對但丁的想像力產生了影響，讓詩人將罪魁禍首寇爾索·竇那蒂的下場勾勒成一幅陰森恐怖的畫面：這個罪人被拴在一匹鬼馬的尾巴上，飛快拖往地獄，軀殼遭毀棄被丟在路上，靈魂則墮入幽冥世界受永劫之苦。這個畫面透過孚雷塞的預言呈現在讀者心中，更增添一層神祕色彩。

值得注意的是，這個家庭的三個兄弟姐妹，由於生前品行各不相同，死後歸宿也不同：寇爾索怙惡不悛，結果被鬼馬拖進地獄；孚雷塞透過懺悔得以在煉獄滌除罪孽；碧卡爾達品德純潔，死後靈魂直升天國。

28 「輪子」：指一重又一重的天。「不用多轉」：意即過不了許多年。「我不能說得更清楚的事」：指寇爾索之死。他死於一三〇八年，與但丁虛構的煉獄之行相距不到八年，所以孚雷塞的預言說過不了許多年。

29 「統帥」原文 marescalco，含義是中古時代的軍事統帥，這裡用來指維吉爾和斯塔提烏斯在世時都是詩壇領袖；由於上句的比喻源自軍事方面，所以這裡使用軍事名詞與之呼應。

30 但丁看見一群犯貪食罪的幽魂在那棵大樹下舉著雙手，想摘樹上果子卻又搆不著，不知他們向樹葉叢中喊著什麼，沒人回答他們。詩中運用了一個美妙的比喻來說明這種情景，這個比喻源於現實生活，十分逼真地描繪出那些幽魂的動作，使之鮮明而生動地呈現在讀者面前，猶如在現場親見。

31 「這棵樹即是從它而生」：詩中透過這句話，將貪食罪與夏娃之罪及人類的墮落連結起來。雷吉奧在注釋中提出這個問題：為什麼樹枝叢中神祕的聲音警告他們別靠近這棵樹，而他們卻曾靠近第二十二章中所說的那棵樹呢？他解釋，或許是立刻提到夏娃犯罪所吃的禁果對但丁的想像力起了作用。但是，如果樹上果子的香氣強化了吃果子的欲望，進而增強了想吃卻吃不到的痛苦，那為何還禁止靠近這棵樹呢？或許這個警告並不是對犯貪食罪的一般幽魂而發，而是單單只對這三位詩人發出。這三人其中一位還是活人，另一位如今已從煉獄之苦解脫，第三位則不是煉獄中的幽魂。

32
「那些雲中生成、被詛咒的東西」：指肯陶爾（見《地獄篇》第十二章注13）。除了其中一個名為凱隆者之外，這些半人半馬的怪物都是忒薩利亞山中拉庇泰（Lapithae）人之王伊克西翁（Ixion）和雲女涅菲勒（Nephele）所生。「雲」的希臘文是nephele。據神話傳說，伊克西翁為了不想付他原本承諾的彩禮，殺死了自己的岳父，因此眾人都躲避他。宙斯將他帶到天上，為他滌淨殺人罪，但他卻濫用天神的厚待，妄圖誘姦天后赫拉。宙斯預知他心懷邪念，於是將一片雲變成赫拉的形象。他以為那真是赫拉，於是擁抱雲變成的美女涅菲勒，使得她懷孕生下這群肯陶爾，因此詩中說他們是在雲中生成的。伊克西翁最後受到宙斯懲罰，被打入地獄最深處，綁在不停轉動的火輪上。

「他們吃飽喝足時，就挺起雙重胸膛與忒修斯格鬥」：「雙重胸膛」指半人半馬的胸膛。據古代神話，伊克西翁之子、拉庇泰人之王珀里托俄斯與希波達彌亞（Hippodamia）結婚時，邀請了眾親友參加喜宴，新郎的那群異母兄弟肯陶爾也都來了。這群肯陶爾在盛大的宴會上任意大吃大喝，當中最放蕩的是歐律托斯（Eurytus），他酒後頓起淫心，竟然揪住新娘，企圖搶人，其他肯陶爾見狀也被激起獸欲，各自拉住一個美貌的婦女不放。頓時秩序大亂。新郎的好友雅典王忒修斯（見《地獄篇》第九章注13）挺身而出，奮勇與眾肯陶爾格鬥，殺死了其中大部分，救出希波達彌亞和其他婦女。關於這場格鬥，奧維德《變形記》卷十二有極其生動的敘述。詩中採用了奧維德講述的這個異教神話故事，作為放縱口腹之欲而受懲罰的第一個例子。

33
第二個例子源於《聖經》。《舊約．士師記》第七章敘述以色列士師基甸（Gideon）率領希伯來人抗擊侵擾他們的米甸（Midian）人。耶和華對他說，帶的人過多，凡懼怕膽怯的可以回去。於是有二萬二千人回去，只剩下一萬。耶和華說：「人還是過多。你要帶他們下到水旁，我好在那裡為你試試他們。我指點誰說，這個人可以同你去，他就可以同你去。我指點誰說，這人不可同你去，他就不可同你去。」基甸於是將他們帶往水旁。耶和華對他說：「凡用舌頭舔水，像狗舔的，要使他單站在一處。凡跪下喝水的，也要使他單站在一處。」於是用手捧著舔水的有三百人。其餘的都跪下喝水。耶和華對他說：「我要用這舔水的三百人拯救你們，將米甸人交在你手中。其餘的都可以各歸各處去。」詩中所說的「那些希伯來人」：指上述其餘的希伯來人。「他們喝水時顯得那樣軟弱」：「軟弱」指他們太不能耐渴，為了喝水方便和盡可能多喝，竟然跪在水邊喝了起來，毫無節制，顯得缺乏軍人應有的堅強性格。

「基甸下山去米甸時」：指基甸率領三百人去攻打米甸營時。《聖經》經文說：「米甸營在他下邊的平原裡」，因而他必須下山去攻打。「不要他們伴隨」：意即不要那些軟弱的希伯來人同去。

34 「我們彼此散開」：三位詩人剛才互相靠攏、貼著峭壁前行，現在已經過那棵大樹，也就不必繼續那樣行走了。他們因此離開峭壁，彼此拉開一點距離。詩中並未說明他們究竟是並排而行，還是維吉爾和斯塔提烏斯走在前，但丁跟在後面。「冷清清的路」：因為大樹下那些淨罪的幽魂已經離開那裡，走離很遠了。

35 「如同受驚的懶散牲口那樣」：詩句意思是如同牲口在懶散地躺著休息時受到驚嚇。但丁處在邊走邊冥想的狀態中，聽到那突如其來的聲音，頓時嚇了一跳，正如慢吞吞、懶散走著的牲口被趕牲口的人吆喝一聲給嚇到。

36 「我所見的這一位」：指代表節制美德的天使。「那般明亮、那樣通紅」：中世紀的聖像繪法常將天使的臉畫成紅色，以表示他們的幸福光輝。

37 「你們若願意上去」：天使裝作不知道他們想上去，因為善行應該是自覺自願的（布蒂的注釋）。「想求和平」：指尋求天國之福的永恆和平。

38 「奪去我的視覺」：指天使的容光異常強烈，照得但丁睜不開眼。「我因此轉身跟在我的老師背後」：意即但丁聽到天使的指示後，便轉身向左走；因為當時他們三人正以逆時針方向環山前進，天使看守的石階位在平臺內側，無論是和兩位古羅馬詩人並排而行，還是在後面跟著，但丁都必須向左轉，尾隨他們朝天使說話的方向走去。

39 「打在我額頭正中」：指天使搧動翅膀，擦掉了但丁額頭上代表貪食罪的P字。「使得這風聞來饒有天香」：「天香」原文是ambrosia，是希臘羅馬神話中奧林帕斯眾神的食物，或許但丁認為那是一種香草。

40 這是天使針對貪食罪所說的祝福話，末句用的是《新約．馬太福音》第五章中耶穌登山訓眾論福中「飢渴慕義的人有福了」這句話。但詩中破例沒直接引拉丁文《聖經》的經文，而是將之意譯為義大利文，省去了原句中的「渴」（sitiunt），專用「飢」（esuriunt），因為這裡是消除貪食罪的地方。這段祝詞的大意是：這樣的人有福了，他們蒙受至大的神恩啟迪，使得人類生來就有的口腹之欲在心中不變成貪食無厭的癖性，因為他們如同飢餓般迫切追求的是正義，而不是其它東西。

第二十五章

此時往上攀登已是刻不容緩；因為太陽已離開子午圈，讓位給金牛座，黑夜已離開子午圈，讓位給天蠍座[1]。所以我們就像人受急需刺激時，無論眼前出現什麼都不止步，而是一直趕路，走進夾道便一個挨一個拾級而上，因為那石階狹窄，不容登者並排而行。

猶如雛鸛因為想飛而揚翼，又因不敢離巢而垂翅，我心中燃起發問的欲望，要開口說出時，卻又熄滅了如此欲望[2]。儘管我們走得疾快，我和藹的父親仍是說：「你話語的弓已拉得箭頭碰著弓背了，就射出去吧[3]。」於是，我大膽開口：「感覺不到營養的需者，何以會消瘦呢？[4]」他說：「你若是想起墨勒阿革洛斯是隨一塊燃燒的木頭燒盡而死，這事對你便不難以理解。你若是想想，你們稍有閃動，鏡中影子便也就閃動，那麼這件似乎難以理解的事也就容易理解了[5]。但為了充分滿足你的求知欲，有斯塔提烏斯在此；我呼籲且懇求他，現在來做醫治你傷口的人[6]。」斯塔提烏斯回說：「若是我在你面前為他闡明永恆真理，我就只能以不能對你違命為由原諒自己了[7]。」

於是，他說道：「兒子啊，你的心若是接受、並且記住我的話，那麼它對你所提問的『何以』，將是一盞明燈。完美的血，有部分後來未被乾渴的血管吸收，而是如同你從飯桌撤下的食物般殘留下來，在心臟中獲得形成人所有肢體的能力，正如另一部分在血管中流動，滋養俱已形成的肢體[8]。這部分完美的血經過再次消化，就向下流入沉默要比明說來得好的那地方[9]；之後，它便從該處滴入天然小容器內的別人的血上[10]。在那裡，這種血與那種血聚合，一種的天性是被動的，另一種則是主動，因為它是從完美的地方流出的[11]；與那種血相結合後，它便開始作用，先是起凝固作用，而後將生命賦予其使之凝固作為其材料之物[12]。它的主動力先變為靈魂，就類似植物的靈魂，不同點是前者仍在途中，後者則已靠岸[13]；然後它繼續作用，直到能像海綿一樣運動和感覺[14]；從這裡，它開始對各種以它為種子的能力形成器官[15]。兒子啊，現在，那源於男性生殖者心臟的能力，在自然致力形成各肢體處擴大、延伸[16]。但它是如何從動物變成人，你還不明白[17]。這是個難點，過去曾使一位智慧高過你的人陷於錯誤，在其學說中將可能心智與靈魂分離開來，因為他看到人並無為此心智所用的器官[18]。現在，敞開心懷接受我將闡述的真理吧；要知道，胎兒腦的接合一旦完成，第一原動力便轉向它，欣賞自然造生的這非凡藝術品，將充滿力量的新靈氣吹入其中，而靈氣將它發現在那裡活動的因素吸收進自身實體，成為有生命、感覺和自省能力的單一靈魂[19]。為了不讓你對我的話過於驚異，你就想想太陽的熱力與葡萄樹流出的汁液相結合化後為酒吧[20]！當拉刻西斯的線已耗盡，靈魂便脫離肉體，並將人性能力作為潛力連同神性能力一併帶走[21]，其他能力全都靜默；記憶、智力和意志活動還較之前更為敏銳[22]。靈魂片刻不留，神奇地自行落到兩河之一的岸上[23]。在那裡，它才知道自己的路[24]。那裡的空間一包圍它，形成力就以對活的肢體所施用的方式及分量，向周圍輻射[25]。宛如空氣在飽含水分時，因另一物體的光射入其中，變得絢爛多彩，同樣地，在這裡，周遭空氣呈現出留在此處的靈魂透過自身潛力印在其中的形象[26]；如同火焰跟著火隨處移動，這新的形體也隨處跟著靈魂移動[27]。由於靈魂後來因此而有形，故被稱為幽

這裡的峭壁有火焰噴射，平臺邊緣有風向上吹著，迫使火焰倒退，離開那裡。

靈；然後由它給每種感覺、甚至視覺形成器官[28]。我們由它說話，由它發笑；由它流淚、嘆息，這些你在這座山上大概都已經聽到了[29]。依據各種欲望和其他情感的刺激，幽靈呈現出不同外貌；這就是那令你驚異之事的成因[30]。」

我們已來到最後一條環行路上，向右轉彎走去，全神貫注於其他需要注意的事上[31]。這裡的峭壁有火焰噴射，平臺邊緣有風向上吹著，迫使火焰倒退，離開那裡[32]；我們因此必須沿平臺沒有屏蔽的一側魚貫而行：我這邊怕火，那邊怕摔落。我的嚮導說：「在這地方，眼睛絕對不可失控，因為稍有疏忽就會失誤。」那時，我聽見大火之間唱道：「*Summae Deus clementiae*」[33]，使得我同樣熱切地轉過目光；我看到眾幽魂走在火焰之間；我的視線因而不時交替，時而看一下他們，時而又看一下自己的腳步。那首讚美詩一結束，他們便高呼：「*Virum non cognosco*」[34]；隨後又低聲唱起讚美詩，唱完後還呼喊：「狄安娜留在森林裡，趕走中了維納斯之毒的艾麗綺[35]。」而後，又唱起那首詩，接著高聲稱頌那些符合道德和婚姻要求的貞潔妻子和人夫[36]。我相信，他們在受烈火燒灼期間一直這麼做：必須用這種療法和這種食糧，才能使這傷口最終癒合[37]。

那時，我聽見大火之間唱道：「Summae Deus clementiae」。

我看到眾幽魂走在火焰之間；我的視線因而不時交替，
時而看一下他們，時而又看一下自己的腳步。

1 但丁幻遊煉獄是在春分時節，此時太陽在白羊宮。黃道帶上，白羊宮之後是金牛宮。「太陽已離開子午圈」：指天已過了晌午。「讓位給金牛座」：指金牛座現在已到達子午圈。黃道十二宮每宮長三十度，太陽需行兩小時，因此煉獄此時是下午兩點鐘。「黑夜」這裡是指午夜，但丁將它擬人化，想像「黑夜」是一顆行星，在另一半球和太陽同時繞著地球運轉。太陽在白羊宮時，「黑夜」就在與白羊宮正對面的天秤宮。天秤宮之後是天蠍宮。「黑夜已離開子午圈」：指時間已過午夜。「讓位給天蠍座」：指天蠍座現在已到達另一半球的子午圈。「黑夜」和太陽運轉速度相同；煉獄此刻是下午兩點鐘，耶路撒冷此刻就是凌晨兩點鐘。

2 但丁在這裡以羽毛未豐的雛鸛抬起翅膀想飛，又怕離開窩會摔死，翅膀因而又垂下的本能動作為比喻，說明自己想提出疑問，又怕會在維吉爾正拾階向上的這時候給他添麻煩，因而話到了嘴邊又不敢開口的心理狀態，使之躍然紙上。

3 維吉爾的話是隱喻，將但丁已到嘴邊、又不敢說出口的話，比做弓箭手拉滿了弓而不發出的箭，意思就是，快說出你心裡想說的話吧。

4 但丁提出的問題就是：煉獄中的幽魂沒有肉體，因此無需飲食營養，那怎麼還會消瘦呢？

5 維吉爾先用「墨勒阿革洛斯之死」的傳說，啟發但丁去思考這個問題。墨勒阿革洛斯（Meleagros）是卡呂冬（Calydon）國王俄紐斯（Oeneus）和王后阿爾泰亞（Althaea）的兒子。他出生後不久，三位命運女神便做出預言：克羅托說，他必會是勇猛之人；拉刻西斯說，他必會是強壯之人；阿特洛波斯則將一根木頭扔進燃燒的灶火上說，這根木頭能燒多久，他就能活多久。等三位命運女神離開後，他的母親立刻將那根木頭從火中取出，妥善藏好。後來，國王俄紐斯向諸神獻祭時忘了祭女獵神阿耳忒彌斯，女獵神為了報復，便讓一頭大野豬禍害卡呂冬國。墨勒阿革洛斯於是邀請希臘各路英雄前來獵捕野豬。阿耳卡狄亞公主阿塔蘭塔（Atalanta）也前來參加。墨勒阿革洛斯愛上了她。在他殺死野豬之後，便將野豬頭送給這位公主。墨勒阿革洛斯的兩個舅舅不依，於是從她手中搶走野豬頭，他一怒之下殺死了兩個舅舅。他母親阿爾泰亞聞訊後悲憤交加，為了替兩名兄弟報仇，於是拿出當年那根木頭將之燒掉。木頭燒完，墨勒阿革洛斯也在痛苦中死去（事見《變形記》卷八）。

接著，維吉爾又舉出人在照鏡子時，不論多麼迅速、細微的動作，都會反射在鏡中，藉此啟發但丁去思考。「這兩例顯然都不是對相關現象所做的事理性解釋：墨勒阿革洛斯的例子雖能讓人明白，身體也能因為與營養無關的外在原因而消瘦、甚至消滅，但並未說明其所以然。鏡子的例子則用來讓但丁明白幽魂虛空的形體反映出其所受之苦，就猶如鏡子反映出人的形象，但這也不是解釋。

維吉爾接著將委由托斯塔提烏斯去解釋。」（雷吉奧的注釋）

6 「醫治你傷口的人」：意即解決你疑問的人。因為疑難問題折磨人心，猶如發疼的傷口折磨人的肉體。為何是由斯塔提烏斯代替維吉爾，向但丁解釋幽魂無需營養卻會消瘦？一些早期注釋家和不少現代注釋家都認為，這不僅僅是個哲學問題，還涉及神學。維吉爾作為理性的代表，由於自身的侷限性，無法對這個難題做出全面的解釋。斯塔提烏斯生前已從博學的異教詩人轉變為基督徒，接受了啟示的真理，死後又在煉獄中滌淨了罪孽，準備升上天國，因此能勝任回答。

7 這句話表達出斯塔提烏斯的謙卑，以及對維吉爾的尊敬。

8 為了徹底解決但丁的提問，斯塔提烏斯先從人的生殖過程講起。他的講述主要是根據托馬斯．阿奎那所解釋的亞里斯多德理論，內容概括有四點：首先講述人的生殖理論、胎兒的逐漸發育、人體能力即植物性靈魂和感性靈魂的逐漸發展，然後說明理性靈魂如何賦予人體；接著說明肉體死亡後靈魂存在的方式；最後則說明幽魂的來源和狀態。

「完美的血」：納爾迪在《中世紀哲學研究》中指出，根據亞里斯多德的學說，食物要經過一連串的變化或消化，才會變成滋養身體的養料。而根據阿維森納的理論，食物必須經過四個消化過程：第一個過程在胃和腹中完成；第二個在肝臟中完成，在這裡，乳糜開始變成血；第三個在血管中完成，在這裡，自肝臟中排出的粗糙、不完美的血被淨化，去掉了多餘水分，變成完美的血，並在心室中匯合；第四個過程則在各肢體中完成，在這裡，血的養料會彌補損失，促進發育。

「後來未被乾渴的血管吸收」：意即後來沒在血管中循環。詩人用「乾渴」形容血管，因為血管必須以血滋養身體各部位。牟米利亞諾指出，「乾渴的血管」讓人感覺到因為血液循環而在人體中流動的生命。從這個實例能看到但丁如何將科學題材化為生動的詩句。「如同你撤下飯桌的食物般殘留下來」：意即原封不動地留下來。

「在心臟中獲得形成人所有肢體的能力」：意即這一部分不循環、殘餘的完美的血留在心臟中，獲得會讓待產的嬰兒形成肢體的能力，正如另一部分完美的血在血管中循環，以滋養人俱已形成的肢體。這裡所說的這一部分完美的血，是指會變成精液，讓女人受孕的血。

9 意即這部分完美的血再經過最後一段的消化（即淨化）過程，就會變成精液，往下流入男性生殖器官中。

10 「天然小容器」：指子宮。「別人的血」：指經血。

11 意謂精液和經血在子宮中匯合，經血準備受胎，精液則準備發揮其形成力，讓女人受胎，因為它是從完美的地方（心臟）來的；血液在那裡經過「消化」，變成完美的血液後被壓送出來，通過主動脈輸送，成為精液。

「一種的天性是被動的，另一種則是主動」：托馬斯．阿奎那說，「正如那位哲學家（亞里斯多德）所說，在透過性交生殖的完美動物方面，主動力在男性的精液，但胚胎物質則是由女性提供」（見《神學大全》第一卷）；又說，「在生殖中，行為有主動與被動之分。因此，全部主動力在男方，被動力則在女方。」（見《神學大全》第三卷）

12 「與那種血相結合後」：意即與經血匯合後，精液開始發揮其主動性，先使得經血凝固，而後賦予生命，讓它成為接受其主動力形成胚胎的材料。

「先是起凝固作用」：納爾迪在《中世紀哲學研究》中指出，「亞里斯多德確實將男人的精液對女人的經血造成的作用，比擬為凝乳酶對牛乳的作用。如此說法獲得阿維森納接受並且發展後，遂成為中世紀胚胎學的共同觀念。」

13 意謂精液的主動力先是變成植物性靈魂，它和一般植物的靈魂一樣具有生命，不同之處在於它仍「在途中」，也就是還會繼續發展，而一般植物的靈魂則「已靠岸」，也就是已完成所有發展過程。

14 意謂精液的主動力變成植物性靈魂後仍繼續作用著，發展到能像海綿一樣運動和感覺的階段，也就是變成了「感性靈魂」（anima sensitiva）。

但丁在《筵席》第三篇第二章中說：亞里斯多德「在《論靈魂》第二卷中分析靈魂的能力時，稱靈魂主要有三種能力，即生命、感覺和理性；他也提到運動；但運動可以與感覺合而為一，因為每個有感覺的靈魂（或具有所有感覺，或僅有其中某些），也都有運動；所以運動是一種與感覺連在一起的能力。」

「直到能像海綿一樣運動和感覺」：意即直到它僅僅能像海綿一般運動和感覺。在亞里斯多德和中世紀的動物學中，海綿是最低等的「動物」，介於動物界和植物界之間。

15 意謂從這個階段起，精液的主動力開始為各種感覺能力形成器官（即所謂感官），這些感覺能力都由精液的主動力而生，如同植物由種子而生。

16 根據雷吉奧的解釋，「自然（natura）致力形成各肢體處」是指胚胎；「自然致力形成各肢體」：指自然致力於完成整個有機體。

詩句大意是：現在，從這個階段開始，源於男性生殖者心臟的形成力就要在胚胎中發展、擴大、延伸，形成各個肢體。

17 「如何從動物變成人」：「人」的原文fante源於拉丁文fari（說話），含義是「會說話者」。這個詞凸顯出人類有別於其他動物的特徵：會說話，意味有思想需要表達，有思想意味能思維，能思維則必然具備心智和理性。詩句大意是：胎兒發展到了有感性靈魂（能感覺和運動）、具備各種感官和肢體的階段後，自然已經盡其能事；但它如何具有理性靈魂（anima razionale），也就是說，如何獲得心智和理性，成為萬物之靈的「人」，這對你而言還是個疑難的問題。

18 「過去曾使一位智慧高過你的人陷於錯誤」：指阿威羅厄斯（見《地獄篇》第四章注56）在對亞里斯多德《論靈魂》一書的注釋中做了錯誤的解釋。

為了理解他的話，在此必須指出，所有亞里斯多德學派的思想家，都將人的心智區分為「活動心智」（intelletto agente o attivo）和「可能心智」（intelletto possibile o passivo）。前者透過抽象作用，讓感官提供給我們種種個別印象，形成概念，進而讓我們獲得感性認識；後者則讓我們明白普遍原理，也就是獲得理性認識，因而是人類真正的高級智力。

阿威羅厄斯因為看到人身上並沒有與這種作為人類高級智力的可能心智相當的器官，如同眼睛之於視覺，耳朵之於聽覺那樣，於是認為它是一種獨特、超驗的普遍性智力（intelligenza universale），而這種智力在人活著時是每個人的靈魂共同具有、卻又與之互相分離的，就如同太陽和它照亮的透明物體一樣。人一旦死亡，就不再具有可能心智，因此，阿威羅厄斯認為人根本沒有所謂的「不滅的個人靈魂」。如此說法被經院哲學家視為邪說，尤其受到托馬斯．阿奎那抨擊，因為否定了個人靈魂不滅，也就意味同時否定了死後善人得福、惡人受罰的教條。

19 「第一原動力」（lo motor primo）：這是亞里斯多德使用的哲學名詞，經院哲學家常用來指上帝。

「自然造生的這非凡藝術品」：意謂胎兒的腦結構一完成，上帝就轉向胎兒，欣賞這件自然創造的非凡藝術品。

「將充滿力量的新靈氣吹入其中」：意謂上帝將具思維能力的理性靈魂賦予胎兒。

根據基督教教義，理性靈魂作為人的不滅部分，是由上帝賦予人，而不是源於自然。托馬斯．阿奎那說：「……既然它（理性靈魂）是非物質的實體，就不能透過生殖形成，而是僅能由上帝創造而成。所以認為理性靈魂源於父親，不過是認為靈魂並非永生，而是會隨肉體毀滅而已。因此理性靈魂是隨精液遺傳而來的說法是邪說。」

「而靈氣將它發現在那裡活動的因素吸收進自身實體」：意謂理性靈魂將它所發現、在胎兒中活動、先變成植物性靈魂，然後變成感性靈魂的形成力，吸收到了自身實體，成為一個渾然一體的靈魂，胎兒有了這單一的靈魂後，不僅像植物那樣具有生命，也如其他動物有感覺，而且還有潛在的思維能力，而讓人類成為萬物之靈的正是這種能力。

20 「我的話」：指斯塔提烏斯所說、關於上帝如何將理性靈魂賦予胎兒，以及理性靈魂如何吸收植物性靈魂和感性靈魂，成為單一靈魂的說法。

「過於驚異」：源自上帝的理性靈魂如何能與源於自然的植物性靈魂及感性靈魂融合成為一個整體，會讓但丁覺得不可思議。為此，斯塔提烏斯要但丁去「想想太陽的熱力與葡萄樹流出的汁液結合而變成酒」，讓他透過類推去理解這一難題。
「葡萄樹流出的汁液」：指葡萄樹分泌到葡萄中的汁液。詩句大意是：太陽的熱力與葡萄樹分泌到葡萄中的汁液結合，就變成葡萄酒，也就是說，由一種源於葡萄樹的物質因素與一種源於太陽的非物質因素相結合，進而成為新的因素；同樣，源於上帝的理性靈魂與源於自然的植物性靈魂及感性靈魂融合，就成為渾然一體的單一靈魂。

21 「當拉刻西斯的線已耗盡」：拉刻西斯是為每個人紡生命之線的命運女神（見第二十一章注5）；詩句意即人死時。
「並將人性能力作為潛力連同神性能力一併帶走」：「人性能力」，指植物性能力和感覺能力，因為它們都來自父親的精液，所以詩中稱之為人性能力。「作為潛力」，指靈魂脫離肉體後，這些能力由於沒有器官，不能活動，而處於潛在狀態。

22 「其他能力全都靜默」：指上述的人性能力一概停止活動，處於潛在狀態。「記憶、智力和意志活動還較之前更為敏銳」：記憶、智力、意志是理性靈魂的三種能力，人死後，這些能力的活動由於不再受肉體阻礙，因而比生前還更銳敏，「因而人具有能銘刻不忘的記憶，毫無缺陷的智力和堅定不移的意志。」（布蒂的注釋）

23 「神奇地自行落到兩河之一的岸上」：「兩河」，指地獄中的阿刻隆河及羅馬的台伯河；意即亡魂由於神秘的天命因素，會自行落到這兩條河其一的岸上。被罰要入地獄的就落到阿刻隆河岸，若是得救要入煉獄的則落到台伯河岸。

24 意即亡魂落到兩河之一的岸上時，才知道自己的命運是要入地獄受苦，還是前往煉獄淨罪。

25 「那裡的空間一包圍它」：意即阿刻隆河岸或台伯河岸充滿空氣的空間一包圍亡魂。
「形成力就以對活的肢體所施用的方式及分量，向周圍輻射」：意謂「曾在子宮中形成有機人體的那股形成力，此時輻射到了周遭空氣中，開始形成一個更輕、更靈敏的形體，在這形體當中重新獲得完全具備五種感官的植物性及感性靈魂的功能」（納爾迪在《中世紀哲學研究》中的解釋）。對亡魂而言，這種由空氣形成的形體替代了生前具有的肉體。

26 「空氣在飽含水分時」：指雨後空氣中充滿小水珠時。「另一物體的光」：指日光。「變得絢爛多彩」：指形成紅、橙、黃、綠、藍、靛、紫七種顏色的彩虹。「留在此處的靈魂」：指落在阿刻隆河或台伯河岸上的亡魂。「透過自身潛力」：原文是 virtualmente，意即透過靈魂自身的形成力（virtu informativa）；人死後，這種形成力還作為潛力保存了下來。「印在其中」：意即亡魂透過自身保有的潛力，將生前形象如同蓋圖章般地印在了空氣中。
詩句大意是：正如日光照射在雨後空氣裡的小水珠上，因折射和反射作用形成的絢爛彩虹，同樣的，落在阿刻隆河或台伯河岸上的亡魂，它的形成力向周圍空氣輻射，進而為它造出貌似生前的形象。

27 根據亞里斯多德的學說，火焰是火「印」在空氣中的形象，也就是說，火是無形的基本元素，唯有在火焰中才具有可見的形象；同樣的，亡魂這新的形體是其自身形成力向周圍空氣輻射所生成，亡魂在空氣構成的新形體中才具有可見的形象；因此詩中的比喻說，亡魂的新形體跟著靈魂隨處移動，就如同火焰跟著火隨處移動。

28 「後來因此而有形」：脫離肉體的亡魂本是無形的，後來因為有了空氣構成的新形體，於是才變得有形象可見。「所以被稱為幽靈」：「幽靈」原文是ombra（影子），因為亡魂有了空氣構成的形體後，就變成如影子般看得見、但摸不著的物體。「然後由它給每種感覺、甚至視覺形成器官」：意謂有了形體之後，亡魂便藉以形成各種感覺器官，甚至最複雜的視覺器官。

29 意謂亡魂藉著新形體說話、發笑、哭泣、嘆息，表達各種情感，這些想必你在這座山上都已聽到了。

30 意謂亡魂由於受到不同的欲望和情感（恐懼、喜悅、希望等）刺激，因而對應地呈現出不同外貌；這就是令你驚異的「犯貪食罪者的靈魂何以消瘦」的原因。納爾迪解釋說：「食欲，毋寧說大吃大喝的欲望，在人世生活中造成貪食者的罪孽，在煉獄則變成他們所受的懲罰，因為這種欲望會引起得不到滿足的飢餓感，令人恐怖的消瘦正是這種感覺的具體表現。」（《但丁講座 *Lectura Dantis*》《煉獄篇》第二十五章）

辛格爾頓解釋：「幽靈呈現出不同的外貌；在我們所講的此處，其呈現的是因食欲產生的極端消瘦外貌。所以，他們貌似消瘦的形體是一種欲望的表現，而非實際挨餓的結果。挨餓在這裡是不可能的事。」

31 「其他需要注意的事」：意即和聽斯塔提烏斯講話截然不同的事，指隨後詩句中所說，被烈火燒到和從平臺外緣摔落的危險。

32 「這裡的峭壁有火焰噴射」：意即第七層平臺內側的峭壁會朝平臺上噴射火焰。「平臺邊緣有風向上吹，迫使火焰倒退，離開那裡」：意謂平臺靠外的邊緣上有風朝上吹，吹得火焰倒退後縮，讓出一條極其狹窄的路。

33 「*Summae Deus clementiae*／無上仁慈的上帝呀」：這是但丁那時代天主教會週六早課唱的一首拉丁文讚美詩首句。犯貪色罪者的靈魂在烈火中唱著這首詩，因為詩中說，「請用正義的火焰焚燒我們的腰和軟弱的肝，使得它們嚴格，遠離色情吧。」人的腰和肝處是身體的性欲部位，詩中因而祈求上帝以正義火焰焚燒，消除色情。

34 「*Virum non cognosco*」是拉丁文《聖經》的譯文，中文《聖經》譯文是「我沒有出嫁」。聽到天使聖告她將要懷孕生下耶穌時，童女瑪利亞對天使說：「我沒有出嫁，怎麼有這事呢？」（見《新約．路加福音》第一章）。詩中以瑪利亞作為童女，體現貞潔美德的第一個範例。

35 狩獵女神狄安娜為了保持自己的貞潔，與陪伴她的眾仙女同住在森林中。阿爾卡狄亞國王的女兒艾麗綺（Elice）是這些仙女之一，朱比特愛上艾麗綺，使她生下一子名阿爾卡斯（Arcas）。狄安娜因此將她趕出森林，以免住處被她玷污。「中了維納斯的毒」：指艾麗綺犯下色情罪，喪失了貞潔。這名仙女更為人所知的名字是卡利斯托（Callisto）。據《變形記》卷二中的敘述，嫉妒的天后朱諾將她變成一頭母熊，朱比特最後將她和她兒子放到天上，成為大熊星座和小熊星座。詩中以狄安娜作為童女體現貞潔美德的第二個範例。

36 意即眾幽魂高聲稱頌那些品行符合婚姻道德要求的貞潔夫妻。

37 「一直這麼做」：意即他們時而低聲唱誦讚美詩，時而高聲呼喊體現貞潔美德的範例，二者一直在交替進行。「必須用這種療法和這種食糧，才能使這傷口最終癒合」：「這種療法」，指在烈火中行走。「這種食物」，指唱誦讚美詩及默想體現貞潔美德的範例，作為規定的精神食糧。「使這個傷口最終癒合」：「這傷口」，指貪色罪，具體指刻在但丁額上、代表這種罪的P字母，因為彼埃特羅波諾的注釋說：「在神祕主義者的用語中，罪經常被稱為「傷口 vulnera」；因此但丁將天使刻在他額上的P字也稱為傷口。」「最終癒合」，意即徹底地癒合收口，也就是讓貪色罪消滅淨盡。

第二十六章

當我們這樣循著平臺外緣魚貫而行時，善良的老師屢屢對我說：「留神哪，讓我的警告對你發生效力吧」；太陽正照在我的右肩[1]，其光芒已將西方整片天空由藍變為白；我的影子使得火焰更顯赤熱[2]。我瞥見許多幽魂邊走邊直在注意這一如此微細的跡象[3]。這是引發他們談論我的原因；他們開始你對我、我對你說：「那人似乎不是虛幻的形體」[4]；而後，其中幾個盡可能朝我靠近，但一直注意不走出能被火燒著的範圍[5]。

「啊，這位不是因為動作慢，而是或許出於恭敬而走在別人後面的人哪，請回答我這在渴和火中燃燒[6]的人吧；你的回答不單對我是必要的，這些人也統統渴望你的回答，比印度人或衣索比亞人渴望著涼水還迫切。請告訴我們，你怎麼會讓自己成為一堵牆遮住了太陽，好似你還沒進入死神的羅網[7]。」其中一個這麼對我說。要是我沒去注意當時另一件新奇事，原本我會立刻說明我的情況。原來，有一群人正在燃燒著火焰的路中迎面朝這一群人走來[8]，令我不由得凝視他們。那時，我看到來自雙方的幽魂個個皆匆忙迎上前去互吻，但不停留，只滿足於簡短的問安[9]，猶如螞蟻在其褐色隊伍中這個與那個碰頭，為的或許是探詢牠們的路和運氣[10]。

友好的會晤一結束，每個人在邁出第一步之前，都竭力以高過他人的聲音呼喊著。新來的那群人喊：「所多瑪和蛾摩拉[11]」，那另一群人喊：「帕西淮鑽進了木製母牛中，好讓那公牛滿足她的淫欲[12]。」之後，猶如灰鶴，一部分可能飛往黎菲山脈，一部分飛向沙漠，前者避烈日，後者避嚴寒[13]，同樣地，那群人走了過去、這群人走了過來[14]；他們全都流著淚，重唱先前唱著的歌，高呼最適合他們的範例[15]；那些原本懇求我回答的人如原先那樣又挨近我，臉上全顯露準備細聽我答話的神情。

我兩度看出他們想知道的事情[16]，便說：「不論等到何時，必然終將獲得和平境界的幽魂哪，我的肢體既非在我未成熟時、也非在我成熟時留在了人世，而是帶著它的血液和關節與我一同來到這裡。我由這裡往上行，為的是不再盲目；上界一位聖女為我求得恩澤，讓我得以帶著肉身來到你們的世界。但是，願你們最大的願望[17]很快得到滿足，使得那層充滿愛、圈幅最廣大的天[18]能容納你們，成為你們的歸宿。請告訴我你們是誰，在你們背後走離開的那一群是什麼人，讓我還可以寫在紙上[19]。」

幽魂們聽了之後，個個表情都無異於粗獷、村野的山裡人進城時，眼花繚亂，驚奇得說不出話的樣子[20]；但驚奇在高貴的人心中迅速消失，解除了這種情感後，先前向我發問的那人又說[21]：「為了死後靈魂得救，而將自己在我們地區的經歷珍藏於心的人哪，你有福了！那群不與我們同行走來的人，犯的是過去凱撒凱旋時，聽到人們對他嘲諷喊出「王后」的那種罪[22]；因此，他們高呼「索多瑪」，離開我們而去，如同你聽到的那樣，自己責備自己，以羞愧助火燃燒[23]。我們的罪是在兩性合二而一方面[24]；但因為我們沒有遵循人的法度，而是如獸般順從於性欲衝動[25]，和他們分離時，我們便高呼在製成獸形的板材裡像獸般宣淫的那女人之名[26]羞辱自己。現在你知道我們的行為和所犯的是什麼罪了；要是你還想知道我們每個人的名姓，我可沒時間說，也說不出來。至於我的名字，我願意滿足你的願望：我是圭多．圭尼采里，此刻的我已在淨罪，因為我在臨終前已及時懺悔[27]。」

當我聽到我和其他較我優秀、曾寫作溫柔優雅愛情詩的眾詩人之父[28]說出自己的名字時，心情就變得如同在呂枯耳戈斯悲憤之際再見到他們母親的那兩個兒子，但我的感情並未表現得如他們那種程度[29]；我不再多聽、也不再多說什麼，而是久久凝視著他，沉浸在冥想中，朝前走去；由於火的緣故，我沒向他走得更近。飽看之後，我自己提出願全心全意為他服務，還藉發誓促使他相信。他對我說：「由於我聽到你的那些話，你在我心中留下如此深刻鮮明的印象，甚至勒特河的水都去不掉它，也無法使它模糊[30]。但是，如果你剛才發誓說是真的，那就告訴我，你在說話和注視我當中都表示愛我，是出於什麼緣故吧。」我對他說：「您溫柔的詩，只要現代用俗語寫詩之風[31]持續，就會使其手抄本仍然珍貴。」「啊，兄弟呀，我指給你的這位，」他指著前面的一個幽魂說，「是使用母語更佳的工匠，他超過所有寫愛情詩和散文傳奇的作家[32]；就讓認為那個里摩日人[33]比他優越的那些愚人隨口亂說吧。他們面向傳言，而不面向真理，不先聽藝術和理性的聲音，就這麼決定自己的看法[34]。許多前輩對待圭托內就是這樣，他們口口相傳，一直繼續讚美他，直到真理因為多數人的正確評價戰勝了這種讚譽[35]。好了，既然你有上帝恩賜的廣大特權，允許你到基督是修士們的院長的修道院[36]，就請你為我念主禱文吧，只念在這個世界所需的部分，我們在這裡已再無犯罪的可能[37]。」然後，或許是為了讓位給他附近的另一個幽魂，他就像魚潛入水底那般，沒入了火中[38]。

我稍微朝前走近他為我指出的那幽魂說，我的願望已為他的名字備妥愜意的地方[39]。他樂意地開始說：

「Tan m’abellis vostre cortes deman,
qu’ieu no me puese ni voill a vos cobrire.
Ieu sui Arnaut, qui plor e van cantan ;
consiros vei la passada folor,
e vei jaussen lo joi qu’esper, denan.
Ara vos prec, per aquella valor
que vos guida al com de l’escalina,
sovenha vos a temps de ma dolor !」
（您彬彬有禮的請求使我非常高興，
我不能，也不願對您隱瞞自己。
我是阿爾諾，我哭，我邊走邊歌唱；
我懊悔地看到過去的荒唐，欣喜看到我盼望的歡樂在前方。
現在我懇求您，看在那引導您到階梯頂端的力量面上，
在適當的時候想起我的痛苦吧！）
然後，他就隱沒在精煉他的火裡。

1 「太陽正照在我右肩」：這細節說明了此時天色已晚，夕陽西下，大約是下午四、五點鐘。但丁沿著平臺外緣向西南偏南方向行走，陽光幾乎平射在他右肩上。三位詩人從下午兩點開始拾級而上，費了大約兩小時才登上第七層平臺。斯塔提烏斯在這段時間裡詳細解答了但丁的提問。

2 「在日光照耀下，火焰的紅色減退，變得發白，幾乎看不見；但若是被什麼影子遮蓋，使得日光照不到它，它的顏色就益發鮮明。」（蘭迪諾的注釋）所以但丁從火焰旁走過時，火焰就較之前更顯赤熱。

3 「直在注意這一如此微細的跡象」：托拉卡指出，火焰在陰影中會比光照下更顯明亮，這是明顯的事實；但在詩人的旅行中，這情況是首次出現；如果眾幽魂若干年、若干世紀以來一直都「在火燒的路當中」行走，以滌除自己的罪，那麼也會是首次看到這個現象；因此，他們的談話因意想不到的原因而以獨特的方式開始。牟米利亞諾指出，透過這個細節，但丁「變換了《地獄篇》和《煉獄篇》中幽魂們覺察但丁是活人的方式：不再因為他『腳碰著什麼，什麼就動』，或是他會呼吸，或者他有影子投映在地上，而是因為他使得火焰更顯炙紅。這個跡象並非作為旅行中的奇事孤立地存在，而是嵌入這層平臺介乎戲劇性和繪畫性之間的場景當中：『我的影子使火焰更顯赤熱』這句話是火的主題最強烈的著色筆觸之一，從第二十五章末尾一直到第二十七章都曲折地貫串著這個主題。」

4 「虛幻的形體」：原文是 corpo fittizio，指由空氣形成的形體。

5 這幾個幽魂受到好奇心驅使，盡可能地走近但丁，但也注意著不走到火燒不著處，因為他們不願淨罪進程有片刻的中斷。

6 「在渴和火中燃燒」：「渴」指焦渴般的求知欲，渴望知道但丁是否確實是活人。「火」指淨罪的火焰。

7 意即你的身體怎麼能擋住陽光，好像你還活著似的。這句話將死神比做獵人或漁人，張網捕捉獵物或魚；「網」強調死神會抓住每個人，誰都不可能逃脫的意象。

8 在這層平臺的烈火中環山繞行的犯貪色罪幽魂分成兩隊：和三位詩人一起往同一方向走的是犯邪淫罪者，而朝他們迎面走來的則是犯雞姦罪者。「因為三位詩人已按煉獄中的常規向右轉彎，從左向右行走，犯雞姦罪者在平臺上行走的方向與此相反，是從右向左，或許這是為了強調其罪行與自然性有違。」（齊門茲的注釋）在地獄裡，犯邪淫罪者在第二層被狂飆刮來刮去，受永遠不得安息之苦。犯雞姦罪者在第七層第三環受永遠走在火雨中之苦。而在煉獄中，這兩種罪人皆以犯貪色罪者的身分走在第七層平臺的烈火當中，以滌除各自惡孽。

9 「互吻」：「他們互吻是出於愛和純潔的友情，這麼做是為了懺悔荒淫無恥的接吻。」（蘭迪諾的注釋）在這個動作中，對以往罪過的痛苦回憶就這麼與現在熱烈歡快的友愛之情相互交織在一起。此舉令人想起古時基督徒互吻問安的習俗（見《新約．羅馬書》第十六章）。

10 「褐色隊伍」：指來自蟻穴中和返回蟻穴去的蟻隊。「或許是為了探詢牠們的路和運氣」：意謂或許這些螞蟻是為了探詢路上的情況，以及覓食的運氣如何。溫圖里指出，這個明喻來自對自然界的觀察。但丁以前的詩人，像是維吉爾在《埃涅阿斯紀》卷四、奧維德在《變形記》卷七當中，都曾描寫過勤奮忙碌的蟻群。「但他們都沒注意到但丁詩中確切說出的『互吻』動作，這個動作如此自然，而且完全是螞蟻特有的：但丁適時造出這個動詞，使得那些幽魂親切互吻的形象真切又生動地呈現在我們面前。」

11 「索多瑪和蛾摩拉」：是巴勒斯坦的兩座古城，因城中居民犯了雞姦罪而遭上帝以天火燒毀（見《舊約．創世記》第十八、十九章）。新來的那群人是犯雞姦罪的幽魂，所以他們呼喊這種罪受懲罰的事例，以警告自己。

12 希臘神話中，克里特島國王米諾斯的王后帕西淮對一頭公牛產生了強烈的淫欲，因此和島上的能工巧匠代達羅斯商議。代達羅斯用木料造出一頭母牛，木牛上面再蓋上一張母牛皮，然後讓王后鑽進這木牛的肚子空間裡。公牛以為那是真母牛，便與之交配，結果王后因此懷了身孕，最後生下牛頭人身的怪物米諾陶（參看《地獄篇》第十二章注3）。詩中將帕西淮的淫行作為放縱色欲、不加控制的事例。由於這群幽魂是貪色縱欲之人，因此他們呼喊這個事例，進行反省。

13 「黎菲山脈」（Le montagne Rife）：古時認為這道山脈位在歐洲東北部，那裡氣候嚴寒，山頂積雪終年不消，但具體是在何處則無法確定。這裡泛指北方寒冷地區。「沙漠」指利比亞沙漠，這裡泛指南方溫暖地區。這個明喻中所說的並非自然界的事實，純粹只是一種假設。勃朗（Blanc）在《關於〈神曲〉的一些晦澀和引起爭論之處的語文學性質的解釋》第二部分《煉獄篇》中，最早指出：「沒有人看出這個明喻根據的是一件不可能的事。因為，這些鳥春天確實會向北方移棲，以躲避夏季酷暑，秋天則向南方移棲，以躲避冬季嚴寒，但牠們是受本能引導，無一例外統統循著同一條路飛去；此處說同一種鳥在同一時間一部分飛往冷地方，另一部分則飛往熱地方，這是不可能的。

14 指那隊犯雞姦罪的幽魂向左走，這隊犯邪淫罪的幽魂和三位詩人一樣向右走。

15 「先前唱的歌」：指他們原先唱的讚美詩。「最適合他們的範例」：指針對他們各自罪行的貞潔美德的範例。

16 「我兩度看出他們想知道的事情」：「他們想知道的事」指知道但丁是不是活人。但丁首次看出幽魂想知道此事，是在那隊犯了雞姦罪的幽魂來到之前，因為當時有一個人以眾人的名義向但丁提問。現在，但丁第二次看出他們的這個願望，因為他們臉上全都顯露出準備注意聽他答覆的神情。

17 「你們最大的願望」：指享天國之福。

18 「那層充滿愛、圈幅最廣大的天」：指淨火天（即上帝所在、嚴格意義上的天國），所有超凡入聖的靈魂皆在此與上帝同在。《天國篇》第三十章中說這層天是「充滿愛」的天。《筵席》第二篇第三章中說：「這是宇宙最高的大廈，其中包含整個宇宙，事物無一在它之外。」

19 「我還可以寫在紙上」：詩中沒有說明但丁為何要這麼做。多數注釋家認為，但丁是要將這些幽魂的名字和遭遇筆之於書，向世人傳播，讓人記住他們，為他們祈禱。彼埃特羅波諾提出了另一種解釋，認為但丁之所以這麼說，是因為「他在那些幽魂面前，記得自己是上天選定要在世間重新燃起更健康、更幸福的生活之光的一名詩人」。格拉伯爾同意他的說法。

20 溫圖里指出，「『粗獷』（rozzo）是指言語和行為方面；『村野』（salvatico）是指那種孤僻近乎野人般的姿態，使得他看似是要躲避文明社會。」

在這些詩句中，但丁用住在山裡的人初次進城、面對目不暇給的新鮮事物時的驚奇表情，比擬那些幽魂聽到他那番話時顯露的驚奇。溫圖里指出，這個明喻僅限於表情上，就內心而言，山裡人初次進城時的驚奇是一種無知者的驚奇，因為對種種事物莫名其妙所致；那些幽魂聽了但丁所言時的驚奇則是因為讚賞導致，二者不同。

「但丁對亞平寧山區的居民初次來到佛羅倫薩的情景特別熟悉：一見高聳的宮殿、文明的市民、非凡的美女，他看都看不飽；這些從未見過的事物令他目不暇給，驚訝不已。詩人在自己家鄉曾多次見過山裡人的這種驚訝神態。」（本維努托的注釋）

21 「驚奇在高貴的人心中迅速消失」：因為高貴之人能以理性控制自己的情感。相反的，山裡人的驚奇感則會持續許久。

22 據公元一世紀史學家蘇埃托尼烏斯（Suetonius, 約 69-122）的《羅馬十二帝王傳 *De Vita Caesarum*》，凱撒因為少年時與比提尼亞（Bithynia，在小亞細亞）王尼科美德四世（Nicomedes）有過同性愛關係，在某次公眾集會上被一個名為奧克塔維尤斯（Octavius）的人稱為「王后」。在他征服高盧的凱旋式上，兵士們利用在這種場合可以對統帥說些嘲諷話的機會唱道：「凱撒征服高盧人，尼科墨得斯征服凱撒；瞧！征服高盧人的凱撒現在凱旋，征服凱撒的尼科墨得斯不凱旋。」但丁詩中所說、兵士在凱旋式上稱凱撒為「王后」，與蘇埃托尼烏斯的說法不同。現在注釋家認為，但丁根據的並非蘇埃托尼烏斯的記載，而是烏古喬內．達．比薩（Uguccione da Pisa）在他編纂的拉丁文《詞源 *Magnae derivationes*》當中對 triumphus（凱旋）一詞的解釋：「在這一天，任何人均可隨意對凱旋者說他想說的任何話。」因此，當凱撒凱旋進城時，有人說：「給禿頭國王和比提尼亞王后開城門吧！」這指的是已經禿頂的他曾跟比提尼亞國王同床歡好。另一人暗示同一行為說：「歡迎國王和王后！」

有些注釋家認為，但丁在此不過是借用凱撒的這則傳說，表明那群幽魂犯的是雞姦罪，並非肯定這是事實，因此他在《地獄篇》將凱撒置於林勃，作為羅馬帝國的奠基者和名傳後世的偉大的靈魂之一。

23 「以羞愧助火燃燒」：意謂他們羞愧於自己的罪行，羞愧心增強了火焰的淨罪效力，也就是說，羞愧心強化了悔罪之情，幫助他們滌除罪孽，與火焰的淨罪力共同作用。

24 「兩性合二而一」：原文 ermafrodito 源於拉丁文 Hermaphroditus，這本是希臘神話中天神使者赫爾墨斯（Hermes）和愛神阿佛洛狄忒（Aphrodire）的兒子赫爾瑪芙羅狄特斯之名（他的名字是由父母的名字合成）。他生來就具有雙親的美貌，因而引起住在薩爾瑪奇斯（Salmacis）泉水附近一位仙女的愛戀；她試圖得到他的愛，一直沒有成功。有一天，他正在泉水中洗澡，仙女乘機抱住他，祈求眾神讓她永遠與他相結合。眾神答應了她的請求，倆人的身體於是合二而一，還同時保有男女性徵（事見奧維德的《變形記》卷四）。日後這個名字由專有名詞演變為普通名詞，含義是「雙性人」或「陰陽人」。但丁將它作形容詞用，指異性之間所犯的性行為方面的罪。

25 「人的法度」（umana legge）：指理性的法度。但丁在《筵席》第二篇第七章中說：「要知道，事物的名稱均應從其形式〔即本質〕的最高貴的部分來定；例如，人這個名稱應從理性，而不該從感覺（senso），也不該從其他不及理性高貴的東西來定。因此，當我們說人活著，應理解為他在運用理性，這是為人者獨特的生命，是他最高貴那部分的行動。因此，若是有人脫離理性、只以感覺而活，那就不是作為人、而是作為獸在活著。」

詩句大意是：性行為對繁衍種族是必要的，但人具有天賦的理性，必須以理性控制情欲，不能一味如禽獸般順從於生理上的性需求。這些幽魂在世時在性事上不循理性約束，而是一味好色縱欲，因此現在受在烈火中行走之苦，以消除這種罪孽。

26 「那個……女人之名」：指帕西淮（見注12）。

27 圭多．圭尼采里是十三世紀著名的詩人，生於波隆那，生年不詳。他曾任法官，參加過城邦內部的政治鬥爭，站在以蘭伯塔齊家族為首的吉伯林黨一邊。一二七四年，以杰雷美伊（Geremei）家族為首的貴爾弗黨掌權後，他被放逐到蒙塞利切（Monselice），一二七六年逝於當地。圭尼采里繼承了普羅旺斯詩人、西西里詩人，還有托斯卡那詩派領袖圭托內的傳統，開創出「溫柔的新體」詩派。其作品流傳下來的很少，皆以愛情為主題。晚期普羅旺斯詩人將愛情視為是一種能讓人道德高尚的感情。圭尼采里最著名的雅歌《愛情總寄託於高貴的心中》發展了這種思想，以經院哲學的方式，透過種種比喻說明愛情源自高貴的心。潛藏高貴的心中的愛被女性之美激發出來，成為促使人向上的道德力量。這首雅歌可說是「溫柔的新體」詩派的綱領。他的十四行詩抒寫自己對愛情的道德力量的感受，將所愛的女性塑造成是下凡的天使，詩中帶有宗教神秘色彩，對但丁的抒情詩影響甚鉅。但丁在《新生》的《愛情與高貴的心 *Amore e'l cor gentil*》這首十四行詩中，稱他為「哲人」，在《論俗語》第一卷第十五章中稱他為「最偉大的圭多」，書中還引用了他的另外兩首雅歌。

28 但丁這句充滿仰慕之情的話肯定了圭多・圭尼采里是「溫柔的新體」詩派的領袖。「溫柔、優雅的愛情詩」：指這個詩派的愛情詩，「溫柔」和「優雅」這兩個詞說明了這個詩派的特點。

29 這個比喻中的故事源自《底比斯戰紀》第五卷：涅墨亞王呂枯耳戈斯命令女奴許普西皮勒照顧他的小兒子俄斐爾忒斯。有一天，她抱著小王子坐在森林裡。前往攻打底比斯的七將率領部隊行經森林，焦渴難忍。她於是將小王子放在草地上，帶著他們前去蘭癸亞泉畔去喝水。在她暫時離開之際，小王子不幸被蛇咬死。悲憤交加的呂枯耳戈斯決定將許普西皮勒處死。就在即將行刑之際，她的兩個兒子，托阿斯（Thoas）和歐紐斯（Euneus）來到了刑場，「二人一直衝進武裝行伍中，流著淚急切向母親撲去，輪流將她緊緊抱在懷裡」，最終救了她（參看第二十二章注41）。

30 「由於我聽到你的那些話」：意即因為我聽到你說，你是蒙獲上帝特殊恩澤、帶著肉體來遊煉獄的。

「勒特河的水」：勒特河是神話中冥界之河，意謂「忘川」，因為靈魂喝下這河水就會忘記生前一切。但丁想像勒特河就在煉獄山頂的地上樂園裡，靈魂喝了河水就會忘記生前罪行，而非忘記一切。在這句話裡，「勒特河的水」的作用應照神話所說的來理解。

31 「您溫柔的詩」：但丁在對圭多・圭尼采里說話時使用尊稱的「您」，如同他先前對其他敬重的人，像是法利那塔和勃魯奈托・拉蒂尼那樣。

32 「現代用俗語寫詩之風」：《新生》第二十五章中說：「最初出現這些俗語詩人距今不過幾年。」

圭多・圭尼采里聽了但丁的話，出於謙虛表示擔當不起如此讚美，隨即向但丁指出另一個幽魂，稱他是「使用母語更佳的工匠」。根據但丁的語言學觀點，「母語」（parlar materno）是從母親口中學會的話，與文言（Grammatica）這個從學校和書本中習得的拉丁文相對立。圭尼采里指的這個幽魂，是十二世紀後半著名的普羅旺斯詩人阿爾諾・丹尼埃爾（Arnaut Daniel, 1150-1210）。

他「是使用母語更佳的工匠」：「更佳的工匠」原文是 miglior fabbro；意謂他運用普羅旺斯俗語寫詩，要比圭尼采里用義大利俗語寫詩的藝術水準還高。這位詩人出身貴族，生在佩里高爾（Périgord）郡的黎貝拉克（Ribérac）城堡中。生平事跡不詳。他曾在獅心王理查一世的宮廷中生活多年。他的文藝創作全盛時期在一一八〇至一二一〇年間。但丁在《論俗語》第二卷中讚美過他，還在抒寫自己對一名無情的女性之愛的詩中模仿過他。

「愛情詩」（versi d'amore）這裡是指用普羅旺斯語、法語、義大利語寫的抒情詩；「散文傳奇」（prose di romanze）指用法語寫的愛情和冒險故事。詩句意謂阿爾諾．丹尼埃爾的才華高過所有普羅旺斯語作家和法語作家。

33 「那個里摩日人」：指普羅旺斯詩人吉洛．德．波爾奈爾（Giraut de Bornellh, 1138-1215）。他的出生地鄰近里摩日郡（Limousin），因而被圭尼采里稱為里摩日人。此人生前享有盛名，被稱為「行吟詩人的大師」，詩作風格比較平易。但丁對他評價很高。在《論俗語》中稱他是寫正義的代表作家，與寫愛情的代表作家阿爾諾．丹尼埃爾、寫戰爭的代表作家貝爾特朗．德．鮑恩並列。

34 意謂他們聽信傳言，人云亦云，不問這名詩人真正的造詣如何；不先考慮藝術上的理由，不先運用理性判斷，就貿然決定了看法。

35 「圭托內」：托斯卡那詩派的領袖（詳見第二十四章注21）。但丁在《論俗語》第一卷第十三章中指摘他使用地方性的俗語，在第二卷第六章中對那些「無知的追隨者」讚美他、和其他永不改變用詞和句法結構上粗俗作風的人有猛烈的批評。

「一直繼續讚美他」：原文是 pur lui dando pregio。由於 pur 除了表示「持續」，還具有「只、僅僅」的含義，有些注釋家因而將這幾句詩理解為：「他們口口相傳，只讚美他，直到真理戰勝了這種讚譽，表明有許多詩人高於他」，或者「他們口口相傳只讚美他，直到真理因許多高於他的詩人聲譽已經確定，而戰勝了對他的讚美」。

36 意即允許你前往天國，「天國是享受永恆幸福的靈魂的隱修處，一如修道院是宗教家的隱修處」；「如同修道院院長是修士的父親和主人，基督更是享受永恆幸福的靈魂的父親和主人。」（布蒂的注釋）

37 意即請為我在基督面前誦念主禱文，只要念我們在煉獄中需要的段落就好，省去「不叫我們遇見試探，救我們脫離凶惡」，因為我們在煉獄中已不可能再犯什麼罪。

38 「或許是為了讓位給他附近的另一個幽魂」：原文是 forse per dar luogo altrui secondo che presso avea。「secondo」在句中意義不明確，注釋家因而對這句詩有幾種不同的解釋。譯文採用的是格拉伯爾的解釋。「他就像魚潛入水底般沒入火中」：但丁用魚從水面潛入水底，比擬圭尼采理的靈魂沒入火中的動作。正如牟米利亞諾所說，「這個比喻為那靈魂消失在火中賦予了一種魅力，讓人一時忘卻苦刑的折磨。」

39 由於這個幽魂是位詩人，因此但丁用這句委婉動聽的客氣話，詢問他的名字。

40 這一大段文字是阿爾諾．丹尼埃爾以自己的母語普羅旺斯語回答但丁。

「我邊走邊歌唱」：意即我邊走邊唱誦讚美詩Summae Deus clementiae。「過去的荒唐」：原文是la passada folor，指過去的罪惡生活；「folor」是行吟詩人的術語，指色情和色情詩。「我盼望的歡樂」：指天國永恆的歡樂。「階梯頂端」指煉獄的階梯頂端。「力量」（valor）：指上帝。「在適當的時候想起我的痛苦吧！」：言外之意是要但丁為他祈禱。

竇維迪奧在《但丁新研究》卷一中說：「阿爾諾……悔恨自己過去的荒唐，他的消失在我們心中留下了某種溫柔、悲鬱的韻味，讓我們回想到（第五章末尾）畢婭的消失。」

第二十七章

太陽將最初的光線射到其創造者流血的地方，伊貝羅河在高懸的天秤座下奔流，恆河的波浪被午時日光曬熱時，就是此地太陽那時所在的方位[1]；因此，上帝的喜悅天使出現在我們面前時，白晝漸漸消逝[2]。他站在火焰外的岸上唱著「*Beati mundo corde!*」[3]，聲音遠比我們凡人嘹亮。「神聖的眾靈魂，若不先讓火燒，就無法繼續前行；進入火中吧，莫不聽那邊的歌聲。」[4]我們走近後，他對我們這麼說；因此，我聽到他的話時，就變得如同被放進坑裡的人[5]。我雙手交叉，探身看那火焰，在想像中鮮明浮現出先前所見被烈焰炙燒的人體[6]。善良的嚮導們轉身向著我；維吉爾對我說：「我的兒子啊，這裡會有痛苦，但不會有死[7]。你記得，你記得[8]！若說我曾引導你安全地騎上格呂翁，此時已更近上帝，我要做什麼呢[9]？你要確信，若是在火焰中心待上整整千年，也不會令你禿掉一根頭髮[10]。若是認為我騙你，那就靠近火焰，雙手拿著衣角在火上試驗一下。現在，拋掉所有畏懼，拋掉；轉向這裡：放心走進去吧！」

我違背良心，一直固執不動[11]。

他見我依然頑梗地立定不動，有些心煩地說：「我的兒子啊，你看，現在貝雅特麗齊和你就只隔著這道牆了[12]。」

正如皮剌摩斯臨死時聽到提斯柏之名便睜眼看她，桑葚那時變成紅色，同樣的，聽到常湧現內心的那名字時，我頑梗的態度因而軟化，轉身面向睿智的嚮導[13]；對此，他搖了搖頭說：「怎麼！我們還要待在這邊嗎？」然後，像是對著一個被蘋果哄得聽話的孩子，他微微一笑[14]。

於是，他在我前面置身火中，並請斯塔提烏斯殿後，原先在漫長途中，我們一直被他隔開[15]。一進到火中，我就恨不得跳進溶化的玻璃裡涼快一下，火中的熱度高得無法計量[16]。為了勉勵我，我和藹的父親不斷邊走邊說著貝雅特麗齊，他說：「我似乎已經看到她的眼睛[17]。」

彼端有歌聲在引導我們；我們一直注意聽著，就在登山處走出了火焰[18]。「*Venite, benedicti Patris mei*」，聲音從那邊的一片光芒中響出，那光芒照得我為之目眩，不能直視[19]。「太陽將沒，」那聲音說，「黃昏將至；你們莫止步，要趁西邊天色未黑，加緊腳步[20]。」

磴道朝著那樣的方向在岩石間筆直向上延伸，使得我截斷了那已經很低的太陽射向我前面的光[21]。我們才剛登上幾磴臺階，我和兩位聖哲便覺察到背後太陽已沒，因為我的影子消失了。地平線上遼闊的天穹完全變成一色，而在黑暗占領所有歸其統治的領域之前，我們已各自將一磴臺階作為自己的床；因為這座山的性質讓我們失去再往上攀登的力量和願望[22]。

如同一群吃飽前曾矯捷又大膽地在山頂亂跑亂跳的山羊，當太陽正熱時在陰涼處靜靜反芻，由牧人看守，他一直倚著牧杖站著，讓羊群得以休息；如同露宿野外的牧人在自己安靜的羊群旁過夜看守，防備野獸[23]，彼時我們三人就是這樣，我像山羊，而他們像牧人，此處和彼處都被高聳的岩石屏蔽。在那裡只能得見一線天空，但我從那一線天空看見星辰比往常更大、更明亮[24]。我反思、凝望著星辰，不覺

我恍惚夢見一位年輕又美麗的女性，在原野中邊走邊著採花。

間進入了睡夢；睡夢常使人在事發之前得知消息[25]。

我想，那是在似乎總燃著愛情火焰的基西拉剛由東方照到這座山上的時辰[26]，我恍惚夢見一位年輕又美麗的女性，在原野中邊走邊著採花。她唱著：「誰問我的名字，就讓他知道我是利亞[27]。我邊走邊朝周圍揮動美麗的雙手，為自己編出一只花環。我在這裡裝飾自己，為了在鏡中顧影自喜[28]；但我妹妹拉結卻從不離開她的鏡子，鎮日坐著[29]。她愛看自己美麗的眼睛，如同我愛以手裝飾自己。靜觀令她滿足，行動使我滿足[30]。」

天邊現出魚肚白，對此，返鄉遊子的途次距離家鄉越近，就越是欣喜[31]，四面黑暗消散，我的睡夢隨之消失；看見兩位大師已經起來，我也就起來了。「世人費盡苦心在繁多的枝柯上尋求的那種甜美果子，今日將消除你的飢餓了[32]。」維吉爾對我說了這句這樣的話；從來沒有任何喜訊如同這句話令人歡欣。渴望到達上面的意願就這麼逐一湧上我心頭，使得我而後每走一步，都覺得好似生出羽毛，飛升上天。

當我們迅速走完整條磴道，到達最頂的一階時，維吉爾凝視著我說：「兒子啊，暫時之火和永恆之火你都已見過[33]；你已來到我靠自身能力無法再辨明道路的地方[34]；我已用智力和技巧將你帶到此地；現在，你就以你的意願為嚮導吧[35]；你已經走出陡路，走出狹路[36]。你看照在你額上的太陽；你看這裡的土地自生自長的嫩草、繁花和小樹[37]。在當初含淚促使我來到你身邊的那雙美麗眼睛欣喜到來之前[38]，在這些花草樹木之間，你可以坐著，也能走動[39]。莫再期待我說話或示意；你的意志已經自由、正直、健全[40]，若不按其所欲而行便是錯誤；因此，我為你加王冠和法冠，宣告你為你自己的主宰[41]。」

1 本章開端敘述太陽將沒時，一位天使出現在三位詩人面前。詩中以迂迴曲折的方式表明這個時間：「太陽將最初的光線射到其創造者流血的地方」：指北半球的中心耶路撒冷是凌晨時分（六點前後）。「它的創造者」：指耶穌基督，因為基督教說天地萬物都是聖父、聖子、聖靈三位一體的上帝所創造。「流血的地方」：指耶路撒冷。耶穌在那裡受難，被釘死於十字架上。「最初的光線」：指曙色。耶路撒冷的凌晨在南半球的對跖地煉獄山就是傍晚時分，「太陽那時所在的方位」：就是它貼近西方的地平線上。詩中還以同樣的方式，表明北半球大陸極東方的印度（耶路撒冷以東九十度）和極西方的西班牙（耶路撒冷以西九十度）是什麼時間。「恆河的波浪被午時的日光曬熱」：恆河在這裡泛指印度。春分時節「太陽在白羊宮，是在東亞上空，所以恆河的水被『午時的日光曬熱』。」（葛蘭堅的注釋）詩句說明印度那時是中午。

「伊貝羅河在高懸的天秤座下奔流」：伊貝羅（Ibero）河今名埃布羅（Ebro）河，位在西班牙北部，這裡泛指西班牙。天秤座在黃道帶中與白羊座相對；春分時節太陽在白羊宮，因而天秤座也就與太陽相對；如果太陽中午在印度恆河上空，天秤座午夜就在西班牙伊貝羅河上空，也就是說，與印度相距一百八十度的西班牙那時是午夜。

2 煉獄山其他各層平臺都只有一位天使，唯獨這層平臺有兩位：一位在火焰這邊，另一位在火焰那邊。在火焰這邊的是象徵純潔美德的天使，他負責守護這層平臺。詩中除了說他是「喜悅的」外，對他的外表隻字未提。據彼埃特羅波諾的解釋，他之所以面帶喜悅，是因為見到靈魂們到達了淨罪進程的終點。

3 「*Beati mundo corde!*」：意即「清心的人有福了」。這是拉丁文《聖經》《新約・馬太福音》第五章中耶穌登山訓眾論福的話。下句是「因為他們必得見上帝」。

4 「神聖的眾靈魂」：指一切將從煉獄升上天國的靈魂。托拉卡認為，天使以這種稱呼來緩和他所說的「如果不先讓火燒，就無法繼續前行；進入火中吧」的嚴峻性。

《舊約・創世記》第三章中說，亞當和夏娃被趕出後，上帝「在伊甸園的東邊安設和四面轉動發火焰的劍，要把守生命樹的道路」。早期神學家對《聖經》的注解將發火焰的劍說成是一堵圍繞伊甸園的火牆。但丁根據這種說法，想像煉獄山上的地上樂園四周被火焰圍繞。火焰既是犯貪色罪的靈魂所受的刑罰，又是所有得救的靈魂必須經受的鍛煉。《新約・馬太福音》第三章中施洗者約翰說：「我是用水給你們施洗，……但那在我以後來的（指耶穌），……他要用聖靈與火給你們施洗。」這裡的火焰就是火的洗禮，唯有經過這一洗禮，人才會回到原本的清白狀態。

「那邊的歌聲」：指站在火焰那邊的另一位天使唱著歌，引導進入火中的靈魂走出烈火，因此這位天使要三位詩人注意聽這歌聲。

5 「變得如同被放進坑裡的人一樣」：對於這句詩，注釋家有兩種不同的解釋：一是慘白冰冷，如同死屍一般。另一則是面無人色，如同被判頭朝下活埋的刑罰者那樣。

6 「雙手交叉，探身看那火焰」：但丁用十指交叉的雙手將身體盡可能向後按著，以防被火燒到。「在想像中鮮明浮現出先前所見被烈焰炙燒的人體」：意即但丁過去在世上目睹過遭受火刑的人活活被燒死的慘狀，此時鮮明地浮現腦海。這些詩句描寫但丁聽到天使的話，身與心兩方面的反應，異常真實深刻，使得他當時的恐怖之情躍然紙上，因而被托瑪塞奧譽為是詩中最美妙的三韻句之一。

7 「這裡會有痛苦，但不會有死」：「這裡」，指在煉獄中。「在這個境界中指定的種種刑罰，還有這火，都使人痛苦，但不致死。因為淨罪的地方沒有罰入地獄的事，而有消除污點、使人重獲幸福生活的刑罰。」（蘭迪諾的注釋）

8 「你記得，你記得！」：「為了證明自己所言的真實性，同時也鼓勵但丁，維吉爾提起自己已讓他擺脫了那麼多危險；但他只簡單說了一句『你記得，你記得！』，這句話讓人回想起先前歷經的一切，但不明確指任何事物。」（格拉伯爾的注釋）

9 「騎上格呂翁」：事見《地獄篇》第十七章。維吉爾隨後就單單舉出此事，因為那是但丁記憶中最可怕的危險之一。「此時已更近上帝，我要做什麼呢？」：意謂我在地獄中連格呂翁都制服了，現在，在更接近上帝的煉獄中更是能隨時得到上天救助，你認為我還保證不了你能安全穿過這熊熊烈火嗎？

10 「也不會令你禿掉一根頭髮」：耶穌對門徒說：「你們要為我的名被眾人恨惡。然而你們連一根頭髮也必不損壞」（見《新約．路加福音》第二十一章）；聖保羅乘船去義大利，途中遇到狂風大浪，眾人多日沒有吃飯。他勸他們吃，說：「這是關乎你們救命的事。因為你們各人連一根頭髮也不至於損壞。」（見《新約．使徒行傳》第二十七章）詩中大概襲用了《聖經》中的說法。

11 「我違背良心，一直固執不動」：意謂我的良心雖然深信維吉爾的話可靠，勸我要聽從，可是眼前熊熊烈火的威脅實在太大了，使得我違背自己的良心，一直固執不動。

12 「這道牆」：指火焰。意謂現在隔開你和貝雅特麗齊的就只有這火焰構成的牆了。你不越過這道牆，就見不到貝雅特麗齊。

13 巴比倫城的青年皮剌摩斯（Pyramus）和少女提斯柏（Thisbe）彼此相愛，渴望結成婚姻，但雙方父母反對，禁止他們倆來往。於是他們私下約定夜晚出城，在亞述王尼諾（《地獄篇》第五章中所說的女王塞米拉密斯的丈夫）墓前的大桑樹下相會。夜深人靜時，提斯柏先來到了桑樹下。此時忽然來了一頭雌獅，嚇得提斯柏急忙藏身在土洞裡，匆忙中外套丟落在地上。這頭雌獅剛吃了一頭牛，來到桑樹附近的泉邊喝水，看見這件衣服，便用帶血的嘴將它扯爛，然後回到樹林裡。皮剌摩斯來到時，看見野獸的足跡，又看見沾有鮮血的外套，嚇得面無人色，料想提斯柏一定是被野獸吃掉了，在絕望中痛不欲生，拔劍刺腹自殺，鮮血浸濕了桑樹根，使得「桑葚變成了紅色」。提斯柏回來時發現皮剌摩斯正處於垂死狀態，於是放聲大哭喊道：「皮剌摩斯，是哪裡飛來的橫禍，將你一把從我手裡奪走。皮剌摩斯，回答我呀！是你最親愛的提斯柏在喚你呢。你聽啊，抬起頭來吧！」皮剌摩斯聽到提斯柏的名字，張開沉重的眼皮看了看她，隨後又闔上。提斯柏悲痛萬分，決定和他一道死，便用那把帶血的劍自殺（見奧維德《變形記》卷四）。

「奧維德講述的這個傳說，屬中世紀人最喜愛的故事之列，曾多次被意譯和改寫成一些拉丁語系的語言，廣泛流行民間。但丁把握故事的高潮時刻（一句話，一個名字的神奇的魅力）：『皮剌摩斯，回答我呀！是你最親愛的提斯柏在喚你呢。』皮剌摩斯聽到提斯柏的名字，張開沉重的眼皮，看了看她，又闔上了，使用縮小技法再現這個故事的感動力。」（薩佩紐的注釋）

14 「他搖了搖頭」：開玩笑地假裝表示驚訝和不信之意。「怎麼！我們還要待在這邊嗎？」：這是他假裝不明白但丁轉身向他是表示被他最後一句話說服了，而說的善意諷刺話；意謂我說了「貝雅特麗齊和你之間就隔著這道牆了」之後，你還不是不想待在火焰這邊了嘛！

15 「他就在我前面置身於火中」：作為嚮導和榜樣。「請斯塔提烏斯殿後」：為的是萬一但丁被火燒痛而想後退，斯塔提烏斯還能鼓勵他、阻止他。

「原先在漫長途中，我們一直被他隔開」：意謂三位詩人自從沿著很長的石階從第六層平臺攀登到第七層，直到現在都是維吉爾走在前，斯塔提烏斯在中間，而但丁殿後，也就是斯塔提烏斯將維吉爾和但丁隔開。

16 「恨不得跳進溶化的玻璃裡涼快一下」：溶化的玻璃「是最熱的」（本維努托的注釋），但相較於「熱度高得無法計量」的火，根本就像涼水。

17 透過這句話，「這位精明的老師在他弟子心中喚起對其所愛女子的嫵媚明眸的記憶，以及馬上能再見到她的希望，藉此強化他繼續走完這段很短、而且極為痛苦之路的勇氣。」（斯卡爾塔齊—萬戴里的注釋）

18 「彼端有歌聲在引導我們」：因為三位詩人走在火中，分不清正確方向。「在登山的地方走出火焰」：他們遵照第一位天使的指示，一直全神貫注地聽著歌聲，因此得以在攀登山頂的磴道所在處走出火中。

19 「*Venite, benedicti Patris mei*」：是拉丁文《聖經》《新約．馬太福音》第二十五章中耶穌在最後審判時將對得救的靈魂說的話。意思是「你們這蒙我父賜福的，來吧。」中文《聖經》句子全文是「可來承受那創世以來為你們所預備的國」。

「聲音從那邊的一片光芒中響出」：意謂《聖經》中耶穌這句話的聲音，來自登山處的一片光芒當中。這就是那引導三位詩人在那裡從火中走出的另一位天使的歌聲。但丁走在火中時，不知那歌聲是誰發出的，走出火中後，才覺察那歌聲來自一片光芒，而且聽出唱的是耶穌那句話，但那片光芒強得眩目而不能直視。那就是那位天使的光芒，他站在磴道口守衛著地上樂園。

20 這位天使引用《聖經》中那句話請他們登山時，還敦促他們加緊腳步，因為一旦日落，就不能繼續攀登。「但丁和他的同伴進入火焰時，離日落只差幾分鐘；他們從火焰中走出時，仍未日落，而且是一小會兒後才沒；由此可見他們穿過火焰是在極短的時間完成，這正是活人但丁對火焰的高熱所能忍受的限度。」（卡西尼—巴爾比的注釋）

格拉伯爾指出，已經來到這等境界，天使又作出如此美好的諾言，但丁覺得，此時若再說明額頭上最後一個P字母的結果，那就多餘了，它很可能已被這位天使或另一位天使去掉了。

21 「朝著那樣的方向」：意謂朝著東方，也就是說，這條磴道是東西走向。「在岩石中間」：指它開鑿在岩石中。「使得我截斷那已經很低的太陽射向我前面的光線」：意謂由於磴道向東延伸，我從磴道登山時，身體截斷了將沒、但未沒的太陽從西方地平線上射來的光線，將影子投映在我面前的石階上。

薩佩紐指出，因為當初但丁和維吉爾開始走向煉獄山時，是背對著東方初升的太陽（見第三章），現在則背對著西方，也就是他們盤旋而上，已經繞這座山半周了。

22 意謂上帝為煉獄山訂下的法規不允許日沒後登山，這法規使得我們既無力量、也無心思繼續攀登。

23 正如《最佳注釋》所說，這兩個以牧人和山羊組成的明喻，第一個主要是說明但丁當時的情況，將他比喻為由牧人看守，吃飽後安靜地休息、反芻的山羊；第二個則主要說明維吉爾和斯塔提烏斯當時的情況，將他們比做夜裡在野外過夜，守護自己羊群的牧人。

24 「看見星辰比往常更大、更明亮」：因為夜間天空晴朗，他們又已經登上高處。英國但丁學家穆爾（E. Moore）指出，「我們讀到這段，就到了第三天的末尾，也就是四月十二日星期二的末尾，詩人們現在已經到達煉獄本部的盡頭。」

25 「反思」：原文是ruminando（反芻），延續了上述明喻中山羊的意象，但這裡是其引申義（心中反芻），意謂回想自己此前所見的種種事物和克服的種種困難，吸收、獲得知識和智慧。

26 「睡夢常使人在事發之前得知消息」：尤其是凌晨的夢，時常會預示即將發生之事（見《地獄篇》第二十六章和《煉獄篇》第九章）。

「我想，那是在似乎總燃著愛情火焰的基西拉剛由東方照到這座山上的時辰」：「基西拉」（Cytherea）是希臘伯羅奔尼撒半島東南沿海的一座小島。相傳愛神維納斯即是誕生自這座小島附近的海浪泡沫中，島上的人因此特別崇拜她，為她建造了神廟，基西拉因而成為維納斯的名號之一。由於天文學家用「維納斯 Venus」來指金星，但丁在此也就用「基西拉」來指金星。金星早晨出現在東方時叫「啟明星」，晚上出現在西方時叫「長庚星」。但丁詩中指的是啟明星（他在第一章曾說日出前不久，金星出現在煉獄的地平線上）；實際上，在一三〇〇年這個時節，金星是晚上才出現。

27 利亞（Lia，希伯來文含義是「疲勞的」）：雅各的母舅拉班的大女兒，雅各的第一個妻子。神學家以她象徵「行動生活」（vita attiva）。詩中描寫她是美麗的女子，其實她並不美（「眼睛沒有神氣」），只是生育力強（見《舊約・創世記》第二十九章和第三十章）。

28 「向周圍揮動美麗的雙手，為自己編出一只花環」：意即用美麗的雙手四處選折好花，為自己編花環。「美麗的雙手意味著體現美德的行為，這些行為就像各種花，為將之採來戴在頭上的人構成美譽和光榮之冠。」（布蒂的注釋）「為了在鏡中顧影自喜」：意謂「為了照鏡子時對自己滿意；也就是說，當我在我的良心中檢查和考慮我的德行時，良心是我們每個人的鏡子」。（布蒂的注釋）

29 拉結（Rachele，希伯來文含義是「小綿羊」）：雅各的母舅拉班的小女兒，雅各的第二個妻子（參看《地獄篇》第四章注16），「生得美貌俊秀，但長久不孕」（見《舊約・創世記》第二十九章）。神學家以她象徵「冥想生活」（vita contemplativa）。「從不離開她的鏡子」：「鏡子」這裡是其引申義「沉思」「冥想」；意即拉結一直在專心冥想，從不分心。

30 「她愛看自己美麗的眼睛」：但丁在《筵席》第四篇第二章中說：「進行哲學思考的心靈不僅思考真理，還對自己的思考本身及其美進行思考。」這就是這句詩的寓意。

「靜觀令她滿足，行動使我滿足」：意即冥想生活讓拉結感到滿足，行動生活讓利亞感到滿足。薩佩紐指出，人透過行動生活，達到現世幸福的目的，通過冥想生活，達到享受天國永恆幸福的目的。前一種幸福就是實現人自身的能力，而以「地上樂園」為其象徵；後一種幸福就是見到上帝的福，這是人在沒有神的光輝之助下力所不及的，它以「天上樂園」（天國）為其象徵（見《帝制論》卷三第十六章）。

在但丁的夢中，利亞和拉結分別預示了他將在地上樂園裡遇到的兩位女性的形象：一是瑪苔爾達（Matelda，見二十八章注6），她象徵人透過愛他人以及行善，獲得現世幸福；二是貝雅特麗齊，她象徵人經由認識啟示的真理，獲得天國永恆的幸福。

31 「魚肚白」：原文是 li splendori antelucani。antelucano 含義是「天亮前的」；splendore 據《筵席》第三篇第十四章中的釋義，是反射的光。整個詞組意即天亮前由東方天空反射出的太陽光，相當於中文的「魚肚白」。

「對此，返鄉遊子的途次距離家鄉越近，就越是欣喜」：意謂遊子在返鄉途中，距離家鄉越是近，就越急於到家，如果因天黑被迫

32 在旅店過夜，便盼望著天明能早點上路。因此，一見天邊現出魚肚白，就特別高興。「那種甜美果子」：這裡是比喻，指世人渴望得到的「福」，也就是《帝制論》卷三第十六章中所說的「以地上樂園為其象徵的現世幸福」。「在繁多的枝柯上」：這裡是與「果子」相連貫的比喻，意即「以各種不同的方式或方法」。「世人費盡苦心……尋求的」：這句詩中的思想源自公元五、六世紀間的羅馬哲學家波依修斯《論哲學的安慰》第三卷中的話：「世人都為各種心事所苦，這些心事的由來固然不同，但都力圖達到同一目的，即幸福的目的。」

33 「暫時之火和永恆之火你都已見過」：意謂我已經引導你走過地獄和煉獄了。「火」：這裡指有罪的人死後在來世所受的刑罰。托馬斯．阿奎那的《神學大全》補遺附錄中說：「罰入地獄者的刑罰是永恆的，根據《新約．馬太福音》第二十五章第四十六節所說，『這些人要往永刑裡去』（「刑」字拉丁文《聖經》作「火」）。但煉獄的火是暫時的。」因此，詩中所說的「暫時的火」是指煉獄的刑罰，它會存在到最後審判日為止，而「永恆的火」則指永遠存在的地獄刑罰。

34 「你已來到我靠自身能力無法再辨明道路的地方」：指但丁已抵達地上樂園，象徵理性和哲學的維吉爾在這裡已無法再充當他的嚮導，必須由象徵信仰和神學的貝雅特麗齊代替。

35 意謂你的靈魂已經純潔，意志已經自由，能「從心所欲不逾矩」，自動奔向至善。

36 意謂「但丁現在已經達到了精神自由的境界：『陡路和狹路』不僅要從物質意義上，還要、而且尤其要從精神意義上理解。」（雷吉奧的注釋）

37 這句詩是對下一章描寫地上樂園之風景的前奏。「自生自長」：意即「自然生長，不經人工種植培育，如同奧維德所說（《變形記》卷一），在黃金時代那樣；解釋《聖經》的基督教神學家也將人最初在地上樂園中的生活理解為沒有任何勞動」。（薩佩紐的注釋）

38 意謂直到貝雅特麗齊來臨為止。「當初含著淚促使我來到你身邊」：指貝雅特麗齊從天上去到林勃，請維吉爾前去拯救被母狼擋住去路的但丁：「對我說出這番話後，她便將含淚的明眸轉過去，使得我加快來到此地。」（見《地獄篇》第二章）

39 意謂「你可以坐著，一如拉結，觀賞它們的美；也可以走動，如同利亞，去採花」。（彼埃特羅波諾的注釋）

40 「自由」：意謂「擺脫了罪孽束縛。」（布蒂的注釋）「雖然人人心中皆有自由意志，但在肉欲對抗理性的人心中，這種自由就十分暗淡，猶如欲望變成了暴君；然而在滌淨了罪的人心中都有真正的意志自由，因為他的意志是正直的，也就是說，它既不偏離真理之路，而且還是健全的，因為它不為任何邪惡的貪心壓抑。這就是為何這樣的人，其心無需任何來領導。」（蘭迪諾的注釋）

41 「加王冠和法冠」：這裡沒有任何政治意義，維吉爾不過是藉此表示他這樣宣告是鄭重其事的。維吉爾實際上無法授予他人宗教的權力，那超乎他的權限；但丁自己也沒有成熟到能夠接受這種權力。」

「維吉爾說話簡潔有力的結尾，當中有如此熱烈的感情在激動——這是他最後的話——莊嚴地結束了他作為但丁的嚮導和導師的崇高使命。」（格拉伯爾的注釋）

牟米利亞諾指出，「維吉爾意味深長的凝視，伴隨著他莊嚴的告別詞。他的話概括了他的使命，並且圓滿完成了這個人物的形象塑造。」

第二十八章

渴望探察這座欣欣向榮、讓晨光不顯刺眼的繁茂聖林內部和周圍，我不再等待，便離開臺地邊沿，取路原野，在處處散發香氣的土地上慢慢走去[1]。一種自身無變化、溫柔的微風打在我額上，輕柔如和風掠面；因此，隨風顫動的樹枝都溫順地朝這座聖山投下它最初影子的方向傾斜[2]，但未太過偏離天然姿態，令樹梢上的小鳥停止施展牠們的所有技能；相反，牠們在樹葉間唱歌，喜洋洋地迎接清早時辰，樹葉沙沙聲響為其歌曲伴奏，這種沙沙聲，就猶如埃俄洛斯釋放出西洛可風時，基雅席海岸的松林中的枝柯與枝柯間形成的松濤[3]。

緩慢的腳步已將我深深帶入這座古老森林[4]，我已望不見我是從何處進來，忽然瞥見一條小河擋住去路，河中細小的波浪令岸邊生出的草向左傾斜[5]。這條小河雖是在從不讓日光或月光射入的永恆林蔭下暗中流動，卻是清澈見底，和它相比，世上所有最純淨的水都顯得略帶雜質。

我停下腳步，眼睛卻越過小河，觀賞彼岸那萬紫千紅、美不勝收的花枝；正如某一令人驚奇得拋下所有其他思想的事物突然出現，彼岸一位淑女獨自出現在我眼前，她邊走邊唱著歌，採集朵朵花兒，她的路全由花繪成[6]。我對她說：「啊，美麗的淑女，如果我能相信通常為內心明證的面容，你在感受愛之光輝的溫暖[7]，懇請你勞步向前，離這條小河近些，好讓我能聽懂你所唱。你令我想起普洛塞皮娜在

緩慢的腳步已將我深深帶入這座古老森林，我已望不見我是從何處進來。

母親失去她、而她失去春天時，她是在什麼樣的地方，又是什麼樣的容貌[8]。」

正如淑女跳舞轉身時腳掌貼地，互相靠攏，幾乎不將一腳放在另一腳前移動，她就這麼轉身，在紅和黃的小花上向我走來，猶如含羞垂下目光的處女[9]；她讓我的祈求得以滿足，走得離我那麼近，那悅耳歌聲連同歌詞含義一起傳到了我耳邊。一來到優美的河浪浸濕嫩草之處，她惠然向我抬起雙眼[10]。我不相信維納斯在被她兒子完全違反他的習慣刺傷時，她的眼瞼下曾發出這般明亮的光芒[11]。她亭亭玉立在對岸微微笑著，用手編著她採來、這高地上無種子而生的各色花朵。這條河讓我們相隔不過三步之距；然而薛西斯橫渡的赫勒斯滂托斯海峽——至今仍是約束世人所有狂妄舉動的韁繩——由於在塞斯托斯和阿比多斯之間波濤洶湧，因而受到萊安德憎恨，也都不比這河水因當時不分開，而遭我憎恨來得深切[12]。她說道：「你們是新來的，或許我在被選作人類窠巢的這地方微笑，你們因而驚奇，心懷疑問[13]。然而詩篇 Delectasti 發出的光會驅散你們的心中疑雲[14]。走在前頭、曾祈求過我的這位[15]，若是還想聽我說什麼別的，就請說吧，因為我來正是要答覆你的每個提問，直至你完全滿意。」我說：「這水與森林的聲音在我心裡反駁了我新近聽到、相信，而且與此相反的說法[16]。」為此，她說：「我要告訴你，令你驚奇的事是如何由其自身原因產生。我要驅散困擾你的迷霧[17]。

「那只有祂自己令自己喜悅的至高之善，將人創造成性善和向善的，並將此地給了他，作為天國至福的保證[18]。由於他的過錯，他留在此地的時間很短[19]；由於他的過錯，他將正當的歡笑與快活的娛樂換成了眼淚和勞苦[20]。為了讓那隨太陽的熱盡可能上升、散發自水和地的氣在下邊引起的擾動不至於危害人，這座山如此朝天高聳，從上鎖處開始就不受那些擾動[21]。且說，因為整個大氣層永遠與原動天一同旋轉，除非在某部分被某種障礙打斷，這種運動衝擊這高聳直入純淨空氣中的山巔，使得這座森林因為茂密而發出響聲[22]；受衝擊的植物具有的力量如此強大，使其生殖力浸透了大氣，而旋轉中的大氣隨後便將種子朝周圍撒布；而另一陸地依其土壤性質和氣候條件，從各種不同種子的生殖力中受精，生出了各種不同植物[23]。聽過這番話，世上若有什麼植物在那兒扎了根但未經人播種，也就不足為奇。要知道，你所在的神聖原野充滿所有植物的種子，還有世上摘不到的果子[24]。

「你所見的水並不像水量時增時減的河流是從蒸氣遇冷化為雨來補充水量的泉中湧出，而是湧自水量不變、也不枯竭的泉；這個泉的水分別流向兩邊，而它流出多少，就復又依上帝意旨得到多少[25]。向這邊流的水有消除人罪行記憶的功能；向那邊流的則有恢復人所有善行記憶的功能[26]。流向這邊的名叫勒特河[27]；流向那邊的則曰歐諾埃河，如果不先嘗向這邊流的水，就發生不了效力：這水的味道在所有其他味道之上[28]。儘管你的求知欲望可說已完全得到滿足，即使我不再向你揭示什麼，我仍要為你奉獻補充說明；如果我的話超出許諾的範圍，我想你也會同樣愛聽。歌頌黃金時代及其幸福狀況的那些古代詩人，或許曾在帕耳納索斯山夢見此地[29]。在這裡，人類的始祖曾經天真無邪；在這裡，四季常春，各種果實皆具；這河水就是他們每個人所說的仙露[30]。」

於是，我完全轉過身面向那兩位詩人，看到他們聽了最後這些話臉上帶著笑容[31]；隨後我又轉身面向這位美麗的淑女[32]。

1 牟米利亞諾指出，三位詩人走完所有石階後，地上樂園當然就已呈現在他們眼前，然而但丁並沒有說，而是攀登剛一結束，詩中就讓維吉爾開始說出他的告別話。如此一來，樂園中的聖林之美剛剛隱約出現在維吉爾的話裡，立即吸引了但丁的注意，因此維吉爾的話一落，他就開始「在處處散發著香氣的土地上慢慢走去」。

「聖林」：是「上帝為人類創造的住處，具備一切美和樂事」（布蒂的注釋）。（《舊約．創世記》）由於伊甸的森林是上帝神力造出的，因此但丁稱之為聖林。「讀者在這之前並不知道山頂上有一座森林，更不知是『聖林』，這個形容詞足以造成一些懸念，直到後來才說明其存在的理由。」（辛格爾頓的注釋）

地上樂園的聖林和《地獄篇》開端所說的幽林，兩者在形象和寓意上都截然相反：前者繁密、欣欣向榮，後者荒野、艱險、難行；前者象徵純真無邪的幸福狀態，後者象徵人陷入罪惡和謬誤時的悲慘狀態。

「內部和周圍」：「內部」一詞令人感受到聖林之深，「周圍」一詞則令人感受到聖林之大。「我不再等待」：意即不再等待維吉爾的指示，這是但丁重獲意志自由的標記。

2 「自身無變化」：指風的強度和方向永遠不變。「溫順地朝這座聖山投下它最初影子的方向傾斜」：意謂這座聖山在日出時將影子投向西方；被微風吹動的樹枝也都隨風向西傾斜。

3 「埃俄洛斯釋放出西洛可風」：埃俄洛斯（Aeolus）是神話中的風神，他將各種風關在一個山洞裡，隨意釋放出其中一種。「西洛可」（Scilocco）是從撒哈拉沙漠越過地中海、向義大利吹來的炎熱東南風。

「基雅席海岸的松林」：「基雅席」（Chiassi）東臨亞得里亞海，是拉溫納古時的港口，當地沿著海岸有一座綿延數公里的大松林。流亡的但丁晚年寓居拉溫納，肯定多次到過這裡，當東南風吹來，林中的松濤聲想必讓他留下了深刻印象，他在詩中描寫地上樂園的聖林時記憶猶新，便用作比喻。詩句意謂這座聖林中，隨微風顫動的樹葉發出的沙沙聲，就猶如西洛可風吹來時，基雅席海岸的松林響起的松濤聲。

應該附帶一提的是：五個世紀後，英國詩人拜倫（Lord Byron, 1788-1824）在這座松林中寫出了《但丁的預言 *The Prophecy of Dante*》一詩，譯出《神曲．地獄篇》第五章關於弗蘭齊斯嘉．達．里米尼的片段；他的傑作諷刺史詩《唐璜 *Don Juan*》中關於這座松林有這樣美妙的詩句：

「黃昏的美妙的時光呵！在拉溫納
那為松林蔭蔽的寂靜的岸沿，
參天的古木常青，它扎根之處
曾被亞得里亞海的波濤漫淹，
直抵凱撒的古堡；蒼翠的森林！」
（引自查良錚的譯本第三章第一五節）

4 但丁「由於賞心悅目，幾乎沒意識到自己在行走：不是他邁開腳步，而是腳步帶動他，使得他不知如何就已在聖林深處」。（彼埃特羅波諾的注釋）

5 這條小河由南向北流，但丁正由西往東走，在左岸（即西岸）被河水擋住去路。因為小河向北流，河裡細小的波浪輕輕拍打著河岸，使得岸邊生出的草也都向北彎曲，對左岸上的但丁而言是「向左傾斜」。

6 我們要讀到《煉獄篇》末尾才會知道這位女子的名字是瑪苔爾達，她的職務是將靈魂浸入勒特河的河水中，然後帶他們去喝下歐諾埃河的水，以完成靈魂的淨罪過程。

關於她的象徵意義，注釋家有不同說法：早期注釋家和多數現代注釋家認為，瑪苔爾達就如同但丁在夢中見到、她的先驅者利亞，是行動生活的象徵；薩佩紐則認為，與其說她象徵行動生活，不如說她象徵現世幸福，即亞當還沒犯罪前在伊甸園裡處於天真無邪狀態的幸福。但丁在《帝制論》中稱之為現世幸福，認為人類有原罪以後，在現世生活中，如果行為上能遵循倫理的和心智的道德原則，就能獲得這種幸福。辛格爾頓認為，瑪苔爾達是人類在犯罪之前在地上樂園內情況的象徵；如今她仍住在那裡，作為實例來說明犯罪之前的人性是什麼樣子，假如當初沒有犯罪，繼續會是什麼樣子。

正如波斯科—雷吉奧的注釋所說，瑪苔爾達這個人物形象充滿詩意之美，被詩人安置在地上樂園夢幻空靈的妙景當中，十分協調，她似乎是自然生長在那裡，作為此等妙景的補充。克羅齊說，在瑪苔爾達這個形式完美的人物身上，「青春、美、愛和微笑的魅力均浮現於每個意象中。」（見《但丁的詩》第四章《煉獄篇》）

7 「感受愛之光輝的溫暖」：這裡「愛」指聖愛（amore divino）。

8 普洛塞皮娜是眾神之王朱比特和「地母」刻瑞斯所生的女兒。有一天，她在西西里島亨那（Henna）城外不遠的林中遊戲、採花。這時，忽然出現的冥王普魯托對她一見鍾情，即刻把她搶走，普洛塞皮娜從此成為冥界王后。奧維德在《變形記》卷五中描述了這一場面：

「在亨那城外不遠，有一窟深邃的池塘，名為佩爾古斯。池上天鵝的歌聲比利比亞的卡宇斯特洛斯河上的天鵝歌聲還更嘹亮。池塘周圍的高崗上有一片叢林，像把傘似地遮擋住熾熱陽光。樹葉發出沁人的清涼，濕潤的土地上開著艷麗的花。此地真是四季如春。普洛塞皮娜這時正巧在林中遊戲，採著紫羅蘭和百合，猶如天真的姑娘那般一心一意將花裝進籃裡，插在胸前，想比同伴多採些，不料卻被普魯托瞥見。他一見鍾情的他便將她劫走，愛情原是很冒失的。姑娘嚇壞了，悲哀地喊著母親和同伴，只是叫母親的時候更多些。因為她撕裂了上身衣服，她所採的花紛紛落了出來，她真可算是天真，就在如此關頭，還捨不得這些花呢。」（引自楊周翰的譯本）

但丁在塑造瑪苔爾達這個人物形象時，除了受到「溫柔的新體」詩派某些詩人之作影響外，顯然還從奧維德的描寫中吸取了一些細節。

「在母親失去她、而她失去春天時」：指冥王普魯托將她劫走時。注釋家對「春天」（primavera）在這裡的意義提出不同的解釋：布蒂認為，指「普魯托把她劫走時，她正在那兒採花的草地和田野」；拉納認為，指「她所採集的花」，當她被普魯托突然抱住時，這些花紛紛從她懷裡掉了出來。多數注釋家同意這種解釋。但是 primavera 一字在但丁以及十四世紀其他作家的作品中，還有 fioritura（開花及開花時節）的含義。因此，牟米利亞諾將「她失去春天」理解為「她失去百花盛開的土地，因為普魯托將她帶進冥界」；薩佩紐理解為「她失去了她在當中像個天真的孩子般遊戲、百花盛開、四季如春的世界」；雷吉奧則理解為「她失去那地方存在的永恆的春天」，這種解釋更接近詩句的字面意義。

這三行詩的大意是：你令我想起普洛塞皮娜被冥王劫走時，她所在的亨那樹林風景多麼綺麗，她的容貌多麼美。言外之意就是，這位淑女所在的聖林風景就和亨那的樹林一樣綺麗，她的容貌就和普洛塞皮娜一樣美。

9 「腳掌貼地」：意即擦著地移動；「互相靠攏」：意即兩腳互相對合；「幾乎不將一腳放在另一腳前移動」：意即小步向前移動。這是中世紀跳舞的方式。詩中用來作為明喻，貼切地說明瑪苔爾達聽到但丁的請求後，轉身在紅黃小花上朝他走去的姿態。這個明喻和第二個明喻「猶如含羞垂下目光的處女」加在一起，使得這位淑女端莊、嬌羞的神情和苗條輕盈的體態躍然紙上。「轉身在紅和黃的小花上向我走來」形容她身子似乎輕得都踩不壞那些嬌嫩的小花。

10 「她惠然向我抬起她的眼睛」：大意是她一到河邊，就向但丁抬起眼睛，這是給予他的「最大厚禮，最期望的恩惠」。（格拉伯爾的注釋）

11 意謂我不相信愛神維納斯在愛上美少年阿多尼斯（Adonis）那時，她雙眼發出的光芒，能像瑪苔爾達抬頭望我時眼睛所發的光那樣明亮。這個神話故事情節源於奧維德《變形記》卷十，其中寫道，阿多尼斯長大成人後，「比以前出脫得更加俊美。甚至連維納斯見了也對他發生愛情，……原來維納斯的兒子，背著弓箭，正在吻他母親，無意中他的箭頭在母親胸上劃了一道。女神受傷，就把孩子推到一邊，但是傷痕比她想像的要深，最初她自己也不覺得。她見到這位凡間的美少年之後，便如著迷一樣……」（引自楊周翰譯本）

「被她兒子完全違反他的習慣刺傷」：凡中了維納斯的兒子小愛神箭傷者，必墜情網。小愛神慣於有意識地放箭射傷他所選定的目標，但這次卻不然，他「正在吻他母親，無意中他的箭頭在母親胸上劃了一道」，也就是說，使母親受箭傷「完全違反他的習慣」。

12 「薛西斯橫渡的赫勒斯滂托斯海峽」：赫勒斯滂托斯海峽即達達尼爾海峽。古代波斯國王薛西斯（Xerxes）是個野心勃勃的君主，公元前四八〇年，曾親率海陸大軍渡過赫勒斯滂托斯海峽遠征希臘；但陸軍攻入雅典時，居民都已事先撤離，海軍則在海面狹窄的薩拉米灣幾乎全被殲滅。遭到慘敗的薛西斯被迫重新渡過赫勒斯滂托斯海峽逃回亞洲。

「至今仍是約束世人所有狂妄舉動的繮繩」：意謂薛西斯渡過赫勒斯滂托斯海峽遠征希臘，卻遭慘敗，被迫重新渡過海峽，逃回亞洲，這一事實至今還是制止世人所有狂妄行動的鑒戒。

「在塞斯托斯和阿比多斯之間波濤洶湧」：「塞斯托斯」（Sestos）在色雷斯，「阿比多斯」（Abydos）在小亞細亞，兩城之間隔著赫勒斯滂托斯海峽最狹窄的部分。「萊安德」（Leander）：他是古代神話中阿比多斯城的美少年，與塞斯托斯城維納斯神廟的女祭司赫蘿（Hero）相愛。他每天夜裡都要游過赫勒斯滂托斯海峽去和她幽會；但在一暴風雨之夜，波濤洶湧澎湃，他不幸溺死。赫蘿因而痛不欲生，跳海身亡。奧維德《列女志 *Heroides*》第十八至十九篇就敘述這個故事，這大概是但丁詩中相關典故的出處。

「這河水因當時不分開」：意謂勒特河擋住了但丁的去路，讓他無法走近站在對岸的瑪苔爾達，因而他痛恨這河水當時沒像紅海那樣分開，讓逃出埃及的以色列人得以安全走過去。詩中強調甚至就連萊安德對赫勒斯滂托斯海峽的痛恨，也都不及但丁對這河水的痛恨。

13 詩句大意是：你們（指但丁、維吉爾和斯塔提烏斯）是新來到地上樂園的。也許因為你們見到我在這獲上帝選為人類居處的微笑著，心裡因而驚奇，生出一些疑問。從瑪苔爾達的話看來，她大概是認為他們可能因為見到她在這令人想起亞當和夏娃犯了罪、招致人類墮落的地方微笑，因而驚奇，顯然是他們不知道她何以欣喜微笑的原因。

14 她對他們說，詩篇 Delectasti 能解釋他們的疑問，讓他們得知她微笑的原因。她所說的「詩篇」是拉丁文《聖經》《舊約・詩篇》第九十一篇（中文《聖經》《舊約・詩篇》第九十二篇），「Delectasti」（你叫我高興）是該詩篇第四行的第二個詞。她認為其中的下列詩句，足以說明她何以欣喜微笑：「因你，主啊，藉著你的作為叫我高興，我要因你手的工作歡呼。主啊，你的工作何其大。」由此可見，瑪苔爾達是因為看到上帝在伊甸園中創造的種種美妙奇蹟感到欣喜而微笑。辛格爾頓的注釋解釋得更為透徹：「我們不僅要知道，瑪苔爾達對上帝親手創造的這些奇蹟感到喜悅和快樂，正如亞當在這裡時必然感受過的那樣。瑪苔爾達透過引用這一詩篇來告訴我們，她感受到的快樂是愛的快樂，她的歌（我們在此沒聽到歌詞）是一首讚美創造這些事物的造物主的情歌。這樣但丁立刻就明白了，他初次瞥見這位淑女時，她正在愛慕。假定我們要問：何謂『正在愛慕』？既然她獨自在伊甸園裡，她的愛原因和對象會是什麼？現在由詩篇Delectasti來『驅散我們心中的疑雲』回答這個問題：正如詩篇作者，瑪苔爾達是為上帝的創造物而欣喜，她的歌是一首讚美上帝的歌。」

15 指但丁，他進入聖林之後，一直走在維吉爾和斯塔提烏斯之前；他剛瞥見瑪苔爾達唱歌和採花時，曾請她走近些，好讓他能聽懂她在唱什麼。

16 「我新近聽到、相信，而且與此相反的說法」：指但丁曾在第五層平臺聽到斯塔提烏斯說，煉獄山門以上的地方無雨、雹、霜、露、電、雷等大氣變化（參看第二十一章注14）。他相信這種說法，但現在他卻看到這河水，聽到森林樹葉的沙沙聲；他心想，有河水必然是有水源，有水源必然是有雨雪來提供補充；這個事實和斯塔提烏斯的說法恰恰相反，但丁因而心生困惑。

17 「由其自身原因產生」：意謂由其特殊的原因產生，這種原因不是你設想的那種原因。

18 「只有他自己使自己喜悅的那至高之善」：「至高之善」（Lo sommo Ben）指上帝。「只有祂自己令自己喜悅」：意謂只有上帝自己使上帝感到喜悅，因為唯有祂絕對完美無缺。

19 「由於他的過錯」：意謂由於亞當違背上帝的禁令，吃下夏娃摘取給他吃、分別善惡的樹上果子（見《舊約．創世記》第三章）。「他留在這裡時間很短」：亞當在第八重天上親口對但丁說，他在地上樂園中僅僅待了六個多小時（後見《天國篇》第二十六章）。

20 「眼淚和勞苦」：泛指亞當和夏娃被逐出地上樂園之後，所過的悲慘、勞苦的生活。上帝對亞當說：「你既聽從妻子的話，吃了我所吩咐你不可吃的那樹上的果子，地必為你的緣故受詛咒；你必終身勞苦，才能從地裡得吃的。地必給你長出荊棘和蒺藜來，你也要吃田間的菜蔬。你必汗流滿面才得口，直到你歸了土，因為你是從土而出的；你本是塵土，仍要歸於塵土。」（見《舊約．創世記》第三章）

詩中連用「由於他的過錯」，藉此強調亞當咎由自取，應對失樂園負道德責任。

21 詩句大意是：根據當時的氣象學說，水和地散發出來的氣隨著太陽的熱盡可能上升，在地上和煉獄外圍引起擾動：水氣引起的是雨、雪、雹等，地氣引起的則是風和地震。為了防止這些擾動危害地上樂園裡的人，上帝讓煉獄山聳入雲霄，從聖彼得之門開始，就不受這些擾動影響。

22 「且說」：原文是 Or=ora，表示話題轉了。瑪苕爾達上面的話不過是證實了斯塔提烏斯的說法，現在她開始回答但丁的提問，說明不受大氣擾動影響的地上樂園中之所以有水和風的特殊原因。

23 關於有風的原因，她指出，大氣層永遠和原動天一起環繞地球旋轉著，除非其旋轉在某部分被某種障礙給打斷，例如碰到山和樹。這種旋轉運動衝擊聳入太空的煉獄山巔，使得枝葉茂密的聖林沙沙作響，換句話說，讓聖林發出響聲的並不是地氣形成的風，而是大氣層的旋轉運動衝擊煉獄山巔引起的風。

24 瑪苕爾達說明了關於風的來源之後，接著就說明地球上植物的來源。這不是但丁的提問，但與大氣層旋轉衝擊煉獄山巔引起的風有關。詩句大意是：伊甸園中，受到大氣層旋轉運動衝擊的各種植物有足夠強大的力量，能讓種子的生殖力浸透大氣；大氣在環繞地球旋轉的過程中，將這裡的植物種子甩落到地球上各個地方；人類居住的北半球大陸（詩中所說的「另一陸地」）根據土壤性質和氣候條件，從各種不同的種子生殖力受精，生出各種不同的植物。托馬斯．阿奎那在《神學大全》第一卷中說，地球上所有植物原本都是上帝在伊甸園中造出的，各種植物的種子從那裡散布到了人類居住的大陸。

25 「神聖原野」：指地上樂園。「充滿了所有植物的種子，還有世上摘不到的果子」：《舊約．創世記》第三章中說：「耶和華上帝使各種的樹從地裡長出來，可以悅人的眼目，其上的果子好作為食物。園子當中又有生命樹和分別善惡的樹。」

26 瑪苕爾達現在說明地上樂園中有水的原因：她說，這水不像一般河流那樣，是源於靠降雨補充水量的泉，而是源於按上帝意旨水量永遠不變、也永不枯竭的泉（在第三十三章中，但丁將會親眼看到此泉），而從泉中湧出的水分為兩股，向彼此相反的方向流去，成為兩條同源的河。

27 「向這邊流的水」：即擋住但丁去路的小河，名勒特河；當時但丁面向東方，這條小河從他左邊流過來，也就是從北向南流；「向那邊流的」：指從南向北流的河，名歐諾埃河。

「勒特河」：「勒特」（Lethe）希臘文含義為「忘」，勒特河意即「忘川」，是古代神話中冥界的河，「鬼魂喝下忘川的水，便忘卻憂愁，永遠忘卻一切。」（見《埃涅阿斯紀》卷六）所以但丁遊地獄時曾問維吉爾此河在何處。維吉爾答說，「勒特河你以後會看到的，但它是在這深淵之外，在靈魂們通過懺悔解脫罪過後前去洗淨自己的地方。」他指的就是煉獄山頂上的地上樂園。出於哲理和藝術之故，但丁將古代神話中這條冥界之河改成了基督教《聖經》伊甸園中的河流。不僅如此，他還將這條河水的功能僅僅限於讓靈魂飲後忘掉生前所有罪行。

28 「歐諾埃河」歐諾埃（Eunoe）相當於希臘文 ε'υ΄ vous。這是但丁利用中世紀詞典中提供的兩個希臘字 ευ（好，善）和 vous（心，記憶）編造的河名，含義是「記憶善行」的河。詩句大意是：如果不先喝勒特河的水，接著才喝歐諾埃河的水，那麼歐諾埃河的水就無法發生效力，因為「如果對自己的過失的記憶一直令人心情沉重，就不可能充分享受到對自己善行的記憶猶新之樂」；「歐諾埃河的水味道之美，遠勝任何其他味道，因為人對善行的記憶所感到的樂趣，是忘掉罪過的樂趣不能相比的。」這是巴爾比提出的解釋，格拉伯爾、薩佩紐、雷吉奧均同意此說。

29 「歌頌黃金時代及其幸福狀況的那些古代詩人」：主要指奧維德，他在《變形記》卷一中描寫了人類黃金時代的狀況。「或許曾在帕耳納索斯山夢見這個地方」：帕耳納索斯山是繆斯和阿波羅的神山，通常用來代表詩的靈感或詩的創作本身。在中世紀，詩常被視為是隱含真理的寓言。古代異教詩人描寫黃金時代時，在詩的意境中隱約反映出地上樂園中的狀況。人類最初在那裡的全部真實狀況是《舊約．創世記》中的描述。古代異教詩人關於黃金時代的描寫，不過是對基督教《聖經》中所說的伊甸園的預示。

30 「在這裡，四季常春，各種果實皆具」：《變形記》卷一中也說，在黃金時代，「四季常春」，「土地無需耕種就生出豐饒的五穀。」「這河水就是他們每個人所說的仙露」：「他們」，指古代那些歌頌黃金時代的異教詩人，尤其是奧維德。他在《變形記》卷一中說，「溪中流的是乳汁和甘美的仙露」。所謂「仙露」（nettare）即眾神所飲的玉液瓊漿。

31 「最後這些話」：指瑪苔爾達的補充說明。維吉爾和斯塔提烏斯聽了她這些話，臉上露出會心的微笑。

32 希望知道一些其他的真理。

第二十九章

她話剛一說完，隨即就如同充滿了愛的淑女般繼續唱道：「*Beati quorum tecta sunt peccata!*」[1]那時，她在河岸上逆著水流方向走去，猶似那些獨自走在林蔭當中，有的願見日光、有的願避日光的仙女[2]；我伴隨她的小步，同樣邁著小步和她並排走去[3]。她的腳步和我的步伐走得合計未及百步之遙，兩邊的河岸便拐了同樣的彎，使得我又面向東方[4]。我們朝此方向還沒走上多遠，那位淑女便全身轉過來面向著我，說道：「我的兄弟，你看、你聽！」瞧！一道突如其來的光閃過這座大森林各個區域，那光如此強烈且突然，使得我疑心那是閃電[5]。但是，由於閃電一閃即止，這光卻持續存在，越來越亮，於是我心想：「這是什麼？」此外，明亮的空氣中還有一種悅耳旋律迴盪；因此義憤使我責備起夏娃，在天與地皆服從之處，她作為女人和唯一、剛被造出的女人，竟膽敢不忍受蒙著什麼面紗[6]，倘若當初她溫順地忍受，我便早已享受到那些無法表達的快樂，而且享受得更長久[7]。當我在這麼多讓我預先嘗到永恆之福的新鮮事物中全神貫注前進，並且渴望著更大的喜悅之際[8]，在我們前面，綠樹枝下的空氣看起來猶似一片燃起的火光；此刻聽得出那悅耳的聲音是合唱的歌曲。

啊，極神聖的眾處女哪，如果我曾為妳們忍受過飢寒和熬夜之苦，崇高的動機此刻促使我向妳們祈求報酬[9]。現在赫立康必須為我傾注泉水，烏拉尼婭必須和其女伴一起助我將難以想像的事物寫成詩[10]。

再往前走不遠，由於與我們還相隔一段長長的距離，一些東西因而被誤認為是七棵金樹；但是，當我走得和其相隔如此之近，近到那欺騙感官的共同對象不會因為距離而失去其任何特點時，那為理性準備素材的能力便確知它們實為七座大燭臺，聽出歌聲中唱著「和撒那」[11]。那美好的一套器物上面放射著火焰的光，比望日午夜晴空的月色還更明亮[12]。我滿是驚奇轉身望向善良的維吉爾，他用驚奇不下於我的目光回答我[13]。於是，我又轉而面向那些崇高之物，它們正朝我們緩慢移動而來，慢得會被正要去結婚的新娘超過[14]。那位淑女大聲責備我道：「為何你只貪看那些強烈光芒，而不注意後面來的是什麼？」於是，我看見一隊身著白衣之人猶如跟隨其嚮導似地在後跟著過來了[15]。那顏色如此之白，世上從未有過。河水在我們左邊閃閃發亮[16]，我若是看向它，它便如鏡子般照出我的左半身。當我在這邊的岸上走到與行進的儀式隊伍僅有這一水之隔處時，為了看得更清楚些，我停下腳步[17]，只見那些火焰向前移動，猶如揮動的畫筆，為後面的空氣塗上顏色[18]；這使得那兒的上空一直呈現七道條紋，盡是太陽作他的弓、德麗婭作她的腰帶所用的那些顏色[19]。這些旗幟向後伸展得超出我的視野[20]；據我估算，最靠外緣的那兩道條紋有十步之距[21]。在這如我描寫、那般美麗的天穹下，有二十四名長老倆倆並排走來，頭戴百合花冠[22]。他們都唱著：「妳在亞當的女兒中是有福的，願妳的美千秋萬代受到祝福[23]！」

那些高貴之人從我對面河岸上的花及嫩草之間走過後，接著，四個活物就像一個星座接替一個星座出現在天空似地，在他們後面走來，每個頭上都戴著綠葉冠[24]。牠們各有六個翅膀；羽毛上滿布眼睛[25]；假若阿爾古斯還活著，他的眼睛就會是這樣[26]。讀者呀，我不再浪費詩句去描寫其形狀；因為其他方面的需要迫使我不能對此多費筆墨；你去讀以西結的書吧，他描寫說，他曾見過牠們和風、和雲、

有二十四名長老倆倆並排走來，頭戴百合花冠。

和火一起從寒冷的地方而來[27]；你在他的書中看到牠們是什麼模樣，牠們在此就是什麼模樣，只是關於翅膀的數目，約翰書中所說的與我所見的相合，而與他所說的不同[28]。

這四個活物當中的空間有一輛兩輪凱旋車，套在一隻格利豐的脖子上拉來[29]。他的兩翼分別向上伸到正中那條光帶與左右各三條光帶之間的空間，隔開了這些光帶，又不觸及或阻斷任何一條[30]。格利豐的雙翼一直伸展到已望不見的高度[31]；他肢體的鳥形部分為金色，其餘則是白中帶有朱紅[32]。不僅羅馬未曾用過如此豪華的凱旋車慶祝阿非利加努斯或奧古斯都的勝利，就連日神的車與其相比都會顯得簡陋[33]；後者走錯路時，在大地的虔誠祈求下被焚毀了，朱比特執行了他神祕的正義[34]。凱旋車的右輪旁，三位仙女圍成一圈跳著舞而來，一位的顏色如此之紅，若是在火中將難以辨認；另一位的肉與骨似乎皆由綠寶石組成；第三位的顏色有如新降的初雪[35]；她們似乎時而由白色的、時而由紅色的帶領跳著舞；其他仙女依據後者的歌聲，決定其舞蹈節奏的快或慢[36]。在凱旋車的左輪旁，四位衣著鮮紅的仙女按著當中那位頭上有三隻眼睛的舞步節奏跳舞作樂[37]。在我描寫的這一隊後面，我看到兩位衣著不同、但態度同樣端莊嚴肅的老人[38]。一位顯示他是大自然為其最珍貴的活物而生、最卓越的希波克拉底的門徒[39]；另一位顯示出他的用心相反，手持一把明亮而鋒利的寶劍，令我隔岸觀之也都望而生畏[40]。接著，我又看到四位其貌不揚的老人[41]；一位孤獨老人在眾人之後走來，他正在睡夢中，臉上顯露出睿智[42]。這七位老人的衣著與第一隊相同，但頭上的花冠並非用百合編成，而是以玫瑰和其他紅花[43]；從稍遠處望見他們的人會發誓說，他們眉毛以上當真都冒著火焰呢[44]。當凱旋車抵達我對面，只聞一聲雷響，那些高貴之人似乎被禁止繼續前進，便與先頭的旗幟一起停在那裡[45]。

一位的顏色如此之紅，若是在火中將難以辨認；
另一位的肉與骨似乎皆由綠寶石組成；第三位的顏色有如新降的初雪。

1 「如同充滿了愛的淑女般繼續唱歌」：原文Cantando come donna innamorata 顯然是化用圭多・卡瓦爾堪提的詩《我在林中看到一牧女 *In un boschetto trova'pasturella*》中的話：cantava come fosse'nnamorata（她彷彿充滿了愛一般在唱歌）。但卡瓦爾堪提詩中的牧女的愛，是世俗的男女之愛，瑪苔爾達的愛則是聖潔的愛，即對上帝所懷的愛；詩句意謂她為這種愛所激動而唱歌。「*Beati quorum tecta sunt peccata*」：引自拉丁文《聖經・舊約・詩篇》第三十一篇，相當於英文和中文《聖經・舊約・詩篇》第三十二篇，這句詩全文是「*Beati quorum remissae sunt iniquitatis, et quorum tecta sunt peccata*」（得赦免其過，遮蓋其罪的，這人是有福的）。但丁把它壓縮成「*Beati quorum tecta sunt peccata*」（得遮蓋其罪的，這人是有福的），使之更像耶穌登山訓眾論福的話。「遮蓋其罪」一語中的「遮蓋」（tecta）意謂被上帝赦免。布蒂指出，這一詩篇引用得切合主題，因為作者就要渡過消除罪行記憶的勒特河去。

2 「她在河岸上逆著水流方向走去」：意即瑪苔爾達順著河岸向上游走去，也就是說，這時她向南走去，因為勒特河在這裡向北流。「猶似那些在林蔭中獨自行走，有的願見日光、有的願避日光的仙女」：但丁用古代神話中居於山林水澤的寧芙仙女比擬瑪苔爾達，表達她沿河岸行走時優美輕盈的姿態。

3 意謂但丁邁著同樣的小步，和她隔著河並排行走。

4 「她的腳步和我的腳步加在一起走得未及百步之遙」：意謂我們各自走了還不到五十步。「兩邊的河岸便拐了同樣的彎」：意謂兩邊的河岸皆以同樣角度拐了彎，看來是轉成了直角，因為它使得沿河岸行走的但丁「又面向東方」：但丁進入地上樂園時，是面向東方前進，後來被向北流的勒特河擋住去路，接著就和對岸的瑪苔爾達隔河逆著水流的方向並排小步南行，走到了河岸急轉彎的地方，於是被迫向左轉，重新面向東方：這就是說，勒特河拐彎轉成了直角。雷吉奧認為，這裡肯定含有象徵意義：「勒特河發源於東方（太陽是上帝的象徵），在上述的急轉彎後向北流，也就是流向人類居住的北半球，地獄的入口在那裡，河水從而將世人的罪沖進地獄的深淵去（參看《地獄篇》第十四章）：但丁向東方前進，也就是說，向著上帝啟迪人心的恩澤（la Grazia divina illuminante）前進。」

5 只是暫時疑心而已，因為斯塔提烏斯和瑪苔爾達曾先後向但丁說明，煉獄本部和地上樂園都不受大氣的干擾。

6 「義憤」原文是buon zelo，指但丁對夏娃膽敢違背上帝的禁令，吃下分別善惡樹上的果子，致使人類失去伊甸園的罪行產生的憤怒。「天與地皆服從之處」：意謂天地萬物皆服從上帝意旨的地方，也就是伊甸園。

「她作為女人和唯一、剛被造出的女人」：這句詩強調夏娃具有三種特性，使得她當初理應服從上帝的禁令：（1）她是女人，因而更不該自己做主；（2）她是唯一的女人，因而不會有好勝心，想超過別的女人，也不會受到別的女人膽大妄為的惡劣影響；（3）她是剛被造出的女人，因而是天真無邪的。

「膽敢不忍受蒙著什麼面紗」：「面紗」（velo）這裡作為比喻，指無知狀態。當初蛇誘惑夏娃違背上帝的禁令，勸她吃下分別善惡樹上的果子時說，上帝不許你們吃，「因為上帝知道，你們吃的日子眼睛就明亮了，你們便如上帝能知道善惡。」（見《舊約．創世記》第三章）「不忍受蒙著什麼面紗」：意即不肯停留在上帝規定的認識範圍之內。托馬斯．阿奎那在《神學大全》第二卷中說，夏娃的罪「比男人（亞當）的罪更嚴重」，因為夏娃率先犯罪，對人類的原罪負有罪責。

7 「我便早已享受到那些無法表達的快樂」：意謂夏娃倘若溫順地遵從上帝意旨，人類就不至於有原罪，但丁和所有人就能從出生之日便享受伊甸園中的快樂，直到最終升入天國。

8 「這麼多讓我預先嘗到永恆之福的新鮮事物」：指突然閃現的光輝，和在明亮的空氣中迴盪的悅耳旋律；目睹、耳聞地上樂園內的這些新鮮事物，讓但丁預先體驗到了天國的永恆之福。「更大的喜悅」：指見到貝雅特麗齊。

9 「極神聖的眾處女」：指九位繆斯女神。在第一章開頭，但丁向她們祈求幫助時，曾稱她們為「神聖的繆斯」（sante Muse）；現在須要動筆描寫極神奇的事物，不得不再祈求她們，在稱呼她們時，則使用「極神聖的」（saerosante）一詞。

「為你們忍受飢寒和熬夜之苦」：指但丁為熱愛詩和獻身於詩歌創作而經受的種種苦，尤其指他在異鄉流亡的艱苦生活中創作《神曲》。

「崇高的動機此刻促使我向妳們祈求報酬」：「崇高的動機」，指須要描寫難以想像的神奇事物。

10 「赫立康」（Helicon）：山名，在雅典以北的彼奧提亞（Boeotia），在希臘神話中是九位繆斯的居處，最高峰達一七四八公尺，有阿迦尼佩（Aganippe）和希波克雷內（Hippocrene）二泉，泉水能讓詩人產生創作靈感。

「烏拉尼婭」（Urania）：司掌天文的繆斯。但丁現在需要寫關於天上的事物，因此特別向這位繆思祈求幫助。「她的女伴們」：原文是 coro（合唱隊），指其他繆斯。

11 「難以想像的事物」：意謂這些事極為神奇，簡直不可思議，更不用說以文字來表達。

「共同對象」（obietto comune）：即經院哲學家所謂的 sensibile commune，這一名詞源於亞里斯多德的《論靈魂》第二卷。雷吉奧的注釋指出，亞里斯多德在書中區分「獨特感知對象」（sensibili propri）和「共同感知對象」（sensibili comuni）；前者是單由一種感官感知，例如光和色都是單由視覺感知的，這種對象不會欺騙感官，例如眼見是光就是光；後者則是由一些感官共同感知的，像是運動、靜止、數目、形狀、大小均屬這一範疇，例如運動是由視覺、觸覺兩種感覺器官感知，而這種對象會欺騙感官，使之產生錯覺。但丁在《筵席》第三篇第九章和第四篇第八章中就講述了亞里斯多德書中此說，並沿用原來的名稱「共同感知對象」，現在則簡稱為「共同對象」。

「那為理性準備素材的能力」：指「認識外界事物真相，進而為理性準備進行思考，也就是說，進行推理和判斷的素材」的能力（托瑪塞奧的注釋）；經院哲學家稱之為 vis estimativa 或 vis cogitativa。（辛格爾頓的注釋）

詩中使用了經院哲學名詞，結果成為文字障礙，導致詩句意義不易理解。簡單說，大意就是：起初因為距離遠，那些事物的形狀作為「共同〔感知〕對象」，使得但丁產生了錯覺，誤認為那是七棵金樹；當他走近時看清楚了它們的形狀，才知道原來那是七座燭臺。

「燭臺」原文是 candelabri，含義是枝形大燭臺（複數）。雷吉奧認為，詩中指的究竟是可插許多枝蠟燭的枝形大燭臺（candelabro），還是只插一枝蠟燭的普通燭臺（candeliere），還成問題。但丁由於距離遠而將燭臺誤認為是金樹的這個事實，似乎說明了詩中是指枝形大燭臺，但從詩中的描寫和這些事物的象徵意義來看，應該設想這七個燭臺上都各插著一枝蠟燭。但丁之所以使用帶有學術色彩的名詞 candelabro（來源於拉丁文 candelabrum）代替普通的名詞 candeliere，主要是因為描寫偉大的景象時在文體上的需要，尤其因為他發現 candelabrum 這個拉丁文名詞出現在所有那些為他的想像力提供養分的《聖經》章節當中。

注釋家們認為，這七個燭臺可以溯源至《聖經》中所說的，在聖幕（古代猶太人的移動式神堂）前點著的七盞燈（見《舊約．出埃及記》第二十五章和《舊約．民數記》第八章）。但其直接出處則是《新約．啟示錄》第一章中聖約翰所說，他「既轉過來，就看見七個金燈檯，燈檯中間，有一位好像人子〔指救主耶穌基督〕」，……七燈檯就是〔亞細亞的〕七個教會」，第四章中所說，他「見有一個寶座安置在天上，又有一位坐在寶座上，……又有七盞火燈在寶座前點著，這七燈就是上帝的七靈」。詩中所說的七個燭臺即是聖約翰所見的這七盞火燈，因而象徵「上帝的七靈」，也就是《舊約．以賽亞書》第十一章中所說，由七種因素形成的上帝之靈（il settemplice spirito di Dio），這是聖靈的七種恩賜（見注）的來源。

「聽出歌聲中唱『和撒那』」：「和撒那」（Hosanna）源於希伯來文原是求救的呼聲，後來成為稱頌的話。《新約．馬太福音》第二十一章中，耶穌騎驢進耶路撒冷時，「前行和後隨的眾人喊著說，和撒那歸於大衛的子孫，奉主名來的是應當稱頌的。高高在上和撒那。」托瑪塞奧指出，「在詩人青年時代的一首雅歌中〔指《新生》第二十三章中抒寫但丁病中夢見貝雅特麗齊死去的那首雅歌〕，天使們唱和撒那，送貝雅特麗齊的靈魂升天。」

12 「那美好的一套器物」（il bello arnese）：指「那套秩序井然的燭臺」（布蒂的注釋）。arnese（套）一詞在早期義大利語作集體名詞用，表示一切有共同的特點，或形成一體之事物的整體。bello（美好）這裡形容排列整齊。

「上面放射著火焰的光」：「上面」（di sopra）大多數注釋家都理解為是燭臺頂端插蠟燭之處。但薩佩紐採用布蒂的注釋：「即在其上空，在空氣中。」譯者認為這種解釋更確切，因為，正如格拉伯爾所說的，「在『上面』詩人不僅看到火焰，還看到火焰發出的光逐漸減弱，越遠越柔和。」但丁用「比望日午夜晴空的月色還更明亮」形容那七個燭臺上面放射著的光，相當貼切。詩人以最明亮、柔和的月光為比喻，說明「在從不讓日光或月光射入的永恆林蔭下」閃耀著那七座大燭臺上之火焰的光輝，可謂恰到好處。倘若用日光代替月作為比喻，就會失之比擬不倫。

13 但丁不明白這七個神奇的大燭臺是怎麼回事，於是轉身以驚奇的目光望著維吉爾，默示請他解釋；但維吉爾已經來到他「靠自身能力無法再辨明道路的地方」，解答不了但丁的疑問，於是也以同樣驚奇的目光回答他。

14 「那些崇高的事物」（l'alte cose）：指七座大燭臺。多數注釋家認為，但丁用形容詞 alto 的轉義「崇高的」作定語，因為它們是神奇的事物。

「慢得會被正要去結婚的新娘超過」：因為她們「貞潔，在離開娘家時走得緩慢」（托瑪塞奧的注釋）。溫圖里在《但丁的比喻》中指出，「這個比喻很美，它以妙齡新娘在路上行走緩慢這個特點，表示某種端莊貞潔的姿態」。

15 即下文所說的二十四位長老，詳見《新約．啟示錄》第四章。他們跟在七座大燭臺之後而來，「猶如跟隨其嚮導」：七座大燭臺「是上帝的七靈」，詩句寓義是：他們以上帝的七靈為嚮導。

16 「河水在我們左邊閃閃發亮」：但丁和維吉爾、斯塔提烏斯三人沿著勒特河岸逆流朝東走去，和對岸上朝他們迎面而來的七座大燭臺相距越來越近，燭臺上的火焰照得他們左邊的水面「閃閃發亮」。

17 意謂但丁沿著河的此岸向東走，以七座大燭臺為前導的儀式隊伍沿著對面的河岸向西走，當但丁走到恰好和儀式隊伍隔河相望的地方、也就是相距最近的地方，他便停了下來，以便仔細觀察。

18 「猶如揮動的畫筆」：原文是 di tratti pennelli avean sembiante。早期注釋家和許多現代注釋家都這樣解釋。美國但丁學家辛格爾頓指出，「這個比喻很貼切。每個燭臺上的火焰和燭臺本身被恰當地比作畫家的畫筆，火焰相當於筆毫，燭臺相當於筆桿。再者，由於這些燭臺在向前移動，在其上空『畫出』彩色的條紋，所以可以比作畫筆沾上顏料後，在一個平面移動或劃過，各個都在後面留下一道有色條紋。而且火焰在空氣中移動時向後倒，正如畫筆在天花板上作畫時會向後彎曲。」

十六世紀注釋家但尼埃羅（Daniello）則將 tratti pennelli 解釋為「打著的旗子或（中世紀義大利城邦的）旌旗」，因為 pennello 的另一個意義是「三角旗」，而且下文中有「這些旗幟」一語與此呼應。這種解釋也被許多現代注釋家採用。譯文根據前一種解釋。

19 「七道條紋」：指七座大燭臺上的火焰在空中呈現的七條光帶，象徵來自「上帝的七靈」的所謂「聖靈的七種恩賜」：智慧、聰明、謀略、能力、知識、虔誠、敬畏上帝（見《筵席》第四篇第二十章）。

「全部是太陽作他的弓、德麗婭作她的腰帶所用的那些顏色」：「太陽做他的弓」，指太陽在對面的天空造成的彩虹。「德麗婭做她的腰帶」，指月亮在其周圍造成的月暈；「德麗婭」（Delia）即月神狄安娜，由於誕生在愛琴海的提洛斯（Delos）島上而有此別名，在這裡是指月亮。

這句詩的意義不甚明確。有些注釋家理解為，每道條紋都有彩虹的七種顏色，有些注釋家認為，要是是這樣，那這七道條紋的顏色就完全一樣，卻又象徵七種不同事物，這不合乎情理。因此他們理解為，每道條紋各有彩虹的一種顏色，七道條紋合起來便呈現出七色虹彩，如此解釋比較合乎邏輯。

20 「這些旗幟」：這裡指上述的七道條紋或七條光帶。「向後伸展得超出我的視野」：意謂它們向後面的天空延伸得極遠，我縱目去望都望不見盡頭；詩句寓意是：聖靈的七種恩賜的益處無窮無盡。

21 意謂最靠外面的兩道條紋相隔十步，也就是說，七道發光的條紋合在一起所形成的光束有十步寬。關於這句詩的寓意，早期注釋家大多認為，「十步」象徵上帝在西奈山上向摩西宣布的《十誡》，遵守這十誡就能讓人獲得聖靈的七種恩賜。

22 「天穹」（cielo）：在此指七條光帶在天空形成、絢爛多彩的華蓋。

「二十四位長老」：指上述那「一隊身穿白衣的人」，他們的出處是《新約．啟示錄》第四章中的話：「寶座的周圍，又有二十四個座位，其上坐著二十四位長老，身穿白衣，頭上戴著金冠冕。」《新約．啟示錄》中這二十四位長老代表《舊約》中的十二族長和《新約》中的十二使徒。聖杰羅姆（Jerome）在對其所譯的拉丁文《聖經》所作的序言中，計算《舊約》全書共二十四卷，認為《新約．啟示錄》中的二十四位長老象徵《舊約》全書二十四卷。但丁在詩中根據他的說法。

「頭上戴著百合花冠」和「身穿白衣」象徵《舊約》的教義和對未來的彌賽亞（耶穌基督）信仰的純潔性。

23 頌歌第一句「你在亞當的女兒中是有福的」顯然是套用天使和以利沙白對瑪利亞所說的話：「你在婦女中是有福的」（見《新約．路加福音》第一章），但丁將「你在婦女中」改為「你在亞當的女兒們中」，含義完全一樣，而且十分恰當，因為二十四名長老是在伊甸樂園中唱著這一讚歌的。他還在這句後面加上了一句對她非凡之美表示讚頌與祝福的話。

關於歌中讚頌的女性是何人，注釋家有兩種不同說法：早期注釋家布蒂認為是瑪利亞，拉納則認為是貝雅特麗齊。現代注釋家有的贊同前者，有的贊同後者；薩佩紐代表前者，認為「這首讚美救世主之母的頌歌放在這些人物的口中是恰當的，因為《舊約》充滿對彌賽亞信心十足的期待和預感」。牟米利亞諾代表後者，他說，這些人物「唱出和撒那後，現在又對一位未知的人物唱出這一神祕的頌歌。這些詩句的描寫中，最精彩之處是這一場面令人充滿懸念，不知其結果如何。這種懸念感……為貝雅特麗齊的勝利降臨，做好了莊嚴的鋪陳，這一嚴肅的儀式隊伍全是為了她而出動的」。

24 「四個活物」：但丁在詩中告訴讀者，出處是《舊約·以西結書》和《新約·啟示錄》。先知以西結在《舊約·以西結書》第一章中說，「我觀看，見狂風從北方刮來，隨著有一朵包括閃爍火的大雲，……又從其中顯出四個活物的形象來，他們的形狀是這樣：有人的形象。各有四個臉面，四個翅膀。」聖約翰在《新約·啟示錄》第四章中說，「寶座中和寶座周圍有四個活物，前後遍體都長滿了眼睛。第一個活物像獅子，第二個像牛犢，第三個臉面像人，第四個像飛鷹。四活物各有六個翅膀，遍體內外充滿了眼睛。」這「四個活物」象徵《新約》中的四福音書：第一個像獅子的象徵《馬可福音》，第二個像牛犢的象徵《路加福音》，第三個臉面像人的象徵《馬太福音》，第四個像飛鷹的象徵《約翰福音》。

「就像一個星座接替一個星座出現在天空似地」：意謂二十四位長老過去後，接著就來了四個活物，如同恆星天環繞地球旋轉，一個星座轉過去後，就有一個星座轉過來占它的位置。「這個比喻是恰當的，因為，正如夜間一顆星繼一顆星之後出現在天空，照臨世界，起初《舊約全書》的光芒在黑暗時代照臨世界，後來在蒙恩〔指耶穌誕生後的〕時代，又有更大的光芒照臨世界，這就是四福音書。」（本維努托的注釋）

「在他們後面走來」：因為《新約》四福音書比《舊約全書》（二十四位長老）年輕。

25 「每個頭上都戴著綠葉冠」：綠葉象徵希望。詩句寓意是：「福音書為被贖了原罪的人類帶來拯救靈魂的希望。」（拉納的注釋）

「它們各有六個翅膀」：六個翅膀是撒拉弗（Seraph，最高級天使）特有的（見《舊約·以賽亞書》第六章），神學家對此有不同解釋。根據拉納、布蒂、佛羅倫薩無名氏的注釋，詩句中「六個翅膀」的寓意是四福音書的傳播向高度、廣度和深度發展。

「羽毛上充滿眼睛」：聖杰羅姆在拉丁文《聖經》的序中，將《新約·啟示錄》第四章所說的四個活物翅膀上充滿了眼睛，解釋為他們知道過去和未來之事。但丁這句詩的寓意大概也是這樣。

26 「阿爾古斯」（Argus）：神話中的百眼人。眾神之王朱比特愛上了河神的女兒伊俄（Io）。由於妻子朱諾嫉妒，朱比特遂將伊俄變成一頭白牛。朱諾仍不放心，於是差遣阿爾古斯監視她。後來，朱比特命令天神的使者墨丘利（Mercurius）施計殺死了阿爾古斯。

他死後，朱諾就取下他的眼珠，放在她的愛鳥孔雀的羽毛上（見《變形記》卷一）。

27 「從寒冷的地方」：相當於《舊約．以西結書》中的「從北方」。

28 《舊約．以西結書》中說，四個活物各有四個翅膀，《新約．啟示錄》中則說，牠們各有六個翅膀。雷吉奧認為，關於四個動物的翅膀的數目，但丁以《新約．啟示錄》的說法代替《舊約．以西結書》的說法，或許有什麼用意，但我們無從知曉。

29 「這四個活物當中的空間有一輛兩輪凱旋車」：意即這四個活物排成正方形的隊，當中有一輛凱旋車。

「格利豐」（Grifone）是獅身鷹頭鷹翼的怪獸。注釋家都認為這隻上身鷹形、下身獅形的怪獸象徵具有神性和人性的耶穌基督。西班牙塞維利亞主教伊西多爾（Isidor, 560-636）在《詞源 *Etymologiae o Origines*》中形容格利豐為半鷹半獅子形，還將基督比做獅子和鷹。這可能是但丁詩中這隻怪獸及其象徵意義的直接出處。「套在一隻格利豐的脖子上拉來」：象徵基督引導教會前進。

30 大意是：這隻格利豐拉著凱旋車，跟在七座大燭臺和二十四名長老後面，沿著這個儀式隊伍的中軸線，在上空的七條彩色光帶正中的那一條下面前進；兩個翅膀各自向上伸著，分別將這條光帶和左邊三條以及右邊三條隔開，而無觸及或阻斷任何一條（根據薩佩紐的解釋，大概象徵耶穌的教義與聖靈的智慧之間完全協調一致）。

31 「這無疑象徵復活的基督，他升了天，為我們的目力所不及。」（辛格爾頓的注釋）

32 「他肢體鳥形的部分是金色的」：意即他的鷹頭鷹翼是金色的；「其餘則是白中帶有朱紅」：意即他的獅身是白色帶朱紅色。注釋家認為鷹頭鷹翼是基督的神性部分，這部分是金色的，象徵神性的完美，或者根據本維努托的解釋，象徵神性的不可損壞和永存不滅；獅身是基督的人性部分，這部分是白色帶朱紅色的，正如人的肌膚白中透紅；本維努托則認為，白色表示他的人性純潔，帶朱紅色則是他受難所流的血導致。

33 「阿非利加努斯」（Africanus）：指羅馬大將西庇阿。公元前二〇二年扎瑪（Zama）之戰，西庇阿最後戰勝了迦太基大將漢尼拔，迦太基被迫求和，結果羅馬成了西地中海的霸主。次年，他回到羅馬，舉行了凱旋式慶祝他的勝利，並獲得「阿非利加努斯」這一稱號。

「奧古斯都」：羅馬帝國第一位皇帝屋大維的尊號（見《地獄篇》第一章注22）。

「日神的車」：（見《地獄篇》第十七章注21）這輛車異常豪華，「車軸是黃金打的，套桿是黃金打的，輪子也是黃金打的，一圈輪輻是銀的。套圈上整齊鑲嵌著翡翠和珠寶，日神一照，射出奪目的光彩。」（見《變形記》卷二）

34 大意是：當日神之子法厄同駕著父親的車在天空盲目馳行，使得大地到處燃起熊熊烈火時，慈母般的大地驚慌失措，向眾神之父朱比特虔誠祈求：「要是海洋、陸地和天空都毀了，我們就會回到原始的混沌狀態。挽救那些還沒燒掉的東西，念及宇宙的安全吧！」於是，朱比特執行了正義，以雷劈死法厄同，日神的車也被雷電燒壞，「他就這樣以火克制了火」（見《變形記》卷二）。詩中所以稱之「神秘的正義」，或許是因為這裡是以兒子遭雷殛，懲罰其父之罪的緣故。再者，這裡大概是以朱比特來指上帝，正如第六章中曾以朱比特指耶穌基督一樣，對於見解短淺的世人而言，上帝的正義永遠是不可思議的。薩佩紐認為，這裡還可能隱含但丁希望上帝像以雷霆擊中被法厄同駕駛、走錯路的日神之車那樣，以雷霆劈擊被其領導者引入歧途的教會之車的意思。這種推測可從但丁寫給義大利樞機主教們的信加以證實：「你們居於戰鬥的教會〔指全體基督教徒〕首要的百人隊隊長的地位，玩忽了引導教會〔原文是上帝的新娘〕之車走耶穌基督〔原文是被釘死在十字架上者〕指示的道路的職責，你們離開了正路，與錯誤的駕駛者法厄同無異。」

35 「右輪旁邊」：是下手位置較尊的一側。「三位仙女」：象徵信、望、愛三德，這三德是基督教的基礎，各有象徵其特性的顏色：象徵信仰的仙女是白色的，象徵希望的仙女是綠色的，象徵愛的仙女是紅色的。

36 她們時而由象徵「信」的仙女，時而由象徵「愛」的仙女領導舞蹈，象徵「望」的仙女則隨著她們一起舞蹈，因為希望是信仰和愛的結果，永遠不可能是原因。象徵信德的和象徵望德的仙女，都根據象徵愛德的仙女的歌聲調整自己的舞蹈節奏，因為信、望、愛這三德「其中最大的是愛」（見《新約．哥林多前書》第十三章）。

37 「左輪旁邊」：是下手位置較卑的一側。「四位穿鮮紅衣服的仙女」：象徵義、勇、智、節四樞德（樞德意即行動生活中的基本道德）。她們都穿紅衣，因為紅色「象徵愛德和愛的熱情，任何人若是無愛，都不會有此四德」（蘭迪諾的注釋）；托馬斯．阿奎那說：「沒有愛德，其他倫理道德是無可存在的。」

「按著當中那位頭上有三隻眼睛的舞步節奏跳舞作樂」：「有三隻眼睛者」，指象徵「智德」的仙女。她有三隻眼睛，因為智德「要求對過去所見之事記得準確，對現在之事知道得清楚，對未來之事有預見」（見《筵席》第四篇第二十七章）。另外那三位仙女都依她的舞蹈節奏跳舞，因為但丁在《筵席》第四篇第二十七章中說，智德乃一切「倫理道德〔即樞德〕的主導」。

38 這兩位老人象徵《新約》中聖路加所著的《使徒行傳》和聖保羅所寫的《羅馬書》、《哥林多前書》、《哥林多後書》、《加拉太書》、《以弗所書》、《歌羅西書》等使徒書。

39 意謂聖路加所穿的衣服顯示他是醫生（聖保羅在《新約．歌羅西書》第四章中，稱他為「親愛的醫生路加」）。大自然的「最珍貴的活物」指人類，因為人是萬物之靈。為了保護人類的健康，大自然生下古希臘最著名的醫學家希波克拉底；他的門徒泛指古今一切醫生。

40 意謂聖保羅手持寶劍，顯示他的用心與醫生相反：醫生診治人身體的疾病，聖保羅則「拿著聖靈的寶劍，就是上帝的道」（見《新約．以弗所書》第六章）來刺中人的靈魂。

41 「四位其貌不揚的老人」：象徵《新約》中的《雅各書》、《彼得書》、《約翰書》、《猶大書》。「其貌不揚」（in umile paruta）：因為這四使徒書篇幅短，在《新約》中是次要的。

42 這位老人象徵《啟示錄》。他是「孤獨」的，因為《啟示錄》是一卷獨特的書，與《新約》中其他各卷截然不同。「在所有的人後面走來」：因為《啟示錄》是《新約》最後一卷。「他正在睡夢中」：因為《啟示錄》中講述的「必要快成的事」都是聖約翰在拔摩島上「被聖靈感動」，在夢幻中的靈見。「臉上顯露出睿智」：意謂臉上「表現出洞察力和智慧」（戴爾．隆格的注釋），因為他象徵一卷旨在預示未來的書。

43 「這七名老人的衣著與第一隊相同」：意即他們也像那二十四名長老一樣穿著白衣。白色象徵信仰：《舊約》信仰未來的基督，《新約》信仰到來的基督，二者具有共同的信仰基礎。

「但頭上的花冠並非用百合編成、而是以玫瑰和其他紅花」：紅色象徵愛。正如代表《舊約》的二十四名長老頭戴白色百合象徵對未來基督的信仰，同樣的，這七名象徵《新約》的老人頭戴玫瑰和其他紅花編成的花冠，說明「在預定的時候，在愛的律法〔指耶穌基督的教義〕中，實現了古時〔指《舊約》〕的諾言」（羅迦的解釋）。另外一些注釋家的解釋是：這七名老人頭戴玫瑰和其他紅花編成的花冠，象徵愛是基督教的基礎。

44 意即他們頭戴的花冠紅如火焰，使得從稍遠處望見的人，都會發誓說，他們的頭上都真在冒火苗呢。

45 「先頭的旗幟」：指七座大燭臺。

第三十章

第一重天的北斗星從來不知沒與升，除罪過外，從來不被別的霧遮住[1]；它在那裡讓所有人知道它的責任，一如較低的北斗星指引掌舵之人抵達港口[2]；它停住了：那些在格利豐和它之間最先來到、體現真理之人，全都轉身向著凱旋車，彷彿向著他們達到的目標那般[3]；其中一位似乎是天上派來的，連唱「*Veni, sponsa, de Libano*」三次，其餘人都跟著唱[4]。

如同一聽到最後的召喚，眾聖徒將立刻從各自的墓穴中起身，以才剛恢復的聲音唱起哈利路亞，同樣地，*ad vocem tanti senis*，一百位永恆生命的使者和信使就從那輛神聖的車上飛起來[5]。他們都說：「*Benedictus qui venis!*」一面向上和周圍撒花，一面說：「啊，*manibus date lilia plenis!*」[6]

從前我曾見過，清晨時分，東方的天空完全是玫瑰色，其餘部分呈現一片明麗的蔚藍；太陽的臉上蒙著一層薄霧升起，光芒變得柔和，得以凝望許久，同樣地，眾天使手中朝上散撒的花紛紛落到車裡車外，形成一片彩雲，彩雲中一位聖女出現在我面前，頭戴橄欖葉花冠，臉蒙白面紗，身披綠斗篷，裡面穿著紅如烈火的長袍[7]。我的心已許久未在她面前敬畏得顫抖，無法自持，此刻眼睛沒能認清她的容顏，但透過來自於她的神祕力量，便感覺到昔時愛情的強大作用[8]。

在我超出童年時代之前，這種高貴的力量就曾刺穿我心；這時它一擊中我的眼睛，我就像小孩害怕

頭戴橄欖葉花冠，臉蒙白面紗，身披綠斗篷，裡面穿著紅如烈火的長袍。

或為難時心懷焦急，期待朝媽媽跑去似地轉身向左，對維吉爾說[9]：「我渾身沒有一滴血不顫抖：我知道這是舊時火焰的徵象[10]」；然而維吉爾已經離開，讓我們見不到他了，維吉爾，最和藹的父親，維吉爾，我為了得救而將自己交給了他[11]。我們的古代母親失去的一切，都不足以阻止我那被露水洗淨的雙頰沾滿淚水，復又變得模糊[12]。

「但丁，你為維吉爾已去，且不要哭，且不要哭；因為你還需為另一劍傷而哭呢[13]。」

正如海軍上將站在船頭和船尾，視察在別的船上履行職責之人，鼓勵他們做好工作，同樣地，當我聽見直呼我在此處必須記載的自己的名字的那聲音，轉身去看時，只見在眾天使撒花形成的彩雲遮蔽下，初次出現在我面前的那位聖女就站在車上靠左的一邊，目光投向河這邊的我身上[14]。儘管從那戴著密涅瓦樹葉花冠的頭上垂下的面紗不容人看清她的面貌，她的姿態仍如女王般高傲，如同演說家將最激烈的話留待最後才說似地[15]，她繼續說：「看向這裡！我就是，我就是貝雅特麗齊。你怎麼認為你配來到這山上？你不知道人在這裡是幸福的嗎[16]？」我雙眼低垂到清澈小河裡，但一瞥見我水中的影子，又將目光轉移到草上，莫大的羞愧之情沉重壓在我頭上；我覺得她對我無情，就如同兒子覺得母親對他嚴厲，因為聲色俱厲表現的慈愛是帶有苦味的[17]。

她沉默；眾天使立刻唱起：「*In te, Domine, speravi*」，但唱到 *pedes meos* 便止住[18]。

正如義大利的脊背上那些活木材間的積雪，被斯拉沃尼亞陣陣的風吹得凍結在一起，只要失去影子的地帶的風吹來，就如同火熔化蠟燭那般化為雪水，滲入自身內層滴下來；同樣地，在那些永遠依照諸天運轉的聲音唱著歌的天使唱起歌之前，我一直沒有淚和嘆息；但是，後來一聽出他們在那悅耳音調中對我表示同情，好似在說：「聖女呀，妳為何這樣挫傷他呢？」凝結在我心周圍的那層冰，於是化為嘆息和淚水，從胸中憋悶吃力地衝口和奪眶而出[19]。

她依然站在車上靠著上述那一邊不動，隨即向那些慈悲的天使說道：「你們在永恆的光中醒著，令黑夜和睡夢無法從你們眼前竊走世人在其所行的路上邁出的任何一步[20]；所以，我的回答毋寧是為了讓在那邊哭著的那人理解我，進而使他的痛苦和過錯相當[21]。這個人不僅因諸天體依個人誕生時與其會合的不同星座、將人引向特定目的那種作用，還因從你我視力不能及的極高之雲降下的深厚神恩，而在他的新生中蘊藏如此潛力，使得他的所有良善志趣一化為行動，就會產生非凡成果[22]。但是播下不良種子、不行耕作的田地，其土壤越是肥沃，後果便會越壞，越荒蕪。有一段時間，我以我的容顏支持著他：讓他看到我青春的眼睛，指引他隨我去走正路[23]。當我一到人生第二時期的門檻，離開了人世，他就撇開我，傾心於別人[24]。我從肉體上升為精神，美與德於我皆增加後，對他而言，就不如以往可貴可喜了[25]；他將腳步轉向了不正確的路上，追求福的種種假像，這些假像絕不完全恪遵其任何諾言[26]。我曾求得靈感，透過靈感在夢中和以其他方式喚他回頭，均無效果：他對此無動於衷[27]！他墮落得如此之深，所有拯救他的辦法俱已不足，除非讓他親眼去看萬劫不復的人群。為此，我到訪了死者之門，哭著向引導他攀登來到此地的那人提出我的請求[28]。如果未讓他付出流淚懺悔的代價便渡過勒特河，嘗到這樣的飲料，那就破壞了上帝崇高的諭旨[29]。」

1 「第一重天的北斗星」：指七座大燭臺。「第一重天」即上帝所在、最高的「淨火天」，從地球上往上數是第十重天。七座大燭臺象徵上帝的七靈和聖靈的七種恩賜，在這裡被比作淨火天的北斗星，這北斗星與地球上所見的北斗星不同，「從來不知沒與升」，意謂「聖靈的恩賜無始無終……也無變化」（布蒂的注釋），而且「除罪過外，從來不被別的霧遮住」，意謂「它不像我們上空的北斗星那樣常因陰暗和雲霧而見不到。除非被罪過蒙上眼睛，我們不會因為其他事物遮蔽而看不見它，因為只有罪過會讓人見不到聖靈的恩賜」。（蘭迪諾的注釋）

2 「較低的北斗星」：指我們上空的北斗星，這一星座在恆星天，恆星天是從地球上往上數的第八重天，在淨火天之下，因而這星座被稱為「較低的北斗星」。詩句大意是：這七座大燭臺在地上樂園裡作為儀式隊伍的領隊，讓各個隊員知道該做什麼，就如同北斗星在空中為舵手指明方向，以抵達港口。

3 「體現真理之人」：指象徵《舊約》二十四卷的二十四名長老。他們體現真理，因為《舊約》是在上帝的啟示下寫成，全書都是永恆真理。「在格利豐和它之間最先來到」：指在儀式隊伍中，他們在格利豐前面和七座大燭臺後面，來到但丁對面的岸上。當七座大燭臺停止前進時，他們「都轉身向著凱旋車，彷彿向著他們達到的目標似的」：「凱旋車」象徵耶穌基督創建的教會。「彷彿向著他們達到的目標那般」：因為「《舊約》中所作所為，目的在於建立聖教會，基督正是為此目的而來。」（布蒂的注釋）

4 「其中一位似乎是天上派來的」：指二十四名長老中象徵所羅門的歌、即《雅歌》的長老，他似乎是上帝從天上派來的。歌詞「*Veni, sponsa, de Libano*」見拉丁文《聖經》《雅歌》第四章第八節，含義是「我的新婦，求你與我一同離開黎巴嫩」。根據注釋《聖經》的神學家們的解釋，「新婦」象徵教會。但丁詩中已用凱旋車象徵教會，「新婦」在這裡不可能再象徵教會。許多注釋家認為「新婦」在此肯定是指貝雅特麗齊，因為《筵席》第二篇第十四章、第三篇第十五章中說，《雅歌》中的「新婦」象徵神學，而《神曲》又恰恰以貝雅特麗齊代表神學。「連唱……三次」：在《雅歌》中，「求你與我一同離開黎巴嫩」這句歌詞接連出現兩次。「其餘的人」：指其餘的二十三位長老。

5 「最後的召喚」：指世界末日到臨時，天使將吹起號角，集合所有世人的靈魂，去聽候基督對他們的最後審判。屆時所有人的肉體都將與靈魂重新結合，得以復活，而復活後將復歸完美，苦和樂的感覺也將隨之增加，因此升上天國的聖徒復活後將會更感到福和樂。

「*ad vocem tanti senis*」：含義是「一聽到這樣一位高貴的老人的聲音」。為了和下面兩句拉丁文引文押韻，但丁在這裡用拉丁文寫了這行詩。「一百位永恆生命的使者和信使」：即天使，他們執行上帝的命令，傳達上帝的指示。「一百位」是不定數，意即一大群。

6 「*Benedictus qui venis!*」：拉丁文《聖經》《新約．馬太福音》第二十一章中耶穌騎驢進耶路撒冷時，眾人歡迎他的話，中文《聖經》譯文為「奉主命來的，是應當稱頌的」。

「*minibus date lilia plenis!*」：《埃涅阿斯紀》卷六第八八三行詩句，含義為「給我滿把的百合花〔灑出去〕吧！」這是埃涅阿斯的父親安奇塞斯在冥界中讚美奧古斯都的外甥和女婿瑪爾凱魯斯（Marcllus）的話，但丁斷章取義借用了此句，表現天使撒花歡迎貝雅特麗齊降臨的情景。

7 這是全詩中最美妙的比喻之一。詩人用朝日在薄霧中升起的景象，比擬貝雅特麗齊出現在天使撒花形成的彩雲中的情景，使得她超凡入聖的高貴形象躍然紙上。

「白面紗」、「綠斗篷」、「紅如烈火的長袍」：象徵信、望、愛三超德。「橄欖葉花冠」：根據雷吉奧的解釋，這可能是和平的象徵，但由於橄欖樹是智慧女神密涅瓦的神樹，也可能象徵著智慧，或許後者的可能性較大，因為貝雅特麗齊在詩中代表神學。但丁在《新生》中敘述，貝雅特麗齊曾穿著紅衣（書中第二章第三節、第三十九章第一節）和白衣（第三章第一節）出現在他面前；他曾在病中夢見她死去，婦女為她蒙上白面紗（第二十三章第八節）。

8 「許久」：貝雅特麗齊逝於一二九〇年，但丁遊煉獄則是在一三〇〇年，相隔十年之久。

「敬畏得顫抖，無法自持」：但丁在《新生》第二章第四節、第十一章第三節、第十四章第四至五節、第二十四章第一節等處都說，他見到貝雅特麗齊時就是這樣的感覺。「此刻眼睛沒能認清她的容顏」：她蒙著白面紗，出現在萬紫千紅的花朵形成的彩雲當中，但丁看不清楚她正是貝雅特麗齊。詩句大意是：我看不清楚她的容顏，因為來自她身上的一股神祕力量，讓我感覺到舊時愛情的偉大作用，因而直覺地認出是她。

9 「在我超出童年時代之前」：童年時代延續到十歲；但丁初次見到貝雅特麗齊是在他九歲、而她八歲那時。

「一擊中我的眼睛」：原文為「Tosto che ne la vista mi percosse……」雷吉奧解釋說，percuotere in 多次出現在但丁詩中，它是愛情詩、尤其是「溫柔的新體」詩派特有的詞彙，用以表現詩人所愛的女性其形象映入熱戀中的詩人眼簾所激起的作用。

「就像小孩害怕或為難時心懷焦急，期待朝媽媽跑去似地轉身向左，對維吉爾說」：辛格爾頓指出，但丁這時正面對著小河；維吉爾和斯塔提烏斯一直在後面跟著，所以那時維吉爾站在但丁左邊。他認為，但丁在詩中常稱維吉爾為父親，現在卻將他比作母親，而此刻聲色俱厲的貝雅特麗齊今後將時常被比作母親。「母親」一詞可說是從第一位嚮導過渡到第二位嚮導的標記。

牟米利亞諾指出，面對地上樂園裡目不暇給的種種神奇景象，但丁這時已經忘了維吉爾，現在一感受到貝雅特麗齊愛情的威力，於是又想起他，因而依向維吉爾求助的老習慣，轉身向他傾吐衷腸。

10 「我知道這是舊時火焰的徵象」：這句詩原是迦太基女王狄多（見《地獄篇》第五章注14）對埃涅阿斯產生愛情之後，對她妹妹安娜所說的話（《埃涅阿斯紀》卷四第二十三行），原文是 Adgnosco veteris vestigia flammae，但丁直譯為 conosco I segni de l'antica fiamma。「火焰」：指愛情的火焰。這句詩意思即是狄多感覺到，她對埃涅阿斯的這股新的愛，就像她昔日對希凱斯的愛那般熱烈。但丁引用此句，說明他心中感受到舊時對貝雅特麗齊的愛火復燃。

許多注釋家認為，但丁在本章中兩度引用了維吉爾的詩句，是他對即將去後不再復返的老師和嚮導表示崇高的敬意和無限惜別之情。

11 「然而維吉爾已經離開，讓我們見不到他了」：「我們」是指但丁和斯塔提烏斯（辛格爾頓認為也包括貝雅特麗齊）。」維吉爾在《地獄篇》第一章的出現和這裡的離開都很突然，他未被察覺地悄悄離開，在讀者心中留下短暫、神祕的印象。這裡也顯示出偉大詩人的天才：倘若描寫維吉爾如何離開，就會失去所有效果，將它推入理性和散文的領域。」（牟米利亞諾的注釋）

「維吉爾，我為了得救而將自己交給了他」：意即但丁將維吉爾視為這趟艱困旅途的嚮導，因而完全依靠他。雷吉奧指出，但丁在這個三韻句當中，每行開頭都重複維吉爾的名字，中間一行使用熱情洋溢的詞語「最和藹的父親」，最後一行確認自己完全信賴、依靠這位老師和藹的引導，這些，一方面就如同薩佩紐所說，將早期注釋家們強調的寓意（「理性」讓位於「神學」）化為了極富人情味的場景，另一方面還重新證實了但丁一貫將維吉爾的形象置於充滿熱情的氛圍中。

12 「我們的古代母親」：指夏娃。「失去的一切」：指地上樂園的所有美景。「我那被露水洗淨的雙頰」：指維吉爾用露水將但丁在地獄中沾滿煙塵的面頰洗乾淨（見第一章末尾）。詩句意謂：但丁為親愛的老師一去不復返悲愴萬分，地上樂園中美不勝收的景物都不足以讓他不再淚流滿面。

13 「為另一劍傷」：原文是 per altra spada，意謂「為被另一種武器所傷，這另一種武器就是貝雅特麗齊即將對但丁說出的無情責備，這些話將刺得他心更痛」（斯卡爾塔齊—萬戴里的注釋）；或者說：「為更大的痛苦；也就是為你的過錯感到的羞愧」（薩佩紐的注釋）；這兩種解釋都說得通。

14 薩佩紐指出，「海軍上將」這個形象化的比喻，強調說明貝雅特麗齊這個人物具有的崇高權威和嚴肅關切態度的特徵，她在這裡同時是傾聽懺悔的神父、法官和教師。

牟米利亞諾指出，除了「海軍上將」這個形象化的比喻之外，整個複合句「只見那位……聖女站在車上靠左的一邊，目光投向河這邊的我身上」都是描寫貝雅特麗齊威嚴的女王氣概。

「我在此處必須記載的自己的名字」：《神曲》全文中只有此處記載了但丁的名字；在別處，即便有人問他的名字，但丁也都不說。因為他在《新生》第一章第二節中寫道：「除非有必要，修辭學家不許人講自己。」他在此處有何必要寫出自己的名字？根據《最佳注釋》，出於兩個原因，貝雅特麗齊在這裡必須對但丁直呼其名：一是因為要明確指出她向眾人所說的話是對其中的誰而說；二是因為通常對人表示好感時，如果直呼其名，所說的話便顯得更溫柔；同樣地，在斥責人時，對受斥責者直呼其名，斥責的話也就更顯尖銳。總之，此處藉由貝雅特麗齊直呼但丁之名，讓他得以載入《神曲》當中，這並非出於詩人的虛榮，而是藉此加深其羞愧之情。

15 「密涅瓦樹葉花冠」：即上述橄欖葉花冠（參看注7）。「如同演說家將最激烈的話留待最後才說似地」：指貝雅特麗齊將最重要的內容、最激烈的斥責留到最後才說。詩人在《筵席》中已說過，「演說家應經常將要說的主要問題留在後面，因為最後才說的內容會在聽眾心中留下更深的印象。」

16 「你怎麼認為你配來到這山上？」：原文是「Come degnasti d'accedere al monte?」注釋家對此有兩種不同解釋。動詞 degnare 在古義大利語含義為 potere（能，會），但丁時代的文學用語中還保有這個特殊含義，布蒂根據這種含義，將這句詩解釋為：「你怎麼能來到這座神山，如果你不配享受人在這裡所享的福？」這麼理解，就意味貝雅特麗齊並非不知道但丁能夠來到這裡是由於神的恩澤，而是用這句話讓但丁想起自己曾誤入歧途，而加以斥責。蘭迪諾則是按照 degnare（屈尊，屑於）在近代義大利語的含義來理解，解釋為這是一句諷刺話，「你怎麼屑於登上這座山？難道你不曉得人在這裡享真正的福嗎？」言外之意是：你一直迷戀塵世間虛妄的事物，不屑於追求真正的福。現代注釋家有的採取第一種解釋，有的採取第二種解釋。雷吉奧認為，從上下文來看，貝雅特麗齊在對但丁說了義正詞嚴的話之後，又用帶刺的話嘲諷他，似乎很奇怪，他因而選擇了第一種解釋。譯者也認為，如果理解為諷刺話，就與下面所說的「聲色俱厲表現的慈愛」（La pietade acerba）不相符合。譯文根據第一種解釋。

17 「聲色俱厲表現的慈愛」：指母親為了兒子好，因而聲色俱厲教訓所表現的慈愛。詩句意謂「正如受到母親斥責時，兒子覺得母親對他很嚴厲，我當時覺得貝雅特麗齊對我無情，實際上，她是慈愛的」。（蘭迪諾的注釋）

18 眾天使唱的是拉丁文《聖經》《舊約．詩篇》第三十篇第二至第九節（相當於中文《聖經》《舊約．詩篇》第三十一篇第一至第八節）。「*In te, Domine, speravi*」含義是「主啊，我投靠你」。「pedes meos」含義是「我的腳」。現將中文《聖經》《舊約．詩篇》第三十一篇第一至第八節全文摘錄如下：

「耶和華呀，我投靠你，求你使我永不羞愧，憑你的公義搭救我。求你側耳而聽，快快救我，作我堅固的磐石、拯救我的保障。因為你是我的岩石、我的山寨，所以求你為你名的緣故引導我，指點我。求你救我脫離人為我暗設的網羅，因為你是我的保障。我將我的靈魂交在你手裡，耶和華誠實的上帝呀，你救贖了我。我恨惡那信奉虛無之神的人，我卻倚靠耶和華。我要為你的慈愛高興歡喜，因為你見過我的困苦，知道我心中的艱難。你未曾把我交在仇敵手裡，你使我的腳站在寬闊之處。」

眾天使唱到「你使我的腳站在寬闊之處」為止，因為其餘的部分就不適合但丁的情況了。

雷吉奧指出，在貝雅特麗齊對但丁說了那些嚴肅的話之後，眾天使就立刻介入，這肯定不僅是因為詩和心理原因，此外還有禮拜儀式的目的。實際上，天使唱起《舊約．詩篇》第三十篇的前八節，試圖在貝雅特麗齊面前說明但丁登上這座山的理由。他們在這裡行使了一種禮拜儀式的職能，不僅對詩人表示同情，還讓自己也成為但丁思想的解釋者，代表但丁說明登上此山的理由。運用《聖經》當中這段熱烈表達希望和確信神之慈悲的詩篇中詞句，正體現出這種禮拜儀式性質。

19 「義大利的脊背」：指縱貫義大利半島南北的亞平寧山脈。

「活木材」：指森林中生氣勃勃的成材樹，這些樹經過初步加工後將可成為木材。

「斯拉沃尼亞陣陣的風」：指從南斯拉夫刮來的寒冷東北風。

「失去影子的地帶的風」：指從非洲刮來的熱風。在非洲的赤道地帶，每年有兩次太陽在中午時分會直射頭頂，因而所有物體都沒有影子。

「滲入自身內層滴下來」：意謂積雪外層先融化，化成雪水後，滲入內層，滴答下來。這個細節說明了但丁對事物的觀察極為精確。

「那些永遠依照諸天運轉的聲音唱著歌的天使」：意謂「正如好的樂手依樂譜標出的音符唱歌，眾天使觀察著諸天永恆的運轉所產生的影響及作用，唱出他們在神意注定的必然秩序當中見到的一切」。（蘭迪諾的注釋）

「你為何這樣挫傷他呢？」：「挫傷」指貝雅特麗齊嚴詞責備但丁，使得他痛苦、沮喪。「凝結在我心周圍的那層冰」：這是前句「積雪」比喻的延續，指但丁內心凝結的痛苦。薩佩紐指出，這個精心構想的比喻透過層次分明的細節，分析了但丁心理狀態的發展，從內心的痛苦凝結成冰，到感情激動得哭出來這一瞬間的過程，令人感覺到鬱結心頭的苦悶最終得以發洩是痛苦且吃力的。

20 「你們在永恆的光中醒著，令黑夜和睡夢無法從你們眼前竊走世人在其所行的路上邁出的任何一步」：意謂天使們在淨火天中永遠醒著，凝神觀照上帝的光，從其中看到世上過去、現在及未來的所有事，不像凡人那樣會受黑夜和睡夢限制，所見甚微。有的注釋家認為「黑夜」和「睡夢」寓意是「愚昧無知」和「懶惰」。

21 「我的回答毋寧是為了讓在那邊哭著的那人理解我」：「我的回答」指貝雅特麗齊在下面就天使們在歌中對但丁表示同情所作的回答。由於天使無所不知，所以她的話實際上並非是在回答天使，而是說給在河對岸哭的但丁聽的。

22 「因諸天體依個人誕生時與其會合的不同星座、將人引向特定目的那種作用」：指諸天體對人產生的自然影響。「諸天體」：原文為 rote magne（巨輪），指隨同月天、水星天、金星天、日天、火星天、木星天、土星天運轉，並且作為各重天之名稱來源的諸行星：月球、水星、金星、太陽、火星、木星、土星。「與諸天體會合的不同星座」：指黃道十二宮的各個星座，這些星座各有其獨特功能，對人產生不同的影響；例如，依占星學家的說法，受雙子座影響的人生來就有文學天賦。但丁誕生時的太陽在雙子宮，也就是它與雙子座會合，因而具有非凡的詩才。他在《天國篇》第二十二章中就承認了自己的才華受惠於雙子星座。

「從你我視力不能及的極高之雲降下的深厚神恩」：意謂上帝的恩澤源自上帝的意願，如同雨源於雲；上帝的意願奧祕不可思議，詩中將它比作極高的雲，連天使和所有在天國享福者都可望而不可及。「在他的新生中」：意即在他的青少年時期。但丁曾用「新生」（vita nova）一詞，作為他首部文學創作的名稱。

詩句大意是：但丁不僅因為受諸天的有利影響，還因為上帝的深厚恩澤，青少年時期就蘊含極高的才華，因而他所有良好的志趣一旦化為行動，就會產生非凡成果。

23 「有一段時間」：指一二七四年但丁初次遇見貝雅特麗齊，到一二九〇年她去世的這十六年間。「我以我的容顏支持著他：讓他看到我青春的眼睛，指引他跟我去走正路」：意謂貝雅特麗齊在這段時間常與但丁相見，讓他看到她青春的精神之美，以自己的道德力量支持他，走上正確的人生之路。《新生》中有多處說到了但丁受到貝雅特麗齊深刻的道德影響；例如，第十一章第一節寫道：

「……每當她出現在什麼地方，由於我希望受到她效果不凡的招呼，而自覺已無任何敵人，不僅如此，我心中還燃起博愛的火焰，讓我原諒所有得罪過我的人。」

24 「當我一到人生第二時期的門檻」：但丁在《筵席》第四篇第二十四章中說：「人生分為四個時期。第一時期叫做青春期，即『生命增長』時期。第二時期叫做成年期，即『成就』時期。」又說：「關於第一時期沒有什麼疑問，但所有哲人一致認為它一直延續到二十五歲。」詩中所謂「人生第二時期的門檻」意即成年期開始之際。「離開了人世」：原文為 mutai vita，直譯是「我轉變了生活」，即由塵世生活進入天國永生。根據《新生》第二十九章第一節的敘述，貝雅特麗齊在一二九〇年六月剛滿二十五歲時，也就是成年即將開始之際逝世。「傾心於別人」：注釋家大都認為「別人」指《新生》中所說的那位「高貴的女性」（donna gentile）：貝雅特麗齊死後，但丁在極度悲痛之時，某天瞥見「一位非常年輕貌美的高貴女性從一個窗口」望著他表示同情，結果他因此愛上這位女性（見第三十五至三十九章）。後來，他為此感到懊悔和內疚，認為這是對已故的貝雅特麗齊不忠。在《筵席》第二篇第十二章中，他賦予這位高貴的女性一種特殊寓意，以她來代表「極高貴、極美妙的哲學」。事實上，在貝雅特麗齊死後，為了在悲痛中尋求精神上的慰藉，但丁曾潛心研究哲學，先後閱讀了波依修斯的《論哲學的安慰》、西塞羅的《論友誼》和阿拉伯哲學家阿威羅厄斯的著作，並且透過托馬斯．阿奎那對亞里斯多德著作的詮釋，上窺亞里斯多德。雷吉奧認為，貝雅特麗齊指責但丁走上歧途，似乎可從兩種意義上來理解：一是在道德方面，他傾心於另外的女性；二是在求知方面，他相信在神的啟示之外能在各種哲學學說中尋得真理。

25 「從肉體上升為精神」：意謂「貝雅特麗齊從具有肉體的凡人變成純粹精神。但這種變化同時是升高和完善的，因為她從短暫的人生進入了永生，超凡入聖，美與德隨之俱增」（格拉伯爾的注釋）。

26 意謂「但丁走上了一條錯誤的道路，去追求那些表面、虛妄的塵世利益的蜃景，這些塵世利益絕對不會完全兌現它們為人帶來幸福的承諾」。（薩佩紐的注釋）

27 意謂貝雅特麗齊從上帝那兒求得靈感，透過這些靈感試圖藉著托夢和其他方式喚他回頭，返回正途，結果無效，但丁對此毫不動心。《新生》第三十九章和第四十二章，以及《筵席》第二篇第七章都提到但丁曾在夢幻中見到貝雅特麗齊。這些「靈感」雖產生了一些良好效果，但效果是暫時的，不足以使但丁徹底悔悟，改過自新。

28 「我到訪了死者之門」：意即為了拯救但丁，貝雅特麗齊曾親自到訪林勃——「真正的死人」所在的幽冥世界的門檻。「哭著向引導他攀登來到此地的那人提出我的請求」：即哭著向維吉爾提出她的請求（見《地獄篇》第二章倒數第二段末尾）。

29 「這樣的飲料」：意即「像勒特河水這樣讓人忘卻所有罪過的飲料」（布蒂的注釋）。「上帝崇高的諭旨」：即天命。「崇高」：意謂深奧不可思議。

第三十一章

她這番旁敲側擊的話已使我倍感辛辣，隨後，她又開口，將話鋒轉向我[1]：「啊，你這站在聖河那邊的人哪，」隨即毫無停頓接著，「你說，你說，我這些話是不是實情；對於如此指責，你必須懺悔[2]。」我驚慌失措，聲音才剛振動，尚未從發音器官中發出就消失了。她只忍耐片刻，隨即就說：「你在想什麼？回答我吧；因為你心中那些慘痛記憶[3]尚未被這河水消泯。」慌亂混合著恐懼從我口裡榨出一個「是」字，這個「是」字還需借眼睛之助才聽得出[4]。

正如弩弓發射時拉得過緊，便會拉斷弦和弓，箭射中鵠的力量就較小，同樣地，我被沉重的精神負擔壓得湧出淚水和嘆息，話音經過其通路時因而減弱[5]。於是，她對我說：「你對我的愛慕引導了你去愛在其之外別無他物可追求的那種善[6]，在這種愛慕過程中，你發現了什麼橫溝或鐵索[7]，使得你就此放棄前進的希望？其他的福表面顯示了什麼方便或利益，令你由不得去追求？」發出一聲痛苦的嘆息後，我幾乎沒有聲音可回答，嘴唇難以將聲音構成言語。我哭著說：「您的容顏一隱沒，眼前事物就以其虛偽之美將我的腳步引入歧途[8]」她說：「你若是未說出或否認你此刻所坦白的，你的罪過同樣會被察覺：有那樣的法官知道嘛[9]！但是，當責備罪過的話由自己的口中迸出，在我們的法庭裡，那磨刀石便會轉而對著刀刃[10]。然而，為了使你現在羞愧於自己的罪過，將來聽到塞壬的歌聲時能夠堅強些，姑且放下流淚的種子，聽我講吧[11]：那麼你就會明白，我被埋葬的肉體何以本該推動你朝著相反方向前進[12]。自然或藝術從未向你呈現出那曾裹著我、如今已在地底解體的肢體那般的美；如果在我一死你便失去了這無上之美，爾後還有什麼塵世事物應該吸引你去愛它[13]？中了虛妄事物的第一箭，你本應奮起，隨我上升，我已不再是虛妄事物了[14]。你不該讓少女或其他只能短暫享受的虛妄事物引誘你展翅飛向下，等待再受打擊[15]。新生小鳥也許會被射中兩三箭，但在羽毛已豐的鳥眼前，張網或放箭皆是徒勞[16]。」

正如孩子羞愧於自己所犯的過錯，站在人前聆聽訓斥時默不做聲，眼睛看著地，臉上流露出認錯和悔恨表情，我站在那兒就是這模樣；她說：「既然你聽了我的話就如此痛心，抬起你的鬍鬚來看，你會更加痛心[17]。」粗壯的櫟樹不論是被本洲的風還是遭從雅爾巴斯的國土吹來的風連根拔起時，對風的抵抗，也都弱於我在她命令我抬起下巴時所顯示的抗拒[18]；當她用鬍鬚來指臉，我完全明白她措辭的尖刻意味。我一抬起臉，視覺就覺察到那些最初的創造物已停止撒花[19]；我仍然遲疑的目光瞥見貝雅特麗齊已轉身俯看那隻一身兼有二性的猛獸[20]。她雖然蒙著面紗，而且在河對岸，但在我看來，如今她超過舊時的自身之美，遠遠更甚於她在世時超過其他女子的美。那時，懊悔之情像是蕁麻那般劇烈刺痛了我，使得其他事物當中最令我入迷的遂變成我最憎恨的。悔罪情緒將我心折磨得如此之苦，使得我支持不住而倒下[21]；後來我的情況如何，知曉的只有我暈倒的原因的那位[22]。

後來，當我的心恢復對外界的知覺時，我瞥見先前見到的那位孤獨的淑女在我上面，她說：「拉住我，拉住我！」她已將我浸入河中，河水淹沒到我喉頭，她正拖曳著我，擦著水面走去，輕快如梭[23]。

美麗的淑女展臂抱住我的頭，將之浸入水中，使得我不得不喝下幾口河水。

當我靠近幸福之岸時，我聽見「*Asperges me*」[24]，這歌聲多麼美妙，我連記都記不得，更遑論描寫了。美麗的淑女展臂抱住我的頭，將之浸入水中，使得我不得不喝下幾口河水[25]。她將我拉上岸，我已被河水洗淨，她就領我去到那四位跳舞的美女當中；每位皆以手臂掩護我[26]。「我們在這裡是仙女，在天上是星辰；在貝雅特麗齊降臨世間之前，我們被指派為她的侍女[27]。我們將領你去到她眼前；但車那邊那三位仙女看得更深，她們將令你眼睛明亮，足以觀照她眼中喜悅的光芒[28]。」她們開始這麼唱道；然後，她們將我帶到格利豐胸前，貝雅特麗齊正站在那輛車上，面向我們。她們說：「專心一意注視她吧；我們已將你帶到這雙祖母綠般的明眸面前，當初愛神正是從這雙明眸向你發射他的武器[29]。」千種炙熱更勝火焰的願望迫使我一直凝視著這雙仍將視線固定在格利豐身上的明眸[30]。如同太陽映射在鏡中，這隻雙性猛獸映在那雙明眸中，反射著光芒，忽而現出此種、忽而現出那樣的姿態[31]。讀者呀，你認為，眼見此物自身靜止不變，其映象卻不斷改換姿態時，我驚不驚奇？

當我心靈滿是驚奇和喜悅，正品嘗著這令人飽食之後仍想再吃的食物[32]時，另外那三位在儀態上顯示出實屬更高品級的仙女，依著她們天使般的歌節奏跳著舞，走上前來[33]。「貝雅特麗齊，轉過妳聖潔的明眸，轉向忠於妳的人吧。他為了見你，已走了這麼遠的路！願妳為施惠予他而惠允我們所求，掀起遮住妳口的面紗，且讓他看到妳隱藏的第二種美。」這就是她們所唱的歌[34]。

啊，永恆的生命之光反射的光芒，當你在天與地配合、差堪模擬你的美之處揭開面紗，在澄澈空氣中現出自身時，那些在帕耳納索斯山的林蔭下變得蒼白瘦弱，或是喝過此山泉水的人，若是試圖如實描寫妳，有誰能不顯心餘力絀[35]？

1 「旁敲側擊」：原文 per taglio 含義是「用劍刃砍」。詩人延續用前章中「劍」傷這一隱喻，將貝雅特麗齊的話比做一把利劍。她回答眾天使時所說的那段指責但丁的話，是間接說給但丁聽的，猶如用劍刃砍傷人般，已觸及他的痛處。「將話鋒轉向我」：意謂她直接對但丁說。「話鋒」原文是 per cunta，含義是「用劍尖刺」，這比「用劍刃砍」讓人受傷更重。

2 「你說，你說」：連續說兩次，表現出貝雅特麗齊催促但丁回答時情緒激動。「對於如此指責，你必須懺悔」：意謂聽了這樣嚴正的指責，你必須懺悔自己的罪過。犯人懺悔是當時訴訟程序的主要部分，此外，從寓意和聖禮的角度來說，「若不先懺悔，罪是不能洗清的。」（布蒂的注釋）

3 「慘痛記憶」：指對自己罪過的記憶。

4 「慌亂混合著恐懼」：指「對所犯罪過的羞慚」和「對懲罰的恐懼」（蘭迪諾的注釋）。「這個『是』字還需借眼睛之助才聽得出來」：意謂為了聽出他口中迸出的是個「是」字，單靠聽覺不夠，還得看他嘴唇的動作和臉上表情。

5 詩句大意是：正如戰士將弩弓拉得過緊，就會將弦和弓拉斷，箭射中目標的力量也就隨之減弱，同樣的，但丁當時在慌亂和恐懼情緒交集的精神壓力下，不禁湧出淚水和嘆息，「是」字從口中發出時也受到影響，變得異常微弱，幾乎聽不出來。「弩弓是一種古代武器，由一張金屬製的弓橫著固定在一根木桿上構成，常置於一種三角架上，對著敵軍放箭。弩弓的弓和弦可用手拉，也可利用輪子和齒輪裝置；在第二種情況下，弓和弦的張力顯然更大。」（雷吉奧的注釋）

6 「在其之外別無他物可追求的那種善」：也就是至善，即上帝，因為願望和愛唯有在上帝那裡才能完全滿足，無需再追求什麼。辛格爾頓指出，但丁對貝雅特麗齊的愛慕引導了他去愛上帝，是她在《新生》中對但丁產生的重要作用。

7 「橫溝」：指中世紀城堡周圍的護城壕溝；「鐵索」：指設置在路上、橋頭或大門口以禁止通行的鐵索，這裡用來比擬但丁在嚮往至善的過程中遭遇的障礙。

8 「您的容顏一隱沒」：意即您一逝世。「眼前事物」：指各種「看得見、摸得著的現世之福，例如財富、名譽、光榮、娛樂、世俗學術等」。牟米利亞諾指出，貝雅特麗齊對但丁說話時用「你」稱呼他，但丁對貝雅特麗齊說話時則用尊稱「您」，在天國中仍然這樣，直到他們到達了淨火天，貝雅特麗齊回歸原位，但丁向她唱起讚歌致謝時，他才用了「你」稱呼她，因為那時但丁的旅程已經告終，他和貝雅特麗齊之間的距離已經消失，唯有那時，他才對她以「你」相稱。

9 「那樣的法官」：意謂那樣崇高的法官，指上帝。詩句大意是：就算但丁不坦承，甚至否認自己的罪過，也隱瞞不了，因為上帝知道，貝雅特麗齊和眾天使透過對上帝的觀照，也會看到但丁的罪過。

10 「那磨刀石便會轉而對著刀刃」：這裡所說的磨刀石和我們常用的磨刀石不同，它是鑿了孔、能像輪子一般轉動的粗大砂石，使用時要對著刀身轉動，如果轉過來對著刀刃，反而會把刀磨鈍。這裡用它作為比喻。詩句大意是：由罪人自己的口中懺悔罪過，在天國法庭裡得以減輕執法的嚴厲性，「猶如磨刀石對著刀刃轉動，就會將它磨鈍磨粗。」（佛羅倫薩無名氏的注釋）

11 「塞壬的歌聲」：海妖塞壬的歌聲象徵種種塵世之福的誘惑。「流淚的種子」：意即流淚的原因，指慌亂和恐懼。這個奇異的辭彙可能脫胎自《舊約．詩篇》第一百二十六篇中「流淚撒種的，必歡呼收割」這句詩。「放下流淚的種子」：意即去掉慌亂和恐懼心情。

12 「我被埋葬的肉體」：言外之意是我一死，肉體也就消失了。「這句直言不諱的話旨在強調她的形體之美的空虛性。」（雷吉奧的注釋）「朝著相反方向前進」：意謂朝著與但丁選定的方向背道而馳，不追求塵世之福，而追求天國之福。

13 「那曾經裹著我、如今已在地中解體的肢體」：詩句意謂大自然或藝術曾向你呈現的美，都不及我的肢體之美。然而我死後肢體埋在地中腐爛，化為塵土，它無與倫比的美也隨之消失。既然這無與倫比的美都隨著我的肉體一起化為烏有，那麼塵世間還有什麼事物能令你覺得它那麼美，美到心中產生想占有它的欲望呢？

14 「中了虛妄事物的第一箭」：意謂受到貝雅特麗齊之死的打擊。「虛妄事物」在此是指在世時的貝雅特麗齊，因為她雖具有無比的形體之美，一旦死了，這種美也就消失了。「你本應奮起跟隨我上升，我已不再是虛妄的事物了」：意謂她死後進入天國，獲得永生，已不再是虛妄的事物，既然但丁熱戀塵世間的女子貝雅特麗齊，在她死後，就應該讓自己的愛昇華，改為鍾情那已超凡入聖的貝雅特麗齊。

15 「少女」（pargoletta）：但丁在貝雅特麗齊死後，曾對一些少女有過愛戀，在表示他對她們之愛的詩裡均使用這個詞。多數注釋家認為這個詞在這裡是泛指這些少女，沒有專指其中哪一個。卡西尼—巴爾比的注釋說：「貝雅特麗齊在這裡只是一般地談到那些在她死後引起但丁的愛，致使他走上歧途的少女：『最令她痛心的與其說是他的罪過，毋寧說是他的心離開了正途。要是特別提某些人和某些事，就不合乎她極其端莊的品格，而且這對她而言也毫無必要，因為但丁完全知道那些事實……她的目的並不是要細數這位詩人的種種輕率行為，而是要在他心中引起懊悔之情』。」（引自彼埃特羅《但丁講座》論《煉獄篇》第三十一章）

牟米利亞諾指出，「這是但丁透過貝雅特麗齊的責備對自己的過錯所作的懺悔：全詩的結構要求他的懺悔採取這種間接、更富戲劇性，而且更為剛勁有力的形式；但丁秉性反對感情奔放、公開展現自身的風格，如此性格也要他的懺悔採取這一形式。此外，他藉貝雅特麗齊之口懺悔他的過錯，和他藉卡洽圭達之口描述他身為遭流放者的種種痛苦（見《天國篇》第十七章）都是出於同一原因：在這兩種情況下，詩中場面都更具戲劇性、更剛勁有力，而且獲得更寬泛的意義。」

16 這個比喻的大意是：羽毛未生的雛鳥遭遇獵人兩、三次射擊之後，才變得謹慎，知道及時逃避危險；而羽毛已豐的鳥由於避禍經驗豐富，獵人張網去捕或放箭射它，結果就枉費心機。後一句化用《舊約．箴言》第一章第十七節：「好像飛鳥，網羅設在眼前仍不躲避。」

17 「鬍鬚」：這裡指下巴，泛指臉。貝雅特麗齊使用這個字，有譏諷但丁之意，暗指他如今早已不是小孩子，行為舉止理應像個成年人才是。「你會更加痛心」：意謂但丁抬頭看到貝雅特麗齊如今的天人之美，就會更悔恨竟在她死後忘了她，而去追求塵世間的種種虛妄之福。

18 「本洲的風」：指從北歐向義大利吹來的風。「從雅爾巴斯的國土吹來的風」：指從非洲向義大利吹來的風。雅爾巴斯（Iarbas）是利比亞國王，曾向狄多求婚（見《埃涅阿斯紀》卷四）。「雅爾巴斯的國土」在這裡泛指非洲。

19 「那些最初的創造物」：指天使們，因為他們是與諸天同時被上帝首先創造出來的。他們已經停止撒花，為的是不妨礙但丁看清楚貝雅特麗齊的容顏。

20 「我仍然遲疑的目光」：意謂但丁出於羞愧和恐懼，目光投到貝雅特麗齊身上時，仍顯露出遲疑神情。「轉身俯視那隻一身兼有二性的猛獸」：貝雅特麗齊原本是站在凱旋車上左側，面向河那邊對著但丁說話，此時她已轉身站在車上正中，俯視車前的猛獸格利豐。這隻猛獸一身兼有獅和鷹兩種性質，分別象徵基督的人性和神性。

「這一詩句說明貝雅特麗齊直到這裡都以指責和處罰他的過錯之人的姿態出現在但丁心裡；這時則以觀照降世為人的聖子基督的姿態出現，她在這姿態中比在其他姿態中都更美。」（布蒂的注釋）

21 詩句大意是：內心的悔罪之情將我折磨得不堪其苦，結果昏倒在地，像是死了一般，「這種神祕的死是從罪過中解脫出來」（彼埃特羅波諾的注釋），內心淨化，從而獲得新生。

22 指貝雅特麗齊：但丁因為先聽到她的責備，後來又看到她的容顏，因而對自己的罪過悔恨和痛心得昏倒在地。

23 「當我的心恢復對外界的知覺時」：意謂當但丁甦醒過來時。根據中世紀生理學家的說法，人在昏倒或高度興奮時，全身肢體中的血液都流往心臟，使得其他器官的功能隨之停頓；當危機狀態一過去，心臟就讓血液流回肢體各處，各個器官的功能也就隨之恢復，人也就甦醒了。

「我曾見先前發現的那位孤獨的淑女」：指瑪苔爾達。但丁起初發現她獨自在聖林中（見第二十八章）。

「在我上面」：我們將從以下的詩句，瞭解到但丁和瑪苔爾達已經開始過河，瑪苔爾達走在水面上，而但丁被浸入水中，由她拉著他前進，因而詩中說她在他上面。

「拉住我，拉住我！」：瑪苔爾達急切地對但丁說出這句話，以免他被河水沖走。

「輕快如梭」：原文是 lieve come scola。古義大利語 scola 一詞具有「小船」和「梭」兩種含義，因而注釋家對這句詩提出兩種不同的解釋。有的注釋家如雷吉奧等人都認為，但丁是用小船或威尼斯輕舟在水上行駛，比擬瑪苔爾達走在勒特河上，說明她身體動作有多麼輕快。但彼埃特羅波諾指出，「儘管小船和威尼斯輕舟都很輕，但船身總要稍微入水，而瑪苔爾達在勒特河上行走時，只有腳掌擦過水面。」他和另一些注釋家認為，詩人是以織布機上的梭輕輕擦過所織的布作為比喻，形容瑪苔爾達在水面上行走如何輕快。雷吉奧反對這種解釋，因為瑪苔爾達只是渡河奔向對岸，並不像織布機上的梭那樣來回地運動。溫圖里在《但丁的明喻》中斷定但丁是用「梭」作為比喻，並將它列入用以說明「快速」的比喻門類。他認為詩人是從「輕」（leggerezza）的概念出發，以梭作為比喻的。因為織工在織布時輕輕投梭，以免折斷了緯線；但這個比喻也表達出「快」的概念，因為織工織布時將梭投過來、投過去，速度很快。我們認為，詩人在這裡是用梭、或用小船作為比喻都很恰當，但用前者尤其能讓瑪苔爾達行走水面上的身體動作之輕快躍然紙上。

24 「幸福之岸」：指勒特河彼岸，「那裡真正是幸福之境的開始」（彼埃特羅波諾的注釋）。「*Asperges me*」：拉丁文《聖經》《舊約·詩篇》第五十篇第九節第一句，相當於中文《聖經》《舊約·詩篇》第五十一篇第七節第一句，譯文是「求你（上帝）用牛膝草潔淨我」；下文是「我就乾淨。求你洗滌我，我就比雪更白」。據《最佳注釋》，「教士在向已懺悔的罪人灑聖水赦他的罪時，會念這一節詩」；所以眾天使在瑪苔爾達將但丁浸入勒特河的儀式中單唱這一節詩。

25 「河水原來沒到但丁的喉嚨；現在瑪苔爾達將他的頭（記憶的器官大腦所在處），浸入水中，迫使他喝下河水，進而忘卻所有罪過的記憶。」

26 「四位跳舞的美女」：指四位在車左邊跳著舞，象徵謹慎（即智慧）、正義、勇敢、節制四種基本品德（通稱智、義、勇、節四樞德）的美女（見第二十九章）。

「每位皆以手臂掩護我」：她們手拉手圍著但丁跳舞，伸出的手臂在他頭上交叉成十字架形掩護他。「義德的手臂防備不義，智德的手臂防備愚蠢，勇德的手臂防備怯懦，節德的手臂防備貪欲、淫欲。」（蘭迪諾的注釋）

27 「我們在這裡是仙女」：據古希臘神話，寧芙居於山林水澤。四位象徵四樞德的美女出現在地上樂園的聖林中，詩中稱之為仙女，正如第二十九章開端將走在勒特河邊的瑪苔爾達比作在林蔭中獨自行走的仙女，是出於她們當時所處的環境之故。「在天上是星辰」：即但丁看到的南極天空中那「四顆除了最初的人之外，誰都未曾見過的明星」（見第一章）。「在貝雅特麗齊降臨世間之前，我們被指派為她的侍女」：貝雅特麗齊象徵啟示的真理，四位仙女象徵四樞德，因而詩句的寓義是：「四樞德早在異教時代就已經為啟示的真理、為基督教的到臨作了準備。」（牟米利亞諾的注釋）

28 這三位仙女象徵信、望、愛三超德。「看得更深」：「三超德是『觀照』的美德，四樞德則是『行動』的美德，所以這三德比那四德看得更深。」（辛格爾頓的注釋）詩句意謂：「三超德讓頭腦變得更聰明，能觀照神聖的事物」（蘭迪諾的注釋），也就是說，人具有三超德才心明眼亮，得以領會啟示的真理。

29 「這雙祖母綠般的明眸」：雷吉奧指出，「在中世紀論述各種寶石特性的寶石誌中，祖母綠這種寶石除了象徵純潔之外，還象徵了公正。

「當初愛神正是從這雙明眸向你發射他的武器」：意謂當初在但丁的少年時代，愛情從貝雅特麗齊的明眸向但丁射出了她的箭。根據羅馬神話，維納斯的兒子丘比特的箭射傷了誰，誰就會發生愛情。「溫柔的新體」詩派的愛情詩常使用這個神話典故，表現愛情的萌生，例如《新生》第十九章中雅歌第十二節的詩句：「她的明眸不論轉向何處，都有充滿熱情的愛神從那雙明眸中出來，射傷注視她的人的眼睛」，表明貝雅特麗齊的眼睛之美正是但丁對她的愛的起因。

30 「這雙仍將視線固定在格利豐身上的明眸」：根據辛格爾頓的注釋，貝雅特麗齊的眼睛專注盯住基督的象徵——具有鷹與獅兩性的格利豐——意味她現在正體現出她作為啟示之真理的意義。

31 詩句意謂格利豐的形象映入貝雅特麗齊眼中，就如同太陽映入鏡中，發散出耀眼光芒，而牠在她眼中的映像時而是鷹的姿態，象徵基督的神性，時而是獅的姿態，象徵基督的人性。這兩種映象交替出現，意謂世人只能將基督的神性和人性理解成兩性不同的性質，然而根據神學的解釋，這二者實際在基督本身，只是單一的統一體。

32 「這令人飽食之後仍想再吃的食物」：在《聖經》經外書《智慧》第二十四章第二十九節中，智慧講到她自身時，說：「凡吃了我一些的，將仍然餓，凡喝了我一些的，將渴望再喝」；在《新約．約翰福音》第四章第十三節中，耶穌對撒瑪利亞婦人說：「凡喝〔我〕這水的，還要再喝。」詩中這句話顯然化用了上述經文。這句詩所說的「這食物」象徵「那種乃心靈的真正食物的神聖真理〔即啟示的真理〕」。（彼埃特羅波諾的注釋）

詩句大意是：「我正凝神觀照貝雅特麗齊的明眸，我在觀照中感到滿足，同時又對觀照產生了更強烈的願望。」（卡西尼—巴爾比的注釋）

33 「另外那三位在儀態上顯示出實屬更高品級的仙女」：指象徵信、望、愛三超德的三位仙女（見第二十九章注36），她們在品級上高過象徵智、義、勇、節四樞德的四位仙女，因為三超德是觀照的美德，四樞德是行動的美德。

34 「走了這麼遠的路！」：牟米利亞諾指出，詩句「指從地獄到地上樂園的所有旅程。應從字面意義和寓意來理解這一詩句：淨罪的旅行讓但丁能配得上貝雅特麗齊，讓他得以觀照啟示的真理」。

「你隱藏的第二種美」：幾乎所有注釋家都認為，「第二種美」指貝雅特麗齊的口（第一種美指她的眼），因為但丁在《筵席》第三篇第八章中說：「靈魂在臉部的主要作用之處，在於兩個地方，……即在眼和口。」象徵四樞德的四位仙女已經引導但丁去觀照貝雅特麗齊的眼睛，現在，這三位象徵三超德的仙女請求她揭開面紗，好讓他得以觀照她的口（即第二種美）。

35 「永恆的生命之光反射的光芒」：指貝雅特麗齊。「永恆的生命之光」乃上帝之光，貝雅特麗齊猶如明鏡般反射著這光芒，這反射的光芒就是她浮泛嘴邊的微笑之美，即詩中所謂第二種美。

「在天與地配合、差堪模擬你的美之處」：原文 Là dove armonizzando il ciel t'adombr 比較晦澀，注釋家們一致認為是指地上樂園，對其含義則提出了種種不同的解釋，其中最可靠的是安東奈里的說法：「那裡的天與這片純潔無垢之地配合，勉強可以模擬你（指貝雅特麗齊）的美。」托拉卡也贊同將 adombra 理解為「模擬」或「描繪」，他說：「無論地上樂園中的天光多麼明朗，它都不可能和完全等同貝雅特麗齊臉上反射的『永恆的生命之光』。」簡單地說，詩句大意是：在其無限綺麗的自然風光差堪比擬你的天人之美的地上樂園。

「在帕耳納索斯山的林蔭下變得蒼白瘦弱」：帕耳納索斯山是阿波羅和九位繆斯居住的地方，古代作家常用它來代表詩歌（見第二十二章注15）。詩句意謂由於刻苦研究詩歌藝術，因而日益消瘦蒼白。

「喝過此山泉水」：帕耳納索斯山的卡斯塔利亞泉湧出的水，常被古代作家用來象徵詩的靈感（見同一注）。詩句意謂曾汲取詩的靈感。

「若是試圖如實描寫你」：意謂要是他試圖如實描寫貝雅特麗齊揭開面紗，現出微笑的容顏之美。但丁自己也沒有描寫這種美，而是對它表示熱烈的讚嘆，這段詩的大意是：任何一位詩藝精湛的或者充滿靈感的詩人都描寫不出這種美。

第三十二章

我目不轉睛看著她，以滿足十年的渴望，使得我其他感官盡數失去效用[1]。我的眼睛這邊和那邊都有一堵漠不關心的牆——聖潔的微笑用昔時的情網吸引了我的目光[2]！——就在這時，我的臉受那些女神迫使，轉而向左，因為我從她們口中聽到一聲「看得太入神了[3]！」那時，就像雙眼剛被太陽刺激過後，我一時什麼都看不見。但是，當視力恢復到能辨別光度弱的對象後（我所謂「光度弱的對象」，是就它與我被迫移開視線的那個光度甚強的對象相比而言），就看到那支光榮的部隊已向右轉，面向太陽，由那七條火焰在前面引導著往回走[4]。

正如一支部隊為了自衛在盾牌掩護下撤退時，先隨軍旗轉彎，而後整個縱隊才調頭行進，這支天國部隊的前衛盡數從我們面前走過後，那輛凱旋車才掉轉車轅[5]。於是，那些仙女都回到了車輪旁[6]，格利豐就這麼拉著這輛有福的凱旋車前進，翅膀上的羽毛根毫都未因此而晃動[7]。那位曾拉我渡河的美麗淑女、斯塔提烏斯和我都跟在轉彎時劃出較小弧線的那個車輪後面[8]。我們就這樣走過由於那聽信蛇言的女人的過錯，因而變得空無一人的深林[9]。一支天使的歌使得我們的腳步協調。我們走了大約三箭之地，貝雅特麗齊就下了車。我聽見眾人通通嘟噥著「亞當」[10]；然後他們就在一棵每個枝上的花和葉都已被剝光的樹周圍成了一個圈子[11]。那些枝柯越靠上的伸得越長，其高度會令印度森林裡的人驚奇[12]。

「你有福了，格利豐，你沒用嘴啄食這棵味道甘美的樹的任何部分，因為那會腹痛得痙攣[13]。」那棵堅固的樹周圍的眾人這麼喊道；那雙重性質的動物說：「所有正義的種子就這樣保存下來[14]。」牠轉向牠拉的車的車轅，將之拖到那棵無花無葉的樹下[15]，用樹枝將車綁在這棵樹上便離開了[16]。

正如我們的植物在太陽光芒和天上的鯉魚後面的星座所放的光相合射下時，萌發幼芽，然後在太陽將它的駿馬套在另一星座下以前，就都重新呈現出各自色彩[17]；同樣地，這棵原先枝柯如此光禿的樹變得煥然一新，開滿顏色比玫瑰暗淡、又較紫羅蘭鮮明的花[18]。那時眾人唱起一首人間從未唱過的頌歌，我不解歌詞，也未能撐著聽完全曲[19]。

如果我能描繪阿爾古斯在聽緒任克斯的故事時，他那些殘酷的眼睛，那些因持續睜著而付出如此高昂代價的眼睛是如何閉上，進入睡鄉的，我就要像照著範本去畫的畫家那樣，描繪我如何睡去[20]；不過，要是有誰想描繪入睡過程，就讓他如實描繪出來吧[21]。因此我就略過，直接描寫我醒時的情況。那時，一道光輝穿透了我睡夢的面紗，一個聲音喊道：「起來吧；你做什麼？」

正如彼得、約翰和雅各被帶去看那棵讓天使貪食它的果子，而在天上擺設永久喜筵的蘋果樹的一些花時，他們一見就暈倒在地，而後，一聽見那喚醒更沉酣之夢的話，就甦醒過來，看見他們一群人中少了摩西，少了以利亞，他們老師的形象又變了樣；我就像那樣醒了，只見當初沿河走著，作為我嚮導的那位慈悲淑女就站在我旁邊，彎身向著我[22]；我滿是疑懼說：「貝雅特麗齊在哪裡？」她說：「你看，她就在那一片新生的樹葉下，坐在樹根上[23]。你看，她的同伴在她周圍[24]：其餘的人都唱著更悅耳、更深奧的歌，隨格利豐升天去了。」我不知道她的話是否繼續下去，因為我已在凝望那位令我顧不得去注意其他事物的聖女。她獨自席地而坐，好似留在那兒看守那輛被那隻兩性動物綁在那棵樹上的凱旋車。那七位仙女圍成一個圈子充作她的圍牆，手裡各自舉著不會被北風、也不會被南風吹滅的燈[25]。

「你將在這裡暫時做森林中的人[26]，而後與我一起永久做基督為羅馬人的那個羅馬的公民[27]。因此，為了對邪惡的世界有所裨益，現在，你要將目光集中於這輛車上，回到人間後，要將你所見的寫下[28]。」貝雅特麗齊這麼說；我完全虔誠地拜倒在她命令的腳下[29]，立即將心與眼轉向她所說的地方。濃雲中射出的閃電從極其遼遠的高空降下，也未曾如我眼見那朱比特的鳥從那棵樹上俯衝而下那般迅猛。牠摧毀了部分樹皮和一些花和新葉，隨即全力猛擊那輛車，那輛車因而有如暴風雨中的船，被波濤衝擊得忽而向右舷、忽而向左舷般傾斜[30]。隨後，我又看見一隻似乎從未吃過好食物的狐狸跳進凱旋車的車箱[31]；但是，我那位聖女斥責牠犯下卑鄙齷齪的罪行，逼得牠以瘦成皮包骨的身體所能跑的速度逃去。隨後，我又看見那隻鷹從初次飛下的地方降落在車箱中，將自身一些羽毛散布在那裡[32]；一個如出自悲愴心中的聲音從天上發出，這麼說：「啊，我的小船哪，你裝載了多麼有害的貨物啊[33]！」隨後，兩個車輪間的土地似乎裂了開，我看見從地中鑽出一條龍，翹尾戳穿了車底；隨後就像馬蜂縮回毒刺那般，縮回了凶惡的尾巴，拖曳著扯下的部分車底蜿蜒而去[34]。剩餘的就如同肥沃的土地被雜草覆蓋，很快就被那一層或許是誠心善意奉獻上的羽毛覆蓋，兩個車輪及車軸也都在比張嘴嘆出一口氣還短的時間被羽毛覆蓋[35]。經過如此變化後，這件聖器各部分都長出頭來，車轅上長出三個，車身犄角各長出一個；前面那三個都如牛頭般各有兩角，另外那四個額上都只有一角；這樣的怪物我還從未見過[36]。隨後，一個淫蕩的娼婦出現在我眼前，如同高山上的城堡，她泰然自若坐在這個怪物上，以其媚眼左顧右

我看見一個巨人站在她身邊，好似在防備她被人從他手中奪去。

盼[37]；我看見一個巨人站在她身邊，好似在防備她被人從他手中奪去；他們一再互相親嘴[38]。但是，由於她將充滿情欲、靈活的眼睛轉向我，那凶惡的情夫便將她從頭到腳鞭打了一頓[39]。他滿懷妒意，因怒火中燒而心腸殘忍，隨後就解開那怪物，拉進森林深處。結果，他僅以森林為盾牌就將我擋住，使得我再也看不見那娼婦和野獸[40]。

1 「十年的渴望」：貝雅特麗齊於一二九〇年逝世；但丁虛構的地獄、煉獄、天國之行是一三〇〇年，前後相距十年。

2 「我的眼睛這邊和那邊都有一堵漠不關心的牆」：這一隱喻說明但丁凝視著貝雅特麗齊，全神貫注，無心去注意其他事物，彷彿周圍有一堵牆，隔斷了他與外界的聯繫。

3 「看得太入神了」：關於三位仙女說這句話的用意，注釋家有不同的解釋。有的認為，她們以此告誡但丁，不要因為對已超凡入聖的貝雅特麗齊的第二種美觀之不足，而沉浸於對舊時的少女貝雅特麗齊之愛的回憶裡。有的認為，應從寓意上來解釋。貝雅特麗齊象徵啟示的真理。三位仙女告誡但丁，在智慧尚未達到應有的高度之前，別刻意去探究啟示的真理。

4 「光度弱的對象」：指儀式隊伍的七座大燭臺的光焰和其他較小的亮光，相較於貝雅特麗齊的容顏反射的上帝之光，這些光都顯得微弱。儀式隊伍是從東向西、沿著勒特河岸走來，現在它開始往回走，就必須向右轉，因為勒特河在其左邊；這時地上樂園大約是早上十時，它掉頭後由西向東走，自然面向著太陽。

5 「這支天國部隊的前衛」：指在凱旋車前排成行列行進的那二十四名長老。

「在但丁的明喻中，軍隊這個意象和詩中所說的『天國部隊』這一意象是互相協調的；這個明喻在細節方面極為貼切。一個長隊得先逐部分地轉彎，才能全部轉換方向：實際上是掌旗的先鋒先轉彎，然後大隊逐步轉彎，最後是後衛轉彎。這裡也是這樣，作為先導的七座大燭臺先轉彎，然後二十四名長老的行列轉彎，最後凱旋車轉彎。」（引自溫圖里《但丁的明喻》）

6 象徵四樞德的四位仙女本來在凱旋車左輪旁邊舞蹈，象徵三超德的三位仙女則在凱旋車右輪旁邊舞蹈（見第二十九章）；後來，前者為引導但丁看貝雅特麗齊的明眸，後者為請她揭開面紗，讓他見到她的「第二種美」，都來到了凱旋車前（見第三十一章）；現在這七位仙女都回到了原處。

7 凱旋車被稱為「有福的車」，因為貝雅特麗齊站在車上。「翅膀上的羽毛根毫都未因此晃動」：意謂格利豐毫不費力地拉著這輛車前進，翅膀依然向上挺立，完全沒搖擺。關於這句詩的寓意，注釋家們有不同的解釋：（1）一些早期注釋家認為，這意謂從《舊約》到《新約》的過渡和基督教的興起，這一重大發展並未使上帝對正義和寬恕的安排有任何改變。（2）有的現代注釋家認為，這意謂耶穌基督引導他的教會前進，使用的是非物質的工具。（3）托瑪塞奧和安德雷奧里（Andreoli）都認為寓意是：基督的教義傳布不使用暴力，這種和平進展是其力量的表徵。

8 「那位曾拉我渡河的美麗淑女」：指瑪苔爾達，她拉著但丁渡過勒特河，到達彼岸。詩中一再用「美」這個詞形容她，但一直還未說出她的名字。羅馬詩人斯塔提烏斯一直都和但丁同在現場，但自從維吉爾離開之後，他從未被提及。「轉彎時劃出較小弧線的那個車輪」：指凱旋車的右輪，它在轉彎時劃出的弧線比左輪小些，因為整個儀式隊伍是向右轉。瑪苔爾達、斯塔提烏斯以及但丁都到了右輪旁，與象徵三超德的三位仙女會合，一同前進。

9 詩句意謂這座森林自從夏娃聽信了蛇的讒言，違犯神的禁令，摘下那棵分別善惡的樹上的果子吃，又給亞當吃，二人同被逐出之後，伊甸園內就一直無人居住（事見《舊約．創世記》第三章）。

10 意謂但丁聽見儀式隊伍中的人異口同聲責備亞當犯了違犯神的禁令罪，使得全人類生來就有所謂的「原罪」。

11 在字面意義上，這棵樹就是伊甸園中上帝禁止亞當摘取其上果子吃的那棵分別善惡的樹。根據《筵席》第二篇中的說法，詩中事物除了字面意義外，還有寓言、道德、奧祕的這三種意義。在下一章中，貝雅特麗齊會明確指出，從道德意義上看，這棵樹就是體現在「不許動它」這一禁令上的「上帝的正義」。這實際上就是但丁自己的說法。注釋家以此為根據，闡釋了這棵樹包含的寓意：葛蘭堅在注釋中說：「律法理所當然地採取『你不可』的禁令形式；分別善惡的樹，作為上帝對人的最初禁令的主題，是神的律法恰當的象徵」。納爾迪在《但丁的境界》中說：「從道德意義上看，伊甸園中這棵極高的樹，是『上帝的正義』的象徵……由於最初的人不順從上帝，犯了違背正義的過錯，如今這棵樹『每個枝上的花和葉子都已被剝光』」。辛格爾頓在注釋中說，「這棵樹上所有的葉子、花和果子都被剝光，明確顯示出亞當的罪在一般人性中的後果，象徵如今人類因為始祖的罪而忍受的痛苦。」

12 意謂這棵樹的枝柯越靠近樹梢，就伸得越長，構成了極高的樹冠，就連印度森林中的居民看到這麼高的樹，也會驚奇不已。「印度……森林中長有極高的樹，一箭的射程都達不到其參天的樹梢。」（維吉爾《農事詩》卷二第一二二至一二四行）這棵樹的形狀和犯貪食罪者所在的第六層平臺上那兩棵完全相同，詩中還說明那兩棵樹正是這一棵生出來的（見第二十四章注31），而它們長成如此形狀，「為的是不讓人上去」（見第二十二章注51），作用與這棵相同，樹的形狀本身就顯示了神的禁令。

13 儀式隊伍中的人先是責備亞當違犯神的禁令，吃下分別善惡之樹的果子，然後讚美格利豐（即耶穌基督）順從神命，不啄食這棵樹的任何部分。「因為那會腹痛得痙攣」：彼埃特羅波諾指出，詩句強調味覺嘗到的甜頭和腹部感受的劇痛，對照著貪欲可望得到的「甘」，以及隨後必然要受的「苦」。

14 「所有正義的種子就這樣保存下來」：這是格利豐所說的唯一一句話，意謂遵守神的正義，也就保存了所有正義的基礎，也就是說，所有正義的基礎，就在於遵守神的正義。注釋家們都指出，格利豐這句話的意思，與耶穌在施洗約翰表示自己不配為他施洗時回答的話：「……我們理當這樣盡諸般的義」相吻合，也就是說，遵照上帝的命令去做即是正義，如同聖保羅在《新約．羅馬書》第五章中所說：「因一人（亞當）的悖逆，眾人成為罪人；照樣，因為一人（指基督）的順從，眾人也成為義人。」

15 「車轅」（temo）在這裡是單數，表明格利豐拉的車只有一根車轅，與常見的車不同。

16 原文是 e quel di lei a lei lasciò legato，句中的 di lei 意義不明確，因而注釋家們對這句詩有不同的解釋。本維努托將 di lei 理解為「用這棵樹的樹枝」，認為詩句意謂格利豐用這棵樹的樹枝，將車轅綁在這棵樹上，寓意耶穌基督透過以身作則順從上帝之命，來約束教會去順從上帝之命。

17 「我們的植物」：指北半球大陸生長的植物。「在太陽的光芒和天上的鯉魚後面的星座所放的光相合射下時」：指春天。「天上的鯉魚」即雙魚座，它後面的星座是白羊座。太陽進入白羊宮為春分，在白羊宮的時間約一個月。「在太陽將它的駿馬套在另一星座下以前」：另一星座指金牛座。太陽套它的駿馬這個意象源自古代神話中，日神赫利俄斯早晨駕著駟馬車輦從東方的宮出發，晚上到達西方的宮。意謂在太陽從白羊宮進入金牛宮以前，也就是不到一個月的時間。

「就都重新呈現出各自的色彩」：指各種植物都重新長出綠葉，開遍不同顏色的花。詩句大意是：正如我們人間的植物在春天開始發芽，不到一個月就呈現一片鬱鬱葱葱、萬紫千紅的新氣象。

18 關於這句詩的寓意，帕羅狄（Parodi）說，格利豐用那棵樹的樹枝將車轅綁在那棵樹上，那棵樹就長滿綠葉，開滿花；他〔也就是耶穌基督〕也就這樣完成了其神聖的事業：恢復本被破壞的人與神之間的聯繫。辛格爾頓指出，詩人以「變得煥然一新」表現這棵無花無葉的樹復又欣欣向榮，以此強調透過基督的寶血和贖罪〔即贖亞當的罪，這罪使得此樹變得無花無葉〕才能得來的新生。

19 儀式隊伍中的人看到車轅被格利豐綁在那棵樹上，樹枝上長出綠葉，開滿紅花，遂一同唱起頌歌慶祝。這首頌歌是人間從未唱過的。但丁聽不懂歌詞，但曲調極其美妙悅耳，令他心醉，未到曲終便恍惚睡去。

20 「阿爾古斯」：古代神話中的百眼人。他奉朱諾之命看守被變成白牛的仙女伊俄。在他睡覺時，他的一百隻眼睛會輪流閉上，睜著的則繼續看守，讓伊俄時時都受到監視。朱比特不忍愛人受到這種迫害，便命墨丘利去殺死阿爾古斯。墨丘利扮成牧羊人，吹起蘆笙催他入睡。但阿爾古斯有的眼睛閉上了，有的卻仍然睜著。阿爾古斯甚至還問這蘆笙是怎樣發明出來的。墨丘利於是趁機向他唱出半羊半人的潘神（Pan）追逐仙女緒任克斯（Syrinx，希臘文意為「管」，「笙」）向她求愛的故事。阿爾古斯在聽他唱出這個故事時，瞌睡得一百隻眼睛全都閉上了。墨丘利於是揮刀砍下了他的頭（詳見《變形記》卷一）。

詩句大意是：要是我能描寫百眼人阿爾古斯在聽著墨丘利唱起潘神追求仙女緒任克斯的故事時，受悅耳歌聲的催眠，他的一百隻眼睛如何一一闔上而進入睡鄉，我就會像照範本作畫的畫家那樣，輕易描寫出我在聽那首悅耳的頌歌時，陶醉於那美妙曲調，如何閉目入睡的了。

原文是條件句：從句中助動詞 potessi（「能」）和主句中的動詞 disegnerei（「描繪」）都是虛擬式過去未完成時態，說明詩句表現的內容與事實相反，也就是說，但丁未能描寫他聽那首頌歌時是如何睡著的。

這裡要指出，奧維德在《變形記》中只告訴讀者，墨丘利說到蘆笙一直沿用緒任克斯的名字時，「還要說下去，阿爾古斯的眼睛早已全都睜不開、都睡著了」，並未具體描述他入睡的過程。因此奧維德書中的描寫不能作為但丁的範本。

21 詩句意謂要是有誰想描寫入睡過程，就讓他如實描寫出來吧。言外之意是，但丁本人不想勉為其難。

雷吉奧指出，奧維德如果寫阿爾古斯入睡的過程，那還是客觀的描寫，他在書中都未做出；但丁如果寫自己入睡的過程，那就是主觀的描寫，當然難度更大。因為人一瞌睡，就恍恍惚惚，以至於人事不知，也就記不得自己當時是如何睡著的了。

22 這個明喻取材自《聖經》中耶穌變容的故事。《新約．馬太福音》第十七章中的相關記載如下：

「過了六天，耶穌帶著彼得、雅各和雅各的兄弟約翰暗暗地上了高山，就在他們面前變了形象，臉面明亮如日頭，衣裳潔白如光。忽然有摩西、以利亞向他們顯現，同耶穌說話。……忽然有一朵光明的雲彩遮蓋他們，且有聲音從雲彩裡說，這是我的愛子，我所喜悅的。你們要聽他。門徒聽見就俯伏在地，極其害怕。耶穌進前來，摸他們的手說，起來，不要害怕。他們舉目不見一人，只見耶穌在那裡。」

在明喻中，「蘋果樹」指耶穌基督；典故源於《舊約．雅歌》第二章：「我的良人在男子中，如同蘋果樹在樹林中。」「一些花」指三位門徒在見到耶穌基督變容時預先嘗到的天國之福。「它的果子」指眾天使所享的觀照耶穌基督之福。「在天上擺永久的喜筵」：意謂在天上充分賜予他們這種福，也就是說，讓他們永久觀照他的容光，如同赴永久不散的喜筵；這典故源於《新約．啟示錄》第十九章：「天使吩咐我說，你要寫上，凡被請赴羔羊的婚筵的有福了。」

「那喚醒更沉酣之夢的話」：指耶穌的話，意謂那話能起死回生，例如他使拿因城寡婦之子復活時，說「少年人，我吩咐你起來」，那死人就坐起，並且說話（見《新約．路加福音》第七章）；又如他使拉撒路復活時，大聲呼叫說「拉撒路出來」，那死人就出來了，手腳裹著布，臉上包著手巾（見《新約．約翰福音》第十一章）。「以利亞」：是《舊約》中的先知之一（見《舊約．列王紀上》第十七章）。「他們老師的形象又變了樣」：「形象」原文為stola（衣裳），這裡是廣義，泛指耶穌的形象。當時他在三個門徒面前變得「臉面明亮如日頭，衣裳潔白如光」；現在他的形象又變得和平時一樣。

這個明喻的大意是：正如彼得、約翰和雅各被耶穌帶上高山去看他變容時，一見他變得臉面明亮如日頭，衣裳潔白如光，與顯現在面前的摩西和以利亞說話，又有聲音從一朵彩雲中說「這是我的愛子，我所喜悅的。你們要聽他」，他們便嚇得昏倒在地，後來，一聽見耶穌說「起來吧；不要害怕」，他們就甦醒過來，發現摩西和以利亞不見了，只有耶穌在那裡，他的形象和從前一樣，同樣的，但丁在聽那首曲調異常悅耳的頌歌時不禁為之心醉，恍恍惚惚便倒在地上睡去，後來，一聽見有聲音說「起來吧；你做什麼呢？」他就醒了，他發現貝雅特麗齊、格利豐和儀式隊伍全都不見了，只有瑪苔爾達站在他旁邊彎身向著他。

23 詩句寓意是：神學（貝雅特麗齊）坐在那裡守護剛被基督（格利豐）連結在神的正義（分別善惡的樹）上的教會（凱旋車），也就是說，守護神和已被贖救的人類之間的新關係。

24 意謂象徵三超德、四樞德的七位仙女在她周圍。

25 多數注釋家認為，七位仙女舉著的燈即是第二十九章中所說的那七座燭臺。但那七座燭臺必然異常巨大，否則但丁從遠處看，就不會誤認為那是七棵金樹。這麼巨大的燭臺怎能舉在手中？讀者自然會心生一問。或許可以設想，詩人在這裡側重詩中事物的象徵意義，而不大注意實際狀況。有些注釋家認為，這七盞燈指基督教的七大聖典（洗禮、聖餐、堅信、懺悔、臨終塗油、聖職、結婚）。從詩句上下文來看，這種說法不如前一種恰當。

「不會被北風、也不會被南風吹滅」：在義大利，北風和南風比較猛烈；詩句意謂任何狂風都吹不滅這七盞燈。

26 貝雅特麗齊在這裡預言但丁將得救，《地獄篇》中已零星提到過：這句詩顯然暗指詩人死後在煉獄中完成淨罪過程之後，穿過這座森林的時間很短暫。（雷吉奧的注釋）

27 意謂然後你將和我一起永久做天國的公民，也就是永遠在天國裡。這裡以基督為其第一公民的天上羅馬來指天國。雷吉奧指出，詩中不以天上的耶路撒冷、而以天上的羅馬來指天國，說明在但丁心目中，羅馬作為帝國和教會的中心所具有的世界意義。

28 「因此」：意即由於你是上帝選中的人，能夠教育世人。「為了對邪惡的世界有所裨益」：意即為了讓走上邪路的人類得到教益。詩句簡括地申明了但丁作為詩人所負的歷史使命，以及他寫作《神曲》的目的。

「將眼光集中在這輛車上」：意即注意這輛象徵教會的凱旋車發生什麼情況，也就是說，注意教會的種種遭遇和患難。

「回到人間後，要將你所見的寫下」：貝雅特麗齊這句話和《新約．啟示錄》第一章中耶穌囑咐聖約翰的一些話很相似：「你所看見的當寫在書上」，「……你要把所看見的、和現在的事、並將來必成的事，都寫出來。」意在要但丁擔負起「先知」的使命。

29 意謂我全心全意準備遵從和執行她的所有命令。詩中使用這個意象，是為了表示詩人的忠誠態度，虔誠拜倒這一動作則是強調貝雅特麗齊的命令幾乎具有宗教意義。

30 「朱比特的鳥」：指鷹。《埃涅阿斯紀》卷一中「朱比特的神鷹從蒼穹俯衝下來」之句可能正是但丁此語的出處。雷吉奧認為，鷹迅猛地俯衝下來，毀壞了那棵樹的樹皮、花和葉子，而且猛烈襲擊那輛車，象徵尼祿等先諸帝統治下的羅馬帝國對基督教徒的殘酷迫害。這些迫害違反了神的正義，嚴重打擊了教會。齊門茲認為，毀壞樹皮寓意或許是對正義的真正違反，而毀壞花和葉子則是對基督贖救人類的成果的破壞。在年代順序上，古羅馬帝國的迫害是教會的第一次災難。另外，但丁在這裡用船作明喻比擬教會，因為船傳統上是一直是教會的象徵。

31 「狐狸」：指異端邪說。「狡猾的狐狸比任何事物都更適合象徵異端邪說；牠奸詐、欺騙。」（聖奧古斯丁語）詩中所指的，是那些被早期教會思想家駁倒，試圖破壞教會的教派，如諾斯替教派（gnosticismo）、阿利烏斯教派（arianismo）等。異端邪說的進攻是教會遭遇的第二次災難。「從未吃過好食物」：「好食物」指啟示的真理。寓意是異端邪說依據的都是謬誤、虛妄的道理。「跳進凱旋車的車箱」：企圖在教會內部進行破壞。

32 「把自己的一些羽毛散布在那裡」：指君士坦丁大帝還都君士坦丁堡，將羅馬贈賜給教皇席爾維斯特羅一世，史稱「君士坦丁贈賜」（參看《地獄篇》第十九章注28）。鷹在這裡象徵君士坦丁皇帝；「將自身一些羽毛散布在那裡」：指他把執掌的部分世俗權力讓給教皇。這是教會的第三次災難。「君士坦丁贈賜」這一事件的文書後來才證明是偽造的。但丁作為中世紀人相信它的真實性，在《帝制論》中深刻批判了這起事件，因為他斷定教會腐敗的根本原因在於教皇掌握了他不應擁有的世俗權力，而「君士坦丁贈賜」乃教皇執掌政權的開端。

33 「我的小船」：即聖彼得的小船，指教會。「你裝載了多麼有害的貨物啊！」：寓意是：「君士坦丁贈賜」使得教會掌握了不該由它執掌的世俗權力，因此開始蛻化、變質。有些注釋家認為這句傷心話是聖彼得說的；雷吉奧認為這也可能是基督自己的心聲。但丁之子彼埃特羅的注釋中說，根據君士坦丁傳說中的記載，君士坦丁在贈賜時聽見天上喊道：「今天毒藥灌入上帝的教會了。」這可能是這句詩所本。

34 這條龍源自《新約．啟示錄》第十二章的經文：「有一條大紅龍，七頭十角」，「大龍就是那古蛇，名叫魔鬼，又叫撒旦。」早期注釋家拉納認為，詩中這條龍的破壞行為象徵了七世紀初穆罕默德創立伊斯蘭教，製造分裂，奪去許多基督教地盤，阻礙基督教傳遍世界（參看《地獄篇》第二十八章注12）。這是教會的第四次災難。「從地中鑽出一條龍」：指魔鬼來自地獄。「翹尾戳穿車底」：指他在教會內部製造分裂，進行破壞活動。「拖曳著扯下的部分車底蜿蜒而去」：指伊斯蘭教奪去基督教許多信徒。

35 凱旋車車底剩餘的部分，以及兩個車輪和車轅很快就都被一層羽毛覆上，根據辛格爾頓的解釋，這是指八世紀後半葉法蘭克王矮子丕平及其子查理大帝對教會的贈賜。詩中認為，這些贈賜或許是出於誠心善意，卻造成嚴重惡果：教會在擁有更多的財產和世俗權力後，從教皇、主教到教士各級神職人員上行下效，很快就貪婪成風。所以這次贈賜是教會的第五次災難。

36 「經過如此變化後」：意謂經過這次贈賜，造成貪婪成風後。

「這件聖器各部分都長出頭來」：指凱旋車，也就是教會，這句是指教會因此蛻化、變質，已面目全非。這是教會的第六次災難。第五次和第六次災難之間的因果關係非常明顯。

「車轅上長出三個，車身每個犄角各長出一個；前面那三個都如牛頭各有兩角，另外那四個都只有額上一角」：總共七頭十角，意謂凱旋車（教會）變成了七頭十角的怪物。

這個七頭十角怪物的形象源於《新約．啟示錄》第十七章。聖約翰在經文中說：「天使帶我到曠野去。我就看見一個女人騎在朱紅色的獸上，那獸有七頭十角。」但丁曾在《地獄篇》第十九章中運用這個典故，但他根據要表達的思想內容，合併了經文所說的女人和七頭十角的獸這兩個形象，用七頭十角的女人象徵當時的教會。在這裡，詩人又將二者合成的形象分開，單用七頭十角的獸象徵變質的教會。這裡「七頭十角」的寓意也和《地獄篇》第十九章的不同：在《地獄篇》第十九章中，「七頭」象徵聖靈施與初期教會的七種恩賜（智慧、聰明、學問、訓誨、幸運、憐憫、敬畏上帝），或是象徵教會的七種聖禮（洗禮、堅信、聖餐、補贖、結婚、神職、臨終塗油），而「十角」則象徵十誡；在這裡，「七頭十角」卻是象徵變質的教會丟棄了三超德、四樞德，以及十誡，沾染上七宗大罪（驕傲、嫉妒、憤怒、怠惰、貪財、貪食、貪色）。車轅上長出的三顆頭各有兩角，象徵驕傲、嫉妒、憤怒三罪既得罪上帝，又得罪他人；車身四個犄角長出的四個頭額上各有一角，象徵怠惰、貪財、貪食、貪色四罪只得罪他人。這是多數早期和現代注釋家的解釋。

37 「淫蕩的娼婦」：即《新約．啟示錄》第十七章中所說的騎在七頭十角朱紅色的獸上的那個女人，經文中稱她為「坐在眾水上的大淫婦」，還說「地上的君主與她行淫」。在這裡，她象徵但丁時代腐敗透頂的教廷，及其首領羅馬教皇。「如同高山上的城堡，她泰然自若地坐在這怪物上」：意謂由於掌握了教權和政權，因而自信能夠安然高踞於教會之上。

38 「我看見一個巨人站在她身邊」：一般指在背後支配著羅馬教廷的法國王室，尤其是指法國國王腓力四世（但丁在第七封書信中，曾以《舊約．撒母耳記》上卷第十七章裡被大衛以機弦甩石子打死的巨人歌利亞指腓力四世）。「他們一再互相親嘴」：象徵教皇烏爾班四世、克萊孟四世、馬丁四世、尼古拉四世等與法國王室相互勾結。

39 「她將充滿情欲、靈活的眼睛轉向了我」：有些注釋家認為，這是指教皇波尼法斯八世和腓力四世失和之後，轉而靠攏別的君主，如神聖羅馬皇帝阿爾伯特一世或西西里王斐得利哥二世，以為外援。另一些注釋家則認為，在這裡，但丁代表信奉基督教的人民，尤其是義大利人民。後一解釋更為確切。

「那凶惡的情夫便將她從頭到腳鞭打了一頓」：注釋家一致認為，這是指一三〇三年腓力四世派遣密使前去羅馬勾結波尼法斯八世的仇敵，帶兵到教皇的家鄉阿南尼逮捕、並且污辱了教皇，導致他憤恨成疾而死。

40 意謂這個巨人心中充滿嫉妒，盛怒之下更是狠毒，頓時解開了格利豐綁在樹上的凱旋車，拉進森林中的極遠處，結果他僅僅利用森林茂密的枝葉，就遮蔽了但丁的視線，再也看不見那名娼婦和野獸。注釋家們都斷言，這必然是指一三〇八年腓力四世授意教皇克萊孟五世將教廷遷往鄰近法國邊境的亞維農，從此教廷直接受到法國控制。這起事件發生在但丁虛構的煉獄之行後八年，詩中以象徵的形式作為預言加以表述。但丁力圖藉他所創造的那些象徵上述七大災難的鮮明藝術形象之助，喚醒義大利人民敦促教會改革，恢復原本的純潔，重新擔負起上帝賦予的使命，造福基督教世界。

第三十三章

「*Deus, venerunt gentes*」，那些仙女時而三人、時而四人流著淚應答輪唱起悅耳的讚美詩[1]；貝雅特麗齊滿懷同情聽她們唱著，一面嘆息，面色變得幾乎一如瑪利亞在十字架旁[2]。但是，當其他處女讓她有了說話時機，她就起身，臉色紅似火，答說[3]：「我親愛的姊妹們哪，*modicum, et non videbitis me; et iterum modicum, et vos videbitis me*」[4]接著，她讓她們七人走在她之前，而僅示意要我、那位淑女和那位留下來的哲人走在她後面[5]。她就這麼朝前走去；我想著她邁的第十步還沒著地[6]，她炯炯的目光便轉向我的眼睛，神色安詳對我說：「走快點，我和你說話時你好聽得清楚。」我以應有的恭敬態度才剛來到她身旁，她就對我說：「兄弟呀，現在你已與我同行，為何不敢向我發問呢[7]？」

正如人在自己上級面前說話的場合，因為過於恭敬，話到了嘴邊卻吞吞吐吐，我的情況就是這樣。我低聲囁嚅說：「聖女呀，您知道我的需要和以什麼滿足。」她對我說：「願你今後就從畏懼和羞怯中解脫，說話不再似做夢之人[8]。你要知道，被蛇破壞的那件器皿先前有，如今已無[9]；然而，讓那些對此應負罪責者相信上帝的懲罰是不怕吃湯的[10]。那隻在凱旋車上留下羽毛，使得凱旋車變成怪物，隨後變成獵獲物的鷹不會永無繼承者[11]；因為我確實看見，因此告訴你，所有障礙和一切攔擋皆阻止不了的星辰已經臨近，它將為我們帶來一個時刻，在這一時刻，上帝派遣的一位『五百、十和五』將殺死那名女賊和共犯的巨人[12]。我這番話的隱晦就如忒彌斯和史芬克斯所言，或許難以令你相信，因為它就如同她們的話閉塞你的心智[13]；但事實不久後將會是解開此難解之謎的納伊阿得斯，也不損失羊群和收成[14]。記住，我這些話怎麼說，你就怎麼傳達給正處於朝死奔赴的人生進程的世人[15]。你想著，寫下這些話時，莫隱瞞你所看見、那棵在此業已遭到兩次掠奪的樹是什麼情況[16]。誰掠奪或損壞此樹，誰就是以褻瀆之舉冒犯上帝[17]，祂為了令它專為自己所用，將之創造成神聖的樹[18]。第一個靈魂因為吃下這棵樹的果子，而在痛苦和渴望中等待那個在自己身上懲罰他吃那一口禁果之罪的人達五千多年[19]。你的智力若是判斷不出此樹如此高聳、樹梢那樣倒置是出於特殊原因，那麼它就是在打瞌睡[20]。虛妄的思想若是未如厄爾薩河的水使浸在其中的物體石化那樣，使得你的頭腦僵化，這些思想的樂趣若是未如皮剌摩斯的血使得桑葚變色那樣，污染了你的精神[21]，你單單從這些情況就會認識到，從其道德意義而言，這棵樹即是禁令所體現的神之正義的象徵[22]。但是，儘管我見你在智力上已變成石頭，頭腦模糊不清，使得我言語的光芒照得你頭暈目眩，我仍願你即便不詳細、至少也要簡括地將這些話記在心裡，這麼做的目的就和朝聖者將棕櫚葉纏繞在使用的手杖上帶回去一樣[23]。」我說：「您的話現在已印在我腦海裡，如同封蠟已蓋上印章，印記永遠不變。但是，您這些我渴望聽得的話語，為何飛得高過我視力所能及，使得我越是努力去領會，就越把握不住[24]？」她說：「為了讓你認識你所信仰的那個學派，看出其學說怎能理解我的言語；而且看出你們的道和神的道相距之遠，就如同運轉最速的天離地球之遠[25]。」於是我回說：「我不記得我曾和你疏遠，也未曾因此受過良心責備[26]。」她微笑著說：「如果不記得，現在就回想一下你今天喝過勒特河的水吧；如果見了煙就能斷定有火，那麼，你忘記曾和我疏遠，也就清楚證明了你有將心轉向他處的過錯[27]。但我此後的話將會簡明，簡明到足以讓你遲鈍的智力得以理解。」

光芒更明亮、運行步伐更緩慢的太陽正占據著依觀察地點而移動到此或彼的子午線[28]。這時，那七位仙女如同走在前頭為嚮導者，要是發現新奇事物或其跡象就會止步那樣，在森林不甚幽暗處的邊緣停了下來，那裡的樹蔭就如同綠葉和黑枝掩映下的山巒投映在寒溪中的影子一般[29]。我似乎看到，她們前面，幼發拉底河與底格裡斯河從同一個源頭湧出，似是朋友的離別，各自慢慢流去[30]。

「啊，光呀，啊，人類的光榮呀[31]，這裡從同一源頭湧出，分成兩股各自流去的是什麼水？」貝雅特麗齊回答我的提問：「你請瑪苔爾達告訴你吧[32]。」好似在為自己開脫，那位美麗的淑女答說：「我已經告訴過他這是什麼水和另外的事了；我確信勒特河的水沒讓他忘了這些[33]。」貝雅特麗齊說：「或許是因為他對某些事物更注意，這常會削弱記憶，因而模糊了他的心智之眼[34]。但是，你看歐諾埃河從那裡流來：妳帶他到河邊，如妳常做的那樣，讓他昏厥的功能甦醒過來[35]。」正如在他人剛以某種方式表達出其意願時，高貴的靈魂不找藉口推託，而是以他人的意願為自己的意願，同樣地，那位美麗的淑女拉住我之後就往前走，同時以女性的優雅姿態對斯塔提烏斯說：「跟他一起來[36]。」

讀者呀，若是我有更長的篇幅可寫下去，我還要以部分歌頌這讓我永遠喝不夠的河水；但是，由於為這第二部曲規定的篇幅已完全寫滿，藝術的法則不許我再進行下去[37]。

我從最神聖的水波中返回，如同樹木生出新葉那般得到新生，身心純潔，準備上升至群星。

若是我有更長的篇幅可寫下去，我還要以部分歌頌這讓我永遠喝不夠的河水。

1　「*Deus, venerunt gentes*」：這是拉丁文《聖經》《舊約．詩篇》第七十八篇（相當於中文《聖經》《舊約．詩篇》第七十九篇）開頭三個詞。這一詩篇哀訴聖城耶路撒冷被外邦的巴比倫人所毀的慘狀。在象徵教會的凱旋車變為怪物，一名娼婦坐在車上和巨人調情，最後鬧翻，連車帶人一起被巨人拖走之後，七位仙女便流著淚，應答輪唱起這一詩篇。她們借用這一詩篇，哀訴羅馬教廷遭到幾位買賣聖職、貪求世俗權力的教皇玷污，不久後將在法王腓力四世授意下遷往亞維農，並且祈求上帝伸張正義，懲罰罪魁禍首。詩中並未告訴我們七位仙女唱了多少段。顧及她們唱這一詩篇目的是哀訴教會正在和即將遭受的災難，為此祈求上帝干預，注釋家大多認為她們唱的是此詩篇的前八段。中文《聖經》對前八段的譯文如下：

上帝呀，外邦人進入你的產業，
污穢你的聖殿，使耶路撒冷變成荒堆。
把你僕人的屍首交與天空的飛鳥為食，
把你聖民的肉交與地上的野獸。
在耶路撒冷周圍流他們的血如水，無人葬埋。
我們成為鄰國的羞辱，成為我們四圍人的嗤笑譏刺。
耶和華呀，這到幾時呢？你要動怒到永遠嗎？
你的憤恨要如火焚燒嗎？
願你的忿怒倒在那不認識你的外邦和那不求告你名的國度。
因為他們吞了雅各，把他的住處變為荒場。
求你不要記念我們先祖的罪孽，向我們追討。
願你的慈悲快迎著我們，因為我們落到極卑微的地步。

「應答輪唱」：這正是教會禮拜儀式中葛利果讚美詩的唱法；這裡七位仙女唱詩篇也依照人間的禮拜儀式進行。

「時而三人、時而四人」：意即象徵三超德的三位仙女為一組，象徵四樞德的四位仙女為另一組，一組唱完一段，另一組接著唱下一段，兩組互相接替唱完八段。

2 「滿懷同情聽她們唱著，一面嘆息」：意謂在聽她們唱著的同時，對教會遭遇那七次災難充滿同情，悲嘆不已。

「面色變得幾乎一如瑪利亞在十字架旁」：聖母瑪利亞在十字架旁望見耶穌基督死於十字架上，不禁臉色蒼白，悲痛欲絕；貝雅特麗齊當時內心的悲痛，臉色的蒼白，幾乎就和瑪利亞在十字架旁無異。

3 貝雅特麗齊在眾仙女唱詩時都還坐在樹根上，待仙女們唱完後，她就起身說話。由於滿懷先知的熱情以及對教會遭受禍害的義憤，她臉色紅似火，和方才的極端蒼白形成鮮明對比。

4 「*Modicum, et non videbitis me; et iterum modicum, et vos videbitis me*」：這是拉丁文《聖經》《新約．約翰福音》第十六章中耶穌在最後的晚餐時對門徒所說的話，中文《聖經》譯文是「等不多時，你們就不得見我，再等不多時，你們還要見我」。這些話是預言他不久後將死，但隨即又將復活。根據許多注釋家的解釋，貝雅特麗齊借用這句話預言羅馬教廷不久後將遷往亞維農，再不久又必將還回羅馬。但薩佩紐的注釋說，這句話的意義或許更寬泛，是在說明教會道德敗壞已達到極點，不久必將開始深刻的改革。

5 貝雅特麗齊在前幾章都是以聖女的崇高身分和姿態出現，此時屈尊稱她的七位仕女為「我親愛的姊妹們」，讓她們走在她前面，態度變得親切近人。

6 「她邁的第十步還沒著地」：也就是說，貝雅特麗齊剛走了九步。雷吉奧指出，「九」這個數字在《新生》中曾多次與貝雅特麗齊的情況和行為相關聯；這裡說她走完九步，必然也有寓意，但不容易確定。但丁學家都認為她走完九步的寓意是：教廷在十年內將會還回羅馬；教廷遷往亞維農是在一三〇五年，還回羅馬大約應在一三一五年，這個年份和後面所說的「五百、十和五」的預言有關。美國但丁學家葛蘭堅也認為，「邁出的『這九到十步』很可能表示九年多的時間，即從一三〇五年克萊孟五世受到腓力四世的勸誘，將亞維農作為教廷所在，到一三一四年克萊孟和腓力二人皆死去的這一段時間。他們倆死後，情況變得較有利於基督教世界期望的拯救者出現。」

7 貝雅特麗齊稱但丁為「兄弟」，表示親愛，因為現在他已完成淨罪過程。煉獄中的靈魂通常也以「兄弟」彼此稱呼。

8 「願你今後就從畏懼和羞怯中解脫」：「畏懼和羞怯（和第三十一章中所說的『慌亂和恐懼混合在一起』一樣）形成一套繩索，纏住了但丁的感情和思想，因而也纏住他的言語。」（托瑪塞奧的注釋）

「說話不再似做夢之人」：意謂說話不再聲音低微、含糊其辭，像是在說夢話那般。

9 「被蛇破壞的那件器皿」：指那輛被龍破壞、象徵教會的凱旋車。「先前有，如今已無」：《舊約．啟示錄》第十七章中說，「你所看見的獸先前有，如今沒有」；貝雅特麗齊套用《聖經》中的說法。意謂教會已經這麼腐化、變質，就像如今它不復存在一樣。

10 「那些對此應負罪責者」：指貪圖世俗權力的教皇，以及與他們勾結的法國王室。

「上帝的懲罰是不怕吃湯的」：早期注釋家都證明佛羅倫斯有一種習俗，認為殺人者在行凶後的前九天內如果能天天在被害者的墳上吃一次湯，那麼被害者的親屬就不得再為死者報仇，因此吃湯也就成為殺人犯免遭被害者親屬報復的手段。詩句意謂上帝的懲罰是無可逃避的，遲早會降到罪人頭上。

11 這裡所說的鷹，是指神聖羅馬帝國。「在凱旋車上留下羽毛」：指皇帝讓教會擁有一些土地和世俗權力。「使得凱旋車變成怪物」：意謂教會因此變質。「隨後變成獵獲物」：指教會遷到亞維農，受法國國王腓力四世擺布。

「不會永無繼承者」：意謂帝位不會永久虛懸。但丁認為，自從一二五〇年腓特烈二世逝世以來，帝位就一直虛懸著，因為新皇帝都無人前來義大利加冕，但他相信這種情況不會永遠繼續下去。

12 「我確實看見」：因為貝雅特麗齊從上帝的心中照見未來的事物。

「所有障礙、一切攔擋均阻止不了的星辰已經臨近」：意謂我確實看見天上的吉星即將升起，什麼障礙都阻止不了它將為世人帶來可喜的時刻，也就是說，它將施加有利的影響，促使這個時刻到來。

「上帝派遣的一位『五百、十和五』將殺死那名女賊和共犯的巨人」：這裡所說的「女賊」和「巨人」無疑就是第三十二章末尾所說的娼婦和與她狎昵調情的巨人。詩人將那些如同娼婦般勾搭法國國王的教皇稱為「女賊」非常恰當，因為他們竊據教皇的寶座，盜取屬於帝國的世俗權力；雷吉奧認為此處很可能具體指克萊孟五世。至於「上帝派遣的一位『五百、十和五』」是指誰，由於詩中說得隱晦，注釋家有種種不同見解，其中最具說服力的是如下的說法：

「五百、十和五」若寫成羅馬數字為ＤＸＶ，將後面兩個字母調換位置，就會形成意指「領袖」的拉丁文「ＤＶＸ」一詞。關於這位領袖指的是何人，注釋家意見分歧；大多數認為是指亨利七世（盧森堡伯爵，一三〇八年當選為皇帝）。他在一三一一年南下義大利加冕，聲稱要伸張正義，消除各城市和各黨派的爭端，讓所有流亡者返回故鄉，還要重新建立帝國與教會之間的良好關係，實現持久和平。但丁得知這個消息後，對亨利七世抱有極大期待，甚至寫下《致義大利諸侯和人民書》，號召大家對皇帝表示愛戴和歡迎，或許還親自到了義大利北部謁見皇帝，向他致敬。

當佛羅倫斯聯合貴爾弗黨諸侯和城市武裝反抗皇帝時，但丁寫了《致窮凶極惡的佛羅倫斯人的信》，憤怒聲討他們的罪行，又上書給皇帝，敦促他加速進軍討伐。他還撰寫了《帝制論》，從理論上捍衛皇帝的權力，並在《神曲》中為「高貴的亨利的靈魂」在淨火天上保留了一個寶座（見《天國篇》第三十三章）。用數字表示預言中的人物，在但丁之前早有先例：聖約翰的《新約．啟示錄》第十三章末尾就用「六百六十六」來指羅馬皇帝尼祿。但丁在這裡用「五百、十和五」來指亨利七世，顯然受到《新約．啟示錄》的啟發。

13 「我這番話的隱晦就如忒彌斯和斯芬克斯所言」：意謂我的預言就像忒彌斯的神示和斯芬克斯的謎語一樣難解。

忒彌斯（Themis）：是希臘神話中的正義女神。她是烏拉諾斯（天）和蓋亞（地）之女，掌管預言，德爾菲本是她的神示所，阿波羅後來才司掌此職。在神話中，世界在進入「黑鐵時期」之後，人類罪惡滔天，引起了朱比特震怒，於是讓洪水泛濫淹死所有人，只有最善良的杜卡利翁（Ducalion）和妻子皮拉（Pyrrha）乘坐他父親普羅米修斯為他所造的小船逃到高過洪水的山上，得以倖存。洪水退去後，杜卡利翁和皮拉向忒彌斯祈禱，懇求女神告訴他們如何再創造出人類，讓大地再度充滿生機。忒彌斯的神示說：「蒙著你們的頭，解開你們的衣服，一路走，一路將你們母親的骨頭扔到你們身後。」他們對這神秘的話百思不解，杜卡利翁後來恍然大悟對皮拉說：「大地是我們的母親，她的骨頭就是石頭，神示要我們扔到身後的就是石頭呀！」於是，他們倆邊走邊扔石頭，結果杜卡利翁扔下的都變成男人，而皮拉扔下的則全變成女人。

史芬克斯（Sphinx）：希臘神話中帶翅膀的獅身人面女妖。她蹲踞在底比斯城外一座懸岩上，要求每個過路的人回答她的謎題，凡是沒猜對謎底的都會被她撕碎吞食。底比斯王的兒子伊底帕斯路過時，斯芬克斯要他猜：「早晨用四隻腳走，中午用兩隻腳走，晚上用三隻腳走的動物是什麼？」伊底帕斯毫不遲疑地答說：「是人。在生命的早晨，他是軟弱的嬰孩，用雙手雙腳爬行；在生命的中午，他成為壯年人，以兩腳走路；來到生命的遲暮，他年邁力衰，需要扶持，因而拄著手杖行走，作為第三隻腳。」斯芬克斯一聽謎底竟被伊底帕斯猜中，頓時羞憤交加，縱身跳下懸岩摔死了。

14 「事實不久後將會是解開這個難解之謎的納伊阿得斯」：意謂不久後，事實就會說出我預言所說的「五百、十和五」究竟是何人了。

「納伊阿得斯」（Naiades）是住在泉水旁的仙女，能預言未來。《變形記》卷七敘述伊底帕斯猜中謎底後，斯芬克斯跳岩自殺的詩句是：「拉伊阿得斯（Laiades）即拉伊俄斯（Laius）之子伊底帕斯解出前人不能理解的謎語後，斯芬克斯一頭栽倒在地……」但丁詩中則用仙女納伊阿得斯取代拉伊阿得斯，作為解答謎語的人。注釋家們認為，但丁依據的《變形記》手抄本肯定是將 Laiades 誤寫成了 Naiades。一字之差完全改變了故事原意。

「也不損失羊群和收成」：斯芬克斯因謎底被猜中而羞憤自殺後，忒彌斯決意懲罰底比斯，為她報仇。為此，她派出一隻野獸去吞食底比斯人的牲畜，毀壞他們的莊稼，讓他們蒙受重大損失。詩句意謂事實不久後將說明貝雅特麗齊預言的「五百、十和五」是誰，但不會像斯芬克斯的謎語被猜中使得底比斯人損失了羊群和收成那樣，為世人帶來災害，反而會令世人普遍受益。

15 「那些正處於朝死奔赴的人生進程的人」：指活在陽間的世人。「朝死奔赴的人生進程」：強調現世人生極其短促，不過是奔向死亡罷了，與天國永生形成鮮明的對比。「人生進程不過是奔向死亡」一語出自奧古斯丁的《論上帝之城》。

16 「那棵在此業已遭到兩次掠奪的樹」：這裡所說的樹，是指分別善惡的樹。貝雅特麗齊囑咐但丁要記住，寫下她的話時，不要隱瞞這棵樹是什麼情況：情況指樹的形狀（高大，枝柯越靠上的向外伸得越遠）和種種遭遇。

17 「誰掠奪」：例如亞當摘取樹上的果子吃，巨人從樹上解下凱旋車拖進森林。「或者損壞它」：例如鷹俯衝下來，損壞了花葉和樹皮。

18 意謂上帝為了讓這棵樹體現他的正義，而將它創造成神聖不可侵犯的樹。

19 「第一個靈魂」：指人類的始祖亞當，上帝所造的第一人。「那個在自己身上懲罰他吃那一口禁果之罪的人」指基督自身無罪，但甘心被釘死於十字架上，以贖亞當食禁果之罪（人類的原罪）。

「在痛苦中」：指亞當被逐出伊甸園後，在世上的生活完全迥異於伊甸園中，因為上帝對亞當說，「地必為你的緣故受咒詛，你必終身勞苦才能從地裡得吃的。地必給你長出荊棘和蒺藜來，你也要吃田間的蔬菜。你必汗流滿面才得口，直到你歸了土」。（見《舊約．創世記》第三章）「在渴望中」：指亞當死後，其靈魂在林勃中渴望著基督來臨。

「等待……五千多年」：亞當在世九百三十年（見《舊約．創世記》第五章）；他在林勃中待了四千三百零二年後（見《天國篇》第二十六章），才被基督帶上淨火天，合計共五千二百三十二年。

20 「樹梢那樣倒置」：指樹梢部分越靠上就向外伸得越遠，和世上的樹木形態恰恰相反。「出於特殊原因」：上帝為了禁止人摘取樹上的果子吃，而讓這棵樹的形態表明了人是爬不上去的。

21 「虛妄的思想」：根據賈卡羅尼的注釋，指謬誤的學說。

「厄爾薩河」（Elsa）：亞諾河的支流，發源自錫耶納以西的山中，朝西北流去，在佛羅倫斯和比薩之間與亞諾河匯合，某些河段的水中含有大量石灰質，物體若是浸入河水中，附著在物體上的石灰質不久後就會構成一層水鹼。詩中以這種現象比擬虛妄的思想使得但丁頭腦僵化。

「皮刺摩斯的血使得桑葚變色」：見第二十七章注13。詩中以皮刺摩斯的血使得桑葚變色，比擬但丁耽於虛妄思想，精神因此受其污染。

22 「其道德意義」：但丁在《筵席》中稱詩具有四種意義，即「字面的、寓言的、道德的、奧祕的」四種意義。這是中世紀流行的概念。詩句大意是：上帝吩咐亞當說，你不可吃分別善惡樹上的果子。這條禁令體現著上帝的意旨。神的意旨是公正的，因而從道德意義上看，這棵樹即是這條禁令體現的神之正義的象徵。

23 詩句大意是：貝雅特麗齊看到但丁深受謬誤學說的危害，無法理解她言語蘊含的真理，就如同世人無法注視太陽，但她仍然囑咐但丁，就算不詳細、至少也要簡括地記住她的話，作為他這次旅行的紀念和證明，如同前往聖地朝拜的人回歸故鄉時，會將聖地的棕櫚葉纏繞在朝聖所用的手杖上，作為到過聖地的紀念和證明。

24 「為何飛得高過我視力所能及」：意謂你的言語為何這麼深奧，令我難以理解。

25 「你所信仰的那個學派」：「學派」在這裡泛指單純憑理性追求真理的哲學。在貝雅特麗齊死後，但丁為了尋求精神上的安慰，曾潛心研究哲學。他讚美說：「哲學是最崇高的東西，對哲學的熱愛正在驅散、消滅所有其他的思想。」（見《筵席》第二篇第十二章）
「其學說」：泛指哲學學說，尤其是指亞里斯多德的學說。在貝雅特麗齊看來，但丁熱愛哲學是思想上的誤入歧途。
「我的言語」：貝雅特麗齊代表神學，因此她的言語表達的是啟示的真理。
「你們的道和神的道相距之遠，就如同運轉最速的天離地球之遠」：這句話很像《舊約．以賽亞書》第五十五章中上帝的話，「我的意念非同你們的意念，我的道路非同你們的道路。天怎樣高過地，照樣我的道路高過你們的道路，我的意念高過你們的意念。」詩中所謂「你們的道」是指人憑藉理性所認識的哲理，而所謂「神的道」則指神所啟示的真理（以貝雅特麗齊為其代表）。
「運轉最速的天」：指原動天（Primo mobile），這是托勒密天文體系的第九重天，距離地球最遠。「根據托勒密天文體系，運轉最速的天是原動天。由於這重天的推動，其下的各重天也都一齊運轉，顯而易見，最高的、距離共同的中心（地球）最遠的天，是運轉最速的」。（安東奈里的解釋）
全句大意是：貝雅特麗齊回答但丁說，她的言語之所以如此深奧難解，是為了讓他認知到他所信仰的純理性哲學及其哲理實為貧乏淺薄，不足以領會她的言語所表達的啟示之真理，也是為了讓他認知到哲學的道理與啟示的真理相比，有雲泥之別。

26 但丁這句話的寓意是：他不記得自己曾犯過因醉心研究哲學而忽視了神學（疏遠貝雅特麗齊）的罪，也不記得自己曾因這種罪過受到良心責備。

27 詩句大意是：貝雅特麗齊提醒但丁，他今天剛喝過勒特河的水；他忘記曾和她疏遠（忽視神學），剛好就證明他犯了這種罪過，他的心轉向別處（潛心研究哲學），正如有煙之處必然有火，因為勒特河水的特性就是讓人喝下便忘記所犯的一切罪過。

牟米利亞諾指出，「她微笑著說」比她方才稱但丁為「兄弟」更清楚說明了，從她責備但丁的場面一直到現在，他們二人之間的心理距離已經消失了；「兄弟」的稱呼表達的是一種宗教情感，「微笑著說」表達的則是人的情感，因而更親近。

28 「太陽正占據著……子午線」：指時間是正午。子午線是為測量地球而假設的一條南北方向的線，即通過地面某點的經線。

「依觀察地點而移動到此或彼」：意謂「子午線是根據觀察者所在地點的經度而移動到此處或彼處的」。（安東奈里的解釋）

「光芒更明亮、運行步伐更緩慢」：薩佩紐指出，中午的太陽顯得更明亮是事實，因為其光線在那時幾乎是垂直射下；它走得好像慢些，則純屬錯覺。

29 詩句大意是：中午時分，那七位代表三超德和四樞德的仙女，就像是走在前面的嚮導一旦發現什麼新奇事物或其跡象就停了下來，她們走到森林不甚幽暗處的邊緣便忽然停止腳步，那裡已不像她們走過的路段那麼幽暗，詩人用比喻加以說明：「那裡的樹蔭就如同綠葉和黑枝掩映下的山巒投映在寒溪中的影子一般」也就是說，如同樹木蔭翳的山巒倒映在寒溪水面上，由於水光反射，影子顯得不甚幽暗一般。

30 詩句大意是：中午時分，那七位仙女在森林邊緣樹蔭比較疏朗之處停了下來，但丁從後面看見她們前面有兩條河，如同幼發拉底河和底格里斯河那樣，從同一泉源湧出，朝不同方向慢慢流去，好像朋友們捨不得分別似的。

波依修斯在《論哲學的安慰》卷五第一章中說，「底格里斯河與幼發拉底河湧自同一泉源，然後河水分開，朝不同方向流去。」但丁受其啟發，設想勒特河與歐諾埃河同出一源，就如同底格里斯河與幼發拉底河那樣。《舊約．創世記》第二章中說，伊甸園中有四條河從同一泉源中流出：第一條名為比遜河，第二條名為基訓河，第三條名為希底結河（即底格里斯河），第四條名為幼發拉底河。但丁從地上樂園的道德意義上著眼，設想園中只有勒特和歐諾埃兩條河，而將底格里斯河與幼發拉底河作為比喻，用來說明那兩條河來自同一源頭，但對比遜與基訓兩河則根本不提。

31 但丁這麼稱呼貝雅特麗齊，因為她代表神學，象徵啟示的真理。

32 讀者這時才從貝雅特麗齊口中得知這位美麗的仙女名字是瑪苔爾達。至於她影射了哪一位人物，是但丁學家多年來爭論不休的問題。早期注釋家一致認為是指托斯卡那女伯爵瑪蒂爾達（Matilda, 1046-1115）。但她在教皇葛利果七世與皇帝亨利四世之間為爭奪主教的任命權發生衝突時，全力支持教皇；亨利被開除教籍、取消了皇權後，曾到她在卡諾沙的宮廷向教皇屈辱地請罪；她臨終遺囑還將她在托斯卡那的領地獻給教廷。我們很難想像，堅決反對教皇掌握世俗權力的但丁會以瑪苔爾達來影射這樣一位歷史人物。此外，但丁學家還提出一些其他的人物，但說服力都不足。也有人認為瑪苔爾達是影射《新生》中的某一位女性，甚至猜想這個名字是但丁將兩個希臘文詞根併在一起造出的，含義為「對智慧之愛」。

33 瑪苔爾達認為，貝雅特麗齊這句話意在提醒她善盡她的職責，而她就像為自己開脫似地答說，她已將河名和其他有關的情況告訴過但丁了，她確信勒特河的水沒有讓他忘了她所說的話，因為人喝下這條河的水只會忘記自己的罪過。

34 「模糊了他的心智之眼」：意謂但丁看到勒特和歐諾埃兩河時，由於上述那些事物特別引起他的注意，一時間回想不起瑪苔爾達曾對他提及這兩條河的名稱，因而也不知道流過來的是歐諾埃河的水。

35 「如妳經常做的那樣」：因為瑪苔爾達的職責是將所有淨罪後準備升天的靈魂先浸入勒特河喝下河水，讓其忘記生前罪行，然後再浸入歐諾埃河喝下河水，使之恢復對生前善行的記憶。作為活人的但丁雖是蒙受神恩特許，可以帶著肉身去遊天國，也必須先喝下這兩河的水。

「讓他昏厥的功能甦醒過來」：牟米利亞諾指出：「『昏厥』和『甦醒』的對比是強烈的，這種對比迅速且鮮明地揭示出《煉獄篇》中所有靈魂所處的悔恨心理狀態：他們總是想著生前所作的惡，從來不想所行的善。由此可見，雙重洗滌的構想是合乎詩中情理的天才創造：這雙重洗滌消滅了靈魂為惡的記憶，將他們從在各層平臺的憂悒心情壓力下解放，在他們心中換上本被悔恨心理熄滅的行善記憶。這句詩僅僅是個暗示，但對細心的讀者而言，已點明了壓在整個第二部曲中的所有靈魂心上的精神負擔。」

36 「跟他一起來」：瑪苔爾達讓斯塔提烏斯與但丁一起隨她前去歐諾埃河邊，因為他也和所有其他已淨罪的靈魂一樣，必須先喝下兩河的水才能升天。詩中雖未明言他之前已喝過勒特河的水，但那是不言而喻的，因為瑪苔爾達曾告訴但丁，如果不先喝勒特河的水，然後才喝歐諾埃河的水，後者就無法發生效力（見第二十八章注28）。

37 「我還要以部分歌頌這讓我永遠喝不夠的河水」：意謂我還要就我的藝術才能所及，歌頌讓我永遠喝不夠的歐諾埃河的水。

「藝術的法則」：這裡指作品各部分之間比例勻稱的法則，例如《神曲》三部曲均由三十三章構成加上作為全書序曲的第一章，共一百章，每部曲均有四千七百餘行，篇幅大致相等。

經典文學

神曲 II. 煉獄篇
La Divina Commedia : Purgatorio

作者　但丁・阿利吉耶里 Dante Alighieri
譯者　田德望
副社長　陳瀅如
總編輯　戴偉傑
編輯　林家任
行銷　陳雅雯、張詠晶、趙鴻祐
封面設計　井十二設計研究室
排版　宸遠彩藝有限公司
印刷　通南彩色印刷股份有限公司

出版　木馬文化事業股份有限公司
發行　遠足文化事業股份有限公司（讀書共和國出版集團）
地址　231 新北市新店區民權路 108-4 號 8 樓
電話　(02) 2218 1417
傳真　(02) 8667 1891
客服專線　0800 221 029
信箱　service@bookrep.com.tw
法律顧問　華洋法律事務所 蘇文生律師

出版日期　2025 年 8 月 4 日
定價　1480 元
（全書共 I. 地獄篇 II. 煉獄篇 III. 天國篇三冊，不分售）

ISBN　978-626-314-828-4（紙本）
978-626-314-829-1（EPUB）
978-626-314-830-7（PDF）

本書譯文由中國北京人民文學出版社授權使用。
原文依 Umberto Bosco 與 Giovanni Reggio 合注本，參考 Sapegno 等注釋本譯出
This edition is published by arrangement with 北京人民文學出版社 through CA-LINK International LLC

國家圖書館出版品預行編目

神曲 / 但丁 . 阿利吉耶里 (Dante Alighieri) 著 ; 田德望譯 . –
新北市 : 木馬文化事業股份有限公司出版 : 遠足文化事業股份有限公司發行 , 2025.08
1016 面 ; 14.8 X 21 公分
譯自 : La Divina Commedia.
ISBN 978-626-314-828-4(平裝)

877.51 114005253